HEYNE ‹

DAS BUCH

In der siegreichen Schlacht gegen die Dänen bei Gestilren verlor Arn Magnusson in jungen Jahren sein Leben, an seiner Seite kämpfte sein Enkel Birger Magnusson, der als Fahnenträger mitritt. Nach Ende der Schlacht geht die Macht im entstehenden Reich auf die Witwen über, unter anderem auf die Witwe des Königs Cecilia Blanka und auf Cecilia Rosa, die Witwe Arns, die in Forsvik lebt. Forsvik ist der Ort, an dem die Söhne der Folkunger, der führenden Familien des Landes, das Kriegshandwerk lernen. König ist Erik, der zu den Erikern gehört, der zweiten führenden Familie im Land. Auf der Königsburg Näs gerät Birger in einen erbitterten Streit mit einem der führenden jüngeren Vertreter der Eriker, der in einem folgenreichen Duell endet, der ihn Jahre später in einem von Erzbischof Valerius organisierten Kreuzzug ins Baltikum führt und ihn zu einem der mächtigsten Männer des Landes machen wird.

Der vierte – in sich abgeschlossene – Roman der epischen Kreuzritter-saga. Weitere interessante Informationen rund um die Welt von Arn Magnusson gibt es auf der Website: www.arnmagnusson.se

DER AUTOR

Jan Guillou wurde 1944 im schwedischen Södertälje geboren und ist einer der prominentesten Journalisten seines Landes. Seine preisgekrönten Kriminalromane um den Helden Coq Rouge erreichten Millionenauflagen. Auch mit seiner historischen Romansaga um den Kreuzritter Arn gelang ihm ein Millionenseller, die Verfilmungen zählen in Schweden zu den erfolgreichsten aller Zeiten. Heute lebt Jan Guillou in Stockholm.

Jan Guillou

DER KREUZRITTER

Das Erbe

Historischer Roman

Aus dem Schwedischen
von Lotta Rüegger
und Holger Wolandt

WILHELM HEYNE VERLAG
MÜNCHEN

Die schwedische Originalausgabe erschien 2001
unter dem Titel *Arvet efter Arn*
bei Norstedts Förlag, Stockholm.

Penguin Random House Verlagsgruppe FSC® N001967

5. Auflage

Vollständige deutsche Erstausgabe 07/2010
Copyright © 2010 by Jan Guillou
Copyright © 2010 der deutschen Ausgabe
by Wilhelm Heyne Verlag, München,
in der Penguin Random House Verlagsgruppe GmbH,
Neumarkter Straße 28, 81673 München
Printed in Germany
Redaktion: Knut Krüger
Umschlaggestaltung: Nele Schütz Design, München
Satz: Schaber Datentechnik, Austria
Druck und Bindung: GGP Media GmbH, Pößneck

ISBN: 978-3-453-47097-2

www.heyne.de

Anno Domini 1275 schrieb der Mönch Thibaud im Kloster Varnhem die Ereignisse nieder, von denen hier die Rede sein wird. Die Leute teilten sie in vier Zeiten ein. Als Erstes kam die Zeit der Witwen, zu der ein Haufen alter Weiber im Reich das Sagen hatte. Dann kam die Zeit der alten Männer. Anschließend kam die Zeit der Ehrlosen mit Bränden, viel Weinen und Zähneknirschen. Zuletzt kam die Zeit des Jarls.

Für das Volk, fasst Thibaud zusammen, war die Zeit der Witwen die hellste und beste. Für das Reich war die Zeit des Jarls die entscheidende.

Das Schwedische Reich um 1250

VÄNERN

Ärnäs
Askeberga ○ ○ Forsvik ○

V Ä S T R A

SKARA ○ ○ Varnhem

S G Ö T A L A N D

u n n a

○ Lena

○ Gestilren Näs ○

○ Lödöse

Nårunga ○

VÄTT

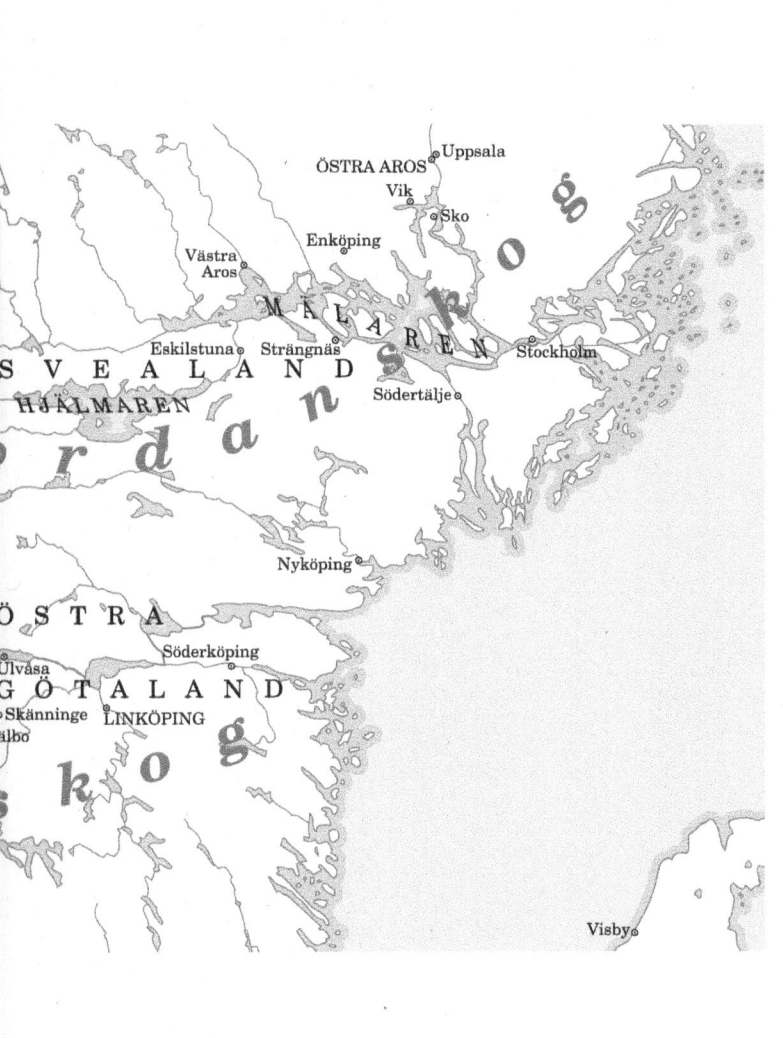

ÖSTRA AROS
Uppsala
Vik
Sko
Enköping
Västra
Aros
MÄLAREN
Eskilstuna
Strängnäs
Stockholm
SVEALAND
HJÄLMAREN
Södertälje
Nyköping
ÖSTRA
Söderköping
Ulvåsa
GÖTALAND
Skänninge
LINKÖPING
albo
Visby

Der Anfang vom Ende

DER TOD FUNKELTE IN DER ABENDSONNE auf der anderen Seite des Säveån. So sah es Bischof Kol, ebenso deutlich wie in einem seiner vielen, von Gottes Geist eingegebenen Träume, als er keuchend die wacklige Holzleiter zum höchsten Wehrgang hinaufkletterte. Auf der anderen Seite des Flusses stand der Feind in großer Zahl, lärmte mit den Waffen und schrie fürchterliche Gotteslästerungen.

Der Jarl hatte dieser Darbietung des Feindes jedoch verächtlich den Rücken zugekehrt und beugte sich nachdenklich über eine Kiste mit Sand, die er immer im Feld mitführte. Neben ihm standen seine Getreuen Sture Bengtsson und Knut Torgilsson. Im Sand vor ihnen war ein Gewirr aus Linien und Tannenzapfen, auf das sich kein Gottesmann einen Reim machen konnte. Überall um sie herum waren Axthiebe und Hammerschläge zu hören. Bis ins Letzte wurden die Verteidigungsanlagen vor dem nächsten Tag verbessert.

Der Jarl ließ sich von der Ankunft seines Bischofs nicht stören, aber sah zumindest einen Augenblick hoch, nickte, weder freundlich noch unfreundlich, und deutete auf die königlichen Köche aus Näs, die gerade damit beschäftigt waren, das Abendessen aufzutischen. Bischof Kol setzte sich an den Tisch nahe der Palisadenbrüstung, um einen guten Ausblick über den Fluss und die zerstörte Brücke von Hervad zu haben.

Er konnte nicht umhin, erneut auf die lärmenden Feinde auf der anderen Seite zu schauen. Obwohl er Geistlicher und kein Soldat war, glaubte er, genug über den Krieg gelesen zu haben, um erkennen zu können, dass sich der Feind in Reichweite der Bogen befand. Unten im Heerlager hinter den Außenwällen am Fluss standen mehr als tausend Bogenschützen, die unter Androhung der Köpfung strengstens ermahnt worden waren, sich nicht so nahe an die Wälle zu begeben, dass sie der Feind sehen konnte. Wenn sich nun alle dort unten im Lager in Stellung begäben, ohne vom Gegner gesehen zu werden, und jeder einen oder zwei Pfeile abfeuerte, so würde der Gegner große Verluste erleiden. Wenn so viele Pfeile gleichzeitig abgeschossen wurden, verdunkelte sich der Himmel.

Aber der Jarl schien keinen Gedanken an einen Überraschungsangriff zu verschwenden, und es wäre für einen Bischof unklug gewesen, sich in diesen Dingen einzumischen. Der Jarl war kein Anfänger im Kriegsgeschäft. Seit er den Oberbefehl über alle Truppen des Reichs innehatte, war keine einzige Schlacht verloren worden.

Trotzdem waren die Aussichten dieses Mal düster, das verstand selbst ein Bischof. Der Jarl verfügte unbegreiflicherweise über keinerlei Reiterei, die sonst seine stärkste Waffe und die der Folkunger darstellte. Jetzt standen stattdessen Reiterschwadronen auf der anderen Seite und paradierten in der letzten untergehenden Sonne, um zu zeigen, wie viele und wie unüberwindbar sie dadurch waren. Nach den Farben ihrer Wappen zu urteilen, waren recht viele von ihnen Folkunger, die besten berittenen Krieger im Norden. Der Jarl würde entweder in der Morgendämmerung von den seinen besiegt werden oder er würde über seine eigenen Leute siegen, was mindestens genauso schlimm war. Ein Krieg zwischen Verwandten war der schlimmste aller Kriege.

Jetzt schienen der Jarl und seine beiden Getreuen fertig zu sein. Sie nickten grimmig, hoben die Fäuste und schlugen sie leicht aneinander. Der Jarl machte einen Scherz, und die beiden anderen lachten kurz. Dann begaben sie sich zur Tafel, ohne die Spiele des Feindes auf der anderen Seite des Flusses auch nur eines Blickes zu würdigen.

»Also, mein guter Bischof!«, sagte der Jarl und rieb sich die Hände, als müsse er sie wärmen, während er mit den anderen beiden Platz nahm. »Ihr habt die Vesper gehalten, versteht sich? Und Ihr habt doch wohl auch fleißig für unseren morgigen Sieg gebetet!«

»Ja, ich habe gebetet«, erwiderte der Bischof leise. »Ich habe für ein Wunder gebetet, denn mir scheint, weder mehr noch weniger ist für einen Sieg morgen erforderlich.«

»Ach?«, sagte der Jarl mit einem ebenso plötzlichen wie überraschenden Funkeln in seinem sonst so strengen Blick. »Ihr meint also, wir hier oben auf der Anhöhe seien nicht wehrhaft genug? Ihr habt die vielen Reiter dort drüben gesehen und findet es übel, dass sie nicht auf unserer Seite kämpfen? Ihr denkt, der Fluss sei seicht und die teuflischen Söldner könnten rasch herüberwaten?«

Der Jarl blinzelte Sture Bengtsson und Knut Torgilsson zu, und diese lächelten beide voller Zuversicht. Der verlegene Bischof wusste nicht recht, was er antworten sollte. Schließlich hatte der Jarl ihre Lage wohl zutreffend beschrieben. Derart mächtige Truppen wie jene auf der gegenüberliegenden Seite konnten diesen seichten Fluss wirklich rasch durchwaten.

»Ich finde, Ihr solltet einen guten Teil der Nacht in stillem Gebet verbringen, Birger. Das wisst Ihr sehr wohl«, antwortete er vorsichtig.

»Und Ihr wisst, was ich von solchen Dingen halte!«, entgegnete der Jarl barsch. »Haben nicht etwa jene dort drüben auch ihre Gottesleute dabei? Haben nicht etwa Knut Magnusson, der sich dreist König nennt, Knut Folkesson, der sich ebenso dreist Jarl nennt, Filip Larsson und sein Halbbruder Filip Knutsson, diese Schlange, und die anderen Aufständischen mindestens einen Bischof in ihrem Gefolge? Und beten die Gottesleute dort drüben nicht auch ihrer Gewohnheit gemäß die halbe Nacht für den Sieg? Und gegen diese soll ich Euch aufstellen, als wäre das Gebet zu Gott ein Zweikampf! Ich dächte, der Herr würde sich in diesem Falle voller Abscheu von uns abwenden. Nun, all das wisst Ihr ja, Bischof.«

»Ihr schlagt nach Eurem Großvater Arn«, sagte der Bischof leise, brach ein Stück Brot und sprach das Tischgebet. Am Tisch wurde es ganz still, und die drei anderen senkten zumindest des Scheines halber einen Moment lang die Köpfe wie zum Gebet.

»Ja, das stimmt«, erwiderte der Jarl, als mit dem Essen begonnen werden durfte. »Und wagt nicht zu behaupten, Arn Magnusson sei etwas anderes gewesen als ein Krieger Gottes und überdies ein Heiliger. Und gerade er fand es vermessen, vor einer Schlacht für den Sieg zu beten. Wisst Ihr, worum er in solchen Stunden bat? Dass er selbst nicht vermessen handle, dass er, wenn er sein Schwert zöge – eben jenes Schwert, das ich nun trage –, nicht daran denken möge, wen er töten, sondern wen er verschonen solle! Darüber sollte man einmal nachdenken. Und doch war er viel mehr ein Heiliger als dieser Erik Jedvardsson.«

»Dies ist vielleicht nicht die günstigste Stunde für Gotteslästerung«, antwortete der Bischof ausweichend.

»Gotteslästerung!«, schnaubte der Jarl. »Gotteslästerung, nur weil ich unumwunden meine Zweifel daran ausspreche, dass Erik Jedvardsson, der Heilige Sankt Erik, meiner Treu, ein sonderlich heiliger Mann gewesen sein soll. Er wurde einen Kopf kürzer gemacht, weil er sich überraschen ließ, und er starb so rasch, weil er zu betrunken war, um sich zu verteidigen. Übrigens hat sich keiner der drei letzten Päpste dazu überreden lassen, diesen Trunkenbold heiligzusprechen. Wenn ich also lästere, so habe ich doch drei Päpste auf meiner Seite und befinde mich in guter Gesellschaft.«

»Ich verstehe nicht, dass Ihr Euch an einem Abend wie diesem, der Euer letzter hier auf Erden sein kann, solchen Übermutes erdreisten könnt«, antwortete der Bischof wütend.

»Das wäre nicht das Schlimmste«, antwortete der Jarl leise und plötzlich nachdenklich. »Für die meisten hier im Lager kann dies tatsächlich die letzte Nacht bedeuten. In einem Krieg kann man nie wissen, wie es kommt. Selbst bei gründlichster Planung kann sich etwas Unvorhergesehenes ereignen. So ist es nun einmal. Aber ich fürchte nicht den Tod, falls Ihr das glauben solltet. Schlimmer wäre eine Niederlage. Denn sollten wir unterliegen, so wären die meisten von uns morgen zur Mittagsstunde tot. Aber nicht Ihr und im schlimmsten Falle auch nicht ich. Ihr behaltet Euer Leben, weil Ihr Bischof seid, und ich, weil ich als Gefangener gefesselt zu Pferde nach Norden gebracht und gegen die Königskrone meines Sohnes Valdemar getauscht werden soll. Das wäre schlimmer als der Tod.«

Der Jarl nahm ein Stück Fleisch und führte es wütend zum Mund. Alle vier saßen für eine Weile schweigend da und aßen, während sich die Dunkelheit auf sie herabsenkte. Einige königliche Pagen aus Näs trugen Teerlichter herbei und stellten sie in Eisenhaltern um sie herum auf. Sie nahmen ihre Umhänge hervor und hüllten sich darin ein. Es war die Zeit nach dem Michaelistag. Der Herbst war ungewöhnlich kalt, und es hatte bereits einige Frostnächte gegeben.

Es war ein kurzes Mahl, da sowohl Knut Torgilsson, der die Verteidigung der östlichen Wälle befehligte, als auch Sture Bengtsson, der die westlichen Stellungen halten sollte, eine lange Nacht mit viel Arbeit vor sich hatten. Sie empfahlen sich höfisch, und Bischof Kol segnete beide, bevor sie sich mit großen Schritten in verschiedene Richtungen begaben.

Nachdenklich und schweigend saß der Jarl da und strich mit dem Finger über den Bierkrug.

»Es sind beides gute Männer«, sagte er nach einer Weile. »Ihre Väter waren von Kindheit an, seit unserer Lehrzeit auf Forsvik, meine Freunde. Und im Gegensatz zu manch anderen Freunden haben mir sowohl sie als auch ihre Väter stets die Treue gehalten. Sture und Knut waren während der ganzen Zeit in Tavastland bei mir. Viele unserer Siege sind ihnen zu verdanken.«

»Wenn Ihr Euch von manch einem Freund im Stich gelassen fühlt, so habt Ihr umso größeren Anlass, Euer Vertrauen in Gott zu setzen«, sprach der Bischof mit einer Miene, als habe er soeben etwas sehr Weises gesagt. Der Jarl schien rasch und im Zorn etwas erwidern zu wollen, besann sich aber und trank mit langsamen Schlucken sein Bier.

»Einst, als ich sehr jung war«, fuhr er plötzlich fort, »schworen wir jungen Männer von Forsvik, dass wir unsere Waffen nie gegeneinander erheben würden. Wir wollten immer Seite an Seite kämpfen. So hatte es sich mein Großvater Arn einst gedacht. Wir, die Reiter von Forsvik, würden gemeinsam so stark sein, dass Frieden im Reiche

herrschen konnte, da uns niemand würde besiegen können. Ein Frieden ganz zu unseren Bedingungen zwar, aber
immerhin Frieden.«

»Eure Worte klingen bitter, wertester Jarl«, sagte der
Bischof vorsichtig. »Aber die Idee war doch gut?«

»Ja, die Idee war gut. Großvater Arns Ideen waren immer wie ein Licht in der Nacht. Und lange Zeit schien es,
als würde er Recht behalten. Ich ritt an seiner Seite bei
Gestilren, damals war ich ein unerfahrener Jüngling, aber
trotzdem durfte ich mit unserem Banner neben ihm reiten. Dasselbe Banner, das Ihr vielleicht auf dem Dach über
uns gesehen habt, als Ihr hier heraufgeklettert seid. Bei
Gestilren hat er zum zweiten Mal die Dänen besiegt, und
Ihr müsst wissen, dass dies noch zur Zeit Valdemar des
Siegers war, als Dänemark unbezwingbar war. Aber Großvater Arn hat sie zweimal bezwungen, und beide Male war
die Reiterei aus Forsvik entscheidend. Er hat sein Leben
gelassen für diesen Sieg und für den langen Frieden, der
darauf folgte. Morgen treffen wir trotzdem auf Reiter aus
Forsvik. Großvater Arn wird in seinem Himmel Tränen
vergießen.«

»Eben dies verstehe ich nun nicht«, sagte Bischof Kol.
»Zwar gibt es vieles, das ich nicht verstehe, aber hauptsächlich, dass es Reiter der Folkunger auf der anderen Seite
gibt, aber nicht auf unserer.«

»Das ist es ja gerade.« Der Jarl seufzte. »Die Aufrührer
sind unsere Verwandten. Sie sind Folkunger, und die Reiter der Aufrührer haben es jetzt leicht, da wir keine Reiter
aus Forsvik auf unserer Seite haben, was dem Feind sehr
wohl bewusst ist. Sie merken es schon allein an der Art,
wie wir uns hier verschanzt haben. Ich bin es gewohnt,
mit der Reiterei zu siegen. Jetzt muss ich jedoch gegen die
Reiterei siegen, da meine lieben Bundesgenossen der Auf-

fassung sind, sie würden ihr Gelöbnis brechen, nie die Waffen gegen Forsvikkämpen zu erheben, wenn sie uns beistünden. Nun sitzen sie also auf ihren Höfen in Hönsäter, Jerv, Ynglingastad, Granåsa, Forsvik und vor allem in Lena, aber auch auf allen anderen Gütern und Burgen; dort sitzen über zweihundert Folkunger-Reiter mit den Händen im Schoß und lassen uns zu Fuß um unser Leben kämpfen. Und Ihr wundert Euch noch, dass ich verbittert bin?«

»Ihr habt fünftausend Mann hier in Nårunga, würden da zweihundert Reiter einen so großen Unterschied bedeuten?«, fragte der Bischof beschämt.

»Ja.« Der Jarl musste über die Ahnungslosigkeit des Gottesmannes beinahe lächeln. »Wenn ich die Reiterei aus Forsvik unter mit hätte, die Männer, die ganz Tavastland befreiten, dann hätten wir uns hier nicht wie Füchse im Bau verschanzen müssen. Dann müsste für den Sieg nicht so viel Blut vergossen werden wie jetzt, falls wir überhaupt siegen. Mit der Reiterei aus Forsvik hätten wir dieses deutsche Söldnerheer binnen einer Woche aus unserem Land vertrieben. Hätten wir die Reiterei aus Forsvik jetzt an unserer Seite, dann würden wir morgen innerhalb von ein paar Stunden siegen. So groß ist der Unterschied.«

»Und weshalb haben wir uns verschanzt wie die Füchse, weshalb lasst Ihr Euch bereits jetzt, wo der Feind doch gerade erst ins Land eingedrungen ist, auf den Kampf ein?«, fragte der Bischof, und seine Stimme verriet, dass er das nicht für sonderlich klug hielt. Der Jarl war über die Tatsache, dass man sein Handeln infrage stellte, jedoch nicht im Geringsten erbost.

»Ihr stellt eine sehr kluge Frage, Bischof«, entgegnete er. »Ich bin mir nicht sicher, ob Euch bewusst ist, wie sehr sie eben jene Schwierigkeiten berührt, die Knut, Sture und ich in den letzten Wochen besprochen haben. Es verhält sich folgendermaßen. Knut Magnusson und sein Anhang dort drüben haben in Schleswig ein Heer angeworben, deswegen sind sie auch mit dem Schiff von Jütland nach Halland gekommen. Ihre deutschen und dänischen Fußsoldaten und Reiter kosten viel Silber. Wir stehen also vor einer Entscheidung. Wir können dem Kampf ausweichen und mit ansehen, wie die Kriegsknechte das gesamte Västra Götaland brandschatzen und plündern, bis es schließlich nichts mehr gibt, womit sie bezahlt werden könnten. Vielleicht würden uns meine edlen Forsviker Verwandten recht bald zu Hilfe kommen. Vielleicht. Aber eines ist sicher, und zwar, dass die Versuchung für Knut Magnusson recht groß ist, rasch einen Sieg herbeizuführen, weil ihn dann seine Soldaten weniger Silber kosten. Und diese Versuchung führe ich ihm jetzt wie einen Köder vor Augen, versteht Ihr?«

»Nein, ich glaube nicht«, erwiderte der Bischof grübelnd. »Die Versuchung, rasch zu siegen, solange die Soldaten noch frisch sind und der Preis in Silber gering ist, kann ich nachvollziehen. Aber inwiefern profitiert Ihr von einer raschen Entscheidung?«

»Ich erhalte die Möglichkeit, den Ort der Schlacht zu bestimmen«, erwiderte der Jarl zufrieden. »Knut Magnusson will mich sofort besiegen und begibt sich willig zu dem Gebiet meiner Wahl. Versteht Ihr jetzt?«

»Nein.« Der Bischof seufzte. »Ich verstehe zwar, dass es von Vorteil ist, sich den Kampfplatz aussuchen zu können. Aber die Soldaten sind doch wohl zu Beginn eines Krieges am stärksten?«

»Kommt!«, meinte der Jarl und trat auf die Sandkiste zu. Er griff zu einer Teerfackel, strich mit einem Waschholz über die unzähligen Linien und fegte dabei die Tannenzapfen zu Boden. Die Sandfläche war jetzt wieder so glatt und rein wie ein unbeschriebenes Blatt.

»Hier verläuft der Säveån, hier liegt Nårunga und hier Hervadsbro. Dort befinden wir uns jetzt«, sagte der Jarl belehrend und zeichnete gleichzeitig mit einem spitzen, knochigen Finger in den Sand. »Hier oben steht Ihr mit mir zusammen, dort drüben auf der anderen Seite steht der Feind. Ihr seht ihre Feuer, wenn Ihr Euch umdreht. Wenn Ihr den Schanzen und Wällen östlich der Brücke mit dem Blick folgt ... hier genau befindet sich ein großer Sumpf. Dort kommt niemand durch. Ganz im Westen ragen Berggipfel auf, die sich so leicht verteidigen lassen, dass es schon fast unnötig ist. Unsere Wälle und Palisaden verlaufen den ganzen Fluss entlang. Sagt mir jetzt, wo der Feind angreifen wird? Wo sind wir verletzbar?«

Bischof Kol war von diesem Kriegsspiel wie gebannt. Er beugte sich über die Linien und dachte einen Augenblick lang scharf nach, dann entschied er sich.

»Hier!«, sagte er und stieß seinen Zeigefinger bis zum Bischofsring in den Sand. »Hier überqueren sie den Fluss. Das sagte ich bereits bei meiner Ankunft. Hier werden sie wie die Bienen über uns ausschwärmen. Hier unten, links von uns, ist das Ufer flach und die Palisaden sind am schwächsten. Habe ich nicht Recht?«

»Doch, Ihr habt vollkommen Recht, Bischof«, sagte der Jarl lächelnd. »Für einen Kleriker seid Ihr gar nicht so einfältig, wie man meinen könnte. Dort unten, wo wir gerade hinter den Palisaden die Hindernisse für die Reiterei aufbauen, werden sie als Allererstes durchbrechen. Und das sollen sie auch. Mehrere Tausend sollen sich dort durchdrängen. Und was geschieht dann?«

»Mehrere Tausend? Dann sind wir also doch verloren?«, meinte der Bischof entsetzt.

»Hier drüben«, der Jarl deutete mit seinem Zeigefinger auf eine Stelle in der Sandkiste, »zwei Pfeilschüsse entfernt nach hinten, wo es mittlerweile zu dunkel ist, als dass Ihr etwas sehen könntet, befindet sich eine Anhöhe. Dort haben wir drei große Steinschleudern versteckt, die ich nach langen Verhandlungen aus Forsvik mitnehmen durfte. Wisst Ihr, was griechisches Feuer ist?«

»Tacitus schrieb darüber«, murmelte der Bischof. »Aber ich habe diese römischen Schriftsteller vermutlich nicht mit demselben Interesse gelesen wie Ihr. Euer Latein ist übrigens das beste, das ich je einen weltlichen Herrn habe sprechen hören. Also, so sagt es mir!«

»Die Wurfmaschinen schleudern große Tongefäße, die mit Harz-, Tannen- und Kiefernöl gefüllt sind, Ölen, die man dazu verwendet, Farbe abzuwaschen. Dieses Öl brennt wie das Höllenfeuer. In den Gefäßen steckt ein brennender Docht, wenn sie abgefeuert werden. Ein Höllenfeuer wird über den Feind hinwegrollen, wenn er den Sieg zum Greifen nahe wähnt. Natürlich nur, so Gott will.«

»Jetzt lästert Ihr schon wieder!«

»Ihr wisst, wie ich in dieser Frage denke. Will Gott zweitausend Söldner für uns braten oder will er nicht? Eine solche Frage finde ich gotteslästerlich, auch den Gedanken, dass Ihr, Bischof, heute Nacht auf Euren Knien darum beten werdet, dass uns der Feind wirklich in die Falle marschiert, um dann im Feuer unterzugehen. Einen schrecklicheren Tod gibt es nicht. Sie werden qualvoll und jämmerlich sterben, und der Gestank verbrannter Leichen wird alles überlagern. Mein Glaube heißt mich, Gott größte Ehrfurcht zu erweisen, indem ich nicht um so etwas bitte. Aber betet Ihr nur!«

»Aber ... alle Bogenschützen?«, fragte Bischof Kol und ignorierte anstrengt die gotteslästerlichen Worte, die der

Jarl soeben ausgesprochen hatte. »Sollen sich die tausend Bogenschützen wie wir alle nur auf diese Feuerfalle verlassen? Setzt Ihr damit nicht alles auf eine Karte?«

»Nicht im Geringsten.« Der Jarl lächelte. »Es ist wirklich ein Vergnügen, Euch so viel klüger in Fragen des Krieges zu erleben, als ich erwartet hatte, Bischof. Also, hier hinten, westlich der Anhöhe, haben wir alle Baumwipfel abgesägt und eine große Lichtung gerodet. Dort stehen die Bogenschützen. Sobald wir das Feuer fortgeschleudert haben und die Flucht des Feindes beginnt, wenn das Gedränge unten am Fluss am größten ist, dann ist der rechte Augenblick gekommen. Kommt, wir setzen uns wieder!«

Sie ließen sich erneut mit gewärmtem Bier bewirten, weil es so kalt war, und saßen dann beide eine Weile lang in Gedanken versunken in der Dunkelheit da. Um sie herum brannten Feuer. Axthiebe waren zu hören. Zimmerleute hatten begonnen, kleine, gespaltene Baumstämme als provisorisches Dach über ihren Köpfen anzubringen. So verfuhren sie nun den gesamten langen Verteidigungswall am Fluss entlang, wo die Bogenschützen und Armbrustschützen Stellung beziehen würden und sich etliche Männer schon für die Nacht eingerichtet hatten.

Der Himmel war sternenklar, was auf eine kalte Nacht und einen zeitigen Angriff schließen ließ, da es recht früh hell werden würde.

»Ihr seht doch dieses Dach, Bischof«, sagte der Jarl, nachdem sie lange geschwiegen hatten, »von dem der Feind nichts wusste, als er dort drüben gelärmt und uns verhöhnt hat. Auf der anderen Seite werden sie ihre Bogenschützen aufstellen und glauben, dass sie einen Pfeilschauer auf uns niederregnen lassen können, bevor sie den Fluss überqueren. Aber dafür stehen sie zu hoch, und unser Dach ist etwas geneigt. Wenn es hell wäre, würde Euch, nachdem Ihr Euch aufgerichtet hättet, sofort auffallen, dass Ihr die gegenüberliegenden Anhöhen nicht erkennen könnt. Das bedeutet, dass Euch kein Pfeil, der von dort abgeschossen wird, treffen kann. Ist der Bogenschütze nicht zu sehen, dann kann man auch aus geringem Abstand nicht getroffen werden. Sie werden viele Pfeile vergeuden, ehe sie das begreifen. Um uns zu treffen, müssen sie zum Fluss hinunter, und dort können wir sie mit unseren Pfeilen treffen.«

»Aber das Feuer? Haben sie nicht auch Feuerpfeile?«, wandte der Bischof etwas lahm ein.

»Gewiss. Aber auf unseren Dächern liegen bald nasse Kuhhäute, sie werden sie also nicht mit ihnen entflammen können. Und hinten haben wir große Wassertröge aufgestellt, falls doch etwas in Brand geraten sollte.«

»Seid nicht zu übermütig, Jarl. Habt Ihr auch wirklich an alles gedacht?«

»Ich habe durchaus nicht an alles gedacht. Das kann niemand. Wie gesagt, geschieht in einem Krieg vieles, das sich niemand im Voraus ausmalen kann. Ich habe nur so weit gedacht, wie es meinen klügsten Bundesgenossen und mir möglich war. Übermütig bin ich nicht, nur Toren begeben sich übermütig in den Krieg. Und Toren leben nicht so lange, wie ich es bereits getan habe.«

»Und Ihr wollt nicht mit mir zusammen beten?«

»Nein, und wisst Ihr auch warum?«

»Warum war es Euch dann so wichtig, einen Bischof dabeizuhaben?«

»Das weiß ich nicht. Es ist mir wichtig, Euch hier zu wissen, weil Ihr mein Kanzler seid. Ihr könnt verhandeln, könnt Urkunden und Verträge ausfertigen, und vielleicht werden diese Fertigkeiten morgen vonnöten sein, wenn es darum geht, unseren Sieg zu beurkunden. Oder unsere Niederlage.«

»Falls Gott Euch beisteht und Ihr siegt, welche Gnade wollt Ihr dann Euren besiegten Feinden zuteilwerden lassen?«

Die Frage das Bischofs war nicht so unschuldig, wie sie klang. Dass er überhaupt fragte, war eigenartig und bewies, dass er Schlimmstes befürchtete. Denn wenn Herren und insbesondere miteinander verschwägerte Herren einander besiegten, endete das meist damit, dass man nach der Entscheidung gemeinsam einen Humpen Bier trank. Anschließend leisteten alle einen Eid, den sie in der Regel ohnehin nicht zu halten gedachten, und ritten dann in verschiedene Richtungen davon. Mit seiner Frage zeigte Bischof Kol, dass er nicht mit einer solchen Milde nach einem Sieg rechnete. Dass der Jarl erst lange und mit finsterer Miene schwieg, trug nicht gerade zu seiner Beruhigung bei.

»Wir wollen das Fell des Bären nicht verteilen, bevor er tot ist«, murmelte er verbissen.

»Gibt es etwas, das uns den Sieg garantiert, und etwas, das mit Sicherheit zu unserer Niederlage führen würde?«, fragte der Bischof, nachdem er ebenfalls lange geschwiegen hatte.

»Ja«, erwiderte der Jarl. »Der Sieg wäre uns sicher, wenn ich meine liebsten Verwandten, die Forsviker, in dieser Nacht an meiner Seite hätte. Und eine Niederlage erleiden wir, wenn uns der Feind nicht in die Falle geht, sondern die Palisaden an einer anderen Stelle stürmt als an der, die auf den ersten Blick am verlockendsten erscheint. Wenn ich in ihrer Haut steckte, würde mich eine Verteidigungsanlage, die den Anschein einer halboffenen Tür erweckt, nachdenklich stimmen. Ich würde ahnen, dass es sich um eine Falle handelt.«

»Lasst uns also darum beten, dass der Leichtsinn des Feindes größer ist als seine List«, meinte der Bischof seufzend.

»Ja, das wäre eine Gnade, um die man im Stillen beten könnte, ein Gebet, das nichts Vermessenes hätte«, erwiderte der Jarl spöttisch.

Bischof Kol verkniff sich eine Erwiderung und beschloss, die Frage des Gebets vor einem Krieg nicht wieder aufzugreifen. Der Jarl war in dieser Angelegenheit starrköpfig und gänzlich uneinsichtig. Kein anderer Mann hier im Norden würde auf die abwegige Idee kommen, am Abend vor einer großen Schlacht nicht zu beten. Aber gerade als ihm dieser Gedanke kam, fiel ihm der Mann ein, der vielleicht genauso gehandelt hätte.

»Ich hatte nie die Gelegenheit, Euren Großvater Arn kennenzulernen«, sagte er leise, um deutlich zu machen, dass er nicht vorhatte, weitere Worte auf den Krieg oder das Gebet zu verschwenden. »Dass Arn Magnusson ein großer Mann war, weiß ich, und dass er der größte Krieger von Euch allen war, das weiß ich ebenfalls. Aber wie war er als Mensch, wenn er nicht im Harnisch steckte?«

»Wie kein Zweiter, und sein Erbe lastet schwer auf meinen Schultern«, antwortete der Jarl nachdenklich. »Jetzt sage ich Euch in tiefstem Ernst und ohne Scherz, dass er wirklich ein Heiliger war. Mit einem Heiligen will sich niemand vergleichen lassen, aber ich habe mich trotzdem mein ganzes Leben lang an ihm messen lassen müssen. Und wie Ihr wisst, bin ich alles andere als ein Heiliger.«

»Richtig«, pflichtete ihm der Bischof gelassen bei, »Ihr seid alles andere als ein Heiliger. Ihr seid ein harter Mann, Birger, und Ihr könnt Euch keinesfalls sicher sein, Eurem geliebten Großvater Arn im nächsten Leben wiederzubegegnen.«

»Seht Ihr, jetzt fangt Ihr schon wieder an, mich mit ihm zu vergleichen! An seinem Sterbelager habe ich ihm zwei Dinge gelobt, und die habe ich bislang gehalten. Zum einen, dass ich das Reich zusammenhalten und Schweden nennen würde, und das werden wir auch verkünden, falls wir morgen siegen; zum anderen, dass ich dort, wo der Mälaren bei Agnefit in die Ostsee fließt, eine Stadt errichten würde. Damit habe ich begonnen, und diese Stadt werde ich Stockholm taufen. Morgen wird es mir vielleicht nicht mehr gelingen, das erste Versprechen zu halten, falls uns die Aufrührer schlagen. Seht her, das hier ist Arn Magnussons Schwert! Das habe ich immer umgegürtet, wenn uns der Sieg nicht gewiss ist, und bislang habe ich nie verloren, wenn ich sein Schwert getragen habe.«

In den Augen von Bischof Kol unterschied sich das Schwert des Jarls nur dadurch von anderen Schwertern, die er bislang gesehen hatte, dass es eine viel schäbigere Scheide besaß als die Schwertscheiden anderer großer Männer. Sie war aus schwarzem Leder und bis auf ein rotes Ritterkreuz am Heft schmucklos. Weiterhin fanden sich auf der Klinge seltsame undeutbare Zeichen in Goldschrift. Der Jarl legte das Schwert vorsichtig zwischen den geräucherten Schinken und das Brot auf den Tisch. Der Bischof strich mit den Fingern über die Goldschrift, beugte sich vor und versuchte die Zeichen im Feuerschein zu lesen, ohne eine Silbe zu begreifen.

»Was für eine Sprache ist das und was steht da?«, fragte er, nachdem er es aufgegeben hatte, die Zeichen deuten zu wollen.

»Wenn ich Euch das sage, so werdet Ihr frömmlerisch die Augen verdrehen und den Kopf schütteln«, erwiderte der Jarl, der ein Lachen unterdrücken musste. »Das ist das Geschenk eines Königs, dessen Namen Ihr kennt, an Arn Magnusson im Jahre des Heils 1191. Mehr sage ich Euch nicht.«

»Er war Schwertritter?«

»Nein, er war Tempelritter. Kleriker und Berserker in einer Haut, könnte man sagen. Er war es, der unsere gesamte Forsviker Reiterei schuf. Wir sind alle seine Kinder, auch einige der Kanaillen dort drüben auf der anderen Seite des Flusses. Wir hatten einander gelobt, uns nie gegenseitig zu verraten, wie dies jetzt geschehen ist. Das hätte ihm sehr zu schaffen gemacht.«

»Und wie wäre er mit einem morgigen Sieg umgegangen?«

»Sicher anders als ich. Er war ein Heiliger, und jetzt sage ich Euch zum letzten Mal, dass *ich* das nicht bin. Wollt Ihr Euer Nachtlager hier oben aufschlagen? Nein, das wäre vermutlich nicht ratsam. Hierher werden morgen die meisten Pfeile gerichtet werden. Der Feind hat mein Wappen gesehen und sicher auch meinen Umhang. Kommt, lasst uns einen sichereren Ort aufsuchen!«

Trotz seines Alters schwang sich der Jarl behände die Leiter auf der Rückseite der Palisade hinunter, was ihm wesentlich leichter fiel als dem beträchtlich jüngeren Bischof. Sie gingen eine Weile im Lager umher, in dem noch eilig Baumstämme gespalten und zusammengebunden oder zu Hindernissen für die Reiterei angespitzt wurden. Wohin sie auch gingen, segnete der Bischof die Krieger und Arbeiter, und wo auch immer der hermelinverbrämte Umhang des Jarls auftauchte, hielten alle in der Arbeit inne. Es dauerte eine Weile, bis die beiden die zweihundert Schritte zu den Wurfmaschinen zurückgelegt hatten, wo der Jarl sein Nachtlager aufschlagen wollte. In der Morgendämmerung vor Beginn des Kampfes würden sie ein weiteres Mal durch das Lager gehen, versicherte er Bischof Kol, der gar nicht aufhören wollte, die Männer zu segnen, die möglicherweise am nächsten Tag gegen Mittag tot sein würden.

Als sie auf der Anhöhe mit den Steinschleudern anlangten und der Jarl soeben begonnen hatte, dem Bischof ihre Funktion zu erklären, wurde im Lager Alarm geschlagen. Fremde Reiter näherten sich, und alle sprangen auf und griffen zu ihren Waffen.

Da die Reiter im Dunkeln nicht angreifen konnten, verbreitete sich eine unheimliche Stimmung, als näherte sich eine Gefahr, die nichts Menschliches hatte, trotz des vernehmbaren Schnaubens der Pferde und des Klirrens der Steigbügel. Bald waren auch zornige Stimmen zu hören, anschließend wurde gerufen, Ritter Sigurd und seine Forsviker seien eingetroffen.

Der Jarl zuckte zusammen, als er das hörte. Er packte Bischof Kol so fest am Arm, dass er ihm wehtat. Dann tat er etwas, das der Bischof nie für möglich gehalten hätte. Er fiel auf die Knie und dankte mit einem langen lateinischen Gebet Gott und der Gottesmutter. Bei diesem Anblick traten Bischof Kol Tränen in die Augen, und er dachte, dass die Freude über einen bekehrten Sünder im Himmelreich so viel größer sei als über hundert Gerechte.

Der Jarl betete wahrhaftig zu Gott, und der Bischof meinte sogar die eine oder andere Träne in dem zerfurchten und vom Krieg gezeichneten Gesicht auszumachen. Birger Jarl besaß ein eckiges Kinn, das sowohl kirchlichen als auch weltlichen Männern Schrecken einflößte.

Die Reiter hielten am Rand des Lagers an, zwei von ihnen saßen ab, und willige Hände wurden von allen Seiten nach den Zügeln ihrer Pferde ausgestreckt.

Ritter Sigurd war ein alter Mann, älter als der Jarl, aber hoch erhobenen Hauptes schritt der große Krieger durch die Menge von Schützen und Lanzenträgern. Sein graues Haar fiel ihm lang auf die Schultern, und sein Helm hing bei ihm wie bei allen Forsvikern an einer Kette über der Schulter.

Der Jarl schritt, gefolgt von Bischof Kol, langsam auf ihn zu, und niemand hätte geglaubt, dass er eben noch auf den Knien gebetet hatte, da dies nicht seine Art war. Er blieb neben einem hellen Feuer stehen und erwartete Ritter Sigurd dort. Als sie sich gegenüberstanden, wirkte es, als wolle keiner der beiden das erste Wort sprechen. Sie maßen einander mit steinernen Blicken.

»Falls du bei mir das Abendbier trinken wolltest, Sigurd, so hast du dafür wirklich einen seltsamen Zeitpunkt gewählt«, begrüßte ihn der Jarl schließlich mit lauter Stimme, damit alle ihn hören konnten. »Du bist mir aber trotzdem ein willkommener Gast«, fügte er nach kurzem Schweigen hinzu.

»Ich trinke gerne ein Willkommensbier mit dir, Jarl Birger«, erwiderte Sigurd ebenso feierlich, »und ich hoffe, dass du ausreichend Bier in deinem Lager hast, denn wir sind viele und wir sind schnell geritten, um nicht zu spät zu kommen.«

»Von wo seid ihr losgeritten und wie viele seid ihr?«, fragte der Jarl, ohne eine Miene zu verziehen.

»Wir sind zwölf Schwadronen, auf die Forsviker Art gerechnet also 192 Mann. Wir sind bei Lena zusammengekommen, und von dort aus sind wir hierhergeritten, wie es uns die Ehre gebietet«, antwortete Ritter Sigurd, auf dessen starrem Gesicht ein Lächeln auftauchte.

Davon ließ sich der Jarl sofort anstecken. Er warf jegliche Würde ab, trat drei große Schritte vor und drückte seinen Verwandten in einer Umarmung an sich.

»Du und unsere Freunde bringt uns den Sieg, lieber Sigurd«, murmelte der Jarl, aber so, dass nur der andere es hören konnte. »Selbstverständlich haben wir Willkommensbier im Lager, und noch mehr brauchen wir morgen gegen Mittag, wenn alles vorüber ist.«

Die Zeit der Witwen

I

Der wunderbare Sieg bei Gestilren im Jahr der Gnade 1210 hatte einen hohen Preis. Er machte viele Frauen zu Witwen und noch mehr Kinder zu Waisen. Das Trauerjahr war rasch vorüber, aber die Trauer währte länger.

Bei dem jungen Birger Magnusson war die Trauer größer und schmerzlicher als bei seinen Brüdern, obwohl diese genauso vaterlos geworden waren wie er selbst und ebenfalls ihren geliebten und hochverehrten Großvater Arn verloren hatten.

Aber Birger war in Gestilren selbst dabei gewesen. Dort hatte man ihm trotz seines geringen Alters das Reichsbanner anvertraut, und er war zwischen König Erik Knutsson und Marschall Arn Magnusson geritten. So war es gekommen, dass Birger mit angesehen hatte, wie sein eigener Vater Magnus Månesköld und eine große Anzahl älterer Folkunger direkt in den Tod geritten waren. Die entsetzlichen Ereignisse waren vermutlich recht schnell vorüber gewesen, aber in seiner Erinnerung sah er wie in einem ewigen Traum, wie sich alle seine älteren Verwandten in bedächtigem Schritt auf ihren schweren, eisengepanzerten Pferden bewegt hatten.

Der König und der Marschall, ihre Wappenträger und Kuriere sowie eine Schwadron leichter Reiterei aus Forsvik hatten sich auf einer Anhöhe befunden und einen guten Überblick über die gesamte Schlacht gehabt. Sie hatten alle gleichzeitig erkannt, was unabänderlich geschehen würde, und sich nur noch schweigend bekreuzigen können.

Die älteren Folkunger, die nicht wie ihre Söhne in Forsvik in die Lehre gegangen waren, hatten angegriffen, ohne die rote Fahne auf der Anhöhe des Marschalls abzuwarten. Vielleicht hatten sie allzu eifrig die Begegnung mit dem Feind gesucht, ganz sicher hatte jedoch keiner von ihnen begriffen, wie gefährlich es war, verfrüht anzugreifen.

Die dort unten kühn und energisch der dänischen Reiterei entgegenritten, bemerkten nicht, wie sich hinter ihnen eine große schwarze Wolke wie ein Zeichen des Todes erhob. Zweitausend der eigenen Bogenschützen feuerten zum vereinbarten Zeitpunkt die erste Salve ab und danach eilig eine zweite und eine dritte. Mehr als die Hälfte der Folkunger-Reiterei war zu weit vorgedrungen und wurde, als sie mit dem dänischen Feind zusammenprallen wollte, von der Sichel des mörderischen Engels zu Boden gestreckt. Sie starben an Hochmut und Einfalt.

Das minderte die Trauer jedoch nicht. Zu jener Stunde befand sich der junge Birger auf der Anhöhe des Marschalls und war keineswegs der einzige Jüngling aus Forsvik, der seinen Vater verlor.

Sie weinten erst, nachdem der Sieg errungen war.

* * *

Als das Trauerjahr kurz vor der Ernte vorüber war, die in diesem Jahr recht gut zu werden versprach, reiste der junge Birger zurück nach Forsvik, obwohl seine Mutter Ingrid Ylva, der nur wenige Junge und Alte zu widersprechen wagten, ihn abwechselnd zu überreden oder ihm zu gebieten suchte, bei seinen Brüdern in Ulvåsa zu bleiben. Sie fand, das Wissen der Kleriker, an dem er dort teilhaben könne, da sie kürzlich wieder einmal einen aus Skänninge in Dienst genommen hatte, sei ihren Söhnen bei ihren zukünftigen Aufgaben mehr von Nutzen als die Kriegs- und Handelskünste, die man in Forsvik erlernte.

Birger hatte sich geweigert, dieser Rede Gehör zu schenken. Er verteidigte sich damit, dass er seit seinem fünften Jahr genug mit Klerikern zu tun gehabt habe und deswegen sowohl die Kirchensprache als auch das Fränkische beherrsche und mehr als genug über die Heilige Schrift wisse. Er sei jedoch noch nicht zum Ritter geschlagen worden, und mit weniger wolle er sich im Leben nicht begnügen. Die Beteuerungen seiner Mutter, er werde in Zukunft gewiss etwas viel Besseres als ein Ritter, wischte er mit der Bemerkung beiseite, dass niemand in die Zukunft schauen könne, egal was einige Leute hinter vorgehaltener Hand darüber sagen würden. Und selbst wenn dem so wäre, dann fordere die höchste Macht im Reiche doch wohl ebenso gute Kenntnisse in der Kriegskunst wie in dem Wissen der Kleriker.

Im Nachhinein, als er im Hafen von Ulvåsa eines der Frachtboote bestiegen hatte, die ständig zwischen Linköping und Lödöse verkehrten, um seine Fahrt nach Forsvik anzutreten, fand er, dass seine Mutter weniger beharrlich gewesen war, als er befürchtet hatte. Aber er musste nach Forsvik, dorthin sehnte er sich mehr als an irgendeinen anderen Ort ... nach diesem betrüblichen Jahr, in dem er von einem Leichenschmaus bei seinen Verwandten zum nächsten gereist war.

Es war ein lauer und reifer Spätsommerabend, als sich das Boot Forsvik näherte. Es wehte nur eine schwache westliche Brise, und die Wasserfläche vor den unteren

Landungsbrücken kräuselte sich kaum. Bereits lange bevor das Boot anlegte, waren die besonderen Düfte wahrzunehmen, die von keinem anderen Ort weder in Västra noch in Östra Götaland kommen konnten. Diese Düfte waren wie Märchen, die von fernen Ländern erzählten. Sie kamen von der Holzkohle der Schmieden und Glashütten, vom frisch gebackenen Brot aus den Lehmöfen, die an Bienenkörbe erinnerten, und von dem auf dem Rost gebratenen, gehackten Lammfleisch, das mit Kümmel- und Pfeffersorten gewürzt wurde, die es nur auf Forsvik gab. Noch stärker dufteten die Rosengärten von Großmutter Cecilia Rosa. Dazu die Geräusche: der unverwechselbare Gesang von Forsvik. Das Lärmen der Schmieden, das Ächzen der Blasebälge und das schrille Kreischen der rotierenden Sägen. Hierher war Birger im Alter von nur fünf Jahren gekommen, um in die Lehre zu gehen, und hier hatte er den größeren Teil seines Lebens verbracht. So gesehen war Forsvik vielmehr sein Zuhause als Ulvåsa auf der anderen Seite des Vättern.

Noch ehe das Boot richtig angelegt hatte, sprang er geschmeidig an Land. Er schlug seinen Umhang über sein Schwert und eilte die lange, breite Treppe hinauf, die nun zu mehr als der Hälfte aus Steinstufen bestand.

Es war, als gelange er in eine kleine Stadt, in der niemand einem Neuankömmling sonderliche Beachtung schenkte, am allerwenigsten einem mit dem blauen Umhang der Folkunger, da fast alle jungen Herren in Forsvik einen solchen trugen. Und wie in einer Stadt waren alle mit etwas beschäftigt. Arbeiter trugen an einem Joch über der Schulter zwei Eimer mit Holzkohle in die Schmieden oder schoben Karren mit Sand in die Glashütte. Kupfer- und Tongefäße wurden von den oberen Kais weggebracht, um Platz für die Last zu schaffen, die eben mit dem Boot über den Vättern gekommen war. Mägde trugen große Holztröge mit frisch gebackenem Brot, Köche schleppten Rinderhälften von der Schlachterei zum Kochhaus, und in all dem Trubel waren fremde Sprachen zu hören, die nur in Forsvik gesprochen wurden. Birger lehnte sich für einen Moment an eine Hausecke, die aufgrund der großen Mühlräder, die dort drinnen knirschten und knarrten, unmerklich bebte. Er nahm die Düfte und Geräusche Forsviks in sich auf, und es kam ihm so vor, als sei er gar nicht lange fort gewesen. Von der anderen Seite der Siedlung, von den Übungsplätzen her, erscholl der Donner von Pferdehufen.

Der gleichaltrige Johannes Jacobian entdeckte ihn als Erster, eilte sofort auf ihn zu und umarmte ihn lange. Während sie sich, in ein eifriges Gespräch vertieft, zu der Kammer von Frau Cecilia Rosa begaben, erfuhr er, dass Forsvik in dem vergangenen Jahr nichts Böses widerfahren war. Als wäre die Zeit stehen geblieben und hätte es keinen Krieg gegeben.

Johannes, der Sohn des Meisters der Werkstätten, Jacob Wachtian, sprach eine Mischung aus vielen Sprachen, wenn er sich ereiferte. Eine Sprache, die unter Forsviker Kindern entstanden war und für Leute, die sie nicht gewohnt waren, unbequem und für Leute, die von außerhalb kamen, schier unverständlich war. Auf dem kurzen Weg zu Frau Cecilia Rosas Schreibkammer sah sich Birger immer wieder zu Nachfragen gezwungen, um sich das eine oder andere Wort ins Fränkische oder Lateinische übersetzen zu lassen. Vor der Tür zur Schreibkammer fiel ihm die Trennung schwer, da Johannes etwas zu erzählen begonnen hatte, das vermutlich wichtig, doch nicht ganz leicht zu verstehen war. Es ging um die Forsviker Sägen, die derart verbessert worden waren, dass sie ein doppeltes

Tagewerk leisteten. Aber als Birger schließlich an seinem Umhang zupfte und das Schwert unter seinem linken gebeugten Arm nach vorn schob, verstand Johannes rasch den Wink und verabschiedete sich, nachdem er seinem Freund das Versprechen abgenommen hatte, ihm am nächsten Tag die neuen Sägen vorführen zu dürfen.

Birger blieb daraufhin für einen Augenblick mit gesenktem Kopf stehen, als würde er beten. Dann holte er tief Luft, öffnete die niedrige Holztür und trat in die Schreibkammer seiner Großmutter.

Sie saß mit ihm zugewandten Rücken vorgebeugt da und schrieb mit einer Feder in ihre Rechnungsbücher. Ihr dicker Zopf, der auf den Rücken herabhing, war silbern und grau geworden, kein einziges rotes Haar war mehr übrig. Sie hatte es nicht eilig; langsam legte sie mit der einen Hand die Schreibfeder beiseite, ergriff mit der anderen ihren Witwenschleier und drehte sich dann mit einer Miene um, die weder unfreundlich noch freundlich war, da sie es nicht schätzte, sich bei ihrer Buchhaltung stören zu lassen.

Ihre Miene veränderte sich jedoch rasch, als sie ihres Enkels gewahr wurde. Sie erhob sich, erblasste und fuhr sich mit der Hand an den Mund, als müsse sie einen Schrei unterdrücken. Birger eilte auf sie zu und umarmte sie. Er hielt sie in beiden Armen und wiegte sie schweigend hin und her.

»Du hättest mir vorher einen Boten schicken sollen, mein geliebter Enkel«, sagte sie schließlich, nachdem sie ihn milde von sich geschoben hatte. Sie deutete auf einen lederbezogenen Hocker für Besucher, und nahm selbst wieder etwas unsicher an ihrem Schreibpult Platz.

»Es war nicht meine Absicht, meine geliebte Großmutter zu stören oder zu erschrecken«, entgegnete Birger verlegen, als er sich setzte und seinen Umhang im Halbkreis um sich ausbreitete.

»Birger, Birger ... ich glaube auch nicht, dass du eine böse Absicht hattest«, flüsterte sie. »Aber als ich mich umdrehte, noch ganz benommen von der Buchhaltung, da sah ich nicht dich dort schwarz vor dem Licht der Tür stehen, sondern meinen geliebten Arn. Ich erkannte den Umhang und das Schwert, das Licht ließ das goldene Kreuz aufglänzen, und da sah ich einen Augenblick lang denjenigen dort stehen, dessen Schwert du trägst.«

»Ich trage es voller Stolz«, murmelte Birger, den Blick zu Boden gerichtet. »Kein Besitz auf Erden ist mir teurer als dieses Schwert, das versteht Ihr sicher, Großmutter.«

»Daran gibt es in meinem Herzen nicht den geringsten Zweifel«, erwiderte sie, jetzt wieder in ihrem ganz normalen Tonfall, in dem sich Lachen und Ernst zu gleichen Teilen mischten. »Trotzdem finde ich, dass du dieses Schwert ehren sollst. Du sollst es, wenn erforderlich, bei feierlichen Anlässen tragen, aber vielleicht doch nicht auf jeder kleinen Reise. Falls du es verlierst, werden wir nie ein neues anfertigen können.«

»Lieber sterbe ich, als dieses Schwert zu verlieren!«, antwortete Birger hitzig.

»Nun gut«, erwiderte seine Großmutter mit spöttischem Lächeln, »dieses Schwert ist Größe Septima, und wenn ich mich recht erinnere und das richtig sehe, brauchst du Größe Quinta. Darum werden wir uns gleich morgen kümmern, das verspreche ich dir. Aber du hättest wirklich einen Boten vorausschicken sollen, denn wie soll ich jetzt ein Willkommensfestmahl für meinen liebsten Enkel ausrichten?«

»Dafür braucht Ihr nun wirklich nicht zu sorgen, liebe Großmutter. Ich bin nicht nach Forsvik gekommen, um viel Bier zu trinken, sondern um ohne Verzögerung in Eure Dienste zu treten«, antwortete Birger mit erhobenem Haupt und wiedergewonnener Sicherheit.

»In meine Dienste, das klingt nicht schlecht!« Cecilia Rosa lachte, aber mit einem Blick, der mehr Liebe als Belustigung verriet. »Und was für einen Dienst hattest du dir vorgestellt? Schmied, Schwertfeger oder Säger? Müller, Weber, Tischler oder Glasbläser? Oder vielleicht Kupferschmied oder Jäger? Eventuell Fischer? Als Stallknecht oder Hufschmied würdest du natürlich auch ausgezeichnet taugen, aber vielleicht nicht so gut in den Kochhäusern. Also, sag an, bevor ich mich vor Neugier verzehre, welcher Dienst?«

»Ich hatte mir einen Dienst im Rittersaal von Forsvik vorgestellt«, murmelte Birger mit hochroten Wangen.

»Oh! Im Rittersaal, dass ich daran nicht gedacht habe! Ja, dort gibt es natürlich viel Platz. Schließlich wohnen nur noch Ritter Sigurd und Ritter Oddvar ständig auf Forsvik. Dort kannst du natürlich wohnen, dein Großvater Arn hat dir Zutritt zum Rittersaal gewährt, das weiß ich sehr gut. Aber was hast du sonst noch vor, außer dort zu wohnen?«

»Das wisst Ihr sehr gut, meine liebe Großmutter«, murmelte Birger. »Ich bin seit meinem fünften Lebensjahr über zehn Jahre lang in Forsvik in die Lehre gegangen. So stark wie Ritter Bengt bin ich noch lange nicht, aber so stark ist heutzutage auch niemand im Land. So stark wie Ritter Sigurd oder Ritter Oddvar bin ich auch nicht. Aber die Allerjüngsten kann ich unterweisen, und von Sigurd und Oddvar kann ich selbst noch einiges lernen. So dachte ich, als ich meine Mutter Ingrid Ylva beschwor, mich wieder nach Forsvik ziehen zu lassen.«

»Du weißt deine Worte zu wählen, lieber Birger«, antwortete Cecilia Rosa nachdenklich. »Das erinnert mich an andere Mitglieder deiner Familie. Du lässt dich von Spott nicht beeindrucken, das ist gut. Aber jetzt sollst du wissen, dass sich hier einiges verändert hat. In den Jahren vor dem Krieg hatten wir fast hundert Jünglinge, von halben Kindern bis zu jungen Herren. Doch nun ist weniger als die Hälfte übrig, und Kleine, Empfindliche im Alter von fünf haben wir nur sechs oder sieben. Und du musst wissen, dass einige unserer Kleinsten nicht einmal Folkunger sind.«

»Was dann?«, fragte Birger mit hochgezogenen Brauen.

»Sie sind Söhne Freigelassener aus Forsvik oder Ausländer«, antwortete Cecilia Rosa kurz angebunden. »Willst du auch sie bei dir in die Lehre nehmen?«

»Das will ich ganz sicher«, antwortete Birger. »Viele Freigelassene oder Ausländer sind ebenso gut wie Folkunger. Außerdem hat schon mein geliebter Großvater beim Thing Folkunger aus Forsviks Freigelassenen gemacht. Dieser Sitte schließe ich mich gerne an.«

»Dann bin ich stolz auf dich, Birger«, sagte Cecilia Rosa plötzlich nachdenklich. »Nun weiß ich auch, nach wem du am meisten von allen schlägst. Du beginnst morgen deinen Dienst und wohnst im Rittersaal. Morgen statten wir dich mit allem aus, was du brauchst, darunter ein neues Übungsschwert und ein neues Kampfschwert, damit du dasjenige, welches du jetzt trägst, zu den eroberten Feindeswappen und -schilden im Rittersaal hängen kannst. Aber heute Abend wollen wir ein Willkommensmahl veranstalten, und jetzt komm in meine Arme!«

* * *

Birgers erste Woche als Lehrer in Forsvik war so viel härter als erwartet, dass er sich schon fragte, ob er nicht doch einen Fehler begangen hatte. Ihm wurde die Verantwortung für die Übungen der Kleinsten übertragen, die nach dem Gebet bei Sonnenaufgang begannen und bis Mittag dauerten. Am Nachmittag gingen die Kleinen in der Sakristei der kleinen Holzkirche in die Schule. Dann machte Birger mit viel schwereren Übungen unter Leitung von Oddvar und den Jungherren weiter, die ebenso alt waren wie er selbst und ihr letztes Lehrjahr in Forsvik absolvierten.

Wenn er mit den Kleinsten zusammen war, musste er rasch lernen, vorsichtig zu sein, denn es gab viele Tränen und Gejammer bei allem, was wehtat. Wenn er dann am Nachmittag ... schlimmstenfalls etwas träge, weil er beim reichlichen Mittagsmahle, das stets aufgetischt wurde, mit zu großem Appetit zugelangt hatte ... an seine Gleichaltrigen geriet, musste er sich bei jeder Übung umso mehr anstrengen. Niemand behandelte Birger behutsamer, weil er einer vornehmen Familie angehörte, seine Mutter aus einer Königsfamilie stammte und er Enkel von Arn Magnusson sowie mit den Jarls von Bjälbo verwandt war. Im Gegenteil hatte es den Anschein, als setzten alle anderen Jünglinge ihre Ehre darein, gerade Birger mit dem Schwert oder mit der Lanze zu treffen, ihn auf dem Reitplatz aus dem Sattel zu werfen oder ihm einen Streich zu spielen, wie beispielsweise ihm die Kante des eigenen Schilds vor das Kinn zu knallen.

Im Ritterhaus in Forsvik war er gut untergebracht, jedoch zu erschöpft, um auch nur eine Zeile in den beiden römischen Büchern über die Kriegskunst zu lesen, die ihm sein Großvater Arn vererbt hatte. Jeden Abend fiel er mit schmerzenden Gliedern ins Bett und schlief sofort ein. So kam es, dass er sich auch nicht sonderlich viel mit Ritter Oddvar und Ritter Sigurd unterhielt, die in allem, was den

Krieg betraf, in Forsvik den Befehl führten. Birger hegte den Verdacht, dass seine Mutter Ingrid Ylva hinter dieser unerträglichen Härte steckte. Sicherlich hatte sie sich mit ihrer Schwiegermutter und Freundin Cecilia Rosa unterhalten, und seine geliebte Großmutter hatte daraufhin mit den beiden Rittern gesprochen. Aber dieser Verdacht bestätigte ihn nur, statt ihn zu beirren. Er biss die Zähne zusammen und trat jeden Tag mit neuen Kräften an.

Trotzdem sprach er ein kurzes Dankgebet, als sich in der zweiten Woche die Möglichkeit einer Pause ergab. Ritter Bengt Elinsson auf Ymseborg, der nicht nur als Forsviker den beschwerlichen Weg vom schwachen, einsamen Knaben zum Ritter gegangen, sondern auch der härteste und stärkste Kämpfer im ganzen Reich war, traf eines Tages mit zehn seiner Gefolgsleute ein. Er hatte vor dem Thing von Askeberga etwas zu verhandeln, und dafür wollte er sich erst mit neuen Waffen und neuem Zaumzeug ausstatten und außerdem sechs weitere Forsviker in seine Dienste nehmen, vorzugsweise aus so guten Familien wie möglich, und das hieß in allererster Linie Birger. Ritter Bengt benötigte eine ganze Schwadron, und so wie auf Forsvik gerechnet wurde, bestand eine Schwadron aus sechzehn Mann. So viele Männer waren auch für eine Eidesabnahme beim Thing vonnöten. Es ging um einen Grenzstreit zwischen Ritter Bengt und einem seiner Nachbarn. Bengt sagte, er kläre so etwas lieber beim Thing als mit dem Schwert. Nicht dass er Angst vor dem Schwert gehabt hätte, denn niemand im Lande war mit der Waffe in der Hand stärker als Ritter Bengt. Alle wussten, dass Arn Magnusson in höchst eigener Person Bengt Elinsson als seinen besten Krieger erachtet hatte.

Als sich die Schwadron aus Forsvik am nächsten Tag mit donnernden Hufen dem Thingplatz von Askeberga näherte und die Furt des Tidan durchquerte, so dass das Wasser aufspritzte, verstummten alle, die sich beim Thing befanden, und vergaßen für einen Augenblick die Diebe, die sie gerade hängen wollten. Eine Schwadron aus Forsvik war ein imposanter Anblick. Alle Forsviker waren gleich gekleidet, alle trugen den blauen Umhang der Folkunger und Wappenhemden in Blau und Silber. Ihr schwarzes Zaumzeug funkelte, und ihre Pferde waren lebhaft und feurig, so wie nur die Pferde aus Forsvik es waren. Obwohl es früher Männer gegeben hatte, die über diese fremden Pferde gespottet hatten, wäre jetzt niemand mehr auf diesen Gedanken gekommen. Ein junger Hengst aus Forsvik kostete ebenso viel wie ein mittelgroßer Hof, und obwohl es viele gab, die solche Pferde kaufen wollten, konnte es sich kaum jemand leisten.

Birger, der neben Ritter Bengt ganz vorne ritt, da sie als Einzige der Schwadron das Recht hatten, den Folkunger-Löwen auf dem Rücken ihres Umhangs zu tragen, grämte sich darüber, dass er errötete und das neugierige Starren nicht ebenso kühl und unbeeindruckt hinnehmen konnte wie Ritter Bengt. Dass ihre Ankunft beim Thing darauf abzielte, Eindruck zu machen, lag auf der Hand. Birger war sich jedoch nicht im Klaren darüber, was Ritter Bengt mit dieser Machtdemonstration bezweckte.

Während die Forsviker absaßen, ihre Sattelgurte lösten und damit begannen, Verwandte und Bekannte zu begrüßen, nahmen die Verhandlungen des Things allmählich wieder ihren Lauf. Zwei Diebe wurden zappelnd und fluchend aufgeknüpft, und es erweckte große Heiterkeit, als sich der eine, ehe er starb, in die Hosen machte, obwohl das bei Gehenkten nichts Ungewöhnliches war.

Birger kannte niemanden bei diesem Thing. Er hielt sich also unablässig in der Nähe von Ritter Bengt auf und begrüßte alle, die auf Bengt zutraten, um sich zu verbeugen und sich unterwürfig zu zeigen, nach höfischer Sitte, aber auch kurz und kühl. Der Richter selbst, Lagmann Rudrik aus Askeberga, trat ebenfalls hinzu, um mit Ritter Bengt zu sprechen. Er entschuldigte sich dafür, dass man nicht sofort Ritter Bengts Anliegen verhandeln könne, da es beschwerlich gewesen wäre, das Eisen nochmals zum Glühen zu bringen. Ritter Bengt lächelte nur schwach und bedeutete mit einer beschwichtigenden Handbewegung, dass die Verhandlungen des Things fortgeführt werden könnten, ohne dass ihn dies störe. Der Lagmann verbeugte sich, sagte noch etwas Schmeichelhaftes, ging dann rasch zu dem höchsten Gerichtsstein zurück und fuhr an jener Stelle fort, an der sich die Verhandlung befunden hatte, als die Reiter aus Forsvik den Thingfrieden gestört hatten.

Doch weshalb war es nötig, Eisen zum Glühen zu bringen, und warum schmeichelte sich ein Lagmann bei jemandem auf dem Thingplatz ein, auf dem er doch die höchste Autorität darstellte? Birger sah vorsichtig zu Ritter Bengt auf, konnte aus dessen hartem Gesicht aber keine Antworten auf seine Fragen herauslesen.

Nachdem sie eine Weile schweigend dagestanden hatten und Birger versuchte, seine Arme genauso auf der Brust zu kreuzen wie Ritter Bengt und möglichst eine ebenso unergründliche Miene aufzusetzen wie dieser, konnte er seine Neugier nicht länger im Zaum halten:

»Entschuldigt mich, Ritter Bengt, wenn ich eine einfältige Frage stelle«, begann er vorsichtig, »aber obwohl ich Forsviker bin und vieles gelernt habe, was diese Männer vom Thing nicht können, so gibt es doch einiges, was ich überhaupt nicht verstehe.«

»Wenn Forsvik das Himmelreich ist, dann befindet Ihr Euch jetzt unten auf der Erde«, entgegnete Ritter Bengt grimmig. »Wir befinden uns beim Abschaum und in rechtlosen Verhältnissen, wie Ihr sie bei Eurem lieben Großvater, meinem Lehrmeister, nicht kennengelernt habt. Fragt nur, ich werde Euch sicherlich aufklären können!«

»Wie kann sich ein Lagmann so demütigen, wie dieser Rudrik das eben getan hat, als er auf uns zutrat?«, begann Birger eifrig.

»Weil er ein elender Kerl ist«, antwortete Bengt mit verächtlichem Lächeln. »Seine Ehrfurcht vor sechzehn Forsviker Schwertern und sechzehn unserer Lanzen ist viel größer als seine Ehrfurcht vor dem Gesetz.«

»Und was ist mit dem glühenden Eisen?«

»Jemand soll zweimal gekränkt, gequält und dann gehenkt werden. Das ist das größte Unrecht von allen, zu denen es hier auf dem Thing kommt«, antwortete Ritter Bengt verbissen. »Das ist kein so spaßiger Anblick wie das Henken von ein paar Dieben, und ich werde nicht schlecht von dir denken, wenn du dich entfernst, um das Wasser abzuschlagen, wenn es so weit kommt.«

»Ich bin Folkunger, ich kann keine Angst zeigen«, antwortete Birger leise.

»Wir sind beide Folkunger, und wir fürchten keinen Menschen, darum geht es nicht!«, erwiderte Ritter Bengt heftig. Er drehte sich zu Birger um, nahm ihn bei den Schultern und sah ihm in die Augen. »Wir können jedoch unsere Verachtung zeigen, indem wir uns beide entfernen, wenn wir das Gefühl haben, dass das Recht gebeugt wird. Oder wir können stehen bleiben, und du wirst Unvergessliches über Recht und Unrecht lernen.«

Birger fiel es schwer, einen Entschluss zu fassen. Er versuchte sich einzureden, dass er die Dinge, die da kommen würden, kennenlernen und er daher an Ort und Stelle verharren müsse. Aber falls sich sogar Ritter Bengt verächtlich abwandte, dann befand er sich wahrhaftig nicht in schlechter Gesellschaft, wenn er das ebenfalls tat.

Jetzt wurde die junge Yrsa herbeigeführt. Sie trug nur ein grob gewebtes Hemd, und ihre nackten Arme waren auf dem Rücken gefesselt. Ihr Haar hätte an goldene Seide erinnert, wäre es nicht nach vielen Schlägen von Blut und Erde verklebt gewesen. Ihr einst wunderschönes Antlitz war mit Kuhmist beschmiert.

Lagmann Rudrik rief mit lauter Stimme den Fall auf, und freudige Erwartung breitete sich aus. Dann begann der Lagmann mit eintöniger Stimme vorzutragen, worum es ging. Nach dem Gesetz der Väter, das auf dem Thing von Västra Götaland gelte, solle die Sache durch ein Gottesurteil entschieden werden.

Yrsa war Leibeigene, weil ihr Vater sich durch eine Schuld, die er nicht hatte begleichen können, in die Leibeigenschaft begeben hatte. Auf Jävsta Gård, dem Hof, dem sie mittlerweile angehörte, waren Leute zu Gaste gewesen, unter anderem der junge Herr Svante, der die Entscheidung auf dem Thing gefordert hatte. In der Nacht waren drei Goldmünzen gestohlen worden. Die Leibeigene Yrsa hatte Svante der Tat beschuldigt, und in seinem Ranzen waren die drei Münzen auch tatsächlich gefunden worden. Svante hatte sich damit verteidigt, dass man ihn als hochgeborenen Junker einer so schändlichen Tat nicht verdächtigen könne und die Leibeigene versuche, ihn durch eine falsche Anklage vorsätzlich ins Unglück zu stürzen. Das Wort einer Leibeigenen besäße jedoch einem freien Mann gegenüber kein Gewicht. Da diese Sache jedoch seine Ehre befleckt habe, verlange er ein Gottesurteil. Er wolle sich auf dem Thing hängen lassen, wenn das Urteil zu seinem Nachteil ausfiele. Einen so edlen Vorschlag hatte man ihm unmöglich abschlagen können.

Wenn Yrsa unschuldig und Junker Svante schuldig war, würde Gott, der Herr, Yrsa bei der schweren Prüfung, die ihr jetzt bevorstand, sicher beistehen. Wenn Yrsa vier glühende Eisenstäbe auf ihren nackten Armen zehn Schritte weit tragen konnte, ohne irgendwelche Verbrennungen davonzutragen, dann hätte der Allmächtige damit gezeigt, dass sie unschuldig war. In diesem Fall hätte Junker Svante sein Leben sofort verwirkt, und man würde ihn wie einen gemeinen Dieb aufknüpfen.

Wenn Gott jedoch zeigte, dass Yrsa schuldig war, würde sie als überführte Diebin ihr Leben verlieren. Ihr Vater und Bruder würden als geringer Ausgleich für die Unbequemlichkeit, die Junker Svante erlitten hatte, in seinen Besitz übergehen. Somit wäre er für alle Zeit von der falschen Anklage reingewaschen.

Birger war wie angewurzelt stehen geblieben, als der Lagmann die Sache vorgetragen hatte, die aller Vernunft nach nur auf eine Art und Weise enden konnte.

»Es heißt«, flüsterte Ritter Bengt, »dass es in früheren Zeiten Angeklagte gegeben hat, die diese Probe überstanden haben. Hier haben wir es ja mit einer Unschuldigen zu tun, da uns allen klar ist, wie alles zusammenhängt. Sieh nur, wie bleich dieser Svante ist und wie er zittert. Er scheint doch eine ziemliche Angst vor Gottes gutem Willen zu haben.«

»Ja, er ist der Schuldige, daran besteht kein Zweifel«, erwiderte Birger flüsternd. »Wenn der Herrgott, die edle Gottesmutter, die Erzengel oder die Heiligen sich je einer Unschuldigen erbarmt haben, so ist die Stunde dafür jetzt gekommen! Lasst uns für sie beten!«

Birger schloss die Augen und betete zur Jungfrau Maria, dass sie sich erbarme und mit einem Wunder Gerechtigkeit schaffe, wo die Gesetze der Erde nicht ausreichten.

Als er nach seinem Gebet wieder aufschaute, stand Ritter Bengt ebenso reglos da wie zuvor. Er schien Birgers Aufforderung, für die Unschuldige zu beten, nicht befolgt zu haben.

Sie selbst betete jetzt mit größter Inbrunst, nachdem man die Fesseln an ihren nackten Armen gelöst hatte und sie zu dem glühenden Eisen führte. Alle Blicke folgten ihr auf diesem Weg. Nur Birger betrachtete eingehend den Dieb Svante, der auf die Knie gefallen war und ebenso inbrünstig betete wie Yrsa. Birger dachte, dass er den Anblick nie vergessen würde: Ein Dieb, der Gott darum bat, eine Unschuldige doppelt zu bestrafen, damit ein Schuldiger straffrei blieb.

Man führte sie zu den Blasebälgen und zu dem Gemeindepfarrer, der Gebete sprach. Die beiden Schmiede hatten die Eisenstangen inzwischen so sehr zum Glühen gebracht, dass sie weiß wurden. Yrsa ließ sich auf die Knie sinken und betete erneut, während aus den hinteren Zuschauerreihen Hohn und Spott zu vernehmen war.

Dann erhob sie sich mit brennendem Blick und großer Entschlossenheit. Sie hatte fast ein Lächeln der Gewissheit im Gesicht, als sie furchtlos ihre nackten Arme ausstreckte, um die Gottesbürde entgegenzunehmen.

Die Schmiede griffen mit zwei großen Zangen zu und hatten etwas Mühe damit, ihr die vier glühenden Eisenstangen gleichzeitig in die Arme zu legen. Da wendete sie lächelnd den Blick zum Himmel, und das Eisen schien ihr zunächst nichts anhaben zu können.

Sie begann zu gehen, erst aufrecht, dann recht bald schwankend. Es war ein zischendes Geräusch zu vernehmen. Das Fleisch ihrer Arme briet. Dann stolperte sie und fiel schreiend hin. Anschließend schrie sie noch lauter und verfluchte den Gott, der sie anstelle eines einfachen Diebes sterben ließ. Ihre folgenden Worte waren schon nicht mehr zu verstehen. Vier kräftige Männer eilten auf sie zu und hielten höhnisch grinsend einen dünnen Riemen aus in Salzwasser getränktem Kuhleder in die Höhe. Sie banden ihr den Riemen um den Hals und schleiften die vor Schmerz Brüllende zum Galgenbaum, an dem bereits die beiden Diebe im Wind baumelten. Sie warfen die Leine über einen Ast und begannen langsam, sie hochzuziehen. Sie zappelte und schrie, was die Heiterkeit der Thingmänner nur noch erhöhte. Verzweifelt versuchte sie ihre Finger zwischen Lederriemen und Hals zu schieben und kratzte sich blutig, während die Leine immer weiter gespannt wurde, bis sie schließlich auf den Zehenspitzen balancierte. Ihre Füße waren nackt und schmutzig. So ließ man sie eine Weile stehen und zog sie dann hoch.

Sie starb langsam, und als sie schließlich ganz still hing, den einen verbrannten Arm herabhängend, den anderen mit einem Finger in der Lederschlinge um den Hals feststeckend, begann sich die Versammlung zu zerstreuen. Svantes Verwandte traten auf ihn zu und umarmten ihn. Er besann sich und begann bald ebenfalls über das lustige Gezappel, das die diebische Leibeigene dargeboten hatte, zu lachen.

Aber gerade als der Lagmann zur nächsten Sache kommen wollte, schrie jemand laut und schrill und deutete auf den Galgenbaum. Die gehängte Yrsa hatte begonnen sich zu bewegen, als sei sie wieder zum Leben erwacht. Sie zuckte und wand sich mehrmals wie eine Schlange, ehe sie wieder zur Ruhe kam. Einige Männer erblassten, andere meinten, so sei es manchmal bei Gehenkten. Daraufhin ging das Thing zum nächsten Fall über.

Birger stand mit tränenden Augen neben Ritter Bengt, der mit keiner Miene verriet, was er von dieser Sache hielt. Birgers Tränen galten nicht der gehängten Leibeigenen. Was er nicht verstehen konnte und was seine Tränen hervorrief, war der Umstand, dass Gott einfach zusehen und dieses Unrecht geschehen lassen konnte ... abgesehen davon, dass sich die unschuldige Yrsa jetzt ganz sicher im Paradies befand und der äußersten und höchsten Gerechtigkeit teilhaftig wurde. Die würde dem Dieb Svante wohl kaum zuteilwerden. Mit diesem Gedanken konnte er sich leicht abfinden. Aber weshalb hatte Gott nicht mehr Erbarmen mit den Menschen? Warum ließ er sie weiter in Dunkelheit und Unglauben leben?

»Es heißt doch, dass wir Folkunger jetzt die Macht im Reich besäßen«, flüsterte Ritter Bengt plötzlich und riss damit Birger aus seinen Überlegungen über Gottes Unwillen, das Böse zu bestrafen. »Aber wenn das hier die Macht ist, dann ist sie nicht nach meinem Geschmack.«

Ohne seinen Gedanken weiter zu erklären, marschierte Ritter Bengt daraufhin mit großen Schritten in die Mitte des Thingplatzes, um besser hören zu können oder vielleicht auch, weil er glaubte, dass jetzt seine Sache verhandelt würde. Birger folgte ihm zögernd, baute sich dann neben ihm auf und verschränkte nach Bengts Vorbild die Arme vor der Brust.

Lagmann Rudrik schien von dem munteren Gezappel, das Ylva dargeboten hatte, so gute Laune bekommen zu haben, dass er jetzt zu einer Sache überging, die nicht den geringfügigen Eigentumsstreit Ritter Bengts betraf, sondern ebenso lustig zu werden versprach wie der letzte Fall, so sagte er zumindest.

Hierbei ging es um einen Streit zwischen zwei freien Bauern gleichen Ranges. Der eine hieß Guttorm von Högesta Gård, der andere Härje Lusing von Älvadans Gård. Sie stritten um ein Grundstück, das auf der Grenze zwischen den Höfen lag. Sie hatten sich nicht im Guten einigen können, und jetzt war eine Eidesabnahme erforderlich.

Während sich die Bauern und Freien nach vorn drängten, entdeckte Bengt plötzlich im äußersten Kreis der Zuschauer einen Mann. Zornig zeigte er ihn Birger.

»Der da«, sagte er leise und voller Entrüstung, »diesen Mann dort drüben in dem verschlissenen blauen Umhang, aus dem fast alle Farbe gewichen ist, den kennen wir, zumindest ich. Er heißt Erik Stensson und ist Folkunger wie wir, aber er ist arm und besitzt kein Land. Und was schlimmer ist: Er ist Forsviker!«

»Warum gesellt er sich dann nicht zu uns, zu seinen Verwandten und Brüdern?«, wollte Birger erstaunt wissen.

»Weil er ein ehrloser Lump ist«, murmelte Bengt. »Ich kann mich noch gut an ihn erinnern. Ich habe ihm das meiste seiner Kenntnisse beigebracht. Er ist etwas älter als du, deswegen könnt ihr euch vielleicht aneinander erinnern. Und jetzt will er Unehre über sein Schwert bringen!«

»Das werden wir doch wohl kaum zulassen können!«, entgegnete Birger mit einer plötzlichen Heftigkeit, die Bengt zum Lachen brachte, und er lachte nicht oft.

»Wir werden sehen, was wir zulassen können«, meinte er immer noch lächelnd und legte seinem hochgeborenen jungen Verwandten beschützend einen Arm um die Schultern.

Die Anhörung in Sachen Besitzstreitigkeit nahm ihren Lauf, und nach erfolgter Eidesabnahme hatte es den Anschein, als würde das Urteil des Things zu Härje Lusings Gunsten ausfallen. Aber da hob sein Widersacher Guttorm auf Högesta Gård den Arm, worauf sich eine erwartungsvolle Stille ausbreitete. Dann sprach er, dass ein Mann, der Lusing genannt werde – er sprach den Namen absichtlich falsch aus, so dass er nach Laus klang –, nicht Manns genug sei, um ein solches Urteil des Things zu verdienen. Denn er sei eine Laus oder noch schlimmer: der Sohn einer Hündin ohne Mut in der Brust, ein Dreckskerl, der es nicht verdiene, beim Thing gegen einen besseren Mann zu obsiegen.

Jetzt wurde fröhlich gelacht, und ein allgemeines, munteres Gemurmel brach aus. Diese Sache würde nicht mittels Rechtsbeugung durch den Lagmann, sondern mit dem Schwert entschieden werden. Wer beim Thing seine Ehre nicht gegen solche Rede verteidigte, hatte dort nichts zu suchen. Er war nicht fähig, Zeugnis abzulegen, und war auch niemand, den man gern als Gast in seinem Haus sah, und jede Sache, die er später einmal beim Thing vorbringen würde, war bereits verloren, noch ehe er den Mund geöffnet hatte.

Härje, auch Lusing genannt, war bleich vor Wut und musste sich mit zusammengebissenen Zähnen erst ein wenig sammeln, ehe er die erforderliche Erwiderung aussprach, dass diese Sache nur noch mit Blut zu entscheiden sei. Jetzt müsse das Schwert sprechen, und er würde seine Ehre verteidigen.

Gespannt und erwartungsvoll schauten alle zu Guttorm von Högesta Gård hinüber. Dieser lachte und erklärte übertrieben höhnisch, dass auch er die Sache sofort entschieden sehen wolle. Er habe jedoch, wie es das Gesetz zulasse, einen Schwertmann, der für ihn kämpfe. Dieser Mann sei Erik Stensson, ein rechtschaffener und freier Mann.

Ein erwartungsvolles Raunen ging durch die Menge. Die Blicke aller irrten umher, bis sich Erik Stensson zeigte. Er betrat den inneren Kreis des Things innerhalb der weißen Steine und schob den Umhang beiseite, bereit, sein Schwert zu ziehen. Der Lagmann fragte ihn nach seinem Namen, obwohl dieser allen bekannt war, und wollte dann wissen, ob er bereit sei, Guttorms Sache mit dem Schwert zu vertreten. Erik Stensson nannte seinen Namen. Er sei ein Ehrenmann und wolle sich gerne der Sache von Guttorm zu Högesta Gård annehmen. Der Lagmann gewährte ihm diese Bitte.

Bei dem lauten Gemurmel, das nun im Thing anhob, beugte sich Ritter Bengt zu Birger hinüber und erklärte ihm, dass das Gesetz diese Möglichkeit durchaus vorsehe. Jeder Mann könne heutzutage die Stelle eines anderen einnehmen, wenn es um einen Zweikampf gehe. Früher hätte dieser noch ein naher Verwandter sein müssen, also ein Vater oder ein Sohn.

»Aber ich verstehe immer noch nicht«, flüsterte Birger. »Weshalb macht unser Verwandter die Sache dieses feigen Mannes zu seiner eigenen? Außerdem hat doch wohl kein Bauer irgendeine Chance gegen einen Forsviker?«

»Nein, das ist so sicher wie die Tatsache, dass die Sonne aufgeht«, antwortete Bengt. »Wenn Bauer Härje gegen einen von uns sein Schwert zieht, liegt er im nächsten Moment tot am Boden.«

»Unser Verwandter Erik Stensson hat in diesem Fall kaum Ehre zu erwarten«, meinte Birger. »Wieso lässt er sich so weit sinken?«

»Um der Hälfte der Streitsumme in Silber willen, vermute ich«, erwiderte Bengt. »Sein Bruder hat alles geerbt und er wurde arm. Jetzt lebt er von seinem Schwert.«

»Er kann doch wohl kaum dafür so viele Jahre bei uns auf Forsvik in die Lehre gegangen sein«, meinte Birger, dem es schwerfiel, leise und höfisch zu sprechen, »dass er

Bauern beim Thing schlachtet und unsere Ehre in den Schmutz zieht?«

»Da sagt Ihr ein wahres Wort, mein junger Verwandter«, murmelte Ritter Bengt. »Und er verspottet das Gesetz genauso wie dieser Guttorm auf Högesta Gård. Aber in diesem Augenblick ist die Furcht in der Brust unseres ehrlosen Verwandten ebenso groß wie in der des armen Bäuerleins, das gleich sterben soll.«

»Warum das? Was hat er zu fürchten?«

»Er hat uns gesehen. Jetzt sage ich nichts mehr. Denkt selbst nach, und lernt aus dem, was jetzt geschehen wird, mein junger Verwandter.«

Was jetzt geschah, war, dass der Bauer Härje herumging und jeden fragte, ob er sich nicht seiner Sache annehmen wolle. Gegen seinen Nachbarn zöge er gerne das Schwert, das sei rechtens und richtig, aber wer könne ihn jetzt verteidigen? Er bot seinen halben Hof. Als niemand auf das Angebot einging, bot er seinen ganzen Hof. Aber niemand auf dem Thing war so einfältig, sich auch für zehn Höfe auf einen Schwertkampf mit einem Forsviker einzulassen. Nach seinem Tod würde er kaum Freude an der versprochenen Bezahlung haben.

Härje Lusing war ein Mann in den besten Jahren, ein wenig rund und vermutlich recht stark. Sein Schwert trug er an der Seite seiner weiten Bauernhose aus rot gefärbter Wolle. Jetzt sah er dem Tod ins Auge, als er auf dem Thing von einem abgewandten Rücken zum nächsten lief, bis er plötzlich den beiden eben eingetroffenen Forsvikern gegenüberstand, von denen der eine kein Geringerer war als Ritter Bengt, der größte Kämpfer im Reich.

Vor Bengt und Birger ließ sich der verzweifelte Bauer auf die Knie fallen und bettelte inniglich, sich seiner zu erbarmen. Er könne ihnen zwar nicht mehr bieten als seinen elenden Hof, aber er verdiene es, am Leben zu bleiben, da seine Sache gerecht sei. Gott sei sein Zeuge.

»Beim Thing Gott als Zeugen anzurufen, lohnt sich kaum, wie wir gerade gesehen haben«, antwortete Ritter Bengt laut, doch ohne Hohn.

Ritter Bengt machte Anstalten, noch etwas zu sagen, aber der junge Birger kam ihm zuvor.

»Ich nehme mich deiner Sache an! Ich werde deinen Kampf ausfechten!«, rief Birger, zog sein Schwert und berührte mit dessen Klinge die Schultern des verzweifelten Bauern, als wolle er ihn zum Ritter schlagen.

Ehe Bengt noch etwas sagen oder ihn hindern konnte, betrat Birger den innersten Kreis aus weißen Steinen, in dem Erik Stensson bereits wartete.

Lagmann Rudrik blieb nichts anderes übrig, als nach dem Namen des Kämpfers zu fragen, und als Birger antwortete, er sei Birger Magnusson zu Ulvåsa, Sohn von Magnus Månesköld und Ingrid Ylva, dazu ein Ehrenmann, breitete sich ein erwartungsvolles Geraune in der Versammlung aus. Denn was sich hier ereignete, war großartig und unerwartet. Alle hatten mit einem kurzen, lustigen Tanz gerechnet, bei dem ein verzweifelter Bauer seinen Kopf gegen einen Forsviker verlieren würde. Was jedoch geschehen würde, wenn zwei Forsviker gegeneinander kämpften, konnte niemand auch nur ahnen. Dazu kam, dass derjenige der beiden, der aussah wie der Schwächere, einen Umhang trug, auf dessen Rücken mit Goldfaden der Folkunger-Löwe gestickt war. Einen solchen Folkunger zu erschlagen war wenig ratsam. Jeder, der einen Folkunger aus guter Familie ermordete, war spätestens drei Sonnenuntergänge später ebenfalls tot.

Vielleicht wurde Erik Stensson, der Forsviker, der sein Schwert meistbietend einsetzte, deswegen so bleich.

Birger Magnusson war jedoch alles andere als blass. Zwei rote Flecken flammten auf seinen Wangen, als er jetzt mit gezogenem Schwert im innersten Kreis stand, den alle außer ihm und dem gedungenen Erik Svensson verlassen hatten.

»Jetzt, Erik Stensson, befehle ich dir, sofort deine Klage gegen mich, Birger Magnusson, vorzubringen!«, rief Birger laut und wartete eine geraume Zeit, bis es ganz still geworden war. Dann fuhr er fort: »Du bist Forsviker, Erik, das bin ich auch. Du hast einen Eid geschworen, das Schwert nicht gegen einen anderen Forsviker zu erheben. Wenn du diesen Eid brichst, dann wirst du nur noch so lange leben, bis die Sonne das dritte Mal untergeht, und das weißt du!«

Erik Stensson, der große Kämpfer, stand mit gesenktem Kopf einen Weile da, ohne etwas zu entgegnen. Dann hob er den Blick und antwortete mit lauter und fester Stimme:

»Ich, Erik Stensson, nehme mich dieses Kampfes nicht an. Kaum Ehre kann ich dadurch gewinnen, dass ich ihm ausweiche, und trotzdem lasse ich mich auf diesen Kampf nicht ein. Die Sache fällt also an dich zurück, der du mich dingen wolltest, Guttorm zu Högesta Gård!«

Mit diesen Worte drehte sich Erik Stensson auf dem Absatz um, schwang seinen blauen, verschlissenen Umhang über sein Schwert, knöpfte ihn am Hals zu, entfernte sich mit großen Schritten vom Thing und stapfte auf sein Pferd zu, das er in einiger Entfernung festgebunden hatte.

Er ließ Birger mit gezogenem Schwert stehen.

Guttorm zu Högesta litt nun alle Qualen dieser Welt. Begab er sich nicht selbst in den weißen Ring aus Steinen, dann verlor er sowohl seinen Rechtsstreit als auch seine

Ehre und konnte nie mehr als Ehrenmann zum Thing zurückkehren. Jeder durfte ihn dann ungestraft Laus und Sohn einer Hündin nennen und die Worte benutzen, die er selbst gebraucht hatte. Seine Nachbarn würden nicht mehr mit ihm sprechen, er würde seine Töchter nicht verheiraten können, man würde ihn nicht mehr zur Hochzeit oder auch nur zum Leichenschmaus einladen, und auch seinen eigenen Leichenschmaus würde niemand besuchen.

Eine andere Möglichkeit war, sich jetzt in den Kampf zu begeben, wie es die Ehre forderte. Dann würde er in die Grube fallen, die er einem anderen gegraben hatte, wenn er sich einem Forsviker im Zweikampf stellen musste, einem jungen und mageren zwar, aber trotzdem. Schließlich hielt dieser sein Schwert nicht zum ersten Mal in der Hand. Das Wahrscheinlichste war da der Tod. Und siegte er, dann war ihm der Tod ebenfalls sicher, ehe die Sonne zum dritten Mal unterging.

Er sprach seine Gebete, trat daraufhin in den weißen Ring und zog sein Schwert. Birger Magnusson reichte Ritter Bengt mit grimmigem Lächeln seinen Umhang und tötete den Bauern mit solcher Leichtigkeit, als würde er ein Schaf schlachten.

Dann wischte er an den Kleidern des Gefallenen das Blut von seinem Schwert, drehte sich auf dem Absatz um, holte seinen Umhang bei Ritter Bengt und verließ das Thing mit großen Schritten, um allein zu sein.

Als Guttorms Verwandte und Gewährsleute die Leiche mit dem abgeschlagenen Kopf weggeschafft hatten, wurde als Allerletztes Bengt Elinssons Sache auf dem Thing verhandelt. Bald standen sechzehn Forsviker Schulter an Schulter und schworen mit kräftiger Stimme und ohne zu zögern den Eid. Jetzt erwartete niemand, dass die Gegenseite versuchen würde, das Recht durch Zweikampf zu beugen, da das angesichts Ritter Bengts und der sechzehn Forsviker von allerschlimmster Einfalt gezeugt hätte. Der Lagmann und seine zwei Beisitzer urteilten sofort voll und ganz zu Bengt Elinssons Gunsten. Ohne weitere Verzögerung saßen die Folkunger daraufhin auf und verließen rasch und ohne sich umzublicken das Thing.

Die hitzige Entschlossenheit, die Birger eben noch erfüllt hatte, als er mit gezogenem Schwert den innersten Richterkreis betrat, war einer bleichen Verfrorenheit gewichen. Er ritt für sich, eine Hand auf den Schenkel gelegt, in der anderen den Zügel. Mit leerem Blick starrte er auf die Erde, und die Hand, mit der er den Zügel hielt, zitterte leicht.

Ritter Bengt, der besser als die meisten wusste, was in Junker Birgers Kopf vorging, kam an seine Seite geritten und sprach leise und ohne die geringste Härte darüber, was früher oder später jedem Forsviker geschah. Einen Mann zu töten sei leicht, wenn man es übe. Das hätten sie Tausende von Malen auf Forsvik durchexerziert, angefangen mit den kleinsten Holzschwertern bis hin zu den schweren Schwertern aus Stahl viele Jahre später. Aber eines Tages statte der Sensenmann demjenigen, der das Kriegshandwerk erlernt habe, seinen ersten Besuch ab, und dieser Tag fiele niemandem leicht. Derjenige, der danach einen Schauer empfinde, sei ein besserer und verständigerer Mann als jener, der große Reden halte und behaupte, es mache ihm nicht das mindeste aus.

Birger entgegnete nicht viel, sondern nickte meist nur stumm, den Blick weiterhin stur zu Boden gerichtet, was Bengt nicht verwunderte.

Bengt hatte jedoch nicht erwartet, dass Birger selbst wenig später zu ihm aufschließen würde, um Gnade und

Erbarmen für den Forsviker Erik Stensson zu erbitten, der davon lebte, sein Schwert zu entehren. Birger fand, man solle ihm Reiter hinterherschicken, um ihm einen ehrbaren Dienst entweder in Forsvik oder bei den Gefolgsleuten von Ritter Bengt auf Ymseborg anzubieten.

Schweigend und mit unergründlicher Miene ritt Ritter Bengt. Dann rief er seine beiden Männer mit den schnellsten Pferden zu sich und befahl ihnen zurückzueilen, Erik Stensson ausfindig zu machen und ihn zur Schwadron zu holen. Als die beiden wissen wollten, was sie tun sollten, falls er sich weigerte und wehrte, erklärte Ritter Bengt, dass sie ihm ohne Umschweife klarmachen sollten, dass Erik Stensson nicht Tod und Strafe erwarte, sondern ein Angebot, das er kaum ausschlagen könne.

Die zwei Gefolgsleute aus Ymseborg gaben daraufhin ihren Pferden die Sporen und ritten im Galopp davon, um einen Bruder zurückzuholen, der wie ein verlorener Sohn war.

* * *

Von den vier Witwen, die das Reich zu dieser Zeit führten – zumindest sagten böse Zungen nur zu gern, dass es sich so verhielt –, war Ingrid Ylva zu Ulvåsa die jüngste und schönste. Mehr als ein reicher und edler Mann hielt sie für eine gute Partie.

Die Königinwitwe Cecilia Blanka war die klügste von ihnen, was Fragen des Machtkampfes betraf, und ihre beste Freundin im Leben, Cecilia Rosa zu Forsvik, war diejenige, die sich am besten auf die Macht verstand, die von Silber und Geschäften ausging. Ulvhilde Emundsdotter kannte sich besser als die anderen darin aus, wie Männer dachten und wie man Männern gegenüber Dinge darstellen musste, um seinen Willen durchzusetzen.

Gemeinsam waren sie stärker als fünfhundert Reiter in Rüstung, und wenn sie sich bisweilen alle vier auf der Königsburg Näs trafen, wurde in Ställen und Backstuben geflüstert, dass der Höchste Rat des Reiches zusammengetreten sei. Bald würde König Erik nach ihrer Pfeife tanzen.

Cecilia Blanka war zur Witwe geworden und ins Kloster Riseberga verwiesen worden, nachdem ihr Mann, König Knut Eriksson, an der Schwindsucht gestorben war und die bösen Jahre, die dem Krieg vorausgingen, begonnen hatten. Die anderen drei hatten alle ihre Männer in der Schlacht von Gestilren verloren. Sofort nach dem Sieg war die Königinwitwe Cecilia Blanka zu ihrem Sohn, König Erik, nach Näs gezogen. In einem hübschen, lederbezogenen Kasten aus Lübeck hatte sie ihre Krone mitgeführt. Solange der junge König unverheiratet war, fiel ihr allein die Königsmacht zu.

Solche Umstände ließen bei vielen den Verdacht aufkommen, die Witwen wollten eine Heirat des Königs so lange wie möglich verhindern, um durch seine Mutter nach eigenem Gutdünken Macht auszuüben. Aber das Gegenteil war der Fall.

In der ersten Sommernacht, in der sie sich bei Cecilia Blanka auf Näs trafen, saßen sie lange allein im westlichen Turmzimmer. Viel Weißwein musste zu ihnen hinaufgetragen werden, und noch lange nach Einbruch der Dämmerung waren eifrige Stimmen und Gelächter von dort oben zu hören, gänzlich unerwartet und unhöfisch, so kurz nach einem Trauerjahr.

Was die Witwen in dieser Nacht gedacht und geplant hatten, darüber wusste niemand sonderlich viel. Hingegen war ihre List bei der nächsten Ratsversammlung des Königs, die kurz darauf auf Näs stattfand, leicht zu erkennen.

Denn dieser Versammlung wohnte die Königinwitwe Cecilia Blanka bei, die sich ihre Krone auf ihren Witwenschleier gesetzt hatte. Die Ratsherren bekamen bald zu spüren, dass dieses Frauenzimmer sich nicht in ihre Schranken weisen ließ.

Die Zahl der Teilnehmer der Versammlung war gering, da etliche der weltlichen Herren nach der Schlacht bei Gestilren fehlten und Erzbischof Valerius sowie einige seiner Vertrauten es nicht für klug befunden hatten, so bald nach dem Krieg zur Königsburg Näs zu reiten. Valerius ahnte zu Recht, dass der König den Umstand, dass der Erzbischof des Reiches bis zuletzt auf Seiten des Feindes gewesen war, diesen vor der Schlacht gesegnet und für seinen Sieg gebetet hatte, nicht gerade mit Milde betrachtete.

König Erik hatte Folke Birgersson von den Bjälboern zu seinem Jarl auserkoren. Der Mächtigste unter den Kirchenmännern beim Rat war in Abwesenheit des Erzbischofs Bischof Bengt II. aus Skara, der im Laufe der Jahre ebenso fett wie reich geworden war. Die Versammlung fand im östlichen Ratssaal ganz oben im runden Turm statt. Der König saß auf einem Thron, dessen hohe Rückenlehne mit den Kronen der Eriker geschmückt war. Neben ihm saß Folke Jarl unter dem Löwen der Folkunger. Der Stuhl des Erzbischofs neben ihm unter dem Kreuz war unbesetzt. Bischof Bengt, der dort hatte Platz nehmen wollen, war vom König zurückgehalten worden und hatte wie die Bischöfe von Strängnäs und Växjö sowie die weltlichen Herren mit unbequemen Hockern vorliebnehmen müssen. Diese Hocker wurden fetten Leuten rasch unbequem.

Für die Königinwitwe Cecilia Blanka hatte man hingegen einen bequemen Stuhl herbeigetragen. Es war dasselbe Lübecker Modell wie die Stühle des Königs und des Jarls. Sie saß zur Rechten des Königs, was insbesondere Bischof Bengts Missbilligung hervorrief.

Nachdem Bischof Bengt träge und mit leicht lallender Stimme ein Gebet verrichtet hatte, eröffnete der König die Versammlung und tat das kraftvoller und nordisch-bündiger, als die älteren Männer es erwartet hatten.

»In Gottes Namen heißen wir Euch zur Ratsversammlung willkommen«, begann er mit so mündiger Stimme, als hätte er wirklich das Sagen. »Zwei Fragen sind von besonderer Dringlichkeit, daher will ich sie als Allererstes präsentieren. Zum einen beabsichtigen wir, König Valdemar dem Sieger einen Gesandten zu schicken. Er heißt Sieger, obwohl wir und unser Heer ihn zweimal geschlagen haben, als er mit seinen Armeen in unser Reich eindrang. Bei ihm, König Valdemar von Dänemark, wollen wir mit der Absicht vorstellig werden, dass wir seine Schwester Rikissa zur Frau nehmen wollen. Das ist das eine. Zum anderen sind wir der Ansicht, dass es Zeit für unsere Krönung ist und diese so bald wie möglich stattfinden soll. Danach habt Ihr, verehrte Ratsherren, Euch zu richten. Falls Ihr Einwände habt, so sind wir mit unserer Geduld rasch am Ende, falls Ihr herumfaselt.«

In dem kahlen, weiß gekalkten Raum, dessen Wände nichts anderes schmückte als das Kreuz, die Kronen der Eriker und die Löwen der Folkunger, wurde es vollkommen still. Die Bischöfe sahen sich fragend an, Bischof Bengt holte lautstark Luft, als er auf dem niedrigen Hocker nach einer bequemeren Stellung suchte.

»Wenn Ihr also in dieser Sache nichts vorzubringen habt, so betrachten wie sie als vorgeschlagen und beschlossen«, fuhr der König fort und griff nach den Armlehnen, als wolle er sich erheben, um seiner Wege zu gehen.

»Eure Majestät! Mir scheint, diese Sache lässt sich doch noch drehen und wenden«, meldete sich Bischof Bengt schwer atmend zu Wort.

»Gut!«, erwiderte der König knapp und tat so, als mache er es sich erneut auf seinem Stuhl bequem, um mit großem Interesse zuzuhören. »Aber denkt an meine Worte, kein unnötiges Geschwätz!«

Bischof Bengt schluckte mit Mühe die Beleidigung herunter und erweckte den Anschein, als wäge er seine Worte mit Bedacht:

»Es erscheint mir wenig wahrscheinlich, dass König Valdemar dem zweifachen Sieger solches Wohlwollen entgegenbringen sollte, dass er ihn mit seiner Schwester belohnt«, begann er langsam und eindringlich. »Außerdem könnte eine solche Frage auf eine Schwäche unsererseits schließen lassen und uns einen weiteren Krieg eintragen. Deshalb finde ich diesen Vorschlag eher schädlich als klug. Und was die Krönung betrifft, so ist der Erzbischof des Reiches im Augenblick nicht zugegen, weshalb diese Sache aufgeschoben werden muss. Das ist meine Meinung, und auch wenn Sie Eurer Majestät nicht gefällt, so war sie doch wohl nicht zu wortreich?«

»Nein, aber einfältig«, antwortete Königinwitwe Cecilia Blanka, was die Herren im Saal mit Bestürzung aufnahmen. Nie zuvor hatte sich eine Frau, auch keine Königin, erdreistet, sich so grob in die Beschlüsse des Rats einzumischen.

»Und da Ihr mich keiner Antwort würdigt, so will ich Euch auch gerne erklären, warum Ihr so einfältig seid«, fuhr Cecilia Blanka ungerührt fort. Ihr Sohn, der König, unternahm nicht die geringsten Bemühungen, sie am Reden zu hindern. »Denkt nur an die Lage von König Valdemar. Er hat in Sachsen und Schleswig gesiegt, er beherrscht Hamburg, und bald wird er auch Lübeck beherrschen. Er hat in Polen, Livland und Kurland gesiegt, aber zweimal hat er bittere Niederlagen erlitten, beide Male in Västra Götaland. Was geht einem so mächtigen Mann daraufhin durch den Sinn? Also, sitzt jetzt nicht mit offenem Mund da, sondern antwortet mir lieber, falls Ihr etwas zu sagen habt, Bischof!«

»Er denkt vermutlich, dass er seine Demütigung wettmachen muss. Er sieht sich gezwungen, ein drittes Mal zurückkehren, um uns auf dem Schlachtfeld endgültig zu besiegen«, antwortete der Bischof und sah sich zögernd in der Runde um, als sei er sich unsicher, ob es sich gezieme, auf die Frage einer Frau zu antworten.

»Ganz sicher erwägt er auch das«, fuhr Cecilia Blanka ebenso ungerührt fort wie zuvor. »Doch so teuer, wie ihn diese beiden Niederlagen zu stehen gekommen sind, muss ein Sieg noch teurer werden. Und das alles nur für die Ehre, da er doch auch seinen gottgefälligen Kreuzzug im Osten fortsetzen könnte. Wie viel Silber er auch darauf verwenden mag, ein neues Heer gegen uns auszurüsten, so bleibt der Sieg trotzdem ungewiss, da zwei seiner stärksten Heere von den unseren aufgerieben wurden. Will er also wirklich in einen neuen Krieg gegen das christliche Land im Norden ziehen statt gegen die Heiden im Osten? Das kann er vermeiden, indem er für Frieden sorgt, für einen ehrlichen Frieden, der ihn einzig und allein seine Schwester Rikissa kostet. Würdet Ihr da nicht anbeißen, wenn Ihr an seiner Stelle wärt?«

Bischof Bengt sah sich gezwungen, gründlich nachzudenken, ehe er etwas entgegnete. Die nachdenkliche Miene aller Männer im Saal ließ vermuten, dass sie etwas vernommen hatten, das ihnen wirklich erwägenswert erschien. Niemand grinste, keiner warf dem anderen einen viel-

sagenden Blick zu. Der König und sein Jarl saßen vollkommen reglos und mit unbewegten Mienen da. Offenbar beabsichtigten sie, die Königinwitwe die Verhandlung
weiterführen zu lassen.

»Zweimal haben wir seine Heere aufgerieben«, begann
Bischof Bengt unsicher, weil er nicht wusste, ob er die
anderen Männer hinter sich hatte. »Kommt König Valdemar ein drittes Mal, dann werden wir ihn mit Gottes Hilfe
auch ein drittes Mal schlagen!«

»Jetzt seid Ihr nicht nur einfältig, sondern geht auch
leichtfertig und grausam mit dem Leben anderer um!«, fiel
ihm Cecilia Blanka ins Wort. »Wart Ihr nach Lena und vor
allen Dingen nach Gestilren nicht oft genug auf dem Leichenschmaus? Ihr solltet es besser wissen, als in unserem
Land für neue Witwen und Waisen zu sorgen! Hinzu kommt,
dass uns der Sieg bei Gestilren selbst das Rückgrat gebrochen hat. Jetzt stehen wir ohne unsere besten Männer und
vor allen Dingen ohne unseren Heerführer, unseren seligen Marschall Arn Magnusson, da. Falls Ihr meinen Worten nicht traut, dann fragt den Jarl an meiner Seite!«

Bischof Bengt kam das alles wie ein Alptraum vor. Seit
seiner Zeit als junger Kaplan war er von einem Frauenzimmer nicht mehr so abgekanzelt worden. Und hier geschah es noch dazu beim königlichen Rat. Außerdem saß
er so unbequem auf seinem elenden Hocker, dass sein
Bauch herabhing und er immer weniger Luft bekam.

»Es ist wahr, was die Königin sagt«, äußerte der Jarl
schließlich leise, da das peinliche Schweigen sonst zu
lange gedauert hätte. »Die Macht, über die wir noch in
Gestilren verfügt haben, besitzen wir im Augenblick nicht
mehr. Dort haben wir viele gute Männer verloren, und
am teuersten von allem war der Verlust dessen, der mehr
als jeder andere zu unserem Sieg beigetragen hat. Des-

halb wäre ein neuer Krieg gegen König Valdemar das Schlimmste, was unserem Reich widerfahren könnte. Alles, was wir tun können, um dies zu vermeiden, sollten wir sehr ernsthaft in Erwägung ziehen. Daher wäre es sowohl klug als auch eine schöne Geste unseres Königs, diese Zwangslage zu lösen, indem er Valdemars Schwester Rikissa ehelicht. Ist Valdemar so sehr auf Rache bedacht, dass er unbedingt in einen neuen Krieg ziehen will, dann wird uns diese Sache nicht glücken. Dann kommt der Krieg. Aber falls Valdemar auch nur die geringsten Zweifel hegt und glauben könnte, dass wir immer noch so stark sind wie zuvor, dann muss er als ein kluger König die ausgestreckte Hand ergreifen. Darin stimme ich mit der Königin überein.«

»Und das ist auch meine Meinung!«, schloss sich König Erik an, bevor noch irgendein Bischof oder sonst jemand im Saal den Streit verlängern konnte.

»Aber eine Krönung stößt trotzdem auf gewisse Schwierigkeiten …«, versuchte Bischof Bengt mit hochrotem Gesicht und keuchender Stimme einzuwenden.

»Ganz und gar nicht!«, widersprach der König. »Auf dem Tisch hinter Euch, neben unserem Siegel und unseren Schreibgeräten, liegt die Königskrone, die wir ehrlich von Sverker Karlsson bei Lena gewonnen haben. Er händigte sie uns freiwillig aus, damit wir sein Leben schonen, und versprach, nie wieder ins Reich zurückzukehren. Er hat sein Wort gebrochen. Deswegen ist er jetzt tot. Aber die Krone gehört uns, und das sagt auch der Heilige Vater in Rom, wenn wir recht unterrichtet sind. Oder seid Ihr da anderer Meinung, Bischof?«

»Nein, nicht wenn sich die Sache so verhält«, erwiderte Bischof Bengt stöhnend. »Aber das kann Schwierigkeiten mit Erzbischof Valerius geben …«

»Das können wir kaum glauben!«, unterbrach ihn der König erneut. »Valerius kann sich entscheiden. Er kann tun, was seine Schuldigkeit als Erzbischof ist, oder er kann aus dem Land fliehen. Unsere Krönung wird erfolgen, sobald wir König Valdemars Antwort erhalten haben. Und jetzt steht uns der Sinn nicht länger nach dieser Versammlung, sondern wir wollen unsere Gäste lieber mit Schmaus und Trank erfreuen!«

Mit diesen Worten erhob sich der König, nahm den Arm seiner Mutter und verließ wort- und grußlos den Ratssaal. Bischof Bengt erhob sich schwerfällig und keuchend. Er hatte das Gefühl, dass er es nicht länger auf diesem kleinen Marterwerkzeug von Hocker, den man ihm angewiesen hatte, ausgehalten hätte, ganz gleichgültig, um welche hochwichtige Angelegenheit es gegangen wäre.

Damit hatten die Witwen ihren Willen durchgesetzt. Dies war die erste Maßnahme, die sie in der langen Nacht bei viel Weißwein oben im Westturm auf der Königsburg Näs vereinbart hatten.

* * *

Nachdem sich der Bote zu König Valdemar auf den Weg gemacht hatte, mit dem demütigen Begehren des Königs von Svealand und Götaland, dass alle Feindseligkeiten ein Ende haben mögen und dieser Frieden durch die Hochzeit von Rikissa und Erik Knutsson besiegelt werden solle, trat eine Zeit der Untätigkeit und des unerträglichen Wartens ein. Viel gab es auf der Königsburg Näs nicht zu tun, weder in Worten noch Taten, bevor die Antwort aus Dänemark eintraf.

Dafür nahm der Klatsch während der Wartezeit einen umso breiteren Raum ein. Auf Näs wurde vom Witwenregiment gemunkelt, was dem jungen König Erik nicht eben zur Ehre gereichte. Daher waren Cecilia Rosa, Ulvhilde Emundsdotter und Ingrid Ylva, jedenfalls um den Schein zu wahren, auf ihre Güter abgereist. Sie hielten es für klüger, in Zukunft an einem Ort zusammenzukommen, an dem neugierige Ohren und böse Zungen weiter entfernt waren als auf der Königsburg Näs. Das nächste Treffen sollte in Ulvåsa stattfinden.

Als Königinwitwe Cecilia Blanka und Ulvhilde Emundsdotter, die sich wie vereinbart auf dem Weg getroffen hatten, eine Woche später mit ihrem kleinen Gefolge in Ulvåsa eintrafen, bot sich ihnen ein seltsamer Anblick. Da sie zwischen den Häusern auf den Innenhof ritten, schleppten vier von Ulvåsas Gefolgsleuten einen zappelnden Mann in Seidenkleidern herbei und warfen den fluchenden Mann ohne weitere Umstände auf den nächsten Misthaufen. Kaum hatten sich die Freundinnen von diesem ungewöhnlichen Anblick erholt, da entdeckten sie Ingrid Ylva in der Tür des Langhauses. Sie warf mit harten und unkeuschen Worten einen Gegenstand nach dem anderen auf den Hof, unter anderem etwas, das wie eine schwere Goldkette mit Edelsteinen aussah. Ingrid Ylva sprühte förmlich Funken vor Wut.

Sie bekam jedoch sofort wieder gute Laune, als sie ihre verblüfften Freundinnen neben sich entdeckte, und winkte einen Stallknecht heran, ihnen ihre Pferde abzunehmen. Wenig später nahmen sie auf weichen Kissen im Langhaus von Ulvåsa Platz. Wein wurde eingeschenkt, und Ingrid Ylva erzählte lachend, dies sei bereits der dritte Freier gewesen, den sie auf den Misthaufen werfen lasse. Sie hoffe nur, dass sich diese Sitte in Windeseile herumspreche würde. Ulvhilde meinte, das sei sehr unwahrscheinlich, da wohl wenige Männer damit prahlen würden, auf einen Misthaufen geworfen worden zu sein. Über diese Einsicht mussten sie sehr lachen, und etwas später am Nachmittag, als Cecilia Rosa mit dem Boot aus Forsvik eingetroffen war und Ingrid Ylva die Geschichte noch einmal erzählte, lachten sie noch lauter.

Von den vier Witwen war Ingrid Ylva als Einzige jung genug, um weitere Söhne zu bekommen. Aus diesem Grund hatte sie sich mit den meisten Freiern herumzuschlagen. Dass sie noch keine dreißig Winter alt war, obwohl sie vier Söhnen das Leben geschenkt hatte und dabei aussah, als hätte sie nicht einen, machte die Sache natürlich nicht besser. Die Schönheit Ingrid Ylvas war weithin berühmt.

Die drei anderen Witwen fühlten sich in dieser Hinsicht gefeit. Sie konnten keine Söhne mehr bekommen und hatten nur Reichtümer zu bieten, was bedeutete, dass sie keiner guten Partie bedurften und ihre Misthaufen wohl nur selten die Bekanntschaft von Herren in Seidenkleidern machen würden.

Aus der Perspektive der Herren im Reiche war es recht unkompliziert, eine Witwe zur Frau zu nehmen. Da waren keine zähen Verhandlungen mit verschlagenen Verwandten nötig, die sich den Kopf über Mitgiften und Morgengaben zerbrachen, da konnten Mann und Frau selbst bestimmen. Es war also wenig überraschend, dass viele Männer interessiert daran waren, eine reiche Witwe zu finden. Schwerer zu erkennen war es manchmal, was sie für den Reichtum, den sie ernten wollten, als Gegenleistung zu bieten hatten. Ingrid Ylva erzählte ebenso gut gelaunt wie gotteslästerlich davon, was zumindest für die beiden Cecilien schwer begreiflich war: Die Männer seien überzeugt davon, dass keine Frau auf Dauer ohne das männliche Glied leben könne. Außerdem glaubten sie, dass sich kleine Söhne nicht ohne einen Mann im Hause erziehen ließen.

Als sie Letzteres aussprach, erlosch das Licht in ihren Augen. Erneut erzürnte es sie, dass die Männer, die auf dem Misthaufen gelandet waren, sich tatsächlich eingebildet hatten, an Magnus Måneskölds Stelle treten und sich der Enkel Arn Magnussons anzunehmen zu dürfen, obwohl sie diese doch nur zu feigen Höflingen, dummen Faulpelzen, Trunkenbolden und Reigentänzern erziehen würden. Sie selbst hatte ganz andere Pläne und wollte sich um die Erziehung ihrer Söhne ohne einen liebestollen Faulpelz an ihrer Seite kümmern, damit die Jungen zu Männern heranwüchsen, deren Andenken ebenso lang leben würde wie das von Arn Magnusson!

Der Gedanke an die Zukunft ihrer Söhne hatte sie so sehr in Rage gebracht, dass sie Gift und Galle spuckte und nicht so sprach, wie man es von einer milden Mutter erwartet hätte. Die anderen waren etwas verstimmt, weil die fröhliche Gesprächigkeit verschwunden war. Ingrid Ylva fing sich jedoch rasch wieder, als sie sich ihres Fehlers bewusst wurde. Sie entschuldigte sich damit, dass diese einfältigen Freier sie einfach wütend machten; dann versuchte sie mit der Geschichte, wie der letzte Freier ein unwillkommenes Bad genommen hätte, die Wogen zu glätten. Die anderen lachten verhalten, und bald war die gute Stimmung unter den verschworenen Freundinnen wiederhergestellt. Sie hielten zusammen und würden das Land in den Frieden und in eine neue Blütezeit führen, so wie es damals unter der langen Regierung Cecilia Blankas an der Seite Knut Erikssons gewesen war.

Damit waren sie wieder bei den ernsten Dingen, was sie jedoch nicht daran hinderte, es sich bequem zu machen und dem Wein zuzusprechen. Nun brauchten sie keine endlosen Mahlzeiten in lärmenden Rittersälen mehr zu erdulden, wo Bier verschüttet wurde und es nach Erbrochenem roch, sondern konnten sich je nach Verlangen kleine Gerichte wie gebratenen Fisch, Lammkeule und anderes servieren lassen.

Sie waren überzeugt davon, dass König Valdemar den Vorschlag annehmen würde, lieber seine Schwester Rikissa als ein neues Heer nach Schweden zu schicken. Rikissa tat ihnen leid, da sie zu wissen glaubten, dass sie noch keine zwanzig Jahre alt war. Sie hatten alle erlebt, wie es war, direkt aus dem Kloster zu kommen und plötzlich mit einem fremden Mann, schlimmstenfalls einem Alten, das Brautbett zu teilen. Über Rikissa wussten sie nicht viel mehr, als dass ihre Mutter Sofia im ganzen Norden für ihre Schönheit berühmt war. Daraus schlossen sie, dass Rikissa nicht nur jung war, sondern auch mehr als schön genug für eine Königin.

Cecilia Blankas Sohn Erik brauchte sich ebenfalls nicht zu schämen. Er war noch keine dreißig, hatte allerdings wie sein Vater etwas gelichtetes Haar. Er war jedoch stark, schlank und groß. Ein guter Krieger. Das musste die junge Rikissa schließlich für eine Ehre halten, da ihr Bruder, der sonst nie einen Krieg verlor, nicht weniger als zweimal von diesem König Erik besiegt worden war.

Die junge Rikissa stellte sich vermutlich einen grausamen Herrscher vor, einen alten Mann, der sich steif und breitbeinig in seiner Rüstung bewegte und dessen Gesicht von Narben übersät war. Dessen Körper durch die lange Zeit, die er im Felde verbracht hatte, von Geschwüren bedeckt war, ein Mann, der nachts schlecht roch.

Da Erik ganz anders war, würde Rikissa eine freudige Überraschung erleben, wenn sie ihren Zukünftigen zum ersten Mal zu Gesicht bekam. Das sei gut, meinten alle vier.

Verängstigt und schüchtern würde sie eintreffen und nur in Gesellschaft ihrer besten Mägde, da man sich kaum vorstellen konnte, dass die edlen Burgfräulein ihr an einen Königshof in der Fremde folgen würden, wo sie ein ungewisses Schicksal erwartete. Die zukünftige Königin des Reiches war so gesehen also nicht zu beneiden. Missgelaunt und scheu würde sie sich bald irgendwo auf Näs verkriechen. Und das war nicht gut.

Cecilia Rosa hatte als Erste eine Idee, was man gegen die Verlegenheit der jungen Rikissa unternehmen könnte. Sie meinte, nach Lödöse ritte man doch in wenigen Tagen, und dort würde das Schiff des dänischen Königs mit Jungfer Rikissa sicher festmachen.

Mit Ausnahme von Ingrid Ylva waren sie inzwischen alle grauhaarige alte Frauen geworden, aber reiten konnten sie, und eine Woche zu Pferde bei Sommerwetter stellte für sie keine Schwierigkeit dar. Sie alle würden also der jungen Dänin entgegenreiten und sie am Ufer in Empfang nehmen. Dann würden sie Rikissa beim Ritt nach Näs trösten und ihr über Erik und ihr Land nur Gutes erzählen.

»Dann haben wir sie von Anfang an auf unserer Seite«, meinte Königinwitwe Cecilia Blanka.

»So denke ich auch«, bestätigte Cecilia Rosa eifrig. »Lasst uns jetzt nur noch darum beten, dass der dänische König vernünftig und nicht kriegslustig ist und Rikissa wirklich wie erhofft eintrifft.«

»Darum brauchen wir nicht zu beten«, sagte Ingrid Ylva. »Sie kommt, ich kann sie vor meinem inneren Auge sehen, wie sie an Land steigt. Sie trägt einen roten Umhang und ein weißes, golddurchwirktes Gewand. Auf dem Kopf hat sie eine Krone mit einem schmalen Band auf der Stirn. Ihr Haar ist lang, sie trägt es offen. Ihre Augen sind blau. Ich sehe sie deutlich vor mir, wie sie auf einem schwankenden Brett an Land geht. Alles wird gut für uns ausgehen.«

Niemand widersprach Ingrid Ylva, von der es hieß, sie könne in die Zukunft schauen.

* * *

Nachdem die Boten König Valdemars von Dänemark lange durch Västra Götaland geirrt und dreimal zum falschen Krongut oder Thingplatz geschickt worden waren, erreichten sie schließlich Erik Knutsson auf seiner Burg Lena. Sie überreichten kostbare Geschenke, darunter zwei Zepter aus Gold, die bei der Krönung sicher nützlich sein würden, wie ihr König ausrichten ließ. Das eine Zepter wurde von einem Kreuz gekrönt, das andere von einem Adler mit ausgebreiteten Flügeln. Es handelte sich um die kostbarste Kriegsbeute, die die siegreichen dänischen Heere gemacht hatten.

Mit diesen Geschenken wurde die Botschaft König Valdemars überbracht, dass er mit Freuden seine Schwester Rikissa schicke, damit sie Erik Knutsson heirate. Sie würde zwei Tage nach Petrus in vinculis in Lödöse an Land gehen, wenn Gott und das Wetter es zuließen. Er selbst könne seine Schwester nicht begleiten, da zwingende Kriegsdienste ihn in fremden Ländern festhielten. Was die Boten vortrugen, war mit dem Siegel des Königs und des dänischen Erzbischofs beurkundet.

Für König Erik und seinen Jarl Folke waren diese Nachrichten besser, als sie zu hoffen gewagt hatten. Und obwohl hinsichtlich aller nötigen Vorbereitungen Eile geboten war, veranstalteten sie für die sechs dänischen Herren ein Festmahl, das drei Tage dauerte und die Vorräte auf der Burg Lena gänzlich erschöpfte.

Dass nicht nur König Valdemar, sondern auch sein Erzbischof das Sendschreiben besiegelt hatte, erfüllte den König und seine Männer mit fast jünglinghafter Seligkeit. Das bedeutete, dass ihr eigener heimtückischer Erzbischof Valerius, der stets darum bemüht war, die Königskrone mit dänischer Hilfe einem Eriker vom Kopf zu reißen und einem Sverker zuzuschanzen, auf verlorenem Posten stand. Die Botschaft König Valdemars war nicht misszuverstehen. Der Krieg war vorüber, und die Eriker und König Erik Knutsson konnten mit der Unterstützung des dänischen Königs rechnen, sobald Jungfer Rikissa mit Erik das Brautbett geteilt hatte und die beiden Königreiche auch durch Blutsbande vereinigt waren. Dass König Valdemar vorsichtig genug war, sich nicht in Feindesland zu begeben, bis alles mit Gottes Segen besiegelt war, erstaunte niemanden. Erik meinte sogar, sich an Valdemars Stelle nicht anders verhalten zu haben.

Folke Jarl freute sich besonders. Er verabscheute den kriecherischen Erzbischof Valerius, den er normalerweise nur den Bankert nannte, da ihn eine Mutter ohne Mann zur Welt gebracht hatte. Ebenso wenig mochte er die Kleriker, die sich auf die Seite des Erzbischofs geschlagen hatten, wie der übermäßig fette und maßlose Bischof Bengt aus Skara. Jetzt würden sich diese Männer Gottes beugen müssen. Vielleicht wollte ihnen der Herrgott selbst einen Wink geben, sich von der weltlichen Macht fernzuhalten. Zumindest hatte König Valdemar ihnen das gezeigt.

Erik Knutsson und sein Jarl gelangten bald zu der Überzeugung, dass man zunächst für die Krönung sorgen müsse. Erik Knutsson nannte sich zwar schon lange König, und niemand machte ihm diesen Titel streitig. Aber es bestand trotzdem ein Unterschied zwischen einem, der sich König nannte, und einem, der auch gekrönt und gesalbt war. Insbesondere für die Kirchenleute war dieser Unterschied groß.

Valerius und sein Anhang mussten mit der Forderung einer Krönung jetzt also überrumpelt werden, ehe sie sich auf Reisen begaben und womöglich in Rom beklagten oder was so heimtückische Leute sonst zu tun pflegten.

Erik Knutsson wollte seine zukünftige Königin als gekrönter König empfangen, da er den Verdacht hegte, die Schwester eines der mächtigsten Könige der Welt könne ihren zukünftigen Mann sonst als zu armselig erachten.

Am liebsten hätte Erik Knutsson die Krönung im erzbischöflichen Dom zu Uppsala abgehalten, doch seine Kundschafter, die dem heimtückischen Erzbischof stets auf den Fersen waren, wussten zu berichten, dass dieser bald nach Linköping reisen würde. Erik entschied also, dass die Krönung dort stattfinden sollte, obwohl der Kirchenbau in Linköping alles andere als abgeschlossen war. Die Kirche war jedoch geweiht, also ließ sie sich verwenden.

Boten mit dem königlichen Siegel wurden in alle Himmelsrichtungen des Reiches entsandt.

Das Eintreffen der königlichen Boten auf Forsvik hätte beinahe ein großes Durcheinander verursacht. Cecilia Rosa hatte ihrerseits erst kurz zuvor Boten an die Herren des Reiches entsandt, die ihr am nächsten standen, um Jungfer Rikissa am Hafen von Lödöse mit einem Gefolge empfangen zu können. Ritter Bengt Elinsson zu Ymseborg hielt sich wie Ritter Emund Jonsson, der jüngste Sohn von Ulvhilde Emundsdotter, bereits in Forsvik auf. Beide verfügten über je zwanzig Gefolgsleute. Torgils Eskilsson zu Arnäs, der Neffe Arn Magnussons, wurde bald mit ebenso vielen Reitern erwartet. Jetzt wurden sie alle wie auch Junker Birger zur Krönung des Königs gerufen. Dieser begehrte vierzig Forsviker Reiter, die sich zu benehmen wussten und den Farben der Folkunger bei der Krönung zur Ehre gereichen würden. So zumindest stand es in dem Brief des königlichen Kanzlers.

Was den Plan, die Braut in Lödöse in Empfang zu nehmen, fast hätte scheitern lassen, klärte sich jedoch rasch. Auf Forsvik hatte man in den letzten zehn Tagen Waffen poliert, das Zaumzeug gewechselt oder frisch gefärbt und Zügel, Steigbügel und Kopfputz der Pferde mit Silber und Gold geschmückt. Bereits jetzt konnte Forsvik mit den vierzig Folkunger Reitern zur Krönung aufwarten.

Cecilia Rosa verschwand eine Weile in ihrer Kammer, rechnete und studierte ihr Kalendarium. Kaum jemand auf Forsvik wusste, was ein Kalendarium war. Anschließend konnte sie ihre Freunde und die ihres seligen Mannes im Rittersaal zusammenrufen, um alles, was zunächst undurchführbar erschienen war, zu klären. Sie war zu dem Schluss gekommen, dass sich beide eiligen Pflichten gut erfüllen ließen.

Eskil Magnussons Schiffe überquerten mehrmals täglich den Vättern zwischen Forsvik und Mo Strömmar. Seine Flusskähne fuhren von Forsvik zum Vänern im Westen und von Mo Strömmar nach Linköping im Osten und transportierten Eisen und Tierhäute, Kalk, Ziegel und Dörrfisch, Saatgut und Mehl und alles, was auf Forsvik produziert wurde, in einem beständigen Strom. Wenn sich die Güter verspäteten und die Lager auf Forsvik zu groß wurden, so glich sich das doch immer bald wieder aus.

Die vierzig Reiter wurden schon einmal nach Linköping vorgeschickt, da sie auf der anderen Seite des Vättern die Reise allein fortsetzen konnten. Anschließend sollten Gesinde und Krönungskleidung mit Schiff und Kahn nach Ulvåsa oder auch die gesamte Strecke nach Linköping gebracht werden.

Als Torgils Eskilsson und seine Männer in Forsvik eintrafen, konnte er die Fahrt per Schiff fortsetzen, während seine Männer und Pferde in Forsvik fertig ausgerüstet wurden. Nachdem alle von der Krönung zurückgekehrt waren, wollte er sich auf den Weg machen, um die Braut in Lödöse abzuholen. Sie würden genug Zeit haben, nach Lödöse zu reiten, und dort zwei Tage nach Petrus in vinculis eintreffen. Was anfangs nach großer Mühe ausgesehen hatte, wirkte in Cecilia Rosas Händen wie ein Kinderspiel.

* * *

Birger traf als einer der ersten Forsviker in Linköping ein. Im Krongut am anderen Ufer des Stångån erfuhr er, dass es für ihn dort einen Schlafplatz gäbe, sein Gefolge jedoch in einem Zeltlager vor der Stadt übernachten müsse. Er stellte sein Pferd in den Stall und war recht stolz, dass zwei der königlichen Stallknechte sofort sahen, dass es sich um einen vorzüglichen jungen Hengst aus Forsvik handelte, der eine silberne Mähne, einen hoch erhobenen Schweif sowie ein schwarzbraun glänzendes Fell besaß.

Als er den angewiesenen, dunklen und muffigen Dachboden gefunden hatte, in dem zehn leere Betten an der Wand standen, ging ihm auf, dass er als Erster eingetroffen war. Aus langjähriger Erfahrung wusste er, welche Geräusche und Gerüche entstanden, wenn viele Männer im selben Saal schliefen, daher wählte er das Bett unter der kleinen Dachöffnung. Er packte seine Satteltaschen aus und legte seine Kleider einschließlich des Umhangs von Arn Magnusson auf sein Bett. Daneben legte er die frisch polierte Kettenpanzerrüstung und Arn Magnussons Schwert.

Da er sich nur selten in Städten aufhielt, dachte er zunächst, er könne all seine Habseligkeiten zurücklassen, während er sich Linköping anschaute. Dann kamen ihm aber doch Bedenken, als er das Licht durch die Dachöffnung auf Schwert und Umhang fallen sah. Das Blau des Umhangs schimmerte so stark, dass nicht einmal der Himmel mithalten konnte, und der Löwe auf dem Rücken, der aus Goldfäden und schwarzer Seide bestand, schien sich im Licht zu bewegen. Die Klauen des Löwen waren aus Silberfäden gewirkt, die drei Querbalken des Wappens ebenfalls. Die Zunge des Löwen sowie die drei Tempelritterkreuze im Wappen Arn Magnussons waren blutrot. Es war also schon von Ferne zu sehen, dass er und kein anderer Folkunger sich näherte. Dieser Umhang war die beste und schönste Arbeit Cecilia Rosas und hatte sie mehrere Jahre des Fleißes und des Gebets gekostet.

Nur zu einer Krönung oder einer königlichen Hochzeit konnte Birger diesen Umhang mit Ehre tragen und auch zu Recht, da er ihn geerbt hatte. Bei jeder anderen Gelegenheit hätte er sich damit nur lächerlich gemacht und Spott auf sich gezogen, da er hochmütig gewirkt und sich mit dem Wappen eines anderen geschmückt hätte.

Er sann darüber nach, was er sich wohl eines Tages für ein weiteres Zeichen zulegen würde, das verriet, dass es sich um Birger Magnusson und niemand sonst handelte. Sein Vater hatte die drei roten Tempelritterkreuze im Wappen geführt, die an Wiesenblumen erinnerten, von denen man alle Blütenblätter bis auf viere abgezupft hat. Das Wappen seines Vaters hatte noch einen silbernen Halbmond aufgewiesen, dasjenige von Birger Brosa eine fränkische Lilie. Aber wie sollte das Zeichen Birger Magnussons aussehen?

Er ließ sich Drachen, Schwerter und gekreuzte Goldpfeile durch den Kopf gehen, ohne wirklich der Meinung zu sein, dass diese zu ihm gepasst hätten.

Plötzlich schämte er sich seiner kindischen Art und seines Hochmuts und beschloss hinauszugehen. Dann hielt er erneut inne, als sein Blick auf das Schwert fiel. Die Sonne war während seiner Tagträume etwas weitergewandert und fiel jetzt direkt auf das funkelnde, goldene Kreuz. Zunächst war er von dem goldenen Licht wie gelähmt, dann biss er energisch die Zähne zusammen, legte sein Forsviker Schwert, das er auf der Reise getragen hatte, ab und schnallte den Gürtel mit dem Tempelritterschwert um. Seine geliebte Großmutter hatte vollkommen Recht gehabt. Es war für ihn noch zu groß und zu schwer. Doch niemals würde er dieses Schwert einfach in einem fremden Haus liegen lassen. Andererseits konnte er auch nicht auf diesem dunklen Dachboden ausharren, bis am nächsten Tag die Krönung stattfinden würde. Wollte er sich die Stadt ansehen, dann musste er das Schwert mitnehmen.

Sobald er über die Brücke und in die Stadt auf der anderen Seite gekommen war, wurde das Gedränge sehr groß. Viele Menschen waren für die Krönung angereist, und nicht alle hatten ehrliche Absichten. Die Straßen zwischen den Holzhäusern waren eng und schmutzig. Von überallher waren laute Stimmen zu vernehmen. Betrunkene lärmten, und er musste achtgeben, wo er mit seinen dünnen Lederschuhen hintrat, da die Erde voller Kot war, der von Hunden, Schweinen oder Menschen stammen konnte. Unter seinem Umhang trug er einfache Reisekleidung, ein hellrotes Hemd aus Hirschleder und Hosen aus Kalbsleder. Wären es nur seine Kleider gewesen, dann wäre er nicht weiter aufgefallen. Aber dass er mitten in der Stadt ein Schwert trug und dazu den goldenen Folkunger-Löwen auf dem Rücken, führte dazu, dass er mehr Blicke auf sich zog, als ihm lieb war. Junge Frauen sprachen ihn mit Worten an, die er nicht recht begriff, aber er ahnte, dass es unkeusche Rede war. Von den vielen Bierzelten und Ständen aus winkte man ihm zu und wollte ihn zu einem Bier einladen. Er blickte starr nach vorn, doch schon bald wurde ihm die Stadt unerträglich. Er senkte den Blick, um dem Unrat auszuweichen, und eilte wieder Richtung Krongut und Fluss, was angesichts des Gedränges in den engen Gassen gar nicht so einfach war. Er wusste jedoch noch, wo die Sonne gestanden hatte, als er das Krongut verlassen hatte, und kam recht gut voran, obwohl er den Blick auf die Erde gerichtet hielt. Doch unversehens rempelte er einen grauhaarigen Mann mit schwarz-gelbem Umhang an, der sich wütend umdrehte, ihn am Kinn packte und eine Entschuldigung für seine Unachtsamkeit verlangte. Verzagt entschuldigte er sich, bekam aber trotzdem eine Ohrfeige. Die Umstehenden lachten höhnisch, nannten ihn Rotznase und Junkerlümmel und warfen ihm andere Spottnamen zu, die er nicht begriff. Mit roten Wangen senkte er den Kopf noch tiefer, wandte sich ab und eilte davon. Doch er war nicht weit gekommen, da holte ihn der Mann, der ihn geschlagen hatte, ein, nahm seinen Arm, ging in die Knie und entschuldigte sich verzweifelt. Verwirrt nahm er die Entschuldigung an und stolperte weiter.

Was er von der Stadt gesehen hatte, gefiel ihm nicht, und niemand hatte ihm je zuvor eine Ohrfeige gegeben. Die Städter müssen verrückt sein, dachte er.

Als er die Brücke überquert hatte und wieder zum Krongut gelangte, waren weitere Gäste eingetroffen. Auf dem

Hofplatz wurden Bierzelte aufgebaut. Er entdeckte niemanden, den er kannte, und versuchte sich einzureden, dass er von der Reise sehr ermüdet sei und sich eine Weile in die Schlafkammer zurückziehen müsse. Die Sonne stand aber noch hoch am Himmel, und widerwillig sah er ein, dass es vermutlich wenig sinnvoll war, so zeitig schlafen zu gehen. Stattdessen trat er in eines der Bierzelte. Einer der königlichen Köche musterte ihn kurz und streng und stellte ihm dann einen Krug mit Bier auf einen der langen Tische. Er trank erst eine Weile langsam allein, dann kamen drei junge Männer mit Waffenhemden in den Farben der Eriker und baten nach höfischer Sitte darum, sich auf die freien Plätze neben ihn setzen zu dürfen. Er entgegnete nichts, da er gerade trank, deutete aber mit der Hand auf die freien Plätze. Sobald die anderen drei ihre Krüge vor sich stehen hatten, begannen sie von der Jagd zu reden und kümmerten sich nicht weiter um Birger. Sie tranken rasch und nahmen bereits den dritten Krug in Angriff, als Birger gerade seinen ersten beendete. Da bemerkte einer von ihnen, wie langsam er trank, und begann, sich über ihn lustig zu machen. Birger wurde wütend, beherrschte sich aber, denn er fand, dass er für einen Tag, wenn nicht gar für ein ganzes Leben, genug Ohrfeigen bekommen habe. Aber ein Spottwort folgte dem anderen, und als sich die drei jungen Eriker über die männliche Tugend des schnellen und vielen Trinkens ausließen, stellte Birger seinen fast leeren Krug ab, erhob sich und wandte ihnen den Rücken zu. Er wartete auf weiteren Spott, war jedoch erleichtert, als es vollkommen still wurde, während er das Zelt verließ.

Eine Weile ging er auf dem Krongut umher, betrachtete die eintreffenden Pferde, besuchte den Stall, um nach seinem eigenen Pferd zu sehen und mit ihm zu sprechen, und versuchte sich irgendwie den Anschein zu geben, nicht allein zu sein. Er war unsicher, wie er sich benehmen sollte.

Einer der schwarz gekleideten, königlichen Aufwärter rettete ihn aus seiner Langeweile, indem er höfisch seinen Arm nahm und ihn fragte, ob er Birger Magnusson zu Ulvåsa sei. Als er das etwas besorgt bestätigte, erhielt er den Bescheid, der König riefe ihn zu sich. Er solle sich in das Gemach vor dem großen Rittersaal begeben und sich dort zu den anderen setzen, die ebenfalls gerufen worden seien. Wie er das auf Forsvik gelernt hatte, verbeugte er sich und gehorchte sofort.

Im Vorraum des Rittersaals saßen überwiegend ältere Männer. Die meisten waren Krieger, was sich an abgehauenen Gliedmaßen, fehlenden Fingern und weißen Gesichtsnarben unschwer erkennen ließ. Vorsichtig trat Birger ein, nahm in unmittelbarer Nähe zum nächsten Ausgang Platz und hoffte, nicht entdeckt zu werden. Doch schon im nächsten Moment rief ihm einer der grauhaarigen Krieger, der am anderen Ende des Raumes neben der Tür zum Rittersaal saß, laut zu, dass er im Vorzimmer des Königs ja wohl nichts verloren habe und zumindest seinen Namen sagen solle, wenn er hier eintrete. Birger errötete, entschuldigte sich und nannte, wie er selbst fand, seinen Namen laut und deutlich. Die meisten Männer mussten ihn verstanden haben. Aber der grauhaarige, alte Krieger am Ende der Bank legte eine Hand hinter das Ohr und brüllte ihn an, laut und männlich zu sprechen, statt zu flüstern wie eine Jungfer, wenn er sich an edle Herren richte.

Birger erhob sich langsam und unsicher, holte tief Luft, nahm all seinen Mut zusammen und nannte mit übertrieben lauter Stimme noch einmal seinen Namen:

»Ich bin Birger Magnusson zu Ulvåsa, der Sohn von Magnus Månesköld!«, rief er.

Erst wurde es im Zimmer vollkommen still, aber dann begann der alte Mann mit der Hand hinter dem Ohr zu strahlen, lachte herzlich, stand auf und umarmte Birger.

»Du hast bei Gestilren das Wappen des Marschalls getragen und bist sein Enkel, und hier schleichst du zwischen deinen Verwandten herum wie ein Klosterfräulein!« Der alte Krieger lachte. »Da sind wir wirklich nahe Verwandte, denn ich bin Karl Birgersson zu Bjälbo, obwohl mich alle nur Karl den Tauben nennen. Wie auch immer es sich damit verhält, jetzt kommt her und setzt Euch an meine Seite, Junker Birger!«

Karl der Taube legte einen Arm um die Schultern seines jungen Verwandten und führte ihn langsam durch den Raum. Alle erhoben sich und begrüßten den Jüngling, der der Enkel Arn Magnussons war.

Es war nicht unbedingt besser, direkt neben der Tür zum König zu sitzen, fand Birger. Sein alter Verwandter hatte eine Art, Unterhaltungen zu führen, die sich für jemanden, der jung und verzagt war, kaum eignete, denn er brüllte jede Frage und Antwort heraus.

»Und wie gehen bei der lieben Cecilia Rosa auf Forsvik die Geschäfte? Es heißt, dass Eskil Magnusson an jedem Boot eine Goldmünze verdient, aber dass davon mindestens eine Silbermünze auf Forsvik bleibt!

Ist Ritter Bengt gesund? Ist er immer noch so ein guter Krieger?

Hattet Ihr auf Ulvåsa dieses Jahr eine genauso gute Ernte wie wir anderen? Hat Ingrid Ylva nicht vor, sich bald einen neuen Mann zu nehmen?«

Birger schwitzte und wand sich bei diesen Fragen wie ein Regenwurm an einem Angelhaken. Er fand, dass das weder die Eriker noch seine Verwandten etwas anging. Außerdem konnte er auf die Frage, ob sich seine Mutter einen neuen Mann suche, kaum eine vernünftige Antwort geben. Antwortete er zu leise, rief der mächtige, aber taube Folkunger seine Frage sofort aufs Neue.

Seine Qual nahm ein unerwartetes Ende. Zu aller Erstaunen wurde er als Erster zum König gerufen.

Zwei der schwarz gekleideten Knappen des Königs führten ihn durch den langen Saal, an dessen Ende der König, sein Jarl Folke und ein Bischof, dessen Namen Birger nicht kannte, saßen. Alle Tische waren an die Wände geschoben worden, und vor dem König und seinen Männern stand kein Stuhl. Auf dem großen Tisch vor ihnen lagen das Bischofskreuz, das Schwert des Jarls und die Königskrone, flankiert von zwei goldenen Zeptern.

Zum ersten Mal, seit er in die Stadt Linköping gekommen war, wusste Birger, wie er sich zu benehmen hatte. Den König kannte er persönlich. Gemeinsam hatten sie den Sieg bei Gestilren erlebt, sich seither jedoch nur noch auf Begräbnisfeiern gesehen. Zögernd durchquerte Birger den langen Saal, verbeugte sich, setzte das linke Knie auf den Boden und erwartete in dieser Stellung die Erlaubnis des Königs, sich wieder zu erheben.

Diese wurde jedoch nicht erteilt. Stattdessen eilte der König um den Tisch, riss Birger hoch und umarmte ihn.

»Junker Birger, es freut uns, Euch nach all den traurigen Begebenheiten gesund und munter anzutreffen«, sagte der König und trat ein paar Schritte zurück. Er tat, als würde er seinen jungen Besucher von Kopf bis Fuß streng in Augenschein nehmen. »Ihr erinnert an Euren Großvater, Birger, obwohl Ihr die braunen Augen Eurer Mutter habt und auch ihre Haarfarbe. Ihr dürft es mir nicht verübeln, wenn diese Begegnung kurz ausfällt, aber dort draußen sitzt eine ganze Bank Wartender, die sich alle das eine oder andere erhoffen. Was wir Euch dieses Mal mitzuteilen haben, lässt sich schnell sagen. Falls Ihr das wenig höfisch findet, so sagt an.«

»Eure Majestät haben mich zu sich gerufen. Ich bin Folkunger. Wir Folkunger haben an Eurer Seite gekämpft und geblutet und Euch Treue geschworen. Was mein König beschließt, dem gehorche ich«, antwortete Birger leicht und entschlossen.

Der König betrachtete ihn nachdenklich, dann ging er ein paar Schritte um ihn herum, als wolle er ihn verlocken, etwas zu sagen, bevor er selbst weitersprach. Diese Finte schien bei Junker Birger jedoch nicht zu verfangen. Lächelnd kehrte der König an seinen Platz hinter der Krone und den zwei Zeptern zurück.

»Wenn dieses Spektakel vorüber ist, wollen wir Junker Birger als unseren Gast auf Näs sehen. Euer Vater stand uns näher als jeder andere Mann. Wir hoffen inniglich, dass Ihr dieser Einladung Folge leistet.«

»Es wird mir eine Ehre sein, als Folkunger bei unseren Verwandten, den Erikern, und unserem König Erik zu erscheinen«, antwortete Birger ohne zu Zögern.

»Ihr habt bei Gestilren das Reichswappen getragen, Junker Birger«, fuhr der König mit leicht gerunzelter Stirn fort. »Dies wird morgen nicht geschehen, Ihr werdet weder den Löwen der Folkunger tragen noch die drei Kronen oder das Reichswappen mit beidem. Ehe Ihr zu enttäuscht seid, will ich Euch rasch erklären, warum. In unserem Land ist es Sitte, dass der Wappenträger des Königs einer der ältesten und wichtigsten Männer ist. So ist es auch der Brauch bei allen Familien, den Folkungern und anderen. Euer Vater, der Marschall, folgte ausländischen Bräuchen, er erhob Jünglinge zu Wappenträgern. Wir hatten nichts dagegen, da wir nie etwas gegen seine Entscheidungen hinsichtlich des Krieges oder des eingesetzten Heeres einzuwenden hatten. Jetzt ist es jedoch anders. Karl der Taube wird Euren Löwen tragen und mein Verwandter Holmgeir unser Wappen. Dies ist unsere Entscheidung. Bei unserer Krönung gibt es jedoch zwei goldene Zepter, die uns König Valdemar von Dänemark verehrt hat. Ihr tragt das eine und Knut Holmgeirsson, der edelste der Eriker-Jünglinge, so wie Ihr der edelste der Folkunger-Jünglinge seid, trägt das andere Zepter. Nehmt Ihr dieses unser Angebot an?«

»Ich beuge mich dem Willen meines Königs, was immer er beschließt, selbst wenn er Unrecht haben sollte«, antwortete Birger mit einem frechen Lächeln.

»Es behagt Junker Birger also, uns zu widersprechen!«, rief der König mit einer Wut, die so gespielt wirkte, dass sie niemanden im Saal beeindruckte.

»Ja, Eure Majestät. Weil mir nichts anderes übrigbleibt«, entgegnete Birger. »Dass Knut Holmgeirsson, der Sohn von Holmgeir Filipsson, der Sohn von Filip, Sohn des Heiligen Erik, einer der edelsten Eriker-Jünglinge ist, steht außer Frage. Was mich und die anderen Folkunger angeht, ist die Sache jedoch weniger gewiss.«

»Kennt Ihr Knut Holmgeirsson?«, fragte der König und zog überrascht die Brauen hoch.

»Nein, Eure Majestät. Er ist mir nie begegnet.«

»Wie kommt es dann, dass Ihr so genau wisst, wer sein Vater, Großvater und Urgroßvater ist?«

»Meine Mutter Ingrid Ylva kennt alle mächtigen Männer im Reiche und weiß genau, wer ihre Söhne und Großväter sind. Ihr Wissen gab sie an meine Brüder und mich weiter«, antwortete Birger, der zum ersten Mal etwas verlegen wurde, denn das waren Kenntnisse, die man nur benötigte, wenn man an der Macht interessiert war.

»Wir verstehen …«, entgegnete der König nachdenklich. »Aber sagt uns dann, warum Ihr, Birger, nicht der edelste der Folkunger-Jungherren sein solltet. Schließlich habt Ihr bei Gestilren das Reichsbanner getragen?«

»Wer der edelste der Folkunger-Jünglinge ist, lässt sich nicht so leicht entscheiden«, antwortete Birger rasch und blickte zu Boden. »In unserer Familie haben wir nie die Königskrone besessen, in dieser Beziehung können wir also nicht mithalten. Viele halten vermutlich Söhne aus Bjälbo für edler als einen wie mich, der aus Ulvåsa stammt.«

»Für uns seid Ihr jedenfalls der edelste!«, meinte der König lachend. »Und wir besitzen das königliche Recht zu entscheiden, wie es uns behagt. Der Folkunger, der von Arn Magnusson abstammt, wird in unseren Augen immer der edelste sein. Akzeptiert Ihr jetzt meinen Beschluss?«

»Es ist mir eine Ehre, mich dem Beschluss meines Königs fügen zu dürfen«, erwiderte Birger, der seine Sicherheit wiedergewonnen hatte.

»Gut, Junker Birger! Ihr tragt das Zepter mit dem Adler mit den ausgebreiteten Flügeln, unser junger Verwandter trägt das Zepter mit dem Kreuz. Unsere Knappen werden Euch beiden morgen, wenn die Sonne zwei Stunden vor Mittag steht, einen Platz im Krönungsgefolge anweisen. Noch ein letzter, kleiner Ratschlag von einem, der nicht nur Euer König, sondern auch Euer Freund ist. Trinkt morgen nicht mehr von unserem Bier, als für Eure Ehre wirklich nötig ist!«

Birger verbeugte sich, setzte erneut sein linkes Knie auf den Boden, drehte sich um, während er sich wieder erhob, verbarg sein Schwert im Umhang … all dies in einer fließenden Bewegung … und verließ sicheren Schrittes und hoch erhobenen Hauptes den Königssaal.

Die Selbstsicherheit, die Birger soeben noch empfunden hatte, verließ ihn jedoch rasch, als er den Innenhof des Krongutes betrat, auf dem inzwischen so viele neue Reisende eingetroffen waren, dass ein ziemliches Gedränge herrschte. Alle Gesichter, die er zuerst sah, waren ihm unbekannt, doch plötzlich packten ihn zwei Männer von hinten unter den Armen. Als er den Kopf zurückwandte, sah er, dass es Torgils Eskilsson zu Arnäs und Emund Jonsson zu Ulfsheim waren, die sich mit ihm einen Scherz erlaubten. Sie waren zwar etwa zehn Jahre älter als er, aber ebenfalls Forsviker. Bei diesen beiden Verwandten war er in trauter Gesellschaft.

* * *

Cecilia Rosa und die anderen Witwen gehörten zu den ersten Personen, die nach der Krönung nach Forsvik zurückkehrten. Sie hatten ihr hohes Alter oder weibliche Gründe als Vorwand genommen, um Linköping bereits nach dem zweiten Tag der Krönungsfeierlichkeiten zu verlassen. Das war gut so, da insbesondere Cecilia Rosa jetzt sehr viel zu besorgen hatte, damit alles nach Wunsch verlief. Sie rüstete zwei Ochsenkarren mit Fleisch, Fisch, Brot, Bier und Wein sowie mit Zelten, Gestänge und Wimpeln aus, damit man auf dem Weg zwischen dem Vättern und Lödöse an zwei geeigneten Orten rasten konnte. Sie hatte bereits Nachtlager in Gälakvist, einer königlichen Burg, und in Lena, einem Wohnsitz der Folkunger, bestellt. Am Ufer des Vättern würde das Schiff des Königs, Ormen Korte, sie erwarten, um sie das letzte Stück nach Näs auf Visingsö überzusetzen.

Viele Boten waren nötig, um das Umladen der Schiffe auf dem Vättern und der Flusskähne bei Ulvåsa und Mo Strömmar auf der anderen Seite des Vättern zu organisieren, da die vielen Reisenden für große Unordnung beim Handel zwischen Lödöse und Linköping sorgten. Große Lasten blieben auf dem Kai liegen, um Pferden und Passagieren Platz zu machen, und mussten abgedeckt werden, damit sie vom Regen nicht beschädigt werden konnten. Der Handel würde wahrscheinlich erst wieder in einer Woche reibungslos ablaufen, nachdem alle, die ein vornehmes Anliegen hatten, in Forsvik eingetroffen waren. An den oberen Landungsbrücken in Forsvik warteten zahlreiche leere Flusskähne, die nicht wie sonst beladen werden konnten.

Mit eiserner Hand hatte Cecilia Rosa alles im Griff. Nicht das Geringste entging ihrer Umsicht, und Widerspruch gab es nicht.

Die Herren und Gefolgsleute hatten vom Gelage bleiche Gesichter und gerötete Auge zurückbehalten, als sie mit ihren bockigen Pferden und ihrer harten Sprache von Bord gingen. Die Arbeit verlief wieder ruhiger, und Cecilia Rosa konnte sich nun in ihrem eigenen Haus ein paar lange Abende mit Königinwitwe Cecilia Blanka, Ingrid Ylva und Ulvhilde Emundsdotter gönnen.

Die Königinwitwe wusste Folgendes zu berichten: Da der König von Dänemark es nicht für nötig halte, seine Schwester bis zum schwedischen Hafen zu begleiten, fühle sich ihr Sohn auch nicht verpflichtet, sie von dort abzuholen. Er habe sich auf etwas versteift, was er als gerechtfertigte Ebenbürtigkeit zweier Könige bezeichne. Wie vernünftig dies sei, spiele keine Rolle, da es den Witwen schließlich zusage, ein paar Tage allein mit Jungfer Rikissa unterwegs zu sein. König Erik sei jedoch ausgesprochen zufrieden gewesen, als er von seiner Mutter erfahren habe, welch prächtigen Empfang die edelsten Ritter im Reiche der Dänin bereiten würden.

Während sich die Männer um die Rüstungen der Reiter kümmerten, die Jungfer Rikissa empfangen würden, nahmen sich die Witwen der weißen Stute an, die Cecilia Rosa für die zukünftige Königin ausgesucht hatte. Niemand wusste schließlich, wie sicher dänische Jungfern im Sattel saßen. Es war also vermutlich vernünftiger, eine harmlose Stute statt eines prächtigen Hengstes auszusuchen. Außerdem war Jungfer Rikissa vermutlich so gekleidet, dass sie kaum mit Steigbügeln auf beiden Seiten reiten konnte. Ingrid Ylva hatte ein weißes Gewand mit Goldfäden prophezeit. Deswegen hatten die sarazenischen Sattelmacher in Forsvik einen besonders schönen Frauensattel angefertigt, der mit Gold und Silber verziert war. Steigbügel, Trense und Zügel waren gleichermaßen dekoriert. Auf der Stirnplatte der Stute war eine große schwarze Feder aus einem fremden Land befestigt, darunter befand sich ein kostbarer Ring aus roten und weißen Edelsteinen. Das waren die königlichen Farben Jungfer Rikissas.

Auch für Königinwitwe Cecilia Blanka wurde ein schöner Damensattel angefertigt. Cecilia Rosa und Ulvhilde würden normale Sättel benutzen, da sie beide ein Gewand tragen würden, das Cecilia Rosa vor vielen Jahren entworfen hatte. Es besaß Hosen, sah aber trotzdem aus wie ein Frauengewand.

Für Birger waren es Tage des Müßiggangs. Seine Rüstung und Kleidung hatte er bereits nach der Krönung in Linköping in Ordnung gebracht. Da man auf Forsvik im Augenblick fast achtzig Gäste beherbergte, kam der Unterricht der Knaben und jungen Herren zum Erliegen.

Aber so viele alte und junge Forsviker konnten sich kaum von ihren vertrauten Übungsplätzen fernhalten, und bald waren die Kampfspiele in Gang.

Auf anderen Höfen und Burgen im Lande hatten diese Spiele erst in den letzten Jahren begonnen und waren zumeist friedlich verlaufen. Man maß sich im Lanzenstechen, indem man gegen einen aufgehängten Ring anritt oder gegen ein schwarzes Petrus-Schild, möglichst ohne von der daran befestigten Rute getroffen zu werden. Eine weitere Übung bestand darin, auf einen Apfel zuzureiten, um ihn mit dem Schwert zu spalten. All dies war für einen Forsviker leicht zu bewältigen.

Die härteste Auseinandersetzung ereignete sich, wenn die Reiter dreimal gegeneinander anritten und versuchten, sich gegenseitig mit einem Treffer auf Brust oder Schild aus dem Sattel zu werfen. Genügten drei Durchgänge nicht, so wurde geritten, bis einer von beiden zweimal gesiegt hatte. Obwohl keine scharf geschliffenen Waffen, sondern Lanzen mit platten Spitzen benutzt wurden, war dieses Spiel keineswegs ungefährlich.

Ritter Sigurd und sein Bruder Oddvar, der höchste Befehlshaber auf Forsvik in allen Belangen des Krieges, war anfänglich etwas skeptisch, was die lautstarken Rufe nach einem Turnier anging. Aber nachdem sie durchgezählt hatten, kamen sie zu dem Schluss, dass sie bei der Fahrt nach Lödöse auf jeden Zehnten, der eventuell bettlägerig wurde, was einer realistischen Einschätzung entsprach, verzichten konnten. Gute Betten und Pflege gab es auch für die, die in Forsvik zurückbleiben mussten, wenn sich die anderen auf den Weg machten. Ritter Sigurd entschied jedoch, dass keiner der jungen Herren, die ihre Lehre auf Forsvik noch nicht beendet und noch keine eigene Lanze und kein eigenes Schwert erhalten hatten, im Turnier mitreiten durfte. Außerdem mussten alle Teilnehmer mindestens siebzehn Jahre alt sein.

Damit gehörte Birger zu den Jüngsten, war aber trotzdem zuversichtlich, es bei den Spielen recht weit zu bringen. Nachdem er jedoch eingehender darüber nachgedacht hatte, kam er zu dem Schluss, dass Hochmut eine Sünde war, die meist sofort bestraft wurde. Er bekreuzigte sich, betete kurz zur Mutter Gottes und bat um Vergebung. Er wagte es nicht, auch noch um Erfolg zu beten, da auch das in der Gesellschaft fünf echter Ritter, in der er sich befand, vermessen gewesen wäre.

Die Spiele begannen, indem alle Teilnehmer auf den größten Übungsplatz ritten, der von den Turnierbahnen gekreuzt wurde. Ritter Oddvar beaufsichtigte streng das Tor, damit sich niemand, der zu jung war, unter die Teilnehmer mischte. Er griff auch wirklich zwei junge Herren auf, die sich murrend und mit gesenktem Kopf zu den Zuschauern gesellen mussten.

Als sich alle Reiter auf dem Platz versammelt hatten, ritten sie in einem großen Kreis hintereinander her, so dass sich stets zwei von ihnen auf den Turnierbahnen befanden. Auf ein Hornsignal hin mussten alle sofort innehalten. Wer sich in diesem Augenblick auf den Turnierbahnen befand, konnte sich nur noch bekreuzigen und nachschauen, wer sich auf der anderen Seite der Bahnen befand. Diejenigen, die außerhalb waren, gesellten sich zu den Zuschauern, bis der erste Kampf vorüber war. Dann wurde bis zum nächsten Hornsignal wieder im Kreis geritten.

Beim ersten Signal befand sich Birger außerhalb der Turnierbahnen und konnte sich gelassen unter die Zuschauer mischen. Beim zweiten Durchgang befand er sich jedoch innerhalb der Bahnen, schaute mit klopfendem

Herzen auf und erblickte am anderen Ende einen Gegner in seinem eigenen Alter.

Auf ein neues Hornsignal hin galoppierten sie mit gesenkter Lanze aufeinander zu. Birger gewann den ersten Angriff mit Leichtigkeit und den zweiten mit etwas größerer Mühe. Daher gehörte er zu denen, die auch ein drittes Mal im Kreis reiten durften, während sich die Besiegten zu den Zuschauern gesellten, ins Krankenlager hinkten oder schlimmstenfalls dorthin getragen werden mussten. Die heilkundigen Frauen auf Forsvik, die überwiegend aus fremden Ländern stammten, bekamen immer mehr zu tun.

Beim dritten Durchgang befand sich Birger erneut außerhalb der Turnierbahnen, als er sein Pferd anhielt, und konnte sich zu den Zuschauern gesellen. Er rechnete aus, dass nach diesem Durchgang nur noch die Hälfte der Teilnehmer übrig war. Wenn er mit dem nächsten Gegner etwas Glück hatte, dann würde er sich bald unter den Letzten befinden.

Aber sonderliches Glück hatte er nicht. Als er beim nächsten Hornsignal anhielt, befand er sich auf einer der mittleren Turnierbahnen und schaute neugierig zur anderen Seite hinüber. Er rang nach Luft und hätte sich am liebsten bekreuzigt: Auf der anderen Seite wartete Ritter Bengt.

Immerhin ist es gut, dachte Birger, dass jetzt niemand mein Gesicht sehen kann. Bei diesem Spiel verwendeten sie geschlossene Helme, die nur einen schmalen, kreuzförmigen Sehschlitz aufwiesen. Daher konnte niemand sehen, dass er erblasst war.

Den ersten Angriff überstand Birger, obwohl der Lanzenstoß seinen Schild beiseitedrückte, ihn gegen die Brust traf und ihm den Atem raubte. Wäre ihm dies mit einer richtigen Lanze widerfahren, so hätte das seinen Tod bedeutet. Aber er fiel nicht, wendete unverzagt sein Pferd und bereitete sich auf den nächsten Angriff vor.

Beim zweiten Mal wurde er so leicht aus dem Sattel gehoben, als wäre er ein Handschuh, da ihn Ritter Bengt auf die Art und Weise zu treffen wusste, die alle Forsviker lernten und die Arns Schwenk hieß, wobei man von der Breitseite der Lanze getroffen wurde. Der Sturz tat kaum weh, und er saß sofort wieder auf. Alle, die gleichzeitig mit Birger und Ritter Bengt geritten waren, hatten sich bereits als Sieger oder Verlierer zu den Zuschauern gesellt. Sämtliche Blicke ruhten nun auf den beiden, die ein weiteres Mal gegeneinander anritten, und alle wussten, wer siegen würde, hofften jedoch, dass der junge Birger keine größeren Verletzungen davontragen würde.

Beide trafen gleichzeitig den Schild des Gegners, und Ritter Bengts Gewicht und sein Gleichgewichtssinn sorgten dafür, dass Birger erneut zu Boden ging. Dieses Mal war der Sturz jedoch unangenehmer, da er nach hinten geschleudert wurde und mit Rücken und Nacken zuerst aufprallte. Ritter Bengt riss sein Pferd herum, warf sich aus dem Sattel und zog Birger vorsichtig den Helm vom Kopf. Birger war benommen, und das grelle Licht blendete ihn, als ihm der Helm vom Kopf genommen wurde. Er wusste erst nicht recht, wo er sich befand.

»Alles in Ordnung, Junker Birger?«, fragte Ritter Bengt besorgt.

»Mir geht es nicht schlechter, als ich es verdient habe«, antwortete Birger und bemühte sich um ein männlich grimmiges Lächeln. »Ich gratuliere zu Eurem Glück, Ritter Bengt«, fuhr er grinsend fort.

»Bei solch einem furchterregenden Gegner muss man tatsächlich ein wenig Glück haben«, erwiderte Bengt lächelnd und zog Birger hoch, der etwas schwankend auf die Beine kam.

Das Spiel endete, wie es enden musste. Niemand konnte Ritter Bengt bezwingen, und er siegte, ohne ein einziges Mal zu Boden gegangen zu sein. Das war auf Forsvik eine ungewöhnliche Ehre, da die Gegner hier besser waren als an jedem anderen Ort im Reiche.

Als Birger seine Rüstung ablegte und an ihren nummerierten Haken im Stall hängte, hatte er Kopfschmerzen und fühlte sich ramponierter, als er erwartet hatte. Obwohl sein Oberkörper von einem Kettenpanzer, Stahlplatten und einer dicken Filzschicht geschützt worden war, hatte er große blaue Flecken auf der Brust. Das machte ihm jedoch nicht viel aus, alle auf Forsvik hatten ständig Blutergüsse.

Als er in seinen normalen Kleidern den Stall verließ, erwarteten ihn drei seiner Jugendfreunde, Iben Ardous, Johannes Jacobian und Matteus Marcusian. Sie begrüßten ihn mit herzlichem Schulterklopfen und trösteten ihn damit, dass er vermutlich der Einzige war, der sich nach einem solchen Treffer von Ritter Bengt im Sattel gehalten hatte. Es sei gut, meinten sie, dass wenigstens einer der jungen Ritter Bengt etwas entgegenzusetzen habe. Birger murmelte, es sei bedauerlich, dass er schon so früh gegen Ritter Bengt hätte antreten müssen, sonst wäre er vielleicht noch weitergekommen. Aber darüber lachten seine Freunde nur; gegen die anderen Ritter anzutreten, wäre auch nicht viel besser gewesen, und in jedem Fall hätte ihn zuletzt Ritter Bengt erwartet.

Die Leute in Forsvik, die jungen wie die alten, wussten mehr über die Spiele des Krieges als anderswo, aber von seinen Freunden hegte nur Matteus Marcusian ein brennendes Interesse daran, da er das letzte Jahr der Forsviker

Kriegsschule besuchte. Er hatte versucht, sich auf den Turnierplatz zu schleichen, weil er geglaubt hatte, dass ihn Ritter Oddvar unter so vielen gleich gekleideten Männern nicht entdecken würde. Doch hatte ihn dieser erblickt und sogleich seine Lanze gesenkt, als Matteus schon glaubte, vorbeireiten zu können.

Iben Ardous arbeitete die halbe Zeit in der Glashütte, im Winter auch schon mal länger, die übrige Arbeitszeit brachte er bei den Kupferschmieden zu, deren Kunst mehr von den Sarazenen als aus dem Norden stammte. Johannes Jacobian war in die Fußstapfen seines Vaters getreten. Er arbeitete mit Zahnrädern, Rädern und Sägen. Jetzt erinnerte er Birger daran, dass er noch keine Gelegenheit gehabt habe, ihm die neuen Sägen zu zeigen. Birger entschuldigte sich beschämt damit, dass er seit seiner Rückkehr nach Forsvik sehr viel zu tun gehabt hätte, jetzt sei jedoch genug Zeit.

In fröhlicher Zwiesprache schlenderten die vier Freunde zu den Sägemühlen und verständigten sich sofort in der Sprache, die sie schon als Kinder gesprochen hatten. Darin mischten sich Nordisch, Arabisch, Sächsisch und Latein. Fremden musste sie wie eine Geheimsprache erscheinen.

In den Sägemühlen hatten sich große, bemerkenswerte Veränderungen vollzogen. Früher hatten sich die Sägen nicht schneller drehen können als die Wasserräder, auf deren Achse sie befestigt waren. Bei der langsamen Umdrehung liefen die Sägen heiß und mussten mit Wasser gekühlt werden, das über sie geschöpft wurde. Dadurch wurde das Holz jedoch nass und war schwerer zu bearbeiten.

Doch inzwischen zersägte man einen Baumstamm in der Hälfte der Zeit, indem man die Sägen an einer schmiedeeisernen, dünneren Achse mit kleinen Keilriemenrädern befestigte, die von einem Rad an dem dicken, rotierenden Balken in Bewegung gehalten wurden. Diese Räder waren so groß, dass sie bis zur Decke der Sägemühle reichten. Die großen und die kleinen Räder waren durch Keilriemen aus Leder miteinander verbunden. Es erschien wie ein Wunder, dass die großen, langsamen Räder ihre Kraft dergestalt auf die kleinen Räder übertrugen, dass diese blitzschnell rotierten.

Johannes war auf diese Verbesserung recht stolz und deutete an, dass er seinem Vater, dem Werkstattmeister Jacob Wachtian, beim Ersinnen dieser Neuerung mehr als nur behilflich gewesen sei. Seine Freunde lachten ihn für diese Bemerkung aus. Johannes ließ sich dadurch nicht verdrießen, sondern schleifte Birger und die anderen zur Sägeschmiede, um ihnen eine weitere Neuerung vorzuführen.

Bei ihrem Eintreffen wurde in der Sägeschmiede nicht gearbeitet, aber Johannes eilte wie ein eifriges Eichhörnchen hin und her, um ihnen alles zu demonstrieren und zu erklären. Mitten im Saal lag ein glatt geschliffener Steinblock, der an eine Wasserfläche an einem windstillen Sommerabend erinnerte. Darüber hing an einem Flaschenzug ein ebensolcher Stein. Johannes erzählte davon, wie schwierig es sei, eine derart glatte Fläche herzustellen, wie sehr sich diese Mühe jedoch ausgezahlt habe. Es sei bislang immer sehr schwer gewesen, runde Stahlblätter zu schmieden, die ganz glatt waren. Noch schwerer sei es gewesen, die Klingen zu härten, ohne dass diese sich wellten. Bei der kleinsten Ungleichmäßigkeit zerbrächen die Klingen jedoch beim Zersägen der Baumstämme, besonders beim Zersägen von Eichenholz. Mit Hilfe der Steinblöcke sei es nun möglich, die Sägeblätter gänzlich zu glätten, wenn man sie zuvor auf die richtige Temperatur erwärme, die erreicht sei, wenn sie rot glühten und im Begriff seien, sich wieder abzukühlen.

Birger interessierte sich für diese Neuerungen nur mäßig. Ihm war jedoch klar, dass es sich um wichtige Verbesserungen handelte. Er tat sein Bestes, seinen Freund Johannes nicht durch Ungeduld zu verletzen, sondern folgte ihm gutmütig in die Glasbläserei und die Kupferwerkstatt, um weitere Neuerungen anzusehen. Aber anschließend schienen auch Iben Ardous und Matteus Marcusian zu ermüden, und als Iben vorschlug, Pfeil und Bogen zu holen, da sie jetzt ohne Schwierigkeit die Erlaubnis bekommen würden, waren sie sich sofort einig, allerdings aus verschiedenen Gründen.

Die jungen Herren, die das letzte Jahr der Forsviker Kriegsschule besuchten wie Matteus und insbesondere die Instructores wie Birger, konnten sich jederzeit jede beliebige Waffe aus der gut gefüllten Waffenkammer auf Forsvik holen. Für alle anderen war das schwieriger, und die Waffenmeister, die für das Zeughaus verantwortlich waren, pflegten recht ungeduldig zu sein.

Auf dem Schießplatz befanden sich nur wenige Leute, Matteus und Birger mussten also nicht befürchten, bei einem schlechten Schuss allzu viel Publikum zu haben. Beide wussten, dass Birger der bessere Schütze war. Er hatte schon als Kind sehr viel üben müssen, da sowohl sein Vater als auch sein Großvater die besten Bogenschützen im Reiche gewesen waren.

Zum Spaß schossen sie für eine Weile mit, ehe Birger und Matteus sich darauf konzentrierten, die kleinen Fehler ihrer Freunde zu berichtigen. Sie beschlossen, bei nächster Gelegenheit auf die Jagd zu gehen. Johannes und Iben Ardous sollten dann im Hinterhalt liegen, während

Matteus und Birger ihnen das Wild zutreiben würden. Mit etwas Glück konnten sie auch vom Pferderücken aus schießen.

Eifrig unterhielten sie sich eine Zeit lang über die kommende Jagd, doch Birger ahnte recht bald, dass seinen Freunden andere Dinge durch den Kopf gingen. Iben Ardous brachte als Erster die Sprache auf die Krönung in Linköping. Der plötzlich gespannten Aufmerksamkeit entnahm Birger, dass dieses Thema sie brennend interessierte. Obwohl seine Jugendfreunde das nicht zugegeben hatten, gab es Dinge, die sie trennten. Birger war der Einzige, der an einer Krönung teilnehmen konnte. Matteus hoffte natürlich, dass auch er in Zukunft den Ritterschlag empfangen und damit in den erlauchten Kreis aufgenommen würde. Für ihn war es jedoch unendlich viel wichtiger, Ritter zu werden, als Gast des Königs.

Birger war – wie er nun erkannte – davon ausgegangen, dass ihn keiner seine Freunde danach fragen würde. Jetzt war die Frage gestellt worden, und so musste er antworten, entschloss sich jedoch, keine große Sache daraus zu machen. Er nahm einen Pfeil aus dem nächsten Köcher, glättete mit dem Fuß ein Stück sandigen Boden und begann, mit der Pfeilspitze die Krönungsprozession von Linköping aufzuzeichnen.

Zuvorderst im Krönungszug seien vierzig Folkunger und vierzig Eriker geritten, die er durch einen breiten Strich und eine dünne Schlangenlinie markierte. So habe man sich anfangs auf königlichen Befehl hin aufgestellt, fuhr er fort. Aber das habe König Erik nicht gefallen, denn die Folkunger-Reiter, allesamt Forsviker, hätten alle viel stärker und besser gerüstet ausgesehen als die Eriker, was den Eindruck erweckt habe, das Reich hinke auf einem starken und einem schwachen Bein voran. Als der

König dessen gewahr geworden sei, habe er sofort entschieden, dass jeweils zwei Eriker oder zwei Folkunger nebeneinanderreiten sollten, was insgesamt vierzig Reiterpaare beider Familien ergab.

Birger strich die breite und die dünne Linie wieder aus und zeichnete stattdessen abwechselnd kräftige und dünne Striche, um zu zeigen, wie der Anfang der Krönungsprozession ausgesehen hatte.

Nach den Reitern, erzählte er weiter und bohrte die Pfeilspitze in die Erde, seien zwei Bannerträger gekommen. Von den Folkungern Karl der Taube und, wenn er sich recht erinnere, irgendein Holmgeir von den Erikern. Hinter den Bannerträgern seien eine große Anzahl schwarz gekleideter Gefolgsleute einhergeschritten, bei denen es sich um Knappen des Königs handelte. Auf diese sei eine Gruppe von Lagmännern und Häuptlingen aus Svealand gefolgt, die dem warmen Spätsommerwetter zum Trotz dicke Pelze und Beinwickel trugen. Er wiederholte seine Aussage, jetzt aber in ihrem Dialekt, streckte den Bauch heraus, machte ein paar schwerfällige Schritte und deutete mit einem Finger unter der Nase einen Schnurrbart an. Doch er hielt sofort inne, als er fand, dass seine Freunde seinen unschuldigen Scherz allzu lustig fanden.

Etwas zurückhaltender, durch ein paar Striche im Sand unterstützt, beschrieb er die Krönungskleidung, die beiden Jünglinge mit den Zeptern, die Krone, die dem König vorausgetragen worden sei, und die beiden heimtückischen Bischöfe, obschon er nicht viel von all dem gesehen habe.

Dann hielt er in seiner Erzählung inne und schien das Bogenschießen fortsetzen zu wollen, da nichts mehr von Bedeutung hinzuzufügen war.

»Aber an welcher Stelle bist du gegangen, Birger?«, fragte Matteus neugierig.

Birger ließ die Bogensaite wieder los und seufzte. Diese Frage war zu kurz und prägnant, als dass er ihr hätte ausweichen können.

»Ich ging neben einem Eriker-Lümmel, der Knut Holmgeirsson hieß und groß wie eine Bohnenstange war«, sagte er, als sei das alles, was er darüber zu berichten habe. Als er den Gesichtern der anderen ansah, dass sie diese Antwort keinesfalls zufriedenstellte, fuhr er widerstrebend fort:

»Knut Holmgeirsson trug das Krönungszepter mit dem christlichen Kreuz an der Spitze, und ich trug jenes, das von einem Adler mit ausgebreiteten Flügeln geziert wird. Darüber gibt es nicht viel zu sagen, außer dass Junker Knut erst mal aufbegehrte, weil er nicht neben mir hergehen wollte.«

Die Freunde stellten ihm daraufhin alle gleichzeitig mehrere Fragen über die Zepter und darüber, wie denn der hochmütige Junker sein unhöfisches und eingebildetes Verhalten gerechtfertigt habe. Wie Birger gehofft hatte, wurden mehrere Fragen gleichzeitig gestellt, so dass er sich aussuchen konnte, welche er beantworten wollte. Dass er das Zepter des Königs getragen hatte, konnte er so fast übergehen.

»Der Vater von Knut Holmgeirsson, Holmgeir, ist ebenso wie König Erik Knutsson ein Enkel des Heiligen Erik«, antwortete er ernst. »Wenn König Erik keine Nachkommen mit Jungfer Rikissa bekommt, dann kann dieser Knut, der an meiner Seite ging, vielleicht eines Tages Anspruch auf die Krone erheben. Deshalb glaubte er auch, sich wichtigmachen zu können. Er beging jedoch den Fehler, sich beim König zu beklagen, und erhielt dafür eine Zurechtweisung.«

»Inwiefern?«, fragte Iben Ardous und stellte damit die Frage, auf die Birger hingearbeitet hatte. Mehrere Dinge hatte er gleichzeitig erzählt, sich das Beste jedoch bis zum Schluss aufgehoben.

»Junker Knut beklagte sich beim König darüber, neben einem Folkunger-Grünschnabel hergehen zu müssen, der einen kostbareren Umhang trug als er selbst.« Birger lächelte. »Das stimmte zwar, aber an diesem Umhang war an sich nichts besonderes, außer dass es der von Arn Magnusson mit den drei Tempelritterkreuzen war, und das sieht jeder, der nicht blind ist, schon auf Abstand. Junker Knut scheiterte also, ohne recht zu begreifen, weswegen, und beeindruckte somit seinen König nicht sonderlich.«

»Und wie äußerte sich der König?«, fragte Johannes andächtig und kam den anderen um den Bruchteil einer Sekunde zuvor.

»Er entgegnete unwirsch, dass er diesen Grünschnabel sehr wohl kenne und dass er selbst und sonst niemand jetzt gekrönt werde«, antwortete Birger leise und rasch, als sei das keine vernichtende Antwort gewesen. »Darüber gibt es weiter nichts zu erzählen, außer dass Junker Knut recht finster aussah, als wir in der Krönungsprozession einherschritten. Einmal zischte er mir zu, dass er mich bei der ersten Gelegenheit verprügeln wolle. Und falls es Euch interessiert, so antwortete ich daraufhin, dass wir jederzeit ein Turnier reiten könnten, da ich mir die elenden Klepper der Eriker näher angesehen hätte. Nun, vielleicht habe ich letztere Bemerkung auch ausgelassen.«

Birger legte einen Pfeil an die Bogensehne und spannte sie, als gäbe es nichts mehr zu sagen. Gelassen wartete er die vielen widersprüchlichen Fragen ab, mit denen ihn die anderen überschütteten, bevor er sich für eine Antwort entschied.

»Der Rest ist nicht weiter bemerkenswert, und ihr könnt es euch auch leicht vorstellen«, sagte er, während er sorgfältig zielte. »Stellt euch eine ungewöhnlich lange Messe vor und verdoppelt diese dann, dazu einen heißen Sommertag und Leute, die sich so dicht drängen wie Heringe in einem Heringsfass. Dann gab es das Übliche, Bier und Speck.«

Er schoss den Pfeil ab und blickte zufrieden drein, weil er fast die Mitte des innersten Rings getroffen hatte.

* * *

Die rote Morgendämmerung versprach schönes Reisewetter, als das Gefolge, das die Braut holen sollte, Forsvik verließ. Vierzig schwer bewaffnete Reiter stellten den einen Zug, weitere vierzig den anderen. An der Spitze ritten die vier Witwen. Die Nachhut bildeten die Forsviker Knappen mit Packpferden und mit gesattelten Pferden für die Dänen, die an Land gehen würden. Sehr viel Bier und anderer Proviant waren nicht erforderlich, da Cecilia Rosa für jeden Abend ein Dach über dem Kopf und Bewirtung organisiert hatte.

Vor den Witwen ritt Ritter Bengt mit dem Forsviker Banner, dessen Wappen aus vier gleich großen Feldern bestand. Im oberen, linken Feld war der Folkungerlöwe zu sehen, rechts unten das Familienwappen Cecilia Rosas mit den silbernen Querbalken auf schwarzem Grund. Die beiden anderen Felder zeigten die drei Tempelritterkreuze auf weißem Grund und die rote Forsviker Rose auf schwarzem Grund, das persönliche Wappen Cecilia Rosas.

Vor den vier Witwen ritt je ein Bannerträger, vor Ulvhilde Emundsdotter und Ingrid Ylva flatterte der schwarze

Greif auf rotem Tuch, vor Cecilia Blanka, die weiterhin die Krone auf dem Witwenschleier trug, die drei Kronen der Eriker. Vor Cecilia Rosa flatterte das Wappen der Påls, ein silberner Querbalken auf schwarzem Grund, ebenfalls ergänzt durch eine rote Rose.

Es hatte im Land schon oft ein größeres Gefolge gegeben, um eine Braut abzuholen, aber kaum je ein mächtigeres. Als die Sonne aufging, funkelten die blankpolierten Lanzenspitzen, das Silber der Waffenhemden und der glatte Stahl der geputzten Harnische. Das Gefolge war aus weiter Ferne zu sehen, und als es sich dem ersten Dorf näherte, ritten ihnen besorgte und ungelenke Reiter entgegen, um zu fragen, ob sie den Tod brächten. Sie erhielten jedoch rasch den Bescheid, es seien Folkunger auf dem Weg nach Lödöse, um die neue Königin abzuholen. In jedem Dorf, durch das sie ritten, strömten die Leute, sobald sie ihre Todesangst überwunden hatten, zusammen, um die Pracht zu bewundern.

Noch vor zwanzig Jahren war in diesem Land der Krieg eine Sache der Bauern gewesen, bei dem es mehr um Ehre und kleinliche Zwistigkeiten gegangen war, weniger um Silber und Grundbesitz. Damals hatten die freien Bauern noch zu Fuß gekämpft, auch wenn sie auf Pferden zur Schlacht gekommen waren.

Aber dann war ein Tempelritter zusammen mit einigen Kriegern aus dem Heiligen Land nach Västra Götaland zurückgekehrt und hatte den Wind der Veränderung mit sich geführt. Forsvik war zur Schule des neuen Krieges geworden, wo jetzt bereits die Söhne derer, die dort als Erste in die Lehre gegangen waren, ihr Forsviker Schwert und ihre Lanze erhalten hatten. Es war das sichtbare Zeichen, dass zehn Jahre des Übens vorüber waren. Bald würden auch ihre Söhne dort ihre Ausbildung beginnen, sofern sie nicht bei Ritter Bengt auf Ymseborg, Ritter Sune auf Älgarås oder der Folkunger-Burg Gum in die Lehre gingen.

Von den Männern im Gefolge waren mehr als die Hälfte daran beteiligt gewesen, Valdemar den Sieger von Dänemark zu bezwingen. Eine solche Truppe mit achtzig bewaffneten Forsvikern entsprach einem Bauernheer von mehreren Tausend Mann.

Dies war die neue Macht im Reiche, deren Anblick jeden Brauträuber abschrecken musste. Brautraub war nicht unüblich; entweder wurde die Braut eines anderen geraubt, weil man sie selbst im Bett haben wollte oder sie dem Beraubten zu einem guten Preis, in diesem Fall natürlich in unberührtem Zustand, wieder verkaufen wollte.

Die Schwester des dänischen Königs war König Erik ihr Gewicht in Gold wert. Aber jeder Brauträuber, der sich in dieser Hinsicht versucht gefühlt hätte, wäre von dem Gefolge noch mehr abgeschreckt worden als von dem Zorne des Herrn.

Für die vier Witwen an der Spitze des Zuges war es eine angenehme Reise. Sie hatten genügend Zeit und außerdem Glück mit dem Wetter. Ingrid Ylva meinte, das gute Wetter würde sicherlich andauern, da der folgende Tag Petrus in vinculis sei. Regnete es an Petrus in vinculis, dann regnete es über eine Woche lang. Das galt aber auch für das gute Wetter, denn so wie das Wetter an diesem Tag war, würde es bleiben.

Die vier Witwen hatten also allen Grund, bester Laune zu sein. Dass der lange Streit um die königliche Macht im Reiche jetzt ein Ende gefunden zu haben schien, freute Ingrid Ylva und Ulvhilde ebenso sehr wie die beiden anderen, obwohl diese dem Geschlecht der Sverker angehörten und den schwarzen Greifenkopf im Wappen führten. Wären sie Männer gewesen, überlegte Ingrid Ylva weiter, dann hätten sie sich vielleicht gegrämt, dass der Kampf vorüber war und sie selbst auf der Seite der Verlierer standen. Denn so verhielt es sich. Nachdem der König von Dänemark nun so eindeutig Frieden mit König Erik geschlossen hatte, den er zweimal vergeblich mit seinen Freunden, den Sverkern, vom Thron hatte stoßen wollen, so war der Streit beendet. Jungfer Rikissa würde bald gebären und irgendwann sicher auch einem Sohn das Leben schenken. Besser noch sollte sie zwei Söhne bekommen, da das Leben sowohl für hochgeborene Leute als auch für solche von niedrigem Stand manchmal ungerecht kurz sein konnte.

Aber dass der Streit vorüber war, sann Ingrid Ylva weiter, bedeutete schließlich auch, dass Frieden kam und die Ernten ebenso gut ausfallen konnten wie unter dem alten König Knut Eriksson.

Die zwei Cecilien, die sich an viele Jahre des Krieges, aber auch des Friedens erinnerten, pflichteten ihr bereitwillig bei. In sehr jungen Jahren waren sie unfreiwillig Familiarin im Kloster Gudhem gewesen und hatten von den Kämpfen, die außerhalb dessen Mauern tobten, nur sehr wenig mitbekommen. Anfangs fielen sie einander ins Wort, dann begann Cecilia Blanka zu berichten, wie in den letzten Tagen des Kampfes zahlreiche Krieger auf Gudhem zugeritten seien. Daraufhin waren sie eilig auf die Mauern gestiegen, in der Hoffnung, die blaue Farbe der Eriker und Folkunger zu sehen. Es habe sich jedoch um rote Reiter gehandelt, worauf ihnen zunächst ein eiskalter Schauer über den Rücken gelaufen sei. Erst bei näherem Hinsehen erkannten sie, dass alle Krieger verletzt und auf der Flucht gewesen seien. Da hätten sie verstanden, dass ihre Seite gesiegt habe. Dieses Gefühle lasse sich im Nachhinein kaum beschreiben, und möglicherweise sei es auch noch schwerer davon zu sprechen, da sie jetzt mit zwei Schwestern der Sverker unterwegs sei.

Auf den Sieg bei den Blutäckern bei Bjälbo war ein langer Friede gefolgt. Nirgends am Himmel waren dunkle Wolken zu ahnen gewesen. Nichts hatte auf die Gefahr eines neuerlichen Krieges hingewiesen. Und doch war es so gekommen.

Krieg sei wie Regen, schloss Cecilia Blanka bitter. Er komme und gehe. Auf die Sonne folge Regen, und dann würden die Menschen vergessen, dass Sonne und Trockenheit stets zurückkehrten.

Über diese düstere Erkenntnis erlaubte sich Cecilia Rosa mit der Königinwitwe zu scherzen. Schließlich waren sie seit ihrer Jugend Freundinnen und hatten immer miteinander geredet, ohne ein Blatt vor den Mund zu nehmen, auch nachdem eine von ihnen Königin geworden war. Regen, meinte Cecilia Rosa, sei das Wasser des Lebens und sorge für reiche Ernten. Der Krieg hingegen, das müsse auch die gute Königinwitwe zugeben, sei das genaue Gegenteil.

Über diesen Widerspruch mussten sie alle lachen. Ihre gute Laune war zurückgekehrt.

Die erste Tagesetappe führte sie zur Burg Lena, die zweite nach Gälakvist bei Skara. Am dritten Tag erreichten sie wie berechnet den Hafen von Lödöse.

Die Winde waren günstig gewesen und das Wetter trocken, wie Petrus in vinculis es verheißen hatte. Die beiden dänischen Schiffe unter den roten und weißen Farben des dänischen Königs erreichten daher zum vorgesehenen Zeitpunkt den Hafen.

Der Hafen mit dem Turm und den Palisaden wurde von flachem Land umgeben, und so hielten die Männer

König Valdemars an Bord der Schiffe für eine Weile erstaunt Ausschau, ohne eine größere Menschenschar oder ein Banner zu erblicken, was darauf hätte schließen lassen, dass man hier die Schwester eines Königs erwartete. Anfangs glaubten sie, die schwedische Delegation habe sich verspätet, was selbst bei den wichtigsten Ereignissen geschehen konnte.

Aber dann hörten sie den Donner sich nähernder Hufe. Eine lange Angriffslinie von Reitern mit halbgesenkten Lanzen näherte sich sehr schnell, als wollten sie die Schiffe auf dem Fluss angreifen. Dieser Anblick brachte die dänischen Höflinge und Seeleute zum Verstummen.

Was sich als Nächstes ereignete, erstaunte sie aber noch mehr. Die lange, gerade Linie aus Reitern formierte sich plötzlich auf ein Hornsignal hin zu vier gleich großen Gruppen, die schräg auf die Schiffe und aufeinander zuritten. Auf den ersten Blick wirkte dies wie reinster Irrsinn, der zwangsläufig in einem großen Durcheinander enden musste, aber die erste Gruppe passierte im Abstand von wenigen Lanzenlängen die zweite und wurde daraufhin mit nur einer Armeslänge Abstand überholt, und auf dieselbe Art verfuhren die beiden folgenden Gruppen. Auf ein weiteres Hornsignal hin warfen sämtliche Reiter ihre Pferde gleichzeitig herum und ritten erneut aufeinander zu, als wollten sie in rasender Geschwindigkeit einen Zopf aus galoppierenden Pferden und blitzendem Stahl zum Ufer hin flechten. Bei jedem Gegner hätte eine solche Formation sowohl große Verwirrung als auch Schrecken ausgelöst.

Auf ein drittes Hornsignal hin formierten sich alle Reiter zu zwei Reihen, die sich vom Ufer landaufwärts mit gesenkten Lanzen gegenüberstanden. Dieses Schauspiel unübertroffener Reitkünste war nach wenigen Augenblicken vorüber.

Die Reiter hielten einen Augenblick inne, dann erscholl ein weiteres Hornsignal, worauf die vier Bannerträger mit wehenden Fahnen zwischen den beiden Reihen, die ihre Lanzen zum Gruß hoben, herangaloppierten. Die vier Fahnenträger rammten ihre Fahnen in die Erde und galoppierten anschließend zurück. Eine Zeit lang passierte nichts mehr, nur die blaue, grüne und die beiden roten Fahnen flatterten im Wind.

Doch dann kamen vier Frauen in prachtvollen Umhängen Seite an Seite auf schwarzen Hengsten mit Silbermähne herangeritten. Sie hatten es nicht eilig, würdevoll schritten ihre Pferde voran und hoben bei jedem Schritt die Beine sehr hoch. Eine der Frauen in der Mitte trug eine Königinnenkrone. Die Frau neben ihr führte ein weißes Pferd mit roter, silberdurchwirkter und edelsteinbesetzter Satteldecke am Zügel.

Als sie fast die Landungsbrücken erreicht hatten, hielten sie inne. Die Frau mit der Königinnenkrone saß als Erste und zwar mit einer für ihr hohes Alter erstaunlichen Leichtigkeit ab, wobei nicht einmal die Krone auf ihrem Kopf ins Schwanken geriet.

Dann saßen die anderen Frauen ebenfalls ab und führten frohgemut lächelnd das weiße Pferd in den dänischen Farben auf die größte Landungsbrücke hinaus. Unbekümmert und mit einem breiten Lächeln schritten sie voran. Die Frau mit der Königinnenkrone zog plötzlich ein Brot unter ihrem blauen Umhang hervor und hielt es hoch.

Das größte dänische Schiff warf daraufhin Trossen an Land, die von den Hafenleuten zögernd entgegengenommen wurden, denn alle hatten sich erst einmal hinter die Palisaden der Handelsniederlassung geflüchtet, als sie die sich nähernden Reiter gehört hatten. Nachdem das Schiff an den Kai gezogen worden war, damit die Frauen an Land ein paar Worte mit den Männern an Bord wechseln konnten, hieß die Königin die Besucher willkommen.

»Ich bin Königin Cecilia Blanka, die Witwe König Knut Erikssons und die Mutter König Erik Knutssons«, hob sie mit lauter und deutlicher Stimme an, die kaum jemand von einem alten Weib erwartet hätte. »In meinem Gefolge sind ehrbare Frauen aus Götaland und Svealand, dem Land, das fremde Zungen als Land der Sveonen bezeichnen. Wir sind gekommen, um Jungfer Rikissa zu begrüßen und sie sicher und in Freundschaft zu ihrem Brautbett zu geleiten.«

Erst in diesem Moment zeigte sich Rikissa an Deck. Zögernd wie ein nervöses, aber neugieriges Kalb trat sie an die Reling. Sie drehte sich zu den Männern hinter sich um, die nicht genug Verstand besaßen, um das Wort zu ergreifen, da keiner von ihnen zu wissen schien, wer der Vornehmste war oder welche Worte in diesem Falle zu wählen seien. Stattdessen wurde kurz der Befehl gegeben, ein Brett auf den Steg zu schieben.

Rikissa von Dänemark trug einen langen, blutroten Umhang und darunter ein Gewand aus einem Stoff, der als Seide und *pellum gullskotum* bezeichnet wurde, was besagte, dass Goldfäden in verschlungenen Mustern in die Seide eingewebt war. Auf dem Kopf trug sie eine schmale Goldkrone. Ihre offenes, blondes Haar hing auf den hermelinverbrämten Kragen ihres roten Umhangs herab.

Das Brett war schmal und schwankend. Rikissa zögerte. Dann nahm sie ihren Mut zusammen und eilte mit unsicheren Schritten auf die Landungsbrücke, wo sie von Königin Cecilia Blanka empfangen wurde, die sie erst umarmte, ihr dann von dem Brot anbot und dazu das Salz reichte. Verwundert nahm Rikissa diese Gaben an, woraufhin die drei anderen Frauen mit Witwenschleier sie nacheinander umarmten.

Fast unwillig kamen nun sechs Männer in den königlichen dänischen Farben sowie ein schwarz gekleideter Bischof an Land. Sie begrüßten die vier Witwen nach höfischer Sitte, aber kühl, und sahen sich verlegen um, als hielten sie nach weiteren Leuten Ausschau, die sie begrüßen konnten. Doch die Forsviker Reiter saßen mit unbeweglicher Miene zu Pferde und unternahmen keinerlei Anstalten abzusitzen.

Die Dänen erklärten, sie wollten Jungfer Rikissa zum schwedischen König begleiten. Cecilia Blanka hob sogleich den Arm, um den Knappen zu bedeuten, Pferde für die Gäste herbeizuführen. Aber als die vornehmen Dänen die Pferde sahen, schnaubten sie nur verächtlich und sagten, sie als Hochgeborene reisten nur mit Wagen und Kutscher. Sie trauten ihren Ohren kaum, als Cecilia Blanka daraufhin ohne Umschweife erklärte, dass sie in diesem Fall eben mit Pferd und Sattel vorliebnehmen müssten.

Fast schien es zum Streit zu kommen. Jungfer Rikissa war den Tränen nahe.

»Ihr seid nicht allein, meine liebe Rikissa«, flüsterte ihr Cecilia Rosa daraufhin zu. »Das sind die trostreichsten Worte, die eine junge Frau in einer schweren Stunde hören kann. Das weiß ich aus Erfahrung. Wir sind die Frauen des Reiches und werden Euch sicher zu Eurem Ehemann führen. Die flinken Reiter, die uns umgeben, gehorchen unserem kleinsten Wink.«

»Ich danke Euch, Hochwohlgeborene«, erwiderte Rikissa, die jetzt noch unruhiger auf ihre Begleiter schaute, die wenig Lust zu haben schienen, die Reise im Sattel fortzusetzen. »Ich bin gekommen, weil ich meinem Bruder gehorche, und ich werde alles tun, was von mir erwartet wird, die heilige Gottesmutter stehe mir bei. Und ich? Aber erhalte auch ich keinen Wagen und Kutscher?«

Zornig oder hochmütig kehrten die dänischen Herren und der Bischof auf ihr Schiff zurück und ließen das Gepäck Jungfer Rikissas an Land tragen. Die Knappen aus Forsvik luden es sofort auf die Packpferde. Anschließend legte das Schiff des dänischen Königs ab und glitt den Fluss hinunter. Rikissa schaute beunruhigt ihren davonsegelnden Landsleuten hinterher. Cecilia Rosa nahm sie in die Arme, um sie zu trösten, und gab Ingrid Ylva zugleich ein Zeichen, die weiße Stute heranzuführen.

Jungfer Rikissa zögerte und sah die vier Witwen, denen sie jetzt ausgeliefert war, flehentlich an.

»Das hier ist besser als Kutscher und Wagen«, sagte Cecilia Blanka. »Seht, welch ein friedliches Ross wir Euch mitgebracht haben, Jungfer Rikissa.«

»Aber ich bin die Schwester eines Königs. Ich reise immer mit Pferd und Wagen«, erwiderte Rikissa und betrachtete die weiße Stute misstrauisch. »Wie soll ich so weit wie ein Mann reiten?«

»Nicht wie ein Mann«, Cecilia Blanka kicherte freundschaftlich, »sondern wie eine von uns. Denn mit Verlaub, meine Hochwohlgeborene, ich bin Königin und reite ebenfalls. Mich begleiten meine liebsten Freundinnen, die auch Eure Freundinnen werden sollen. Wir reiten alle. So ist die Sitte in dem Land, in dem Ihr jetzt Königin werden sollt. Haltet Euch nur an uns, dann wird alles gutgehen.«

Als Rikissa begriff, dass ihr keine andere Wahl blieb, verschwand ihre Unruhe – vielleicht war es aber auch Hochmut gewesen –, und sie begann zu lachen. Auf ein Zeichen von Cecilia Rosa eilte sofort der junge Ritter

Emund herbei und half Rikissa aufs Pferd. Ingrid Ylva hielt die Zügel, Cecilia Rosa passte die Länge der Steigbügel und Zügel an.

Nach anfänglichem Schwanken ging der Ritt bald besser. Die Tagesetappen waren recht kurz und das Terrain eben. Das Wetter war immer noch gut.

Als Jungfer Rikissa am dritten Reisetag das Ufer des Vättern erreichte, von dem aus das Schiff des Königs das letzte kurze Stück nach Näs übersetzen sollte, war sie guter Laune und scherzte freimütig über ihr schmerzendes Hinterteil. Sie hatten jedoch während der Reise über weitaus mehr als ihre Reitgewohnheiten gesprochen, und Rikissa konnte sich gewiss sein, vier gute Freundinnen gefunden zu haben, denen sie alles anvertrauen konnte und die stets zu ihr stehen würden.

Angesichts der Fahrt über den Vättern mit den finsteren norwegischen Seeleuten erblasste sie jedoch von neuem. All ihre Ängste, die sie mit Hilfe der freundlichen und munteren Witwen verscheucht hatte, kehrten jetzt – anfangs so unmerklich wie das erste dünne Eis im Herbst – zurück. Denn sie hatten nicht nur miteinander gescherzt, sondern auch ernste Gespräche über das Leben junger Frauen im Kloster geführt, das sie alle durchgestanden hatten.

Bald würde sie dem Krieger und König gegenüberstehen, dem man sie als Preis für einen Frieden ausgeliefert hatte, den ihr Bruder nur deswegen benötigte, weil er anderweitig Krieg führte.

Ein Mann und König, dachte sie, der zweimal das Heer Valdemar des Siegers geschlagen hatte, war vermutlich kein besonders erbaulicher Anblick. Wie ein kalter Wind fuhren ihr erneut düstere Gedanken durch den Kopf. Sie zog ihren Umhang enger um sich zusammen und kauerte sich auf die Planken am Bug des Schiffes, wo ihr die Norweger einen Platz angewiesen hatten.

Als man sie ohne Vorwarnung aus dem Kloster holte, hatte sie tatsächlich gehofft, dass man sie verheiraten würde, allerdings nicht mit einem ausländischen König. Ihre Schwester hatte man in das Frankenreich geschickt. Sie besaß einen guten Freund aus der mächtigen Familie der Hvide. Bis sie vor dem Kanzler ihres Bruders stand, hatte sie sich eingebildet, dass es um ihn ginge. Umso größer war ihre Verzweiflung gewesen, und in den dunkelsten Stunden hatte sie sogar die schlimmste aller Sünden erwogen: Hand an sich zu legen. Ein Krieger im kalten Norden war fast so schlimm wie der Tod. Rasch wie ein kleiner Vogel mit schwirrenden Flügeln streifte sie der Gedanke, sich einfach über die Reling des Schiffes in das kalte Wasser zu werfen. Aber sie sah sofort ein, dass die Norweger an Bord des Schiffes sicher mit ihrem eigenen Leben für ihres hafteten und sie vermutlich umgehend aus dem Wasser fischen würden.

Sie zwang sich zu aufmunternden Gedanken an die fröhlichen Witwen, mit denen sie mehrere Tage lang geritten war und sich klug unterhalten hatte, und zog ihren Umhang noch enger um sich.

Am Ufer unterhalb von Näs wartete König Erik in seinem Krönungsumhang und mit der Krone auf dem Kopf. Auf dem Vättern herrschte recht unruhige See, und man hatte das Schiff vom Burgturm aus schon von weitem sehen können.

König Erik hatte sich bereits am zweiten Abend nach seiner Krönung von allem verabschiedet, was in unkeuschen Liedern über Männer und Frauen besungen wurde. Ein Trost war ihm, dass die Frau, die jetzt mit dem Schiff eintraf, zumindest keine alte Witwe war. Seine Sorge war jedoch groß. Sein Herz schlug ebenso schnell wie in dem Moment, in dem er im Krieg mit gesenkter Lanze zum Angriff überging.

Beide waren überaus angenehm überrascht, als sie des anderen ansichtig wurden, und fielen sich sofort unhöfisch, aus freien Stücken und ohne die geringste Scheu um den Hals. Sie hätten in diesem Augenblick beide keine schönere Überraschung erleben können.

II

ALS AUS KLOSTER RISEBERGA Nachricht eintraf, dass Alde Arnsdotter vorhabe, nach Forsvik zurückzukehren, überkam ihre Mutter Cecilia Rosa zum ersten Mal seit über einem Jahr so etwas wie ein Glücksgefühl. Cecilia Rosa hatte vom Morgengrauen bis zum Abend ihre Pflichten genauestens erfüllt, Schiffe waren im Hafen am Vättern eingetroffen, und Flusskähne hatten den Hafen in der Bucht Viken verlassen, so wie immer schon, als wäre Forsvik von keinen nennenswerten Schicksalsschlägen heimgesucht worden.

Es verhielt sich jedoch so, dass sich Cecilia Rosa vom Licht ins Dunkel begeben hatte, als ihr geliebter Arn nach Gestilren nach langem Kampf vom Wundfieber dahingerafft worden war. In der ersten Zeit hatte sie wie in Trance alles erledigt, was von ihr verlangt wurde, als stünde sie neben sich und sähe sich selbst zu. Aber als das Trauergefolge aus Varnhem zurückgekehrt und der Leichenschmaus verzehrt war, nachdem die Gäste Forsvik endlich verlassen hatten und alles wieder zur Tagesordnung zurückkehren sollte, hatte es den Anschein gehabt, als würde Cecilia Rosa in sich zusammenfallen.

Sie begann zu grübeln, und zwar hauptsächlich über den unergründlichen Willen der Mutter Gottes. Denn warum, fragte sie sich, hatten sie und Arn so lange so schwer leiden müssen – er im Krieg im Heiligen Land, sie unter der Geißel der teuflischen Äbtissin Rikissa in Gudhem –, und warum waren sie beide der Gnade teilhaftig geworden, wieder vereinigt zu sein, wenn sie der Tod schon bald wieder auseinandergerissen hatte?

Was bezweckte die Mutter Gottes damit, und was wollte sie den Menschen beweisen, indem sie die Belohnung von Liebe und Treue so rasch wieder zerstörte? Wenn Arn es in den vielen Jahren des Kriegsdienstes unter ihrem Wappen verdient hatte, ins Paradies abberufen zu werden – die Gnade, die ihm in zwanzig Jahren des Krieges im Heiligen Land nicht zuteilgeworden war –, dann war das gerecht. Aber nur, was ihn selbst betraf. Was hatte es für einen Sinn, ihm das zu geben, was er im Erdenleben ganz sicher verdient hatte, aber gleichzeitig seiner liebenden Frau und seiner Tochter Alde die schwerste und schwärzeste Trauer zu bescheren?

Wollte die Mutter Gottes den Menschen damit den Unterschied zwischen einem Heiligen – und auf Forsvik gab es bereits viele, die den heiligen Arn anbeteten – und ganz normalen Menschen vorführen, zu denen Cecilia Rosa und ihre Tochter Alde zählten?

Solche Grübeleien endeten jedoch stets dort, wo sie begonnen hatten, in einer großen, schwarzen, unendlichen Trauer. Es gab keine Antworten.

Als Alde in Erwägung zog, aus Trauer ins Kloster zu gehen, hatte Cecilia Rosa zunächst das Gefühl, sie müsse aus dem Leben scheiden, denn hätte sie so kurze Zeit nach ihrem Mann auch ihre Tochter verloren, hätte sie keine Kraft mehr gehabt, noch weiterzuleben, davon war sie anfangs überzeugt gewesen.

Bald hatte sie jedoch den Kampf um Alde aufgenommen. Alde hatte schließlich ihr gesamtes junges Leben in Freiheit verbracht und besaß ziemlich romantische Vorstellungen davon, wie das Leben jenseits der Klostermauern aussah. Cecilia Rosa hatte hingegen über zwanzig Jahre im Kloster zugebracht, erst im widerwärtigen Kloster Gudhem, anschließend in Riseberga. Sie beschrieb die dürftige Eintönigkeit des Klosterlebens, aber auch die kleinen und seltenen Freuden. Sie erläuterte, dass Alde all die Vorteile, die das Kloster zu bieten habe – Webkunst, Näherei, Gartenarbeit und Gesang –, auch auf Forsvik im Übermaß genießen könne. Aber die eiskalten Winternächte in zugigen Klosterzellen ohne Kamin, die dünnen Decken, die nackten Füße auf dem vereisten Steinboden, das mehrmalige nächtliche Aufstehen, das gefrorene Waschwasser und anderes Elend, das seien doch Dinge, auf die eine junge Frau gut und gerne verzichten könne.

Ihre Litanei half jedoch nur wenig. Denn Alde war wie viele junge Menschen von dem schwärmerischen Traum beseelt, ihr Leben Gott zu opfern … als Antwort auf ihre Trauer. Sie glaubte, der Tod ihres Vaters in der Blüte seines Lebens sei ein deutliches Zeichen der himmlischen Mächte, dass sie sich von der Welt abwenden solle, da das gute Leben ohnehin vorüber sei.

Solchen Ideen wollte Cecilia Rosa weder mit Spott noch mit wortreichem Ernst begegnen. Aber noch weniger wollte sie, dass Alde für immer hinter Klostermauern verschwand. Dass dies für eine von Trauer und exaltierter Frömmigkeit Erfüllte kein stichhaltiger Einwand war, verstand sie sehr wohl. Selbst eine in kirchlichen Fragen nur mäßig bewanderte junge Frau hätte sofort erwidert, dass solche Rede egoistisch und für Berufene belanglos sei.

Dieser Kampf um Alde führte Cecilia Rosa jedoch gewissermaßen ins Leben zurück, da es jetzt wieder etwas gab, worauf sie hoffen und das sie verlieren konnte.

Bevor Alde nach Riseberga aufgebrochen war, hatten sie lange in Cecilia Rosas Rosengarten, in dem jetzt langsam die Winterruhe einkehrte, voneinander Abschied genommen. Bei dieser Gelegenheit war Cecilia Rosa etwas gelungen, das sie mit gewisser Hoffnung erfüllte. Sie hatte Alde das Versprechen abgerungen, das erste Jahr in Riseberga bei den Familiaren zu verbringen, um sich zu vergewissern, dass sie wirklich auserwählt sei. Jungfern aus guter Familie konnten eigentlich schon nach wenigen Wochen als Novizinnen ihr Gelübde ablegen. Danach gab es kein Zurück mehr. Cecilia Rosa hatte lange schweigend ihre verwelkenden Rosen, denen die ersten Frostnächte bereits ziemlich zugesetzt hatten, betrachtet und überlegt, dass es möglicherweise eine ausreichende Prüfung für ihre Tochter sei, bei Frost in ein Kloster einzuziehen. Ihr Leben hinter den Klostermauern würde mit der Zeit der Winternächte beginnen. Ungünstiger wäre es, wenn Alde ihr Klosterdasein nach der Schneeschmelze antreten würde, zu einer Zeit also, in der Frühling und Sommer das Klosterleben so angenehm gestalteten, dass man sich die Qualen des Winters kaum vorstellen konnte.

Nachdem ein Jahr vergangen war und erneut der Herbst nahte, kam der Augenblick der Entscheidung. Offenbar saß Alde der Klosterwinter noch in den Knochen. Jetzt musste sie entweder ihre Gelübde ablegen und für immer in Klausur bleiben oder zum Leben auf Forsvik zurückkehren. Eindringlicher und deutlicher ließ sich die Berufung einer jungen Frau kaum prüfen.

Nun hatte sich Alde für die Liebe zum Leben und nicht für den Verzicht entschieden. Nach Erhalt dieser Nachricht verbrachte Cecilia Rosa viele Stunden in der kleinen Stabkirche auf Forsvik im Gebet und in Zwiesprache mit der Mutter Gottes. Danach trat sie geläutert und von ihrer Trauer befreit in den Sommerwind. Keine Aufgabe konnte ihr größere Genugtuung bereiten, als Aldes Rückkehr vorzubereiten.

Ein Umstand jedoch stimmte sie nachdenklich. Obwohl der Brief aus Riseberga von der Äbtissin Kristina verfasst war, so gingen aus ihm doch klar und deutlich Aldes Wünsche hervor. In dem Brief stand, dass es unvorsichtig sei, Alde angesichts der unsicheren Zeiten, in denen Jungfernraub zu Wasser und zu Lande nichts Ungewöhnliches war, den dunklen Herbstweg von Riseberga nach Forsvik allein zurücklegen zu lassen. Daher wäre es gut und klug, wenn Ritter Sigurd und einige seiner Männer die Güte hätten, Alde sicher nach Hause zu geleiten.

Cecilia Rosa wäre nicht im Traum eingefallen, Alde allein reisen zu lassen, dessen musste sich Alde doch bewusst sein. Die Bitte um Geleitschutz war also vollkommen unnötig. Ebenso unnötig war es, einen konkreten Wunsch zu äußern, wer von den vielen Rittern auf Forsvik diese Aufgabe übernehmen solle.

Aber Alde hatte ausdrücklich den Namen Sigurd genannt. Für Cecilia Rosa war das die Bestätigung einer Vermutung, die sie sich nie recht hatte eingestehen wollen. In der Zeit vor dem letzten Krieg hatte sie des Öfteren beobachtet, wie sich Sigurd und Alde verstohlene Blicke zugeworfen und bei mehr als einem Abendessen wie zufällig nah beieinander gesessen hatten. Damals hatte Cecilia Rosa dies nur für jugendliche Schwärmerei gehalten. Kein Grund zur Freude oder Besorgnis. Aber wenn Alde jetzt, fast zwei Jahre später, ausdrücklich nach Sigurd schicken ließ, war das etwas ganz anderes. Dann würde er großen Raum einnehmen in dem Leben, das sie gewählt hatte, statt sich bis zum Tode einzukerkern.

Cecilia Rosa entschloss sich sofort, Aldes und, wie sie vermutete, auch Sigurds Willen zu entsprechen. Er und niemand sonst sollte Alde ins Leben zurückführen.

Der zweite Entschluss, den sie fasste, war wesentlich handfesterer Art. Sie hatte fast ein schlechtes Gewissen, weil sie in dieser Sache nicht schon früher etwas unternommen hatte.

Sigurd und sein Bruder Oddvar hatten einmal Sigge und Orm geheißen. Sie waren als kleine Knirpse nach Forsvik gekommen und hatten sich auf ein persönliches Versprechen Arn Magnussons berufen, seine Schule besuchen zu dürfen. Arn hatte bezeugt, dass dies durchaus der Wahrheit entspräche. Er erinnere sich noch gut, wie er am Rast- und Thingplatz von Askeberga den beiden Söhnen eines freigelassenen Knechts begegnet sei und ihnen versprochen habe, wenn ihnen in ein paar Jahren immer noch danach zumute sei, zu ihm kommen zu dürfen, um die Schule des Krieges zu besuchen.

Die beiden waren die ersten Knaben gewesen, die die Forviker Reiterschule besucht hatten, ohne Folkunger zu sein. Vielleicht waren sie ja gerade deswegen so eifrig und gewissenhaft gewesen. Sie waren dann auch später für ihre tadellose Moral belohnt worden, hatten sie doch bei der Schlacht von Älgarås zusammen mit Arn und den drei ersten Forsviker Schwadronen die dänischen Krieger König Sverkers besiegt und im letzten Augenblick das Leben Erik Knutssons gerettet. Erik hatte sich daraufhin zum König erklärt und auf Arns Rat hin fünf der Forsviker, die den Befehl geführt hatten, zu Rittern geschlagen, unter ihnen Sigge und Orm.

Kurze Zeit später hatte Arn beide zum Thing geführt und sie dort in blaue Umhänge gehüllt, um sie zu Folkungern zu machen. Als Ritter hatten sie ihre Leibeigenennamen in Sigurd und Oddvar ändern dürfen.

Soweit handelte es sich um ein schönes Märchen über den Lohn der Tugend. Aber von Tugend allein konnte kein noch so tapferer Mann leben. Was Sigurd und Oddvar von allen anderen Herren unterschied, waren nicht nur die Sporen aus Gold, die zeigten, dass sie von einem König zu Rittern geschlagen worden waren – eine Ehre die nur wenigen Männern im Reiche zuteilwurde –, sondern die Tatsache, dass sie so arm waren wie die Tempelritter. Außer Harnisch, Waffen und Pferd besaßen sie nichts. Wenn Cecilia Rosa, wie schon lange geplant, König Erik jetzt daran erinnerte, dass zwei seiner Ritter, denen er sowohl bei Lena als auch bei Gestilren seinen Sieg zu verdanken hatte, immer noch arm waren, musste er eigentlich sofort etwas unternehmen.

Andernfalls würde Cecilia Rosa selbst dafür sorgen, dass beide zumindest ein großes Gut erhielten. Dass sie diese Angelegenheit versäumt hatte, lag nicht daran, dass sie das Vermögen von Forsvik zusammenhielt, denn dieses wuchs täglich mit jedem Schiff und jeder Schiffsladung. Sie fand jedoch, dass es für junge Männer eine größere Ehre sei, vom König belehnt zu werden als von ihrer reichen Gönnerin.

Außerdem würde Cecilia Rosa so nicht in die Verlegenheit geraten, einem Mann eine große Mitgift geben zu müssen, der sich nicht einmal eine Morgengabe leisten konnte. Unter den stolzen Forsvikern war das sicher keine unwichtige Frage.

Ganz gleichgültig, wie Alde und Sigurd zueinander standen, wollte sich Cecilia Rosa so bald wie möglich um diese einfachen Geldfragen kümmern. Vielleicht handelte es sich bei Alde und Sigurd ja nur um eine kurze Schwärmerei, vielleicht nicht einmal um das. Trotzdem war es höchste Zeit, bei Sigurd und Oddvar für einen gewissen

Wohlstand zu sorgen. Alde war im Hinblick auf ihre Herkunft und ihre großzügige Mitgift aus dem reichen Besitz Forsviks eine der begehrtesten Jungfern des Reiches. Ihr würde es wahrhaftig nicht an Freiern fehlen, wenn sie jetzt wieder ins Leben zurückkehrte.

Aber Cecilia Rosa und ihr geliebter Arn hatten sich und ihrer Tochter versprochen, sie niemals gegen ihren Willen oder wegen einer Morgengabe, einer Allianz oder eines etwaigen Machtzugewinns zu verheiraten. Denn ihre Mutter und ihr Vater hatten gegen den Willen der gesamten Familie und um den Preis einer zwanzigjährigen Buße auf ihrem Treueschwur zueinander bestanden. Daher sollte auch Alde niemals gegen ihren Willen in ein Brautbett gezwungen werden, sondern sich ihren Mann frei aussuchen dürfen, ob es sich nun um einen Adligen oder einen einfachen Mann aus dem Volke handelte, um einen Folkunger oder um einen freigelassenen Leibeigenen. Denn die Liebe, dessen waren sie sich gewiss, war größer als alles andere.

* * *

Einer jungen Königin gleich kehrte Alde an der Seite Ritter Sigurds nach Forsvik heim. Sie wurde von allen wegen des sonnigen Gemüts, das sie bis zum Tode ihres Vaters besessen hatte, geliebt. Außerdem hing von ihr mehr als von anderen die Zukunft Forsviks ab, da sie außer ihrer Mutter die Einzige war, die sich auf das Führen der Bücher verstand. Selbst die Mägde im Küchenhaus wussten, dass die Rechnungsbücher das Gedächtnis von Forsvik waren, weil in ihnen alles, was in Forsvik hergestellt oder gehandelt wurde, verzeichnet war.

Sie ritt über die Brücken, die mit Rosen und Laub geschmückt waren. Alle Forsviker hatten sich von den Brücken bis zum Hofplatz aufgestellt und erwarteten sie, denn junge Reiter hatten ganz außer Atem rechtzeitig ihre Ankunft bekanntgegeben.

Es war die Zeit zwischen Laurentius und Brynolf, die Heuernte war also in Västra Götaland bereits erledigt und die Ernte in vollem Gange. Auf anderen Höfen wäre also sehr viel zu tun und für ein Willkommensfestmahl gewiss keine Zeit gewesen, aber auf Forsvik gab es schon seit vielen Jahren keine Landwirtschaft mehr. Allein der Zehnt, den alle entrichten mussten, die ihr Getreide auf Forsvik mahlen ließen, reichte für das gesamte Brot aus, das dort gebacken wurde. Ein Bauer, der zehn Tonnen Roggen brachte, konnte sein Boot sofort mit bereits gemahlenem Mehl beladen, allerdings musste er ein Zehntel als Bezahlung entrichten.

Heu wurde allerdings auf Forsvik geerntet, da Winterfutter zu viel Platz auf den Booten eingenommen hätte. Futter zu kaufen war kein Problem, wenn man es nur rechtzeitig genug tat. Und dafür sorgte Cecilia Rosa.

Es war also ein guter Zeitpunkt, um Alde wieder dort willkommen zu heißen, wo sie zu Hause war.

Birger stand neben Cecilia Rosa und begrüßte Alde als Zweiter, nachdem sie sich aus der langen, glücklichen und tränenreichen Umarmung ihrer Mutter befreit hatte. Alde umarmte ihn als den Bruder, der er ihr immer gewesen war, seit sie als Kinder vom seligen Bruder Guilbert unterwiesen worden waren. Sie küsste ihn auf die Stirn und warf sich dann wie in einem langen Reigen mit fröhlichen Rufen, Lachen und unter Tränen von einem Arm in den nächsten.

Birger betrachtete sie überwältigt. Das Jahr als Büßerin hatte sie sehr verändert. Ihre Taille war gertenschlank, ihr Busen jedoch unter dem langen Kleid größer und sichtbarer geworden. Dies hatte er deutlich gespürt, als er sie umarmt hatte. Ihm wurde seltsam warm in seinem Inneren, und fast beschwörend rief er sich in Erinnerung, dass sie, obwohl sie gleich alt waren, seine Tante väterlicherseits war.

Während Alde mehrere Kinder hochhob und lobte und sodann ihre Begrüßungen fortsetzte – von mürrischen Glasbläserlehrlingen und Jägern bis zu sich höfisch verbeugenden sarazenischen Kupferschmieden, denen es nicht im Traum eingefallen wäre, sie zu umarmen –, standen alle Forsviker auf dem großen Hofplatz, ließen das Feuer in den Schmieden verglimmen und das Fleisch in den Küchen anbrennen. Nachdem sie etwa hundert Personen begrüßt hatte, eilte sie lachend und winkend auf das Haus ihrer Mutter zu, um ihre einfache Tracht aus Riseberga gegen Kleider zu tauschen, die sich besser für ein Willkommensfestmahl auf Forsvik eigneten.

Sobald sie verschwunden war, hatten es alle Forsviker, sowohl Krieger und Müllermeister als auch Küchenjungen, plötzlich sehr eilig und zerstreuten sich in alle Richtungen, um das Fest vorzubereiten. Bald entströmten dem Kochhaus und den sarazenischen Holzkohlegrills wunderbare Düfte.

Die meisten Häuser in Forsvik waren klein und niedrig, lagen nahe beieinander und säumten eine Straße. Hier gab es keinen Schmutz und keine Unreinlichkeit wie in den Städten und auch keine herumwühlenden Schweine. Die Schweine wurden in einiger Entfernung gehalten, da viele diese Tiere nicht leiden konnten.

Bei den Brücken und Stromschnellen lagen die meisten Schmieden und anderen Werkstätten. Außerdem gab es eine Kirche und eine Stallung, welches die beiden größten Gebäude waren, sowie drei Langhäuser. Cecilia Rosa war

die Entscheidung, in welchem der Langhäuser das Willkommensfest stattfinden sollte, nicht leichtgefallen. Im
Rittersaal war am meisten Platz, aber die Regeln gewährten nur gewissen Leuten dort Zutritt, und somit hätten
nicht alle eingeladen werden können. Seit dieses Haus gebaut worden war, hatten nur Männer, die zu Rittern geschlagen worden waren, Befehlshaber auf Forsvik, Fami-
lienoberhäupter, königliche Gäste und eine kleine Zahl
von Männern, denen Arn Magnusson eine besondere Gunst
hatte erweisen wollen, das Recht genossen, in den Rittersaal einzutreten. Für die meisten Männer auf Forsvik war
der Rittersaal geheiligter Boden, und obwohl Cecilia Rosa
ihr Recht als Alleinbesitzerin hätte geltend machen und
eine Verfügung treffen können, fand sie es doch am klügsten, von diesem Recht hinsichtlich des Rittersaals keinen
Gebrauch zu machen.

Das alte Langhaus war aus einem einfacheren Grund
ungeeignet. Hier wohnten viele der ehemaligen Leibeigenen. Dafür mussten sie jeden Tag für das Mittagessen sorgen. Es konnten dort also durchaus viele Personen gleichzeitig essen und trinken. Aber zwischen einem kurzen und
nüchternen Mittagessen für die Schmiede und Reiterlehr-
linge sowie einem lärmenden, trunkenen Gastmahl, das
bis in die frühen Morgenstunden dauerte, bestand ein gewaltiger Unterschied. Das wäre für alle Freigelassenen,
die dort ihre Schlafplätze hatten, unchristlich gewesen, von
ihren Kinder ganz zu schweigen.

Es blieb also nur ein Langhaus übrig, das alle auf Forsvik ebenso spaßhaft wie verehrungsvoll als Heiliges Land
bezeichneten.

Es war das Haus der sarazenischen Junggesellen, in dem
die Ungläubigen zu unerwarteten Zeitpunkten auch ihre
Messen und Erntefeste abhielten. Dort wohnten nur noch

wenige Männer, da jeder Ungläubige, der sich eine Frau zulegte, sofort ein eigenes Haus forderte, das dann auf einer oder der anderen Seite der Dorfstraße angebaut wurde. Die Entscheidung, das Willkommensfest für Alde im Heiligen Land stattfinden zu lassen, schien also auf der Hand zu liegen.

Und doch war es nicht ganz so einfach, denn die Ungläubigen hatten spezielle Gewohnheiten, was das Essen anging, und tranken weder Wein noch Bier. Ihr Haus war außerdem das sauberste und prunkvollste von allen. Alle Böden waren mit Teppichen in Rot und Schwarz ausgelegt. Volltrunkene Christen konnte man sich in diesen Räumlichkeiten nur schwerlich vorstellen.

Andererseits verfügten die Ungläubigen ebenso über fließendes Wasser in ihrem Vorraum wie Cecilia Rosa in ihrem Haus. Ein Bach wurde durch ein langes, offenes Rohr aus gebranntem Ton ins Haus geleitet und konnte Richtung Vättern abfließen. Vielleicht konnte man die Christen ja überreden, sich dort zu übergeben?

Zunächst sprach sie mit Gure, Arns Halbbruder, der in ihrer Abwesenheit auf Forsvik in allem das Sagen hatte, sofern es nicht die Kriegsführung betraf. Er war allseits gefürchtet, und was er befahl, wurde ausgeführt. Er versprach Cecilia Rosa, alle, die sich nicht in die Wasserrinne übergaben, an die frische Luft zu setzen.

Anschließend sprach sie mit den beiden Filzmachern Aibar und Bulent, den ältesten Ungläubigen. Sie einigten sich darauf, alle Teppiche zusammenzurollen, da für dieses Mahl Tische und Bänke aufgestellt werden würden. Man würde also nicht auf Teppichen und weichen Kissen essen. Sie sah sie forschend an, da sie fand, dass sie ihren fast zögerlich unterbreiteten Vorschlag allzu bereitwillig und leichtfertig angenommen hatten. Sie konnte jedoch keine Unterwürfigkeit bei ihnen erkennen. Außerdem waren die beiden nie Leibeigene gewesen. Auch die Ungläubigen liebten Alde, und sie sprach ihre Sprache, wie Cecilia gehört zu haben glaubte, richtig gut.

Tische, Bänke und Sessel für die Ehrenplätze wurden ins Heilige Land getragen, und eine seltsame Verwandlung vollzog sich in dem Haus. Die schweren, glänzenden Kupferlampen, die von der Decke hingen, und die Gobelins mit der geheimen goldenen Schrift an den Wänden verliehen dem Saal immer noch ein sarazenisches Aussehen. Auch die Düfte waren morgenländisch. Aber Bänke, Tische und der nackte Fußboden sprachen eine rauere Sprache. Cecilia Rosa hatte verfügt, dass die Ehrenplätze vor dem Kamin am hinteren Ende des Saals aufgestellt werden sollten. Tische und Bänke standen der Länge nach im Raum und nicht quer. So konnten sämtliche Krieger an den zwei äußersten Tischen Platz nehmen und hatten es nicht weit, wenn sie sich übergeben oder pinkeln wollten. Vor den Kriegern konnten die christlichen und harmloseren Forsviker sitzen, die Ungläubigen hingegen in der Mitte, wo sie vor dem, was sie als gottlos betrachteten, am besten geschützt waren.

Nicht nur in den ersten Stunden war es ein glanzvolles Fest. Aldes Rückkehr schien alle gleichermaßen mit Freude zu erfüllen und in diesem Saal näher zusammenzurücken. Niemand verübelte dem anderen seine Vorlieben hinsichtlich Fleisch und Trank – Schweinebraten und Bier wurde an den hintersten Tischen serviert, Wasser und Lammbraten an den Tischen in der Mitte. Und die Ausgelassenheit war bei den Sarazenen, obwohl sie nüchtern waren, genauso groß wie bei den Christen. Zur allgemeinen Überraschung stimmten einige der jungen Leute aus dem sarazenischen Lager den speziellen Gesang ihrer

Heimat an und spielten ein Saiteninstrument, das sie *aoud* nannten.

Cecilia Rosa saß auf dem mittleren Ehrenplatz, Gure zu ihrer Linken und Birger neben diesem. So musste es sein, denn Gure war Arn Magnussons Halbbruder, da er einer Verbindung ihres Vaters Magnus mit der Leibeigenen Suom entstammte. Arn persönlich hatte ihn beim Thing durch Eidesabnahme in die Familie aufgenommen. Niemand unter den Christen war erstaunt, dass zur Rechten Cecilia Rosas ihre Tochter Alde saß.

Erstaunlich war jedoch, dass Cecilia Rosa verfügt hatte, Ritter Sigurd, der mit nur vier Gefolgsleuten Alde sicher von Riseberga nach Forsvik geführt hatte, solle neben Alde sitzen.

Cecilia Rosa wollte wissen, ob sie mit ihren Ahnungen Recht gehabt hatte, und fand bereits zu Beginn des Abends, noch ehe der Wein seine Wirkung getan hatte, ihre Vermutung bestätigt. Alde und Ritter Sigurd hatten nur Augen für einander und sprachen und lachten unablässig miteinander. Es war also höchste Zeit, beim König vorzusprechen und sich um Ritter Sigurds Besitztümer zu kümmern. Für eine Weile wirkte Cecilia Rosa etwas zerstreut, als sie darüber nachsann, auf welche Weise Ritter Sigurd der Befehl über die Burg Gum zugesprochen werden könnte. Aber diese Überlegungen schob sie rasch wieder von sich und wandte ihre Aufmerksamkeit allen Forsvikern zu, die auf ihr Wohl trinken wollten, wobei es galt, zwischen Wein aus grünen Forsviksgläsern und dem Wasser, das aus beschlagenen sarazenischen Kupferkannen kam und in denselben Gläsern serviert wurde, zu unterscheiden.

Allerdings machte Birger im Laufe des Abends und der hereinbrechenden Nacht einen zunehmend unzufriedenen Eindruck. Ab und zu beugte er sich vor, um Alde etwas zuzurufen, aber das war nicht leicht, da man auf den Ehrenplätzen in großem Abstand voneinander saß. Außerdem nahm Alde Birgers Versuche kaum wahr, da sie nur Augen für Ritter Sigurd hatte. Birgers Laune verschlechterte sich zusehends, und schließlich bat er darum, sich zu ein paar Jugendfreunden ans andere Ende des Saals setzen zu dürfen, was ihm Cecilia Rosa sofort und erleichtert gestattete.

Nach Mitternacht begann Gure eine Runde durch den Saal zu machen, um diejenigen ins Freie zu schleifen, denen übel zu werden drohte oder denen es schon übel geworden war. Die meisten Bäcker, Köche, Jäger und Schmiedelehrlinge hatten sich bereits auf ihr Nachtlager begeben. Sie mussten morgens als Erste aufstehen und waren auf ihren Schlaf angewiesen.

Aber von den Kriegern war einstweilen noch keiner freiwillig gegangen. Sie dichteten, sangen und lachten grölend über Dinge, die andere im Saale nicht hörten, was auch besser so war.

Als Cecilia Rosa es an der Zeit fand, sich zu ihrer Decke und Matratze zurückzuziehen, wie man sich auf Forsvik ausdrückte, nahm sie ihre widerstrebende Tochter mit, indem sie Alde mit milder Gewalt von Ritter Sigurd losriss.

Gure versprach auszuharren und Sauferei und andere Unarten unnachsichtig zu ahnden.

* * *

Junker Birger war als Gast auf die Königsburg Näs gerufen worden, und Cecilia Rosa fand es passend, ihn zu begleiten, da sie einige Geschäfte mit König Erik zu besprechen hatte. Das Schiff, das Birger und Cecilia Rosa über den Vättern bringen sollte, obwohl sie anschließend noch einen Umweg über Ulvåsa einplanten, hieß Hingstarna, die Hengste. Birger fand es merkwürdig, dass sich die Seeleute unten an der großen Landungsbrücke bekreuzigten, als er seinen geliebten Hengst Ibrahim heranführte und ihn in eine der Boxen des Schiffs stellte. Die Männer warfen besorgte Blicke auf den lebhaften Ibrahim und erkundigten sich, ob weitere Pferde an der Überfahrt teilnehmen würden. Als Birger nickte und mitteilte, er hole noch zwei weitere Pferde, schienen sie fast noch mehr zu verzweifeln und versuchten Näheres über die anderen Pferde in Erfahrung zu bringen. Birger verstand ihre Sorge nicht, da sie ständig Pferde und Vieh über den Vättern transportierten. Er erklärte, dass es sich bei den anderen Pferden um eine trächtige Stute und einen Wallach, ein Packpferd, handelte. Da atmeten sie auf, lachten und halfen ihm bereitwillig, Ibrahim in eine der drei Boxen zu stellen.

Als Birger den verschnittenen Hengst und die sanfte Stute Umm Anaza brachte, sann er immer noch darüber nach, was die Seeleute so nervös gemacht haben könnte, also fragte er sie ganz einfach und erhielt daraufhin eine Erklärung für den Namen des Schiffes.

Vor einigen Jahren war ein Mann mit drei Pferden nach Mo Strömmar gekommen, um nach Forsvik überzusetzen. An diesem Anliegen war nichts Ungewöhnliches gewesen, und man hatte es ihm überlassen, seine drei Pferde in die Boxen zu stellen, die damals noch nicht so stabil gewesen waren wie heute. Als sie bereits ein Stück weit auf den See hinausgekommen waren, hatte sich herausgestellt, dass der unkluge Mann eine willige Stute zwischen zwei Hengsten platziert hatte. Zuerst war in den Boxen große

Unruhe mit lautem Wiehern und ausschlagenden Hufen aufgekommen, und bald hatten sich alle drei Tiere losgerissen. Daraufhin hatten die beiden Hengste die Stute in höchster Erregung auf dem Deck herumgejagt und sich gegenseitig mit Bissen und Hufschlägen bedacht. Als sich die Stute nicht mehr anders zu helfen wusste, war sie ins Wasser gesprungen und an Land geschwommen. An Bord war zu diesem Zeitpunkt das meiste zu Kleinholz zerschlagen und etliche Männer verletzt worden. Fast wäre das Schiff untergegangen. Deswegen hieß es von nun an Hingstarna, und den Seeleuten wurde stets mulmig, wenn sie Hengste und Stuten gleichzeitig transportieren sollten. Birger versicherte lachend, dass beim Transport einer trächtigen Stute keinerlei Gefahr bestünde. Außerdem sei sie die Mutter des Hengstes, und der andere Hengst sei verschnitten. Im Übrigen käme kein Forsviker auf den abwegigen Gedanken, eine brünstige Stute zwischen zwei Hengsten zu platzieren.

Die Überfahrt nach Mo gestaltete sich angenehm, und in den Boxen war alles ruhig. Cecilia Rosa saß nachdenklich an der Reling und schaute über das Wasser in die scharfe, klare Herbstsonne. Sie hatte gute Gründe für einen Umweg über Ulvåsa, da es einige Probleme gab, über die sie mit Ingrid Ylva, Birgers Mutter, sprechen musste. Birger hatte sich zu den Schiffsjungen gesellt, die ihm andächtig lauschten. Wovon er erzählte – und wovon alle Forsviker erzählen sollten, wenn sie irgendwo jungen Männern begegneten –, war selbst auf weite Entfernung an seinen Gesten zu erkennen.

Sie blieben zwei Tage auf Ulvåsa, und diese Zeit verbrachten Ingrid Ylva und Cecilia Rosa meist zusammen an einem Ort, an dem die anderen sie nicht hören konnten.

Während des kurzen Aufenthalts in Ulvåsa nahm Birger, allerdings mehr um seiner Mutter eine Freude zu machen und den Schein zu wahren, mit seinen Brüdern an den Lektionen bei den beiden Klerikern aus Linköping und Skänninge teil. Sein ältester Bruder Eskil war der Einzige, der diesen Unterricht wirklich ernst nahm. Er hatte sich entschlossen, Lagmann zu werden, obwohl er dieses Amt nicht erben konnte. Daher müsse er besonders große Kenntnisse erwerben, um dies auszugleichen, meinte er. Eskil war für Scherze und Streiche nicht zu haben und rümpfte die Nase, wenn sich seine Brüder mit Streichen die Zeit vertrieben.

Karl, der den stärksten Glauben von den fünf Brüdern besaß, hatte bereits von seiner Mutter das Versprechen erhalten, dass er Bischof von Linköping werden dürfe. Später wollte er dann am liebsten Erzbischof werden. Er sprach nicht so viel wie Eskil und Birger, aber er schloss oft die Augen auf eine salbungsvolle Art. Der Schüchternste von ihnen war Elof, der von seinen älteren Brüdern oft gehänselt und zurechtgewiesen wurde.

Mit Bengt verstand sich Birger am besten. Sie steckten beide voller Streiche und Widerspruchsgeist und ärgerten die beiden Kleriker und den ernsten Eskil mit abwegigen theologischen Fragen oder, was Eskil am meisten aufbrachte, indem sie sich über die Gesetze des Reiches lustig machten. Beide waren sich darin einig, dass sich Gesetze nur mit Schild und Schwert durchsetzen ließen, möglicherweise auch im Haus eines Bischofs, aber doch nicht beim Thing unter freien Männern. Denn das, meinten sie und trieben damit die Kleriker zur Verzweiflung und Eskil zur Weißglut, seien nur Possen fürs Volk, die nicht mehr wert seien, als die Auftritte der Gaukler und Pfeifer auf den Märkten. Es sei allemal erfreulicher, den

Auftritten der Gaukler und Pfeifer beizuwohnen als zu-zusehen, wie die Lagmänner dem Volk weismachten, das Land müsse durch feste Gesetze aufgebaut werden.

Für Birger und Eskil war es eine Erleichterung, sich endlich voneinander verabschieden zu dürfen. Nun würde sich Eskil wieder in Ruhe seinen Lektionen widmen und Birger mit umgegürtetem Kampfschwert und dem Übungs-schwert im Gepäck zur Königsburg Näs aufbrechen kön-nen.

Da Ingrid Ylva beschlossen hatte, auch nach Näs zu rei-sen, um zusammen mit den beiden Cecilien die Gesprä-che mit der jungen Königin wieder aufzunehmen, ritt Bir-ger jetzt voller Stolz mit dem Wappen von Ulvåsa an der Spitze des Zuges. Unter seinem Befehl standen zehn der Ulvåsaer Gefolgsleute.

In Mo Strömmar, wo sie das königliche Schiff nach Vi-singsö besteigen sollten, begegneten sie Ulvhilde Emunds-dotter, die im Geleitschutz von zehn Männern von ihrem Hof Ulfsheim kam. Offenbar hatten die drei Witwen alle etwas auf der Königsburg Näs zu erledigen, aber sowohl Birger als auch jeder andere wusste, dass es müßig gewe-sen wäre, danach zu fragen.

Als das königliche Schiff eintraf, um die Gäste des Kö-nigs abzuholen, wurden alle Gefolgsleute nach Hause ge-schickt, denn auf Visingsö herrschte königlicher Friede, und dort wurden vornehme Gäste stets von komplett be-waffneten Reitern empfangen.

* * *

Es waren nur wenige Gäste auf Näs, da die letzte Ernte des Jahres noch nicht lange zurücklag. Die meisten Män-ner, die als Gäste des Königs infrage kamen, hielten zu

Hause noch Erntefeste ab oder waren bei Nachbarn oder Verwandten dazu eingeladen. Die abendlichen Mahlzeiten im großen Burgsaal auf Näs verliefen daher recht still in dem großen, hallenden Raum. Es war jedoch angenehm, dass alle in einfachen Kleidern erscheinen konnten und die Königlichen ohne Kronen und ihre kostbaren Mäntel. Der König sagte, ihm gefiele diese Zeit des Jahres, in der man in der halben Zeit zu Abend essen könne und noch vor Mitternacht ins Bett käme, um dann wieder aufzustehen, solange noch Morgen sei. So könnten sein Kanzler und er eine Menge Schreibarbeiten erledigen, damit sich nicht Riesenberge mit Papieren angehäuft hatten, wenn es auf Weihnachten zugehe und die Mahlzeiten länger andauerten.

Bei der angenehmen Ruhe, die jetzt beim Abendessen herrschte, war höfisches Benehmen auch nicht so wichtig. Es waren nicht mehr Gäste anwesend, als dass alle miteinander reden konnten, und es spielte auch keine so große Rolle, wer wo an der Tafel saß, wie das bei großen Gastmählern zu sein pflegte, was zu viel Streit und Verdruss führen konnte.

Der König beging jedoch einen fatalen Fehler, als sein junger Verwandter Knut Holmgeirsson am zweiten Abend auf Näs eintraf. Der König hatte ihn in einer bestimmten Absicht eingeladen, die jedoch bald enttäuscht wurde. Als er befahl, sein neuer Gast möge neben Junker Birger Platz nehmen, gehorchte dieser zwar sofort, doch die beiden Männer sahen sich finster an. Es dauerte nicht lange, bis es zwischen ihnen zum Streit kam, was für das ganze Reich böse Folgen hätte haben können. Knut Holmgeirsson murmelte, offenbar sei es eine neue Sitte beim König, auch die kleinen Knirpse bei den erwachsenen Männern essen zu lassen. Birger erwiderte, eine Bohnenstange sei zwar lang, bräche aber leicht in der Mitte auseinander.

Daraufhin gab ein Wort das andere. Knut drohte mit Schlägen, Birger meinte, das höre er jetzt schon zum zweiten Mal. Ein Mal sei kein Mal, zwei Mal sei Kindergeschwätz, aber beim dritten Mal müsse der Lümmel dann doch gezüchtigt werden.

Knut fragte, wen er mit dem Wort Lümmel meine. Birger erwiderte, außer ihm sei doch wohl niemand in der Nähe. Knut meinte, er könne von Glück sagen, dass er an der Tafel des Königs säße, worauf Birger entgegnete, ein Forsviker brauche sich von so einer mageren Bohnenstange wirklich nicht bedroht zu fühlen, und so ging es weiter.

Als Knut Holmgeirsson plötzlich so laut wurde, dass allen im Saal unbehaglich zumute war und der König den Streit mit barscher Stimme und der Frage, ob Speis und Trank den Junkern nicht behage, unterbrach, erhob sich Knut Holmgeirsson mit hochrotem Gesicht und erklärte, es sei seiner nicht würdig, neben einem Weiberwelpen zu sitzen, der nicht Manns genug für sein Schwert sei.

Bei diesen Worten wurde es im Saal vollkommen still, denn ein Geplänkel zwischen zwei Männern war eine Sache, einen Mann vor versammeltem Hof zu kränken, etwas ganz anderes. Das konnte nur auf zwei Arten enden, und beide waren schlimm.

Alle Blicke waren jetzt auf Birger gerichtet, der sich langsam erhob und sorgfältig den Bierschaum vom Mund wischte, um etwas Zeit zu gewinnen, ehe er das sagte, was er sagen musste, wollte er die Burg des Königs nicht entehrt verlassen.

»Eure Majestät«, begann er mit leiser und verhaltener Stimme. »Ihr habt es selbst gehört, so wie alle anderen. Knut hat den Frieden dieser Tafel und meine Ehre gekränkt. Wenn er zu seinem Wort steht, so muss er dies auch mit seinem Schwert beweisen. Andernfalls sollte er sich, was wohl ratsam wäre, entschuldigen, die Beleidigung wiedergutmachen und uns alle verlassen.«

Ingrid Ylva, die in der Nähe des Königs saß, schlug verzweifelt die Hände vors Gesicht, sagte aber nichts. Cecilia Rosa, die neben ihr saß, schüttelte nur stumm den Kopf und lächelte grimmig. Beide wussten, dass die Situation zu verfahren war, als dass es noch ohne Blutvergießen hätte enden können.

Der König saß für eine Weile mit grimmig gerunzelter Stirn da, während alle an der Tafel schweigend auf seine Entscheidung warteten.

»In unserem Reich wird einem Mann seine Zunge allzu leicht zum Verhängnis«, begann er düster. »Für diese Worte, die Ihr im Beisein vieler Zeugen und noch dazu an unserer Tafel gesprochen habt, müsst Ihr mit der Waffe in der Hand geradestehen. Das fordert Eure Ehre. Aber wir haben nicht zwei Jünglinge eingeladen, damit sie sich sogleich nach dem Leben trachten. Wir und sonst niemand beschließen daher, wie Ihr Euch beide von diesen Worten reinwaschen sollt. Wir beschließen, dass Ihr mit Übungswaffen kämpfen sollt, bis einer von Euch aufgibt. Habt Ihr das verstanden?«

Knut erhob sofort Einwände dagegen, seine Worte mit stumpfer Klinge zu verteidigen. Birger erwiderte, er sei der Gekränkte, daher habe er auch das Recht zu entscheiden, wie der Kampf ausgetragen werden solle. Er wolle zu Pferde kämpfen. Dagegen hatte Knut Holmgeirsson nichts einzuwenden. Daraufhin schüttelte der König zum ersten Mal bei dieser Auseinandersetzung lächelnd den Kopf. Er hob die Hand, um das allgemeine Gemurmel im Saal zum Verstummen zu bringen.

»Nein, nicht zu Pferde!«, befahl er. »Warum wir den Junkern hiermit verbieten, zu Pferde zu kämpfen, werden wir nicht erklären, aber wir haben gute Gründe. Morgen vor dem Mittagsmahl, wenn die Sonne am höchsten steht, tretet Ihr also auf dem Hof mit stumpfer Klinge an. Das haben wir beschlossen, und so wird es geschehen!«

Alle im Saal brachen auf, da die meisten glaubten, dass am nächsten Tag mit einem toten Junker aus einer der beiden Familien zu rechnen war, die so lange im Reiche Seite an Seite gekämpft hatten. Ein solcher Tod konnte einen Flächenbrand entfachen, also gab es keine Veranlassung, munter beim Bier sitzen zu bleiben, wenn der Sensenmann auf eine reiche Ernte hoffen konnte.

Ingrid Ylva und Cecilia Rosa gingen gemeinsam zu Birger, um ihn auf sein Zimmer zu begleiten und ihm ins Gewissen zu reden. Er konnte sich ihnen in dieser Sache schlecht widersetzen. Er verbeugte sich vor dem König und der Königin und folgte seiner Mutter und Großmutter durch den Saal. Ein Stück die Burgmauer entlang lagen ihre Gemächer.

Wenig überraschend für Birger schimpften sie zugleich auf ihn ein, so dass es keinem der drei in der weiß gekalkten Kammer gelang, etwas Vernünftiges zu sagen. Er widersprach anfänglich nicht, und die beiden Witwen beruhigten sich allmählich. Daraufhin ergriffen sie nacheinander das Wort und forderten ihn auf, sich zu erklären.

Als Erstes musste er sich gegen ihren Verdacht wehren, er habe den Eriker aus Hochmut dazu verleitet, sich zu blamieren. Dies bestritt er ebenso sehr wie die Unterstellung, er hätte einfach aufstehen und gehen können, um einen Streit zu vermeiden. Ein solches Verhalten hätte nur dazu geführt, dass bei der nächsten Begegnung noch härtere Worte gefallen wären.

Bald geriet die Unterhaltung in ruhigere Bahnen, und sie ließen einen Bedienten ein Kohlenbecken, Kerzen und Wein bringen. Sie unterbrachen die Unterhaltung und nahmen auf den schweren Lübecker Eichenstühlen mit weichen, ausländischen Kissen Platz. Dann zogen sie noch einen Tisch und Hocker für die Weingläser heran.

Nachdem sie Licht, Wärme und Wein in der Kammer hatten, kam die Unterhaltung wieder in Gang, wobei sich herausstellte, dass sich seine Mutter und seine Großmutter wegen unterschiedlicher Dinge Sorgen machten.

»Das ist seit deiner Geburt die erste Nacht, in der ich wachliegen und tausend Gebete für dein Leben beten werde«, sagte Ingrid Ylva. »Junker Knut ist mehr als einen Kopf größer als du und alles andere als zimperlich. Wie konntest du dich von ihm nur so leicht in diese Falle locken lassen? Du bist doch wirklich nicht dumm. Also, wie konntest du nur?«

»Mir blieb wahrlich nichts anderes übrig«, erwiderte Birger langsam und mit leiser Stimme, um den Streit nicht von neuem zu entfachen. »Wie ihr wisst, trug Knut im Krönungsgefolge in Linköping neben mir das zweite Zepter. Bereits da war seine Rede verwerflich und drohend. Ich tat jedoch, als höre ich ihn nicht, da eine Schlägerei in einer Krönungsprozession ausgeschlossen ist. Aber was hätte ich denn heute Abend tun sollen, noch dazu an der Tafel des Königs? Bedenkt das!«

»Mein geliebter Birger, du darfst ihm nicht unnötig wehtun«, sagte Cecilia Rosa, ehe noch Ingrid Ylva erneut zu klagen anheben konnte. »Bedenkt, dass er die Krone fordern kann, wenn König Erik stirbt. Wenn du ihm bleibende Verletzungen zufügst, ist er sein Leben lang dein Feind. Wenn du ihn tötest, bekommen wir es mit Erikern zu tun, die Blutrache nehmen wollen, und das wäre das

Schlimmste, was dem Reich geschehen könnte. Beherrsche deinen Zorn, Birger, benutze deinen gesunden Menschenverstand und gehe milde mit ihm um!«

»Ja, zu diesem Schluss war ich auch schon gekommen«, entgegnete Birger immer noch mit leiser Stimme. »Ähnliches dachte wohl auch der König, als er uns verbot, zu Pferde zu kämpfen. Denn ein Schlag auf den Kopf und ein Sturz vom Pferd können böse Folgen haben. Der König hat es mir allerdings durch die Blume befohlen, und ich werde ihm gehorchen. Knut wird diesen Kampf überleben und nicht ärger zugerichtet werden, als dass er sich bald wieder erholt.«

Diese Wendung des Gesprächs verschlug Ingrid Ylva fast die Sprache, was ihr nur sehr selten passierte. Ihre starke Unruhe galt dem Leben ihres Lieblingssohnes, dem Sohn, in den sie die größten Hoffnungen setzte. Und jetzt sprach ihre geliebte Schwiegermutter von Milde und dem Kampf um die Macht, statt der Sorge um das Leben.

»Ist nicht Hochmut in einer Nacht wie dieser die schlimmste Sünde?«, fragte sie nachdenklich. »Ihr sprecht nicht von dem größten Unglück, als gäbe es das gar nicht. Stattdessen sprecht ihr von dem Kampf, als sei er schon gewonnen. Habt ihr denn gar keine Angst vor der Strafe für so eine Sünde?«

»Das ist kein Hochmut, meine liebe Ingrid Ylva«, antwortete Cecilia Rosa, »sondern ein Faktum. Bedenke, dass ich diese jungen Hitzköpfe über zwanzig Jahre lang auf Forsvik beobachten konnte. Ich habe die besten Reiter des Reiches gesehen. Ich habe alles gesehen, was bei Männern möglich ist, die das Kriegshandwerk erlernt haben. Und ich kann dir versichern, meine liebe Freundin, dass Birger von diesem Knut nichts zu befürchten hat. Er trägt sein Schwert unbeholfen. Außerdem ist es ihm zu schwer. Vielleicht hat er es von seinem Vater geerbt. Er ist zu groß, um gegen einen Mann von Birgers Größe mit dem Schwert zu Fuß etwas ausrichten zu können. Oder, Birger?«

»Ja, ich habe bereits dasselbe gedacht wie Ihr, liebe Großmutter«, antwortete Birger rasch, ohne seine Mutter anzusehen.

»Na dann!« Cecilia Rosa seufzte erleichtert. »Dann habe ich dir nicht mehr viel zu sagen, außer dass du bedenken musst, dass die Eintracht des Reiches morgen in deiner Schwerthand liegt. Brich ihm keine Knochen, zügle deinen Zorn, und vor allen Dingen, lass dich von ihm nicht reizen, ihn zu töten. Anschließend musst du unbedingt eine Versöhnung mit ihm anstreben. Aber denke morgen vor allem an die goldene Regel deines seligen Großvaters aus seinen Dienstjahren bei den Tempelrittern!«

»Wenn du dein Schwert ziehst, denke nicht daran, wen du töten, sondern wen du schonen kannst«, murmelte Birger rasch auf Lateinisch, als spräche er ein Gebet.

»Damit ist alles gesagt, was gesagt werden musste.« Cecilia Rosa seufzte und lächelte ihren Enkel liebevoll an.

Dann entschuldigte sie sich, sie sei müde und wolle sich für die Nacht zurückziehen. Als Ingrid Ylva und Birger allein waren, gab es nicht mehr viel zu sagen, und bald empfahl sich auch Birger unter Verbeugungen, damit er, wie er sagte, morgen ausgeschlafen sei und einen klaren Kopf habe, keine Dummheiten oder Fehler begehe und auf dem Burghof keine schlechte Laune verbreite.

Ingrid Ylva blieb allein zurück und starrte lange Zeit mit ausdrucksloser Miene ins Feuer. Klarer denn je zuvor sah sie Birgers Zukunft vor sich, in der sich große Heere begegneten und schließlich eine Königskrone auf dem Spiel stand. Doch musste sie kommende Nacht nicht in übertriebenem und verzweifeltem Gebet verbringen, denn sie war nicht wie andere Mütter.

* * *

Birger schlief in dieser Nacht ruhig, Knut Holmgeirsson erging es ganz anders. Er hatte lange mit den Gefolgsleuten und Köchen im Königssaal gesessen, in dem sich keine anderen Gäste mehr befunden hatten. Er hatte einen Krug Bier getrunken, der ihm Mut machte, dann einen, der ihm prahlen half, wie er dem Folkunger am nächsten Tag den Hals umdrehen würde, und schließlich einen, der ihn in den Zustand der Toren und Schelme versetzte, so dass ihn die Knechte des Königs schließlich ins Bett hatten tragen müssen.

Es war ein wolkenloser und für die Jahreszeit sehr warmer Tag. Als sich die Kämpfer in Rüstung vor dem König, der jungen dänischen Königin und allen anderen auf dem Burghof aufstellten, lief Knut bereits der Schweiß von der Stirn. Er kniff seine blutunterlaufenen Augen zusammen, als schmerze ihn das Licht.

Während der König den beiden den Eid vorsprach, flüsterte Cecilia Rosa der blassen Ingrid Ylva fröhlich zu, dass es Junker Knut bald wärmer würde, als ihm lieb sei. Er hatte nämlich einen der neuen Helme gewählt, die eigentlich für Reiter gedacht waren und das gesamte Gesicht bedeckten. Birger hingegen trug einen offenen Helm, der nur Nase und Wangen schützte. Was ihn zu dieser Wahl veranlasst hatte, war Ingrid Ylva nicht recht klar, aber sie ließ sich trotzdem von Cecilia Rosas Sorglosigkeit und Munterkeit trösten.

Nachdem die Kontrahenten ihre Helme aufgesetzt und sich begrüßt hatten, nahm der Kampf seinen Anfang. Auf Ingrid Ylva wirkte es, als herrsche ein fürchterliches Ungleichgewicht. Der große Knut griff wütend an und zwang Birger unentwegt zurückzuweichen. Birger tat nichts anderes, als sich zu verteidigen. Es hatte den Anschein, als müsse der Kampf bald mit Birgers Niederlage enden.

Cecilia Rosa schüttelte jedoch nur lächelnd den Kopf und wirkte immer zufriedener. Sie nickte Ingrid Ylva, die sich ihr goldenes Kreuz an die Brust drückte, aufmunternd zu. Zwischendurch bekreuzigte sie sich immer wieder.

Für Birger war der Anfang dieses Kampfes schweißtreibend und eintönig, aber er tröstete sich grimmig damit, dass es demjenigen, der mit einer Bierfahne zu einem Zweikampf erschien, bald noch viel schlechter ergehen würde, insbesondere in einem rundum geschlossenen Helm.

Eines war gewiss: Knut konnte mit seinem Schwert besser umgehen als ein Bauer. Aber auf Forsvik hätte man ihn nur ausgelacht und verspottet und nicht bewundert. Da er die ganze Zeit Hiebe nach unten austeilen musste, bewegte er sich breitbeinig und hielt den Schild zu weit von sich weg. Er hieb schräg von oben, abwechselnd von rechts und links. Birger wich geduldig in einem weiten Bogen aus und parierte während der ersten Runden, die für Knut am anstrengendsten waren, jeden Hieb mit seinem Schild, so dass vom Folkungerlöwen bald kaum noch etwas zu sehen war. Wut verspürte er keine, denn Wut in einem Kampf auf Leben und Tod war töricht. Er war eiskalt entschlossen, seiner geliebten Großmutter zu gehorchen.

Voller Wut darüber, dass er immer nur auf den Schild seines ständig zurückweichenden Feindes traf, begann Knut erneut mit seinen Schmähungen. Gleichzeitig wurden seine Bewegungen langsamer. Birger antwortete nicht, sondern lächelte nur über den, wie er glaubte, kindischen Versuch, ihn zu provozieren. Außerdem drangen die meisten Flüche und Verwünschungen kaum aus Knuts Helm, was vor allem darauf schließen ließ, wie schlecht es ihm darin erging.

Knuts Hiebe wurden immer schwächer und langsamer, obwohl er sich ab und zu in eine verzweifelte Raserei hineinsteigerte. Jetzt war es für Birger an der Zeit, seine Taktik zu ändern.

Statt langsam in großen Ringen zurückzuweichen, begann er sich in rascheren, kleineren Kreisen zu bewegen, die es Knut zusehends erschwerten, ihn durch die schmalen Schlitze seines Helmes zu sehen. Birger begann mit dem Schild auszuweichen, so dass Knut, statt mit dem Schwert zu treffen, schwer auf die Erde hieb. Es fiel ihm immer schwerer, sich auf den Beinen zu halten.

König Erik sah ruhig und mit unergründlicher Miene zu, einen Arm um seine junge Königin Rikissa gelegt, die ihn recht bald fragte, was das eigentlich für ein seltsamer Zweikampf sei. Er legte ihre Linke in seine Rechte und drückte sie liebevoll. Lächelnd erwiderte er, ein König müsse viele Methoden kennen, junge Hitzköpfe zu züchtigen. Dieser kleine Kampf sei bald vorüber, und niemand würde dabei ernsthaft zu Schaden kommen. Er entschuldigte sich, dass sie die kommende Nacht ohne ihn würde verbringen müssen, da er diese mit sehr viel Bier und Wein in Gesellschaft der beiden Grünschnäbel verbringen würde. Ein derartiges Leiden, erwiderte sie lachend, könne sie nur dann auf sich nehmen, wenn es wirklich um das Wohl und Wehe des Reiches ginge, doch habe sie eingesehen, dass dem wirklich so sei. Er beugte sich zu ihr hinab und flüsterte in ihr Ohr, Gott habe sie beide gesegnet, besonders ihn. Diese Zwangsheirat hätte wahrhaftig viel schlimmer ausfallen können. Darüber lachte die Königin aus vollem Hals und küsste ihren König sehr unkeusch, wofür sie einige unfreundliche Blicke erntete, weil sie die Kämpfenden auf dem Burghof derart missachtete. Rasch setzte sie ihre würdige, desinteressierte Königinnenmiene wieder auf und trug die Nase sehr hoch.

Birger fand es allmählich an der Zeit, dem Spektakel ein Ende zu bereiten. Knut stand immer breitbeiniger da, und seine Knie waren ungeschützt. Das war auch der Arm, mit dem er seinen Schild in immer größerem Abstand von seinem Körper hielt, einer seiner größten Fehler. In einem Kampf mit scharfen Waffen hätte er jetzt seinen Arm verloren.

Bislang hatte Birger noch kein einziges Mal zurückgeschlagen, um einen Treffer zu landen, und er wollte dies auch nur ein einziges Mal tun. Aber als er sich näherte, um diesen einen Schlag auszuführen, erkannte er, dass Knut dann womöglich für den Rest seines Lebens hinken würden, obwohl sie stumpfe Klingen verwendeten. Er musste also anders vorgehen.

Er wartete, bis Knut den Arm hob, um einen Schlag von rechts nach links auszuteilen. Er parierte den Hieb mit seinem schräg gehaltenen Schild und drehte sich rasch einmal um die eigene Achse, führte sein Schwert ebenso niedrig wie waagerecht und erwischte Knut in der rechten Kniekehle. Dann sprang er beiseite, um sich die Folgen seines Hiebes anzusehen.

Knut schwankte. Die Sehne war aber nicht durchtrennt. Er jammerte und fluchte in seinem Helm. Birger senkte sein Schwert und bot ihm an, da er zum ersten Mal getroffen worden sei, ehrenvoll zu kapitulieren. Knut schüttelte bockig den Kopf, musste aber die Hand heben, um zu signalisieren, dass er eine Pause benötige, um seinen Helm zurechtzurücken. Dann griff er plötzlich mit erneuter Wut an, jetzt allerdings hinkend.

Birger musste daraufhin etwas Neues ausprobieren. Er ging unversehens zum Angriff über und zwang Knut abwechselnd, einen tiefen Hieb zu parieren, was einem großen Mann ohnehin schwerfiel, dann wieder einen hohen, was mehr Kraft kostete. Nachdem das einige Runden lang so gegangen war, schlug er ihn erst leicht, dann etwas fester auf seinen Helm, so dass dieser sich drehte und Knut nichts mehr sehen konnte. Als Knut seinen Schwertarm hob, um den Helm zurechtzurücken, zielte Birger sehr genau und schlug seinem Gegner dergestalt zwischen Handgelenk und Ellbogen, dass der Knochen nicht brach, ihm das Schwert aber aus der Hand fiel.

Als sich Knut viel zu langsam vorbeugte, um sein Schwert aufzuheben, stellte Birger seinen eisengepanzerten Schuh darauf und stieß Knut seine Schwertspitze, dort wo sich die Rippen teilen, in die Brust.

Knut sackte zusammen. Birger hob sofort sein Schwert auf, wandte ihm den Rücken zu und trat dem König und der Königin entgegen. Er nahm seinen Helm ab, kniete mit einem Bein und legte Knuts Schwert vor sich hin. Das Lächeln des Königs war grimmig und belustigt.

»Nun, Junker Birger, was habt Ihr uns zu sagen?«, fragte der König.

»Ich bitte Eure Majestät um die Gunst, diesen Zweikampf für beendet zu erklären«, erwiderte Birger mit höfisch gesenktem Haupt. »Meine Ehre ist nicht mehr befleckt, und Knut Holmgeirsson hat bewiesen, dass er zu seinem Wort steht. Damit ist Ausgleich geschaffen.«

»Steht auf, Birger!«, befahl der König, und Birger gehorchte blitzschnell. »Als Preis gebe ich Euch Knuts Schild mit unseren eigenen drei Kronen, so wie er Euren Löwen bekommen hätte, wenn er gesiegt hätte. Aber wir befehlen Euch, diesen Schild in Ehren zu halten und an einer Stelle zu verwahren, wo Ihr ihn immer sehen könnt. Er soll Euch daran erinnern, wozu törichte Worte führen können. Knuts Schwert gehört ebenfalls Euch. Dies und nichts anderes verfügen wir.«

Birger hob Knuts Schwert von der Erde hoch, verbeugte sich und begab sich dann hoch erhobenen Hauptes in die Mitte des Burghofes. Er strich seine dunkelroten Locken zurecht und wischte sich den Schweiß von der Stirn. Knut war mit schmerzverzerrter Miene auf die Knie gekommen. Er hatte seinen Helm abgelegt, sein Gesicht war gerötet und schweißüberströmt. Seine Augen waren vor Demütigung fest zusammengekniffen, und er hielt sich seine beiden Händen vor der schmerzenden Brust.

Wortlos ergriff Birger den blauen Schild mit den drei Kronen, drehte sich um und ging.

Seine Mutter Ingrid Ylva und seine Großmutter Cecilia Rosa stürzten sich auf ihn, umarmten und küssten ihn. Sie gratulierten ihm nicht zu seinem Sieg, denn selbst seine besorgte Mutter hatte einem Sieg zum Schluss nicht mehr sonderlich viel abgewinnen können, sondern sie lobten ihn beide dafür, dass er so bescheiden gewesen war.

Auf bemüht männlich barsche Art schob Birger diese Glückwünsche beiseite. Er wolle andere Kleider anlegen und sich vorher noch, wie es Sitte auf Forsvik sei, mit einem Bad abkühlen. Mit einer Verbeugung verließ er die beiden Frauen.

Nach dem eiskalten Wasser des Vättern und einem Krug Bier von der kellerkühlen, dunklen Sorte aus Lübeck, die

Rüstung gegen ein höfisches Gewand aus blauem Samt, einen Umhang und weiche, kalbslederne Schuhe vertauscht, begab er sich in den frischen Wind auf den höchsten Zinnen der Burg und verweilte dort. Er war hochzufrieden mit sich, gleichzeitig aber von Wut erfüllt und überlegte, was er mit dieser verleumderischen Bohnenstange am liebsten gemacht hätte. Lange konnte er seinen Racheträumen jedoch nicht nachhängen. Einer der Knappen des Königs erschien, verbeugte sich und teilte Birger mit, der König habe befohlen, dass er sich unverzüglich in das oberste Gemach des westlichen Turms begeben solle. Birger erwiderte mit einer Verbeugung, er habe den Befehl zur Kenntnis genommen. Dann folgte er dem davoneilenden Hofmann.

Als er die dunkle Turmkammer, die nur von einer Reihe hoher Schießscharten erhellt wurde, betrat, sah er nicht gleich, dass ihn sowohl der König als auch der Jarl erwarteten. Er ließ sich auf sein linkes Knie sinken und wartete mit gesenktem Kopf.

»Steht auf, Birger, und setzt Euch zu uns. Nehmt Euch auf dem Weg einen Krug Bier mit!«, befahl der König mit harter Stimme.

Birger tat sofort, wie ihm befohlen, und erst als er an den Tisch des Königs trat und sich schon setzen wollte, entdeckte er Folke Jarl. Rasch schnellte er wieder nach oben, wobei er fast seinen Bierkrug umstieß, und verbeugte sich.

»Trinkt auf unser Wohl!«, befahl der König und Birger gehorchte. Er war sich dabei nicht sicher, ob sich das königliche Wir nur auf den König oder auf beide, den König und den Jarl, bezog. Als er es mit einem Kompromiss versuchte, lachten beide Männer dröhnend und zufrieden.

»Ihr habt heute in Eurer Schwerthand die Eintracht des Reiches gehalten, mein Freund Birger«, sagte der König mit einem langgezogenen Seufzer, der jedoch mehr zufrieden als besorgt klang. »Wenn Ihr heute meinen törichten, aber geliebten, merket wohl, *geliebten*, jungen Verwandten erschlagen hättet, was Euch mühelos gelungen wäre, dann hättet Ihr uns in großes Unglück gestürzt. Und mit uns meine ich uns alle. Antwortet!«

»So haben auch meine kluge Mutter und meine, in Dingen, die das Schwert betreffen, noch klügere Großmutter heute Nacht zu mir gesprochen«, entgegnete Birger. »Und sie haben erst von mir abgelassen, als ihre Überzeugung auch die meine war.«

»Es heißt ja auch, dass wir in Zeiten der Witwenherrschaft leben.« Der König lachte. »Unter uns Männern gesagt, so spielt das auch keine Rolle. Von der Klugheit dieser Frauen haben wir wirklich alle sehr profitiert, nicht wahr Birger?«

»Eure Majestät, Ihr seid unser gekrönter König, dem wir alle den Treueeid geschworen haben«, antwortete Birger rasch, als hätte er die ärgerlichen Worte über die Witwenherrschaft nicht gehört. Er war erstaunt, dass die beiden anderen Männer über seine Worte lachten.

»Ihr seid wahrhaftig mein Bruder«, entgegnete Jarl Folke. »Euch lockt man nicht so leicht in eine Falle, und Ihr wisst Euch zu benehmen. Unser seliger Birger Brosa hätte seine Worte nicht klüger wählen können als Ihr.«

»Ich sage nur frei heraus, was ich denke«, erwiderte Birger und lächelte frech, dann nahm er einen großen Schluck aus seinem Bierkrug, denn dem Jarl, der sein Verwandter war, konnte er jederzeit antworten und auch fast alles sagen. »Was hättet Ihr denn gesagt, wenn Ihr in meiner Haut gesteckt hättet, Folke?«

»Ihr seid mir wahrhaftig sehr lieb, junger Birger«, mischte sich der König ein, um dem Jarl die Verlegenheit einer Antwort zu ersparen. »Im Nebel der Zukunft sehe ich in Euch schon einen Jarl des Reiches. Aber jetzt lasse ich das mit der königlichen Sprache auf sich beruhen und sage einfach ich, wenn ich ich meine, und wir, wenn es um uns alle geht. Was wir drei jetzt hier besprechen, ist nur für unsere Ohren bestimmt. Als Erstes will ich Euch sagen, dass ich Euch gerne sofort zum Ritter schlagen würde für Eure Klugheit, die Ihr im Kampf mit Knut bewiesen habt. Aber es wäre nicht sonderlich klug, einen Folkunger dafür zu belohnen, dass er den Eriker besiegt hat, der als Nächster in der Thronfolge steht. Das versteht Ihr doch?«

»Euch, Majestät, schwöre ich trotzdem *fortitudo* und *sapientia*, wie mein Großvater Arn dies sowohl Eurem Vater als auch Eurer Majestät selbst gelobt hat. Außerdem ist der Eriker-Schild, den ich errungen habe, eine große Ehre, insbesondere wenn man bedenkt, was er bedeutet – unsere bewahrte Eintracht im Lande«, erwiderte Birger gelassen, ohne sich seine Enttäuschung anmerken zu lassen oder in seiner Rede zu stocken.

»Wie alt seid Ihr eigentlich, Birger?«, mischte sich der Jarl ein. Er war so verblüfft, dass er sich nicht beherrschen konnte.

»Bald achtzehn«, antwortete Birger.

»Ihr sprecht wie ein Mann und außerdem mit einer Klugheit, über die nur wenige Männer verfügen«, meinte der König nachdenklich. »Ihr habt keine Angst vor Eurem König, wie alle anderen, aber trotzdem genügend Verstand, ihm die Ehrerbietung zu erweisen, die ihm zukommt. Woher habt Ihr diese Gabe?«

»Aus Gestilren, Eure Majestät«, antwortete Birger, ohne zu zögern. »Dort gab mein Großvater, der Marschall, sein

Leben für unseren Sieg. Das hätte ich ebenfalls getan, wenn es erforderlich gewesen wäre, und Ihr auch, Eure Majestät. In dieser Stunde gab es keine Folkunger oder Eriker, keine Könige und keine Junker. In dieser Stunde waren wir eins, und ich ritt an Eurer Seite, und wir waren wie enge Freunde, denn es ging darum, alles zu gewinnen oder zu verlieren. Seither halte ich mich, mit aller Untertänigkeit, die von mir gefordert wird, für Euren Freund, König Erik.«

Der König entgegnete erst nichts. Dann warf er seinem alten Jarl einen langen Blick zu, und dieser nickte ernst und nachdenklich.

»Gestilren, Gestilren, ein Wunder des Herrn«, murmelte der König. »Das ist wie ein Traum, der nie ein Ende nimmt. Wir besiegten das größte Heer, das je in unser Reich eingedrungen ist, wir besiegten die Armee König Valdemars zum zweiten Mal. Damals war ich noch nicht so recht König, das sollt Ihr wissen, Birger. König war Arn Magnusson, der uns den Sieg geschenkt hat, das wisst Ihr sicher genauso gut wie ich.«

»Mein geliebter Großvater tat nur, was Pflicht des Marschalls ist, mein König tat, was Pflicht des Königs ist, und dafür hat uns die heilige Mutter Gottes den Sieg geschenkt«, antwortete Birger vorsichtig.

»Die heilige Mutter Gottes und nicht ihr Sohn, Gott selbst?«, wollte der König wissen und zog erstaunt die Brauen hoch. »Einige meiner heimtückischen Bischöfe behaupten etwas anderes. Was wisst Ihr, was sie nicht wissen?«

»Die Mutter Gottes und niemand sonst ist die hohe Beschützerin der Tempelritter, und der Marschall war einer von ihnen«, antwortete Birger.

»Ich beuge mich Eurer kirchlichen Weisheit«, entgegnete der König lächelnd. »Heute habt Ihr Eurem König *sapientia* bewiesen, dafür sollt Ihr in Zukunft belohnt werden. Aber jetzt habe ich ein Anliegen an Euch. Eine Sache, die ich Euch abverlange, auch wenn sie Euch schwer erscheinen mag. Wollt Ihr mir auch darin gehorchen, Birger?«

»Ich gehorche und tue alles, was in meiner Macht steht, obwohl die Macht eines Junkers nicht sonderlich groß sein kann«, antwortete Birger mit gesenktem Haupt.

»Du sollst der Freund von Junker Knut werden. Das ist meine Anordnung!«, sagte der König barsch und betrachtete Birgers erstaunte Miene. Dann fuhr er fort: »Ich werde gleich Knut in diese Kammer rufen. Ihr und ich und er werden dann mehr Bier trinken, als wir vertragen. Das wird damit enden, dass Ihr die nicht ganz leichte Aufgabe übernehmt, einen besseren Schwertkämpfer aus Knut zu machen. Beugt Ihr Euch diesem Beschluss?«

»Wenn es in meiner Macht steht«, erwiderte Birger zum ersten Mal etwas unsicher. »Knut hält sich für einen großen Krieger. Es wird nicht leicht werden, ihn dazu zu bringen, bei einem Jüngeren in die Lehre zu gehen.«

»Nein, Eure Aufgabe ist nicht leicht. Aber trotzdem begehre ich, dass Ihr sie erfüllt. Ihr zwei tragt die Zukunft des Reiches auf Euren jungen Schultern. Feindschaft oder Freundschaft zwischen Euch könnte den Unterschied zwischen einem guten Leben in unserem Reiche und einem Krieg zwischen Folkungern und Erikern bedeuten, der uns alle ins Verderben stürzen würde. Das seht Ihr doch ein?«

»Ja, Eure Majestät, das sehe ich ein. Aber es wird trotzdem nicht leicht werden«, antwortete Birger mürrisch, da er bereits eine lange Zeit der Mühsal vor sich sah.

»Dann bleibt es dabei«, sagte der König kurz angebunden. »Jetzt wird Folke Jarl uns verlassen, und ich werde unseren nicht allzu geräderten Junker Knut rufen lassen. Dann werden wir etliche Krüge Bier leeren und unter Männern über mannhafte Dinge sprechen. Oder wollt Ihr lieber Wein und Met, Ihr ziert Euch doch auf Forsvik immer so mit solchen Weibertränken? Aber, aber, junger Mann, seht jetzt nicht so beleidigt aus! Euer Großvater trank Wein, und er war der größte Krieger im Norden. Also, was jetzt?«

»Zu Beginn des Abends trinke ich vorzugsweise Bier, später vielleicht ein Glas Wein«, murmelte Birger verlegen. Darüber lachten die beiden anderen Männer herzlich.

Folke Jarl erhob sich, hüllte sich in seinen Mantel, verabschiedete sich freundschaftlich von seinem König und seinem jungen Verwandten und verließ schmunzelnd die Kammer. Der König winkte einen der Knappen, die neben der Tür standen, heran und ließ Junker Knut holen.

Es fielen nicht viele Worte, während sie auf Knut warteten. Der König erhob sich, faltete die Hände, ließ die Knöchel knacken und fragte den Knappen, der noch anwesend war, wann gepökeltes Rindfleisch, Lammkeule und der erste frische Hirschbraten des Jahres mit allem, was dazu gehörte, im Turm serviert werden würden. Birger hing düsteren Gedanken nach und versuchte sich mit seinem unmilden Schicksal abzufinden. Jemand, der so alt und selbstsicher war wie Knut, würde nicht alles von Grund auf neu lernen wollen, was aber vermutlich erforderlich war. Die Kleinen auf Forsvik zu unterrichten war trotz des Gejammers, wenn sie Schläge einstecken mussten, leichter, weil sie schließlich etwas lernen wollten. Er fürchtete, dass es bei Knut ganz anders werden würde.

Knut erschien hinkend und mit finsterer Miene. Anfangs sah es gar nicht danach aus, als ließen sich die zwei Feinde zu Freunden machen. Aber König Erik ließ sich von den verdrossenen Mienen der beiden Junker nicht abschrecken und tat, als bemerke er diese gar nicht. Einleitend erzählte er vom Krieg, von seiner erwachenden Liebe zu Königin Rikissa und von der ersten erfolgreichen Hirsch- und Wildschweinjagd des Herbstes, während er seinen beiden unfreiwilligen Gästen fortwährend nachschenkte.

Später, als sie mit dem Essen begonnen hatten, kam er auf die wunderbaren Kriegskünste zu sprechen, die mit den Tempelrittern in den Norden gekommen seien. Nur durch sie ließen sich die beiden wunderbaren Siege bei Lena und Gestilren erklären. Was heute auf Forsvik gelehrt werde, mache im Übrigen auch die Folkunger zu viel besseren Kriegern, insbesondere zu Pferde.

Deswegen, fuhr er fort, habe er auch aus Sorge um seinen geliebten, jungen Verwandten den Kampf zu Pferde zwischen ihnen verboten, da dieser zu ungleich gewesen wäre.

Langsam, aber sicher – Bier und Wein taten ein Übriges – gelang es ihm, die Laune der beiden zu heben und Knuts Neugier zu wecken. Als er Birger bat, von den Geheimnissen auf Forsvik zu erzählen, lauschte Knut nicht mehr feindselig, sondern interessiert.

König Erik schmeichelte und trank und gab bis zum Morgengrauen, das sich zu dieser Jahreszeit recht spät einstellte, nicht auf. Am Ende der Nacht hatte er seinen Willen durchgesetzt, ohne mit Schärfe von seiner königlichen Befehlsgewalt Gebrauch machen zu müssen. Birger Magnusson hatte einen Lehrling bekommen.

* * *

Die junge Königin Rikissa hatte die Nacht, in der ihr Gemahl die beiden Streithähne mit Bier zur Vernunft bringen wollte, allerdings alles andere als allein verbracht. Sie hatte die Gelegenheit genutzt, die vier Witwen – ihre einzigen verlässlichen Freundinnen in der neuen Heimat – in die königlichen Gemächer im Westturm einzuladen. Aus der Kammer über ihnen, in der ihr Mann, der König, und die Junker Birger und Knut saßen, drang im Laufe der Nacht immer mehr Lärm und Gelächter, was die Witwen für ein gutes Zeichen hielten.

Rikissa hielt die Freundschaft mit den vier Witwen für einen Segen, da diese ihr in großen und kleinen Dingen behilflich sein konnten. Als sie darüber klagte, dass König und Königin in kalten Turmzimmern wohnen mussten, was für den herannahenden Winter nichts Gutes verhieß, wusste Cecilia Rosa sofort einen Rat, und Cecilia Blanka erklärte, warum man auf Näs ausgerechnet diese Gemächer bewohne.

Die Burg sei für den vorletzten Sverker-König Karl erbaut worden, erzählte sie. Das seien schlimme Zeiten gewesen, in denen etliche Könige von den Männern, die nachher die Krone an sich gerissen hatten, ermordet worden waren. König Karl Sverkersson habe sich geschworen, dass ihm das Schicksal seines Vaters erspart bliebe. Deswegen hatte er Näs auf der Südspitze der Insel Visingsö im Vättern erbauen lassen. Dort konnte ihn kein Meuchelmörder überraschen oder ihm wie seinem Vater, dem alten König Sverker, auf der Fahrt zur Kirche auflauern. Von den Türmen der Burg sah man alle Schiffe schon von weitem, und wer sich auf Visingsö aufhielt, ließ sich nicht geheim halten.

Das sei vielleicht ein großer und kluger Plan gewesen, meinte die Königinwitwe lächelnd. Es sei ihrem Mann,

König Knut, jedoch gelungen, Karl Sverkersson weniger als einen Pfeilschuss entfernt zu ermorden, und zwar von dem Platz aus, an dem sie gerade säßen. So sei es zugegangen, als ihr Mann König und sie selbst Königin geworden sei.

Jetzt seien die Zeiten jedoch sicherer, und wenn es einem Meuchelmörder trotzdem gelingen sollte, des Nachts auf die Insel zu gelangen, so sei es das Sicherste, wenn der König sein Nachtlager im westlichen Turme habe. Von oben würde niemand eindringen können, ohne sehr viel Lärm zu verursachen, wenn er die Eichentüren einschlug. Von unten sei es noch schwieriger, denn dort stünden immer Wachen, und durch die Schießscharten in den Wänden des Turms käme kein Mörder hindurch, wenn er nicht als Schlange zur Welt gekommen sei.

Da man diese vielleicht nur eingebildete Sicherheit mit feuchtkalten Herbstnächten und noch schlimmeren Winternächten bezahlen müsse, scherzte Königin Rikissa, sei es vielleicht schonender, rasch durch der Lanze eines Mörders zu sterben, als langsam zu erfrieren. Doch Cecilia Rosa wusste Abhilfe. Sie versprach, ein paar ihrer Maurer nach Näs zu schicken, damit sie dort noch im Herbst Kamine und Schornsteine bauten. Später konnte kein Mauerwerk mehr errichtet werden, aber damit würde es noch rechtzeitig vor dem Winter warm und behaglich werden, versprach sie.

Von den Witwen erfuhr die Königin auch alles, was eine Königin über das Land wissen musste, das sie regieren sollte, denn vieles war so anders als in Dänemark, dass sie sich allein keinen Reim darauf machen konnte. Wissenswert sei für sie, warum Folke Jarl die Geistlichen hasse, meinte Ingrid Ylva, denn dafür besäße er gute Gründe.

Der heimtückische Erzbischof Valerius habe nämlich ein imposantes Sündenregister aufzuweisen. Zuerst habe er mit Intrigen und Verleumdungen dafür gesorgt, dass nicht Erik Knutsson, sondern Sverker Karlsson König geworden sei, nachdem Knut Eriksson im Bett gestorben war. Dies war ihm also geglückt, aber er sei trotzdem nicht zufrieden gewesen. Daher habe er dem wankelmütigen jungen König ständig mit giftiger Rede in den Ohren gelegen und damit einen langjährigen Krieg und großes Elend im ganzen Reich verursacht. Es sei Valerius gelungen, dem König einzureden, die Krone säße erst sicher auf seinem Kopf, wenn er sämtliche vier Söhne Cecilia Blankas getötet habe. Schließlich habe König Sverker dänische Reiter nach Älgarås geschickt, um dies auszuführen.

Drei ihrer Söhne habe man ermordet, berichtete Cecilia Blanka mit kühler, fester Stimme, nachdem Ingrid Ylva gezögert hatte weiterzuerzählen. Alle seien in Riseberga begraben. Aber dem vierten, Erik, dem jetzigen König des Reiches, sei es gelungen, nach Norwegen zu entkommen. Mit der Unterstützung der Folkunger habe er einen Aufruhr angezettelt. Der verräterische Valerius und der leichtgläubige König Sverker hätten daraufhin Hals über Kopf nach Dänemark fliehen müssen. Anschließend sei es zu den zwei Kriegen gekommen, bei denen Valerius beide Male mit einem dänischen Heer in sein eigenes Land zurückgekehrt sei. Leider hätte kein Folkunger so viel Verstand besessen, ihn einen Kopf kürzer zu machen ... ein Schicksal, das den vertriebenen König Sverker bei seiner zweiten Rückkehr ereilt habe. Aber das hätte vermutlich daran gelegen, dass der Mord an einem Erzbischof als eine besonders schwere Sünde gelte, wie wohlverdient dieser einem auch erscheine.

Und nun befände sich Valerius wieder im Reiche, immer noch als Erzbischof, da allein der Heilige Vater in Rom diesen Umstand hätte verändern können.

Aus dieser Geschichte ließe sich einiges lernen, schloss Cecilia Blanka gleichmütig. Für das Leben und die Zukunft sei es wichtiger zu lernen als zu hassen.

Zum einen solle man Männern misstrauen, die höchste kirchliche Ämter bekleideten, denn fast alle von ihnen strebten auch nach weltlicher Macht, und das koste bisweilen viel Blut. Zum anderen erkläre dies, warum Folke Jarl die Geistlichkeit hasse, ohne deswegen ein gottloser Mann zu sein. Drittens, und was das Wichtigste sei, dürfe man nie vergessen, diesem Valerius stets zu misstrauen, wie sehr er auch schmeichle und krieche, denn viele Frauen seien seinetwegen zu Witwen geworden.

Aus diesem Grunde solle man in anderer Hinsicht sehr auf der Hut sein, meinte Ingrid Ylva vielsagend. Man dürfe nie von Speisen essen oder aus Kelchen trinken, in deren Nähe sich dieser Valerius befunden habe, denn dieser Teufel im Priestergewand schrecke auch vor dem fürchterlichsten aller Verbrechen nicht zurück, wenn er nur der Meinung sei, dass es seinen Wünschen diene. Jetzt wünsche er hinter seiner schmeichlerischen Maske dem Eriker-König den Tod, vorzugsweise jung und kinderlos, damit er wieder einem Sverker zur Krone verhelfen könne.

Im Verlauf der Nacht und nach weiteren Bechern Wein gingen sie zu helleren und fröhlicheren Themen über. Gut gelaunt erzählte Cecilia Blanka, dass selbst Folke Jarl über die Pläne, das Kloster in Riseberga mit reichen Gaben zu beschenken, gelacht hätte. Dass König und Königinwitwe dies vor allem täten, um die Seelenmessen für ihre ermordeten Brüder und Söhne, die dort begraben

seien, zu bezahlen, entspreche sicherlich der Wahrheit.
Doch könne sich angesichts dieser Tatsache nicht einmal
Valerius über mangelnde Großzügigkeit gegenüber den
Klöstern beklagen und müsse wohl auf weitere Kreuzzüge
gen Osten verzichten, was ihm vermutlich schwerfalle,
schließlich sei er trotz Bischofsring und -stab ungewöhnlich blutdürstig. Praktischerweise ließen sich so zwei Flie-
gen mit einer Klappe schlagen, man könne zum einen für
die Seligkeit seiner Toten sorgen und zum anderen dem
Drängen hinsichtlich eines Kreuzzuges einen Riegel vor-
schieben. Derweil könnten endlich das Land aufgebaut
und die guten Ernten eingefahren werden, die mit dem
Frieden kämen.

Etwas später in dieser Nacht, als ihre Unterhaltung in-
folge des Weins unzusammenhängender geworden war,
lachten sie über die kindischen Männer und vieles andere,
das Frauen lustig finden, wenn sie unter sich sind. Cecilia
Rosa plauderte das erfreuliche Geheimnis aus, dass sie
bald einen Schwiegersohn bekäme, jedoch zuvor noch einiges, Finanzen und Besitztümer betreffend, mit dem König
klären müsse.

Bei dieser frohen Neuigkeit klatschten die anderen ent-
zückt in die Hände und fragten neugierig, wer denn dieser
zukünftige Schwiegersohn sei. Freude und Enttäuschung
mischten sich, als sie erfuhren, dass es sich um Ritter
Sigurd handele. Die gute Nachricht war, dass eine junge
Frau aus Liebe heiraten durfte und nicht aus Rücksicht
auf ihre Familie in ein Brautbett gezwungen wurde. Weniger gut war jedoch das Umgekehrte, dass Alde, eine der
Jungfern, die von den mächtigsten Männern des Reiches
begehrt wurden, dem Frieden nicht besser dienen konnte.
Solche Überlegungen wischte Cecilia Rosa aber einfach
beiseite. Sie hoffe, dass bald der Tag anbreche, an dem

Liebe der einzige Grund sei, ins Hochzeitsbett zu steigen. Das sei eine schöne, aber undenkbare Vorstellung, meinten die anderen Frauen. Sie hatten jedoch keine Lust, weiter darüber zu streiten, sondern wünschten Cecilia Rosa von Herzen Glück.

In diesem Augenblick der Eintracht und der Hoffnung auf einen dauerhaften Frieden erzählte die junge Königin Rikissa die größte Neuigkeit. Sie sei sich recht sicher, bereits ihr erstes Kind zu erwarten. Die Beschwerden seien nämlich bereits vier Wochen ausgeblieben.

Die anderen bekreuzigten sich sofort, standen auf, umarmten und küssten die junge Königin. Alle hofften, dass es bereits beim ersten Mal ein Sohn werden würde.

Darob schüttelte Ingrid Ylva nur den Kopf, sprach aber nicht aus, was sie von dieser Sache hielt.

III

ᴅᴇʀ Bᴇɢɪɴɴ ᴅᴇs ɢᴇᴍᴇɪɴsᴀᴍᴇɴ Wᴇɢᴇs der beiden jungen Männer war mühsam, gestaltete sich aber für Knut Holmgeirsson am unbehaglichsten. Wie der König befohlen hatte, musste er seine harte Arbeit bereits gegen Mittag des nächsten Tages antreten. Diesen Zeitpunkt fand der König zudem recht gnädig, da es noch schlimmer gewesen wäre, frühmorgens, bevor er seinen Rausch ausgeschlafen haben würde, zu beginnen.

Was Birger ebenso sehr wie sein schmerzender Kopf zu schaffen machte, war die Einsicht, dass Knut bereits so viele falsche Bewegungen eingeübt hatte, dass es schwierig sein würde, ihn eines Besseren zu belehren.

Was Knut noch mehr als sein schmerzender Kopf zu schaffen machte, war die Tatsache, dass ihn die Blicke aller neugierigen Zuschauer demütigten, die sich unter irgendeinem Vorwand in den Teil des Burghofes begeben hatten, in dem die Übungen stattfanden. Denn diese Zuschauer lachten jedes Mal roh und herzlos, wenn ihn Birger mit der flachen Seite auf den Hintern schlug, so wie man übermütige Grünschnäbel züchtigt.

Aber Birger wusste sich keinen besseren Rat. So machte man es auf Forsvik mit Lehrlingen, die öfter denselben Fehler begingen. Das half in der Regel, doch Knut beging denselben Fehler stets von neuem, und je öfter Birger ihm auf den Hintern schlug, desto größer wurde die Heiterkeit unter den Zuschauer. Man hätte meinen können, Birger wolle Knut erniedrigen, aber das war durchaus nicht der Fall. Birger gehorchte nur seinem König, so gut er vermochte. Ihm blieb keine andere Wahl, und er wusste auch nicht, wie er sonst hätte unterrichten sollen.

Bereits nach dem ersten Übungstag suchten sie gemeinsam den König auf und baten darum, Näs verlassen zu dürfen. Sie versicherten, sie hätten durchaus die Absicht, ihrem König zu gehorchen, aber Näs sei für den Unterricht denkbar schlecht geeignet. Knut berichtete, wie kränkend es für ihn sei, sich auf der Burg des Königs züchtigen lassen zu müssen. Birger forderte Abgeschiedenheit, um irgendetwas erreichen zu können.

Der König hörte sie wohlwollend an. Ihre gemeinsame Zielstrebigkeit gefiel ihm. Er hielt sie für einen ersten Hinweis darauf, dass sein Unterfangen gelingen und seine Anordnung sie dazu zwingen würde, nach demselben Ziel zu streben. Wenn sie ein Jahr lang so eng zusammenarbeiteten, dann würde sich ihre Feindschaft vielleicht in Freundschaft verwandeln ... zum Wohle des Reiches.

Dass er diese Entwicklung bereits zu schätzen wusste, ließ er am ersten Tag jedoch nicht erkennen. Stattdessen sprach er streng und drohend. Sie sollten sich nur nicht einbilden, seine Anordnung auf die leichte Schulter nehmen zu können, bloß weil sie sich seiner Aufsicht entzögen. Er könne zwar in Erwägung ziehen, seinen Auftrag abzuändern, was sie aber keinesfalls zu der Schlussfolgerung verleiten dürfe, dass er von seinem ursprünglichen Wunsch Abstand nehme. Sie versicherten ihm demütig, dass sie diese Hoffnung durchaus nicht gehegt hätten.

Der König ließ daraufhin seinen Kanzler eine Verfügung sowohl an Ingrid Ylva als auch an Knuts Vater Holmgeir zu Vik am Mälaren aufsetzen, dass die beiden Junker ein Jahr lang auf dem Schwertübungsplatz zubringen sollten, um danach auf Näs zu erscheinen und die Früchte ihrer Bemühungen zu präsentieren. Als sie sich auf den Weg machten, konnten sie sich zum ersten Mal ein wenig unbeschwerter unterhalten. Knut war jedoch immer wieder darauf bedacht, ein Stück vorauszureiten. Auf der linken Seite trug er einen neuen, blauen Schild mit den drei Kronen, der schon von Ferne zu sehen war.

Sie trafen noch am selben Abend auf Ulvåsa ein, Knut als Gast, Birger als Gastgeber, da Ingrid Ylva immer noch mit den anderen Witwen auf Näs weilte. Sie aßen ein einfaches Abendessen. Birger zeigte Knut sein Nachtlager und zog sich dann mit dem Hinweis, dass er es gewohnt sei, zum Morgengrauen mit der Arbeit zu beginnen, zurück. Knut war wenig begeistert, konnte aber als Gast dagegen nichts einwenden.

Wie angekündigt riss Birger Knut bereits in der ersten grauen Dämmerung des nächsten Tages die Decke weg, womit ein Arbeitstag begann, den Knut so bald nicht vergessen würde. Schweigend legten sie eine dicke Schutzkleidung aus Filz und Leder unter den Kettenpanzern an und begaben sich dann hinter eine der Scheunen, wo die Erde eben und trocken war. Es war ein kalter Morgen, der Atem stand ihnen vor Mund und Nase. Sie maßen sich für einen Moment mit Blicken.

»Das hier tun wir jetzt, weil der König es uns beiden befohlen hat«, sagte Birger.

»Das ist wahr. Wir tun es, weil es der König befohlen hat und weil wir beide zu unserem Wort stehen«, bestätigte Knut.

»Es wird ein langer Tag werden«, fuhr Birger fort. »Diesen langen Tag wird deine rechte Kniekehle so bald nicht vergessen, denn diese Stelle sowie dein Schildarm sind deine größten Schwächen. Du musst lernen, dich dort besser zu schützen.«

Knut fiel es schwer, nicht ausfällig zu werden, aber er beherrschte sich, verbeugte sich knapp und zog sein Schwert.

Damit begann die lange Quälerei. In den ersten Stunden ruhten sie nur drei- oder viermal kurz aus. Birger wollte Knut ermüden, um ihn so zu lehren, seine Kräfte nicht zu verschwenden. Knut ging mit seiner Waffe um wie die meisten Männer aus Svealand und wie es auch früher in Västra Götaland üblich gewesen war. Er war mehr auf Angriff als auf Verteidigung bedacht und wollte möglichst rasch und mit brachialer Gewalt siegen. Wenn dies nicht gelang, wurde ihm seine Erschöpfung zum Verhängnis, da es ihm immer schwerer fiel, sich mit dem Schild zu schützen, und er schmerzhafte Hiebe einstecken musste. Obwohl Birger ihn mit einem kurzen Ruf vor jedem Hieb warnte, traf er Knuts rechte Kniekehle immer wieder.

Knut focht einen zweifachen Kampf aus, den härtesten gegen sich selbst. Hier waren keine Zuschauer, vor denen er seine Ehre verteidigen musste. Gott war sein einziger Zeuge, und er wusste vermutlich, dass ihm dieser kleine rothaarige Folkunger haushoch überlegen war. Diesem Eingeständnis konnte er sich nicht entziehen.

Es galt also umzudenken und sich selbst neu einzuschätzen, was nicht ganz einfach war. Knut hatte sich immer für einen herausragenden Schwertkämpfer gehalten. Alle Schwertkämpfe mit seinen jungen Verwandten und Freunden in Svealand hatte er immer haushoch gewonnen. Er war stets davon überzeugt gewesen, dass viele ältere Krieger gezögert hätten, sich auf einen Kampf mit Knut Holmgeirsson einzulassen. Aber dies war so falsch, dass es sich unmöglich leugnen ließ. Birger Magnusson hätte ihn geschlachtet, hätten sie mit scharfen Waffen gekämpft.

Diese Einsicht war die Voraussetzung dafür, etwas Neues zu lernen. Der zweite Schritt bestand vermutlich darin, sein Temperament in den Griff zu bekommen und keine Kraft auf blinde Wut zu verschwenden. Denn versuchte er, energisch und zornig zum Gegenangriff überzugehen, so ließ ihn Birger einfach ins Leere laufen und versetzte ihm anschließend gnadenlos einen Hieb in die rechte Kniekehle.

Der dritte Schritt, so vermutete Knut, musste darin bestehen nachzudenken. Da Birger immer wieder dieselben Manöver ausführte und seine Absichten immer deutlicher ankündigte, sogar einen Warnruf ausstieß, versuchte Knut, seinen Angriffen zuvorzukommen. Er musste sich etwas Neues einfallen lassen, etwas, das er nie zuvor getan hatte. Beim nächsten Warnruf Birgers schlug er sein Schwert sogleich schräg nach unten, ohne es zuerst über den Kopf zu heben. Da traf er Birgers Schwertarm, nicht hart, aber er traf. Sie waren beide gleichermaßen erstaunt, Birger fing sich als Erster. Er bedachte Knut mit einem breiten Lächeln, senkte sein Schwert und rieb sich die Stelle seines Arms, an der ihn Knuts Hieb erwischt hatte.

»Ich musste etwas länger warten, als ich gehofft hatte«, meinte Birger, wischte sich den Schweiß von der Stirn und deutete mit seinem Schwert auf eine Bank an der Scheunenwand. Dort standen ein paar Krüge Bier sowie Pökel- und Rauchfleisch. »Siehst du, das war eine gelungene Verteidigung! Das war ein guter Hieb, wenn auch noch ein wenig zu vorsichtig, aber das wird bald besser. Jetzt gönnen wir uns ein Bier und einen Happen, das haben wir uns im Schweiße unseres Angesichts auch verdient!«

»Es ist nicht so, dass ich es nicht lernen will«, meinte Knut und musste sich anstrengen, nicht allzu begeistert auszusehen. »Ich lasse mich nur nicht gerne belehren!«

Zum ersten Mal lachten sie gemeinsam. Birger schnitt das Rauchfleisch mit seinem Dolch ab, reichte Knut mit der Spitze ein Stück und scherzte, es sei nicht leicht, ohne Lehrer etwas zu lernen. Es sei auch nicht einfach, jemanden zu belehren, der sich keinen Lehrer wünsche.

Den Rest des Morgens verbrachten sie damit, die beiden Schläge zu üben, mit denen sich Knut gegen den Hieb in die rechte Kniekehle zur Wehr gesetzt hatte. Knut war so von dem Gefühl begeistert, etwas ganz Neues zu lernen, dass er ebenso lange durchhielt wie Birger, obwohl er sich am meisten bewegen musste. Als sie sich endlich zum Mittagessen setzten und sich eine längere Pause gönnten, hatten sich ihre Zungen gelöst, obwohl Knut immer noch sehr empfindlich und schnell beleidigt war.

Deshalb verfinsterte sich seine Miene erneut, als Birger beim Bier über den offenkundigen Nachteil sprach, zu groß zu sein. Erst glaubte Knut, Birger würde scherzen. Er hatte immer geglaubt, dass alle zu großen Männern wie ihm aufschauten. Birger entschuldigte sich sofort und sagte, er habe nicht die Absicht zu spaßen, wenn es um ihre Arbeit gehe. Große Männer hätten vielleicht früher Vorteile gehabt, als Schwertklingen noch keine Kettenpanzer und Schilde hätten durchschlagen können. Doch in der heutigen Zeit der schärferen Waffen sei es schwerer geworden, Knie und Füße sowie Kopf und Arme zu schützen. Früher, da stumpfe Schwerter weder Arme noch Beine in Kettenpanzern hätten abtrennen können, seien vermutlich Größe und Kraft von entscheidender Bedeutung gewesen. Ein großer Mann habe damals Hiebe nach unten austeilen können, bis sein Widersacher nachgeben musste. Das funktioniere jetzt nicht mehr. Ein Kampf ende mit einem abgeschlagenen Bein, und ohne Beine sei niemand mehr sonderlich tapfer.

Nachdem sie sich eine Stunde lang beim Bier ausgeruht hatten, führte Birger quälend deutlich vor, was er meinte. Indem er Knut zwang, sich abwechselnd weit oben und weit unten zu verteidigen, ermüdete er ihn und konnte bald überall einen Treffer landen.

An den folgenden Tagen wechselte Birger zwischen der rechten Kniekehle und Knuts linkem Schildarm ab. Er traf vorzugsweise die Armbeuge. Diese polsterte Knut besonders gut und versah sie mit einem roten Band. Er hatte aber dort trotzdem bald große Schmerzen. Anschließend wanderten Polsterung und Band zu Knuts linkem Knie, später an seinen Kopf, seine rechte Schulter und seinen Oberarm. Schritt für Schritt, ein Körperteil nach dem anderen, baute Birger Knuts Abwehr auf.

Birger war wie alle Forsviker, die seine Lehrer gewesen waren, der Meinung, das Wichtigste sei die Verteidigung. Wer nur angreifen könne, überlebe nicht viele Kämpfe. Abwehr war die Grundlage.

Angriff konnte aber auch Verteidigung sein. Manchmal handelte es sich um dieselben Bewegungen, und es hatte eigentlich keinen Sinn zu überlegen, ob ein gewisser Schlag das eine oder das andere sei. Birger war jedoch überzeugt davon, dass Knut in erster Linie seine Verteidigung schulen musste, da er von Natur aus stets angreifen wollte, wenn er eine Waffe in der Hand hielt. Viele blaue Flecken würden nötig sein, ihn zum Umdenken zu bewegen und ihm sein Ungestüm auszutreiben. Birger fand auch, dass Knut ein ganz anderes Schwert benötigte. Er zeichnete einige Vorschläge auf Pergament, versah sie mit Erklärungen und schickte die Pergamentrollen mit einem Flußkahn nach Forsvik. Bereits nach wenigen Tagen trafen einige halbgeschmiedete Schwerter ein, die sie ausprobieren konnten. Knut war zunächst misstrauisch, da sein Übungsschwert dem ererbten Schwert entsprach, das angeblich dem Heiligen Erik gehört hatte und sein ganzer Stolz war.

Das spiele keine Rolle, fand Birger. Denn wenn Knut ein längeres und schmaleres Schwert benutze, das seinen Schwerpunkt weiter vorne habe, dann würde er mehr von seiner größeren Reichweite profitieren. Erstaunt stellte Knut bald fest, dass sich zwei der neuen Schwerter zu einem Teil seiner selbst zu verwandeln schienen. Sie stellten förmlich eine Verlängerung seines Armes dar. Es gelang ihm mehrmals hintereinander, dieselbe Stelle des Übungspfostens zu treffen, was mit seinem alten Schwert unmöglich gewesen wäre.

Bald besaß er zwei Übungsschwerter aus Forsvik. Auf Birgers Anraten bestellte er noch ein geschliffenes Schwert desselben Modells. Birger klagte im Scherz, dass er sich damit keinen Gefallen getan habe, da es ihm jetzt nicht mehr so leichtfiele, Knuts fürchterlichen Hieben auszuweichen.

Was Knut in der ersten Zeit nicht bewusst gewesen war, wurde ihm jetzt umso klarer. Er verwandelte sich in einen ganz neuen Schwertkämpfer, und damit verschwand auch sein unvernünftiger Hass gegen diesen Folkunger vollkommen.

Für Birger war diese Zeit sehr eintönig. Jeden Morgen hatte er die Zähne zusammenbeißen und sich ins Gedächtnis rufen müssen, einen königlichen Auftrag zu befolgen, dem er sich als Junker zu Ulvåsa nicht entziehen konnte. Täglich mit einem schlechteren Kämpfer zu üben, verwandelte ihn selbst in einen schlechteren Kämpfer, da alles immer sehr langsam gehen musste. So hatte er sich das wirklich nicht vorgestellt, als er sich trotz harter Widerworte seiner Mutter nach dem Trauerjahr dazu entschlossen hatte, nach Forsvik zurückzukehren. Dort hätte er mit den Allerbesten üben und hoffen können, ihnen eines Tages ebenbürtig zu werden. Jetzt lag diese Hoffnung in weiter Ferne.

Ingrid Ylva hatte es nie für eine gute Idee gehalten, die beiden Junker mit einem königlichen Auftrag aneinanderzufesseln, und zwar weder für Birger noch für Knut. Sie hatte das Gefühl, dass der eine den anderen trotzdem erschlagen würde, wenn es das Schicksal nun mal so vorausbestimmt hatte. Und in diesem Sinne war es alles andere als klug, dass Junker Knut stärker und gefährlicher geworden war. Diese Gedanken hatte Ingrid Ylva jedoch für sich behalten. Sie hatte bislang keine Miene verzogen. Bei jeder Abendmahlzeit, seit sie aus Näs zurückgekehrt war, saß Knut als geehrter Eriker an ihrer Seite.

Es verärgerte Ingrid Ylva auch, dass sie Birger zwar im Haus hatte, er seine Tage aber nicht mit seinen Brüdern und den Klerikern verbrachte, um Kenntnisse zu erwerben, die sie für wichtiger hielt als die Handhabung von Schwert und Schild. Im Augenblick besaß Birger eine Ausrede, gegen die sich nichts einwenden ließ. Ein königlicher Auftrag war ein königlicher Auftrag.

Sie hatte nur wenig Gelegenheit, sich mit Birger zu unterhalten. Das einzige Mal in diesen ersten Wochen war am zweiten Sonntag auf dem Weg zur Kirche gewesen. Bei dieser Gelegenheit war sie außerdem rasend wütend auf Birger geworden.

Sie ritten Seite an Seite hinter dem Bannerträger und sprachen eine Weile über die Waffenübungen mit Knut, obwohl beide das Thema nicht sonderlich interessant fanden. Birger war in Gedanken woanders und begann bald, laut nachzudenken. Er fragte sich, ob es ausschließlich Königen vorbehalten sei, sich in gewissen Dinge, die einer Eheschließung im Wege stünden, an den Heiligen Vater in Rom zu wenden. Da vor Gott alle gleich seien, müsse es dem Papst doch auch bei Männern aus vornehmer Familie möglich sein, etwaige Hindernisse aus dem Weg zu räumen.

Wie ein Blitz traf Ingrid Ylva die Gewissheit, worum es eigentlich ging. Sie ließ sich jedoch nichts anmerken. Stattdessen fragte sie verräterisch milde, um was für nahe Verwandte es denn ginge, und als Birger antwortete, das wisse er nicht so genau, aber er könne sich einen Mann und die Tochter eines Onkels, einen Mann oder die Tochter eines Großonkels oder sogar einen Mann und seine Tante vorstellen, da geriet sie innerlich in Aufruhr. Sie wurde trotzdem nicht lauter, als sie antwortete, denn niemand in dem Gefolge, das zur Kirche unterwegs war, sollte etwas mitbekommen. Ihre Worte waren aber so stark, dass sie schmerzten wie glühendes Eisen. Das alles seien Fälle von Blutschande, zischte sie zwischen den Zähnen hervor. Es könne auch nie etwas anderes als Blutschande sein, wenn er sich Alde nähere. Auch der heuchlerischste König von Gottes Gnaden könne den Heiligen Vater nicht dazu bringen, ihm die eigene Tante zur Braut zu geben, außerdem solle Alde den Mann bekommen, den sie liebe, und das sei Ritter Sigurd. Weiterhin solle Birger eine Königstochter ehelichen und nichts darunter. Im Übrigen solle er dieses verwerfliche Thema nicht wieder zur Sprache bringen.

Birger biss die Zähne zusammen und schwieg.

*   *   *

Nach der friedlichen Erntezeit zur Petrusmesse kam die Michaelsmesse. Jetzt brauchte sich niemand in Västra und Östra Götaland mehr um seine Zäune zu kümmern, da Vieh und Pferde in die Ställe kamen. Das Laub glühte rot und golden, ein Vorbote des grauen Herbstes, der bald kommen würde. Über fünf Wochen lang hatten Birger und Knut ihre königliche Pflicht erfüllt, und wer sie von Anfang an beobachtete hatte, konnte bezeugen, dass Knut enorme Fortschritte gemacht hatte. Aus Forsvik hatte Birger außerdem alles bekommen, was er bestellt hatte. Knuts Schwert lag jetzt viel besser in seiner Hand, und sein Schild war mehr als nur Dekoration. Auch Knuts Kettenpanzer an Armen und Beinen war leichter geworden, was seinen durchgeprügelten Gliedern eine gewisse Linderung verschaffte.

Beide fanden jedoch, dass weitere zehn Monate in dieser Art nur schwer erträglich seien. Doch keiner von ihnen wollte als Erster einknicken oder dem anderen gegenüber Schwäche zeigen, geschweige denn dem König gegenübertreten und zugeben müssen, seinen Auftrag nicht erfüllt zu haben. Die Weihnachtsfeiern lagen zudem noch in weiter Ferne. Erst dann würde alle Arbeit ruhen, und sie konnten eine längere Pause einlegen. Ohne sich gegenseitig ihre Überlegungen einzugestehen suchten beide nach einer Entschuldigung, um zumindest eine kürzere Zeit etwas anderes tun zu können, als Schwert und Schild zu verschleißen.

Ihre Ausrede erschien in Gestalt von Boten der Eriker, die zuerst auf der Königsburg Näs gewesen waren, ehe man sie nach Ulvåsa weitergeschickt hatte. Junker Knut Holmgeirsson war bei seinem Freund Jon Agnesson auf der Insel Fogdö bei Strängnäs zur Hochzeit eingeladen. Diese Einladung konnte er nicht ausschlagen, da Jon zur

Familie der Ulfssöhne gehörte, die mit den Erikern verbündet waren. Knut war neben seinem Vater und dem König der wichtigste Eriker. Es wäre nicht gut aufgenommen worden, wenn er es vorgezogen hätte, sich bei einem Folkunger im Schwertkampf zu üben. Er musste also abreisen, und zwar sofort.

Als wichtigster Hochzeitsgast besaß Knut das Recht, einen Verwandten oder Freund mitzubringen, und nicht einmal Ingrid Ylva wusste etwas dagegen einzuwenden, dass er Birger zu dieser Hochzeit mitnahm. Während der zehn Tage, die Knut abwesend sein würde, einschließlich der sechs Reisetage, hatte es wenig Sinn, Birger mit seinen Brüdern und den Klerikern die Schulbank drücken zu lassen. Blieb er allein, würde er vermutlich schnellstmöglich nach Forsvik verschwinden.

Birger hätte die freie Woche gern auf Forsvik verbracht, um sich den langsamen Schwertkampf wieder abzugewöhnen, aber das würde er ohnehin ausführlich tun, wenn das Jahr mit dem königlichen Auftrag vorüber war. Außerdem reizte es ihn, sich in die Fremde und zu Fremden zu begeben. Knut flüsterte ihm zu, dass es in Svealand, Junker und Jungfern betreffend, ganz andere Sitten gebe, wenn die Älteren spätnachts ins Bett gesunken seien.

Der angenehmste und sicherste Weg von Ulvåsa nach Strängnäs wäre per Frachtkahn von Ulvåsa in Richtung Osten nach Linköping gewesen, dann weiter nach Söderköping an der Ostsee. Von dort verkehrten täglich Schiffe zum Mälaren oder nach Visby. Auf dem Mälaren war mühelos jede Stadt zu erreichen.

Eine solche Reise hätte jedoch vier Tage in Anspruch genommen, und jetzt eilte es, da sich die Boten aufgrund ihrer Suche nach Knut verspätet hatten. Schneller, aber gefährlicher war der Weg von Ulvåsa in die entgegengesetzte Richtung auf dem Vättern. Von dessen Nordufer aus ritt man zu Pferde durch einen Wald, den Tiveden, nach Örebro und gelangte danach über den Hjälmaren nach Eskilstuna. Am gefährlichsten war der Ritt durch den Tiveden, in dem des Tags die Räuber herrschten und des Nachts die Trolle. Niemand ritt ohne ein großes, schwer bewaffnetes Gefolge durch den Tiveden.

Ingrid Ylva schlug vor, den Seeweg über Söderköping, Tälje und den Mälaren zu wählen, da diese Route für kleinere Reisegesellschaften bequemer und sicherer sei. Eine Verspätung von einem Tag könnten sie damit entschuldigen, dass die Boten zu spät eingetroffen seien.

Knut und Birger wandten ein, dass es wenig höfisch sei, zu spät zu einer Hochzeit zu erscheinen, außerdem würden ihnen zwei bewaffnete Gefolgsleute Gesellschaft leisten. Was die Räuber beträfe, so gebe es nicht mehr so viele, da unter König Erik gute und friedlichere Zeiten angebrochen seien. Viele Geächtete seien vom König begnadigt worden, hätten die Wälder verlassen und sich mit ihren Schuldnern und Gegnern ausgesöhnt. Außerdem würde es sich jeder Wegelagerer zweimal überlegen, vier schwer bewaffnete junge Männer mit den Eriker-Kronen und dem Folkunger-Löwen anzugreifen. Diese Wappen stellten für alle im Reich ein deutliches Zeichen dar. Sie bedeuteten den sofortigen Tod, und wer ihm entging, fiel der noch grausameren Rache der Verwandten anheim.

Nur wenige Stunden nach dem Eintreffen der Boten auf Ulvåsa ritten die vier schwer bewaffnet los. Auf zwei Packpferden führten sie Zelte und Felle sowie Geschenke für das Brautpaar und Proviant mit.

Wenn sie im Morgengrauen von Ulvåsa aufgebrochen wären, hätten sie nur eine Nacht im dunklen Herzen des

Tiveden verbringen müssen. So würden sie zwei Nächte dortbleiben müssen, meinte Ingrid Ylva. Aber dieser Warnung schenkte niemand Gehör, da weder Birger noch Knut jemals eingestanden hätten, auch nur die geringste Angst zu haben.

Die erste Nacht im Wald verstrich ohne besondere Vorkommnisse. Die drei Männer, die schliefen, während der vierte am Feuer wachte, hielten vermutlich trotzdem ein Auge geöffnet.

In der dunkelsten Stunde der zweiten Nacht geschah etwas, woran sich Birger an ruhigen Wintertagen für den Rest seines Lebens deutlich erinnern würde, vor allem wegen der Angst, die er ausgestanden hatte.

Wie in der ersten Nacht war ihm das Einschlafen schwergefallen. Seine Gedanken wurden zwischen den vielen fantastischen Gestalten des Bösen, die im dunklen Wald existierten, und den exotischen Sitten, die in Svealand von Jungfern und Junkern bei Hochzeiten praktiziert wurden, hin- und hergerissen. Schlummerte er beinahe ein, wanderten seine Gedanken zu dem Dunklen und Schrecklichen. Dann zwang er sich dazu, an Hochzeitsfeste und schöne Jungfern zu denken. Wenn er aber wieder müde wurde und fast eingeschlafen war, genügte das heisere Bellen eines Fuchses in der Ferne, damit er wieder hellwach wurde und in dem Brunnen seiner schwärzesten Fantasien versank.

Seine gesamte Kindheit hindurch hatte er Geschichten von Waldgeistern, Trollen mit Goldschätzen und anderen Waldbewohnern gehört, die den Menschen ständig nach dem Leben trachteten. Mit Vorliebe raubten sie Bräute auf dem Weg zur Hochzeit, was in den Sagen so häufig vorkam, dass er es schon als Kind erstaunlich gefunden hatte, dass niemandem aus seiner Familie so etwas Furchtbares zugestoßen war. Sein Vater Magnus hatte ihm das so erklärt, dass die Folkunger immer mit großem Gefolge zur Hochzeit ritten und die bösen Wesen natürlich auch den gesegneten Stahl fürchteten. Seine Mutter hatte erklärt, diese Waldwesen seien antichristliche Schöpfungen des Bösen. Deshalb hätten sie sich vor dem Klang der Kirchenglocken und Kirchenlieder, der ihnen verhasster sei als alles andere, in die nördlichsten Wälder geflüchtet. Sein Großvater Arn hatte erzählt, das Wesen des Bösen stecke eher in den Menschen und in den Gedanken der Menschen als in der sichtbaren Wirklichkeit. Daher hätten alle, die reinen Sinnes seien, von den Gestalten des Bösen nichts zu fürchten.

Als Kind war es Birger nicht leichtgefallen, sich auf diese Erklärungen einen Reim zu machen, und mit der Beharrlichkeit des Kindes hatte er auch alle in seiner Umgebung gefragt, ob schon mal jemand eines dieser Wesen gesehen hätte. Doch niemand hatte mit Ja geantwortet. Das war umso merkwürdiger, da viele der Freigelassenen auf Forsvik vorgaben, in ihrem Leben das eine oder andere erlebt zu haben. Auf Forsvik gab es ein paar ältere Frauen, die für ihr Wissen und ihre Heilkünste sowie für ihre Verbindungen zur Welt des Bösen im Waldesdunkel verehrt wurden. Er erinnerte sich insbesondere an eine, die im Osten geboren war und Lara hieß. Wenn an einem Märzabend das Bellen eines Fuchses zu hören war, blinzelte sie geheimnisvoll und flüsterte, das sei die Waldfrau, die sich in einen Fuchs verwandelt habe. Beim brünstigen Röhren eines Hirsches in der Septembernacht flüsterte sie, das sei der Trollkönig selbst, der in Gold gehüllt aus seinen unterirdischen Höhlen emporgestiegen sei, um Menschenblut zu trinken. So etwas hinterließ in der Fantasie eines Kindes tiefe Spuren.

Es gab aber auch Erwachsene oder Ältere, die das alles für Ammenmärchen hielten. Leute, die sich oft im finsteren Wald aufhielten, sollten es eigentlich besser wissen. Ritter Sigurd war so ein Mann, sein Bruder Oddvar ebenfalls. Was sie nie gesehen hätten, meinten sie, gäbe es auch nicht. Jeder kluge Mann könne natürlich auch anderer Meinung sein, aber warum sollte man das tun, ohne einen konkreten Grund dafür zu haben?

Birger war nicht sicher, was er eigentlich über die unsichtbaren Waldwesen glauben sollte. Doch blieben die Gedanken an sie natürlich nicht aus, wenn man an einem flackernden Lagerfeuer im tiefsten Tiveden lag, und vermutlich zwang er sich deswegen immer wieder, an die jungen Frauen in Svealand zu denken. Nur waren diese Fantasien leider nicht annähernd so lebendig wie die finsteren Gedanken, denn Birger war einer Frau noch nie nahegekommen, und die Flamme, die Alde in ihm entfacht hatte, war von seiner Mutter Ingrid Ylva sogleich erstickt worden. Schließlich verfiel er dann doch in einen totenähnlichen Halbschlummer.

Das Geheul von einem nichtmenschlichen Wesen weckte Birger und die beiden Eriker-Gefolgsleute. Sie warfen ihre Decken ab, sprangen schlaftrunken auf und suchten nach ihren Schwertern. Dann sahen sie sich an, ob sie nicht vielleicht alles nur geträumt hätten. Ihre Pferde, die ganz in der Nähe angebunden waren, wieherten jedoch unruhig und zerrten an ihren Leinen. Eines bäumte sich auf. Bären, dachte Birger, sicher nur ein Bär, der unsere Witterung aufgenommen hat.

Da erscholl erneutes Geheul vom Rande der Lichtung, die nur schwach vom flackernden Licht des Feuers erhellt wurde. Was Birger dort sah, ließ ihm das Blut in den Adern erstarren. Dort standen zwei Trolle mit baumelnden Armen und in Wolfsfelle gehüllt, ein fürchterlicher Anblick. Sein Herz pochte in seiner Brust. Die Ungeheuer schwangen knorrige Keulen, an denen Totenschädel baumelten.

Birger stand, das Schwert halbgezogen, wie gelähmt da. Er konnte nicht glauben, was er da sah, und sah es trotzdem. Sein Kopf war leer, er konnte weder denken noch handeln, obwohl sein Herz raste. Die beiden Eriker-Gefolgsleute waren ebenso erstarrt wie er.

»Flieht Menschen!«, brüllte einer der Trolle mit Geisterstimme und drohte mit seiner Totenschädelkeule. Erneut wurden die Pferde unruhig und schnaubten. Birger war nahe daran, seine Angst zu überwinden und die Beine in die Hand zu nehmen.

Knut, der am Feuer gewacht hatte und deswegen nicht schlaftrunken war, tat jetzt etwas, was Birger ihm für den Rest seines Lebens zugutehalten würde. Breitbeinig und mit gezogenem Schwert trat er vor. Er flüsterte Birger zu, er solle seinen Bogen nehmen, hinter ihm herschleichen und schießen. Während Birger sich an Bogen, Bogensehne und Köcher zu schaffen machte, lärmten und lachten die Trolle immer bedrohlicher und begannen langsam, in tierähnlichen, schaukelnden Bewegungen, auf ihre menschliche Beute zuzugehen.

»Wohin soll ich zielen?«, flüsterte Birger, als er hinter Knuts breitem Rücken stand.

»Wie bei einem Menschen auf die Brust, aber schnell!«, flüsterte Knut zurück.

Mit zitternder Hand spannte Birger seinen Bogen, holte tief Luft, trat einen halben Schritt zur Seite, zielte unter das Kinn des rechten Trolls und ließ den Pfeil von der Sehne schnellen. Der Treffer war deutlich zu hören. Im selben Augenblick war Knut mit vier raschen Schritten bei der anderen frevelhaften Gestalt, die größer war und noch bedrohlicher wirkte. Ein paar verzweifelte Schreie, ein Schwert, das Haut und Knochen durchschlug, dann war es still. Nur das leise Röcheln des Wesens, das Birger in den Hals geschossen hatte, war noch zu hören.

Birger spürte, dass sein eines Knie fürchterlich zitterte. Seine Gedanken überschlugen sich, als er seinen Bogen fallen ließ. Er befand sich noch zur Hälfte in der Welt der Märchen, während sich der Rest von ihm abmühte, etwas zu begreifen. Die beiden Gefolgsleute hinter ihm standen ebenfalls wie gelähmt und mit großen Augen da. Plötzlich war ein zufriedenes Lachen von Knut zu vernehmen. Keuchend schleifte er das eine Ungeheuer am Fuß heran. Er legte seine blutige Last neben dem Feuer ab, beugte sich vor und riss Harz, Rinde und Flechte herunter, die langes, graues, verfilztes Haar vorstellen sollten. Dann deutete er mit der Schwertspitze auf das blutige Bündel. Vor ihnen lag ein Toter mit halbabgetrenntem Kopf.

Dann gingen sie auf den kleineren der beiden zu, den Birger in den Hals geschossen hatte. Es handelte sich um einen dreizehn oder vierzehn Jahre alten Jüngling. Er war noch am Leben, aber aus seinem Hals schoss bei jedem Herzschlag das Blut. Knut stieß sein Schwert durch sein junges Herz, dass es auf der anderen Seite in die Erde fuhr.

»Das war euer Los, ihr Wegelagerer«, sagte Knut. »Gott hat uns zu euch gesandt, denn er allein weiß, wie oft euch dieser Streich schon gelungen ist. Euer erster Versuch war das sicher nicht. Und wären wir Hals über Kopf in die Dunkelheit geflüchtet, was wäre dann passiert?«

»Weit wären wir nicht gekommen«, meinte Birger. »Und wenn wir es in der Morgendämmerung gewagt hätten zurückzukehren, wären unsere Pferde, unsere Hochzeitsgeschenke und unsere Waffen verschwunden gewesen. Das wäre keine heitere Rückkehr geworden.«

»Nein, eine demütigende«, meinte Knut nachdenklich. »Und deswegen hätten wir alle vier bei der Ehre unserer Mütter geschworen, den Trollen im Tiveden begegnet zu sein. Das hätten wir vermutlich recht oft erzählen müssen.«

»Und mit jedem Mal wären diese teuflischen Wesen wirklicher, zahlreicher und schrecklicher geworden«, murmelte Birger. »Niemandem hätte man Diebstahl oder Raub vorwerfen können. Euer Plan war wirklich recht listig, ihr Straßenräuber.«

»Stimmt.« Knut lächelte. »Sie hatten sich das klug ausgedacht und hatten vermutlich Erfolg, bis sie starben. Ich wüsste zu gern, was dieser Übeltäter dachte, als ich mit erhobenem Schwert auf ihn zukam.«

»Er dachte vermutlich, dass es langsam Zeit für eine neue List ist«, meinte Birger trocken, und alle lachten. Es war ein Lachen, das sie endgültig von ihrem alptraumhaften Schrecken befreite.

Obwohl sie vor der langen Etappe des nächsten Tages alle ihren Schlaf gebraucht hätten, schliefen sie kaum. Sie unterhielten sich aber auch nicht, da alle so taten, als würden sie schlafen. Alle dachten an das, was vorgefallen war.

Beim Aufbruch am nächsten Morgen rissen sie den beiden Wegelagerern ihre Verkleidung herunter und hängten sie nebeneinander an den dicken Ast einer Kiefer. Knut entfernte ein Stück Rinde und ritzte mit der Spitze seines Dolches drei Kronen in den Stamm, um jedem Reisenden zu zeigen, wer die Missetäter bestraft hatte. Birger war damit allerdings nicht zufrieden. Er legte die Verkleidung der Toten an den Fuß des Stammes, um zu erklären, wofür sie bestraft worden waren. Wer sich in einen Troll verwandele, könne auch wie ein Troll sterben, meinte er. Alle hielten das für eine gute Botschaft.

Der Rest der Reise durch Wald und zu Wasser verlief ruhig und ohne Zwischenfälle. Am Abend vor der Hochzeit trafen sie kurz nach der Abenddämmerung in Agneshus auf der Insel Fogdö ein. Sie hatten nicht nur kostbare Geschenke aus Ulvåsa dabei, sondern auch eine abenteuerliche Geschichte zu erzählen.

Birger gefiel es nicht recht, dass Knut immer wieder erzählte, was für eine Angst die anderen gehabt hätten und dass Knut ihn schließlich angewiesen habe, den ersten Pfeil abzufeuern. Außerdem passte es ihm nicht, dass Knut ihn nur als Birger, seinen Freund und Folkunger, vorgestellt hatte. Das stimmte zwar, aber die Wahrheit, dass er Birger Magnusson zu Ulvåsa war, hörte sich doch ganz anders an.

Am Abend vor dem dreitägigen Hochzeitsfest befanden sich nur wenige Gäste auf Agneshus. Die meisten würden erst am nächsten Tag eintreffen, um beim Abholen der Braut, den Junkerspielen, dem Fest und dem Geleit zum Hochzeitsbett teilzunehmen. Agneshus gehörte den Ulfsleuten, und die Braut stammte aus einer Lagmannfamilie in Uppland, musste aber nur aus Strängnäs abgeholt werden.

Da ihre Eskorte am nächsten Morgen sehr früh aufstehen musste, verfügte Herr Agne, der Vater des Bräutigams Jon, dass sie nicht bis allzu lang nach Mitternacht trinken dürften. Er selbst wolle schon recht bald zu Bett gehen. Vorher wollte er allerdings noch wissen, ob der junge Folkunger, den der Freund Knut mitgebracht hatte, am nächsten Tag die Eskorte begleiten könne, ob er sein Folkunger-Wappen trüge und ein Pferd besäße, mit dem er sich nicht blamieren würde. Andernfalls könne er sich ein Pferd ausleihen. Diese Fragen brachten Birger erst in Verlegenheit. Es fiel ihm schwer, ernst zu bleiben, aber dann antwortete er gelassen und ohne eine Miene zu verziehen, dass er einen Schild mit einem Löwen und für sein Pferd eine Satteldecke in den Folkunger-Farben besäße und sich durchaus nicht blamieren würde. Der grauhaarige Herr Agne nickte nachdenklich und entgegnete, es verheiße Gutes für den Frieden, der jetzt im Reich herrsche, dass ein Folkunger bei so einem Hochzeitszug mitreiten könne, denn wenn in Svealand Hochzeit gehalten würde, machten sich die Folkunger sonst rar. Anschließend erhob er sich schwerfällig, nickte den jungen Leuten im Saal freundlich zu und wollte allen gerade eine gute Nacht wünschen, da fiel ihm noch etwas ein. Mit einem spitzbübischen Lächeln wandte er sich erneut an Birger:

»Noch etwas«, sagte er. »Wir pflegen bei unseren Hochzeiten die Sitte der Junkerspiele, kennt Ihr diese Sitte?«

»Ja, wir pflegen diese Sitte auch«, antwortete Birger leichthin, obwohl ihm gerade ein wunderbarer Gedanke kam.

»Gut, dann wisst Ihr also, wie das zugeht«, erwiderte Herr Agne. »Die Jünglinge, die morgen an den Spielen teilnehmen, sind entweder Ulfsleute, Eriker oder sonstwie aus Svealand. Aber es wäre nicht richtig, Euch keinen Platz bei den Spielen anzubieten. Als einziger Folkunger werdet Ihr es vermutlich nicht ganz leicht haben, aber die Ehre gebietet es mir, zu fragen.«

»Und meine Folkunger-Ehre gebietet es mir, diese Auszeichnung sofort anzunehmen«, entgegnete Birger rasch und mit einer knappen Verbeugung.

Daraufhin lächelte Herr Agne vielsagend und zog die Brauen hoch, als überrasche ihn diese kecke Rede. Er schüttelte den Kopf, murmelte etwas über die Heißblütigkeit und Torheit der Jugend und wünschte dann allen eine Gute Nacht.

Birger warf Knut einen kurzen Blick zu. Dieser schien nicht mehr so froh zu sein wie zuvor. Das war verständlich. Einige der Jünglinge hatten sich bereits über die Junkerspiele unterhalten, und zwar so, als habe Knut bereits gesiegt.

Birger war klar, dass er sich zwischen einer guten und einer weniger guten Sache entscheiden musste. Er konnte sich noch ein Bier holen und in dem Saal sitzen bleiben, aus dem jetzt alle Älteren verschwanden. So würde er in die Gruppe um den Bräutigam Jon Agnesson und seinen Freund Knut geraten. Bald würde die Frage aufkommen, weshalb Knut und Birger gemeinsam unterwegs und wie sie Freunde geworden seien. Knut würde diese Frage vermutlich mit Ausflüchten oder Lügen beantworten. Das wollte sich Birger nicht anhören müssen.

Und wenn sie ihn selbst nach seinem vollen Namen und seiner Familie fragten, wäre das ihrer Freundschaft auch nicht förderlich, da sich erweisen würde, dass Knut seinen Freund knapper vorgestellt hatte, als es die Ehre gebot.

Sich einfach zu verdrücken war schlecht, aber bei den Biertrinkern sitzen zu bleiben, wäre noch schlechter gewesen. Als die verbliebenen Jünglinge im Saal näher zusammenrückten und nach mehr Bier riefen, erhob sich Birger. Er entschuldigte sich damit, in der Trollnacht schlecht geschlafen zu haben. Er müsse daran denken, dass er den Folkunger-Farben am kommenden Tag Ehre mache. Mit diesen Worten verbeugte er sich, winkte einen

Bedienten heran, um sich ein Nachtlager anweisen zu lassen, und ging. Den Spott, der ihm nachgerufen wurde, ignorierte er. Er war zwar zornig, beherrschte sich aber, indem er sich einschärfte, er müsse einem königlichen Auftrag gehorchen. Und diesem Auftrag gemäß sollte er die Feindschaft zu Knut, die gerade nachgelassen hatte, nicht erneut aufleben lassen.

*　*　*

Am nächsten Morgen war Birger noch bei Dunkelheit einer der Ersten im Stall. Er nahm sich Zeit, sich mit Ibrahim zu unterhalten, streichelte ihm die Nüstern und berichtete ihm von seinen Sorgen. Sie müssten am Nachmittag und frühen Abend alles versuchen, um diesen Erikern, Ulfsleuten und Svealändern zu zeigen, was ein Folkunger leisten konnte. Außerdem zog er es vor, Ibrahim selbst zu satteln und ihn in Folkunger-Farben zu schmücken. Dem Hengst das Zaumzeug anzulegen, war nicht schwer, das konnten auch die Stallknechte hier in den nördlichen Wäldern. Aber Ibrahim wurde gelegentlich recht unwillig, wenn man ihm Decken über Kopf und Hals ziehen musste, da er es hasste, auch nur einen Augenblick lang blind zu sein.

Als er mit Ibrahim fertig war, ging er in den Vorratsraum, in dem Knut und er ihr Gepäck abgelegt hatten. Er suchte Schild, Schwert, Reiterhelm und die mit Silber und Blau bemalte Lanze hervor. Dann nahm er Rauchfleisch aus seinem Ranzen und steckte es sich unter sein Waffenhemd in den Gürtel. Morgens nach einem Festschmaus hatte er nie Appetit, wusste aber, dass ihm nach einem mehrstündigen Ausritt der Magen knurren würde.

Wieder im Stall sah er, dass die Stallknechte und einige Reiter mit ihrer Arbeit begonnen hatten. Mehrere Stallknechte hatten sich jedoch um Ibrahim geschart, statt ihrer Tätigkeit nachzugehen. Einige, die sich auskannten, meinten, es handele sich um einen schwarzen Hengst mit silberner Mähne der teuersten Sorte aus Västra Götaland. Birger bestätigte das mit einem kurzen Nicken und sagte, diese Pferde hießen Anaza. Dann nahm er Ibrahim am Zügel, führte ihn aus dem Stall und saß auf.

Birger wollte sich zunächst die Müdigkeit aus den Gliedern reiten und dann auf den Hof von Agneshus geritten kommen, wenn die anderen aufsaßen, um die Braut abzuholen. So würde er ans Ende der Reitergruppe geraten und hoffentlich neben jemanden, den er nicht kannte. Denn er wollte sich nicht anhören müssen, was Knut seinen Freunden im Laufe der Nacht erzählt hatte.

Das gelang jedoch nicht. Als er nach Agneshus zurückkehrte, saß Herr Agne mitten auf dem Hof zwischen Stall und Langhaus auf einem fetten Pferd und gab unmissverständliche Anweisungen, wo sich jeder ins Gefolge einzureihen habe. Als er Birger in Kleidern auf den Hof reiten sah, die sich nur wirkliche Edelleute leisten konnten, und mit einem Folkunger-Schild, auf dem das Gold des Löwen in der Morgensonne glänzte, befahl er sofort, dass dieser Folkunger besonders geehrt werden und daher ganz vorne reiten müsse.

So kam es, dass Birger in der zweiten Reihe hinter den Wappenträgern, Herrn Agne selbst und seinem Sohn, dem Bräutigam Jon, herritt. Neben ihm ritt Jons Freund Knut. So hatte sich Birger das wirklich nicht vorgestellt.

Nachdem das Gefolge Agneshus verlassen hatte, schwiegen Birger und Knut lange.

»Hast du letzte Nacht etwas über mich gesagt, das ich wissen sollte, oder etwas, das ich nicht wissen will?«, fragte Birger schließlich grimmig.

»Einiges habe ich vielleicht gesagt, was dich nicht erfreuen würde, aber noch mehr habe ich verschwiegen«, erwiderte Knut unwillig.

»Erzähl mir davon, das ist zwar unbehaglich, aber je schneller es überstanden ist, desto besser«, erwiderte Birger, ohne Knut anzusehen.

»Ich sagte, dass wir enge Freunde und uns auf der Königsburg Näs begegnet sind. Seither wären wir unzertrennlich und hätten viel zusammen gejagt«, antwortete Knut nach langem Nachdenken und mit gequälter Miene.

»Ja, unzertrennlich, das ist wahr. Aber niemand weiß also, dass uns der König befohlen hat, dass ich ein ganzes Jahr lang deine Schwerthand trainieren soll. Ich ahne, dass das auch niemand erfahren soll«, sagte Birger.

»Nein, das wäre mir lieber«, gab Knut zu. »Wir sind einfach enge Freunde, du und ich.«

Damit kam ihre Unterhaltung zum Erliegen. Birger war es unangenehm, mit einem Mann zusammen zu sein, der sich nicht an die Wahrheit hielt, aber da er Schlimmeres als diese unschuldigen Halbwahrheiten befürchtet hatte, war er nicht so bedrückt, wie er gefürchtet hatte. Außerdem war er erleichtert, das Unangenehme ausgesprochen zu haben. Es hatte sich wieder einmal bewahrheitet, was sein geliebter Großvater stets gesagt hatte: Man solle lieber gleich mit der Sprache herausrücken, weil langes Warten die Qual nur erhöhe. Deswegen war er vollkommen überrumpelt, als Knut ein noch heikleres Thema anschnitt, wenngleich es eine Weile dauerte, bis er begriff, was Knut wirklich meinte.

»Da ist noch etwas, das ich gerne erörtern würde, und es fällt mir nicht leicht, darüber zu sprechen«, sagte Knut nach langem Schweigen. »Wenn wir nach Agneshus zurückkehren, dann beginnen nach einer kurzen Vesper die Junkerspiele. Es bleibt kaum Zeit zum Ausruhen, denn vor Einbruch der Dunkelheit müssen wir fertig werden. So wie es aussieht, gibt es etwas, das uns Kopfzerbrechen bereitet.«

»Bei den Junkerspielen? Das kann ich mir nicht vorstellen. Da gibt es doch keine Zweikämpfe«, erwiderte Birger ahnungslos.

»Niemand hier weiß, dass du mein Lehrer bist«, begann Knut nachdenklich. »Niemand hier weiß, dass du Forsviker bist oder auch nur, was das bedeutet. Ein paar Stallknechte ahnen offenbar, was eure Pferde wert sind, denn darüber habe ich munkeln hören.«

»Ich weiß nicht, worauf du hinauswillst. Genauso wenig weiß ich, was es für Schwierigkeiten bei den Spielen geben sollte«, antwortete Birger.

»Alle Freunde und Verwandten erwarten, dass ich die Junkerspiele gewinne«, setzte Knut nach einer Weile des dumpfen Schweigens wieder an. »Das wäre eine Freude für alle, und es wäre auch das Beste für die Freundschaft unserer Familien. Wenn Herr Agne nicht den Einfall gehabt hätte, dich zu den Spielen einzuladen, wäre es ganz sicher so gekommen. Das ist es also, worüber ich mir den Kopf zerbreche.«

»Ich kann weder Äxte noch Speere werfen. Das ist etwas für Bauernkrieger, und wir haben es auf Forsvik nie geübt«, erwiderte Birger und schaute weg. Es war ihm anzusehen, dass er sich schämte. Doch hatte das mehr mit der Wendung dieses Gesprächs zu tun als mit seiner Unwissenheit, was die Kriegsspiele der Bauern betraf.

»Drei der Wettkämpfe sind, wie du weißt, zu Pferde«, fuhr Knut zögernd fort. »Und nach dem, was mein lieber Verwandter, König Erik, über Pferde und Leute wie dich gesagt hat, glaube ich, dass du zu Pferde ebenso geschickt bist wie mit dem Schwert.«

Jetzt verstummte Knut, als könne er den Vorschlag nicht aussprechen, der in der Luft lag. Birger unternahm allerdings auch nichts, um ihm zu helfen. Mit finsterer Miene starrte er geradeaus. Knut litt fürchterliche Qualen, und als er endlich aussprach, was er wirklich meinte, waren seine Worte nicht sonderlich wohl gewählt.

»Ich biete dir einen Hof in Västra Götaland mit zwanzig Kühen und fünfzehn Leibeigenen, einem fischreichen See und freie Hirschjagd dafür, dass du mich heute gewinnen lässt«, sagte Knut so rasch, dass sich seine Worte fast überschlugen.

»Die Ehre eines Folkungers ist nicht käuflich, nicht einmal von einem Mann aus der Familie des Heiligen Erik, der Anspruch auf die Krone erheben könnte«, antwortete Birger leise und nach einem peinlich langen Schweigen. »Was du vorschlägst, wäre auch unserer weiteren Zusammenarbeit im Auftrag des Königs nicht sonderlich dienlich. Versuche statt dessen, ehrenvoll zu siegen.«

»Wie soll ich dich schlagen, wenn drei Spiele zu Pferde stattfinden?«, fragte Knut so laut, dass Herr Agne sich umdrehte, ihnen einen gespielt strengen Blick zuwarf und sagte, die Junker sollten doch ihre Pflichten nacheinander erfüllen. Jetzt gehe es darum, die Braut zu eskortieren.

»Das kannst du nicht«, flüsterte Birger nach einer Weile. »Aber vier der Wettkämpfe sind nicht zu Pferde, und leider ist keiner der Wettkämpfe Mann gegen Mann mit Schwert oder Lanze. Rechne genau nach, und du wirst zu dem Schluss kommen, dass die Wahrscheinlichkeit größer ist, dass du mich bei den Kämpfen besiegst, die nicht zu Pferde ausgetragen werden. Dann ist der Sieg in jedem Fall dein. Speere werfe ich nicht, und wenn ich eine Streitaxt in der Hand halte, dann ist mein letzter Gedanke, sie wegzuwerfen. Wenn du mich dort schlägst, kannst du die Niederlagen zu Pferde ausgleichen!«

»Aber der dritte Wettkampf ist doch Knüppel auf der Planke«, wandte Knut ein, nachdem er eine Weile schweigend gerechnet hatte.

»Ja, und?«, erwiderte Birger unwirsch.

»Der erinnert sehr an einen Schwertkampf«, murmelte Knut verlegen. »Wer wie du mit dem Schwert umgehen kann, wird auch mit dem Knüppel auf einem Steg zurechtkommen.«

»Da hast du allerdings Recht. Aber dann bete halt zu dem heiligen Georg, dass er dich und nicht mich auf der Planke beschützt«, fauchte Birger. »Und denk noch einmal nach. Welche Freude ist größer, in den Wettkämpfen nach mir Zweiter zu werden oder unehrlich zu siegen?«

»Die größte Freude wäre für mich der Sieg«, antwortete Knut so rasch, dass er kaum Zeit gehabt haben konnte nachzudenken.

Als sie sich Strängnäs näherten, hatten sie lange geschwiegen. Birger war offenbar in düstere Gedanken versunken, und Knut glaubte nicht, dadurch etwas gewinnen zu können, dass er versuchte, bessere Worte für sein Anliegen zu finden. Er empfand eine gewisse Reue, als er im hellen Tageslicht Birgers blauen Umhang mit dem großen, goldenen Löwen auf dem Rücken näher betrachten konnte. Vermutlich hatte allein dieser Umhang so viel gekostet wie der Hof, den er Birger für den Sieg geboten hatte. Die Überlegung, dass er mit einem höheren Gebot mehr Erfolg gehabt hätte, war also müßig.

Birger grübelte. Ihm stand sein erstes Junkerspiel bevor. Er hatte eine stürmische Freude empfunden, als ihm Herr Agne anbot, an diesen Wettkämpfen teilzunehmen, da er schon lange davon geträumt hatte, bei einem solchen Wettstreit zu siegen. Er kannte junge Männer, die teilgenommen hatten, und alle meinten, dass ein Forsviker, der rechnen könne, ein Junkerspiel trotz Axt- und Speerwürfen nicht verlieren könne. Den Sieg verkaufen konnte er nicht. Aber vielleicht gab es ja einen Grund, ihn zu verschenken? Ihm blieben noch fast zehn Monate der erzwungenen Gemeinschaft mit Knut. Falls es in Zukunft einen Krieg um die Macht geben würde, und das konnte niemand wissen, dann war es vielleicht entscheidend, ob Knut und er demselben oder verschiedenen Lagern angehörten. Jetzt hätte man ein Birger Brosa sein müssen, um klug und gelassen abschätzen zu können, was das Klügste war. Er war aber erst achtzehn Jahre alt und träumte davon, sein erstes Junkerspiel zu gewinnen, und zwar umso mehr, weil es in Svealand stattfand. So hätte ein Birger Brosa jedoch nie gedacht. Er fühlte sich viel zu jung und unerfahren, um dieser Verantwortung gerecht zu werden. Plötzlich kam ihm sein Umhang zu groß und zu kostbar vor.

Schließlich zwang er sich dazu, seine Neugier auf Strängnäs überhandnehmen zu lassen, da er bislang keine anderen Städte als Skara und Linköping kannte.

Die Stadt war kleiner und sauberer als Linköping, zumindest der gefegte Weg zwischen den niedrigen Häusern, den ihr Gefolge genommen hatte. Die Bewohner der Stadt wirkten harmlos und neugierig. Sie säumten die geschmückte Straße, die zum Dom führte. Erst jetzt fiel

Birger auf, dass hier die Sitten ganz andere waren als in Västra Götaland, denn er hatte noch nie gehört, dass die Braut von der Kirche und nicht von zu Hause abgeholt wurde. Als er sich nach diesen harmlosen Dingen erkundigte, schien Knut erleichtert zu sein und wurde sofort gesprächig.

Die Braut käme von sehr weit her aus dem finstersten Uppland. Dorthin hätte man also nicht ohne große Mühe reiten können, um sie abzuholen. Auf Fogdö gebe es keine Kirche und noch viel weniger einen Bischof wie hier in Strängnäs.

Der Bischof segnete sowohl die Braut mit ihrem Schleier als auch Junker Jon Agnesson in seinem mit Wolfspelz besetzten Umhang unter dem Kirchenportal, die Hochzeitsgeschenke wurden ausgetauscht, und die Braut zog den weißen Schleier beiseite, so dass ihr Gesicht zu sehen war. Birger hatte jedoch nur Augen für eine Sache, die ihn sehr erstaunte. Die Braut, die Brigida Helgesdotter hieß, war schlank und jung, hatte aber einen Bauch, dem selbst ein so unerfahrener Mann wie Birger ansah, dass sie guter Hoffnung war. Also war sie eine Hure. Wenn der Bräutigam der Vater war, dann hatten sie sich der doppelten Hurerei schuldig gemacht.

Er nahm seinen Mut zusammen und fragte Knut. Dessen Miene hellte sich sofort auf. Grinsend flüsterte er, dass die Braut vermutlich bereits zu Weihnachten niederkommen würde, dann allerdings im Ehebett. Da sei weiter nichts dabei, insbesondere, da der Bischof die Brautleute gerade gesegnet und damit alles legalisiert habe. Dafür habe sich der Bischof aber auch teuer bezahlen lassen.

Auf dem Rückweg schlängelte sich der Zug langsam dahin, da Braut und Bischof nicht wie alle anderen ritten, sondern in einem Wagen fuhren, der ständig im Lehm und Wurzelwerk hängen blieb. Birger versank wieder in tiefes Nachdenken.

Wie er die Geschichte seiner Familie kannte, so hatten Cecilia Rosa und Arn Magnusson seinen Vater Magnus gezeugt, bevor sie gesegnet und zum Brautbett geleitet worden waren. Diese Sünde war mit einer zwanzig Jahre währenden Buße geahndet worden. Sein Großvater Arn war ins Heilige Land in den Krieg gezogen und seine Großmutter Cecilia Rosa im Kloster verschwunden. Daher hatte es mehr als zwanzig Jahre gedauert, bis sein Vater Magnus als ehelich und erbberechtigt in die Familie hatte aufgenommen werden können.

Hier war die Sünde der Mutter an einem deutlich gerundeten Bauch für alle ersichtlich, ohne dass der Bischof auch nur die geringsten Anstalten machte, sie zu verurteilen. Erstaunlich, wie anders die Gesetze in einem anderen Land aussehen konnten, obwohl dieses nur wenige Tagesreisen entfernt lag. Birger konnte sich jedoch nicht entscheiden, ob diese Gesetze schlechter waren.

Als er weitere neugierige Fragen zu diesem Thema stellte, schien Knut großen Gefallen daran zu finden, von einigen Sitten in Svealand zu erzählen, die Birger vollkommen unbegreiflich erschienen.

Knut hatte mit seinen Mätressen drei Kinder, zwei Mädchen und einen Jungen. Wahrscheinlich würde er die Jungfer ehelichen, die ihm einen Sohn geboren hatte, denn dieser Bursche entwickelte sich sehr gut.

Diese neuen Erkenntnisse über die unchristlichen Sitten in Nordanskog brachten Birger zum Verstummen. Viele weitere Fragen kamen ihm auf dem Weg nach Agneshus in den Sinn, aber er hätte die meisten von ihnen nicht stellen können, ohne unmännlich zu erröten. Er fragte sich, wie diese Kinder überhaupt gezeugt wurden, denn dafür war es ja wohl erforderlich, dass sich Mann und Frau näherkamen. Wie sehr er auch grübelte, so konnte er sich nicht vorstellen, wie das vor Verlobung und Hochzeit möglich sein sollte.

Wie geplant aßen sie nach ihrer Rückkehr nach Agneshus, wo sich inzwischen fast hundert Gäste versammelt hatten, eine kleine Vesper. Da diese Hochzeit dringlich war, fand sie noch ungewöhnlich spät im Jahr statt, und die Tage waren bereits recht kurz. Deswegen kam das Junkerspiel rasch in Gang.

Als sie sich andere Kleider anzogen, denn diese Spiele fanden nicht in Rüstung und mit scharfen Waffen statt – Blut und Tod wären einer Hochzeit unangemessen gewesen –, sah Knut aus, als würde er das anrüchige Thema eines gekauften Sieges erneut anschneiden wollen. Birger stand in einem der kleineren Langhäuser neben ihm und tauschte seinen Kettenpanzer gegen Hirschleder, Leinen und Wolle. Er fürchtete das Schlimmste, dass Knut erneut Schande über sie bringen und ihm keine vernünftige Antwort einfallen würde.

Trotz der vorgerückten Jahreszeit hatten sie auf Agneshus Glück mit dem Wetter, und das verhieß für die jungen Leute, die für das Brautbett bestimmt waren, nur Gutes. Dorthin wollte man sie schon am selben Abend geleiten und nicht, wie es eigentlich Sitte war, erst am zweiten, da sowohl der Vater der Braut, Helge Lagmann aus Gottsunda, sowie Herr Agne interessiert daran waren, das Wichtigste rasch über die Bühne zu bringen, damit das Hochzeitsfest an den beiden folgenden Tage umso geruhsamer verlaufen konnte.

Auf dem Hofplatz hatte das Gesinde einen Brautthron errichtet und davor Bänke aufgestellt, auf der alle ihre

Verwandten Platz fanden. Daneben gab es Bänke für die Verwandtschaft des Bräutigams, aber keinen Thron, da er ja selbst an den Wettkämpfen teilnehmen würde.

Zum Klang von Trommeln und Flöten schleiften ein paar Knechte eine große Menge schwarz gewordener Vorjahresrüben herbei. Die Rübenernte hatte in diesem Jahr noch nicht begonnen. Bei ihrem Anblick krakeelten die Zuschauer, dass dieses Zeug wirklich niemand haben wolle, schon gar nicht ein tüchtiger Mann. Anschließend wurden sieben Rübenkörbe herbeigetragen, die mit den Wappen der sieben Jünglinge versehen waren. Einige waren jedoch besser gemalt als die anderen. An den drei goldenen Kronen auf blauem Grund, die an zwei Körben hingen, war nichts auszusetzen. Sie gehörten zu Knut Holmgeirsson und seinem Verwandten aus Uppland Botolf. Der rote Wolfskopf der Ulfsfamilie auf schwarzem Grund war ebenfalls recht deutlich zu erkennen, ebenso der gelbe Ziegenbock, auch er auf Schwarz, der Junker aus Svealand. Aber das, was einen Folkunger-Löwen vor drei silbernen Querbalken hätte vorstellen sollen, glich eher einem Huhn hinter Gittern und rief große Heiterkeit und Schadenfreude hervor.

Die Regeln waren einfach. Der Junker, der einen Wettkampf gewann, erhielt nur eine Rübe in seinen Korb. Derjenige, der den letzten Platz belegte, bekam sieben. Anschließend waren nur die Rüben zu zählen, um den Sieger, den Zweitplatzierten und denjenigen zu ermitteln, der den schimpflichen letzten Platz belegte. Die fröhlichen Zuschauer hatten diesen Platz schon für den Hühnermann aus Västra Götaland reserviert.

Herrn Agne gefiel es überhaupt nicht, dass seine eigenen Verwandten und die Gäste aus dem Norden dem Folkunger-Gast so wenig Achtung entgegenbrachten. Er hatte sich etwas anderes erhofft und fand es außerdem nicht klug und weise. Aber nachdem die sieben Jünglinge ihre Pferde aus dem Stall geholt hatten, eine Runde um den Hof geritten waren und vor den Zuschauerbänken innehielten, um die Braut zu begrüßen, vermutete Herr Agne, dass die Sache für den Folkunger nicht schmählich ausgehen würde. Wie er auf seinem Pferd ritt, erinnerte Herrn Agne an Lena und Gestilren, wo die Folkunger-Reiterei nur so über das Schlachtfeld gefegt war. Anschließend hatten die Fußsoldaten aus Svealand mit ihren Äxten den Rest erledigt. Wenn dieser Junker Birger ein solcher Reiter war, dann würde er seinen Farben vermutlich Ehre machen.

Es begann jedoch recht jämmerlich für den jungen Folkunger. Denn als der Bräutigam Jon und sein engster Freund Knut Holmgeirsson auslosten, wer von ihnen mit dem Axtwerfen beginnen solle, zog Knut den Kürzeren. Knut beugte sich zu Jon vor, flüsterte etwas und deutete gleichzeitig auf den Folkunger.

Es waren drei Doppeläxte aus zehn Schritt Entfernung auf einen Holzklotz zu werfen. Noch nie hatte man jemanden so miserabel werfen sehen wie diesen Folkunger. Keine einzige seiner Äxte blieb in dem Holzklotz stecken. Damit belegte er den letzten Platz, und die Knechte zählten mit lauten Stimmen sieben Rüben in seinen Korb. Gleichzeitig gackerten sie und sorgten damit bei den Zuschauern für große Heiterkeit.

Für einen Augenblick vergaß Herr Agne die Verlegenheit seines Folkunger-Gastes, da sein Sohn Jon als sehr guter Axtwerfer bekannt war. Nach dem Folkunger besiegte er ohne große Schwierigkeiten alle anderen Jünglinge, bis schließlich Knut an die Reihe kam. Hier fiel die Entscheidung nicht so leicht, und sie mussten den Wettkampf wiederholen, bis schließlich Knut siegte und eine Rübe erhielt, während in Jons Korb zwei landeten.

Als Sieger des ersten Wettkampfes durfte Knut jetzt mit dem Speerwerfen beginnen. Sofort deutete er mit einem zufriedenen Grinsen auf den Folkunger, der sich schwerfällig erhob und sich mutlos und fast gleichgültig in seine rasche Niederlage fügte. So schlecht wie mit der Axt schnitt er zwar nicht ab, aber ein sonderlich guter Speerwerfer war er auch nicht.

Herr Agne machte sich immer größere Sorgen um den Spott und das Gegacker der Zuschauer. Das konnte zu späterer Feindschaft führen und dieser Hochzeit sehr schaden. Von den jungen Hitzköpfen unter den Zuschauern, die den schlimmsten Lärm machten – auch weil sie nicht zu den Junkerspielen zugelassen worden waren –, würden einige ihren Mund nicht halten können, wenn sie nachts zu viel Bier getrunken hatten. Zwischen normalem Spott bei einem Gastmahl und gekränkter Ehre gab es eine klare Grenze, zumindest für jemanden, der lange genug gelebt hatte, um eine gewisse Klugheit zu erwerben. Ein paar Worte zu viel, und schon wurde das blanke, scharfe Schwert gezogen. Dann gab es kein Zurück mehr. Und wie die Sache auch immer ausgehen mochte, war das Unglück groß. Es gab im Süden ein Sprichwort, dass der, der einen Folkunger erschlug, den dritten Sonnenuntergang danach nicht erlebte. Das war vermutlich nur Gerede, und vermutlich kam es auch sehr darauf an, um was für einen Folkunger es sich handelte, denn schließlich gab es recht viele davon.

Mit zunehmendem Unbehagen sah Herr Agne ein, dass das Pferd, die Ausrüstung, auch der Schild und die Lanze des Folkungers solche Kostbarkeiten darstellten, die sich nur ein einflussreicher Mann leisten konnte. Dummerweise hatte er sich nicht eingehender nach seinem Namen erkundigt und wusste nur, dass er Birger hieß. Das konnte alles Mögliche bedeuten, aber es wäre entsetzlich gewesen, wenn er ein Birger zu Bjälbo, Forsvik, Ulvåsa, Ymseborg, Arnäs oder eines der anderen großen Folkunger-Güter dort im Süden gewesen wäre. Wenn dieser Folkunger bei den Wettkämpfen noch weiter erniedrigt würde, dann musste Herr Agne, so viel war ihm klar, dafür sorgen, dass er die Hochzeit rasch und ohne Blutvergießen wieder verlassen konnte.

Seine Angst vor dieser Gefahr überschattete nun die gesamte Hochzeit auf Agneshus, und sie wurde nicht geringer, als sein Sohn Jon, der Knut schließlich beim Speerwerfen besiegt hatte, jetzt auf den Folkunger zeigte. Der nächste Wettkampf war Knüppel auf der Planke. Alle Zuschauer hatten mittlerweile damit begonnen zu gackern, und ihr Spott ging wie ein starker Regen über den Folkunger nieder, als er einen Knüppel packte und auf das schwankende Brett trat, auf dem der siegesgewisse Sohn von Herrn Agne bereits wartete und fröhlich seiner Braut zuwinkte. Das war wenig klug, denn im nächsten Augenblick lag er bereits im Wasser.

Unter den Zuschauern wurde es vollkommen still, als Jon Agnesson aus der Grube kletterte. Jemand meinte, das sei nur ein Missgeschick gewesen und zähle nicht, aber da sagte Herr Agne mit harter Stimme, Missgeschicke und Stürze gehörten zu jedem Wettkampf und zählten daher genauso wie geschickte Schläge und Glück. Dann deutete er streng auf den Rübenkorb seines Sohnes, in den die Knechte zögernd und betreten sieben Rüben zählten.

Jon ließ jedoch mit keiner Miene erkennen, dass es sich um Schummelei gehandelt haben könnte, sondern begann damit, seine nassen Kleider auszuwringen, während er auf Knut Holmgeirsson zuging, der mit gesenktem Kopf dastand und seinen Freund auszulachen schien. Und das schienen viele der Zuschauer verstehen zu können, denn alle wussten, dass Jon und Knut die beiden waren, die am meisten nach dem Sieg trachteten, und derjenige von ihnen, der sieben Rüben in einem Wettkampf erhalten hatte, würde Mühe haben aufzuholen.

»Wenn ich mich nicht vollkommen falsch entsinne«, sagte Jon zu Knut, »dann hast du zu mir gesagt, man solle den Folkunger als Ersten auswählen, denn er sei der Schlechteste von uns allen. So schlecht war er jedoch nicht, denn er hat mich vom Steg gestoßen, noch ehe ich blinzeln konnte.«

»Nein, das war wirklich kein schlechter Schlag, der dich getroffen hat«, entgegnete Knut gelassen. »Ich hatte nur gesagt, dass mein Freund Birger eine Niete mit der Axt und mit dem Speer ist. Über Knüppel auf der Planke habe ich kein Wort verloren, das war deine eigene Vermutung.«

Birger stand auf dem schwankenden Brett und schwang langsam den Knüppel hin und her, dessen Enden mit Leder umwickelt waren, damit sich niemand verletzte. Er atmete auf, da die Schmach jetzt ein Ende hatte, aber er versuchte auch, seinen Zorn noch so lange zu zügeln, bis er wusste, welchen Gegner er als Nächsten wählen sollte. Er hatte noch nie erlebt, dass Folkunger verspottet worden waren, und mit Worten wie bei diesen Junkerspielen schon gar nicht. Noch nie hatte er eine solche Schadenfreude erlebt, wenn er eine Niederlage erlitten hatte. Er war sich nicht sicher, wie er das zu verstehen hatte. Dass die Folkunger in Nordanskog nicht sonderlich geachtet waren, hatte er gehört. Aber falls er und seine Verwandten auch noch verhasst waren, was die schlimmsten Schmähworte und das höhnische Gegacker durchaus vermuten ließen, dann war dies von jetzt ab eine gefährliche Hochzeit. Knut hätte das besser wissen müssen, und es konnte nicht in seinem Sinne sein, dass der Spott so weit getrieben wurde, dass man mit scharfen Waffen kämpfte. Denn was hätte er dadurch gewinnen sollen?

Birger entschloss sich, den Wettkämpfen ihren Lauf zu lassen, die Rüben in Knuts, Jons und seinem Korb aber genau zu zählen. Vielleicht würden die Schmährufe und das Gegacker ja bald verstummen. Er deutete auf den Mann aus Svealand, von dem er die schlimmsten Lästerreden gehört hatte. Der Jüngling, der ihm jetzt entgegenkam, führte einen Ziegenbock im Wappen und sah selbst aus wie einer, da er einen langen, blonden Bart trug.

Er schien davon auszugehen, dass den Bräutigam Jon bei seinem Sturz nur ein Missgeschick ereilt habe. Breitbeinig und lächelnd schritt er auf das Brett zu und verkündete, dass jetzt ein Folkunger nass würde. Als Birger den Steg betrat, wollte er ihm sogleich einen überraschenden Hieb versetzen, fiel aber selbst in die Grube. Birger hatte vollkommen reglos dagestanden und den Schlag seines Gegners einfach zur Seite hin abgelenkt, so dass der Ziegenmann quasi aus eigener Kraft in die Grube stürzte.

Die anderen Junker, die den Steg betraten, waren schon vorsichtiger, aber das nützte ihnen nicht viel. Die Zuschauer verstummten immer mehr. Bald war nur noch Knut übrig.

»Es ehrt dich, dass du bis zuletzt auf mich gewartet hast«, sagte Knut, als er wachsam die Planke betrat. Den Knüppel hielt er mit beiden Händen umfasst.

»Sei dir nicht so sicher, dass ich beim nächsten Wettkampf auch so höfisch verfahre, obwohl wir Freunde sind«, entgegnete Birger.

»Wenn du entscheiden willst, wer im nächsten Wettkampf gegen wen antritt, musst du mich erst mal besiegen«, wandte Knut ein.

»Das habe ich bereits, das sehe ich in deinen Augen«, lächelte Birger.

Damit verleitete er Knut dazu, sofort wütend anzugreifen, um zu zeigen, dass er wahrhaftig keine Angst hatte.

»Zorn ist das Schlimmste, darin sind wir beide uns doch einig!«, rief Birger zu Knut in die Grube hinunter. Dann ging er rasch in den Stall, um Ibrahim zu holen. Die drei folgenden Wettkämpfe sollten zu Pferde stattfinden. Daher gab es auch eine kurze Pause mit Erfrischungen, ehe die Reiterwettkämpfe begannen.

Vor Erleichterung und Freude leerte Herr Agne einen Krug Bier in einem Zug. Während der unbekannte Folkunger alle anderen Jünglinge mit dem Knüppel abserviert hatte, waren sämtliches Gegacker und aller Spott verstummt. Wenn man sich jetzt die sieben Jünglinge erneut ansah, wie sie um den Hof ritten, Sattelgurte und Zügel anzogen und beruhigend auf ihre feurigen Hengste einsprachen, dann musste man kein Pferdekenner sein, um zu ahnen, dass etwas Ungewöhnliches geschehen würde. Ein deutliches Anzeichen dafür nahm Herr Arne aus den Augenwinkeln wahr. Alle Stallknechte und sonstiges Gesinde, das sich auf Agneshus um die Pferde kümmerte, hatte sich versammelt und bildete in einigem Abstand von dem feineren Publikum, das auf Bänken saß, eine eigene Zuschauergruppe. Herr Agne beschloss rasch, die Faulheit seines Gesindes zu ignorieren. Sollten sie halt so lange dort stehen, wie sie lustig waren.

Beim ersten Wettkampf mussten die Junker versuchen, ihren Gegner mit einem sandgefüllten Ledersack aus dem

Sattel zu schlagen. Das pflegten lange und harte Kämpfe zu sein, aber nicht an diesem Tag.

Birger ritt den temperamentvollen Ibrahim mit einem sehr kurzen Zügel und im Galopp. Er schwenkte den Ledersack, den er im Vorbeireiten einfach von der Erde aufgenommen hatte. Bereits da hatten sich die anderen Jünglinge besorgte Blicke zugeworfen. Dann deutete er erneut auf den Svealänder mit dem Bocksbart und ritt ans andere Ende des Hofplatzes. Dort wartete er ab. Sein Gegner ritt einen breiten und sehr kräftigen Fuchs, der nach Birgers Ansicht gut für schwere Arbeit im Wald geeignet war.

Der Bocksmann hätte aus der Leichtigkeit, mit der Birger ihn von der Planke gefegt hatte, etwas lernen können. Aber vielleicht hielt er Vorsicht für Feigheit, da er aus Svealand stammte. Vielleicht verließ er sich auch auf die Kraft und das Tempo, mit dem er zuschlagen wollte, um sowohl den Folkunger als auch sein Pferd zu Fall zu bringen. Er gab seinem Fuchs die Sporen, galoppierte los und hielt unter wilden Svealand-Schlachtrufen geradewegs auf Birger zu. Es sah aus, als würde das ein schreckliches Ende nehmen.

Es nahm ein lächerliches Ende. Denn als der Svealänder sich in seine Steigbügel stemmte, um den Aufprall abzufangen und mit dem Ledersack zuzuschlagen, traf er ins Leere. Fast wäre er selbst aus dem Sattel gefallen. Hinter sich hörte er verlegenes Gelächter, und als er sich umdrehte, sah er nur den erhobenen Schwanz des entfliehenden Folkunger-Pferdes.

Birger ritt in einem ruhigen, gelassenen Galopp auf den Brautthron zu und wendete. Dann hielt er an, schüttelte den Ledersack zurecht, so dass er kürzer und schwerer wurde, wickelte ihn um sein Handgelenk und schwang ihn durch die Luft, um den Bocksmann zu einem neuen, wütenden Angriff reizen. Das war nicht schwer.

Der Bocksmann schlug schwer auf die Erde auf. Bei den Zuschauern, den Gästen und Verwandten wurde es totenstill. Aber die Stallknechte begannen zu jubeln, und Herr Agne sah verblüfft, dass sich sein Gesinde um den Hals fiel und wild gestikulierend zu besprechen begann, was man gerade gesehen hatte. Herr Arne unterdrückte seinen ersten Gedanken, das Gesinde zurück in den Stall zu scheuchen, da ihn sein Nachbar am Arm fasste und fragte, was eigentlich geschehen sei.

Schwer zu sagen, gab Herr Agne zu, da alles so schnell gegangen war. Aber bei genauerem Nachdenken habe der Folkunger seinen Gegner vermutlich mit voller Kraft direkt ins Gesicht geschlagen. Allerdings aus der falschen Richtung. Er hatte stillgestanden, bis der Svealänder bei ihm gewesen war, dann habe er sein Pferd mit einem Satz gewendet und ihn von hinten weit ausholend ins Gesicht geschlagen. Der Nachbar von Herrn Agne meinte, es sei ganz anders gewesen, und sie begannen zu streiten. Recht bald einigten sie sich jedoch darauf, solche Künste noch nie gesehen zu haben. Auch solche Pferde waren in ihrem Landstrich unbekannt. Ihre Auseinandersetzung nahm ein abruptes Ende, als der Folkunger Knut Holmgeirsson als Nächsten aufrief. Wer von ihnen beiden verlor, würde sechs Rüben erhalten, warum wartete er mit diesem Risiko also nicht bis später?

Weil der Folkunger gewinnen wollte, vermutete Herr Agne. Jon hatte nach dem Plankenwettkampf sieben Rüben erhalten, weil er aus Dummheit den Folkunger als ersten Gegner gewählt hatte. Wenn Knut jetzt sechs Rüben erhielt, dann stand es zwischen beiden wieder unterschieden.

So kam es auch. Birger machte es dieses Mal ganz anders. Er ritt in immer kleineren Kreisen um Knut herum, bis dieser mit seinem Ledersack zum Angriff überging. Es gelang ihm jedoch nicht, sein Pferd schnell genug zu wenden. Deshalb wurde er von hinten getroffen und stürzte.

Dies war für Birger und Ibrahim der einfachste Wettkampf. Die Zuschauer hatten den Eindruck, als würde der Folkunger mit den anderen Jünglingen recht nachsichtig verfahren, als wolle er nicht zu viel Kraft auf diese Disziplin verschwenden, obwohl er jeden mit einer vollkommen neuen Technik aus dem Sattel zu schlagen schien. Immer zaghafter ritten sie ihm entgegen, und die letzten beiden leisteten überhaupt keinen Widerstand mehr, sondern wollten den Wettkampf nur so schnell wie möglich hinter sich bringen.

Dann gab es eine weitere Pause, weil die Jünglinge ihre Schwerter holen mussten, während die Knechte Rüben in zwei Reihen auf lange Stangen spießten.

Zwei Dinge verwunderten kurz darauf Herrn Agne und seine älteren Verwandten, die mit ihm beisammensaßen. Zum einen das Schwert des Folkungers. Im Vorbeireiten hieb er die Rüben nicht ab wie die anderen, sondern hielt sein Schwert einfach ausgestreckt, woraufhin die Rüben herabfielen, als würden sie nur durch die Kraft der Gedanken dazu veranlasst. Dieses Schwert musste wunderbar scharf sein.

Weiterhin erstaunte es sie, dass der Folkunger Jon erst sehr spät und Knut zuletzt aufrief. Er hätte sie ebenso gut zuerst drannehmen und so garantiert um den Sieg bringen können. Wollte er also gar nicht gewinnen?

Noch eigenartiger benahm sich der Folkunger im letzten Wettkampf, dem Pferderennen. Für gewöhnlich fiel es demjenigen, der das Rübensäbeln gewonnen hatte, schwer, sechsmal hintereinander ein Pferderennen zu gewinnen. Wenn er jetzt klug gewesen wäre, hätte der Folkunger zuerst Jon und Knut als Gegner ausgewählt. Stattdessen wartete er mit ihnen wiederum bis zum Schluss, obwohl er immer knapper siegte.

Mit jedem Sieg steigerte sich der Jubel der Stallknechte, aber Herr Agne war mittlerweile so beschäftigt damit, Rüben zu zählen, dass er fürchtete, sich zu verzählen, wenn er sie zurechtwies. Gegen Jon siegte der Folkunger so knapp, dass niemand mehr glaubte, dass ihm das noch ein weiteres Mal gelingen würden. Knut überschlug sich förmlich vor Eifer.

Er sprengte los, noch bevor sich die Fahne gesenkt hatte, und lag bis zur Kehre in Führung. Da der Folkunger viel schneller wendete, hatte er ihn jedoch rasch eingeholt. Dann schienen seinem Pferd Flügel zu wachsen, denn es flog Knut, der auf einmal so wirkte, als ritte er gemächlich zur Kirche, förmlich davon. Jetzt veranstalteten die Stallknechte und Hufschmiede einen so großen Lärm, dass Herr Agne ihn nicht mehr ignorieren konnte. Einige seiner Gäste tuschelten bereits und runzelten die Stirn, obwohl sie im Übrigen recht verzagt dasaßen und nicht zu wissen schienen, ob sie sich über das Spektakel freuen sollten. Herr Agne rief daraufhin den Stallknechten streng zu, sie sollten ruhig sein und dorthin verschwinden, wo sie hingehörten. Sie gehorchten sofort, jedoch lachend und in angeregte Unterhaltungen vertieft.

Herr Agne begann erneut mit dem Rübenzählen, während die Pferde weggeführt wurden. Vor dem letzten Wettkampf, dem Bogenschießen, wurde nochmals Bier aufgetragen. Wie er auch rechnete, kam Herr Agne immer zu demselben erstaunlichen Ergebnis. Um sich ganz sicher zu sein, zog er seinen Dolch und ritzte für jede Rübe, die die drei in ihren Körben hatten, einen Strich in die Bank. Das Ergebnis blieb dasselbe.

Birger beeilte sich nicht, da es zum Bogenschießen noch lange genug hell war. Im Unterschied zu den anderen Jünglingen führte er sein Pferd selbst in den Stall. Ibrahim lief der Schweiß herunter, und Schaum stand vor seinem Maul. Birger trocknete ihn nach den vielen Rennen sorgfältig ab und deckte ihn mit einer Decke zu. Im Dunkel des Stalles warteten schon glückliche und unhöfische Stallknechte, die alle Ibrahim streicheln wollten. Einige, die besonders begeistert waren, wollten sogar Birger die Hände drücken, was er sich erstaunt gefallen ließ. Alle redeten durcheinander und waren gern bereit, sich um Ibrahim zu kümmern, ihn behutsam abzuwaschen und vor der ersten Kälte des Abends zu schützen. Als Birger gerade gehen wollte, besaß einer der Stallknechte die Frechheit zu erwähnen, im anderen Stall stehe eine willige Stute. Birger war von diesem Vorschlag so erstaunt, dass er mit einem Blick aufschaute, der im ersten Moment etwas streng wirken konnte. Da entschuldigte sich einer der Männer. Er sagte, er heiße Yrje, sei ein freier Knecht und führe im Stall den Befehl. Der Vorschlag sei nur gut gemeint, fuhr er fort. Als großer Sieger habe sich dieser Hengst schließlich eine Belohnung verdient, und an Bier und Speisen habe er vermutlich wenig Freude. Außerdem wäre das Fohlen eines solchen Vaters die Zierde jedes Hofes.

Nachdenklich strich sich Birger über das Kinn. Im Stall herrschte atemlose Stille.

»Na gut«, erwiderte er schließlich. »Ihr versteht, was Ihr gesehen habt, und das freut mich. Jetzt brauchen wir nicht weiter darüber zu reden, denn wir verstehen uns. Lasst mich nur noch sagen, dass weder ich noch mein

Ibrahim, denn das ist sein Name, etwas dagegen hätten, wenn er diese Stute besuchte.«

»Muss sich Euer Hengst nach diesen Läufen lange ausruhen, ehe er die Stute besteigen kann?«, flüsterte der freigegebene Yrje eifrig, und mindestens zwölf Paar Augen hingen gespannt an Birgers Lippen.

»Nicht, wenn die Stute willig ist«, flüsterte Birger lächelnd zurück, drehte sich rasch um und verließ den Stall, damit die Stallknechte nicht nochmals seine Hände ergreifen konnten. Er schüttelte den Kopf und bekreuzigte sich, um einigen seiner Gedanken Einhalt zu gebieten, als er wieder ins Freie kam. Denn auch wenn ihm das eine oder andere nicht so recht klar war, wie die Zeugung von Kindern geschah, so wusste er doch, wie Fohlen zustande kamen. Er hoffte, dass Ibrahim noch etwas müde sein würde, damit es bei dem Schäferstündchen kein allzu großes Spektakel gab.

Als er seinen Bogen in dem Vorratshaus holte, in dem die Reisenden ihr Gepäck verwahrten, bekreuzigte er sich nochmals. Er war erleichtert darüber, dass er ihn mitgenommen hatte und bei dem entscheidenden Kampf, der jetzt bevorstand, keinen geliehenen benutzen musste.

Die beiden Ziele der Bogenschützen bestanden aus Heuballen, auf die man ein dünnes, mit schwarzen und roten Kreisen bemaltes Leinentuch gespannt hatte, so dass auch die Zuschauer, die weiter weg saßen, sehen konnten, wie die Treffer ausfielen.

Als Erstes suchte sich Birger erneut den Mann mit dem Bocksbart aus, bereute dies aber schon bald, weil er sich sehr anstrengen musste, um zu gewinnen. Er dachte, dass er vielleicht zu knapp gerechnet hatte und er auf keine der beiden Arten, die er sich ausgedacht hatte, gewinnen würde, wenn es ans abschließende Rübenzählen ging. Zugleich ging ihm eine Geschichte durch den Kopf, die er in seiner Kindheit oft gehört hatte.

Bei den Junkerspielen auf der Hochzeit seines Großvaters Arn Magnusson hatten nicht nur Erik Knutsson, der spätere König Erik, sondern auch sein Vater Magnus Månesköld teilgenommen. Es war ein einzigartiges Junkerspiel gewesen, und das nicht nur, weil Vater und Sohn gegeneinander angetreten waren. Sein Vater und Großvater waren die besten Bogenschützen gewesen, die Västra und Östra Götaland je hervorgebracht hatten. Birger wusste, dass er es nie mit ihnen hätte aufnehmen können. Auf der Burg Arnäs hingen immer noch die beiden Schießscheiben an der Wand. Die Pfeile in der einen wurden von der Goldkrone des Siegers umkränzt, die andere von der Silberkrone des Zweitplatzierten. Die letzten beiden, sein Großvater und sein Lehrer, Bruder Guilbert, hatten auf dreißig Schritt Abstand geschossen und so exakt getroffen, dass sich eine Krone um die Pfeile legen ließ. Immer noch gab es Leute, die über die Schießscheiben an der Wand des Saales staunten. Manche Leute behaupteten gar, die Pfeile seien nachträglich so angeordnet worden.

Birger hatte sich der kindischen Hoffnung hingegeben, es ihnen nachtun zu können, das sah er jetzt ein. Großvater Arn und Bruder Guilbert waren ebenso lausige Axt- und Speerwerfer gewesen wie er, hatten am Ende der Wettkämpfe aber trotzdem weniger Rüben als die anderen in ihren Körben gehabt. Nichts, was jetzt geschehen musste, hatte etwas mit edlem Wettstreit zu tun. Etwas anderes wog viel schwerer, und das war der Kampf um die Macht im Reiche. Und da musste man so weise sein wie Birger Brosa und durfte kein Hitzkopf sein wie Knut Holmgeirsson. Er musste das, was jetzt geschehen würde, so besonnen angehen, als säßen Birger Brosa, sein

Vater Arn Magnusson und auch König Erik unter den Zuschauern.

Die Schützen, die sich Birger nach dem Bocksbartmann aussuchte, waren im Vergleich zu diesem miserabel. Doch hatte er sich genau angesehen, wie sie ihre Bogen hielten, bevor er sie dazu aufforderte, ihre zehn Pfeile abzuschießen.

Schließlich waren nur noch Knut und Jon übrig. Birger deutete auf Knut, der tief Luft holte, seinen Bogen nahm und vortrat, um den ersten Pfeil abzuschießen. Birger grüßte nur kurz, sprach aber nicht, sondern bedeutete ihm mit einer Armbewegung, den ersten Schuss vorzubereiten.

Knut zielte lange, bevor er ins Schwarze traf.

»Du hast die Rüben gezählt und weißt, wie es steht?«, fragte Birger, während er einen Pfeil aus dem Köcher zog, genau betrachtete und schließlich anlegte.

»Ich habe gezählt und weiß, dass sehr viel von diesen Pfeilen abhängt«, antwortete Knut.

Birger nickte und schoss. Sein Pfeil traf ebenso gut wie Knuts. Er wartete mit dem Sprechen, bis Knut seinen zweiten Pfeil abgefeuert hatte. Dieser traf ebenso gut wie der erste.

»Ich habe achtzehn Rüben in meinem Korb«, sagte Birger und betrachtete den nächsten Pfeil. »Du hast sechzehn und Jon siebzehn. Wenn ich dich besiege und anschließend noch Jon, dann haben wir alle neunzehn. Wäre das nicht das Beste?«

Knut antwortete nicht, und Birger konzentrierte sich wieder auf das Ziel. Dann traf er erneut ins Schwarze.

Als Knut wieder an der Reihe war, schienen ihn seine Gedanken allzu sehr in Anspruch zu nehmen. Er zielte zu lange, musste den Bogen senken, noch einmal durchatmen und neu anlegen. Dann schoss er schlechter als bei den ersten beiden Malen.

Birger schoss seinen dritten Pfeil ebenso exakt wie die beiden ersten und lag damit in Führung. Knut starrte lange auf die Erde. Dann nahm er sich zusammen, schoss konzentriert und traf wieder ins Schwarze.

»Und wenn ich dich schlage, was passiert dann mit Jon und mir?«, fragte Knut überraschend, gerade als Birger seinen vierten Pfeil abschießen wollte.

»Das kannst du dir leicht ausrechnen«, antwortete Birger, nachdem er seinen Bogen gesenkt hatte, um noch einmal von neuem zu beginnen. »Wenn Jon dich besiegt, dann belegt ihr beide den ersten Platz. Wenn du Jon besiegst, dann bist du alleiniger Sieger. Stör mich nicht nochmal, wenn ich gerade schießen will!«

Birger traf erneut genauso exakt wie mit seinen vorhergehenden Pfeilen. Knut schoss hingegen zum zweiten Mal etwas schlechter und war jetzt deutlich im Rückstand.

»Wenn ich dich schlagen darf, dann verspreche ich dir, dass Jon mich schlägt, damit wir gemeinsam siegen«, sagte Knut, als Birger den nächsten Pfeil anlegte.

»Sag mir, warum zwei Sieger besser sein sollen als drei«, entgegnete Birger, schoss rasch und traf erneut etwas besser als Knut.

»Für unser aller Freundschaft, deine, meine und Jons, für die Freude, dass Jon zusammen mit seinem besten Freund an dem Tag siegt, an dem er die Jugend verlässt«, erwiderte Knut unverdrossen, machte sich zum nächsten Schuss bereit und traf anschließend mitten ins Schwarze.

»Bist du der bessere Schütze von euch beiden?«, fragte Birger, als er zum nächsten Pfeil griff.

»Ich gewinne neun von zehn Mal, wenn wir gegeneinander antreten«, antwortete Knut.

Daraufhin senkte Birger seinen Bogen, ohne zu schießen, und sah zu Boden, als müsse er sich ganz auf den nächsten Schuss konzentrieren. Anschließend setzte er noch einmal an, zielte lange und schoss seinen schlechtesten Pfeil, so dass Knut etwas aufholte.

»Ich lasse dich gewinnen, wenn du Jon gewinnen lässt«, sagte er knapp. »Wenn du auf deine Ehre schwörst, dass es so abläuft.«

»Ich schwöre«, erwiderte Knut fast glücklich und bereitete sich auf den nächsten Pfeil vor, der gut traf.

Birger verfehlte daraufhin mit seinem nächsten Pfeil fast die Scheibe, nachdem er sehr lange gezielt hatte. Das konnte leicht passieren, wenn sehr viel auf dem Spiel stand. Viele Männer verloren dann ihre Gelassenheit. Als anschließend Knut und Jon aufeinandertrafen, siegte Jon zur Verwunderung von vielen mit Leichtigkeit.

Nun wurden die Rüben feierlich von Herrn Agne gezählt, der das Resultat bereits recht gut hatte abschätzen können. Bleich vor Spannung hatte er am Ende des Bogenschießens dagesessen und war kaum ansprechbar gewesen.

Als Herr Agne schließlich zusammen mit Brigida Helgesdotter die Siegerehrung vornehmen wollte, tat er etwas, das niemand erwartet hatte und worüber noch lange gesprochen werden sollte. Er rief nicht nur die beiden Sieger auf, sondern auch den Folkunger Birger. Dann befahl er, einen Hackklotz und das Schwert des Folkungers zu holen.

Plötzlich wurde es totenstill. Niemand verstand, was Herr Agne mit diesem unheilschwangeren Befehl bezweckte. Herr Agne war jedoch für seinen Eigensinn bekannt.

Nach kurzem Warten brachten zwei geduckte und atemlose Knechte das Gewünschte. Herr Agne legte daraufhin gelassen die goldene Siegerkrone auf den Hackklotz vor den drei sprachlosen Jünglingen, reichte dem Folkunger das Schwert und hob die Hand, um für Ruhe zu sorgen, was gänzlich unnötig war, denn kein einziges Flüstern war in diesem Augenblick zu hören.

»Wir haben zwei Sieger, aber nur eine Goldkrone!«, rief er. »Und Ihr, Folkunger, der Ihr Euren Farben solche Ehre gemacht habt, sollt die Silberkrone haben. Aber erst müsst Ihr sie Euch mit Eurem scharfen Schwert verdienen!«

Birger verneigte sich vor Herrn Agne, zog wortlos sein Schwert aus der Scheide und deutete fragend auf die Goldkrone auf dem Hackklotz. Herr Agne nickte schweigend. Darauf hob Birger sein Schwert mit beiden Händen, zielte genau und spaltete dann mit einem Hieb die Krone in zwei identische Hälften, ohne dass eine von ihnen zu Boden gefallen wäre. Vorsichtig zog er sein Schwert, das tief in den Hackklotz eingedrungen war, heraus, wischte es an seinem Leinenhemd ab und schob es wieder in die Scheide. Dann verbeugte er sich und trat einen Schritt zurück.

Herr Agne erwiderte die Verbeugung, nahm die beiden Hälften der Goldkrone auf und reichte sie Jon und Knut gleichzeitig. Beide Sieger wirkten etwas enttäuscht, aber glücklich. Dann forderte Herr Agne Birger auf vorzutreten und krönte ihn ohne weitere Worte oder Umstände mit der Silberkrone.

Die Dämmerung war hereingebrochen, und die Gäste gingen gut gelaunt auf den Saal des großen Langhauses zu, um mit dem Hochzeitsmahl zu beginnen. Die Unterhaltung war lautstark und eifrig, da es nach den Junkerspielen viel Gesprächsstoff gab. Vielleicht gab es auch Dinge, über die man streiten konnte. Niemand fiel daher das laute Wiehern und Schnauben auf, das von den hinteren Ställen kam.

Birger war mit den anderen Jünglingen auf dem Weg, sich umzuziehen. Er errötete und sah zu Boden, während er daran dachte, wie schamlos Ibrahim seine heimlichen Vergnügungen kundtat.

Aus seinem Gepäck holte er ein Waffenhemd, das nicht für den Kampf, sondern für festliche Angelegenheiten gedacht war. Es bestand aus blauem, ausländischem Tuch, das von Silberfäden durchwirkt war. Außerdem knöpfte er das Futter aus Marderpelz in seinen Umhang. Dann ging er über den leeren Hofplatz und legte im Haus der Jünglinge seine nasse Kleidung ab. Die Stimmung im Haus war sonderbar. Einige waren bester Laune, andere warfen Birger finstere Blicke zu, als er eintrat und die Kleider auf sein Lager legte. Jon und Knut waren unter viel Gelächter damit beschäftigt, sich mit Hilfe von Lederriemen eine halbe Krone auf dem Kopf festzubinden. Sie kamen sofort auf ihn zu und umarmten ihn brüderlich. An die anderen gerichtet sagten sie laut, er sei wahrlich ihr Freund und ein edler Streiter.

Birger antwortete nicht viel, legte seine Silberkrone und seine Oberbekleidung ab und begab sich dann in das Badehaus.

Dort war allerdings alles dunkel und ungeheizt. In den Eimern war kein Wasser. *Savon* oder Birkenreisig, um sich zu waschen, gab es ebenfalls nicht. Mit einem leeren Holzeimer trat Birger wieder ins Freie und kehrte zum Vorratshaus zurück, da er wusste, dass ihm Ingrid Ylva zu seinem Proviant ein Stück Savon aus Forsvik in sein Gepäck gelegt hatte. Anschließend holte er Wasser am Brunnen auf dem Innenhof, begab sich wieder ins Badehaus und wusch sich. Als er noch nass ins Haus der Jünglinge zurückkehrte, waren die anderen schon fast angekleidet und tuschelten hinter seinem Rücken, wenn man nach einem Wettstreit zum Festmahl erschiene, wolle man doch wohl riechen wie ein Mann und nicht wie eine Frau. Er überhörte das geflissentlich, kleidete sich sorgfältig an und wandte den anderen dabei den Rücken zu. Diese wurden immer ungeduldiger, zumal er Schwierigkeiten hatte, den Marderpelz in seinem Umhang zu befestigen. Einige wollten vorausgehen, wurden aber von Jon und Knut daran gehindert.

Zum Lohn der Sieger bei den Junkerspielen gehörte auch ein Ehrenplatz an der Tafel. Und Sieger waren Herrn Agne zufolge diejenigen, die eine ganze oder halbe Krone trugen.

Da dieser Beschluss eindeutig war, nahmen Knut und Jon Birger in ihre Mitte, und so betraten die drei Jünglinge als Erstes den Saal, wo sie mit Beifall empfangen wurden.

Die Ehrenplätze befanden sich an der Schmalseite des Saales und lagen den Plätzen der Braut und ihrer sieben weiß gekleideten Jungfern gegenüber. Mitten im Saal brannte ein Feuer. Die meisten Tische waren um das Feuer herum angeordnet. Gesinde eilte herbei, um Jon, Knut und Birger zu den Ehrenplätzen und die anderen Jünglinge zu den benachbarten Bänken zu führen.

Birger saß ein Stück von Herrn Agne, den Eltern der Braut, dem Bischof sowie von Jon und Knut entfernt. Das erleichterte ihn, weil er vermutete, dass Knut und Jon auch lieber ein Stück von ihm entfernt saßen, um allen, die es gern hören wollten, von ihren Heldentaten zu berichten. Bei einem Gastmahl einfach nur zu essen und zu trinken war kein Problem für Birger. Das hatte er schon oft getan, und dieses Mal schien es ihm auch angemessen zu sein, in einigem Abstand von den anderen Ehrenplätzen seine Ruhe zu haben.

Dies erwies sich jedoch als ein Irrtum. Zunächst bemerkte er, dass ihn viele anstarrten und flüsternd auf ihn zeigten. Das brachte ihn in umso größere Verlegenheit, als er es nicht gewohnt war, angestarrt zu werden, und dafür auch keine Erklärung wusste. Die Frau neben ihm stellte sich als Witwe Sigun aus Tiundaland vor und erklärte ihm, warum so viel getuschelt und mit den Fingern gezeigt werde. Sie rühmte seinen Umhang, strich über den Stoff, die Goldfäden und das Innenfutter und erkundigte sich, wo so kostbare Kleidungsstücke angefertigt würden und wie viel Silber man dafür bezahlen müsse.

Damit kannte sich Birger nicht aus. Von Preisen hatte er keine Ahnung, da über solche Dinge bei ihm zu Hause nicht gesprochen wurde. Außerdem hatte seine Großmutter den Umhang genäht, er war also nicht verkäuflich. Errötend murmelte er, dass solche Umhänge vermutlich in den Klöstern von Riseberga und Gudhem zu erstehen seien, aber wahrscheinlich müsse man ein Jahr lang auf die Fertigstellung warten und im Voraus bezahlen. Witwe Sigun ließ sich von Birgers Schüchternheit nicht bremsen, sondern begann ihn regelrecht auszufragen. Als Erstes wollte sie wissen, ob er Verwandtschaft in Svealand habe. Er antwortete, der Sohn des Bruders seines Großvaters, Torgils Eskilsson, sei mit der Tochter eines Leif Lagmann zu Norrgarns Gård im finstersten Uppland verheiratet. Er könne sich aber nicht erinnern, wie er heiße. Witwe Sigun nahm seine wirren Antworten übertrieben amüsiert auf. Sie lachte laut, schüttete ihm Bier auf die Hose und wollte es sofort mit zudringlichen Händen wegwischen. Birger wehrte sich verlegen. Der kalte Schweiß brach ihm aus. Er ahnte, dass diese Tischgemeinschaft wenig höfisch ausfallen würde und auch nicht in Ehren zu bestehen war.

Nachdem man mehrfach mit dem Familienbecher aus Horn angestoßen hatte, der aussah wie eine Schlange, die sich selbst in den Schwanz biss, und zum zweiten Mal Essen und Bier serviert bekam, wurden der Gesang und die Unterhaltungen immer lauter. Sigun, die alt genug war, um seine Mutter sein zu können, wurde in ihrer Rede zunehmend unverblümter und beugte sich immer wieder über die Tafel, um sich Möhrchen in Honig oder ein Stück Lammbraten zu nehmen. Dann stützte sie sich jedes Mal auf Birgers Schoß ab, was ihn mit Scham und Erregung erfüllte.

Bald fiel jedoch Herrn Agne Birgers Verlegenheit auf. Da die meisten Trinksprüche ausgebracht worden waren, erhob er sich, nahm seinen Bierkrug und drängte sich ohne weitere Umstände zwischen Sigun und Birger.

»Junker Birger«, begann er wohlwollend, nachdem sie sich zugeprostet hatten, »Ihr seid begabt, wenn es darum geht, in der Hitze des Gefechts Rüben zu zählen. Dafür gehört Euch meine Hochachtung, das sollt Ihr wissen.«

»Was dies angeht, seid Ihr auch nicht schlechter im Rübenzählen als ich, Herr Agne«, entgegnete Birger, den Blick auf die Tischplatte gerichtet.

»Damit ist genug über Rüben gesagt, da wir uns voll und ganz verstehen«, meinte Herr Agne schmunzelnd und schaute zufrieden in den Saal. »Deswegen war es mir auch eine besondere Freude, Euch mit der einzigen ganzen Krone zu krönen, Junker Birger. Aber jetzt wollen wir dieses Thema beenden.«

Birger nickte nur stumm. Es fiel ihm nicht ein, wie er ein neues Thema hätte anschneiden können.

»Lasst mich noch etwas ganz anderes fragen«, fuhr Herr Agne fort, nachdem er Birger und sich hatte nachschenken lassen. »Dieses Schwert von Euch, wo kauft man ein solches?«

»Wenn Ihr gestattet, Herr Agne«, entgegnete Birger zögernd, »dann lasse ich Euch noch vor Weihnachten ein ebenso scharfes Schwert aus demselben Stahl schicken. Aber dann müssen wir vorher ein Stück Leder ausschneiden, damit deutlich ist, wie lang und breit Ihr es wünscht.«

»Ich hatte nicht um ein so kostbares Geschenk gebeten. Ich bin ein Mann, der bezahlen kann, daher frage ich Euch jetzt noch einmal nach dem Preis«, erwiderte Herr Agne barsch, obwohl er sehr versucht war.

»Ich verstehe das sehr gut, denn Ihr seid ein tüchtiger Mann, Herr Agne«, erwiderte Birger rasch und erleichtert, da er jetzt das Gefühl hatte, festeren Boden unter den Füßen zu haben. »Doch habt Ihr mich, Euren unbekannten Gast, in einer Art geehrt, die ich so bald nicht vergessen werde. Dafür bin ich Euch einen Dienst schuldig, und den möchte ich Euch gerne erweisen, je früher, desto besser. Deshalb werde ich Euch Euer neues Schwert noch vor Weihnachten schicken lassen.«

»Ihr seid nicht irgendein Folkunger, Junker Birger!«, rief Herr Agne verzückt darüber, dass ihm Birger ein Schwert aufdrängte, wie es keiner seiner Verwandten besaß. »Sagt mir doch noch, woher ein Junker mit so höfischen Sitten kommt. Wie heißt Ihr außer Birger noch, und wer ist Euer Vater?«

»Ich bin Birger Magnusson zu Ulvåsa, Magnus Månesköld war mein Vater, der Jarl Birger Brosa zu Bjälbo war der Pflegebruder meines Vaters und Ritter Arn Magnusson mein Großvater«, antwortete Birger stolz und hoch erhobenen Hauptes.

Erst wurde Herr Agne blass, dann nickte er nachdenklich und leerte wortlos seinen Krug in einem Zug. Er erhob sich rasch und entschuldigte sich damit, dass er zum Bischof und seinen Verwandten zurückmüsse. Er machte Anstalten, Birger freundschaftlich auf die Schulter zu klopfen, schien aber nicht den nötigen Mut zu besitzen, nahm seinen leeren Krug und ging.

Sofort war Witwe Sigun wie eine geschäftige Biene wieder an Birgers Seite. Er konnte ihren weichen Schenkel spüren. Sie sagte, sie habe alles gehört.

Herr Agne hatte noch einige wichtige Dinge mit dem Bischof und seinen zukünftigen Blutsverwandten zu besprechen. Was sich die lüsterne Witwe Sigun womöglich in den Kopf gesetzt hatte, war weiter nicht der Rede wert, zumindest nicht in dieser ersten Hochzeitsnacht. Es würde ihr schwerfallen, zum Haus der Jünglinge Zutritt zu erhalten. Im Übrigen konnte eine Witwe frei über ihren Schoß bestimmen, ohne dass dies zu Streit und Blutvergießen führte.

Betrachtete man hingegen den bocksbärtigen Brynulf aus Uppland, so konnte man sich bereits in naher Zukunft Mordbrand und klagende Witwen vorstellen. Denn Brynulf war die schwarze Rübe geworden, hatte also den letzten Platz belegt. Dafür gab er sicher nicht sich die Schuld, sondern vor allem Birger Magnusson.

Es konnten also zwei Dinge unternommen werden, um diese Hochzeit vor größerem Ungemach zu bewahren. Man konnte Brynulf zu sich rufen und ihm ohne Umschweife erklären, wer der Folkunger war, über den er noch im Laufe des Abends mit dem Schwert herfallen wollte. Vielleicht ließen sich seine Rachegelüste damit besänftigen. Man konnte ihm klarmachen, dass er damit nur Unglück über sich und seine Familie bringen konnte.

Die andere Möglichkeit bestand darin, Brynulf über Nacht in einer Scheune oder in einem Vorratshaus einsperren zu lassen.

Doch Helge Lagmann aus Gottsunda, der bald der Blutsverwandte von Herrn Agne sein würde, meinte, er könne nicht dabei mitwirken, einen jungen Verwandten so schmählich von einer Hochzeit auszuschließen. Käme es trotzdem dazu, würde es anschließend sehr viel Ärger geben. Besser sei es, den jungen Brynulf zu warnen, dass er nicht lange leben würde, falls er wirklich zu seinem Schwert griffe. Ginge er hinterrücks zum Angriff über, so sei er ein gemeiner Meuchelmörder, dessen Hof niedergebrannt und dessen Verwandtschaft bis ins dritte Glied von rachedürstenden Folkungern aus Sunnanskog ermordet werden würde. Und ein Mann, der sich so etwas nicht zu Herzen nehme, fuhr Helge fort, besäße nicht viel Verstand.

Bischof Ulf aus Strängnäs meinte jedoch, er habe schon bittere Erfahrungen damit gemacht, sich auf die Vernunft solcher Grünschnäbel zu verlassen, insbesondere wenn sie die Möglichkeit hätten, reichlich dem Bier zuzusprechen. Besser wäre es, fand der Bischof, geeignete Vorkehrungen zu treffen. Den jungen Brynulf unschädlich zu machen, indem man ihn gefesselt eine Nacht lang in die Scheune legte, sei allerdings schmählich, und er würde bestimmt am nächsten Morgen voller Zorn davonreiten, sobald man ihn losband. Sicherlich würde das Helge Lagmann in Zukunft Ärger eintragen. All das sei zu berücksichtigen.

Birger fiel es immer schwerer, sich der Witwe Sigun zu erwehren, die mit jedem Krug dreister wurde. Aber auch Birger wurde mit jedem Krug weniger verlegen. Außerdem hatte er einen wahnsinnigen Druck auf der Blase, konnte aber nicht wie alle anderen austreten gehen, da sein Zustand sonst schamlos all seine sündigen Gedanken verraten hätte. Gegen diesen Druck konnte sich auf Dauer jedoch niemand erwehren, und so hielt er sich schließlich mit der Linken seinen schweren Umhang vor den Schritt und begab sich vornübergebeugt vor das große Tor. Dort draußen standen eine Menge lärmender und lachender Männer, einige pinkelten, andere rissen nur Possen. Als sie Birger kommen sahen, verstummten sie zunächst, aber dann begannen sie, über Pferde zu scherzen. Obwohl sein Harndrang inzwischen unerträglich war, hatte dieser erzwungene Wortwechsel den Vorteil, dass sein Glied sich wieder in den Zustand zurückverwandelte, in dem er es für das verwenden konnte, für das es hauptsächlich vorgesehen war. Seine Erleichterung war groß, und er pinkelte lange und sehr männlich.

Wieder auf seinem Ehrenplatz empfing ihn Sigun nicht nur so, wie er erwartet, sondern auch, wie er erhofft hatte. Zum ersten Mal legte er seine Hand auf ihren Oberschenkel, worauf sie ihn lächelnd ermunterte, es noch weiter oben zu versuchen. Sein Glied geriet sogleich wieder in Erregung, und sie legte liebevoll ihre Hand darauf und lobte es für seine Stärke und Kraft.

Was dann hätte passieren können, darüber konnte Birger nur Vermutungen anstellen. Denn alle Lustbarkeiten unter dem Tisch nahmen ein abruptes Ende, als eine Fanfare ertönte und Gaukler ihre Pfeifen und Trommeln erklingen ließen. Barfuß, nur im Hemd und mit einem Kranz aus Preiselbeerlaub im Haar, begannen die Brautjungfern ihren Tanz. Da alles bei dieser Hochzeit eilig vonstattenzugehen schien, fiel auch dieser Tanz kurz aus. Dann wurde die Braut zur Brautkammer im hinteren Giebel des Langhauses geführt. Witwe Sigun war so nahe verwandt mit ihr, dass sie sie zum Brautbett begleiten musste. Birger war nicht erleichtert, sondern vermisste sie eher.

Kurz darauf wurde Jon Agnesson zur Brautkammer geführt. Dann wurde der betrunkene Bischof von zwei kräftigen Gefolgsleuten ebenfalls dorthin gebracht, um das Brautpaar ein letztes Mal zu segnen, bevor man die Decke über sie breitete.

Mit dieser eiligen Hochzeit waren jetzt zwei Familien vereinigt worden. Das meiste war am ersten Tag und in der ersten Nacht geregelt worden. Deswegen würde auch die Jünglings- und Jungfernnacht sogleich beginnen, allerdings ungewöhnlicherweise ohne die Teilnahme der Braut bei den Jungfern und des Bräutigams bei den Jünglingen.

Im Junkerhaus war Knut bester Laune. Er saß am Tischende, da sein Freund Jon den Junggesellenstand bereits verlassen und schwerere Pflichten zu erfüllen hatte, als Bier mit seinen Freunden zu trinken. Niemand wusste jedoch, weswegen auch Brynulf aus Uppland fehlte. Knut ließ nach ihm suchen, aber er war nirgends zu finden. Knut scherzte, er habe sich vielleicht trunken wie ein Igel unter einen Laubhaufen schlafen gelegt. Vielleicht sei ihm aber auch irgendwo eine lüsterne Witwe über den Weg gelaufen, und das habe ihm besser gefallen, als sich die ganze Nacht als schwarze Rübe verspotten zu lassen.

Birger machte ein seltsames Gefühl zu schaffen, als er die Rede von der lüsternen Witwe hörte, und sah vor seinem inneren Auge bereits Sigun in den Armen Brynulfs. Bald hatte er jedoch einen neuen Krug Bier und ein Stück Braten vor sich. Knut war fröhlich, wollte unbedingt neben ihm sitzen und erzählte den anderen nur Gutes über ihn. Alle Feindschaft, die Birger gefürchtet hatte, war wie weggeblasen. Anfänglich wurde fast nur von den

Junkerspielen gesprochen und darüber gescherzt, wer als Erster vom Steg gefallen oder wie unmöglich es gewesen sei, Birger mit dem Sandsack zu treffen. Dann kam man auf Forsvik und die Gerüchte zu sprechen, die über diesen Ort im Umlauf waren. Eine ganze Zeit lang war Birger Mittelpunkt des Gesprächs und trank bald mehr als gewöhnlich. Er begann, große Reden zu führen, und auch das war ihm früher noch nie passiert. Er hatte gelernt, dass derjenige seines Schwertes nicht wert sei, der die Zunge an dessen Stelle treten ließe.

In Nordanskog war jedoch vieles anders als in Västra Götaland. In Sunnanskog wäre es niemals vorgekommen, dass die Jungfern am Jungfernabend das Junkerhaus aufgesucht hätten.

Knut ging sie selbst holen. Bald waren Gekicher und leichtfüßige Schritte im Vorraum zu hören. Knut riss die Tür auf und verkündete, jetzt beginne das richtige Fest der Jugend. Verfroren und bibbernd traten die Jungfern ein, warfen ihre Umhänge ab, wärmten sich am Feuer und tanzten in ihren dünnen, weißen Hemden um den Tisch, an dem die Jünglinge saßen. Dafür wurden sie mit lauten Beifallsrufen belohnt. Birger hatte aus reiner Verwunderung aufgehört zu trinken, und das Feuer, das Witwe Sigun in ihm entfacht hatte, begann erneut zu lodern.

Es wurde eine lange Nacht im Junkerhaus mit viel Kommen und Gehen. Da war jedoch weiter nichts dabei, denn die Nacht im großen Langhaus von Agneshus war sicher ebenso lang. Am nächsten Tag würden alle erst gegen Mittag aufstehen, und die Älteren würden sicher vor den Jüngeren zu Bett gehen und nicht erfahren, was ihre Söhne und Töchter in der Nacht angestellt hatten, in der der eine oder andere Hochzeitsbrauch hastig abgeändert worden war.

Die junge Frau, der Birger nahekam, hieß Signy, und es fiel ihm seltsam schwer, sich ihren Namen zu merken. Er nannte sie mehrmals Sigun. Knut hatte sie zusammengebracht, nachdem er sich bei den Jungfern erkundigt hatte, wer seinen Freund Birger am meisten begehre.

Wie er mit Signy unter seinem großen, wärmenden Umhang in einen der Heuschober geraten war, wusste er anschließend selbst nicht mehr. Umso besser konnte er sich an ihre weichen Hände und ihr schönes Gesicht erinnern und noch mehr an das, was er nicht einmal in Gedanken zu benennen wagte.

Als er am nächsten Morgen erwachte, war er ein anderer geworden. Wie es Knut zu Birgers Verlegenheit im Beisein aller Jünglinge laut kundtat, bestand der Unterschied darin, dass er jetzt wirklich voll und ganz ein Mann sei und nicht nur mit Schwert und Schild.

Am Abend des zweiten Hochzeitstages wurden alle Jungfern weggeschlossen und von Müttern und Verwandten bewacht, da sich schlimme Gerüchte unter den Hochzeitsgästen verbreitet hatten. Mit der jungen und lieblichen Signy blieb Birger also nicht mehr allein, stattdessen aber mit der nicht minder lieblichen Witwe Sigun, die zwar nicht mehr so jung, aber heißer und schamloser war als jede Jungfer.

Als Birger und Knut nach dem dritten Tag der Hochzeitsfeierlichkeiten allein nach Strängnäs ritten, um ein Schiff zu finden, das sie nach Tälje und Söderköping bringen würde, waren sie zum ersten Mal ungezwungene Freunde. Knut meinte, dass er vermutlich derjenige sei, der noch einiges über männliche Tugenden wie den Schwertkampf zu lernen habe, aber Birger habe bei den Tugenden, die dem Bettstroh zugehörten, noch einigen Nachholbedarf. Das gliche doch vieles zwischen ihnen aus.

Birger dachte nicht so sehr daran, dass er vielleicht gesündigt haben könnte, dafür war er viel zu sehr von seiner neuen Männlichkeit erfüllt. Deswegen hatte er auch keine Einwände, als Knut von beglichener Schuld sprach.

Elf Tage nachdem sie Ulvåsa verlassen hatten, kehrten sie auf einem Flusskahn dorthin zurück. Gut gelaunt erzählten sie von falschen Trollen und dem Hochzeitsfest in Nordanskog.

Ingrid Ylva fiel auf, wie unbeschwert sich Knut und Birger unterhielten. Sie vermutete, dass sie aus der Not eine Tugend machten und vorgaben, größere Freunde zu sein, als sie in Wirklichkeit waren. Bald sah sie ihrem Sohn Birger jedoch an, dass über getötete Wegelagerer oder Junkerspiele hinaus noch etwas anderes vorgefallen sein musste. Vermutlich war es etwas, wovon Jünglinge nicht gern erzählten, nicht einmal ihren Müttern.

Über diese Entdeckung sagte sie nichts, da es darüber nichts zu sagen gab und dabei um etwas ging, was ohnehin früher oder später geschah. Sie war sicher, dass Birger die Ehe eingehen würde, die sie von ihm verlangte. Während dieser langen Wartezeit konnte keine Kraft auf Erden einen Mann wie Birger davon abhalten, ein Mann zu sein. Sie durfte jedoch nicht zu lange damit warten, mit ihm zu sprechen. Sie musste ihn vor den weiblichen Gelüsten warnen, die die ganze Familie den Gefahren der Rache aussetzen konnten.

Den restlichen Herbst hindurch bis zum ersten Schnee übten Birger und Knut mit den Waffen und befolgten damit die königliche Anweisung. Sie waren fleißiger, als selbst König Erik das hätte verlangen können.

Aber als sich Weihnachten näherte, kam Knut zu Ingrid Ylva und erklärte, er stehe inzwischen in so großer Schuld bei Birger, dass man ihm zugestehen müsse, Birger über

Weihnachten als seinen und seines Vaters Gast auf Vik zu sehen.

Knut wählte seine Worte mit Bedacht und wie es die Ehre forderte. Ingrid Ylva konnte ihm seinen Wunsch also unmöglich abschlagen. Sie wusste jedoch sehr gut, dass es den Männern bei diesen Feiertagen um mehr ging als um die Christmette und Gebete zum Gedenken an die Geburt unseres Herrn.

Damit hatte sie mehr Recht, als sie selbst ahnte. Knut hatte Birger einiges von den Lustbarkeiten erzählt, die ihn erwarteten, und nicht vergessen zu erwähnen, dass die Witwe Sigun auf dem Nachbarhofe von Vik wohnte.

Da die Seen in diesem Winter zeitig zugefroren waren, begaben sich Birger und Knut in einem Schlitten Richtung Mälaren und Vik. Sie wollten noch auf der Insel Fogdö bei Strängnäs vorbeischauen. Dort wollte Birger ein neues Schwert aus Forsvik als Geschenk abgeben. Ingrid Ylva hörte sie noch lange, nachdem sie abgefahren waren, in ihrem Schlitten reden und lachen.

IV

Zu Tiburtius waren die Kraniche bereits seit drei Wochen im Lande und ihre Tänze am Hornborgasjön vorüber. Seit jeher war Tiburtius der Tag, an dem in Västra Götaland das Eis aufging und die Bären im Nordanskog ihren Winterschlaf beendeten. Der Winter war nicht streng gewesen und der Frühling in diesem Jahr früh gekommen.

Cecilia Rosa bekam viel zu tun, als Schiffe und Flusskähne aufs Neue Waren liefern konnten. Vieles hatte man in Vorratshäusern und Scheunen einlagern müssen, als Flüsse und Seen im Vorjahr ungewöhnlich früh zugefroren waren. Im Frühjahr trafen alle Schiffe aus Lübeck in Söderköping ein. Von dort wurden die Waren nach Forsvik gebracht. Am Anfang war viel im Blick zu behalten, außerdem wollte Cecilia Rosa endlich Geschäfte mit König Erik und Eskil Magnusson machen, der in den letzten Jahren die Winter in Visby verbracht hatte, um das ganze Jahr über Handel treiben zu können. Auf dem Weg nach Hause nach Arnäs musste er früher oder später in Forsvik vorbeikommen. Es blieb ihr nichts anderes übrig, als sich zu gedulden.

Als Eskil endlich eintraf, hatte er es sehr eilig, nach Hause zu kommen, was vielleicht dazu beitrug, dass er rasch auf alle Vorschläge Cecilia Rosas einging und sich außerdem anbot, das Hochzeitsfest für Alde auf Arnäs auszurichten, da die Verlobung auf Forsvik stattfinden sollte. Für seine Nichte Alde habe er ein Herz und einiges an Silber übrig, meinte er. Außerdem fand er das Geschäft Cecilia Rosas klug. Er gehörte zu den Männern, die Sinn für Wohltätigkeit hatten, die sich bezahlt machte. Und das, was Cecilia Rosa plante, würde sich nicht nur für die jetzt lebenden Folkunger auszahlen, sondern auch für ihre Nachkommen. Sie würden ihre Macht in Västra Götaland stärken.

Cecilia Rosa führte somit einfachere Verhandlungen mit ihrem Schwager Eskil Magnusson als mit dem König, obwohl Eskil von beiden mehr Silber zahlen musste.

Das Erste, wozu sie den König überredet hatte, war das Einfachste gewesen. Ritter Sigurd und Ritter Oddvar, die rechtmäßig zu Rittern geschlagen worden waren, als sie im letzten Moment das Leben König Eriks gerettet hatten, stünde wie allen großen Kriegern des Reiches ein eigenes Lehen zu. Sie könnten schließlich nicht für alle Ewigkeit auf Forsvik dienen, auch wenn darüber nicht zu klagen sei und sie auch nie klagten. Es falle einem König außerdem leichter, große Krieger an sich zu binden, wenn diese in seiner Schuld stünden.

Soweit war König Erik mit allem einverstanden, beklagte seine eigene Nachlässigkeit und den Umstand, dass ihn Cecilia Rosa nicht schon früher darauf aufmerksam gemacht hatte.

Schwieriger wurden die Verhandlungen, als Cecilia Rosa darauf zu sprechen kam, durch welchen Grundbesitz die königliche Gunst konkret zum Ausdruck kommen sollte. Sie schlug die Höfe und Besitzungen vor, die südlich der Burg Lena am Westufer des Vättern lagen, auf der Grenze der Gemarkungen von Erikern und Folkungern. König Erik meinte, dass sich dadurch die einen auf Kosten der anderen ausbreiten würden. Cecilia Rosas Einwand, dies sei schließlich überall der Fall, wischte er mit der Bemerkung beiseite, dass es an den Grenzen am augenfälligsten sei. Sie musste König Erik schließlich Gold bieten, um ihn zum Nachgeben zu bewegen.

Das war der erste Teil ihres Plans. Jetzt besaßen Sigurd und Oddvar das Land südlich der Burg Lena. Als zweiten Schritt sollten die Brüder die Burg Lena übernehmen und mit Arbeitern aus Forsvik fertig bauen. Dafür würden sie die Folkunger mit dem Land bezahlen, das sie soeben vom König erhalten hatten.

Lena war ursprünglich die Burg Birger Brosas gewesen, aber jetzt gehörte sie gemeinsam Eskil Magnusson, der mehr Silber in den Bau gesteckt hatte als jeder andere, und einigen von Birger Brosas Verwandten aus Bjälbo. Diese Verwandten mussten jetzt ausgezahlt werden, und da würde Eskil wieder einiges Silber opfern müssen.

Obwohl Eskil im Unterschied zu seinem seligen Bruder Arn nie ein Mann des Schlachtfelds gewesen war, kannte er sich mit dem Krieg aus und wusste, was für die Sicherheit seiner Familie auch in Zukunft wichtig war. Mit zwei Folkunger-Rittern auf der Burg Lena besaßen die Folkunger drei Burgen in Västra Götaland. Arnäs, dort war Eskils Sohn Torgils Burgherr, war die stärkste. Dann kam Ymseborg, die Bengt Elinsson gehörte, und nun bald Lena mit Ritter Sigurd, der enge verwandtschaftliche Beziehungen sowohl nach Arnäs und Forsvik als auch zu seinem Bruder, Ritter Oddvar, besaß.

Wie wichtig diese Folkunger-Präsenz in Västra Götaland war, verstand Eskil sehr gut. Daher jammerte er auch nicht darüber, was ihn das alles kosten würde. Denn das sei wie mit den Gaben an die Klöster, meinte er. Es würde sich nach dem eigenen Tode auszahlen.

Damit stand dem Verlobungsfest, zu dem mehr Waffenhemden in Silber und Blau erscheinen würden als je zuvor, nichts mehr im Wege. Denn zu Aldes Verlobung mit einem Ritter aus Forsvik würde jeder, der in den letzten zwanzig Jahren bei Arn Magnusson selbst, Emund, Oddvar, Bengt oder einem der anderen in die Lehre gegangen war, mit wehenden Farben und in voller Rüstung erscheinen. Die Loyalität der Forsviker war groß, und alle verehrten die Tochter Arn Magnussons.

Cecilia Rosa betrachtete eingehend ihren Kalender und kam zu dem Schluss, dass bis zur Eriksmesse Mitte Mai, wenn die Jungen der Amseln flügge wurden, alles vorbereitet sein könne. Dann wurde zwar gesät und es gab viel zu tun, aber auf Forsvik fiel diese Arbeit nicht an, und man erwartete auch keine Bauern als Gäste.

* * *

Ingrid Ylva gehörte nicht zu denen, die sich vor dem Wissen der Hebammen fürchteten, die über vieles zwischen Himmel und Erde Bescheid wussten, das den meisten unbekannt war, ob es sich nun um gute Christen, gelehrte Kleriker oder bloß einfältige Stallknechte handelte. Trotz halblauter Warnungen einiger Verwandter hatte sie zwei alten Schwestern namens Jorda und Vattna ein altes Haus am Seeufer überlassen, das früher von Ulvåsaer Fischern benutzt worden war. Ob sie wirklich Jorda und Vattna hießen, wusste sie nicht. Sie wusste auch nichts über ihr Leben, bis sie mit Ranzen und Wanderstab durch ihre Tür getreten waren. Erst hatte sie gedacht, es handele sich um entlaufene Leibeigene, denn warum hätten sie sich auf Wanderschaft begeben sollen, wenn sie frei gewesen wären? Aber da Ulvåsa wie Forsvik zu den Höfen gehörte, auf denen es keine Leibeigenen, sondern nur freies Gesinde gab, hatte Ingrid Ylva sie kurzerhand zum Abendessen und zum Übernachten eingeladen. Wäre ihnen jemand nachgelaufen und hätte Ingrid Ylva frech beschuldigt, Entlaufenen Unterschlupf zu gewähren, dann hätte sie einfach ein paar Silbermünzen auf den Tisch geworfen, auf ihren Hausfrieden bestanden und die Leibeigenenjäger weggeschickt. Denn nur Bjälbo und Arnäs waren wichtigere Folkunger-Höfe als Ulvåsa, und dort hielt man ebenfalls keine Leibeigenen.

Doch niemand suchte nach den beiden Frauen, und Ingrid Ylva brauchte sie deshalb auch nicht freizukaufen. Nachdem sie sich am ersten Abend mit ihnen unterhalten hatte, beschloss sie, ihnen ein Haus zu überlassen und sie mit allem zu versorgen, damit sie ihr Wissen in den Dienst von Ulvåsa stellen würden. Vattna und Jorda kannten sich sehr gut mit Kräutern aus, konnten entbinden, bei Kindern Fieber senken, Wunden heilen, Brüche an Armen und Beinen schienen und Durchfall zum Stillstand bringen. Das war für Ulvåsa ein Segen. Viele, besonders unter den Freigegebenen, hatten jedoch bald große Angst vor Jorda und Vattna und sprachen von Zauberei. Kinder gingen nur ungern in die Nähe ihres einfachen Hauses unten am Wasser.

Von dort kam Ingrid Ylva gerade. Sie trug einen Korb mit Frühlingszwiebeln, die sie gegen ihre Schwermut kochen wollte. Langsam und nachdenklich ging sie auf die Landungsbrücken zu, als sie einen Flusskahn mit einer Eisenladung kommen sah, der normalerweise gar nicht in Ulvåsa hätte anlegen sollen. Es war auch in Ulvåsa keine rote Flagge gehisst, dass jemand mitfahren wollte oder dass es eine Fracht gäbe. Neugierig ging sie auf die Brücke zu, als begännen Jordas und Vattnas Zwiebeln in ihrem Korb bereits zu wirken.

Deswegen war sie die Erste, die aus Forsvik erfuhr, dass die Verlobung Aldes und Sigurds bereits in weniger als einem Monat stattfinden würde. Zuerst bekam sie sehr gute Laune. Aber auf dem Weg, der zu ihrem Anwesen hinaufführte, überfielen sie erneut düstere Gedanken. Sie erinnerte sich an Birgers törichte Verirrungen, Alde betreffend.

Birger und Knut waren erst zu Pauli Bekehrung, der Wintermitte, nach der noch einmal so viel Schnee fiel wie vorher, von den Weihnachtsfeierlichkeiten auf Vik zurückgekehrt. Sie waren Ingrid Ylva nicht wie zwei Männer vorgekommen, die nur gefastet, gebetet und sich im Schwertkampf geübt hatten.

Wenn sie damit in Rückstand geraten waren, was sehr wahrscheinlich war, dann hatten sie das in den folgenden Monaten jedoch mehr als wettgemacht. Mit einer Sturheit, die Besessenheit glich, hatten sie von morgens bis abends aufeinander eingeprügelt. Vermutlich hatten sie die längsten Arbeitstage auf Ulvåsa gehabt, obwohl es dort viele hart arbeitende Leute gab, besonders unter den Freigegebenen.

Über ihre Fortschritte konnte sich Ingrid Ylva kein Urteil erlauben. Für sie sahen diese schweißtreibenden, lärmenden Übungen immer gleich aus, egal, wer sie betrieb. Sie hatte sich jedoch beim Bannerträger von Ulvåsa, einem erfahrenen Krieger aus ihrer eigenen Familie, erkundigt. Dieser hatte mit Nachdruck gesagt, Birger sei eben ein echter Forsviker und könne daher von keinem Mann, der nicht selbst Forsviker sei, besiegt werden. Knut sei jedoch nicht mehr nur ein Kind in den Händen des Forsvikers, sondern ein Mann, der sich gegen die meisten behaupten könne. Keiner der Gefolgsleute auf Ulvåsa würde vermutlich noch gegen diesen Knut antreten wollen, denn er sei jetzt ein ganz anderer Kämpfer als noch im vorigen Herbst, als man ihn zum ersten Mal gesehen habe.

Ingrid Ylva war sich nicht sicher, ob ihr das gefiel. Gut war, dass ihr Sohn voll und ganz den königlichen Auftrag erfüllte. Wenn Ingrid Ylva jedoch in die Zukunft schaute, konnte sie keinen Vorteil darin erkennen, dass Knut als Schwertkämpfer Birger fast ebenbürtig war.

Hätte Birger von der Unruhe seiner Mutter erfahren, er hätte vermutlich nur gelacht. Es war richtig, dass Knut inzwischen sehr viel besser mit einem Schwert umgehen konnte. Davon profitierte auch Birger. Er hatte Monat für Monat das Tempo erhöht und inzwischen nicht mehr das Gefühl, seine eigenen Fähigkeiten einzubüßen.

Es war allerdings nicht wahr, dass ihn Knut je einholen konnte. Das konnte niemand, der erst im Alter von zwanzig Jahren gelernt hatte, richtig mit einer Waffe umzugehen. Birger hatte als Fünfjähriger begonnen.

Sie hatten jetzt beide mehr Freude an ihrer Arbeit als zu Anfang. Sie hatten auch begonnen, mehr Zeit und Kraft auf Projekte zu verwenden, die ihren eigenen Absichten mehr dienten als denen des Königs. Knut übte mit Birger jeden Tag Speerwurf, da er es für unnötig hielt, dass Birger in dieser Disziplin jedes Mal sieben Rüben erhielt. Birger übte dafür mit Knut Knüppel auf der Planke, was schon eher zum königlichen Auftrag passte, da man damit Schnelligkeit und Wahrnehmung trainierte.

Was sie damit bezweckten, war leicht zu durchschauen. Birger und Knut rechneten nicht damit, in absehbarer Zeit zu heiraten, jedoch damit, an etlichen Junkerspielen teilzunehmen. Wer bei diesen Wettkämpfen siegte, gewann Gold und Ehre und konnte sich auf dem einzigen Gebiet, auf dem Knut Birger überlegen war, gute Chancen ausrechnen. Die großen Kriege lagen noch nicht lange zurück, und es gab viele junge Witwen.

Als die Einladung zur Verlobung aus Forsvik eintraf, lautete Knuts erste, eifrige Frage an Birger, ob dort mit einem Turnier zu rechnen sei. Diese Frage lag auf der Hand. Schließlich hatten sie bereits begonnen, sich die vielen Hochzeiten des Sommers auszumalen. Sie wollten sich beim Gewinn der Gold- und Silberkrone abwechseln.

Birgers Antwort glich einer kalten Dusche. Es sei zwar vorstellbar, dass bereits beim Verlobungsfest auf Forsvik ein Turnier stattfinden würde, räumte Birger ein, aber dann nur eines mit Lanzen zu Pferde, da die Forsviker alles andere für unmännlich hielten. Nach Forsvik kämen die besten Reiter des Landes, und er selbst könne sich glücklich schätzen, falls er überhaupt nur zu den zwanzig besten zählte. Knut sah sofort ein, dass er dieses Verlobungsfest besser auslassen sollte, und Birger hatte dagegen keinerlei Einwände. Stattdessen schlug er vor, dass Knut diese freien Tage dazu benutzen sollte, König Erik auf Näs zu besuchen. Denn der König würde vielleicht die Hochzeit in Arnäs besuchen, nicht aber die Verlobung in Forsvik. Dorthin würde er nur seine Mutter, Königinwitwe Cecilia Blanka, schicken.

Mit wenigen Worten und sehr mannhaft, wie sie es in letzter Zeit immer taten, einigten sie sich darauf, wie sie verfahren würden. Den restlichen Nachmittag verbrachten sie mit einer Übung, die Birger sich erst neuerdings hatte einfallen lassen. Knut hatte nur einen Schild, um sich zu verteidigen, und Birger griff mit dem Schwert, aber ohne Schild an. So lernte Knut, jedem Hieb zu begegnen und sein Schild zugleich als Waffe einzusetzen.

* * *

Die Verlobung auf Forsvik verlief anfangs so glänzend, wie es alle erwartet hatten. Aus dem gesamten Västra Götaland und aus großen Teilen Östra Götalands kamen alte Forsviker in Rüstung und mit Wappen, als ginge es um eine Krönung. So viele Forsviker waren noch nie versammelt gewesen, nicht einmal als man Jungfer Rikissa in Lödöse abgeholt hatte. An der Straße, die durch die Siedlung führte, hängten alle ihre Wappenschilde an Lanzen mit silbernen und blauen Wimpeln, die im Sonnenschein funkelten wie das blaue Meer. Die lange Reihe der goldenen Wappenlöwen repräsentierte die neue Folkungermacht.

Die Ritter und Birger sowie zwei weitere Männer, die Befehlshaber auf Forsvik waren, beratschlagten unter Leitung von Bengt Elinsson und entschieden dann, dass man dieses Mal auch den Rittersaal für alle Forsviker öffnen würde, da keines der Häuser groß genug war, um sämtliche Gäste aufzunehmen.

Bereits am ersten Tag fand auf dem großen Reitplatz das Turnier statt. Etwas anderes wäre bei so vielen versammelten Forsvikern auch gar nicht vorstellbar gewesen. Es dauerte fast den ganzen Tag, um den Sieger zu ermitteln. Erwartungsgemäß war es Ritter Bengt, obwohl er klagte, grün und blau geschlagen zu sein, nachdem er gegen acht gute Forsviker hätte antreten müssen und zweimal vom Pferd geworfen worden sei.

Birgers Hoffnung, in diesem Turnier zu den letzten Unbesiegten zu gehören, erfüllte sich nicht. Er hatte mit seinen ersten drei Gegnern Glück, da zwei sehr alt und der eine noch sehr jung waren. Aber beim vierten Mal, als die Gruppe der Unbesiegten merklich kleiner geworden war, fiel das Los auf Ritter Sigurd.

Birger verfluchte zunächst sein Pech, aber dann feuerte er sich immer weiter an, bis er fast so etwas wie Hass auf

Ritter Sigurd empfand. Als sie aufeinander zuritten, tat Birger dies nicht wie bei einem Wettkampf oder Turnier, sondern so unnachgiebig und aggressiv wie im Krieg.

Beim ersten Durchgang wurde keiner aus dem Sattel geworfen, obwohl beide trafen. Beim zweiten machte sich Birger unmöglich, indem er gegen eine der wichtigsten Regeln auf Forsvik verstieß. So blieb auch den Zuschauern nicht verborgen, dass er auf Ritter Sigurds Gesicht zielte und um Haaresbreite getroffen hätte. Ein solcher Treffer konnte selbst mit einer stumpfen Lanze tödlich sein.

Birger zahlte einen doppelten Preis. Er wurde selbst aus dem Sattel geworfen, da er sich ganz darauf konzentriert hatte, mit einem einzigen Stoß zu treffen und zu siegen, und zog noch dazu den Unmut der Allgemeinheit auf sich. Er konnte nur noch eines tun: seinen Arm heben, um sich zu entschuldigen, und zu kapitulieren.

Er verfluchte sich, als er Ibrahim in den Stall stellte. Er entschuldigte sich bei seinem Hengst statt bei seinem Gegner. Nachdem er Ibrahim abgetrocknet und zum Abschied geküsst hatte, kehrte er nicht auf den Reitplatz zurück. Stattdessen ging er auf die kleine Weide, auf der Ibrahims Vater, Arn Magnussons Hengst Abu Anaza, seinen Lebensabend damit verbrachte, zu grasen und ab und an eine Stute zu besteigen.

Niemand hatte Abu Anaza geritten, seit sein Herr gefallen war. Das hatte auch Birger nicht vor, da er sich, wie er sich überaus beschämt eingestehen musste, für diesen Tag schon genug blamiert hatte.

Abu Anaza sah ihn erst misstrauisch an, als er über den Zaun kletterte. Aber dann schien ihn der Hengst plötzlich wiederzuerkennen, wieherte freundschaftlich und kam auf ihn zugetrabt. Birger strich ihm über die grauen Nüstern und erzählte ihm von seiner Einfalt und von dem Schatten, den sein Großvater auf ihn werfe, mit dem er sich immer vergleichen lassen müsse, was nie zu seinem Vorteil ausfalle. Er strich dem Pferd über den Hals, und Tränen der Wut liefen ihm die Wangen herunter. Er war froh, dass niemand ihn sah. Er fragte Abu Anaza, wie es sei, einen Krieger wie Arn Magnusson auf dem Rücken zu tragen, während Pfeile den Himmel verdunkelten, Tausende Hufe donnerten und Stahl klirrte. Wer sei der größere Krieger – derjenige, der nie falle, oder derjeige, der nach jedem Sturz wieder aufstehe und nie aufgebe?

Abu Anaza sah ihn mit seinen großen, schönen Augen mitleidig an, als bedurften diese verzweifelten Fragen keiner anderen Antwort. Er stieß Birger mit seinem weichen Maul an, als wolle er ihn trösten.

Birger verspürte daraufhin eine sehr große Versuchung. Niemand sah ihn, alle waren bei dem großen Reitplatz, auf dem Ritter Bengt bald keinen Gegner mehr haben würde.

Er packte die Mähne von Abu Anaza und ließ sich auf seinen Rücken gleiten, als wolle er eine Prophezeiung erfüllen. Abu Anaza schnaubte und begann sofort zu traben. Dann hob er den Schweif und begann, ohne dass ihn Birger darum gebeten hätte, loszugaloppieren. Birger konnte die Tränen nicht zurückhalten und wollte das vielleicht auch gar nicht. Er glaubte, eine Antwort erhalten zu haben. Von Abu Anazas warmem Körper ging eine große Ruhe und Zuversicht aus. Zumindest in diesem Augenblick war Birger mit seinen vielen widerstreitenden Gefühlen versöhnt. Er nahm sich vor, sich nicht noch einmal bei seinen Nächsten zu blamieren.

Die ersten beiden Tage und Nächte gelang es ihm, sich an diesen Vorsatz zu halten. Der dritte Abend wurde jedoch der unglücklichste und entehrendste seines jungen Lebens.

Cecilia Rosa hatte entschieden, dass man sich auf drei Häuser verteilen sollte, da in einem unmöglich zweihundert Gäste Platz fanden. Im Haus der Ritter saßen die vornehmsten Gäste, unter ihnen die Königinwitwe und die Ritter und die Folkunger, die mit ihren Gemahlinnen erschienen waren. Wer allein gekommen war, feierte im Heiligen Land, und die meisten Forsviker drängten sich im alten Langhaus. Aber da Alde und Ritter Sigurd Freunde aller waren, feierten sie den ersten Abend im alten Langhaus, den zweiten im Heiligen Land und den dritten im Rittersaal. So wurde allen die Ehre ihrer Anwesenheit zuteil. Ein solches Verlobungsfest hatte es in Västra Götaland noch nie gegeben. Aber Cecilia Rosa war ohnehin eine Frau, die oft gegen die Bräuche verstieß. So war schon ihr Mann Arn Magnusson gewesen, und da Forsvik blühte und mit jedem Tag prosperierte, hatte kaum jemand etwas einzuwenden, wenn Cecilia Rosa die alten Sitten abänderte oder in Geschäften neu dachte.

Ingrid Ylva nahm mit ihren liebsten Freundinnen, den beiden Cecilien, die Ehrenplätze ein. Sie hatten nur angenehme Dinge zu besprechen. Es waren gute Zeiten, überall im Land herrschte Frieden, und Königin Rikissa erwartete in diesen Tagen auf Näs ihr erstes Kind. Ein Sohn würde Erzbischof Valerius vielleicht Einhalt gebieten, der immer noch versuchte, einen Sverker auf den Thron zu bringen. Ein Mädchen wäre aber auch nicht zu verachten, da irgendein Folkunger so einmal eine königliche Gemahlin erhalten würde. Außerdem bewies Rikissa damit, dass sie nicht unfruchtbar, sondern jung und gesund war und noch viele Kinder gebären konnte. Was den Machtkampf betraf, sah es im Lande jetzt so aus, wie Arn Magnusson es sich vorgestellt hatte.

Cecilia Rosa erzählte, wie er vor vielen Jahren aus dem Heiligen Land zurückgekehrt war. Er hatte die Macht der Folkunger so stärken wollen, dass ihr niemand widerstehen konnte. Das hatte zum Frieden führen sollen. So war es auch gekommen. Solange der Bund zwischen den Erikern und Folkungern bestand, würde nicht einmal Valerius das Land in Krieg und Unglück stürzen können. Die Eriker würden wohl kaum Streit mit den Folkungern anfangen, und die Folkunger konnten keinen Anspruch auf die Krone erheben, daher profitierten beide Seiten von Ruhe und Frieden. Mit der bevorstehenden Hochzeit würden die Folkunger drei Burgen in Västra Götaland kontrollieren und dazu noch Älgarås, auf der Sune Folkesson Burgherr war. Außerdem besaßen sie Forsvik. Forsvik war zwar keine Burg, aber eine der Säulen des Folkunger-Wohlstandes. Dem Land stünde wahrhaftig eine strahlende Zukunft bevor, meinten die beiden Cecilien.

Ingrid Ylva wurde immer stiller, je länger ihre beiden Freundinnen die Zukunft in leuchtenden Farben ausmalten. Es kam ihr fast vermessen vor, das Leben so ohne die geringste Unruhe zu betrachten, denn sie fand, dass Freude und Trauer wie Geschwister stets Hand in Hand gingen. Wo Licht war, war auch Schatten, und wo das Glück am größten war, lauerte das Unglück. Denn die Menschen waren immer zu großen, unvorhersehbaren Torheiten fähig. Manchmal reichte ein vorlautes Wort bei einem Fest. Gelegentlich löste auch ein Brautraub einen Krieg aus.

Nachdenklich betrachtete sie Birger, der ein Stück entfernt saß. Seine Brüder waren nicht anwesend, da Ingrid

Ylva der Meinung gewesen war, dass sie wegen einer Verlobung nicht extra ihre Studierkammer zu verlassen brauchten. Bei der Hochzeit in Arnäs sei das natürlich etwas anderes. Obwohl Birger nicht von engen Freunden umgeben war, sprach er mehr als üblich. Er trank und prahlte, was an seinen Gesten und dem verärgerten Funkeln in den Augen der älteren Forsviker zu sehen war, die in seiner Nähe saßen. Frech und ohne Scham sah er die jungen Frauen an, die Essen, Bier und Wein herbeitrugen. Im letzten Jahr war er ein anderer geworden, und das nicht nur zu seinem Vorteil. Er glich immer mehr Knut Holmgeirsson, und dieser unterschied sich in jeder Hinsicht von Birgers Vater und Großvater.

Das war etwas, was der König ihr abgetrotzt hatte, das sah sie ein. König Erik hatte verstanden, dass kein Preis zu hoch war, Knut und Birger daran zu hindern, Feinde zu werden. Von ihrer Freundschaft hing der Friede im Reich ab. Aber durch diese Freundschaft wurde Birger ein schlechterer Mann, als sie als Mutter erhofft und in ihren Offenbarungen deutlich vor sich gesehen hatte.

Am dritten Festabend bewahrheiteten sich ihre bösen Ahnungen auf die fürchterlichste Art. Die laubgeschmückten Sessel von Alde und Sigurd standen im Rittersaal. Anfangs war die Freude an diesem Abend noch größer, da man endlich das Paar bei sich hatte und damit auch die sarazenischen Lautenspieler und Sänger, die in Forsvik wohnten.

An diesem Abend war Birger aber besonders finster und trank noch mehr als sonst. Niemand außer Ingrid Ylva ahnte die Gefahr. Anschließend ärgerte sie sich darüber, gezögert und nicht rechtzeitig eingegriffen zu haben. Es war jedoch auch im Nachhinein schwer zu sagen, wie sie ihn hätte retten sollen.

Es begann damit, dass er sein leeres Weinglas plötzlich Gurmund, dem Vater von Sigurd und Oddvar, entgegenstreckte. Er solle ihm rasch nachschenken. Einen Augenblick lang schien Gurmund gehorchen zu wollen, aber da legte ihm Oddvar eine Hand auf den Arm und sagte mit gleichmütiger Stimme zu Birger, Sigurd und sein Vater seien Gäste wie alle anderen auch, und es gäbe genug Gesinde, das ihn bedienen könne.

Birger entgegnete daraufhin laut und frech, ein alter Leibeigener wie Gurmund sei es doch wohl gewohnt, Folkungern zu dienen, wie im Übrigen auch seine Nachkommen Orm und Sigge. Er sagte ihre alten Leibeigenennamen hart und laut, worauf es im Saal vollkommen still wurde. Alle warfen ihm entsetzte Blicke zu.

Sigurd saß auf seinem laubgeschmückten Sessel am anderen Ende der Tafel, aber auch er hatte alles gehört. Da er der hitzigere der beiden Brüder war, konnte er sich nicht beherrschen. Schließlich hatte er auch jahrelang auf der Kriegsschule den Befehl über Birger geführt. Laut sagte er, Abstammung sei ihm gleichgültig, erst seine Taten zeichneten einen Mann aus. Wer nicht einmal goldene Sporen trüge, solle sich Brüdern gegenüber, die von einem König zu Rittern geschlagen worden seien, nicht aufspielen. Ein Ritterschlag sei sicher mehr wert, als ohne eigenen Verdienst und ungewollt von einer hochadeligen Mutter geboren worden zu sein.

Birger tat jetzt so, als würden diese Worte seine Mutter Ingrid Ylva kränken, und erwiderte, dass Leute, die kaum wüssten, von welchem Leibeigenen sie abstammten, vorsichtig sein sollten, sich über die Ehre einer Mutter zu äußern, denn hinter ihm hinge zwischen dänischen Wappen, Fahnen und königlichen Schilden aus Gestilren und Lena sein eigenes Schwert, das einmal

Arn Magnusson gehört und noch keine Niederlage erlebt habe.

Die Drohung, gegen Ritter Sigurd, Forsviker gegen Forsviker, das Schwert zu ziehen – denn so verstanden alle die Worte Birgers, obwohl er betrunken war und undeutlich sprach –, ging dann doch zu weit. Ein großer Streit war nicht mehr zu vermeiden. Bald standen sich Birger und Oddvar an der Tafel und Sigurd an der Schmalseite gegenüber und beschimpften sich lautstark. Das endete erst, als Ingrid Ylva einige ältere Krieger, die mit der Sache nichts zu tun hatten, darum bat, Birger unverzüglich ins Freie zu befördern.

Birger fluchte, trat und schlug um sich, als sie ihn übermannten. Auf dem Weg zur Tür schrie er, die Söhne eines Leibeigenen seien von nun an bis ans Ende seines Lebens seine bitteren Feinde. Solange sie auf Forsvik lebten, würde er nicht mehr seinen Fuß dorthin setzen. Außerdem, das war das Letzte, was man hörte, forderte er sein Schwert zurück. Er schrie noch etwas über Ungerechtigkeit, dann schlug die Tür schwer hinter ihm zu.

Anschließend war die Verärgerung im Rittersaal von Forsvik groß. Jemand scherzte über die Probleme, die solche Heißsporne damit hätten, drei Tage hintereinander zu trinken. Bei zu viel Wein käme der Verstand abhanden. Aber keine dieser Entschuldigungen brachte Aldes Tränen zum Versiegen. Und Tränen bei einer Verlobung waren das Schlimmste, was man sich vorstellen konnte.

Am nächsten Morgen war Birger verschwunden.

Ingrid Ylva bestieg mit der Königinwitwe Cecilia Blanka das Schiff des Königs, das an den Landungsbrücken von Forsvik lag, und fuhr nach Näs. Sie wollte Birger und sich etwas Zeit zum Nachdenken geben, bevor sie ein paar deutliche Worte an ihn zu richten gedachte.

Daraus wurde jedoch nicht viel, als sie drei Tage später nach Ulvåsa kam. Birger schämte sich, versuchte sich das aber nicht anmerken zu lassen. Er war unwirsch, ging ihr aus dem Weg und ließ sich bei seinen Übungen mit Knut nicht stören.

* * *

In diesem Sommer besuchten Birger und Knut viele Hochzeiten sowohl in Nordanskog als auch in Sunnanskog. Und wie sie es vereinbart hatten, gewannen sie abwechselnd die Junkerspiele. Mit einer Ausnahme. Eigentlich hätte Knut gewinnen sollen und stieß unter den Jünglingen auf einen Forsviker. Er war so alt wie Birger und hieß Aunund Gunlaugsson. Er stammte aus dem norwegischen Teil Dalslands, war aber mütterlicherseits Folkunger. Da geriet Birger wahnsinnig in Wut und versuchte nicht nur zu siegen, sondern auch Aunund zur schwarzen Rübe zu machen, indem er ihn stets als Ersten aufrief. Das glückte ihm auch, obwohl das vielleicht mehr Ibrahims Verdienst war als sein eigener.

Zu Beginn des Herbstes zwischen Brynulf und Bartel, mitten in der geschäftigen Erntezeit, als auf der Königsburg Näs alles ruhig war und es dort kaum Gäste gab, ritten Birger und Knut hoch erhobenen Hauptes auf den Burghof und verlangten Audienz beim König.

König Erik, dem man ihre Ankunft gemeldet hatte, erschien in vollem Ornat und ließ sich einen Sessel bringen. Dann nahm er mit strenger Miene Platz und ließ die beiden Junker vortreten. Diese senkten ihr linkes Knie.

»Wir, Erik, der König Götalands und Svealands, gaben Euch eine anstrengende Aufgabe, die Ihr im vergangenen Jahr erfüllen solltet. Habt Ihr meinen Wunsch erfüllt?«, fragte der König laut und mit harter Stimme.

»Ja, Eure Majestät, wir haben unser Allerbestes getan«, antwortete Birger.

»Ist das auch Eure Meinung, Junker Knut?«, fragte der König in demselben barschen Tonfall.

»Ja, Eure Majestät. Wenn es Euch gefällt, können wir es Euch vorführen«, entgegnete Knut.

»Gut«, nickte der König. »Worte sind Worte, aber Taten sind wahrhaftiger. Lasst uns daher sofort Euren kläglichen Kampf, den Ihr vor einem Jahr hier auf unserem Hof begonnen habt, fortsetzen!«

Wenn der König sofort sagte, bedeutete das nichts anderes. Wenig später standen sie sich mit Schild und Übungsschwert auf dem Burghof gegenüber.

Viele waren auf den Burghof gekommen, um dem unerwarteten Schauspiel beizuwohnen, das bald Verblüffung und Bewunderung bei den Zuschauern hervorrief. Denn Birger und Knut hatten diese Vorführung genauestens einstudiert. Knut tat einmal so, als würde er sein Schwert verlieren, und verteidigte sich daraufhin so geschickt mit seinem Schild, dass die Augen der Zuschauer nicht immer folgen konnten. Einmal schien ihn Birger in die Ecke gedrängt zu haben und zielte auf seine Beine. Knut sprang jedoch über das pfeifende Schwert hinweg und drosch Birger seinen Schild auf den Kopf. Gleichzeitig gelang es ihm, sein verlorenes Schwert wieder von der Erde aufzuheben. So ging es immer weiter, es war zwar kein echter Kampf, aber das Tempo und die Kraft waren so groß, dass der Beifall der stetig wachsenden Zuschauerschar immer mehr anschwoll.

Es kam Knut so vor, als hätte er sich in einem einzigen Jahr aus einem trägen und behäbigen Kämpfer aus Nordanskog in einen Meister nach Folkungerart verwandelt. Für Leute, die sich mit dieser Kunst auskannten und sich daran erinnerten, wie es beim letzten Mal ausgesehen hatte, war sonnenklar, wie nachsichtig Birger Magnusson ihn behandelt hatte, als sie als Feinde aufeinandergetroffen waren.

Als der König meinte, genug gesehen zu haben, brach er das Spiel ab, rief die beiden Kämpfer, die außer Atem geraten waren, zu sich und befahl ihnen niederzuknien.

»Ritter sind nicht nur Männer, die große Taten im Krieg vollbringen«, begann König Erik feierlich. »Ritter sind Leute, die ihrem König gehorchen, die für ihren König, für den Frieden im Reiche und in der Nachfolge Christi für das Gute gegen das Böse kämpfen. Ritter sind auch Leute, denen die Eintracht des Reiches wichtiger ist als der eigene Vorteil und die dafür harte Arbeit leisten. Ein Mann, der uns nahestand und der in der schwersten Stunde des Reiches unser Marschall war, lehrte uns, dass auch das belohnt werden muss. Daher bitte ich Euch, Eure geschliffenen Schwerter zu holen und damit zu mir zurückzukehren.«

Das brauchte der König nicht zweimal zu sagen. Rasch wie Hermeline holten sie ihre Schwerter aus Forsvik-Stahl, zogen sie auf Befehl des Königs und knieten dann wieder vor ihm nieder.

»Ich will, dass Ihr Eurem König drei Dinge schwört«, sagte König Erik in einem neuen und freundlicheren Tonfall als zuvor. »Das erste ist Treue, das andere ist *sapientia* und das dritte ist *fortitudo*. Schwört mir das mit beiden Händen auf dem Schwert.«

Birger und Knut schworen diesen Eid, ohne zu blinzeln. Anschließend zog der König sein eigenes Schwert, berührte damit ihre linke Schulter und forderte sie auf, sich als Ritter von Götaland und Svealand wieder zu erheben.

An diesem Abend veranstaltete der König ein Festmahl und überreichte den beiden neuen Rittern des Reiches bei dieser Gelegenheit Sporen aus Gold. Während des Festes erfuhr Knut von Birger, was die beiden fremden Worte, die er geschworen hatte, bedeuteten. Das eine war, dem König mit Rat zur Seite zu stehen, das andere, mit Schwert und Stärke. Dass er etwas geschworen hatte, das er nicht verstand, entschuldigte er lächelnd damit, dass es wenig höfisch gewesen wäre, sich im entscheidenden Augenblick irgendwelche fremden Wörter erklären zu lassen. Birger meinte, dass es sich ja auch kaum um irgendwelche schändlichen Dinge habe handeln können. Darüber lachten beide herzlich und umarmten sich wie die ältesten und besten Freunde.

Der König freute sich sehr über ihre Freundschaft. Er war erleichtert, dass seine schwere Aufgabe zur vollsten Zufriedenheit erfüllt worden war. Hatte er sie bislang mit einem Befehl, der so hart war wie Eisen, aneinandergekettet, so waren sie jetzt wesentlich angenehmer durch Sporen aus Gold miteinander verbunden. Dieses Gold ist eine geringe Ausgabe für die Eintracht des Reiches, dachte er.

Für Birger und Knut erfüllte sich dadurch, dass sie zu Rittern geschlagen worden waren, ein Kindheitstraum. Es war eine unfassbar große und lebenslange Ehre.

Dass ihnen diese Ehre vielleicht schneller zuteilgeworden war als den anderen Rittern des Reiches, daran dachten sie nicht. Sie verbrachten mit dem König in der westlichen Turmkammer eine sehr vergnügte Nacht, obwohl der König dieses Mal keinen Grund hatte, sie so lange mit Bier und Wein zu traktieren wie damals, als sie noch bittere Feinde gewesen waren.

DIE ZEIT DER ALTEN

I

Anno domini 1216 während der Hundstage starb plötzlich König Erik Knutsson an einem starken Fieber, nachdem er einige Tage lang Blut im Urin gehabt hatte. Seine Königin Rikissa hatte ihm bislang drei Töchter geschenkt und erwartete ihr viertes Kind. Auf seinem Sterbebett hatte er vom Fieber geschwächt und halluzinierend darum gebeten, die schwangere Königin nach Dänemark zu König Valdemar in Sicherheit zu bringen, da sie und das ungeborene Kind sonst in höchster Gefahr schwebten. Immer unzusammenhängender und rätselhafter, da sein Fieber gestiegen war, hatte er dann noch geäußert, sein Verdacht sei so schrecklich, dass er ihn nur unter dem Beichtgeheimnis zu offenbaren wage. Nachdem sein Kanzler, der zugleich Bischof war, dem Sterbenden die Letzte Ölung erteilt und ihm die Beichte abgenommen hatte, verließ er totenblass das Gemach des Königs im westlichen Turm. Über das Schreckliche, das er vielleicht erfahren hatte, durfte er aber nichts sagen.

Folke Jarl und die Königinwitwe Cecilia Blanka sorgten rasch für die letzte Reise des Königs und sein Begräbnis im Kloster Varnhem. Die Hundstage waren so warm, dass selbst königliche Leichen rasch begraben werden mussten.

In Varnhem schloss sich Cecilia Rosa mit vier Reiterschwadronen aus Forsvik dem königlichen Leichenzug an. Es waren weitaus mehr Reiter, als einen Bischof in

Friedenszeiten begleiteten. Diese Leibwache sollte jedoch nicht Cecilia Rosa schützen, sondern Königin Rikissa, die nach dem Begräbnis unverzüglich mit ihren drei Töchtern nach Lödöse reiste. Mit Goldmünzen der beiden Cecilien wurde das erstbeste Schiff gechartert, das mit bewaffneten Folkungern an Bord zum Schutze der Königin und ihrer Töchter sofort nach Dänemark segelte.

Kurz darauf trafen die vier Witwen auf der Königsburg Näs zusammen. Dort war Cecilia Blanka die Einzige, die noch etwas zu sagen hatte, wie sie bitter feststellte, da es keinen König mehr gab. Ulvhilde Emundsdotter war die Einzige von ihnen, die nicht an dem Begräbnis in Varnhem teilgenommen hatte, da sie beim Tod des Königs auf Reisen in Uppland gewesen war. Obwohl keine der Frauen fand, dass man bei Tod und Trauer noch jammern sollte, weil sie davon schon genug erlebt hatten, hätten sie der Königinwitwe Cecilia Blanka gern ein paar tröstliche Worte gespendet. Aber das war unmöglich. Ihr seliger Mann, König Knut, war der Einzige ihrer Lieben gewesen, den Gott friedlich zu sich gerufen hatte. Ihre drei jüngsten Söhne waren in Älgarås von König Sverkers Sippschaft ermordet worden, und jetzt war auch noch ihr ältester Sohn einem Mord zum Opfer gefallen. Davon war sie überzeugt, obwohl niemand sagen konnte, wie er ermordet worden war und von wem.

Für sie blieb nur noch eine letzte Reise zum Kloster Riseberga. Dort würde sie das Gelübde ablegen, Trost im Gebet suchen und auf den Tod warten, den sie nur noch als Befreier betrachtete. Sie hatte die letzte Seite ihres Lebensbuches geschrieben und dem nichts mehr hinzuzufügen.

Cecilia Rosa, Ulvhilde Emundsdotter und Ingrid Ylva versuchten sie zum Bleiben und Kämpfen zu überreden, denn wenn der König ermordet worden war, dann befand sich das Reich am Rande des Abgrunds und konnte jederzeit in die schwarzen Tiefen des Krieges stürzen.

Sie mussten jedoch ihre Überredungsversuche bald aufgeben, da Cecilia Blanka glaubte, genug getan und einen ausreichend hohen Preis für den Kampf um die Macht bezahlt zu haben. Und selbst wenn es dem heimtückischen Valerius gelänge, Johan, den Sohn des früheren Königs Sverker, in irgendeinem Nest in Dänemark aufzustöbern und zu krönen, fügte sie hinzu, so läge die Macht trotzdem noch mehr in den Händen der Folkunger als in denen der Sverker.

Ließe sich jedoch beweisen, dass Erzbischof Valerius seinen König vergiftet habe, sähe alles ganz anders aus, wandte Ulvhilde Emundsdotter ein, was dazu führte, dass sich alle auf ihren Polstern und Kissen aufsetzten, auf denen sie, die Weißweingläser in Reichweite, gelegen hatten. Alle fragten durcheinander, was sie damit meine.

Ulvhilde empfand anfangs ein gewisses Unbehagen darüber, sich erklären zu müssen, da sie von den vier Witwen in der Regel die Schweigsamste war, während Cecilia Blanka immer am meisten zu sagen gehabt hatte. Auf ihrer Reise nach Nordanskog, erklärte sie, habe sie am ersten Tag aufgrund diverser Geschäfte in Linköping haltgemacht. Der König sei ebenfalls dort gewesen. Er sei auf dem Thing mit allen ins Gericht gegangen, habe Urteile geändert, ein paar Missetäter köpfen lassen und die königlichen Bußgelder eingetrieben. Ulvhilde habe ihn getroffen und auch kurz mit ihm gesprochen, als er gerade zum Abendessen in der Bischofsburg unterwegs gewesen sei. Sie hätten gescherzt, dass er sich in Acht nehmen solle, da Erzbischof Valerius in der Stadt sei und sicher am selben Tisch Platz nehmen würde wie er. Darauf habe der König nur munter entgegnet, dass er keineswegs die Absicht habe, etwas zu essen, was Valerius verschmähe, und außerdem noch eine Lebensversicherung in Form eines Knappen als Vorkoster besäße.

Cecilia Rosa warf behutsam ein, dies müsse sich eine Woche vor dem Tod des Königs ereignet haben. Als er auf Näs gestorben sei, habe er einige Tage lang keinen Besuch empfangen. Was immer man Valerius vorwerfen wolle, so könne er doch nicht auf großen Abstand morden und den König bereits eine Woche vor seinem Tod vergiftet haben.

Dass auch mächtige Kirchenleute Giftmörder sein könnten, sei jedoch nicht unwahrscheinlich, sagte Cecilia Rosa nachdenklich. Ihr geliebter Arn habe ihr von einem Mann erzählt, der wesentlich böser gewesen sein musste als Valerius. Das sei der Patriarch von Jerusalem gewesen, der in der Hierarchie der Christenheit sogleich nach dem Heiligen Vater in Rom komme. Sie musste einen Weile nachdenken, bis ihr der Name dieses Abkömmlings eines Otterngezüchts, Heraclius, einfiel. Ihr seliger Mann hatte ihr erzählt, der Patriarch Heraclius habe auf dem Weg zu seinem höchsten Amt zwei andere Bischöfe vergiftet und war dafür vom Heiligen Vater bestraft worden, indem die Christenheit die Heilige Stadt Jerusalem verloren hatte.

Diesem bösen Verdacht hätte man leichter Glauben schenken können, wäre der König noch am selben Abend, an dem er an der Tafel des Valerius gesessen hatte, verstorben und nicht erst eine Woche später.

Jetzt könne man also nur mit verschränkten Armen dasitzen und die göttliche Rache abwarten, meinte Cecilia Rosa verächtlich, wurde aber rasch wieder ernst, denn ihr fiel ein, dass einer der Knappen auf die gleiche Weise gestorben war wie der König. Es war zeitweilig von einer neuen Seuche gemunkelt worden. Aber der Tod des Knappen war von dem Tod des Königs überschattet worden, so dass sie über diese Sache nicht viel mehr wusste. Daher rief sie einige Edelknaben herbei und befahl ihnen, dieser Sache unverzüglich auf den Grund zu gehen. Es dauerte nicht lange, da waren die wichtigsten Fragen beantwortet.

Der verstorbene Knappe hatte den König auf die Thingsrevision nach Linköping begleitet und später am Abend auch an die Tafel des Bischofs. Er war mit Blut im Urin eines ebenso elenden Todes gestorben wie der König.

So überlegten sie eine Weile hin und her, aber Königinwitwe Cecilia Rosa kam dennoch zu dem Schluss, ein böser Verdacht ändere nichts an der Wirklichkeit und erweckte ihren Sohn König Erik auch nicht wieder zum Leben. Einen Erzbischof konnte man nicht beschuldigen, durch Zauberei einen Mord begangen zu haben. Alle wussten, dass zwischen dem Gastmahl beim Erzbischof in Linköping und dem Tod auf der Königsburg Näs eine Woche verstrichen war. Wer vergiftet wurde, brach meist schon kurz nach der Mahlzeit schreiend und blau im Gesicht zusammen. Was nun zu geschehen hatte, konnte man nur dem Herrgott anempfehlen. Das Schlimmste, was sich denken ließ, einen Krieg im Reiche, würde dieser Valerius schon nicht anzetteln können, denn dafür waren die Folkunger zu stark.

Dabei blieb es. Nichts schien Cecilia Blanka dazu bewegen zu können, die Pläne für ihren Lebensabend zu ändern. Sie wollte nach Riseberga.

Cecilia Rosa nahm ihr das Versprechen ab, zumindest einige Zeit auf Forsvik zu verbringen, da sie auf ihrer Reise ohnehin dort vorbeikam, damit sie sich ausführlich voneinander verabschieden konnten.

Ingrid Ylva war dieses Mal die Einsilbigste der vier gewesen, denn widersprüchlichste Gefühle erfüllten sie. Wenn ihre eigene Familie, die Sverker, entgegen jeder Wahrscheinlichkeit doch noch die Königswürde erlangten, wäre das für sie und ihre Söhne nur von Vorteil. Denn auch die Sverker würden die Krone nur mit Hilfe der Folkunger behalten können. Das war die eine Sache.

Die andere Sache war, dass sie fest entschlossen war, in Erfahrung zu bringen, ob das Land einen Erzbischof besaß, der sich des Giftmordes schuldig gemacht hatte. Wenn dem so war, so verspürte sie nur geringe Lust dazu, mit ihm um das erste Bischofsamt für ihren Sohn Karl zu verhandeln.

Der letzte gemeinsame Abend der Witwen fiel ungewöhnlich kurz aus.

* * *

Zu Hause in Ulvåsa sann Ingrid Ylva wie besessen darüber nach, ob der Erzbischof womöglich ein Giftmörder sei. Nach zwei Tagen kam sie zu dem Schluss, dass sie allein wohl kaum der Wahrheit auf den Grund gehen könne. Ein solches Wissen war weder durch Nachdenken noch, wie manche zu denken schienen, durch nächtelanges Saufen und Schwadronieren zu erwerben. Sie musste die einzigen Personen auf Ulvåsa aufsuchen, die wirkliche Kenntnisse über das Böse, aber auch über das Gute in Gottes Natur besaßen, Jorda und Vattna im Haus am Ufer.

Sie wusste jedoch nicht recht, wie sie ihnen den Fall vortragen sollte. Sie war diejenige, die auf Ulvåsa das Sagen hatte, und falls es sich herumsprach, dass sie sich darüber erkundigt hatte, wie ein heimtückischer Giftmord begangen werden könne, würde das zu großem Unglück führen. Eine Erklärung, warum sie diese Kenntnisse einhole, würde es auch nicht besser machen. Sie hegte sicher nicht als Einzige den Verdacht, dass der König keines natürlichen Todes gestorben war.

Schließlich fasste sie sich dann doch ein Herz und suchte Jorda und Vattna auf, die gerade damit beschäftigt waren, Pilze zu putzen, die in einem großen Haufen auf dem Fußboden lagen.

Der Anblick von Menschen, die sich frohgemut mit diesem Schweinefraß beschäftigten, bereitete Ingrid Ylva Übelkeit. Pilze aß man nur nach mehrjähriger Missernte und wenn großer Hunger im Land herrschte. Und schließlich wussten doch die meisten, dass die Ernährung durch Pilze selbst für einen unterernährten Menschen eine unsichere Überlebensstrategie darstellte. Schlimmstenfalls konnten sie den Tod herbeiführen, bestenfalls kam man mit ein paar Tagen Fieber und Durchfall davon.

Ingrid Ylva war jedoch so neugierig, dass sie, gleich nachdem sie auf einem Hocker Platz genommen hatte, Fragen über Pilze stellte. Jorda und Vattna erzählten bereitwillig, dass allein gute Kenntnisse ermöglichten, bei Pilzen leckeres und stärkendes Essen von schlechtem und tödlichem zu unterscheiden. Die gelblichen Pilze, die aussähen wie eine umgedrehte Kutschermütze, seien die schmackhaftesten, erzählte Jorda und hielt eine Handvoll davon hoch, damit Ingrid Ylva an ihnen riechen konnte. Man könne sie in Schmalz gebraten auf Brot essen, in die Suppe tun oder getrocknet für den Winter einlagern. In dem Haus der beiden Frauen hingen bereits unzählige Pilze an Fäden an der Decke. Wie die Eichhörnchen könne man sich so einen guten Wintervorrat anlegen, wenn man nur von dem göttlichen Reichtum, den die Wälder in den Hundstagen bereithielten, das Richtige auswähle.

Normalerweise hätte Ingrid Ylva mehr Geduld für eine solche Unterhaltung aufgebracht, da sie sich gerne aus Jordas und Vattnas reichem Wissensvorrat bediente. Aber jetzt war sie in Gedanken so sehr bei dem giftmordenden Erzbischof, dass sie abrupt das Thema wechselte und ihr Anliegen vortrug.

Der König sei gestorben, und etliche Leute in seiner Nähe hegten den Verdacht, er sei vergiftet worden. Eine andere Erklärung für seinen plötzlichen Tod gäbe es nicht. Er sei ein starker und gesunder Krieger, erst Anfang dreißig und außerdem nie krank gewesen. Schlechte Menschen hätten dem König nach dem Leben getrachtet, und diese hätten sicherlich die Möglichkeit besessen, sich zu Hause und in fremden Ländern Gift zu beschaffen.

Jorda und Vattna runzelten die Stirn, waren jedoch nicht so entsetzt, wie Ingrid Ylva erwartet hatte. Sie begannen, sich nach den genaueren Umständen des Todes zu erkundigen, ob er Fieber und flüssigen Durchfall gehabt hätte, ob das Weiße seiner Augen zum Ende hin gelb geworden sei und ob er sich zu Anfang erbrochen habe. Soweit Ingrid Ylva wusste, hatte er sich in den ersten Tagen übergeben müssen. Am Schluss habe er dann gefiebert und Blut im Urin gehabt. Ein Mönch habe vergebens versucht, ihn zur Ader zu lassen, woraufhin es nicht zu bluten aufgehört habe, falls dies von Bedeutung sei. Bei diesen Auskünften wurden die zwei alten Schwestern sehr nachdenklich und berieten sich flüsternd. Schließlich ergriff Jorda das Wort.

»Es wirft ein schlechtes Licht auf uns, Ingrid Ylva, dass Ihr Euch mit diesen Fragen ausgerechnet zu einem Zeitpunkt an uns wendet, zu dem wir mit Pilzen beschäftigt sind und Euch ihre Vorzüge erklären wollen. Denn jemand, der im Fieber und mit Blut im Urin elend stirbt, könnte durchaus einen giftigen Pilz zu sich genommen haben«, sagte sie langsam und ernst.

»Welche Pilze töten, und wo kann man sie finden?«, fragte Ingrid Ylva neugierig.

»Das ist nicht schwerer, als dass wir noch vor Einbruch der Dunkelheit mindestens zwei tödliche Pilze für Euch finden könnten«, antwortete Vattna.

»Etwa in meinem eigenen Wald? Wächst der Tod direkt vor dem Haus?«, fragte Ingrid Ylva jetzt.

»Ja, gnädige Frau«, fuhr Jorda fort. »Hier in Västra Götaland können wir den weißen Tod zwischen den Heidelbeeren finden. Im Frühling wächst der Tod am Ufersaum, ein Gewächs, das wir Nachtschatten nennen. Aber in Moorwäldern wächst die Heimtückischste von allen Giftpflanzen. Wir nennen sie den braunen Tod. Wer von ihr gegessen hat, ist nicht zu retten.«

»Wie stirbt man denn, wenn man von diesen Pflanzen gegessen hat?«, fragte Ingrid Ylva gespannt.

»Das ist bei allen dreien sehr unterschiedlich«, antwortete Jorda gelassen. »Wer vom Nachtschatten gegessen hat, übergibt sich einige Stunden später, dann bekommt er Fieber, ihn schwindelt, er beginnt zu halluzinieren, es geht ihm immer schlechter, und nach zwei Tagen ist er tot. Wer von dem weißen Tod gegessen hat, erkrankt erst am nächsten Tag. Er bekommt flüssigen Durchfall. Dann wird er wieder gesund und denkt nicht mehr daran. Eine Woche später tut ihm dann alles weh, er hat Blut im Urin, muss sich ins Bett legen und stirbt einige Tage später halluzinierend im Fieber. Der braune Tod ist jedoch der heimtückischste. Wer davon gegessen hat, spürt anfangs nichts und erkrankt erst nach einer Woche. Der Verlauf ist dann ungefähr wie beim weißen Tod mit dem einen Unterschied, dass der Betroffene zum Schluss kein Wasser mehr lassen kann, der Urin in den Körper läuft und er wahnsinnig stinkt, wenn er stirbt.«

»Gibt es diesen Pilz hier in Västra Götaland?«, fragte Ingrid Ylva mit unverhohlener Aufregung.

»Ja. Wie bereits gesagt«, fuhr Jorda mit derselben unerschütterlichen Ruhe fort. »Hier in Västra Götaland sind sowohl der braune als auch der weiße Tod recht verbreitet. In Schonen und Dänemark gibt es einen Pilz, an dem man auf dieselbe Art stirbt wie an dem weißen Tod, für den wir hier aber keinen Namen haben. Wir können einen kleinen Spaziergang in den Wald unternehmen und werden sie sofort finden, so verbreitet sind sie, der braune und der weiße.«

Ingrid Ylva entschloss sich plötzlich, diese Unterhaltung nicht fortzuführen, da sie bereits gefährlich geworden war. Sie sagte, jetzt habe sie ja einiges in Erfahrung gebracht, worüber sie nachdenken könne. Vielleicht würde sie sich mit weiteren Fragen an sie wenden. Sie müssten über die Sache jedoch Stillschweigen bewahren, denn Gerüchte über solche Angelegenheiten könnten ihnen allen gefährlich werden. Das war auch die Meinung Jordas und Vattnas. Sie wussten vermutlich besser als jeder andere, welche fürchterlichen Folgen die Angst der Menschen vor der Heilkunst und ihre Klatschsucht haben konnten. So etwas konnte mit überstürzter Flucht oder schlimmstenfalls auf dem Scheiterhaufen enden.

*   *   *

Als Birger die Nachricht von König Eriks Tod erhielt, befand er sich in Visby, wo er während der letzten zwei Jahre die meiste Zeit zugebracht hatte. Seine Mutter Ingrid Ylva hatte ihm eine zierlich geschriebene und mit ihrem eigenen Siegel versehene Bulle geschickt. Die Nachricht traf zusammen mit einer Last Dörrfisch aus Norwegen ein, die über Forsvik und Ulvåsa transportiert worden war. Herr Eskil nahm das Schreiben zusammen mit den Papieren entgegen, die zu jeder Schiffsladung gehörten, und ließ sofort Birger holen, der am Hafen beschäftigt war. Birger eilte die glatten, gepflasterten Straßen entlang ins Kontor von Herrn Eskil. Dieser war ein alter Mann, obwohl er körperlich und geistig noch viel jünger wirkte, als er es seinen gelegentlichen, klagenden Beschreibungen nach sein wollte. Sein Blick war klar und munter, und er hatte oft einen Scherz auf den Lippen.

Als ihn Birger in seinem Handelshaus aufsuchte, war seine sonstige Munterkeit jedoch wie weggeblasen. Schweigend deutete er auf zwei Pergamentrollen. Wenn etwas von solcher Bedeutung war, dass eine schriftliche Nachricht erforderlich wurde, so handelte es sich meist um eine schlechte Botschaft. Birger nahm die Pergamentrolle vom Schreibpult und betrachtete das Siegel.

»Eine Nachricht von meiner Mutter Ingrid Ylva«, sagte er, brach das Siegel und begann zu lesen.

»Ja, das sah ich.« Herr Eskil seufzte. »Wer ist gestorben?«

»Der König«, flüsterte Birger, plötzlich bleich um die Wangen, während er die Zeilen überflog. »Der König ist tot, vielleicht stecken böse Männer dahinter ... ich muss sofort nach Hause reisen.«

»Dann werden sich die Folkunger bald in Bjälbo und Arnäs versammeln, und alle Männer wie du müssen erscheinen«, meinte Herr Eskil düster. »So ist es nun einmal, und das können wir nicht ändern. Aber fahre morgen und nicht schon heute Abend, dann können wir uns noch einen letzten Abend unterhalten.«

»Ja, in dieser Kleinigkeit muss ich Euch zu Willen sein, Herr Eskil«, erwiderte Birger nachdenklich, trat an den Kamin und verbrannte das Schreiben seiner Mutter sorgfältig.

Für Birger war es, als hätte ihn sein altes Leben roh und unerwartet überfallen, wie ein Räuber in einer dunklen Gasse. Er stand in seinen Lübecker Bürgerkleidern da, ein junger städtischer Kaufmann, der nicht einmal ein richtiges Schwert trug, sondern nur einen schmalen Degen, und den mehr aus Eitelkeit als zum Kampf. Außerdem trug er eine Feder in seinem Hut. In der Morgendämmerung, wenn das Schiff nach Norden aus dem Visbyer Hafen auslief, würde er wieder in seine Kriegerkleidung und seinen Folkungerumhang gehüllt sein. Der Ruf aus der Vergangenheit war so unausweichlich, als käme er von der Jungfrau Maria selbst.

Er entschuldigte sich bei Herrn Eskil, weil er ein wenig allein sein und noch ein letztes Mal durch die Stadt gehen wolle. Er würde jedoch rechtzeitig zum Nachtessen zurück sein. Herr Eskil nickte betrübt und verständnisvoll.

Es war kurz nach Mariä Geburt. Zumindest weiter nördlich auf dem Festland zeigten sich zu dieser Zeit die ersten Vorboten des Herbstes. In der milden Meeresluft Visbys war jedoch noch nichts von Herbst zu spüren, und auf Pelzfutter in den Kleidern konnte man noch gut verzichten.

Er ging in die Marienkirche mitten in der Stadt, zündete ein paar Kerzen an und sprach ein Gebet, dass ein eventueller Krieg rasch vorübergehen möge, damit das Leben wieder in die ruhigen Bahnen zurückkehren könne, in denen es vorher verlaufen war. In diesem Fall gab es keinen Grund zur Verzweiflung, versuchte er sich zu trösten. Nach dem Krieg konnte er schließlich wieder nach

Visby zurückkehren und an seinem Traum weiterstricken.

Er war zweiundzwanzig Jahre alt und hielt sich für einen erwachsenen Mann, der für die kindischen Spiele, auf die Knut Holmgeirsson und er zwei Jahre ihrer Jugend verschwendet hatten, keine Zeit mehr hatte. Wie die Gaukler und Taschenspieler waren sie von einem großen Gut zum nächsten gezogen. Sie hatten Gold und Silber gewonnen, da sie bei den anderen Jünglingen nur selten auf ebenbürtige Gegner gestoßen waren. Viele Fässer Bier waren durch ihre Kehlen gelaufen, und nicht selten war auch das sündige Fleisch auf seine Kosten gekommen, zumindest bis sich die meisten Kriegswitwen neue Ehemänner gesucht hatten.

Auch Knut Holmgeirsson selbst war zum Ehemann geworden. Sein Vater hatte ihn gezwungen, mit einer seiner vielen Mätressen, und zwar mit der, die ihm einen Sohn geboren hatte, das Brautbett zu teilen. Damit hatte seine Jugend und auch das Herumreisen mit Spielen und Spektakel ein Ende gefunden. Für Birger war dieses Ende einer Befreiung gleichgekommen, obwohl er das nicht sofort verstanden hatte. Wer am liebsten die Hochzeiten anderer besuchte, war ein Faulpelz, der in der Welt und für sich nicht viel ausrichtete. Mittlerweile sah Birger auf diese Zeit mit Knut und den vielen Gelagen mit Widerwillen zurück. Ein solches Leben konnte nichts Gutes mit sich führen, und im Nachhinein entschuldigte er sich damit, dass er erst achtzehn Jahre alt und leicht verführbar gewesen war.

Nach Forsvik hatte er nicht mehr zurückkehren können, da er sich für alle Ewigkeiten bei seinen nächsten und liebsten Verwandten blamiert hatte. Wäre er zu Hause auf Ulvåsa geblieben, dann hätte ihn seine Mutter unerbittlich zu seinen Brüdern in die Studierstube gezwungen. Deren Wissensdurst schien nie zu versiegen. Als er gesagt hatte, er wolle sich Visby ansehen und den Bruder seines Großvaters, Herrn Eskil, treffen, hatte dies wie ein sehr tugendhafter Vorschlag gewirkt, gegen den Ingrid Ylva kaum etwas hatte einwenden können, obwohl ihr klar gewesen war, dass er eine weitere Flucht aus der Studierstube und vor der Verantwortung darstellte. Sie hatte jedoch nicht damit gerechnet, dass sich Eskil und Birger so gut verstehen würden, dass es den Anschein hatte, als würde Birger für immer in Visby bleiben.

Während Birger in Kleidern wie alle jungen Bürger und Kaufleute der Stadt von der Marienkirche zum Hafen ging, dachte er lächelnd daran, wie er bei seinem Eintreffen ausgesehen hatte und morgen wieder aussehen würde. In Visby erweckte ein Ritter mit Goldsporen und einem Folkunger-Umhang zwar Aufsehen, doch auf ganz andere Weise als es auf einem Gut auf dem Festland tat. Hier in Visby deuteten die Städter mit ihren Fingern auf ihn und lachten über einen Aufzug, der sie nicht an Edelmut und Tapferkeit denken ließ, sondern eher an die Unfähigkeit zu lesen, zu rechnen oder die einfachsten Zusammenhänge zu verstehen. In Visby wurde ein Ritter nicht mehr verehrt als ein Bauer, der in die Stadt kam, um Eier und Gänse auf dem Markt zu verkaufen.

Herr Eskil hatte sich in den ersten Tagen sehr darüber amüsiert, wie Birger verlacht worden war, bevor er ihm neue Kleider besorgt hatte. Damit hatte das Abenteuer begonnen, denn es war wirklich ein Abenteuer gewesen, das den Reisen durch Wälder einschließlich der Begegnung mit falschen Trollen weit überlegen war.

Während der letzten Jahre war Birger achtmal in Lübeck und Hamburg gewesen, entweder mit den Schiffen

Herrn Eskils oder mit Schiffen, die seine Ladungen transportierten. Vor ihm hatte sich eine Welt des Reichtums aufgetan, und sein Interesse am Handel war rasch erwacht.

Herr Eskil war ein eifriger Lehrer gewesen, überzeugt davon, dass es im Leben der Menschen viel mehr auf Handel und Reichtümer ankam als auf Schlachten und Kriege. Wen müsse man mehr fürchten, einen großen Schwertkämpfer wie Birger oder jemanden wie Eskil, der tausend Schwertkämpfer bezahlen könne?, pflegte er zu sagen.

Birger und Herrn Eskil vereinte ein starkes Band, ihre gemeinsame Liebe zu dem seligen Arn Magnusson. Man konnte zwar den Eindruck haben, Herr Eskil und sein Bruder Arn seien so verschieden, wie dies zwei Männern nur möglich sei – der eine war ein asketischer Ritter mit einer glühenden Gottesliebe gewesen, der andere war ein behäbiger Kaufmann, dessen Glaube sich mehr an Konjunkturschwankungen orientierte als an Berufungen und Gebeten. Der eine war ein unübertroffener Ritter auf dem Schlachtfeld gewesen, der andere war ein Mann, der sich nur ungern weit von seinen Goldtruhen und Rechnungsbüchern entfernte, allenfalls um ein Bier zu trinken und etwas Gutes zu essen.

Aber wie Herr Eskil Birger von Beginn an erzählt hatte, waren sein Bruder Arn und er sich ähnlicher gewesen, als man hätte glauben können, wenn man nur auf das Äußere achtete und die Sache mit dem Glauben außen vor ließ. Denn Arn sei auch ein kluger und geschickter Kaufmann gewesen, was nicht so verwunderlich sei, wie es auf den ersten Blick wirken könne, obwohl es auch ihn, Eskil, bei Arns Rückkehr erstaunt habe. Es verhalte sich jedoch so, dass die Tempelritter im weltweiten Handel eine große

Rolle spielten und einen Handelsbund darstellten, wie er gerade auch an der Ostsee mit Städten wie Lübeck, Hamburg, Visby und anderen entstünde. Nachdem sich gezeigt hatte, dass Arn Bücher führen und den Warenwert in Silber umrechnen konnte, was nur sehr wenige Männer vermochten, hatte Herr Eskil seinen Bruder ausführlich über den Handel der Tempelritter befragt. Arn hatte zwischen den Wüsten Arabiens und Rom Handel getrieben sowie zwischen Ägypten und Venedig. Als Burgherr hatte er an einem Ort im Heiligen Land, der Gaza hieß, die Verantwortung für eine eigene Handelsflotte gehabt. In einem wichtigen Punkt waren sich die beiden Brüder daher sehr schnell einig gewesen. Die Macht über den Handel und die Reichtümer war bedeutsamer als die Macht über gepanzerte Reiter.

Diese vollkommen neuen Erkenntnisse über Arn Magnusson hatten einen merkwürdigen Einfluss auf Birger. Er gewann nicht nur ein völlig neues Bild seines verehrten Großvaters, sondern entdeckte dank Herrn Eskil ein reiches und würdevolles Dasein, das für ihn früher nicht einmal in Gedanken existiert hatte. Deshalb war er rasch der wissbegierigste Lehrling im Handelshaus in Visby geworden.

So war es auch recht naheliegend, was Herr Eskil mit Birger vor seinem unerwarteten und übereilten Abschied würde besprechen wollen. Er hatte es bislang noch nie direkt ausgesprochen, doch nun war es wohl an der Zeit, vermutete Birger.

Im Hause Herrn Eskils und seiner Frau Bengta Sigurdsdotter aus Sigtuna verlief das Nachtessen anders als in Ulvåsa oder in Bjälbo. Hier wurde das Essen tranchiert auf Platten serviert, man aß mit dem Messer und einer Hand. Braten servierten die Bediensteten auf Zinntellern, und Bierkrüge standen keine auf dem Tisch, da sowohl Wein als auch Bier aus Gläsern getrunken wurde. Das Haus war aus Stein und drei Stockwerke hoch, gegessen wurde im zweiten Stock, um von den Essengerüchen und dem Gerenne des Küchenpersonals im Erdgeschoss verschont zu bleiben.

Nur Birger und Herr Eskil saßen zu Tisch. Sie begannen schweigend zu essen. Aber bereits nach dem zweiten Glas Bier wischte sich Eskil mit einem Tuch über die Lippen und legte sein Messer beiseite.

»Lass uns beten, dass es einen kurzen Krieg gibt, falls überhaupt einer nötig werden sollte«, begann er, ohne die geringsten Anstalten zu machen, tatsächlich beten zu wollen. »Jemand hat König Erik ermordet. Wir wissen nicht wer, sondern nur, dass es jemand war, der sich einen anderen König wünscht, der seine eigenen Wünsche besser erfüllt, nicht wahr?«

»Ja, das ist wohl das Wahrscheinlichste«, entgegnete Birger vorsichtig und legte ebenfalls sein Messer beiseite.

»Nun gut«, fuhr Eskil fort. »Die Person, von der wir sprechen, ist kein Folkunger, denn keiner von uns erhebt Anspruch auf die Krone. Dafür kämst nur du infrage. Du hast zumindest eine Mutter mit königlicher Abstammung, aber solche Leute gibt es viele. Und die Eriker werden wohl kaum ihren eigenen König ermordet haben, um einem anderen Eriker die Krone aufzusetzen. Das hieße, Sand an den Strand tragen. In diesem Fall wäre es, wenn ich recht unterrichtet bin, Knut Holmgeirsson, der Anspruch auf die Krone erhöbe?«

»Er und sein Vater sind diejenigen Eriker, die der Krone am nächsten stehen, aber sie haben ihren König nicht ermordet!«, erwiderte Birger hitzig.

»Na dann.« Herr Eskil lächelte. »Die Person, von der wir sprechen, will also einen Sverker krönen, obwohl die Auswahl unter diesen nicht sonderlich groß sein kann. Was weißt du darüber?«

»Wahrhaftig nicht viel«, gab Birger zu. »Ich wäre nie auf den Gedanken gekommen, dass König Erik in so jungen Jahren sterben könnte, und noch viel weniger, dass es unter den Sverkern nach ihrer großen Niederlage noch einen Kronprätendenten geben könnte. Diese Rechnung geht nicht auf.«

»Oh doch«, erwiderte Eskil. »Dieser letzte Sverker, dem ihr bei Lena den Kopf abgeschlagen habt, hat einen Sohn namens Johan, der in Dänemark lebt. Da hast du deinen zukünftigen König, zumindest wenn der Attentäter seinen Willen durchsetzt.«

»Wie könnt Ihr einen so guten Überblick haben?«, fragte Birger erstaunt. »Hier sitzt Ihr weitab vom Schuss in Visby und wisst mehr als ich über Fragen, die den Kampf um die Macht in meinem eigenen Land betreffen.«

»Visby liegt nicht weitab vom Schuss«, entgegnete Herr Eskil lächelnd. »Ich würde ganz im Gegenteil behaupten, ohne dir, mein junger Verwandter, zu nahe treten zu wollen, dass Ulvåsa ein wenig abgelegen ist. Ein Kaufmann lebt von seinem Wissen. Wenn König Valdemar Steuern in Hamburg und Lübeck erheben will, dann erfahre ich das sehr schnell, weil mein Wohlergehen von diesem Wissen abhängt. Ob ihr dort im Norden einen König bekommt, der König Valdemar freundlich oder feindselig gegenübersteht, muss ich ebenfalls rechtzeitig erfahren. Ohne Wissen wird kein Kaufmann reich.«

»Und wen würdet Ihr selbst am liebsten als Nachfolger von König Erik Knutsson sehen?«, fragte Birger nachdenklich.

»Niemand Bestimmten, meinetwegen könnten sie ein Pferd krönen, solange es nur keinen langanhaltenden Krieg gibt«, erwiderte Eskil lächelnd. »Ein langer Krieg hätte niedergebrannte Höfe, geplünderte Schiffe und die Zerstörung von allem, was ich von Visby bis nach Lödöse aufgebaut habe, zur Folge. Wir müssen also um einen kurzen Krieg beten oder vorzugsweise darum, dass es überhaupt keinen gibt. Glaub aber nicht, dass ich deine Bereitwilligkeit tadele, an diesem Irrsinn teilzunehmen, statt hier bei mir zu bleiben. Ich weiß, dass du musst, ich weiß alles über Ehre und Treue zur Familie und alles, was daraus resultiert. Denk daran, dass auch ich ein Folkunger bin!«

»Gewiss«, erwiderte Birger zögernd, »meine Ehre gebietet mir, dem Reich in seiner schweren Stunde beizustehen, da ich nun einmal bin, der ich bin. Ich kann nicht fernbleiben.«

»Nein, ich weiß, ich weiß«, entgegnete Herr Eskil rasch. »Wenn wir uns jetzt einmal vorstellen, dass der Krieg zu Ende ist oder dieser Knabe Johan Sverkersson, umgeben von vielen korrupten Ratgebern, König wird. Oder dass ihr ihn totschlagt und Knut Holmgeirsson zum König krönt und alles wieder ruhig wird. Willst du dann zu mir zurückkehren?«

»Das will ich, aber vielleicht liegt die Entscheidung darüber nicht bei mir«, antwortete Birger.

»Du verstehst, warum ich dich das frage?«, fuhr Herr Eskil etwas ungeduldig fort, als spräche er von Geschäften.

»Nein, ich ahne es, aber ich weiß es nicht«, entgegnete Birger vorsichtig.

»Es ist folgendermaßen«, sagte Eskil, hielt sein großes Bierglas hinter sich und ließ sich von einem Bedienten nachschenken. »Du kennst doch meinen Sohn Torgils in Arnäs? Er ist vielleicht zehn Jahre älter als du, aber ihr kennt euch doch trotzdem?«

»Ja, er ist Forsviker wie ich«, antwortete Birger mit abgewandtem Blick.

»Genau. Forsviker! Das bedeutet, dass er Krieger ist, dass er der Herr der Burg Arnäs ist, den wir alle benötigen. Bedenke, dass ich darüber nicht spotte oder mich beklage. Arnäs ist für unsere Sicherheit und für den Frieden nötig. Und jemand mit den richtigen Kenntnissen, meinetwegen eben ein Forsviker, muss Burgherr auf Arnäs sein. Also! Mein Enkel Knut ist erst zehn. Ich selbst bin siebzig, und ich bin in den letzten Jahren beunruhigend mager geworden. Ich muss unentwegt meine Kleider ändern lassen. Ich würde zehn Jahre zusätzlich benötigen, um dem kleinen Knut alles beizubringen, aber wahrscheinlich will er doch nur Burgherr werden wie sein Vater. Jetzt weißt du vermutlich, worauf ich mit dieser Unterhaltung abziele?«

»Ja«, sagte Birger. »Es wäre feige, das zu leugnen, obwohl ich eine gewisse Scheu empfinde. Aber dein Erbe gehört deinem Sohn Torgils und darf nicht zerstreut werden.«

»Erbe ist nichts, Erbe ist tot, Erbe, das sind Silbertruhen und etwas Gold und ein paar Schiffe«, schnaubte Eskil. »Ein Handelshaus ist mehr als das, es ist ein lebender Organismus, der jeden Tag Nahrung benötigt. Bengta, meine geliebte Frau, versteht sich auf Handel ebenso gut wie ich, aber wir haben keine gemeinsamen Kinder, und ein Teil des Handelshauses geht nach meinem Tod an meine Erben. Dann stirbt Bengta, und der Rest verschwindet nach Nordanskog, und anschließend ist nichts mehr übrig. Ich will jedoch nicht, dass dieses Handelshaus stirbt, und Bengta will das auch nicht. Deswegen bitte ich dich, derjenige zu sein, der mein Haus weiterleben lässt, denn du verfügst über die nötige Begabung, und an Interesse mangelt es dir auch nicht.«

»Was Ihr mir schenken wollt, ist zu groß. Ich kann das nicht annehmen«, erwiderte Birger leise.

»Ich schenke dir nichts, ich bitte dich nur, unser Handelshaus zu retten.«

»Wie soll das gehen, wenn alles verkauft wird, damit die Erben bekommen, was ihnen zusteht.«

»Du bekommst bereits zu meinen Lebzeiten einen ausreichend großen Teil, um es betreiben zu können. Wir können zum Stadtkämmerer gehen und morgen früh einen Vertrag aufsetzen lassen!«

»Aber ich muss trotzdem vorher noch aufs Festland und einen Krieg überleben«, antwortete Birger ausweichend.

Herr Eskil beharrte noch eine Zeit lang auf einer eindeutigeren Antwort von Birger, musste aber bald aufgeben. Ein bevorstehender Krieg ließ alle Gedanken an die Zukunft und alle Versprechen und Vereinbarungen sinnlos erscheinen.

* * *

Birger stand in seinen pelzgefütterten Folkunger-Umhang gehüllt auf dem Achterdeck des dickbäuchigen Frachtschiffs. Der Wind fuhr ihm durch sein dunkelrotes Haar. Visbys Stadtmauer und Kirchtürme verschwanden im Süden, und ihm war, als erwache er aus einem schönen Traum. Es war der Traum von einem anderen Leben, fernab von Junkerspielen, Blutrache und Trinkgelagen. Visby war das kommende Leben der Menschen in Frieden und Reichtum, in dem sich alle satt essen konnten und ihr Wissen vermehrten, das mit jedem Schiff, das seine Ladung löschte, größer wurde. Der Einfluss aus den Ländern im Süden führte mehr Gutes als Schlechtes mit sich, dessen war sich Birger eigentlich schon immer bewusst gewesen, da er auf Forsvik aufgewachsen war. Dort mischte sich so vieles aus Nord und Süd, dass Forsvik zu einer Oase des Wissens und der Arbeit in einem kargen Land geworden war. Birger war sich zwar nicht ganz sicher, was eine Oase eigentlich war, aber dieses Wort verwendeten alle in Forsvik.

In Visby war es genauso, nur in einer anderen Größenordnung. Visby war eine Stadt, gegen die Skara und Linköping wie kleine, schmutzige Dörfer erschienen. Visby war wie Hamburg und Lübeck. Dorthin kamen Reisende und Waren aus der ganzen Welt.

In Visby hatte Birger sehr viel Gelegenheit gehabt, die Kirchensprache zu üben, da jeder Zweite dort die nordische Volkssprache nicht verstand. Auf seinen Reisen nach Hamburg und Lübeck hatte er auch das Sächsische gelernt, so dass er einfachere Geschäfte im Hafen tätigen konnte, ohne ein einziges Wort Latein zu verwenden. Für einen Kaufmann in Visby war das sehr wichtig, da das Sächsische hier am meisten verbreitet war. Es konnten mehrere Tage vergehen, ohne dass Birger, vom Nachtessen mit Herrn Eskil und seiner Frau Bengta einmal abgesehen, ein einziges Wort in der nordischen Volkssprache sagte, und es passierte immer häufiger, dass er auch dort Sächsisch sprach, wenn er nach der Arbeit des Tages im Kontor und im Speicher am Hafen nach Hause kam.

Der Handel ist wie Blut, das durch den Körper strömt, und Visby ist das Herz von Svealand, Västra und Östra Götaland, dachte Birger. Deswegen war das, was in Visby geschah, immer viel wichtiger als das, was sich in Bjälbo oder Skara ereignete, obwohl keiner seiner Verwandten das einsehen würde.

Jetzt stand er auf einem Schiff, das recht langsam segelte, weil es schwer mit Eisen beladen war, das in Forsvik zu Schwertern geschmiedet werden sollte, die dann mit gutem Verdienst sowohl an Herren als auch an reiche Bauern verkauft wurden. Er selbst war ein ebenso willenloser Bestandteil der Fracht wie dieses Eisen. Er besaß keinen freien Willen. Wenn die Folkunger in den Krieg zogen, dann forderte seine Stellung innerhalb der Familie, dass er in der ersten Reihe ritt. Er war der Sohn Magnus Måneskölds und der Enkel Arn Magnussons. Wenn er in dieser schweren Stunde nicht an der Seite seiner Verwandten ritt, konnte das als Uneinigkeit und Zwietracht in der Familie ausgelegt werden. Wenn jemand gegen die Folkunger in den Krieg zog, um die Krone zu erringen, dann wäre Birger einer der Ersten, den die Feinde töten wollten.

So sinnlos der Krieg auch war, konnte man sich ihm trotzdem nicht entziehen.

Birger begab sich mittschiffs und stieg in den breiten Laderaum hinab, um sich eine Weile mit Ibrahim zu beschäftigen, der jetzt ein fast ausgewachsener, imposanter Hengst auf der Höhe seiner Kraft war. Eines unterschied Birger weiterhin von den jungen und älteren Kaufleuten in Visby. Eine Sache hatte er nicht aufgegeben, egal mit wie vielen südlichen Kleidern sie ihn behängt hatten. Ohne zu reiten konnte er nicht leben. Jeden Morgen hatten Ibrahim und er einen langen Ritt um die im Bau befindliche Stadtmauer unternommen. Dabei waren sie an den Bauernkarren vorbeigekommen, die auf dem Weg in die Stadt gewesen waren. Auch die Bauern lebten gut auf Gotland, da sie ihre Waren für Silbermünzen verkaufen konnten. Manche waren so dünn wie Eierschalen und nicht viel wert, aber diejenigen, mit denen man ein schönes Pferd oder einen starken Ochsen bezahlen konnte, waren dick wie Leder und klimperten in der Hand.

Flüsternd redete er auf Ibrahim ein. Die Ritte, die ihnen jetzt bevorstünden, würden vielleicht nicht so friedlich ausfallen wie im Land der Gotländer. Ihrer beider Leben hinge davon ab, wie gut sie sich verstünden und gegenseitig helfen würden. Ibrahim schnaubte freundlich und stupste Birger mit seinen Nüstern, als gäbe er ihm ein Versprechen.

Die Reise nach Söderköping und weiter nach Ulvåsa verlief ruhig und eintönig. Das Wetter war gut, da die Herbststürme noch fern waren.

* * *

Erzbischof Valerius war bei Ulvhilde Emundsdotter auf ihrem Gut Ulvsheim zu Gast. Dorthin hatte er auch Ingrid Ylva gerufen. Für dieses Treffen hatte er gute Gründe. Die beiden waren nicht nur durch ihre Witwenherrschaft auf Näs zur Zeit des seligen König Erik bekannt, sondern gehörten auch zu den vornehmsten Sverkertöchtern im Lande. Ingrid Ylva war sogar königlicher Abstammung. Beide waren Witwen und Mütter von Folkungern. Wenn Erzbischof Valerius Verbündete für seine Pläne mit einem neuen Sverkerkönig suchte, dann hätte er kaum einen Mann im Reiche finden können, dessen Unterstützung so wichtig gewesen wäre wie die ihre. Aber falls er erwartet hatte, dass die Verhandlungen leicht zu führen sein würden – schließlich war er es gewohnt, dass ihm alle ehrfürchtig schmeichelten –, dann hatte er sich sehr geirrt.

Ingrid Ylva ritt mit finsterer Miene an der Spitze eines Folkungergefolges herbei, das größer war als das Gefolge des Erzbischofs. Das entsprach nicht der Sitte und verstieß außerdem gegen königliches Gesetz. Dem Bannerträger des Erzbischofs fiel auf, dass es sich bei dem Gefolge nicht um irgendwelche Bauern handelte, sondern um die unbesiegbaren Forsviker. Wer mit einem solchen Gefolge erschien, konnte kaum gute Absichten haben.

Valerius war jedoch verschlagen und sah ein, dass es galt, mit Güte vorzugehen und nicht über Kleinigkeiten zu streiten. Als er Ingrid Ylva auf dem Hofplatz begrüßte, beeindruckte ihn nicht nur ihre Schönheit, sondern auch die Kraft in ihren funkelnden schwarzen Augen. Wenn er jetzt Streit wegen ihrer vielen Gefolgsleute angefangen hätte, wäre dies sicher fruchtlos gewesen. Wahrscheinlich hätte sie ihn nur verächtlich angesehen, sich verabschiedet und wäre mit allen Männern davongeritten. Da dies nicht seinen Plänen entsprach, entschied er sich dafür, diese Unsitte zu ignorieren. Er empfing sie mit einer segnenden Handbewegung, die sie nur mit einem höhnischen Lächeln quittierte.

Damit hatten die unangenehmen Überraschungen für Erzbischof Valerius aber keineswegs ein Ende. Denn als Ulvhilde Emundsdotter ihn und Ingrid Ylva einlud, in den Festsaal zu treten, standen dort weder Speise noch Trank auf dem Tisch. Ein Fass Bier wurde hereingerollt und neben Ulvhilde und Ingrid Ylva aufgestellt, die auf der einen Seite der Tafel Platz nahmen und nicht auf den Ehrenplätzen an ihrem Ende. Es zeigte sich, dass der Erzbischof und seine Männer gegenüber Platz nehmen sollten, so dass sich alle Auge in Auge gegenübersaßen. Man konnte zwar nicht behaupten, dass in dieser Sitzordnung eine Kränkung bestand, sie war aber ganz und gar ungewöhnlich. Außerdem sahen ihn die beiden Frauen mit harten Augen und vollkommen furchtlos an.

»Jetzt seid Ihr unser Gast, Erzbischof«, sagte Ulvhilde Emundsdotter. »Ihr seid in meinem Haus, und hier tue ich, was mir gefällt. Ihr habt um ein Gespräch mit uns beiden gebeten, und diesem Wunsch entsprechen wir. Aber wir wollen beide nicht am selben Tisch wie Ihr essen, da dies der Gesundheit abträglich sein kann.«

Die Kränkung in Ulvhilde Emundsdotters Willkommensworten an den Erzbischof des Reiches war größer als jede, von der man bisher gehört hatte. Der Erzbischof, sein Kanzler und der junge Bischof Brun aus Växjö schnappten nach Luft wie Fische auf dem Trockenen, bevor einem von ihnen eine Antwort einfiel.

»Eure Worte sind unfreundlich«, fauchte Valerius schließlich mit finsterer Miene. »Schon für eine geringere Kränkung kann man mit dem Kirchenbann belegt werden.«

»In diesem Fall sind diese Worte auch meine«, mischte sich Ingrid Ylva ein, bevor der Erzbischof mit seiner Drohung fortfahren konnte. »Exkommuniziert uns beide, erhebt Euch von unserer Tafel und reitet fort, wenn Ihr mögt. Aber fragt Euch auch, was Ihr damit gewonnen hättet. Und fragt Euch ebenfalls, wer im Reiche diesen Bann ernst nehmen würde. Unser Verwandter unter den Sverkern, den Ihr jetzt zum König machen wollt, sicherlich nicht.«

Nach diesen Worten dachte der Erzbischof lange nach, bevor er etwas entgegnete. Ingrid Ylva betrachtete ihn durchdringend, ohne den Blick auch nur einen Augenblick lang abzuwenden. Was sie sah, war ein ungewaschener, stinkender Greis in violetten und weißen Kleidern, deren goldbestickte Kostbarkeit seine Dürftigkeit nicht verhüllen konnte. Aber mit diesem Mann, das hatte sie seit langem eingesehen, musste sie auszukommen lernen, was ihr nicht leichtfallen würde.

»Einen Krug Bier werdet Ihr hohen Frauen uns doch noch gönnen?«, fragte der Erzbischof schmeichelnd, nachdem er mit seinen Überlegungen zu einem Ende gekommen war und sich entschlossen hatte, auf weitere Drohungen zu verzichten. Wenn er sich mit diesen beiden Witwen verfeindete, dann war alles, was er geplant hatte, unmöglich.

»Bier schenken wir Euch gerne ein, aber das tun wir selbst aus dem Fass, das hier neben mir steht«, erwiderte Ulvhilde milde und winkte ein paar Bediente herbei, die Krüge auf den Tisch stellten. Schweigend schenkte sie erst dem Erzbischof und anschließend reihum seinem Gefolge ein. Schließlich goss sie aus einer Kanne Wein in zwei Gläser mit blauer Verzierung, die sie vor Ingrid Ylva und sich hinstellte.

Schweigend tranken sie sich zu. Dann breitete Ingrid Ylva die Hände aus und bat den Erzbischof, ohne Umschweife mitzuteilen, was er auf dem Herzen habe.

Valerius geriet dadurch in noch größere Verlegenheit. Er hatte erwartet, dass, wie sonst bei Besuchen üblich, am ersten Abend über nichts von Bedeutung gesprochen wurde, da man sich ganz den Segnungen der Tafel widmete. Am zweiten Abend sprach man dann über das Anliegen, um dann am dritten Abend vor dem Essen zu einer Einigung zu gelangen, um möglichst noch alles niederschreiben und besiegeln zu können, bevor weitergefeiert wurde. Gelassenes und behutsames Vorgehen gestattete es, sich ein Bild von seinem Gegenüber zu machen und herauszufinden, worauf es diesem ankam. Erst dann trug man die eigenen Bedingungen vor.

Aber jetzt wollten diese störrischen Frauen, dass alles sogleich an diesem einen nüchternen Nachmittag gesagt wurde, was ihm Unbehagen bereitete. Dass er im Haus von Ulvhilde Emundsdotter nicht befehlen konnte wie bei jedem Mann im Reiche, das hatte er bereits verstanden.

»Wenn Ihr nichts zu sagen habt, Erzbischof, dann habt Ihr diese Reise vergebens unternommen«, sagte Ingrid Ylva, gerade als der Erzbischof den Mund öffnen wollte. »Sagt uns, was Ihr auf dem Herzen habt, sonst reite ich gleich wieder nach Ulvåsa zurück!«

»Es geht darum, wer König in unserem Reich werden soll«, begann der Erzbischof gequält. »So wie die Lage aussieht, gibt es keinen Eriker ...«

»Wer weiß, ob nicht Königin Rikissa einem Sohn das Leben schenkt, jetzt wo sie sicher in Dänemark angelangt ist?«, unterbrach ihn Ingrid Ylva mit milder Stimme und hartem Blick.

»Tja ... als König Erik starb, gab es jedenfalls keinen Sohn«, erwiderte Valerius ernst und nachdenklich, als seien seine Worte von größter Bedeutung. »Johan Sverkersson ist nun der Knabe mit dem größten Erbanspruch auf die Krone. Deswegen ist die Kirche der Auffassung, dass der junge Johan zum nächsten König des Reiches gekrönt werden soll.«

Damit war es gesagt, und zwar bereits am ersten Nachmittag. Die zwei Frauen auf der anderen Seite der Tafel kamen Valerius inzwischen mehr wie Schlangen als menschliche Wesen vor, denn sie entgegneten nichts, sondern sahen ihn nur mit reglosen Mienen an, als seien sie der Auffassung, er habe noch nicht zu Ende gesprochen.

Das traf in der Tat auch zu, denn man war bei der Frage angelangt, was diese Einigung kosten würde. Die Kirche benötigte die Unterstützung der beiden mächtigen Sverkerfrauen. Mit ihren engen verwandtschaftlichen Beziehungen zu den Folkungern war diese Unterstützung für den Weg des jungen Johan zur Krone entscheidend. Wenn Ulvhilde Emundsdotter und Ingrid Ylva ihren eigenen Verwandten Johan nicht auf dem Thron sehen wollten, dann war die Sache vermutlich verloren.

Der Standpunkt der Eriker war unschwer zu erraten. Sie wollten einen Eriker als König, entweder das noch ungeborene Kind in Dänemark, falls dieses ein Sohn werden würde, oder Holmgeir oder seinen Sohn Knut.

Und wenn die Folkunger an ihrem Bund mit den Erikern festhielten, dann befand sich alle weltliche Macht auf ein und derselben Seite im Reiche, Johan und somit auch Erzbischof Valerius wären dann chancenlos.

»Eure Zustimmung hat also einen Preis ...«, sagte Valerius schließlich kleinlaut. »Lasst mich zuerst sagen, dass Eintracht im Reiche und kampflose Königswahl für uns alle das Beste ist. Eintracht herrscht, wenn Ihr beide die Kirche in ihrem Bestreben nach Gerechtigkeit unterstützt, damit Johan unser nächster König wird. Ihr verliert dann keine Söhne im Krieg, und keine Rauchsäulen stehen über dem Land. Ist das nicht genug? Sagt an! Für gute, christliche Frauen sollte doch der Frieden mehr wert sein als alles andere, nicht wahr?«

»So gute Frauen sind wir wohl nicht«, antwortete Ingrid Ylva abweisend, »schließlich hattet Ihr kaum Platz genommen, da habt Ihr uns bereits mit der Exkommunizierung gedroht.«

»Der Frieden hat auch für Euch einen Preis, Erzbischof, und den wollen wir heute hören und nicht erst morgen«, sagte Ulvhilde im selben unversöhnlichen Ton wie Ingrid Ylva.

Valerius kam plötzlich der Gedanke, diese beiden mächtigen Frauen könnten sich mit dem Teufel verbündet haben, ein Frevel, der sich nur mit dem Feuer ahnden ließ und zwar je schneller, desto besser für das Reich. Aber davon konnte keine Rede sein, das sah er sehr wohl ein. Denn krümmte er einer dieser Frauen auch nur ein Haar, dann war er seines Lebens nicht mehr sicher, daran änderte auch die Tatsache nichts, dass er Erzbischof war. Dass die beiden Frauen um ihren eigenen Wert wussten, war ebenfalls erschreckend deutlich geworden. Jetzt war auch das Gerede von der Witwenherrschaft auf Näs besser zu verstehen, da die zwei Cecilien wahrlich keine Anfängerinnen waren, wenn es darum ging, um die Macht zu feilschen.

»Wir fangen noch einmal von vorne an«, murmelte der Erzbischof etwas verunsichert. »Ich sprach vom Frieden im Reich als der größten Gabe, die wir uns alle wünschen können. Dazu stehe ich. Wir müssen die Eintracht zwischen den Sverkern, und als solche wurdet Ihr beide geboren, sowie den Folkungern und Erikern herstellen. Sicherlich ist es den Erikern genauso wichtig, uns in dieser Sache zu unterstützen, das versteht sich von selbst. Also müssen die Folkunger und Sverker unseren Frieden besiegeln. Ihr steht beide in der Mitte, geboren als Sverker, aber mit Söhnen, die Folkunger sind. Sagt mir daher, wie wir vereint werden können und wie dieses Werk zu vollenden ist.«

»Das Jarlsschwert muss ein Folkunger tragen, denn so war es seit den Tagen Birger Brosas«, sagte Ulvhilde leise und bedächtig, als sei dies eine Selbstverständlichkeit.

»Da bin ich derselben Meinung wie Ihr«, erwiderte der Erzbischof und nickte gleich etwas munterer. »Folke Jarl bereitet uns jedoch Mühe, da er sowohl mein als auch ein Feind der Kirche ist. Es stellt sich die Frage, ob wir Karl Birgersson den Tauben dazu überreden können, Jarl zu werden?«

»Das können wir bestimmt«, antwortete Ingrid Ylva und schnaubte fast ein wenig. »Wenige Männer schlagen eine solche Gunst aus, und Karl der Taube ist einer der mächtigsten Folkunger und Herr zu Bjälbo. Aber er wäre auch ohne die Unterstützung von Ulvhilde und mir Jarl geworden. Jetzt wollen wir also hören, was Ihr uns wirklich anzubieten habt, Erzbischof?«

Valerius warf einen besorgten Blick auf seine Begleiter, die es nicht wagten, seinen Blick zu erwidern, und auch sonst im Augenblick keine Hilfe darstellten.

»Vielleicht wäre es das Beste, wenn wir drei dieses Gespräch allein fortsetzen«, sagte daraufhin Ulvhilde mit ihrer mildesten Stimme, fast so, als würde sie ein Kind trösten. Sowohl sie als auch Ingrid Ylva hatten die Seitenblicke des Erzbischofs auf seine ängstlichen Begleiter bemerkt.

»Vielleicht habt Ihr in dieser Sache Recht«, murmelte der Erzbischof und starrte auf die Tischplatte. Er dachte kurz nach und schickte seine Begleiter dann kurzerhand vor die Tür. Diese warfen einander zweifelnde Blick zu, leisteten der Aufforderung jedoch Folge. Ulvhilde ließ mehr Bier und Wein bringen und forderte sodann ihr Gesinde auf, den Saal zu verlassen.

»Dann können wir vielleicht endlich zur Sache kommen«, sagte Ingrid Ylva, als sie endlich allein waren. »Der Sohn meiner lieben Ulvhilde ist einer der wenigen richtigen Ritter des Reiches. Er heißt Emund Jonsson.«

»Ich kenne ihn dem Namen nach«, erwiderte der Erzbischof. »Was ist mit ihm?«

»Er erhält einen Platz im Reichsrat«, erwiderte Ulvhilde leichthin, als begehre sie nicht viel.

»Er ist jung, vielleicht etwas zu jung?«, wandte der Erzbischof zögernd ein.

»Er ist über dreißig, ein Alter, in dem sich ein Ritter auf der Höhe seiner Kraft befindet. Außerdem ist sein Platz im Rat mein Preis!«, erwiderte Ulvhilde zum ersten Mal mit erhobener Stimme.

»Nun gut, so sei es entschieden.« Der Erzbischof nickte. »Und Ihr, Ingrid Ylva, was stellt Ihr für Forderungen?«

»Das Bischofsamt in Linköping ist unbesetzt. Mein Sohn Karl ist ein Mann der Kirche. Er ist ein gelehrter Kleriker. Meine erste Forderung ist dieser Bischofsstuhl in Linköping. Als Zweites fordere ich, dass er zum Kanzler des Königs ernannt wird, da er sehr buchgelehrt ist.«

»Das sind keine bescheidenen Forderungen!«, sagte Valerius verblüfft.

»Ich hatte auch nicht die Absicht, bescheidene Ansprüche zu stellen, wenn Ihr unsere Unterstützung kaufen wollt«, entgegnete Ingrid Ylva rasch. »Und doch habt Ihr noch nicht alles gehört. Mein anderer Sohn Eskil soll den Lagmannshof bei Skara erhalten und dazu noch einen Platz im Reichsrat.«

Valerius war sprachlos. Er schwieg lange, während ihn die beiden Witwen auf der anderen Seite der Tafel betrachteten, ohne eine Miene zu verziehen. Er sah ein, dass er einen kühlen Kopf bewahren musste, obwohl sein erster Impuls gewesen war, die Witwen mit harten Worten für ihren schamlosen Machthunger zurechtzuweisen. Aber wie sich bereits gezeigt hatte, ließen sie sich nicht zurechtweisen, und falls dieses Treffen im Streit endete, würde es sehr schwer werden, den jungen Johan Sverkersson zum

König zu krönen. Die Witwen wussten, was sie bei diesem Geschäft fordern konnten. An ihrem Verstand war nichts auszusetzen. Es ärgerte ihn trotzdem unbeschreiblich, dass ihn diese beiden verdammten Schlangen in ihrer Gewalt hatten und davon so frech Gebrauch machten.

»Der Lagmannshof bei Skara gehört zu den königlichen Gütern, die nicht veräußert werden dürfen«, sagte er schließlich vorsichtig, als bedauere er diese Schwierigkeit und habe keinesfalls die Absicht, Ingrid Ylvas Ansinnen zurückzuweisen.

»Ejvind Lagmann liegt im Sterben und wird bald, die Füße voran, dort ausziehen«, erwiderte Ingrid Ylva, ohne auch nur einen Augenblick lang zu zögern. »Und was die königlichen Güter betrifft, solltet Ihr vielleicht nicht so jammern, Erzbischof. Wenn es Euch gelingt, den Knaben Johan zum König zu machen, dann wird er vermutlich Euch und der Kirche einiges bezahlen. Keiner von uns wird leer ausgehen, aber Euer Anteil wird größer ausfallen als meiner.«

Wie eine Kreuzotter hat sie wieder zugebissen, dachte Valerius, ebenso schnell und ebenso giftig. Diese Vorführung ließ jedoch nur einen Schluss zu. Er konnte es sich im Augenblick nicht leisten, sie sich zur Feindin zu machen.

»Nun gut«, sagte er nachdenklich und nickte bedächtig, als hätte er Ingrid Ylvas freche Andeutung, wie sehr er von der Krönung eines sverkerschen Knaben profitieren würde, gar nicht zur Kenntnis genommen. »Dann habe ich also eine Abmachung mit euch beiden hochgeborenen Sverker-Frauen. Wenn Johan der Junge mit Gottes Hilfe König wird und Ihr beide mich in dieser Angelegenheit unterstützt, dann wird Ulvhildes Sohn Emund Jonsson einer der Männer im königlichen Rat, und Eure beiden

Söhne, Ingrid Ylva, bekommen das Bischofsamt in Linköping und den Lagmannshof bei Skara.«

»Und Karl wird Kanzler des Königs und beide erhalten einen Platz im königlichen Rat!«, ergänzte Ingrid Ylva ungehalten.

»Gewiss. Wir sind uns also einig. Damit haben wir drei eine Absprache getroffen. Wir schwören, an dieser festzuhalten und sie geheim zu halten!«

»Und diese Vereinbarung schreiben wir jetzt nieder und besiegeln sie«, sagte Ulvhilde, ohne mit der Wimper zu zucken.

Ausgerechnet in dem Augenblick, in dem er geglaubt hatte, die peinlichen Verhandlungen seien endlich beendet, fehlten dem Erzbischof erneut die Worte. Ganz offensichtlich hatten sich die beiden genauestens auf dieses Gespräch vorbereitet. Vielleicht hatten sie auch vorher vereinbart, wer was sagen würde, und jetzt besaßen sie auch noch die unglaubliche Frechheit, sich nicht mit seinem Ehrenwort zu begnügen.

»Ein solches Pergament wäre für uns alle drei gefährlich, wenn es in falsche Hände geriete«, erwiderte er schließlich. »Ein heiliger Eid bindet uns genauso sicher an unsere Abmachung, kann aber nie in unrechte Hände gelangen.«

»Und auch nicht in die rechten Hände!«, erwiderte Ingrid Ylva. »Auf Euer Wort gebe ich nicht viel, Erzbischof. Das sage ich Euch aber nur, weil wir drei hier allein sitzen. Wären Eure Männer noch hier, hätte ich auf diese Aufrichtigkeit natürlich verzichtet. Daher verlangen Ulvhilde und ich jetzt, dass dieser Vertrag niedergeschrieben und besiegelt wird.«

»Und was habt Ihr für einen Nutzen von einem schriftlichen Vertrag? Das verstehe ich nicht«, sagte der Erzbischof unschlüssig. »Ihr verratet Eure Folkunger-Verwandten, Ihr hintergeht Eure eigenen Söhne und ihre Verwandten unter den Erikern. Solche geschriebenen Worte wären für Euch ebenso gefährlich wie für mich, warum sollen wir uns also dieser Gefahr aussetzen?«

»Weil sich niemand auf Euer Wort und nicht einmal auf Euren Eid verlässt«, antwortete Ulvhilde. »Wir sind durchaus Eurer Meinung, dass diese geschriebenen Worte nie jemand anderem als uns oder Eurem Kanzler zur Kenntnis gelangen dürfen, denn er muss schreiben, da Ihr des Schreibens, wie wir uns haben sagen lassen, nicht mächtig seid. Aber wenn jetzt alles so verläuft, wie Ihr es geplant habt, wird Johan Sverkersson König, allerdings ein schwacher König, den viele in ihrer Hand haben, nicht zuletzt Ihr selbst. Ihr haltet Euer Wort, und unsere Söhne erhalten das, worauf wir uns geeinigt haben. Wer den schriftlichen Vertrag besitzt, kann ihn dann verbrennen lassen, und niemandem ist ein Schaden entstanden.«

»Aber wenn es aus Gründen, die nur Gott kennen kann, anders ausgeht als vereinbart?«, fragte Valerius mit listiger Miene.

»Dann habt Ihr nicht nur uns beide betrogen«, fuhr Ulvhilde fort. »Dann habt Ihr einen königlichen Rat ohne die Macht der Folkunger, vielleicht sitzen dort dann nur Kleriker und Sverker, die keinen Einfluss besitzen und ebenfalls nach Eurer Pfeife tanzen müssen. Unsere Verwandten unter den Folkungern würden sicher einen Vorwand suchen, Euch mit Lanze und Schwert zu verfolgen. Dann zeigen wir ihnen Eure Versprechungen und Euer Siegel. Gegen wen werden sie dann wohl ihren Zorn und ihre Lanzenspitzen richten? Gegen zwei Witwen, die aus Unverstand ihre Söhne begünstigen wollten, oder gegen einen Erzbischof, der sein Wort gebrochen hat? Jetzt versteht Ihr vielleicht besser, warum wir es schriftlich brauchen.«

Ihre Worte waren hart, aber ihre Stimme klang hell und sanft. Valerius stellte zu seinem Erstaunen fest, wie sich gute Laune statt Raserei und Jähzorn in ihm ausbreitete. Er hatte nie eine sonderlich hohe Meinung von Frauenzimmern gehabt. Er hatte auch nicht geglaubt, dass er einmal gezwungen sein würde, mit ihnen zu verhandeln, als besäße das, was sie zu sagen hatten, wirklich Gewicht. Das, was jetzt geschehen war, glich wirklich einem göttlichen Wunder.

Gott hatte diesen Spatzenhirnen seinen Geist eingehaucht, und beide sprachen mit so viel Verstand, dass Männer ihre Worte nicht besser hätten wählen können. Damit wollte Gott zeigen, dass er seinem sündhaften und geringen Diener vergeben hatte, dass er in das Herz seines Dieners geschaut und dort gesehen hatte, welche edlen Motive hinter bestimmten Taten steckten, die in den Augen törichter Menschen nur schwer zu vergeben waren. Gott hatte seinem unbedeutenden Erzbischof Valerius sein lächelndes Antlitz gezeigt und ihm so zu verstehen gegeben, dass die Vergebung seiner Sünden nahe bevorstand. Valerius konnte damit rechnen, nach seinem irdischen Tode bald zu seiner Rechten zu sitzen. Diese göttliche Botschaft war nicht misszuverstehen, und er musste sie bis ins Kleinste befolgen.

»Ich segne Euch beide für Eure Klugheit und Nachdenklichkeit«, sagte er fast zu Tränen gerührt. »Ich segne Euch und vergebe Euch Eure Sünden. Wir wollen sofort alles tun, was Ihr wünscht! Aber anschließend können wir doch wohl noch in Freundschaft speisen wie bei einem ganz normalen Besuch eines Erzbischofs?«

Zum ersten Mal schienen die beiden Witwen etwas aus der Fassung zu geraten. Sie tauschten einen kurzen, fragenden Blick. Dann ergriff Ingrid Ylva das Wort:

»Auf Euren Segen gebe ich nicht viel, wie Ihr wisst«, begann sie in einem Ton, der nach einer Mischung aus Hohn und Unsicherheit klang. »Aber wir setzen jetzt den Vertrag wie vereinbart auf. Dann reiten ein paar meiner Männer mit ihm davon, damit er nicht verbrennen oder verschwinden kann. Wenn dies geschehen ist, so werden wir mit Euch speisen und trinken, wie Ihr es wünscht.«

Valerius begann jetzt den Herrn zu preisen, der dieses Gespräch so weise gelenkt habe, worauf ihm wirklich die Tränen kamen.

Ulvhilde sah Ingrid Ylva fragend an. Auch sie schien nicht zu begreifen, was der heuchlicherische Giftmörder jetzt wieder im Schilde führte. Fast wären sie unhöfisch in Gelächter ausgebrochen. Der immer erregter betende Erzbischof hatte sich auf die Knie fallen lassen und streckte seine gefalteten, klauenartigen Hände in die Höhe. Sie schüttelten den Kopf, zuckten mit den Achseln und tranken sich lächelnd zu.

* * *

Birger war gerade erst in Ulvåsa an Land gegangen und hatte Ibrahim in den Stall gestellt, da wurde er schon zu seiner Mutter und seinen Brüdern in den großen Saal gerufen. Obwohl Birger seit zwei Jahren nicht mehr zu Hause gewesen war, wurde ihm kein großer Empfang bereitet. Wichtige Dinge müssten rasch geklärt werden, meinte Ingrid Ylva. In zwei Tagen sei Familienthing in Bjälbo. Dort würden alle mächtigen Folkungerfamilien zusammenkommen, und bis dahin müsse entschieden sein, was der Abgesandte aus Ulvåsa zu sagen habe.

Ingrid Ylva hatte beschlossen, dass Birger für Ulvåsa das Wort führen solle. Er sprach damit für alle seine Brüder. Das gefiel seinem Bruder Eskil nicht sonderlich, was alle verstanden. Eskil sah sich bereits als Lagmann, er trug einen Bart und ging breitbeinig auf den Dielenbrettern auf und ab, wenn er sprach. Außerdem versuchte er mit tieferer Stimme zu sprechen. Aber dass er sich für denjenigen der Brüder hielt, der seine Worte am besten zu wählen wusste, spielte für Ingrid Ylva keine Rolle. Unerbittlich ließ sie verlauten, sie wisse es besser.

Sie sprach direkt und unverblümt zu ihren Söhnen und zeigte ihnen ohne Beschämung den Vertrag, den Ulvhilde Emundsdotter und sie mit dem Erzbischof geschlossen hatten. Da alle Brüder sehr schriftkundig waren und auch die Kirchensprache beherrschten, amüsierten sie sich über die kleinen Fehler, die der Kanzler des Erzbischofs gemacht hatte. Sie meinten jedoch, dass diese Fehler an der Sache nichts änderten.

Anschließend kamen ihnen Bedenken. Eskil ging mit ernster Miene auf und ab und brachte seine Skepsis darüber zum Ausdruck, sich vertraglich zu verpflichten, einen Sverker zum König zu krönen. Die Folkunger seien mit den Erikern verbündet. Die Sverker seien die Feinde der Folkunger, und viele Verwandte hätten dafür sowohl in Gestilren als auch in Lena geblutet oder sogar ihr Leben gelassen.

Ingrid Ylva ließ ihn eine Weile reden, dann war sie es leid und bat ihn barsch, den Mund zu halten, sich zu setzen und zuzuhören. Anschließend erklärte sie ihren immer verblüffteren Söhnen ihren Plan.

In diesem Augenblick empfand Birger eine wärmere und überwältigendere Liebe für seine Mutter als je zuvor. Was sie sagte, war für ihn rein und klar wie Wasser, obwohl es seinen Brüdern große Mühe bereitete, es zu begreifen. Er verstand fast unverzüglich, worauf sie hinauswollte. Er war wahrhaftig ihr Sohn und hatte vermutlich mehr von ihrer Denkart übernommen als von der seines Vaters.

Ingrid Ylva machte nicht viele Worte. Natürlich würden sie alle danach streben, den Erikern die Krone noch einige Zeit zu bewahren. Es sei zu früh, einen Kronprätendenten der Folkunger ins Rennen zu schicken. Aber darum gelte es erst recht, die wirkliche Macht zu behalten, ganz gleich ob jetzt ein Eriker König werde oder, was das Wahrscheinlichste sei, der erst zwölfjährige Johan Sverkersson, wie es der giftmordende Erzbischof mit Gebeten und Intrigen einzufädeln suche.

Falls Königin Rikissa im dänischen Exil einem Sohn das Leben schenke, sofern man einen Aufenthalt im Lande ihres Bruders überhaupt als Exil bezeichnen könne, dann sei dieser Junge erbberechtigter Anwärter auf die Krone. Das sei jedem klar.

Falls Rikissa eine vierte Tochter gebar, dann würden die Eriker Holmgeir, Knuts Vater, krönen wollen. In diesem Falle würde es heikel werden, weil das Bischofspack darauf beharren würde, dass Johan der Sohn eines Königs sei. Das konnte man von Holmgeir nicht sagen, obwohl sein Großvater kein Geringerer als der heilige König Erik war.

Der Bischofshaufen verfüge weder über Reiter noch Schwertkämpfer. Aber er sei ermächtigt, einen König in Gottes Namen zu krönen, und dieses Recht dürfe nicht unterschätzt werden.

Entscheidend für Ingrid Ylva war, dass ihren Söhnen die legitime Macht zufiel, ungeachtet dessen, welcher Mann oder welches Kind schließlich gekrönt wurde.

Vermutlich würde der schriftliche Vertrag mit dem heimtückischen Valerius nie zur Anwendung kommen müssen, da wahrscheinlich ein Eriker der nächste König werde. Doch wenn es Valerius ein weiteres Mal gelänge, einen Sverker zu krönen, so sei dieser Vertrag keinesfalls von Nachteil. Auch im schlimmsten Fall würden Ingrid Ylvas Söhne die Macht erlangen, für die sie erzogen worden seien, und auf dieses Ziel habe sie hingelebt, seit sie Witwe geworden sei. So sähen ihre Überlegungen aus.

Birger lächelte seine Mutter bewundernd an. Seine Brüder brachten viele kleinliche Einwände vor und verwendeten dabei große Worte wie Ehre, Familienehre, ehrenvolles Gelübde, Ehre der Vorväter und Ähnliches.

Es dauerte bis zum Nachmittag des folgenden Tages, bis die Tragweite von Ingrid Ylvas Plänen selbst Birger gänzlich aufgegangen war. Auf einmal sah er sein Leben eine völlig neue Wendung nehmen, einer schwer beladenen Lübecker Kogge gleich, die in den Wind und auf einen völlig neuen Kurs drehte.

Ingrid Ylva rief ihn in ihre Webkammer und begann, Garn zu spinnen, während sie sprach. Sie behauptete, besser nachdenken zu können, wenn sie ihre Hände mit einer vertrauten Arbeit aus ihrer Klosterzeit beschäftige.

Dass Karl nun Bischof werden würde, unabhängig davon, wer den Wettkampf um die Königskrone gewann, und Eskil bald Lagmann, wozu er sich auch sicher gut eigne, solle Birger keinen Augenblick lang an seiner eigenen Zukunft zweifeln lassen. Sie verfolgte in Bezug auf ihn noch größere Pläne, sagte sie, als sei dies das Selbstverständlichste der Welt. Seine neue Lebensbahn, die dem

Aufstieg eines neuen Sternes am Firmament vergleichbar sei, werde am Familienthing der Folkunger am nächsten Tag in Bjälbo ihren Anfang nehmen.

Bei diesem Familienthing würden zwei alte Männer um die Macht streiten, Karl der Taube, der eifersüchtig war, weil er nur Jarl der Familie, aber nicht des ganzen Reiches sei, und Folke Jarl, der sich so oft gehässig über Erzbischof Valerius geäußert habe, dass es ihm schwerfallen würde, seine Jarlskrone zu behalten.

Karl der Taube würde unter dem Vorwand, nur das Wohl der Folkunger im Sinn zu haben, und nicht etwa, weil er selbst Jarl des Reiches werden wolle, Johan Sverkersson als König befürworten. Er würde sagen, ein Knabenkönig sei ein schwacher König, und mit einem schwachen König würden die Folkunger die eigentliche Macht besitzen.

Dagegen würde Folke Jarl einwenden, dass die Folkunger und Eriker verbündet seien, dass die Eintracht des Reiches von diesem Bündnis abhinge und es die Ehre gebiete, dass die Folkunger zu ihrem Wort stünden.

Damit wäre der Familienthing in zwei gleich große Lager gespalten und der wichtige Augenblick für Birger gekommen, denn dieser würde jetzt bald die Nachfolge der beiden antreten. Er müsse vor allem darauf achten, für keinen der beiden streitenden Alten eindeutig Partei zu ergreifen, sondern Zeit zu gewinnen. Könne er so den Streit in die Länge ziehen, damit es zu keinem übereilten Beschluss in falscher Eintracht käme, und könne er es ferner vermeiden, sich die Feindschaft des einen oder anderen Alten zuzuziehen, so sei das Fundament für seine zukünftige Macht gelegt.

Wie ein Kleriker während der Lektionen saß sie lange bei ihm und erläuterte, welche Worte er in welcher Situation wählen solle. Danach probte sie mit ihm ein Rollenspiel, wobei sie erstaunlich geschickt den alten Karl und seinen Halbbruder Folke imitierte, so dass Birger die beiden regelrecht vor sich sah.

Als es in der Kammer zu dämmern begann, nahm Ingrid Ylva Birger in ihre eigenen Gemächer mit, die sich in einem der Nebengebäude befanden. Dort überreichte sie ihm sein Erbe, das Schwert Arn Magnussons, das vier Forsviker mit dem Boot gebracht hatten. Sie erwähnte kurz, als handele es sich um eine Nebensache, wie wichtig es sei, dass er dieses Schwert beim Familienthing trage. Denn obwohl er einer der Jüngsten sei, die dort sprächen, würden alle das Schwert Arn Magnussons wiedererkennen. Und dieser Anblick würde viele zum Verstummen bringen, die sein geringes Alter und andere männliche Defizite zur Sprache bringen wollten.

Birger gürtete sich geübt und behände das Schwert um. Dann trat er in die Dämmerung hinaus, um noch ein wenig allein zu sein. Der Abendstern stand einstweilen noch ganz allein klar und leuchtend am Himmelsgewölbe.

Noch vor kurzem war er Kaufmann in Lübecker Kleidern gewesen. Sein Haar war immer noch so kurz, dass es beim Familienthing vielleicht Heiterkeit hervorrufen würde. Aber jetzt wusste er, dass er nie Kaufmann werden würde.

Er betrachtete den Abendstern, faltete die Hände und betete zur Jungfrau Maria, der hohen Beschützerin seines Großvaters Arn. Er betete um eine Antwort auf die große Frage, welche Absicht sie mit seinem Leben verfolge. Eine Antwort erhielt er nicht und hatte vermutlich auch keine erwartet.

* * *

In dieser Nacht schlief Birger schlecht. Als der Morgen anbrach, konnte er nicht wieder einschlafen. Er dachte darüber nach, wie er beim Familienthing auftreten und was er sagen sollte. Er legte einfache Kleidung an und ging zunächst in den Stall, um sich mit Ibrahim über seine Sorgen zu unterhalten. Danach begab er sich an einen Ort, den er nur selten aufsuchte, die kleine Kapelle in Ulvåsa, die kaum größer als eine Gebetskammer war. In ihr stand ein kleiner Altar aus Stein mit einem einfachen Holzkreuz.

Er betete lange zur Mutter Gottes und bat um Vergebung für seine Schwäche im Glauben, dafür, dass er so lange keine Beichte mehr abgelegt hatte, und für das mangelnde Vertrauen, das er ihr entgegengebracht hatte. Dann bat er sie um ihre Hilfe, die richtigen Worte zu finden, wenn die Stunde der Prüfung kam. Sein Gebet verwandelte sich jedoch rasch in eine Art Streit, bei dem er die heilige Jungfrau mit Worten, als befände er sich bereits beim Familienthing, davon zu überzeugen versuchte, dass Frieden der größte Segen von allen sei, denn im Krieg gebe es nur Verlierer, also müsse sie gerade ihm beistehen, wenn es in Bjälbo zur Entscheidung komme.

Bald sah er ein, wie unsinnig es war, die Gottesmutter überzeugen zu wollen, statt um ihre Gnade zu bitten. Daraufhin versuchte er sein Anliegen demütiger vorzubringen.

Als der Hof vor der Kapelle zum Leben erwachte, erhob er sich mit steifen Knien. Er legte seine Kriegerbekleidung an, die Kleider also, die alle Folkunger von jeher beim Familienthing getragen hatten. Er wärmte Wasser und rasierte sich mit Savon und seinem frisch geschärften Dolch, da er vermutete, dass niemand in Bjälbo seinen dünnen, roten Bart für ein Indiz von Manneskraft, Tatkraft oder übertriebene Weisheit halten würde. Nachdenklich wog er seine Goldsporen in der Hand, ehe er sie an seine Stiefel schnürte, die so lange in einer Truhe gelegen hatten, dass ihr trockenes Leder ein wenig knarrte. Er ging Ochsenfett holen.

Am liebsten wäre er allein und nur mit einem Bannerträger nach Bjälbo geritten. Die Landschaft war flach und die Landstraße bis nach Bjälbo zu überblicken. Es herrschte Frieden im Land und keine Gefahr drohte. Außerdem würden ihn auf Ibrahim, der mit den Folkunger-Farben geschmückt war, keine Übeltäter einholen können.

Ingrid Ylva bestand jedoch darauf, dass ihn die zwölf Gefolgsleute Ulvåsas begleiten sollten, nicht um seine Sicherheit zu gewährleisten, sondern weil es sein Recht und ein deutlich sichtbares Zeichen war, wenn der neue Sprecher Ulvåsas beim Thing eintraf. Seine Mutter musterte ihn streng von Kopf bis Fuß, als er bereit war zum Aufsitzen. Sie schien mit dem Anblick zufrieden zu sein. Sie lächelte ihn zuversichtlich an, umarmte ihn und küsste ihn auf die Stirn.

»Du bist der Morgenstern, der gerade am Himmelsgewölbe aufgeht, bedenke das genau, mein Birger. Fürchte niemanden und nichts«, flüsterte sie ihm ins Ohr, so dass es keiner seiner Brüder, die mürrisch erschienen waren, um sich von ihm zu verabschieden, hören konnte. Die finsterste Miene machte Eskil, der sicher immer noch der Meinung war, dass er für Ulvåsa das Wort führen müsste, da er der rechtsgelehrteste der Brüder war und sich auch im kanonischen Recht am besten auskannte.

Voller Stolz machte sich Birger, den Bannerträger vor sich und die Gefolgsleute in Zweierreihe hinter sich, auf den Weg. Das Wappen Ulvåsas hatte vier Felder mit zwei schwarzen und roten Greifenköpfen, dem Wappen Ingrid Ylvas, und den zwei Folkungerlöwen mit dem Halbmond, dem Wappen Magnus Måneskölds. Links trug Birger sein poliertes Folkungerschild mit dem goldenen Löwen, aber ohne ein Wappen, das kenntlich gemacht hätte, dass er Birger Magnusson und kein anderer Folkunger war.

Der Ritt war kurz und das Wetter sonnig und klar. Birger traf früh in Bjälbo ein, wo er von einem brüllenden Karl dem Tauben, dem Oberhaupt der Folkunger, der das Folkungerthing leiten würde, empfangen wurde.

Als alle Teilnehmer eingetroffen waren, begab man sich als Erstes zu Messe und Gebet in die Kirche, um einen glücklichen Ausgang des Things zu erbitten. Anschließend schritten alle mit ihren Bannerträgern in einer Prozession zum nahe gelegenen Hofhaus. Früher hatte das Familienthing im Turm der Kirche getagt. Dort hatte Birger Brosa mit starker Hand regiert. Aber in den vielen Jahren, die seither vergangen waren, waren die Folkunger so zahlreich geworden, dass sie keinen Platz mehr in dem engen und dunklen Turmzimmer der Kirche fanden. Das Haupthaus, das man mehr als einmal gegen Angriffe verteidigt hatte, war von massiven Palisaden umgeben. Birger streifte der Gedanke, dass Holzburgen mit einer derartigen Verteidigungsanlage ebenso unzeitgemäß waren wie ein Familienthing in einem Kirchturm.

Im Haupthaus befand sich ein großer Saal. Dorthin begaben sich alle Bannerträger und stellten nach Anweisung von Bjälbos Herrn, Karl dem Tauben, die Wappen der verschiedenen Höfe auf. Das hatte er sich sehr listig ausgedacht, damit sich niemand anderen gegenüber minderwertig fühlen musste. Früher hatten die Männer Bjälbos zuoberst gesessen, danach waren die anderen Männer gemäß der Größe und Macht ihrer Höfe platziert worden.

Heikel war stets die Entscheidung gewesen, wer den Platz am unteren Ende der Tafel einnehmen solle. Nun aber saßen alle an zwei langen, den Wänden entlang aufgestellten Tischen. Karl der Taube saß in der Mitte des einen, Folke Jarl in der Mitte des anderen Tisches. Das Wappen Ulvåsas hing an der einen Wand neben dem Wappen Bjälbos, gegenüber hing Älgarås' Wappen von Sune Folkesson, das demjenigen Ulvåsas sehr ähnlich war, da auch Sune Folkessons Frau Helena dem Sverkergeschlecht entstammte.

Ritter Sigurd und Ritter Oddvar saßen neben Folke Jarl und Birger gegenüber. Sie hatten einander nur kühl zugenickt, ohne etwas zu sagen.

Nach einem kurzen Gebet um Eintracht und Klugheit erhob sich Karl der Taube und schlug, wie von Ingrid Ylva vorhergesehen, Johan Sverkersson vor.

Folke Jarl widersprach dem sofort. Es fiel ihm nicht schwer, große Worte dafür zu finden, wie sie alle geblutet hatten und wie viele von ihren Verwandten gestorben seien, um das sverkersche Gesindel endgültig aus dem Reich zu vertreiben. Dieser Familie jetzt wieder die Krone anzubieten, käme einer Verhöhnung der Toten gleich.

Folke Jarl schlug Holmgeir für die Krone vor. Holmgeir sei der Enkel des heiligen Erik, und die Folkunger seien seit Gestilren und Lena mit den Erikern verbündet. Es wäre also Verrat, Erzbischof Valerius dabei zu unterstützen, erneut einen Sverker zu krönen.

Anfangs hatte es den Anschein, als teilten die meisten Männer im Saal Folke Jarls Meinung, dass der Pakt mit den Erikern fortbestehen müsse. Torgils Eskilsson zu Arnäs wagte als Erster, Folke Jarl offen zu widersprechen und sich auf die Seite Karls des Tauben zu schlagen. ·

Im Saal wurde es totenstill, und alle lauschten gespannt, was Torgils ein wenig verunsicherte. Der Gedanke, dem er Ausdruck verlieh, war jedoch nur allzu verständlich. Er sagte, dieses Treffen gelte einzig und allein dem Wohle der Folkunger, ungeachtet aller alten Bündnisse und Gelübde dem toten König gegenüber. Nur das Beste für das Geschlecht sei von Gewicht. Und das Beste für die Folkunger bestehe darin, sich nicht mit der Kirche zu verfeinden, und wenn sich der heimtückische Valerius weigere, jemand anders als Johan den Jungen zu krönen, was solle man dann tun? Gegen den Erzbischof in den Krieg ziehen?

Folke Jarl ergriff unverzüglich das Wort und erwiderte, man könne einen Mann der Kirche durchaus vertreiben, wenn dieser das Land ganz offensichtlich verraten habe, denn das schreibe das höhere Gesetz, das Gesetz Roms, vor. Zweimal schon habe Valerius das Land verraten und sei an der Spitze dänischer Soldaten zurückgekehrt. Falls sich die Folkunger entschlössen, einen solchen Mann aus seinem Bischofshaus und von seinem Platz im königlichen Rat zu vertreiben, wer würde ihnen das verbieten wollen?

Ritter Oddvar und Ritter Sigurd waren dafür, an dem Bund mit der Königsfamilie festzuhalten, der sie ihre Treue geschworen hatten, als sie von König Erik zu Rittern geschlagen worden waren.

Sune Folkesson zu Älgarås hatte lange mit gerunzelter Stirne gewartet und schließlich das Wort ergriffen. Alle im Saale wüssten, dass er ein Mann sei, der nicht zögere, für die Familienehre in den Krieg zu ziehen; beide Male habe er zu den Siegern in Gestilren und Lena gehört. Beim zweiten Male habe er zusammen mit Arn Magnusson König Sverker Karlsson erschlagen, womit der Krieg beendet gewesen sei. Es fiele ihm jedoch schwer, seine Lanze auf einen Erzbischof zu richten, mochte dessen Seele noch so nachtschwarz sein. Es wäre für die Folkunger unklug, sich mit der Kirche zu verfeinden. Es sei allein die Aufgabe Gottes, über einen solchen Mann zu urteilen, und nicht die Sache von Folkunger-Kriegern.

Danach wogte die Rede im Saale auf und ab, bis alle bis auf Bengt Elinsson zu Ymseborg und Birger Magnusson zu Ulvåsa ihre Meinung gesagt hatten. Es sah so aus, als seien beide Fraktionen in etwa gleich stark und als könne keine die Oberhand gewinnen.

Nachdem Ritter Bengt von Folke Jarl zu einer Stellungnahme aufgefordert worden war, sagte Bengt, er lehne Gewalt gegen einen Erzbischof ab, wolle aber auch keinen Sverker auf dem Thron sehen. Gewissermaßen stand er also mit einem Fuß in beiden Lagern, und man hätte ihn vielleicht für seine Wankelmütigkeit verspottet, wäre er nicht der beste Krieger des Landes gewesen.

Weiter kam man am ersten Tag nicht. Das Folkungerthing befand sich in einer Pattsituation, und es schien unmöglich zu sein, zwischen den beiden gleich starken Gruppen, die so weit voneinander entfernt waren, zu vermitteln. Birger war der Einzige, der sich noch nicht geäußert hatte, was niemandem aufgefallen zu sein schien, da er der jüngste Anwesende war und zum ersten Mal an einem Familienthing teilnahm.

Beim Abendessen gesellte sich Birger zu Torgils Eskilsson, um ihm von seiner Zeit bei seinem Vater in Visby zu erzählen und von dessen Kummer, dass nach seinem Tode niemand sein Handelshaus übernehmen könne. Torgils räumte betrübt ein, dass er den Kummer verstehe, doch selbst die Verantwortung für Arnäs, die stärkste Festung der Folkunger, trage. Sie sei für ihrer aller Sicherheit wichtiger als ein noch so profitables Handelshaus. Torgils verstand jedoch sehr gut, wie wichtig der Handel war. Dank der geografischen Lage wurde jeglicher Warentransport von Norwegen, Lödöse oder Dänemark aus an Arnäs vorbeigeführt. Viele Schiffe legten über Nacht an den dortigen Landungsbrücken an. Alles, was in Forsvik hergestellt und nicht nach Söderköping verschifft wurde, nahm seinen Weg nach Lödöse ebenfalls über Arnäs. Dass Visby der große Knotenpunkt in dem Netz sei, das sein Vater geknüpft habe, wüssten alle, die sich auskannten, fügte Torgils hinzu. Aber was solle er tun? Er sei zum Burgherren geboren, das habe er gelernt, und sein Sohn Knut solle in seine Fußstapfen treten. Wäre die Zukunft ewiger Frieden, dann hätte eine feste Burg wie Arnäs keine so große Bedeutung. Aber wie der erste Tag des Familienthings mit erschreckender Klarheit gezeigt habe, könne sich der Krieg bereits anbahnen, während sie noch schmausten und tranken. Der einfachste Ausweg sei daher vielleicht, diesen Johan zum König krönen zu lassen, wie Karl der Taube es vorgeschlagen habe. Könne man sich einigen, dann bliebe ihnen vielleicht der Krieg erspart, denn die Eriker hätten in diesem Falle nichts zu rächen. Schließlich könnten sie die Folkunger nicht angreifen, dazu seien sie nicht stark genug, das sei niemand. Sie könnten auch keinen Erzbischof aus dem Land werfen. Sei einem also an Frieden im Lande gelegen, dann sei der junge Johan die beste Wahl.

Birger ließ mit keiner Miene erkennen, ob er Torgils zustimmte oder nicht. Er erklärte, am nächsten Tag nicht allzu verkatert sein zu wollen, und begab sich zu seinem Nachtlager.

Seit den Zeiten Birger Brosas herrschte in Bjälbo die Sitte, während der Verhandlungen keinen Tropfen Bier oder Wein zu trinken. Bier in geringen Mengen konnte Zungen lösen, in großen Mengen führte es jedoch zu Streit. Und wurde bei den Folkungern Bier aufgetragen, dann wurde es nie mit Zurückhaltung und in unmännlichen Mengen getrunken.

Alle waren also durstig zum Abendessen erschienen, und mehr als einer trank jetzt über Gebühr. Aus diesem Grunde wurden die Verhandlungen am nächsten Tag erst um die Mittagszeit fortgesetzt. Etliche Teilnehmer waren übellaunig und hatten rot unterlaufene Augen.

Der Streit im Saal verlief bald in denselben Bahnen wie am Tag zuvor. Folke Jarl, der verkatert und sichtbar schlechter Laune war, fuhr all jenen, die verdeckt oder offen für die Krönung Johan Sverkerssons eintraten, über den Mund.

Da die Angegriffenen sich anscheinend nicht verteidigen wollten, fühlte er sich versucht, mit dem Feuer zu spielen. Vielleicht ließe sich die Untreue gewisser Verwandter damit erklären, sagte er laut, dass auf manchen Grenzpfosten der schwarze Greif der Sverker prange. Wenn die Sverker erneut die Krone erhielten, würden einige davon mehr profitieren als andere.

Da er glaubte, dass der Grünschnabel Birger die größte Mühe haben würde, diese Kränkung zu parieren, ermahnte er diesen, endlich für sich und Ulvåsa zu sprechen, aber wie ein Löwe und nicht wie ein Greif.

Einige grinsten bösartig über diese harten Worte, und die Blicke aller waren auf Birger gerichtet. Dieser errötete, bekreuzigte sich und stand auf. Jetzt war seine Stunde gekommen. Er konnte nicht länger zaudern und auch keinen Schritt zurück machen.

»Es ist wahr, dass meine Mutter Ingrid Ylva eine Sverkerfrau ist. Ihr kennt sie alle«, begann er so leise, dass

Karl der Taube ihn anschrie, er solle sprechen wie ein Mann. »Es ist wahr, dass meine Mutter zu den Sverkern gehört«, wiederholte er mit übertrieben lauter Stimme. »Es ist auch wahr, dass Emund Jonssons Mutter Ulvhilde zu den Sverkern gehört. Auch die Frau von Sune Folkesson gehört zu den Sverkern. Es gab eine Zeit, da haben wir Folkunger diese Bande geknüpft, um unsere Macht zu stärken. Deswegen stehe ich jetzt hier. Aber deshalb braucht Ihr mich nicht zu kränken, Jarl. Ihr solltet stattdessen bedenken, dass Emund, Sune und ich König Erik den Rittereid geschworen haben, und diesen Eid nehmen wir nicht auf die leichte Schulter. Aber ich bin einem toten Mann nichts schuldig. Meine Treue gilt diesem Thing, und das gilt auch für Emund und Sune. Daran darf niemand zweifeln. Daher verlange ich jetzt von Euch eine Entschuldigung, Folke Jarl.«

Es stellte eine kühne Einleitung dar, etwas Derartiges vom Jarl des Reiches persönlich zu verlangen. Im Saal wurde es still. Alle Blicke waren jetzt nicht mehr auf Birger, sondern auf Folke Jarl gerichtet.

»In dieser Kleinigkeit will ich Euch zu Willen sein, Birger«, murrte der Jarl. »Wir Folkunger stehen beisammen, dieser Auffassung bin auch ich. Nehmt also meine Entschuldigung für diese unüberlegten Worte über Eure Mutter und über die Mütter anderer entgegen. Trotzdem kommt Ihr mir nicht so leicht davon, denn jetzt will ich laut und deutlich Eure Meinung hören, und zwar nicht über Kleinigkeiten wie goldene Sporen, sondern über die große Frage!«

»Die sollt Ihr sofort hören!«, rief Birger über den Tisch, um zu zeigen, dass er sich von der lauten Stimme des Jarls nicht einschüchtern ließ. »Deswegen will ich Euch jetzt laut und deutlich erklären, warum Ihr Unrecht habt, Folke Jarl, falls Ihr mir zuhören wollt, ohne mich zu unterbrechen oder mich anzuschreien«, fuhr er mit leiserer Stimme fort.

Kein Grünschnabel hatte bislang so zu einem Folkungerjarl gesprochen. Erneut machte sich verblüffte Stille im Saal breit. Da Birger so kühn behauptet hatte, er könne beweisen, dass der Jarl Unrecht habe, musste man ihm Gehör schenken. Das forderte die Ehre und die Neugier, denn entweder der Junge oder der Alte würden jetzt eine schwere Niederlage erleiden. Folke Jarl erholte sich rasch von seinem Erstaunen und überließ Birger mit einer weit ausholenden Handbewegung das Wort. Dann nahm er gemächlich wieder Platz und lehnte sich gelassen in dem großen, mit Drachenköpfen verzierten Stuhl zurück.

»In drei Dingen habt Ihr Unrecht, mein verehrter Verwandter«, fuhr Birger mit leiserer und freundlicherer Stimme fort, da Zorn fast alles zerstört hätte. »Ihr habt Unrecht, wenn Ihr von unserer Ehre den Erikern gegenüber sprecht. Die galt, als sich König Erik noch auf unseren Treueeid verlassen konnte. Von diesem sind wir jetzt entbunden. Nun gilt allein die Treue der Folkunger zu den Folkungern. Ihr habt ebenfalls Unrecht, wenn Ihr sagt, dass Holmgeir die Krone zusteht. Nicht die Folkunger wählen zuerst, sondern die Eriker. Falls Königin Rikissa einen Sohn zur Welt bringt, dann werden die Eriker höchstwahrscheinlich sagen, er sei ihr erbberechtigter König. Das schreibt das Gesetz der gebräuchlichen Erbfolge vor. Wenn eine Frau schwanger ist, ihr Mann stirbt und sie nach dessen Tod einen Sohn gebärt, so erbt dieser genauso, als sei er vor dem Todes seines Vaters zur Welt gekommen. Mit dem königlichen Erbe verhält es sich wie mit dem normalen Erbe. Euer dritter und schlimmster Fehler ist jedoch, dass Ihr Euch dafür einsetzt, dass wir die

Folkungermacht, die Stärke, die unsere Ehre und Sicherheit darstellt, dafür verwenden sollen, einen Erzbischof aus seinem Amt zu vertreiben. Die Tatsache, dass Valerius ein verachtenswerter Mann ist, hat in diesem Zusammenhang keine Bedeutung. Er ist Erzbischof. Wenn wir sein Haus angreifen, ihn absetzen oder, noch schlimmer, erschlagen würden, so fiele das Land der Folkunger in Östra und Västra Götaland unter das *Interdikt*. Damit hätten wir nichts gewonnen, sondern im Gegenteil alles verloren.«

Birger hielt inne, weil er bemerkte, dass es im Saal unruhig wurde und Geflüster anhob. Folke Jarls Miene ließ erkennen, dass ihm etwas unverständlich war. Weiter hinten im Saal rief jemand die Frage, was denn eigentlich mit Interdikt gemeint sei.

»Interdikt«, fuhr Birger fort, »bedeutet, dass der Heilige Vater in Rom unser gesamtes Land exkommuniziert. Keine kirchlichen Handlungen dürfen mehr bei uns ausgeführt werden, und niemand darf mehr zur Messe oder zur Beichte gehen. Niemand erhält mehr das Sterbesakrament oder wird in geweihter Erde begraben. Würde uns ein solches Strafgericht treffen, dann wäre unsere gesamte Folkungermacht nur noch von geringer Bedeutung.«

Zustimmendes Gemurmel erhob sich im Saal. Karl der Taube nutzte die Gelegenheit, um Birger Magnussons Worten nachdrücklich beizupflichten, und wiederholte, dass es am klügsten sei, den heimtückischen Erzbischof gewähren und Johan Sverkersson krönen zu lassen, da ein schwacher König eine größere Macht für die Folkunger bedeute. Es hatte den Anschein, als würden die meisten zustimmend nicken.

Da erhob sich Birger erneut und musste eine Weile abwarten, bis jegliches Gemurmel verstummt war, um überhaupt gehört zu werden.

»Unser Familienjarl Karl hat genauso Unrecht wie der Reichsjarl Folke«, begann er ohne weitere Umschweife. Sofort herrschte wieder vollkommene Stille. »Jetzt bringt also Königin Rikissa einen Sohn zur Welt. Wir krönen Johan Sverkersson trotzdem. Wen wird es dann am meisten kränken, dass wir den Königssohn der Eriker übergehen? Vielleicht Holmgeir und Knut, aber die können uns Folkungern nicht schaden, sondern nur mit den Zähnen knirschen. Mit König Valdemar dem Sieger von Dänemark sieht es schon schlimmer aus, denn wir haben das Recht seines Neffen missachtet. Und wir wollten es nicht darauf anlegen, uns den Zorn König Valdemars zuzuziehen. Nichts bedroht die Folkungermacht innerhalb unserer eigenen Grenzen, keine andere Familie kann uns mit Schwert und Lanze besiegen. Darin liegt unsere große Sicherheit. Umso betrüblicher ist es, wenn sich zwei unserer klügsten und ältesten Verwandten dafür aussprechen, uns der einzigen Katastrophe auszusetzen, die uns wirklich bedrohen könnte. Wenn wir dem Rat von Folke Jarl folgen, dann wird uns der Heilige Vater ächten. Folgen wir dem Rat von Jarl Karl, wird ein weiteres Mal ein dänisches Heer in unser Land einfallen, um einen Knaben auf unseren Thron zu setzen und uns durch dänische Vögte schikanieren zu lassen. Keinen dieser Ratschläge sollten wir befolgen!«

Birger setzte sich ruhig, als hätte er alles Wichtige vorgebracht, obwohl dies nicht stimmte. Er fand jedoch, dass sich jetzt erst einmal die beiden Jarle auf die einzig denkbare Lösung einigen sollten.

Das konnten sie nicht. Beide stimmten Birger hinsichtlich seiner Ansichten über die Torheit des anderen zu, aber keiner wollte zugeben, selbst im Unrecht gewesen zu sein, obwohl inzwischen alle im Saal fanden, dass Birger Magnusson Recht gehabt hatte.

Der Streit zwischen den beiden Jarlen wurde immer hitziger und aussichtsloser. Schließlich verlor Ritter Bengt Elinsson die Geduld und schlug mit der Faust auf den Tisch, um für Ruhe zu sorgen.

»Ich bin Folkunger auf Seiten meiner Mutter, durch einen Bluteid in die Familie aufgenommen und habe unserer Sache sowohl in Gestilren als auch in Lena gedient«, begann er mit mächtiger Stimme. »Meine Treue zu diesem Familienthing kann niemand bezweifeln und meine Ehre und meinen Verstand ebenso wenig. Wer Bjälbo im Leben und in Erinnerungen näher steht als ich, kennt sich sicher besser mit Männern wie Birger Brosa aus, die unter uns Folkungern klug gesprochen haben. Jetzt ist vor unseren Augen und Ohren, mitten unter uns, wieder ein solcher Folkunger erschienen. Das ist uns allen eine große Ehre und außerdem von großem Nutzen. Daher bitte ich Euch jetzt respektvoll, Junker Birger, wie ich es nie getan hätte, als ich Euch noch auf dem Übungsplatz in Forsvik Verstand eingebläut habe, uns deutlich und in Ruhe zu erläutern, was wir tun sollen. In mir habt Ihr einen Anhänger!«

Ritter Bengt ließ sich schwer auf seinen Platz sinken und sah Birger freundlich und aufmunternd an. Er bedeutete ihm fast spöttisch mit der Hand, sich erneut zu erheben. Keiner der übrigen Folkunger hatte etwas dagegen einzuwenden.

Errötend erhob sich Birger, denn an diesem Tag hatte er am allerwenigstens ein so großes Lob vom bedeutendsten Ritter des Landes erwartet.

»Im Augenblick sollten wir überhaupt nichts tun«, begann er so leise, dass Karl der Taube rief, er solle die Stimme erheben. »Im Augenblick sollten wir überhaupt nichts tun!«, wiederholte er mit lauter Stimme. »Wenn

Rikissa einen Sohn gebiert, so sollen allein die Eriker entscheiden, ob er oder jemand anders Anspruch auf den Thron erheben soll. Wahrscheinlich fällt ihre Wahl auf diesen Sohn. Falls Rikissa eine Tochter bekommt, werden sie sich zwischen Holmgeir oder Johan Sverkersson entscheiden. Jetzt ist nichts zu entscheiden. Wenn wir wissen, wie es ausgegangen ist, müssen wir erneut zusammenkommen, denn erst dann sehen wir das ganze Spielbrett deutlich vor uns.«

Rasch war entschieden, Birger Magnussons Vorschlag Folge zu leisten. Woraufhin alle unerwartet früh zu ihrem Bier und Braten kamen.

Am späten Abend gesellte sich Folke Jarl zu Birger und setzte sich so schwankend neben ihn, dass sein junger Verwandter einen Teil seines Bieres über die Hose bekam, was jedoch nicht böse gemeint war, im Gegenteil. Er beugte sich Birger entgegen, klopfte ihm freundlich auf die Schulter und sagte mit leicht lallender Stimme, dass Birger denen von Bjälbo wahrhaftig Ehre gemacht habe. Er sei ein alter Mann und fände es beruhigend, dass ihm ein weiterer Birger Brosa nachfolgen würde.

Erst jetzt, zu dieser späten Stunde, dämmerte Birger, was eigentlich geschehen war und welche unbekannten Kräfte in ihm schlummerten. Wie der Morgenstern war Birger Magnusson am Folkungerhimmel aufgegangen, genau wie es Ingrid Ylva vorausgesagt hatte.

II

Der einzige Mann im Reiche, der einen Krieg herbeisehnte, das allerdings mehr als alles andere im irdischen Leben, war Erzbischof Valerius. Da alles andere so sehr nach Wunsch verlief, war er gewiss, dass ihm Gott auch in dieser Hinsicht beistehen würde. Ihm schien, als könne nichts, was er sich vorgenommen habe, misslingen.

Als Königin Rikissa in Dänemark tatsächlich einen Sohn gebar, den sie nach seinem toten Vater Erik taufte, schien dies anfangs einen ziemlichen Rückschlag für Valerius zu bedeuten. Wenn sich die Folkunger mit den Erikern einigten, dass dieser Knabe die Krone erben sollte, dann würde es der Kirche schwerfallen, etwas anderes zu fordern. Aber dann zerstritten sich die Eriker untereinander, und plötzlich gab es drei Kronprätendenten, da sowohl Holmgeir als auch sein Sohn Knut der Meinung waren, in der Thronfolge noch vor dem Kind in Dänemark an der Reihe zu sein.

Mit diesem Eriker-Streit wollten die Folkunger nichts zu tun haben. Ihr Thing beschloss, dass man nun ebenso gut den jungen Johan Sverkersson krönen könne, solange sie nur ihren angemessenen Teil der Macht erhielten.

Jetzt hätte man fürchten können, dass der mächtige Onkel des in Dänemark geborenen Knaben, Valdemar der Sieger, energisch eingreifen würde, um das Recht seines Neffen auf die Krone durchzusetzen, und dem hätte sich die Kirche ebenso wenig widersetzen können wie die Folkunger.

Aber Gott stand seinem treuen Valerius auch in dieser Sache auf wunderbarste Weise bei. König Valdemar rüstete sich zum Kreuzzug nach Estland und konnte deswegen keine Soldaten nach Västra Götaland entsenden. Er wusste auch, dass ihn ein Versuch, die Folkunger-Reiterei zu schlagen, teuer zu stehen kommen würde. Stattdessen versuchte er, den Heiligen Stuhl in Rom in diesen Erbstreit zu verwickeln. Bald trafen päpstliche Bullen mit unbequemen Fragen bei Erzbischof Valerius ein, und schließlich erging sowohl an ihn als auch an Bischof Bengt aus Skara die Aufforderung, sich vor dem neuen Heiligen Vater Honorius III. einzufinden, um sich zu erklären.

Valerius tat jedoch etwas Unerhörtes. Er verbrannte die päpstliche Bulle und verbot allen, die sie gelesen hatten, jemals ein Wort über sie zu verlautbaren. Er versicherte, die Verantwortung für diese Sünde voll und ganz auf sich zu nehmen.

Johan der Junge wurde im Jahre 1219 in Linköping gekrönt, ein Ungehorsam Rom gegenüber, der sich für die Männer der Kirche lohnte. Denn das erste Gesetz, das im Namen Johan des Jungen erlassen wurde, sah vor, dass die Kirche von nun an von sämtlichen Steuern befreit sein würde. Was die Bischöfe selbst am meisten bereicherte, war, dass Gesetzesbrecher, die ihre Straftaten auf den Besitztümern der Kirche begingen, die Strafe direkt an den Bischof des Stiftes zahlten. Die königliche Freigiebigkeit würde sie alle mehr begünstigen, als dies bei einem erwachsenen König vorstellbar gewesen wäre. Jetzt saß ein lausig ausgebildeter Fünfzehnjähriger auf dem Thron. Valerius und seine Bischöfe hatten wahrlich allen Grund zur Freude.

Als der neue Königliche Rat erstmals zusammentrat, erhielt Karl der Taube die Jarlswürde von seinem kirchenfeindlichen Halbbruder Folke. Bengt Elinsson wurde der Marschall des Reiches, der neue Bischof Karl Magnusson von Linköping wurde Kanzler des Königs, und der neue Lagmann Eskil Magnusson sowie Ulvhildes Sohn Emund Jonsson wurden zu Ratsherren.

Der Königliche Rat hatte somit die Zusammensetzung, die Ingrid Ylva und Ulvhilde mit Erzbischof Valerius vereinbart hatten. Ingrid Ylva konnte daher den Vertrag, den sie mit dem Erzbischof geschlossen hatten, hervorholen und einschließlich seines Siegels sorgsam verbrennen.

Die Macht im Reiche teilten sich somit die Folkunger und die Kirche. König Johan der Junge hatte überhaupt nichts zu sagen und tat nur, was Valerius wünschte, denn diesem hatte er mehr als irgendjemandem sonst seine Krone zu verdanken.

Kurz nach der Krönung in Linköping begann Valerius, vom Krieg zu sprechen. Dem Rat zeigte er mehrere päpstliche Bullen, in denen sowohl Honorius III. als auch sein seliger Vorgänger Innozenz III. Kreuzzüge in den Ländern auf der anderen Seite der Ostsee, in denen die Leute noch nicht getauft waren, befürworteten. Früher waren solche päpstlichen Wünsche sowohl von König Knut Eriksson als auch von Erik Knutsson zurückgewiesen worden. Arn Magnusson hatte ihnen aufs Entschiedenste davon abgeraten, da er zum einen ihr Marschall gewesen war und sich zum anderen besser mit Kreuzzügen ausgekannt hatte als jeder andere im Norden.

Valerius war jedoch unermüdlich in seinem Werben für einen Kreuzzug im Osten. Er besaß sogar die Dreistigkeit, König Valdemar den Sieger als ein göttliches Vorbild hinzustellen, da sich dieser gerade auf dem Weg nach Estland befand. Im südlich von Estland gelegenen Kurland hatte der neue Orden der Schwertritter vom Papst dieselben Ordensregeln erhalten wie die Tempelritter, glänzende Siege errungen und große Territorien erobert.

Aus eben diesem Grunde bestehe keine Veranlassung, sich ebenfalls dort zu drängen, meinte der neue Marschall im Königlichen Rat, Bengt Elinsson. Valerius ließ sich jedoch nicht entmutigen, sondern erläuterte ausführlich die Befreiung aller Kreuzfahrer von den irdischen Sünden, ein Gesichtspunkt, der ihm vielleicht wichtiger war als manch anderem. Es bereitete ihm auch keine sonderliche Mühe, dem kindlichen König ein großes Abenteuer auf der anderen Seite des Meeres auszumalen. Die Bischöfe im Königlichen Rat mussten sich nach ihrem Erzbischof richten, und Valerius entschied, dass ihn der neue Bischof Karl von Linköping auf diese gesegnete Reise begleiten sollte.

Dass ihr noch kaum mannbarer Sohn nach seiner Ernennung zum Bischof als Allererstes in einen Krieg ziehen sollte, stimmte Ingrid Ylva sowohl missmutig als auch misstrauisch. Sie sah Karl bereits als den nächsten Erzbischof im Lande, sobald der heimtückische Valerius in der Unterwelt war, wo er hingehörte. Die Rede von Valerius, Bischof Karl von Linköping sei der jüngste und gesündeste aller Bischöfe und würde daher die Schiffsreise und andere Unannehmlichkeiten bestens bewältigen, verfing bei Ingrid Ylva nicht. Wie sollte man dann erklären, dass ausgerechnet der neben dem keuchenden Fettsack Bengt von Skara älteste und gebrechlichste Bischof, nämlich Valerius selbst, ebenfalls diese Reise unternahm? Ingrid Ylva ahnte eine heimtückische List und beauftragte Birger, dafür zu sorgen, dass sein Bruder, der Bischof, den nötigen Schutz für Leib und Leben erhielt, also mindestens eine Schwadron Forsviker.

Damit geriet Birger in eine heikle Lage. Weder er noch Marschall Bengt Elinsson hatten beabsichtigt, an diesem Krieg teilzunehmen, und fanden beide, dass es dafür einen guten Grund gab.

Denn Karl der Taube, der inzwischen Jarl geworden war, entschied alles, was mit möglichen Kriegen außerhalb der eigenen Grenzen zu tun hatte. Unterstützt wurde er vom Erzbischof und König, die sich noch weniger mit dem Krieg in neuen Zeiten auskannten, als er selbst. Nachdem Karl der Taube seine Pläne für den gesegneten Feldzug im Osten dargelegt hatte, erklärten sowohl Birger als auch Bengt, diese kämen ihnen sinnlos, wenn nicht töricht vor. Jarl Karl hatte nämlich beschlossen, diesen Krieg nach alter Sitte ohne Pferde zu führen. Mit kindischem Eifer hatte er verkündet, die gesamte svealändische Streitmacht, die in der großen alten Zeit der Schrecken der Heiden im Osten gewesen sei, zusammenrufen zu wollen. Mit solchen Kriegern könne man in keilförmigen Schlachtreihen angreifen, wenn man auf den Feind stoße.

Bengt Elinsson und Birger trauten ihren Ohren nicht. In keilförmigen Schlachtreihen hatte man zu heidnischen Zeiten in der Schlacht von Bråvalla angegriffen, der größten Schlacht, die im Norden jemals stattgefunden hatte. Bei dieser Schlachtordnung stand der tapferste Krieger ganz vorne, dann ging es in absteigender Ordnung. Diese Formation schneide durch die Menge der Feinde wie ein warmer Dolch durch Butter, hatte Karl frohgemut erläutert und sich seine verfrorenen Altmännerhände gerieben. Dass Karl der Taube diese Sache brüllend vortrug, machte sie auch nicht überzeugender.

Hätten Birger und Bengt auf dem Folkungerthing in dieser Sache zu entscheiden gehabt, dann hätten sie Karl mühelos an den Armen packen können, egal wie wild er mit ihnen gefuchtelt hätte. Beim Folkungerthing und vor allen Rittern hätten Karls altmodische Gedanken ausgesprochen einfältig gewirkt. Unter den Teilnehmern des Folkungerthings hatten mehr als die Hälfte die letzten zwei Kriege gegen die Dänen erlebt, in denen die Reiterei die Schlacht entschieden hatte.

Aber Karl der Taube hatte sich im Königlichen Rat durchgesetzt, und dort hatten weder Marschall Bengt Elinsson noch Ritter Emund viel mitzureden gehabt. Der Erzbischof und der König vertrauten ihrem Jarl vollkommen.

Nach großen Gewissensqualen war Birger zu dem Schluss gelangt, dass es wenig Sinn hatte, dem tauben Alten zu widersprechen. Der Krieg würde ohne Reiter und mit tapferen Fußsoldaten aus Svealand geführt werden, so war es nun einmal. Es gelang ihm jedoch, den Jarl davon zu überzeugen, zumindest eine Schwadron Forsviker nach Osten verschiffen zu lassen, zum Schutze der Bischöfe und um die Feinde auf Abstand observieren zu können. Widerwillig musste der alte Jarl zugeben, dass ein paar schnelle und junge Reiter vermutlich gar nicht so übel seien, wenn man sich Informationen über die Position und die Pläne des Feindes beschaffen wolle. Sie sollten sich jedoch fernhalten, wenn es zur Schlacht komme.

Birger musste sich fest in die Wange beißen, als er den letzten Befehl hörte. Er senkte den Kopf und blickte starr zu Boden, als verneige er sich. Der Jarl des Reiches war also ein Irrer, noch dazu ein gefährlicher Irrer, da er das Leben so vieler Männer in seinen Händen hielt. Es half nichts, darüber zu lachen oder zu weinen. Es hatte auch keinen Sinn, einen Streit zu beginnen, denn dann hätte er nicht einmal sechzehn Forsviker auf die Reise über das Meer mitnehmen dürfen.

* * *

Schließlich stand Birger auf dem Vordeck einer schwer beladenen Kogge, die in einem schwachen, westlichen Sommerwind gemächlich über die Ostsee schaukelte. Die Vorbereitungen hatten fast ein Jahr in Anspruch genommen. Das Schiff, auf dem sich Birger befand, wurde von etlichen svealändischen Langschiffen umgeben. Auf diesen Schiffen von den Plünderungsfahrten vergangener Zeiten befanden sich viertausend Mann. An Bord der schweren Kogge in der Mitte der Flotte waren der König, der Erzbischof und Bischof Karl von Linköping, sechzehn Forsviker und dreißig Pferde. Der Jarl befand sich in einem der größten Langschiffe vor ihnen.

Birger war bedrückt und nachdenklich. Es war nicht leicht gewesen, auch nur eine Schwadron Forsviker zusammenzubekommen, da Bengt Elinsson nicht hatte verschweigen können, was er von Karl dem Tauben als Befehlshaber und von einem reiterlosen Krieg, keilförmigen Schlachtreihen und ähnlicher Einfalt hielt. Für diese Worte konnte Birger Ritter Bengt nicht tadeln, da er seine Meinung teilte.

Leichter war es gewesen, das Schiff zu beschaffen, da er eine hübsche Anzahl Goldmünzen aus der Kriegskasse des Königs erhalten hatte, als er nach Visby gefahren war. Er hatte nicht zu sehr feilschen müssen, als er das Schiff von Eskil Magnusson erstanden und die Besatzung angeheuert hatte, da er von vornherein davon ausging, dass alles Gold, das für diesen Krieg ausgegeben wurde, verschwendet war.

Das Angenehme an der Reise nach Visby war jedoch gewesen, dass er seinen jüngsten Bruder Elof hatte mitnehmen können, der laut Ingrid Ylvas hartem Urteil im Unterschied zu seinen älteren Brüdern zu nichts Wichtigem zu gebrauchen war. Elof hatte sich wie die anderen durch sein Latein und die Philosophie gequält und war auch nicht dümmer als seine Brüder. Aber er hatte keine Ziele im Leben. Er begehrte weder nach einem Lagmannshof noch nach einem Bischofsstab und nicht einmal nach Rittersporen. Er verlor sich in Träumen und tat sich vielleicht auch selbst leid, da er sich öfter als andere Männer sinnlos betrank.

Birger dachte gern daran zurück, wie Elof in Visby die sauberen Straßen mit ihren Abflüssen, die Steinhäuser und Kirchen, die Stadtmauer sowie das Handelshaus ihres Verwandten Eskil bewundert hatte. Und wie er gehofft hatte, waren Elof durch diese neue Welt die Augen geöffnet worden.

Unangenehm war die Erinnerung daran, wie sich Elof bereits am dritten Abend in einer der Schenken der Stadt bis zur Besinnungslosigkeit betrunken hatte und nur knapp dem Los entronnen war, totgeschlagen oder bestohlen zu werden. Birger entschuldigte sich damit, alles ihm Mögliche getan zu haben, sowohl für Elof als auch für Herrn Eskil. Wenn sich Elof zusammenriss, so hätte er ein großartiges Leben voller bedeutungsvoller Aufgaben, die sich seine Mutter nicht einmal vorstellen konnte, vor sich. Doch wenn ihm in Visby Bier und Wein wichtiger waren, so vergeudete er die Chancen, die für ihn in greifbarer Nähe lagen. Das war jedoch seine freie Entscheidung gewesen, und Birger hatte nicht mehr tun können, als ihm Visby zu zeigen und ihn dort bleiben zu lassen, solange er Lust hatte.

Nirgendwo war Land zu sehen, die Dünung im sanften Wind war angenehm und behaglich. Ab und zu erschien ein junger Forsviker auf dem Vordeck und übergab sich. Für die meisten war es die erste Seereise, die kurzen Überfahrten über den Vättern und Vänern einmal ausgenommen. Birger machte niemandem Vorhaltungen, denn ihm war es ebenso ergangen, als er mit Herrn Eskils Handelskoggen die ersten Male nach Lübeck gefahren war.

Hätte ein Ahnungsloser beobachtet, wie Birger allein auf dem Vordeck stand und unablässig Richtung Osten spähte, wo das Land der Heiden auftauchen musste, hätte er sicher geglaubt, dass hier ein ungeduldiger Krieger stand. Ein frommer und bescheidener Mann hätte vielleicht angenommen, hier sei ein Junker ganz von dem Gedanken erfüllt, bald für all seine Sünden Buße tun zu können.

Nichts davon kam auch nur im Entferntesten der Wahrheit nahe. Birger hatte zwar viel Grund zum Grübeln, aber er schien jeglichen Gedanken an den Krieg, der sich mit jedem Stampfen der Dünung unerbittlich näherte, von sich zu schieben. Angenehme Gedanken und Erinnerungen vermengten sich in seinem Kopf mit unangenehmen, er dachte an alles, nur nicht an den kommenden Krieg.

Matteus Marcusian, sein Jugendfreund aus Forsvik, war ebenfalls an Bord. Matteus hatte im Unterschied zu seinem Verwandten Johannes die Kriegsschule auf Forsvik besucht, statt den Beruf eines Kupferschmieds, Sägewerkbaumeisters, Waffenschmieds oder etwas anderes zu erlernen, was einen Mann, der keinen Grundbesitz besaß, versorgen konnte. Matteus war Krieger ohne Boden, noch dazu ein Krieger ohne Krieg. Dass er trotz aller Warnungen älterer Forsviker dem Ruf Birgers gefolgt war, war nicht schwer zu verstehen. Im Augenblick hing er über der Reling, ungünstigerweise achtern, so dass der Wind sein Erbrochenes über das Schiff trieb.

Dass Erik Stensson, der älteste Forsviker an Bord, dem Ruf Birgers gefolgt war, war ebenfalls nicht schwer zu verstehen. Erik hatte Bengt Elinsson auf Ymseborg als Waffenlehrer gedient, seit sie sich auf dem Thing in Askeberga begegnet waren und Birger Gnade und Vergebung für ihn erwirkt hatte, obwohl er sein Schwert entehrt hatte. Damit stand Erik für den Rest seines Lebens in Birgers Schuld. Auf Begleichung dieser Schuld konnte der Gläubiger jederzeit bestehen. Jetzt wurde diese Schuld in Form von Kriegsdienst beglichen.

Birgers Gedanken flatterten auf der Flucht vor dem Krieg weiter. Seit er zum ersten Mal auf dem Folkungerthing gesprochen hatte, war er in der Rede immer sicherer geworden. Diese Gabe Gottes hatte er immer besessen, sie aber erst entdeckt, als er begonnen hatte, mit dem tauben alten Karl zu streiten, der die Gefahr eines Krieges gegen König Valdemar nicht bedacht hatte. Dann hatte er angefangen, mit dem nächsten Alten zu streiten, mit Folke, der sich mit dem Kirchenrecht nicht auskannte und die Gefahr eines Interdikts nicht gesehen hatte. Seither war Birger derjenige, der auf dem Folkungerthing das letzte Wort hatte und erklärte, was beschlossen werden sollte. Was er befürwortet hatte, war fast immer ausgeführt worden. Das gefiel ihm, erfüllte ihn aber auch mit einem gewissen Schauder. Besonders freute es ihn jedoch, dass er vor schweigenden und aufmerksamen Verwandten sprach. Er spürte, wie ihm die Worte wie Schwalben aus allen Richtungen zuflogen, um sich dann in ordentlichen Reihen wie auf einer Dachrinne zu formieren. Das war sein Leben. Gott hatte ihm die Gabe geschenkt, die Folkunger anzuführen, alles andere wurde dadurch weniger wichtig. Vielleicht abgesehen davon, lebend aus diesem irrsinnigen Krieg heimzukehren.

Seine Gedanken berührten kurz den Krieg, aber dann dachte er sofort an etwas, das großartig, schön und quälend zugleich war. Er war Vater eines kleinen Knaben namens Gregers.

Das kam einem Wunder gleich, denn er hatte jahrelang nichts von ihm gewusst. Hätte die Mutter Gottes nicht seine Schritte gelenkt, hätte er auch nie davon erfahren. Als er mit dem schwierigen Auftrag, sechzehn willige Forsviker zu finden, das Tal des Mälaren durchquert hatte, war er zu einem Hof namens Sund gekommen, der den Ulvsleuten gehörte. Er war es gewohnt, nur seinen Folkungerschild zeigen zu müssen, um sofort willkommen geheißen und verköstigt zu werden. Der unschlüssige Empfang durch den Bauern und seine Frau hatte ihm Kopfzerbrechen bereitet, da zwischen den Folkungern und den Ulvsleuten keine Feindschaft bestand. Einer der Söhne des Hauses hatte ihn unfreundlich angezischt, war aber sofort vom Hausherrn mit Schlägen auf den Hofplatz vertrieben worden.

Alle tückischen Blicke und die häufige peinliche Stille hatten ihn bald bereuen lassen, dass er nicht im Wald geschlafen hatte, was er sonst recht häufig tat. Jetzt war es zu spät, es wäre für seine Gastgeber kränkend gewesen, wenn er am späten Abend wieder aufgebrochen wäre. Er bat daher, sich zur Ruhe begeben zu dürfen, da er am nächsten Tag einen langen Ritt vor sich habe. Niemand drängte ihm daraufhin ein weiteres Glas Bier auf.

In der Nacht schlich sich eine junge Leibeigene in seine Kammer. Erst wies er sie barsch zurück, da er für solche Vergnügungen nicht in Stimmung war. Er bereute es jedoch bald. Ein junger Frauenkörper war eine bedeutend bessere Gesellschaft als Grübelei. Als sie sich ein weiteres Mal in seine Kammer schlich, packte er sie und riss ihr das Hemd herunter. Sie begann jedoch zu zappeln und Widerstand zu leisten. Als Birger von ihr abließ, flüsterte sie, dass sie sich schon einigen würden, falls er sie begehre. Sie sei jedoch gekommen, um ihm etwas zu erzählen, was er vielleicht nicht wisse. Birger gab ihr daraufhin sofort ihr Hemd zurück und bat sie, ihm zu sagen, weshalb sie gekommen sei.

Sie zog sich das Hemd wieder über den Kopf und begann zu erzählen. In einer Kate außerhalb des Hofes wohne die älteste Tochter des Hauses Signy, die ihre Familie dadurch entehrt habe, dass sie ein Hurenkind zur Welt gebracht habe. In der Hütte wohne sie jetzt verstoßen mit ihrem Kind. Man munkele, dass Signys Vater aus ihr herausgeprügelt habe, wer Schuld an dem Hurenkind sei. Das sei Birger Magnusson zu Ulvåsa. Der Herr sei daraufhin doppelt verzweifelt gewesen, da er sich nicht an einem Folkunger rächen konnte, um seine Ehre wiederherzustellen. Er habe es auch nicht fertiggebracht, seine Tochter zur Ehrenrettung totzuschlagen. Deswegen seien sowohl Signy als auch das Hurenkind noch am Leben, dürften sich aber nicht auf dem Hof zeigen. Das Hurenkind heiße Gregers, sei aber nicht getauft.

Birger hatte das Gefühl, ein Feuer versenge ihn, während ihm gleichzeitig ein Eimer Eiswasser über den Kopf gegossen wurde, als er diese Worte vernahm. Er kleidete sich rasch an und gab der Leibeigenen ein paar Silbermünzen. Diese verstand das erst falsch und zog sich ihr Hemd wieder aus. Da befahl ihr Birger, sich sofort wieder anzukleiden und ihm den Weg zu dem Haus zu zeigen, in dem Signy und ihr Sohn Gregers wohnten. Das wage sie nicht, entgegnete sie kleinlaut, da das hieße, die Schande des Hauses zu verraten. Signy sei von ihrem Vater zwar nicht totgeschlagen worden, aber dafür würde dieser vielleicht die Leibeigene totschlagen, die es gewagt habe, seinen Anweisungen zu trotzen und fremden Männern von seiner Schande zu erzählen.

Birger wurde daraufhin ruhiger und fragte sie nach ihrem Namen. Sie sagte, sie habe mehrere, der gebräuchlichste sei jedoch Sala. Daraufhin tätschelte ihr Birger beruhigend den Kopf und versprach ihr, sie am nächsten Tag freizukaufen, so dass ihr kein Unglück widerfahre. Das befreite sie jedoch nicht von ihrer Angst, und sie begann erneut zu jammern, dass ihr Herr sie vielleicht nicht verkaufen würde, da er Gründe, die sie lieber nicht nennen wolle, habe, sie zu behalten. Birger entgegnete knapp, es gebe Gründe, die er einer Leibeigenen jedoch nicht darlegen brauche, warum ihr Herr seinen Vorschlag in dieser Sache nicht zurückweisen könne.

So kam es, dass er Signy jetzt zum ersten Mal seit der Jünglingsnacht auf Agneshus wiedersah. Ihr Haar war verfilzt, ihre Kleider waren die einer Leibeigenen und ihre Augen voller Angst. In der winzigen Hütte war es dunkel, und im Kamin glomm nur noch eine schwache Glut. Es dauerte eine Weile, bis es hell wurde. Signy eilte hin und her wie eine verängstigte Ratte und faselte wie im Fieber über Sünde und Strafe. Als das Feuer im Kamin wieder brannte und sie außerdem noch ein paar Kienspäne angezündet hatte, hielt er sie fest. Er nahm ihr Gesicht sanft, aber doch fordernd zwischen seine Hände und zwang sie, sich in den Schein von Feuer und Kienspänen neben ihn zu setzen.

»Ich bin Birger Magnusson«, sagte er. »Dort draußen steht die Leibeigene Sala. Sie hat mich zu dir geführt.

Sie sagt, dass du mir einen Sohn geboren hast. Ist das wahr?«

Signy brauchte seine Frage nicht zu beantworten, denn im Bett hinter ihr begann es sich zu bewegen. Ein schlaftrunkener Knabe schaute sich um, entdeckte Birger und warf sich sofort in seine Arme. Noch nie war Birger von einem unerwarteten Angriff so überrascht gewesen.

»Er ist gekommen! Er ist gekommen!« Der Junge lachte. »Mutter sagte immer, dass er kommen wird. Mein mächtiger Vater aus einem fremden Land!«

Birger drückte den Jungen lange an sich, bevor er seine Sprache wiederfand. Er nahm einen Kienspan und leuchtete abwechselnd dem Knaben und sich selbst ins Gesicht, so dass sie sich eingehend betrachten konnten, um sich später wiederzuerkennen. Der Junge hatte dunkles, leicht rötliches Haar, eine Mischung aus Birgers und Signes Farben, dazu hatte er die braunen Augen Birgers und nicht die blauen seiner Mutter.

»Man hat mir gesagt, dass du Gregers heißt«, flüsterte Birger dem Jungen zu. »Ist das dein Name?«

»Ja, und dein Name ist Birger«, erwiderte der Junge furchtlos.

»Es heißt nicht *dein* Name, sondern *Euer* Name, wenn man mit seinem Vater spricht«, berichtigte ihn Birger neckend und lächelte Signy zu, die immer noch mit wildem Blick neben ihm saß und sich auf die Unterlippe biss.

Es dauerte eine Weile, bis er weitere Worte fand, da ihn das Gefühl überwältigte, ein Leben in den Armen zu halten, das zur Hälfte aus ihm selbst hervorgegangen war. Nach einer Weile schickte er Gregers jedoch wieder ins Bett, da er mit Mutter Signy zu sprechen habe. Gregers sträubte sich anfangs, doch Birger machte ihm unmissverständlich klar, dass man seinem Vater zu gehorchen habe.

Signy musste er zunächst jedes einzelne Wort abringen, da es ihr schwerzufallen schien, zusammenhängend zu sprechen. Aber nach einer Weile war ihr Blick weniger wild, und sie bestätigte, was Birger bereits wusste oder sich zusammengereimt hatte.

Vor der Nacht auf Agneshus bei der Hochzeit von Jon Agnesson hatte sie noch nie einem Mann angehört. Ältere, weise Frauen meinten, man könne beim ersten Mal nicht schwanger werden, aber das sei nicht wahr. Denn nach dieser Nacht habe ihr Vater, der Verdacht geschöpft habe, dass bei der Jünglingsnacht auf Agneshus nicht alles mit rechten Dingen zugegangen sei, sie bewacht, als sei sie eine Gans, die goldene Eier lege. Es habe sich bald gezeigt, dass sie schwanger war, und niemand anders als Birger habe der Vater des Kindes sein können. Ihr Vater habe die Wahrheit aus ihr herausgeprügelt. Dann habe sie versucht, Gregers so gut es ging allein zu erziehen, und vielleicht habe sie in den letzten Jahren, als er in das Alter gekommen sei, in dem Kinder nach allem Möglichen fragen, begonnen, das Märchen zu erzählen, dass sein Vater eines Abends, wenn er es am Allerwenigsten ahne, mit einem blau- und goldglänzenden Schild auf einem weißen Hengst herbeireiten werde.

»Wieso hast du gesagt, mein Pferd sei weiß, obwohl du wusstest, dass es schwarz ist?«, fragte Birger.

»Weil es ein Märchen ist, und im Märchen ist ein weißes Pferd in der Dämmerung besser zu sehen als ein schwarzes«, antwortete sie lachend. Birger ließ sich von dem Lachen anstecken.

»Du hättest mir einen Boten schicken sollen«, meinte Birger, nachdem er sich von dem befreienden Lachen erholt hatte. »Vielleicht wäre ich ja nie gekommen und hätte es nie erfahren, und du hättest bis zu deinem Tode in diesem Rattennest gewohnt. Wer weiß, was dann aus dem kleinen Gregers geworden wäre.«

»Ich habe dir einen Boten geschickt, denn ich habe gebetet«, entgegnete sie mit gesenktem Blick. »Ich habe zur heiligen Jungfrau gebetet, dass sie sich erbarme, dass sie die Liebe belohne und derjenigen Trost sende, die sie über alles liebe. Und sie hat mein Gebet erhört. Sie hat dich zu mir geschickt.«

Bei diesen Worten verstummte Birger. Es stimmte, dass er auf gut Glück das Mälartal entlanggeritten war, um Forsviker zu finden, die bei den Erikern oder Ulvsleuten eingeheiratet hatten. Viele landlose Folkunger hatten sich dort in den letzten Jahren Ehefrauen gesucht. Er hätte auch in dem Hof, den er zuletzt aufgesucht hatte, einen finden und dann in eine ganz andere Richtung weiterreiten können. Er war aber doch zu diesem entlegenen Hof gekommen, dessen Name ihm erst jetzt etwas sagte. Noch dazu in der Abenddämmerung und nicht mitten am Tag, wenn er nicht hätte verweilen müssen, insbesondere da er nicht willkommen gewesen war. Bedachte man all dies, gab es nur eine Antwort. Signys Gebete an die Mutter Gottes waren erhört worden, und diese hatte ihn mit ihrer milden Hand zu Signy und Gregers geführt.

»Diese Nacht ist deine letzte in dieser Hütte«, sagte er. »Ich will sie mit dir und unserem Sohn teilen. Lass mich nur einen Moment nach draußen gehen und Sala sagen, dass es auch ihre letzte Nacht als Leibeigene ist.«

In Signys Koje war es eng, und der kleine Gregers schlief unruhig und stieß seine Mutter beiseite, da er seinen Vater nicht bewegen konnte. Birger lag wach auf dem Rücken und starrte, die Arme um beide gelegt, in die Dunkelheit.

Am nächsten Morgen erwachte er spät. Er war überrascht, dass er schließlich doch noch in einen tiefen Schlaf gefallen war. Im klaren Morgenlicht sah er, dass Signy ebenso schön war, wie er sie aus Agneshus in Erinnerung hatte. Neue Kleider und weibliche Fürsorge konnten ihr jedoch nicht schaden, denn sie sah mehr wie eine Leibeigene als eine Jungfer aus.

Er verabschiedete sich kurz und etwas schüchtern von ihnen beiden, hob den lachenden Gregers hoch in die Luft und versprach, dass sie sich bald wiedersehen würden. Jetzt sei er im Auftrage des Königs unterwegs und könne nicht verweilen. Gregers und seine Mutter sollten jedoch noch am selben Abend in ein besseres Haus einziehen.

Er küsste beide auf die Stirn und machte sich auf den Weg, ohne sich noch einmal umzudrehen. Während er durch den Wald zum Hof zurückging, dachte er genau darüber nach, was er zu Signys Vater sagen würde.

Als ihn das Gesinde aus dem Wald kommen sah, wurde getuschelt, und alle rannten aufgeregt hin und her. Wenig später saß er allein mit Olaf Gudmursson, Signys Vater, im Saal.

»Ich kam unwissend als Gast auf Euren Hof, Herr Olaf. Jetzt habe ich zwei Anliegen, die ich sofort mit Euch klären will«, begann Birger ohne Umschweife, als er sein erstes Morgenbier vor sich stehen hatte. Sie saßen allein zu Tisch, aber alle, die ihnen aufwarteten, tuschelten und spitzten die Ohren.

»Ihr seid mir nicht der liebste Gast in meinem Haus, Junker Birger. Wieso glaubt Ihr also, dass ich Geschäfte mit Euch machen will?«, antwortete Olaf sowohl verängstigt als auch wütend.

»Wenn es sich so verhält, dann sollten wir uns vielleicht zuerst dem kleinen Geschäft zuwenden«, fuhr Birger fort.

»Ihr besitzt eine Leibeigene, Herr Olaf, die mir einen großen Dienst erwiesen hat, obwohl Ihr vielleicht der Meinung seid, dass sie ihrem Besitzer damit keine sonderliche Freude bereitet hat. Wie auch immer, ich will sie für ein Pfund Silber kaufen.«

»Keine Leibeigene ist so viel wert«, erwiderte Olaf säuerlich.

»Das weiß ich, aber keine Leibeigene hat mir je einen solchen Dienst erwiesen wie die, die Sala genannt wird. Sind wir uns einig?«

»Wir sind uns einig.«

»Gut, dann kommen wir zu dem großen Geschäft. Ich habe meinen Sohn getroffen, einen munteren und lebhaften Knaben, der sein Wort für sein geringes Alter sehr gut zu führen weiß. Man nennt ihn einen Hurenbalg. Das ist er von heute an nicht mehr. Er ist mein Sohn linker Hand, und sein Name soll Gregers Birgersson lauten.«

»Meine Tochter hat sich trotzdem der Hurerei schuldig gemacht, und diese Schmach lässt sich nicht so leicht abwaschen, nicht einmal von einem Junker, der hierherkommt und von einem Sohn linker Hand spricht«, murmelte Olaf, der nicht wusste, ob er Zorn darüber empfinden sollte, dass seine Ehre nicht ganz wiederhergestellt wurde, oder Freude darüber, dass sein Enkel in die mächtige Folkungergemeinschaft aufgenommen worden war.

»Hurerei habe auch ich begangen«, erwiderte Birger kalt. »Das geschieht in allen Kreisen. Es ist passiert, und es führt zu nichts, darüber zu streiten. Hört stattdessen meinen Vorschlag an. Signy und Gregers ziehen heute noch in Euer Haus ein, Ihr versöhnt Euch mit Eurer Tochter, seht zu, dass mein Sohn unverzüglich als Christ getauft wird, und Ihr behandelt ihn mit der Liebe, auf die

Euer Enkel ein Anrecht hat. Wenn die Zeit der Weihnachtsfeiern anbricht, sollt Ihr, Herr Olaf, Signy und Gregers Birgersson und wen Ihr sonst in Eurer Gesellschaft wünscht nach Ulvåsa kommen. Nehmt Euer Petschaft mit, falls Ihr eins habt. Auf Ulvåsa setzen wir einen Vertrag auf. Gregers soll in Forsvik erzogen werden und Signy einen eigenen Hof aus meinem Besitz erhalten. So geschehe es.«

»Was lässt Euch glauben, Junker Birger, dass Ihr in mein Haus kommen und verfügen und befehlen könnt?«, brüllte Olaf. Erst hatte es den Anschein, als wolle er die Faust auf den Tisch schlagen, aber dann überlegte er es sich anders. »Schließlich gehöre ich den Ulvsleuten an«, fuhr er zögernd fort, als Birger keine Anstalten machte zu antworten.

»Und ich bin Birger Magnusson zu Ulvåsa von den Folkungern«, erwiderte Birger sehr langsam. »Und Gregers gehört von heute an ebenfalls zu den Folkungern. Ihr, Herr Olaf, tragt die Verantwortung für das Leben eines jungen Folkungers. Wir Folkunger würden es sehr zu schätzen wissen, wenn Ihr diesen einfachen Wunsch, den ich Euch vorgetragen habe, annehmen könntet. Ich glaube auch, dass Ihr Euch die Folkunger bei näherem Nachdenken lieber zu Freunden als zu Feinden machen wollt.«

Olaf Gudmursson musste nicht lange nachdenken. Obwohl der Junker seine Forderungen vorgebracht hatte, ohne im mindesten drohend zu klingen oder auch nur einmal die Stimme zu erheben, lag in seinen Worten eine Eiseskälte. Was es bedeutete, die Folkunger zu Freunden zu haben, war etwas unklar, obwohl es nichts Schlechtes sein konnte. Was es hieß, sie zu Feinden zu haben, war hingegen klar: einen niedergebrannten Hof, abgeschlachtetes Vieh, getötete Leibeigene und den Verlust des eigenen Lebens.

Herr Olaf befand so auch recht rasch Birgers Vorschlag für gut. Er fühle sich geehrt, zu den Weihnachtsfeierlichkeiten nach Ulvåsa geladen zu sein und nehme mit dem größten Vergnügen an.

So geschah es dann auch. Herr Olaf Gudmursson erschien mit vier Schlitten in Ulvåsa, allerdings erst kurz nach der Christmette, denn der Schnee war in diesem Jahr ungewöhnlich spät schlittentauglich gewesen. Signy war jetzt wieder eine fröhliche Jungfer mit strahlenden Augen. Den kleinen Gregers schlossen bald alle auf dem Hof wegen seiner Streiche und seiner Neugier in ihr Herz. Der Hof war unendlich viel größer als alle, die er in seinem bisherigen Leben gesehen hatte.

Zu Birgers großer Erleichterung behandelte Ingrid Ylva Olaf Gudmursson mit höfischem Respekt und Signy über Erwarten liebevoll. Es schien ihr auch großen Spaß zu machen, den kleinen Gregers auf ihrem Schoß sitzen zu haben, was jedoch nicht so leicht war, da er ständig herumtollte.

Alles, was niederzuschreiben war, wurde schriftlich festgehalten, und Olaf Gudmursson hatte tatsächlich ein Siegel dabei, obwohl er weder lesen noch schreiben konnte. Man einigte sich darauf, dass Gregers auf Forsvik in allem erzogen werden solle, was für Knaben wichtig war, obwohl sein Großvater dem Lesen und den Klerikern gegenüber misstrauisch war. Er murmelte, ihm selbst wäre eine männlichere Erziehung lieber gewesen. Daraufhin erklärte Ingrid Ylva milde und ohne Spott, dass er sich keine Sorgen zu machen brauche, was die männliche Erziehung auf Forsvik angehe.

Signy würde bei der ersten passenden Gelegenheit einen eigenen Hof erhalten; sie konnte sich aussuchen, ob in Västra oder Östra Götaland, was das Einfachste wäre. Aber auch Nordanskog kam infrage, falls ihr das lieber war. Soweit war alles in bester Ordnung.

Als Birger jedoch eines Abends nach sehr viel Bier, er war mit Ingrid Ylva allein im Saal zurückgeblieben, vorsichtig fragte, ob er Signy nicht zu seiner Frau machen solle, da wurde seine Mutter ebenso plötzlich wie überraschend von Zorn gepackt. Söhne linker Hand seien eine Sache, die solle ein Ehrenmann nicht vernachlässigen, was er auch nicht getan habe. Aber nach dieser Mühe, die ihr allerdings recht lieb sei, da der kleine Gregers munter und gutartig zu sein scheine, gebe es keinen Grund, noch einen einzigen Schritt weiterzugehen. Eine Signy aus Nordanskog vom Geschlecht der Ulvsleute käme als Ehefrau nicht infrage. Solche Rede mache sie rasend, da sie immer geglaubt habe, dass er solche Selbstverständlichkeiten begreife. Welche Mätressen er habe, sei ihr fast gleichgültig, obwohl es die Sache erleichtere, dass diese Signy nicht auf den Kopf gefallen und liebenswürdig sei.

Doch mit einer Hochzeit verhalte sich alles ganz anders. Sein Bruder Eskil würde bald heiraten. Seine zukünftige Gattin sei keine anmutige kleine Signy, sondern Frau Kristin, die Witwe des norwegischen Jarls Håkan Galin. Sie habe einen siebzehnjährigen Sohn namens Knut. Eskil habe sich ihrem Willen ohne zu murren gefügt, als er begriffen habe, wie wichtig es sei, dieses Band zu knüpfen, und zwar nicht nur mit den mächtigen Norwegern, sondern auch mit den Erikern. Kristin sei die Enkelin des heiligen Erik. Wenn er, Birger, einmal heiraten würde, dann ginge es nur um eines, nämlich die Festigung der Macht.

* * *

Die svealändische Flotte erreichte die estländische Küste und die großen Inseln Dagö und Ösel lange vor der königlichen Kogge mit Johan dem Jungen, Erzbischof Valerius, Bischof Karl von Linköping und den Reitern aus Forsvik. Aber die Svealänder besaßen weder die Geduld noch einen guten Grund, auf irgendwelche hohen Herren zu warten, bevor sie in den Kampf zogen.

Ihr Führer hatte sie in ein Land geführt, das Rotalien hieß. An der Küste, an der sie an Land gingen, stand eine alte Holzburg namens Leal. Da sie nur unzureichend verteidigt wurde, schwärmten die Svealänder bald von allen Seiten über die Palisaden.

Als die königliche Kogge am nächsten Tag eintraf, war der Kampf bereits vorüber. Die Erde war mit Leichen übersät, die noch nicht begraben waren, und die Burg war bis zur letzten Silbermünze geplündert.

Dieser Anblick löste bei Erzbischof Valerius anfangs große Verzweiflung aus, da er fürchtete, sämtliche Heiden seien bereits erschlagen worden. Aber als er vom Sieger der Schlacht, Karl dem Tauben, erfuhr, dass etliche Gefangene gemacht worden seien, für die man sich Lösegeld erhoffe, änderte sich seine Gemütslage sofort. Ein Taufstein wurde von der Kogge an Land geschleppt und vor der Burg aufgestellt. Ein gefesselter, wild zappelnder Rotalier wurde dorthin gezerrt.

Birger war gerade dabei, die Pferde der Forsviker in den Stall der Burg zu führen, hielt jedoch beim Erzbischof und seinem Taufstein inne, da ein seltsames Schauspiel bevorstand.

Der Heide, der Valerius vorgeführt wurde, schien weder Tod noch Taufe zu fürchten. Er war eher zornig als verängstigt. Es war klar, dass er sich nicht taufen lassen wollte und die Worte, die in seiner unverständlichen Sprache unablässig aus seinem Mund strömten, schlecht zu diesem christlichen Sakrament passten. Er bäumte sich auf und warf den Kopf zurück, um der Taufe zu entgehen. Zwei starke Svealänder hielten ihn jedoch fest und drückten seinen Kopf in das Taufbecken. Valerius schöpfte etwas Wasser über den Unwilligen, der anschließend fluchend und zappelnd davongeschleift wurde. Valerius schien, die Hände zum Himmel erhoben, in Verzückung zu geraten. Er begann unzusammenhängend davon zu sprechen, Gott habe endlich das große Versprechen erfüllt, alle Sünden zu vergeben, sei es auch Ungehorsam dem Heiligen Stuhl gegenüber oder Königsmord. Wenig später wurde Valerius ohnmächtig, und man trug ihn mit einem glücklichen Lächeln auf den Lippen in die Burg. Daher fanden an diesem Tag keine weiteren Taufen statt.

Die zwei uppländischen Krieger, die den schreienden und zappelnden Getauften hinwegführten, waren den Lärm bald leid. Einer von ihnen zog sein Schwert und schlug dem frisch Getauften kurzerhand den Kopf ab. Dann wischte er sein Schwert ab und sagte, die Zunge könne einem Mann wirklich zum Verhängnis werden.

Da einige der Esten, die in der Nähe standen, über diese Sache verständlicherweise entsetzt waren, trat Birger auf sie zu und fragte, worüber der Getaufte und Geköpfte denn so unerschrocken und wütend geklagt habe. Die Auskunft, die er erhielt, war deutlich und niederschmetternd. Der Unwille des Getauften ließ sich dadurch erklären, dass er bereits Christ war. Er hielt es für eine Sünde, sich ein weiteres Mal taufen zu lassen. Alle Männer, die tot um die Burg verstreut lagen und deren Leichen gerade entkleidet und geplündert wurden, ehe man sie verbrennen würde, seien ebenfalls Christen gewesen. Daher hätten sie auch nichts Böses erwartet, als sie ein weiteres Heer unter dem Banner Christi hatten an Land steigen sehen. Viel zu spät hätten sie eingesehen, dass sie sich auf Leben und Tod gegen ihre Glaubensgenossen verteidigen mussten.

Der Beginn dieses Kreuzzuges war somit weniger gesegnet, als sowohl Valerius als auch Karl der Taube erwartet hatten. Beim ersten Kriegsrat am selben Abend erklärte der Jarl jedoch, es sei gut, dass sie sich bereits am ersten Tag, an dem sie in das Land der Heiden gekommen seien, mit der Burg einen Stützpunkt beschafft hätten. Dass es sich bei den ersten Heiden, denen sie begegnet waren, um Christen gehandelt habe, sei im Vergleich damit nur ein geringfügiges Missgeschick. Denn mit der Burg Leal als Hauptstützpunkt könne man jetzt das Werk in Angriff nehmen, die Dörfer der Umgebung zu christianisieren. Sehr viel mehr wurde an diesem ersten Abend nicht gesprochen, da sich die Kämpfer aus Svealand im Siegesrausch befanden und für eine geordnete Ratssitzung zu unbändig waren.

Birger war der Meinung, dass seine schlimmsten Bedenken, den Irrsinn dieses Krieges betreffend, bereits weit übertroffen worden waren.

Nichts, was sich in den nächsten Tagen ereignete, deutete auf das Gegenteil hin. Birger und seine Forsviker ritten in immer größeren Kreisen um die Burg Leal herum, um zu erkunden, ob von irgendwoher Gefahr drohe und sich ein Feind nähere. Sie entdeckten jedoch nur kleine Dörfer mit christlichen Kirchen und Bauern, die sie scheu segneten, während sie vorbeiritten. Das Land Rotalien war bereits christianisiert.

Birgers Reiterschwadron entfernte sich immer weiter von Leal und kam am dritten Tag auf dem Weg Richtung

Süden durch eine öde, flache Landschaft mit zwei großen Tälern. Keiner der Forsviker war noch sonderlich
aufmerksam, da niemand damit rechnete, auf Feinde zu
stoßen. Es war jedoch wichtiger, die beiden Täler zu un-
tersuchen als die Ebenen, die weite Sicht boten. Erst ritten sie durch die eine Talsenke in ostwestliche Richtung.
Sie fanden dort nur entsprungenes Vieh. Anschließend
ritten sie durch die andere Talsenke in entgegengesetzte
Richtung zurück. Es war früher Abend, und die Sonne
stand bereits niedrig am südlichen Himmel. Daher sahen
die acht fremden Reiter, die sie im Gegenlicht am Hang
des südlichen Talendes erblickten, so aus, als trügen sie
schwarze Gewänder.

Birger hob seinen rechten Arm und befahl Halt. Sie
spähten eine Weile in die Sonne, um festzustellen, welchen Reitern sie sich gegenübersahen. Sie erblickten Lanzen und funkelnde Schilde. Die Reiter auf der Anhöhe
setzten ihre Helme auf, teilten sich in zwei Gruppen zu je
vier Reitern und bereiteten den Angriff vor.

Birger befahl seinen Forsvikern daraufhin, die Talsenke
sofort zu verlassen, um wieder auf die Ebene zu kommen.
Da es aussah, als würden sie fliehen, gaben die Feinde
ihren Pferden die Sporen, um sie einzuholen. Die Forsviker konnten ihren Vorsprung jedoch mühelos wahren.
Oben auf der Ebene zogen sie ihre Helme auf, teilten sich
in vier Gruppen und ritten in einem Halbkreis, so dass die
Sonnenstrahlen seitlich auf den Feind fielen. Dann hielten sie an und warteten.

Die acht Reiter schienen nicht davor zurückzuschrec-
ken, doppelt so viele Feinde anzugreifen, was sowohl
Birger als auch die anderen Forsviker erstaunte. Bald
tauchten sie aus der Talsenke auf und sahen sich um. Als
sie entdeckten, dass sie erwartet wurden, ritten sie näher

aneinander heran und formierten sich zu einer geraden Angriffslinie.

Birger gab daraufhin den Befehl, den Feind in vier geschlossenen Gruppen einzukreisen.

Dieser durchschaute aber sofort die Falle und gruppierte sich zu zwei Formationen um, um die zwei nächsten Gruppen der Forsviker anzugreifen. Birger ließ daraufhin die beiden hinteren Gruppen vorausreiten.

Die feindlichen Vierergruppen würden sich jetzt nach vorne und zur Seite hin verteidigen müssen.

Auch diese Falle durchschaute der Feind mühelos. Er flüchtete in einem Halbkreis, um etwas an Höhe zu gewinnen. Dann bildete er wieder eine gerade Angriffslinie.

Birger gab ein Zeichen, dass sich die Forsviker ebenso aufstellen sollten. Ihre Linie bewegte sich im Schritt auf den Feind zu, um zu sehen, wie er reagieren würde und wie viel Mut er besäße. Es war ein seltsamer Feind. Er schien zu wissen, wie berittene Krieger kämpften und wie man dem Gegner auswich. Wenn das die Heiden waren, dann war mit ihnen wirklich nicht zu spaßen.

Die acht Reiter wichen nicht zurück, obwohl ihnen jetzt doppelt so viele Reiter entgegenkamen. Bald war es zu spät zum Entkommen, doch wichen sie nicht zurück. An Mut fehlte es ihnen nicht.

Sekunden vor dem entscheidenden Augenblick, in dem Birger den Arm zum Angriff gehoben hätte, warfen sich die fremden Reiter zur Seite und ritten einen Hügel hinauf, was ihnen allerdings keine sonderlichen Vorteile brachte, denn jetzt hatten sie die Sonne im Gesicht. Birger folgte ihnen langsam mit seiner Schwadron und bereitete erneut den Angriff vor.

Als die Forsviker den acht fremden Reitern so nahe gekommen waren, dass diese ihnen nicht mehr entkommen konnten, weil sie die schnelleren Pferde besaßen, sahen sie ihre Feinde zum ersten Male deutlich vor sich. Es war ein erstaunlicher Anblick. Die acht Reiter trugen weiße Umhänge und Waffenhemden. Auf der Brust war ein rotes Tempelritterkreuz, das von einem schwarzen Schwert durchbohrt wurde. Ihr *Confanonier* trug eine weiße Fahne mit einem roten Kreuz und einem Bild der Mutter Gottes.

Birger gab sofort das Zeichen zum Anhalten. Alle sollten ihre Lanzen zur Erde senken. Dann rief er seinen eigenen Bannerträger Matteus Marcusian heran, der die Forsviker Fahne trug, und bat ihn, sie dreimal zu senken.

Die Reiter auf der Anhöhe senkten und hoben daraufhin dreimal ihre Lanzen, aber die Fahne mit der Mutter Gottes wollten sie nicht senken. Birger vermutete, dass sie mit ihren Lanzen vermutlich dasselbe meinten wie er mit seiner Fahne, aber dass sie verständlicherweise nicht bereit waren, eine Fahne mit dem Bildnis der Mutter Gottes zu einem weltlichen Gruß zu senken.

Langsam nahm er seinen Helm ab und klappte seinen Brustpanzer zur Seite, um sein ganzes Gesicht zu entblößen. Die Lanze reichte er seinem Nebenmann und ritt allein ein paar Pferdelängen voraus. Dann rief er Matteus mit der Forsviker Fahne herbei und befahl ihm, ebenfalls seinen Helm abzunehmen. Es dauerte nicht lange, da hatte es einer der Ritter auf dem Hügel Birger gleichgetan und ritt mit seinem Bannerträger langsam ein Stück voraus. Birger und Matteus ritten daraufhin auf sie zu.

Der Mann in den weißen Ritterkleidern, die denen eines Tempelritters zum Verwechseln ähnlich sahen, trug einen langen, schwarzen Bart und kurzgeschnittene Haare, was sehr seltsam wirkte.

Die vier Reiter standen schließlich weniger als eine Pferdelänge voneinander entfernt. Der fremde Ritter sprach zuerst, und zwar in der Kirchensprache.

»Im Namen Gottes und der heiligen Jungfrau, ich bin Bruder Arminus vom Schwertbrüderorden in Riga. Wer seid Ihr, weltlicher Ritter?«, fragte er barsch.

»Ich bin Ritter Birgerus de Gothia von der Armee der Suiones auf heiligem Kreuzzug«, erwiderte Birger ebenfalls mit lauter Stimme.

»Warum begegnet Ihr dann Schwertbrüdern, als wären sie Feinde?«, fragte der andere eher belustigt als verärgert.

»Weil Ihr uns mit der Sonne im Rücken als Feinde begegnet seid. Erst aus der Nähe konnten wir das heilige Kreuz erkennen. Außerdem seid Ihr wie im Angriff auf uns zugeritten und dazu noch sehr verschlagen und geschickt«, antwortete Birger, als sei auch er mehr belustigt und erleichtert als verängstigt.

»Sehr verschlagen und geschickt habt auch Ihr Eure Krieger geführt, Ritter Birgerus«, antwortete der Schwertbruderritter und schüttelte lächelnd den Kopf. »Wenn es wirklich zum Kampf gekommen wäre, hätte der Überlebende Mühe gehabt, seinen eigenen Sieg anschließend zu erklären. Wie hätte es ausgesehen, wenn wir Schwertbrüder christliche Kreuzritter geschlagen hätten!«

»Es wäre auch nicht sonderlich leicht zu erklären gewesen, warum wir acht törichte Schwertbrüder erschlagen hätten, die sich auf einen Kampf mit doppelt so vielen Gegnern eingelassen hatten«, erwiderte Birger hitzig.

Da musste Bruder Arminus lachen. Er schüttelte lange den Kopf. Dann erklärte er freundlich, er habe den Auftrag, den gotischen König aufzusuchen, der gerade in Leal eingetroffen sei. Er bitte Birgerus de Gothia demütig und brüderlich darum, ihn und seine Brüder zu diesem zu eskortieren.

Diesem Ansinnen konnte nur entsprochen werden, und bald ritten die sechzehn blau gekleideten weltlichen Ritter Seite an Seite mit den weißen Schwertbrüderrittern zurück nach Leal. Voran ritt der Bannerträger der Schwertbrüder mit der Gottesmutter auf seiner Fahne, hinter ihm kam Matteus Marcusian mit der Forsviker Fahne, und hinter den beiden Bannerträgern ritten Birger und Bruder Arminus.

Sie waren beide neugierig aufeinander. Es hatte Bruder Arminus sehr überrascht, auf eine gut gerüstete Reiterschwadron zu treffen, die sich nach allen Regeln der Kunst umzugruppieren wusste. Er sagte, er habe eher schwerfällige Wilde mit Äxten erwartet, die zu Fuß unterwegs seien. Birger erwiderte seufzend, dass er derartige Leute nur allzu bald zu Gesicht bekommen würde.

Birger seinerseits hatte es sehr überrascht, im heidnischen Feindesland auf Ritter nach Art der Tempelritter stoßen. Daher begann er bald Fragen nach einer möglichen Verwandtschaft der beiden Orden zu stellen.

Bruder Arminus bestätigte sofort, dass die Schwertbrüder ein Orden von derselben Art wie die Tempelritter seien. Daher sei die Tracht auch sehr ähnlich. Die Schwertbrüder hätten außerdem von Papst Innozenz III. dieselben Ordensregeln erhalten wie die Tempelritter.

»Wenn du dein Schwert ziehst, denke nicht daran, wen du töten, sondern wen du schonen kannst«, zitierte Birger daraufhin, und Bruder Arminus war genauso verblüfft, wie er gehofft hatte.

Daraufhin war Birger an der Reihe, Fragen zu beantworten. Er erzählte von seinem Großvater Arn de Gothia.

Das Wissen der Tempelritter sei in Gothia sehr gepflegt worden, und es sei daher nicht verwunderlich, dass seine Krieger und die von Bruder Arminus eben noch versucht hätten, sich mit derselben Taktik zu schlagen. Er deutete auf die Fahne Matteus Marcusians, auf der die drei Tempelritterkreuze – das Wappen von Großvater Arn – neben dem Folkungerlöwen zu sehen waren.

Bruder Arminus war zunächst verblüfft, dann sehr erfreut darüber, dass es einem Tempelritterbruder gelungen war, seinen Verwandten in der Heimat so wichtige Kenntnisse zu vermitteln. Vorausgesetzt natürlich, dass dieses Wissen nicht in falsche Hände fiel. Birger versicherte sofort, dass dem nicht der Fall sei. Krieger wie er hätten ihr Land bislang nur gegen Bedrohungen von außen verteidigt und sich jetzt zum ersten Mal auf einen Kreuzzug in das Land der Heiden begeben.

Bruder Arminus lächelte grimmig, als er die Bezeichnung »Land der Heiden« hörte. Er meinte, dagegen gäbe es einiges einzuwenden, was er auch gleich tun wolle. Aber zunächst war er an Birgers Stahlhandschuhen und den Stahlschienen interessiert, die er an Waden und Knien auf dem Kettenpanzer trug. Und auch andere Dinge, die Birger und seine Männer besaßen, die Schwertbrüderritter jedoch nicht, weckten seine Neugier. Birger ließ ihn einen seiner Handschuhe ausprobieren und beantwortete bereitwillig, wie die Forsviker ihre Knie und Achseln besser schützten als ihre christlichen Brüder. Doch es dauerte nicht lang, bis sie auf Geschäfte zu sprechen kamen. Birger meinte, er solle einen Boten von Riga nach Visby schicken. Dort könne ihm ein Kaufmann namens Eskil Magnusson große Mengen jedweder Ausrüstung verkaufen. Es würde jedoch sicher ein halbes Jahr dauern, bis die Waren in Visby bereitlägen.

Bruder Arminus wollte sich das alles schriftlich geben lassen, denn bereits der Stahlhandschuh, den er probiert hatte, schien ihm seiner eigenen Rüstung, einem Fausthandschuh mit Kettenpanzer, weit überlegen zu sein. Hände und Knie waren die Körperteile, an denen Ritter am häufigsten verletzt wurden. Mit der neuen, gesegneten Ausrüstung würde das Leben für die Krieger Gottes leichter werden.

Als sie sich der Burg Leal näherten, erzählte Bruder Arminus Birger eilig von seinem Anliegen. Das Land, das nördlich der eben eingenommenen Burg der Suionen liege, gehöre dem dänischen König Valdemar, der einen Stützpunkt in Reval besitze, den er gerade zu einer mächtigen Burg ausbauen ließe. Südlich von Leal befinde sich das Land der Schwertbrüder, die in Riga eine Burg hätten. Das Land zwischen diesen beiden bereits eroberten und christianisierten Territorien, das Rotalien heiße, liege wie ein schmaler Ackerstreifen zwischen Schwertbrüdern und Dänen. Es stelle Niemandsland dar, um unnötigen Streit miteinander zu verhindern. Aber lebende Heiden gebe es nicht mehr in Rotalien. Es würde den soeben Eingetroffenen also schwerfallen, irgendwelche Seelen zu retten.

Es gebe jedoch einen heimtückischen Feind, der nicht zu unterschätzen sei. Auf den großen Inseln Dagö und Ösel herrsche die heidnische Barbarei. Dort lebten Plünderer in großer Zahl, die schwer zu bezwingen seien. Sie auf dem Seeweg zu bekämpfen, sei nicht leicht, und in den letzten Jahren seien die Winter so milde gewesen, dass das Eis kein Reiterheer dorthin getragen habe. Früher oder später würden die Schwertbrüderritter in diesen Schlangennestern aufräumen, aber bis dahin müssten sich die Suionen vor Überfällen von diesen Inseln in Acht nehmen.

All das erklärte Bruder Arminus Birger eilig und vollkommen unnötigerweise, denn als die Schwertbrüderritter König Johan dem Jungen, Jarl Karl dem Tauben und dem Erzbischof gegenübertraten, zeigte es sich, dass keiner von ihnen ein Wort der Kirchensprache oder Sächsisch, die Muttersprache von Bruder Arminus, verstand. Daher wurde Birger bald zu der Besprechung hinzugezogen, um alles, was gesagt wurde, zu übersetzen. Einer der Bischöfe schien sehr wohl zu verstehen, was gesagt wurde, zumindest in der Kirchensprache, aber dieser Bischof durfte sich in Gegenwart seines Erzbischofs nicht äußern, und der Erzbischof war ganz offensichtlich verrückt und lallte nur vor sich hin. Dem jungen König konnte Bruder Arminus mit Birgers Hilfe jedoch seine Botschaft klar und deutlich übermitteln.

Was die Schwertbrüderritter zu sagen hatten, weckte keine Munterkeit bei den eben eingetroffenen Kreuzfahrern. Bruder Arminus meinte, da es keine lebenden Heiden gebe, die man bekehren könne, und da auch keine Territorien mehr zu erobern seien, wenn man sich nicht mit dem dänischen König im Norden und den Schwertbrüdern im Süden anlegen wolle, sei es für die tapferen Brüder aus dem Westen sicher das Beste und Klügste, bald zusammenzupacken und nach Hause zurückzukehren. Außerdem stellten die starken Räuberbanden auf Ösel eine große Gefahr dar, insbesondere da den christlichen Brüdern aus dem Westen nur sechzehn Reiter zu ihrer Verteidigung zur Verfügung stünden.

Birger nahm davon Abstand, den Einwand Karls des Tauben über Schlachtordnungen und nordischen Schlachteifer wörtlich zu übersetzen.

Bruder Arminus und seine Ritter blieben nicht über Nacht, da sie es eilig hatten, nach Riga zurückzukehren.

Bevor sie das seltsame Kreuzfahrerheer bei Leal verließen, schrieb Bruder Arminus jedoch noch genau nieder, wo die Schwertbrüder bessere gepanzerte Handschuhe und andere Rüstungen erstehen konnten. Er verließ das Heerlager der Suionen mit sehr gemischten Gefühlen, denn dass diese Männer einem Krieg nicht standhalten würden, war für alle offensichtlich. Trotzdem glaubte er den Worten des jungen Birgerus de Gothia entnommen zu haben, dass es eine bewusste Strategie darstellte, nur über eine einzige Reiterschwadron zu verfügen. Wie ein so kluger junger Ritter wie dieser Birgerus einem solchen Barbarenvolk angehören konnte, war allerdings schwer zu verstehen. Irgendetwas stimmte da nicht.

* * *

König Johan der Junge war nicht der Einzige, der dieses Kreuzzugs bald überdrüssig war. Die Langschiffe der Svealänder kehrten bereits nach der zweiten Woche wieder in ihre Heimat zurück. Der größte Fehler an diesem Kreuzzug war aus der Perspektive der Svealänder, dass es keine Feinde gab und damit auch nichts zu plündern. Bischof Karl von Linköping kritisierte den Mangel an Heiden, die man bekehren könne, da diese entweder erschlagen oder bereits getauft worden waren.

Es war auch wenig aufmunternd für die Heeresleitung, als recht bald dänische Gesandte aus Reval mit der Botschaft eintrafen, dass man jegliches Vordringen in die Territorien, die sich eine halbe Tagesreise entfernt in nördlicher Richtung befanden, mit Missbilligung betrachten würde, denn diese Gebiete gehörten Dänemark und König Valdemar. Außerdem lasse König Valdemar ausrichten, dass er Johan Sverkersson nicht als rechtmäßigen König betrachte, sondern bloß als einen intrigierenden Flegel in den Händen sündiger Kleriker, der König Valdemars Neffen Erik Eriksson vom Thron verdrängt habe.

Die dänischen Gesandten zeigten in jeder Hinsicht, dass sie für eine Großmacht sprachen. Sie schreckten auch vor den schlimmsten Kränkungen nicht zurück. König Johan wurde rasend, als ihn die Dänen in seiner eigenen Sprache beleidigten, was vielleicht auch so beabsichtigt war. Er befahl, ihnen sofort die Köpfe abzuschlagen und diese dem frechen Valdemar in einem Sack zurückzuschicken. Karl der Taube und Valerius, die sich etwas gemäßigt hatten und nicht mehr ganz so verrückt zu sein schienen, waren entsetzt. Sie rieten ihm nachdrücklich ab und entschuldigten sich bei den dänischen Gesandten. Man könne sich bei einem angenehmen Abendessen miteinander versöhnen. Davon wollten die dänischen Ritter jedoch nichts hören, sondern verlangten, sofort nach Reval zurückkehren zu dürfen, vorzugsweise mit dem Kopf auf den Schultern.

Jetzt war von König Johans Kreuzzug nicht mehr viel übrig. Er selbst musste sofort nach Hause fliehen. Denn wenn König Valdemar erfuhr, dass sich sein Feind in nächster Nähe aufhielt und ferner damit gedroht hatte, seine Gesandten köpfen zu lassen, dann reichte ihm das als Vorwand für einen Krieg sicherlich aus.

So kam es, dass man König Johan und seinen Unsinn faselnden Erzbischof bereits am nächsten Tag in das erstbeste fliehende Langschiff setzte. Die letzte Direktive des Königs lautete allerdings, man solle die Burg Leal aufrüsten, er wolle sie als Stützpunkt und Eroberung behalten.

Wenn der Jarl dazu gute Miene gemacht und sich nicht weiter um die Fantasien des Knabenkönigs gekümmert hätte, dann wäre vielleicht alles gut ausgegangen, zumindest hätte der Kreuzzug dann nur wenige Menschenleben gekostet. Doch Karl der Taube erklärte sich verwegen bereit, mit fünfhundert Mann über den Winter zu bleiben. Erzbischof Valerius befahl daraufhin, Bischof Karl von Linköping müsse bleiben, um eventuell herumirrende Heiden zu taufen, die vielleicht noch auftauchten. Der Erzbischof war der Meinung, den einzigen Heiden getauft zu haben, der zu finden gewesen sei. Er habe somit als Einziger auf diesem Kreuzzug seinen göttlichen Auftrag erfüllt. Deshalb seien ihm auch als Einzigem seine Sünden vergeben worden.

Birger hatte wahrhaftig keine Lust, auch noch den Winter über an diesem sinnlosen Kreuzzug gegen die Christen teilzunehmen. Aber sowohl Karl dem Tauben, der endlich einsah, wie gefährlich es war, dass seine Streitmacht mit allen flüchtenden Langschiffen so sehr zusammengeschmolzen war, als auch Birgers Bruder, Bischof Karl, gelang es, Birger zu überreden, gemeinsam mit den Forsviker Reitern noch länger zu bleiben. So wäre man zumindest vorgewarnt, falls sich irgendwelche Räuber der Burg näherten.

Der heiße Juli war eintönig und arbeitsreich. Die verbliebenen fünfhundert Männer arbeiteten hart und vergossen viel Schweiß, um die alte Palisadenburg zu verstärken, die laut Birger einer Belagerung nur wenige Stunden widerstehen konnte. Das Holz trocknete in der Sommerhitze und war leicht entzündlich, und die beiden Brunnen auf dem Burghof versiegten.

Es war, als hätte der Feind auf Ösel all das vorhergesehen. Bei seinen Götzen bedankte er sich für jeden weiteren Tag mit sengender Sonne. Schließlich hielt er die Zeit für gekommen. In der Nacht des 18. August kam der

Feind in großer Zahl über das Meer und umringte die Burg mit großem Lärm. Es schienen mehrere Tausend Mann zu sein.

Der erste Impuls Karl des Tauben war, einen Ausbruchsversuch zu unternehmen und sich sofort in einem Keil zu formieren. Leider hatten sich alle svealändischen Kämpen, die sich auf diese Kunst verstanden, mit der geringen Beute, die zu machen gewesen war, bereits auf den Heimweg begeben. Während sich der Jarl einen großen Krug Bier genehmigte, um besser nachdenken zu können, nahm Birger seinen Bruder, Bischof Karl, mit auf die Brustwehr, deutete auf die fürchterliche Meute und sagte bitter, hier seien jetzt die Heiden, die der Erzbischof gesucht habe. Sie schienen sich aber ebenso wenig taufen lassen zu wollen wie der erste Christ, über den Valerius hergefallen war und den man anschließend geköpft hatte. Karl erwiderte, selbst unter Brüdern solle man nicht so derb scherzen, wenn man dem Tode ins Auge sehe. Man solle beten und sich von dem Gedanken trösten lassen, dass derjenige, der auf einem Kreuzzug für Christus sein Leben lasse, trotzdem die Seligkeit gewinne. Birger fehlten bei so viel kindlichem Gottvertrauen die Worte. Er selbst hatte keine Lust, sein Leben im Kampf gegen diese Räuberübermacht hinzugeben. Er verfluchte, dass er aus Edelmut geblieben war und jetzt nicht nur sein eigenes Leben opfern musste, sondern auch das einer Schwadron Forsviker sowie von dreißig Pferden. Denn der Ausgang dieses Kampfes schien ihm gewiss. Vor den Palisaden bauten die Heiden Steinschleudern auf und trugen Brennholz und Teer herbei. An ihren Absichten konnte kein Zweifel bestehen. Bald würde es Feuer über die Burg regnen. Davon sagte er jedoch nichts zu seinem friedlich betenden Bruder.

Nachdem Karl der Taube seine Überlegungen im Saal beendet hatte, fasste er seinen einzigen klugen Entschluss dieses Kreuzzugs. Er rief Birger herbei und fragte, wie lange es dauern würde, Hilfe von den Dänen in Reval oder von den Schwertbrüdern in Riga zu holen und ob es den Forsvikern möglich sei, die lärmende Menschenmasse von Heiden dort draußen zu durchbrechen.

Die zweite Frage war am leichtesten zu beantworten. Birger erklärte, eine Schwadron schwer gepanzerter Forsviker würde bei einem Ausbruchsversuch höchstens einen oder zwei Mann verlieren.

Die Antwort der ersten Frage war hingegen ungewiss. Zu den Dänen in Reval war es näher. Man konnte in weniger als einem Tag dorthin reiten. Riga erreichte man innerhalb eines Tages und einer halben Nacht. Somit müssten alle Forsviker gleichzeitig mit allen Pferden ausbrechen, sich anschließend teilen und in beiden Richtungen Hilfe suchen. Hinsichtlich der Bereitwilligkeit der christlichen Glaubensbrüder ging Birger davon aus, dass sie sich die Gelegenheit nicht entgehen lassen würden, das Öseler Räuberpack entscheidend zu schlagen. Was das Mitleid Valdemars des Siegers mit Kriegern anging, die einem König dienten, den er hasste – und zwar Johan, der die Krone statt Erik Eriksson erhalten hatte –, so neigte Birger zu der Einschätzung, dass die Antwort in Reval ein kaltes Nein sein würde. Sicher konnte er sich natürlich nicht sein. Schließlich bestand auch die Möglichkeit, dass es König Valdemar wichtiger war, einen Sieg über die Heiden zu erringen, statt mit anzusehen, wie die Männer seines Feindes vernichtet wurden.

Beides zu versuchen sei vermutlich das Beste, meinte Karl der Taube und fragte, wie lange sie die Burg halten müssten, bis sie auf Unterstützung hoffen konnten. Birger entgegnete, dass eine Rettung vielleicht möglich sei, falls das Wasser zum Löschen der Brände drei Tage lang reichte. Sie müssten sich bereits jetzt auf mögliche Brände vorbereiten, trockene Palisaden anfeuchten und alles brennbare Gerümpel wegräumen. Karl der Taube nickte düster und bekreuzigte sich.

Der Ausbruch erfolgte wenige Stunden später, da keine Zeit zu verlieren war. Als das schwere Holztor knarrend geöffnet wurde, begannen die Heiden zu jubeln. Mit hoch erhobenen Speeren und Äxten rannten sie herbei. Als Erstes wurden sie von einem Pfeilschauer empfangen, der von der Brustwehr auf sie niederging, gefolgt von einem entsetzlichen Dröhnen von Pferdehufen, das sie umkehren und in alle Richtungen fliehen ließ.

Birger und seine sechzehn Forsviker sowie alle Ersatzpferde sprengten in rasendem Galopp durch das Heer der Feinde hindurch, verschwanden in einer Staubwolke und ließen eine breite Schneise aus Blut und Tod zurück.

Karl der Taube sah voller Entsetzen von der Brustwehr aus zu. Nicht etwa, weil er auch nur das geringste Mitleid mit den schreienden, sterbenden und blutenden Heiden empfunden hätte, sondern weil es ihm jetzt am vielleicht letzten Tag seines Lebens, in jedem Fall viel zu spät, wie Schuppen von den Augen fiel. Er hatte sich geirrt. Hundert Forsviker hätten das feindliche Heer mühelos abgeschlachtet. Birger und seine sechzehn Männer waren durch die feindlichen Reihen gepflügt, ohne einen einzigen Verwundeten oder Gefallenen beklagen zu müssen.

* * *

Vier Tage später kehrten Birger und acht Forsviker zusammen mit Bruder Arminus an der Spitze von hundert

Schwertbrüderrittern zurück. Bereits aus großer Entfernung sahen sie, dass sie zu spät kamen. Die Burg war niedergebrannt, nirgendwo das geringste Lebenszeichen zu erkennen.

Birger fand seinen Bruder Karl nackt, geköpft und schändlich verstümmelt. Zumindest vermutete er, dass es sein Bruder war, da es sich bei den nackten Leichen um Leute mit kostbaren Kleidern gehandelt haben musste.

Die Schwertbrüder sprachen als Erstes ein Gebet. Dann zog die Hälfte von ihnen ihre Rüstungen aus und begann mit der Christenpflicht, die Toten zu begraben, während die andere Hälfte die Umgebung erforschte, damit sie sich nicht einem Überraschungsangriff aussetzten. Die Toten zu begraben war nicht leicht, da es in der Burgruine keine Gerätschaften gab. Für fünfhundert Leichen konnte man auch keine Einzelgräber schaufeln. Man begann Palisaden der Burg, die nur geschwärzt waren, aufzuschichten, um die Leichen auf einem riesigen Feuer zu verbrennen.

In einem Wäldchen bei der Burg entdeckten einige der Patrouille reitenden Schwertbrüder etwa hundert Köpfe, die im Kreis auf Pfähle gespießt waren. In der Mitte brannte ein Opferfeuer. Unter diesen Geschändeten fand Birger sowohl den Kopf Karls des Tauben sowie den seines Bruders.

Es war die Zeit der Hundstage, und daran, die Toten nach Hause zu bringen und in geweihter Erde und den Gräbern ihrer Väter zu bestatten, war nicht zu denken. Birger ließ sich dabei helfen, mit angespitzten Pfosten als einzigen Werkzeugen ein Grab auszuheben. Dort bestattete er die sterblichen Überreste seines Bruders und Karls des Tauben. Dann markierte er dieses Grab sorgfältig.

Die Arbeit mit den Toten nahm zwei Tage in Anspruch. Die Asche und die weißen Knochen vom großen

Feuer wurden unter Gebeten und Segnungen von einem aus dem Meer ragenden Felsen ins Wasser versenkt. Die acht Forsviker, die in zwei Gruppen zu König Valdemar nach Reval geritten waren, kehrten nicht wieder, weder mit noch ohne dänische Krieger, und es sollte lange dauern, bis Birger erfuhr, welches Schicksal sie ereilt hatte.

Auf dem Rückweg nach Riga zur Burg der Schwertbrüder ritten die Forsviker mit ihrem Anführer Birger an der Spitze in gesondertem Trupp. Sie ritten mit gesenkten Köpfen, da sie nicht nur liebe und ihnen nahestehende Menschen verloren hatten – Birger war am schlimmsten betroffen –, sondern weil ihre demütigende Niederlage so irrsinnig und unnötig gewesen war. Wären sie mit einer kompletten Reiterarmee gekommen und hundert Reiter aus dem Tor der Burg Leal gestürmt, dann hätten sie gesiegt und die heidnischen Plünderer von der Insel Ösel vertrieben. Anschließend hätten sie ihre Insel einnehmen und alle Männer und Frauen aus Svealand, die dort in die Leibeigenschaft geraten waren, befreien und sich alles, was um den Mälaren herum geplündert worden war, zurückholen können. Die Gelegenheit war zum Greifen nahe gewesen.

Aber die Alten hatten es anders gewollt. Ihr Jarl hatte von einem Krieg wie in früheren Zeiten und von Heldentaten wie in den Sagas geträumt. Ihr Erzbischof hatte nur Wasser auf einen einzigen Heiden schöpfen wollen, dann war für ihn die Sache erledigt gewesen. Sie hatten sich durch die Torheit dieser alten Männer in eine tödliche Falle locken lassen. Der König war nur eine Rotznase, die nichts begriff, gegen ihn richteten sich also weder Zorn noch Trauer.

*   *   *

Riga war eine Stadt, die Birger in vielem an Visby erinnerte. Auch hier gab es einen großen Hafen und eine im Bau befindliche Stadtmauer. Auch an der mächtigen Burg, dem Hauptquartier der Schwertbrüder, wurde noch gebaut. In Riga schienen die Bürger den Rittern mit größerer Ehrerbietung zu begegnen als in Visby.

Sie erhielten alle Logis und Stallplätze in der Burg und wurden von ihren gläubigen Ritterbrüdern sehr gastfreundlich behandelt. Als sie am ersten Tag einen Spaziergang um die Burg unternahmen und die Kampfübungen betrachteten, mit denen die Ritter ihre Tage verbrachten, sofern sie sich nicht auf einem Feldzug befanden, stellten sie begeistert fest, dass es dieselben Übungen waren, mit denen sie selbst in Forsvik aufgewachsen waren.

Erik Stensson, der Älteste der Schwadron, und Skule Germundsson, der Jüngste, waren von dem, was sie sahen, so angetan, dass sie sich umgehend bei Bruder Arminus erkundigten, ob man ihnen die Gnade gewähre, sich der heiligen Bruderschaft anschließen und ihre Gelübde ablegen zu dürfen. Erik Stensson meinte, er habe viele Sünden zu sühnen, und wenn das mit Hilfe der einzigen Fähigkeit geschehen könne, die er besäße und die außerdem Voraussetzung seiner Sünden gewesen sei, dann umso besser. Um seines Seelenheils willen sei er unumwunden bereit, Armut, Gehorsam und Keuschheit zu geloben und ein Schwertbruder zu werden. Was den jungen Skule bewegte, war unklarer.

Bruder Arminus sprach lange und ernst mit den beiden Aspiranten, ehe er gewiss war, dass sie echte Berufung beseelte und nicht nur schlichte Abenteuerlust. Anschließend suchte er Birger auf und erkundigte sich nach der Familienzugehörigkeit der beiden Männer. Um zu Mitgliedern des Schwertbrüderordens erhoben zu werden, mussten sie Ehrenmänner sein und Familien entstammen, die ein eigenes Wappen führten. Sonst konnten sie nicht als vollwertige Ritterbrüder, sondern nur in die unteren Ränge aufgenommen werden. Widerwillig räumte Birger ein, dass sowohl Erik als auch Skule adelig genug waren, um den Regeln nach Ritter werden zu können. Mit einem ironischen Lächeln fügte er jedoch hinzu, dass es Bruder Arminus mit der Familienzugehörigkeit nicht zu genau nehmen solle, falls der Folkungerlöwe als Wappen nicht tauge, da beide Männer bereits hervorragende Krieger zu Pferde seien und außerdem über bessere Rüstungen und Waffen verfügten als alle hohen Brüder in ihren weißen Umhängen. Birger gefiel der Gedanke nicht, dass sich Forsviker in einen heiligen Krieg gegen die Heiden begaben, statt ihre Heimat zu beschützen, wie es die zehn Lehrjahre in Forsvik vorsahen. Aber wenn sie aufrichtig versicherten, eine göttliche Berufung empfangen zu haben, dann musste er diese Bedenken wohl hintanstellen.

Bruder Arminus schien Birgers Zweifel zu bemerken und erklärte, die beiden Aspiranten würden einige Tage in abgeschiedenem Gebet verbringen müssen, um ihrer Berufung genauestens auf den Grund zu gehen. Anschließend würde er allerdings nicht zögern, sie zu Schwertbrüdern zu erheben, nicht zuletzt, weil sie bereits gute Krieger seien, die ohne weitere Vorbereitung unverzüglich ins Feld ziehen könnten.

Als drei Tage später ein ausreichend großes Schiff in den Hafen von Riga einlief, entschied Bruder Arminus, nicht nur Birger, seine Pferde und seine Männer nach Visby bringen zu lassen, sondern ihn auch dorthin zu begleiten. Der Hintergrund dieses Beschlusses war leicht zu durchschauen.

Als sie einige Tage später in Visby von Bord gingen, führte Birger Bruder Arminus sofort zum Handelshaus von Herrn Eskil. Dort wurden sie sehr herzlich empfangen, noch ehe Herr Eskil ahnte, welch große Geschäfte ihn erwarteten. An der Tafel von Herrn Eskil wurden sich die drei Männer rasch handelseinig. Es ging um Stahlhandschuhe, Rüstungen für Knie und Waden sowie für den Kopf und den Hals der Pferde. Es war ein großartiges Geschäft für beide Seiten, da das Zahlungsvermögen der Schwertbrüder, was den heiligen Krieg betraf, grenzenlos zu sein schien. Für die Schwertbrüder war ein besserer Schutz von Händen, Knien und Pferden fast jeden Preis der Welt wert.

Zu Birgers Erleichterung hatte sich sein Bruder Elof besser entwickelt, als er zu hoffen gewagt hatte. Da er es gewohnt war, in einer anderen Sprache als der Volkssprache zu lesen und zu denken, konnte er bereits einigermaßen sächsisch schreiben und sprechen. Seine Sprachstudien hatten jedoch häufiger in Visbys Badehaus und Schenken stattgefunden als in der Schreibstube von Herrn Eskil. Birger versuchte mit ihm zu reden, um herauszufinden, ob er sich wirklich ernsthaft der großen Chance seines Lebens widmete, aber Elof wich allen eingehenden Fragen mit einem Scherz aus. Die Reisen nach Hamburg und Lübeck hatten ihm, wie er versicherte, gut gefallen, und er würde diese gern fortsetzen. Birger hegte jedoch den Verdacht, dass ihn in diesen Städten eher gewisse Sünden als ernste und aufreibende Verhandlungen mit geizigen Kaufleuten lockten. Aber darüber sagte er nichts, da er den Eindruck hatte, dass sich Elof auf dem rechten Weg befand.

Was ihm eher Kummer bereitete, war die herzlose Art, mit der Elof die Nachricht vom Tode seines Bruders Karl aufnahm. Er zuckte nur mit den Schultern und entgegnete seufzend, dass jemand, der sein Leben der versprochenen Seligkeit opfere, wohl nicht zu bedauern sei, wenn er wirklich erhört würde. Diese Art, auf die Trauerbotschaft zu reagieren, versetzte Birger in eine trübselige Stimmung. Sie stimmte ihn aber auch nachdenklich. Plötzlich ahnte er, dass Elof es als Jüngster einer Schar von im Übrigen stärkeren und ehrgeizigeren Brüdern vermutlich nicht immer so leicht gehabt hatte, insbesondere da ihre willensstarke Mutter Ingrid Ylva schon recht früh keinen Hehl daraus gemacht hatte, dass sie für Elof keine sonderlichen Hoffnungen hegte. Diese Schmach war für Elof sicher alles andere als überwunden. Umso besser also, wenn ihm jetzt größere Verantwortung übertragen wurde, damit er weniger Grund hatte, sich in Schenken dem Selbstmitleid hinzugeben. Birger überredete deswegen Herrn Eskil, dass Elof die gesamte Verantwortung für Waren, die von Forsvik über Visby nach Riga verschifft würden, übernehmen sollte. Herr Eskil zögerte etwas, ehe er auf diesen Vorschlag einging, da ein so großes Waffengeschäft das profitabelste zu werden versprach, das er je durchgeführt hatte, vorausgesetzt alles verlief glatt.

Als sich Birger und Bruder Arminus voneinander verabschiedeten, wollte Birger noch um eine Gunst bitten. Ungewöhnlicherweise war er sich nicht sicher, wie er seine Worte wählen sollte. Er bat seinen Freund um Verständnis, dass er als Mann aus Västra Götaland vielleicht Gefühle hege und Vorstellungen habe, die einem vergeistigten Mann wie ihm gering und schäbig vorkommen könnten. Er wolle sich jedoch an den Plünderern und Mördern aus Ösel rächen. Die Schwertbrüder hätten doch vor, Ösel umgehend anzugreifen, wenn auch nur, um ein

Räubernest innerhalb eines eroberten und christianisierten Landes auszuheben.

Die Gunst, um die er bitte, sei rasch dargelegt. Er wolle davon unterrichtet werden, wenn die Zeit für diese Bestrafung gekommen sei. Dann würde er mit nicht weniger als hundert Reitern, wie er sie bereits gesehen und von denen er zwei in seinen heiligen Orden aufgenommen habe, erscheinen.

Gelassen strich sich Bruder Arminus durch seinen schwarzen Bart, während er zuhörte, wie Birger diesen einfachen Wunsch umständlich vorbrachte. Anschließend versicherte er, dass Rache eine gute Sache und sogar Christenpflicht sein könne, wenn man bedenke, was in Leal geschehen sei.

Er versprach, Herrn Eskil rechtzeitig zu informieren, bevor die ebenso christliche wie notwendige Rache an Ösel ins Werk gesetzt werde. Er freue sich schon darauf, an der Seite des guten Birgerus de Gothia – und nicht gegen ihn, wie bei ihrer ersten Begegnung – zu kämpfen.

III

NOCH LANGE WURDE DAVON GESPROCHEN, wie Ingrid Ylva die Nachricht, ihr Sohn, Bischof Karl von Linköping, sei von den Heiden bei Leal in Rotalien erschlagen worden, aufgenommen hatte. Normalerweise hätte man von Klatsch und übler Nachrede gesprochen, gefährlich für den, der diese Dinge verbreitete. Doch zahlreiche Leute auf Ulvåsa wie auch jene Forsviker, die gerade an Land gingen, waren Zeugen ihrer Worte geworden.

Sie schwor einen heiligen Eid, dass die Missetäter, die ihren Sohn seines Lebens beraubt hatten, sterben sollten. Der Schlimmste von ihnen, Valerius, innerhalb eines Jahres, der einfältige König Johan innerhalb von zwei Jahren.

Die verzweifelten Worte einer Mutter, die soeben erfahren hat, dass einer ihrer geliebten Söhne erschlagen worden sei, waren vielleicht nicht weiter bemerkenswert. So sprach eine Frau im Augenblick der Trauer.

Doch Ingrid Ylva sollte Recht behalten. Vielleicht war es nicht schwer gewesen, den Tod von Erzbischof Valerius vorherzusagen, da er seit zwei Monaten, seit er aus Estland zurückgekehrt war, in seinem Bischofshof in Uppsala im Fieberwahn lag. Dass er nicht mehr lange zu leben hatte, wussten alle.

Aber dass ein gesunder, junger König im Alter von zweiundzwanzig Jahren plötzlich starb, war schwerer zu verstehen. Er erlag einem starken Fieber, wie vor ihm schon König Erik Knutsson. Es hieß, Ingrid Ylva habe den König vergiftet, doch alle einigermaßen vernünftigen Leute wiesen solche Reden zurück. Zwar hatte Ingrid Ylva wie die meisten bedeutenden Männer und Frauen des Reiches auf der Königsburg Näs an einem großen Fest teilgenommen, aber das war mehr als drei Wochen vor dem Tod des Königs gewesen. Sein starkes Fieber konnte also nichts mit ihrer Anwesenheit dort zu tun gehabt haben und genauso wenig mit irgendeinem anderen der königlichen Gäste.

Gerüchte hafteten jedoch wie Kletten an Frauen, insbesondere wenn von Zauberei die Rede war, und so war es auch bei Ingrid Ylva. In diesem Fall war es jedoch gefährlicher, solche Gerüchte zu verbreiten, als sich ihnen ausgesetzt zu sehen. Ingrid Ylva war nicht irgendeine Frau, und ihre Beschützer waren die mächtigsten Männer des Reiches.

Es wurde zwar beharrlich darüber geklatscht, sie sei auf die Knie gesunken, als sie vom Tode ihres Sohnes erfahren habe. Sie habe sich die Haare gerauft und die Männer verflucht, die ihrer Meinung nach schuldig waren. Dann hatte sie jedoch sehr rasch und klug gehandelt. Nur wenige Stunden später war sie bei Folke Bengtsson in Bjälbo eingetroffen. Dieser war jetzt der Familienjarl der Folkunger, nachdem sein Halbbruder Karl der Taube das Amt des Reichsjarls von ihm übernommen hatte.

Folke und Ingrid Ylva einigten sich rasch auf die zu ergreifenden Maßnahmen. Zunächst müsse die Jarlswürde im Reiche immer einem Folkunger gehören. Da Karl der Taube gefallen sei, müsse Folke die Jarlskrone zurückbekommen. Sein schlimmster Feind war zwar der Erzbischof, aber dieser besaß keine Macht mehr, da er in Uppsala im Sterben lag. Die königlichen Ratsherren würden sich nicht widersetzen können und der kindliche König noch viel weniger.

Da Folke erneut Jarl des Reiches werden würde, müsse ein anderer Mann die Position des Folkungerjarls übernehmen, meinte Ingrid Ylva. Sie denke an ihren Sohn Birger.

Folke brauchte nicht lange darüber nachzudenken, ehe er zu dem Schluss kam, dass Ingrid Ylvas Vorschlag sehr klug war. Birger trat bei den Folkungertreffen bereits als Familienjarl auf. Auf ihn hörten alle. Er war zwar noch jung, das stimmte, aber das was Birger Brosa ebenfalls gewesen, als er zum Oberhaupt der Familie gewählt worden war.

Außer Birger gab es nur wenige Männer, die als Folkungerjarl in Betracht kamen. Der einzige junge unter ihnen war der Sohn Karl des Tauben, Ulf Fasi, der die Ansicht vertrat, ihm stünde das Bjälboerbe zu, weil er sein ganzes Leben in Bjälbo verbracht habe. Außerdem war Birgers Vater, Magnus Månesköld, nur ein Pflegebruder Birger Brosas gewesen. Ulf Fasi konnte also auf ein ererbtes Recht pochen, die Nachfolge seines Vaters, Karl des Tauben, als Herr zu Bjälbo und Oberhaupt der Folkunger anzutreten.

Diesen Anspruch meinte der alte Folke jedoch leicht zurückweisen zu können. Sein Halbbruder Karl der Taube war schließlich jeglichen Neuerungen in Bezug auf die Kriegsführung mit großem Misstrauen begegnet. Seine Söhne waren also nie in Forsvik in die Lehre gegangen. Ulf Fasi kannte sich vielleicht auf Bjälbo besser aus als viele andere, aber ein Folkungerjarl, der nicht wie ein Forsviker mit Lanze und Schild reiten konnte, würde ohnehin nie auf einem Folkungerthing gewählt werden, da inzwischen mehr als die Hälfte der Sprecher der Folkungerhöfe selbst Forsviker waren. Auf dem Folkungerthing würde Birger von allen außer von Ulf Fasi selbst unterstützt werden.

Weniger als eine Woche nachdem Ingrid Ylva dieses Gespräch mit Herrn Folke geführt hatte, zog sie mit Birger nach Bjälbo. Ihr dritter Sohn Bengt wurde Herr zu Ulvåsa und ein Jahr später Lagmann in Östra Götaland.

Das erste Jahr als Oberhaupt der Folkunger widmete Birger den kleinen, aber wichtigen Dingen, die ihm täglich vorgelegt wurden. Zumeist handelte es sich um die Erlaubnis, ein Unrecht zu rächen, um finanzielle Notlagen von Witwen, um Jünglinge, die die Frauen nicht heiraten wollten, die ihre Eltern für sie bestimmt hatten, sowie vereinzelt um Brautraub. Letzterem musste unbedingt Einhalt geboten werden, da es seit langem niemand mehr gewagt hatte, den Frieden vor einer Hochzeit zu stören, an der Folkunger beteiligt gewesen waren. Vielleicht hatten die Leute den Eindruck gewonnen, man könne sich bei einem jungen Folkungerjarl mehr herausnehmen? Dieser Irrtum kam sie jedoch teuer zu stehen. Birger brannte ihre Höfe nieder, tötete alle und verleibte ihren Besitz seinem eigenen ein. Er gebot über das größte aller Folkungergefolge. Es bestand ausschließlich aus Forsvikern.

Im darauf folgenden Jahr an Petrus Cathedratus, der ersten Frühlingsmesse in Västra Götaland, bat Ingrid Ylva Birger mit ernster Stimme, beim nächsten Vollmond, wenn noch mit dem Schlitten zu reisen sei – so dass auch die Verwandten, die weiter weg wohnten, teilnehmen könnten –, ein großes Folkungerthing einzuberufen. Erst wollte sie ihm nicht erklären, warum er ein so großes Treffen anberaumen sollte, obwohl es für ein Folkungerthing nicht sonderlich viel zu besprechen zu geben schien.

Sie redete um die Sache herum und meinte, er solle ihrem Gebot als guter Sohn einfach Folge leisten. Voller Zorn erwiderte er daraufhin, es werde bereits darüber getuschelt, wer von Sohn und Mutter eigentlich das Sagen auf Bjälbo habe. Er gedenke nicht, alle Männer zusammenzurufen, nur um sämtliche Bierfässer Bjälbos zu leeren. Da erwiderte Ingrid Ylva gelassen, als sei weiter nichts dabei, dass König Johan noch vor dem Zeitpunkt, den sie angekündigt habe, sterben würde. Das Folkungerthing müsse also beratschlagen, wer die Krone im Reiche erben solle, und je rascher sich die Folkunger entscheiden könnten, desto besser.

Während seine Mutter so sprach, sah ihr Birger lange forschend in die dunklen Augen, ohne dort auf etwas anderes zu stoßen als ihre Gewissheit. Er fragte nicht weiter und rief das Thing zusammen, wie sie es vorgeschlagen hatte.

Birger verblieb somit sehr viel Zeit, sich zu überlegen, was zu beschließen sei und wie er den Umstand erklären solle, dass er so passend ein Folkungerthing einberufen hatte. Um glaubhaft zu machen, dass es sich nur um einen Zufall handelte, hielt er es für das Beste, eine andere wichtige Angelegenheit als Vorwand zu nehmen. Er finde, man müsse jetzt endlich gegen die Plünderer aus Ösel vorgehen, die im letzten Sommer schwere Verheerungen bei den schwachen Svealändern am Mälaren angerichtet hatten. Wenn seine Mutter mit ihrer Prophezeiung vom Tod des Königs Recht behielt, dann würden über Ösel nicht viele Worte verloren werden. Falls nicht, dann war die Sache dennoch wichtig genug, um allen Folkungern zur Entscheidung vorgelegt zu werden.

Was die Krone anging, gab es nur zwei Möglichkeiten. Entweder würden jetzt die Folkunger die Macht übernehmen und es auf einen Krieg mit Knut Holmgeirsson, den Erikern und den mit ihnen verbündeten Svealändern ankommen lassen, oder sie würden sich darauf einigen, dass der Einzige mit einem ererbten Recht der Sohn von Erik Knutsson sei, ein Kind in Dänemark.

Falls die Folkunger überhaupt über jemanden verfügten, der die Krone fordern und Unterstützung finden konnte, war das Birger selbst. Gewiss, er war ehrgeizig, das gestand er sich selbst ein, doch er war nicht töricht und begriff, dass es die Folkunger spalten würde, wenn die Thronfolge endgültig entschieden werden sollte. Ulf Fasi würde ihn nie unterstützen, Ritter Sigurd und sein Bruder Oddvar genauso wenig. Auch wenn Knut Holmgeirsson und seine Verwandten auf Dauer nicht einmal der halben Folkungermacht standhalten würden, so konnte der Krieg doch langwierig werden und im ganzen Reiche große Wunden aufreißen.

Das war Grund genug, sich für das Kind Erik Eriksson in Dänemark als König einzusetzen. Damit würden die Folkunger wieder starke Bande mit den Erikern knüpfen. Es galt, die Macht im königlichen Rat so zu verteilen, dass sie die Hälfte der weltlichen Stühle erhielten. Wichtig war, dass sich das Jarlsschwert in den Händen eines Folkungers befand und die Folkunger in allen Fragen des Krieges zu entscheiden hatten. So würde sich der Frieden für lange Zeit erhalten lassen. Da die Folkunger zahlreicher, mächtiger und reicher waren als die Eriker, würden diese durch Eheschließungen bald ausgelöscht sein. Friedlich und sicher würden die Folkunger so die gesamte Macht im Reiche gewinnen. Aber nicht jetzt und nicht mit Gewalt.

Als die Schlitten mit den Oberhäuptern der Folkungerfamilien aus den fernen Orten Ymseborg, Forsvik, Lena

und Hönsäter in Västra Götaland und den näher gelegenen Höfen Östra Götalands in Bjälbo eintrafen, war noch
keine Trauerbotschaft aus Näs überbracht worden. Daher
befürwortete Birger den ganzen ersten Tag lang in aller
Ausführlichkeit, dass man mit mindestens hundert Folkungerreitern nach Osten segeln und sich den Schwertbrüdern in Riga, von denen er viel erzählen könne, anschließen solle, um daraufhin auf Ösel Rache zu üben.
Alle Männer und Frauen aus Svealand, die dort in die
Leibeigenschaft geraten waren, sollten befreit und alles
Gut, das an den Ufern des Mälaren gestohlen worden
sei, zurückgeholt werden. Dafür würden ihnen die Svealänder sehr dankbar sein, und die Macht der Folkunger
über die Eriker würde noch größer werden. Schließlich
wolle er auch die sterblichen Überreste seines Bruders
und die des seligen Jarls Karl zurückholen, um sie in
Bjälbo und im Dom von Linköping christlich bestatten zu
können.

All dies brachte er, obwohl es eigentlich nicht sein
Hauptanliegen war, so überzeugend vor, dass seine Verwandten bald bereit waren, ihm wie ein Mann in diesem
guten, aber auch profitablen Krieg beizustehen. Fast wäre
dieses Folkungerthing damit am ersten Tag schon wieder
vorüber gewesen. Die Sprecher machten bereits Anstalten, nach Hause zurückzukehren, um sich für den Krieg
zu rüsten.

Am zweiten Tag traf jedoch ein Reiter in gestrecktem
Galopp aus Mo Strömmar ein und verkündete, der König
sei auf Näs einem Fieber erlegen.

Birger wurde von seinen Verwandten große Bewunderung entgegengebracht, als er sich trotz der offensicht-
lichen Störung des Thingablaufs überraschend schnell
fasste und erklärte, die Ösel-Frage müsse aufgeschoben

werden. Nun müssten erst einmal viele Folkunger König Johan auf seiner letzten Reise zur Familiengruft im Kloster Alvastra das Ehrengeleit geben. Dies war leicht zu bewerkstelligen, da sich die wichtigsten Folkunger bereits an ein und demselben Platz aufhielten.

Anschließend kam jedoch die große Frage auf. Wie sollten sie sich zur Wahl des neuen Königs stellen? Das Folkungerthing besaß die eigentliche Macht im Reiche. In diesem Saal in Bjälbo würde über das Wohl und Wehe der Zukunft entschieden werden. Daher durfte niemand Bjälbo verlassen, ehe die Folkunger nicht ihren Beschluss gefasst hatten. Mit diesen Worten nahm Birger Platz und überließ die Rede seinen Verwandten.

Wie er geahnt hatte, spaltete sich das Thing bald in zwei Lager. Die eine Hälfte meinte, für die Folkunger sei die Zeit gekommen, die ganze Macht im Reiche an sich zu reißen, damit sich ihnen niemand mehr widersetze. Die andere Hälfte der Oberhäupter war der Ansicht, dass man tun solle, was vielleicht schon beim letzten Mal das Richtige gewesen wäre, nämlich den Erikern beistehen.

Ein reger Disput hob an, insbesondere nachdem diejenigen, die gefordert hatten, man solle Erik Eriksson aus Dänemark kommen lassen, von denen, die sich einen Folkunger auf dem Thron wünschten, wissen wollten, wer denn überhaupt der Kronprätendent sei.

Bald fiel Birgers Name, wobei dieser keine Miene verzog. Wie erwartet brauste Ulf Fasi auf und gebrauchte große Worte wie Verrat und Ehre. Er sprach von alten Banden zwischen den Folkungern und Erikern. Ritter Sigurd pflichtete ihm bei und erzählte mit Tränen in den Augen, wie er und sein Bruder Oddvar in der schwersten und schwärzesten Stunde des Reiches von Erik Knutsson zu Rittern geschlagen worden seien.

Birger wartete ab, bis die Gegner ihrer Entrüstung Luft gemacht hatten, und ergriff dann selbst das Wort. Er erklärte zunächst kurz und demütig, wie unwürdig er selbst der Krone sei, womit auch bewiesen wäre, wie schwer es den Folkungern in diesem Augenblick fiele, sich auf einen Kronprätendenten zu einigen. Für ihn sei die Eintracht der Folkunger wichtiger als die Krone selbst.

Nun biete sich die Gelegenheit, die Bande zu den Erikern wieder zu stärken, fuhr er fort. Aber nicht nur, weil das edel sei und einige wie er selbst goldene Sporen von den Erikern erhalten hätten, sondern weil dies für das ganze Reich das Beste wäre. Unter den Eriker käme für die Krone entweder ein Kind, das ohne die Unterstützung der Folkunger nackt und wehrlos sei, oder Knut Holmgeirsson infrage. Daher solle man das Kind Erik Eriksson zum neuen König wählen und das Reich somit für eine lange Zeit vor dem denkbar Schlimmsten bewahren, einem Krieg unter Verwandten.

Alle, die Töchter oder Söhne im heiratsfähigen Alter hätten, sollten jetzt dafür sorgen, dass sie Eriker heirateten, denn dann würde es bald nur noch Folkunger im Herzen der Macht und in der Nähe der Krone geben, das sei eine einfache Rechenübung.

Man könne so schließlich die ganze Macht im Reiche ergreifen, ohne einen Tropfen Blut zu vergießen. Das sei seine abschließende Meinung als Folkungerjarl.

Die Folkunger saßen lange Zeit schweigend da und dachten nach. Als Erster zog schließlich der alte Folke, der erneut Jarl des Reiches geworden war, sein Schwert und schlug es mit der flachen Seite auf den schweren Eichentisch. Bald entstand ein großer Lärm, als alle Verwandten nach guter, alter Sitte ihre Eintracht auf dieselbe Weise zeigten. Schließlich nahm Birger Arn Magnussons

Schwert von der Wand hinter seinem Platz, zog es langsam aus der Scheide, damit auch alle voller Ehrfurcht die geheimnisvolle Runenschrift betrachten konnten, und schlug es schwer auf den Tisch.

Die Folkunger hatten sich geeinigt und waren somit der Macht einen Schritt nähergekommen, ohne einen Tropfen Blut zu vergießen.

*　*　*

Erik Eriksson war ein schwächliches Kind von sechs Jahren, als er in sein Königreich kam. Es hieß, eine Magd am dänischen Hof habe ihn im Säuglingsalter auf einen Steinfußboden fallen lassen, woraufhin er ein wenig bucklig und hinkend herangewachsen sei. Sein Lehrer und Erzieher Erengisle Vig begleitete ihn. Zu allem anderen Unglück war das Kind unlängst auch noch mutterlos geworden. Warum und wie Königin Rikissa gestorben war, auch sie in jungen Jahren, wusste niemand.

Alles ging so vonstatten, wie es auf dem Folkungerthing vereinbart worden war. Der alte Folke wurde Jarl des Reiches, Bengt Elinsson Marschall, und Ulvhildes Sohn Emund Jonsson behielt seinen Platz im Königlichen Rat. Dass Knut Holmgeirsson, Birgers alter Freund, ebenfalls einen Platz im Rat erhielt, erstaunte niemanden. Ebenso wenig wie der Umstand, dass er einen Verwandten zum Ratsherrn ernennen durfte. Er wählte Knut Kristinsson. Ärgerlich war hingegen, dass die Bischöfe unter Leitung des neuen Erzbischofs Olof Basatömer den keuchenden Fettsack Bengt von Skara zum Kanzler des Königs ernannten. Damit verloren die Folkunger die Informationsquelle, die ihnen während der kurzen Zeit zur Verfügung gestanden hatte, als Birgers Bruder Karl von Linköping die Aufgabe zugefallen war, alle Schriftstücke des Königs zu verfassen und die anderer zu beantworten.

Birger schlug edelmütig einen Platz im Rat aus. Dafür hatte er mehrere Gründe. Er wollte die Freundschaft zu Knut Holmgeirsson nicht aufs Spiel setzen. Obwohl sie sich etliche Jahre nicht gesehen hatten, waren sie immer noch gute Freunde. Birger hatte jedoch das Gefühl, man solle diese Freundschaft lieber nicht auf die Probe stellen. Er ahnte, dass Knut und er sich in Fragen des Handels, der Macht und des Krieges kaum einmal einig sein würden. Er hatte die Worte des seligen König Erik wahrlich nicht vergessen, dass Feindschaft zwischen Knut und ihm das ganze Reich ins Unglück stürzen könnten.

Außerdem war er Folkungerjarl. Damit besaß er mehr Macht als der Jarl des Reiches und der Marschall zusammen, da sich beide dem fügen mussten, was er ihnen auf dem Folkungerthing befahl. Außerdem war er davon überzeugt, dass die wirkliche Macht, die Folkungermacht, mehr Aufmerksamkeit und Arbeit erforderte als die vergoldete Macht im Rate eines Kinderkönigs. Überdies hatte er noch eine wichtige Sache zu erledigen, und das gedachte er jetzt mit Nachdruck zu tun. Die Folkunger hatten den Tod seines Bruders und seines Onkels in Leal noch nicht gerächt.

Die Sache war im Krönungssommer des Jahres 1224 noch dringlicher geworden, da eine Räuberflotte aus dem Osten ein weiteres Mal am Mälaren gewütet und dabei nicht nur Svealänder, sondern auch die Folkunger auf ihren Höfen erschlagen hatte. Nun war die Zeit der Rache gekommen. Die Folkunger standen hinter Birger wie ein Mann, und es würde ihm nicht schwerfallen, ein Gefolge von hundert Reitern zusammenzubekommen. Es war von Vorteil, den Rachefeldzug durchzuführen, solange noch

Eintracht im Reich herrschte und ein großes Folkungerheer in ein fremdes Land aufbrechen konnte, ohne fürchten zu müssen, zu niedergebrannten Höfen heimzukehren.

* * *

In diesem Herbst wurden zehn Reiterschwadronen langsam, aber unaufhaltbar von Söderköping nach Visby verschifft. Von dort ging es in größeren Schiffen weiter nach
Riga. Unter den älteren Reitern nahmen sowohl Ritter Bengt
Elinsson mit 32 Mann aus Ymseborg und Emund Jonsson
mit einer Schwadron aus Ulfsheim sowie Matteus Marcusian aus Forsvik teil. Es betrübte Birger, dass sich Ritter
Sigurd und sein Bruder Oddvar mit der Begründung, sie
legten keinen Wert darauf, unter Birgers Befehl zu stehen, geweigert hatten, sich ihnen anzuschließen. Doch
steuerten sie vier Schwadronen aus Lena und Forsvik bei.

Die Kriegskasse der Folkunger war aus Arnäs und Forsvik gebracht worden, und unter den jüngsten Reitern befand sich Knut Torgilsson zu Arnäs, der Enkel von Herrn
Eskil, der nicht Kaufmann werden wollte. Birger machte
ihn zu seinem Bannerträger, nicht nur um ihn zu ehren,
sondern auch, weil dies eine der sichersten Positionen in
einem Reiterheer war. Bannerträger, hieß es, stürben zuletzt.

Dem Burgherrn der Schwertbrüder, Bruder Arminus,
hatte es zunächst wenig behagt, als die ersten barbarischen
Reitergruppen aus dem Westen ankamen. Doch zum einen
stellte sich heraus, dass die Männer dieselben Rüstungen
trugen wie diejenigen, die von den Schwertbrüdern für
teures Geld gekauft worden waren, zum anderen war sein
junger Freund Birgerus de Gothia unter den Ersten, die
an Land gingen.

Als sich Birger, Bruder Arminus und Bengt Elinsson, der die Kirchensprache einigermaßen beherrschte, zum ersten Mal zum Nachtmahl trafen, verlief die Unterhaltung etwas schleppend. Die Schwertbrüder waren von den wilden Litauern im Süden in Schach gehalten worden und hatten sich daher mit der Räuberbande auf Ösel, die im Vergleich dazu nur einen lästigen Stein im gepanzerten Schuh darstellte, nicht befassen können.

Birger erklärte, auch er sei in den letzten Jahren sehr beschäftigt gewesen. Die Plünderer aus Ösel hätten jedoch mehrfach am Mälaren gewütet und müssten jetzt mit oder ohne Hilfe der Schwertbrüder bestraft werden. Wenn das Eis im Winter nicht dick genug sei, um ein Reiterheer zu tragen, so würde er bis zum Frühling warten, eine Vielzahl kleiner Boote ausrüsten und mit ihnen sein eigenes Folkungerheer in Ösel an Land setzen, sobald dies möglich sei. Hätte man erst einmal zehn Schwadronen an Land gesetzt, dann sei der Rest ein Kinderspiel. Die Schwierigkeit läge natürlich darin, überhaupt an Land zu kommen.

Bruder Arminus schlug vor, den Herbst dem Gebet und der Andacht zu widmen, bis das Eis fest genug sei, damit die Schwertbrüder mit ihren christlichen Brüdern zusammen reiten könnten. Das würde einen sofortigen Sieg bedeuten. Der Versuch, aus kleinen Booten an Land zu gehen, könne ungewiss ausgehen.

In diesem Herbst wurde es auf der Schwertbrüderburg in Riga eng. Die Forsviker nahmen an den täglichen Übungen ihrer Ritterbrüder auf den Übungsplätzen teil. Die meisten schnitten sehr gut ab, da sie mehr Trainingsjahre absolviert hatten als die Schwertbrüder. Ritter Bengt war zwar grauhaarig geworden, doch selbst in dieser heiligen Gesellschaft im Turnier unbesiegbar.

Ihre Gebete wurden erhört. Der Winter begann mild und schneearm, aber nach Weihnachten pfiff ein eisiger Wind von Norden, und bald war das Meer von einem dicken Eispanzer bedeckt. Das Reiterheer musste nicht einmal um die ganze Rigabucht herumreiten, um von Osten über den schmalen Sund nach Ösel zu kommen, wo man sie gewiss erwartet hätte. Sie ritten über das glänzende, unendliche Eis geradewegs nach Norden. Die Hufe von fünfhundert Pferden erzeugten ein gewaltiges Dröhnen.

Am Ufer stießen sie auf schwachen und desorientierten Widerstand und töteten alle Gegner. Anschließend ritten sie weiter in Richtung Norden und nahmen die Verteidigungswälle der Inselbewohner gegen die Küste im Osten ein. Kein Feind mit Waffen oder in Rüstung wurde geschont. Bald stieg der schwarze Rauch der Feuer, auf denen die Toten verbrannt wurden, gen Himmel.

Unweit des Ostufers stand eine altertümliche Burg, der Burg Leal nicht unähnlich. Dort schlug das Ritterheer sein Lager auf, nachdem man alle Unreinlichkeiten beseitigt hatte. Die grün gekleideten Kleriker der Schwertbrüder besprengten alle Wände und Fußböden mit Rosenwasser.

Der Sieg war strahlend wie die Morgensonne. Ganz Ösel war in ihren Händen und ihrer Gnade ausgeliefert. Mit diesem Sieg galt es sorgfältig umzugehen.

Sie hatten es nicht eilig, es würde dauern, bis das Eis verschwinden würde. Einstweilen konnten Karren zwischen Ösel und Riga über das Eis verkehren. Reiterpatrouillen kontrollierten ständig die Ufer der Insel und stellten alle, die mit Gold und anderen Schätzen fliehen wollten. Auch als das Eis schmolz, gerieten sie nicht in Bedrängnis. Mit fünfhundert Reitern ließ sich eine Insel von vielleicht zehntausend Bewohnern leicht beherrschen.

Das Rückgrat der Inselverteidigung war ohnehin gebrochen.

Wie sollte man jetzt mit der Arbeit beginnen? Bruder Arminus beriet sich mit Birger bereits nach dem Dankgottesdienst am ersten Abend, an dem er und alle seine hohen Brüder teilgenommen hatten. Die Schwertbrüder und die Folkunger verfolgten zweifellos verschiedene Ziele. Die Schwertbrüder wollten die Burg auf Ösel zu einem Stützpunkt ausbauen. Anschließend wollten sie Kirchen errichten und sämtliche Heiden taufen, die sich freiwillig meldeten. Ihrer Erfahrung zufolge nahm die Zahl der Freiwilligen nach einem totalen Sieg beträchtlich zu. Leib, Leben und Eigentum eines Getauften waren geschützt.

Aber was wollte Birger?

Erst einmal Rache, erklärte er ruhig. Zum anderen die Freilassung aller versklavten Männer und Frauen aus seinen Ländern. Drittens wolle er alles, was von seinen Verwandten und Nachbarn geplündert worden sei, zurückholen und den rechtmäßigen Besitzern wiedergeben. Anschließend sei die Frage zu klären, wie Menschen und Güter über das Meer transportiert werden könnten, aber da seine Kriegskasse gut gefüllt sei, würde man sich in dieser Frage sicher leicht einig werden.

Bruder Arminus entgegnete nachdenklich, das seien billige und leicht nachvollziehbare Forderungen. Jetzt gelte es jedoch, sich nicht in die Quere zu geraten. Seine Kleriker seien begierig, mit der Missionsarbeit zu beginnen. Bereits jetzt versammelten sich die ersten Heiden vor der Burg und wollten sich gleich nach der Taufe das weiße Kreuz auf die Kleider nähen, um nicht versehentlich getötet zu werden.

Birger grübelte eine Weile und schlug dann vor, die ganze Sache langsamer anzugehen, da man genug Zeit habe. Der Einfachheit halber sollten sich alle auf ihren eigenen Höfen taufen lassen.

Bruder Arminus begriff den Vorteil dieser zeitraubenden Methode zunächst nicht. Birger musste es ihm genauer erklären. Es dauerte die halbe Nacht, bis sie eine Einigung erzielten. Birger setzte seine Vorstellungen durch, denn vieles sprach dafür, dass man mit Birgers Vorgehensweise sehr viele von denen, die nur ihrer gerechten Strafe entgehen wollten, gar nicht erst taufen musste.

Ab dem folgenden Tag ritten Schwertbrüder und Folkunger langsam von einem Hof zum nächsten. Sie hatten Schlitten dabei, um Befreite und Güter transportieren zu können, sowie grün gekleidete Kleriker, die aber erst mit dem Taufen beginnen durften, wenn alles andere erledigt war.

Alle Gruppen umfassten mindestens vier Schwadronen, was jeden Widerstand unsinnig machte.

Erst umzingelten sie den Hof. Im Schnee suchten sie nach Spuren von Fliehenden, die zusammen mit den Schätzen, die sie hatten fortschaffen wollen, zurückgeholt wurden. Anschließend hielten sich die Schwertbrüder im Hintergrund und ließen die Folkunger das Ihre erledigen.

Die Folkunger trieben alle, Leibeigene und Hofleute, auf dem Hofplatz zusammen. Anschließend wurde gefragt, ob unter den Leibeigenen jemand aus Svealand, Götaland, aus Norwegen oder einem anderen nordischen Land sei, was fast immer der Fall war.

Zu Tränen gerührt, Gott dankend und die Folkunger preisend, traten die Befreiten vor, nachdem sie ihren Besitzern deren wärmere Kleider abgenommen hatten. Dann wurde gefragt, ob sie grausam behandelt worden seien. Die der Grausamkeit Beschuldigten, Männer und Frauen, wurden geköpft, nachdem sie hatten verraten müssen, wo die Schätze der Plünderungen in der Fremde versteckt lagen. Die Freigelassenen waren bei der Suche sehr behilflich und trugen das eine oder andere herbei, was auf die Schlitten der Folkunger gepackt wurde.

Damit nahmen es Folkunger und Schwertbrüder sehr genau. Schätze, deren Besitzer eindeutig zu bestimmen waren, sollten zurückgegeben werden, aber nur solche. Denn sie waren keine Plünderer. Sie kamen zur Bekehrung der Seelen und Befreiung der Leibeigenen. Wenn die Schätze sortiert und verpackt, die Geköpften verbrannt und die Befreiten in Schlitten gesetzt worden waren, hatten die Folkunger ihren Teil der Arbeit erledigt. Dann traten die Kleriker vor und begannen damit, die überwiegend sehr fügsamen Überlebenden zu taufen. Diese sagten, dass sie sich sehr nach dem weißen Christ sehnten. Einige wenige, die sich nicht sofort taufen lassen wollten, landeten umgehend auf den Leichenfeuern.

Es dauerte bis zum Frühling, auf diese Weise taufend von Hof zu Hof zu reiten. Als das Eis aufging und man wieder über das Meer fahren konnte, waren alle Überlebenden auf Ösel getauft. Mehr als tausend Leibeigene aus Svealand sowie von der Küste Östra Götalands wurden befreit. Das Raubgut, das man nach Hause bringen konnte, füllte zehn Koggen. Von allem, was wiedergefunden worden war, freute sich Birger am meisten über das Jarlsschwert Karls des Tauben. Den Leuten gegenüber, auf deren Hof es gefunden worden war, kannte er jedoch keine Gnade.

Er nahm es sehr genau damit, jeden Mann und jede Frau aus Svealand, die befreit worden waren, zu treffen. Er notierte sich ihre Namen und den Namen des Hofes, von dem sie stammten, und betonte, es sei sein Verdienst und das der Folkunger, dass sie ihre Freiheit zurückerhalten hätten. Es könnte der Tag kommen, an dem er sie aufsuchen würde, vielleicht befände er sich dann selbst in Bedrängnis und müsse um eine kleine Gegenleistung bitten. Mehr begehre er nicht.

Die Befreiten schworen, ihre Schuld dem gegenüber, der sie aus diesem Abgrund der Hoffnungslosigkeit herausgeholt habe, niemals zu vergessen. Die donnernden Hufe der Folkungerreiter seien für sie in ihrem Elend eine himmlische Musik gewesen.

*   *   *

Nie wieder würden Räuber aus Ösel die Leute im Mälartal terrorisieren können, teilte Birger bei seiner Heimkehr dem wartenden Folkungerthing in Bjälbo mit. Er sei jedoch der Meinung, dass man die Zufahrt zum Mälaren in den nächsten Jahren sperren müsse, da es vielleicht andere unbekannte Völker gebe, die sich desselben Weges bedienen könnten wie die endgültig vernichteten Räuber aus Ösel.

Wie versprochen führte er die gereinigten Gebeine seines Bruders und Karls des Tauben in goldenen Schreinen mit sich. Ulf Karlsson Fasi, der jetzt endlich seinen Vater in Bjälbos geweihter Erde begraben konnte und sein Jarlsschwert aus Birgers Hand erhielt, hätte dankbarer sein können, fanden viele. Aber er schien noch nicht darüber hinweg zu sein, dass Birger statt seiner Herr auf Bjälbo und Oberhaupt der Folkunger geworden war.

Erzbischof Olof Basatömer, den Birger für einen nachdenklichen und bescheidenen Mann hielt, las im Dom von Linköping selbst das Requiem für Bischof Karl Magnusson.

Eine Zeit großer Ruhe kehrte im Land ein. Auf der Königsburg Näs gab es keine Intrigen. Der Kinderkönig wurde in aller Ruhe von seinen dänischen Lehrern erzogen. Der neue Erzbischof Olof war ausreichend abgeschreckt, um über einen weiteren Kreuzzug in Richtung Osten auch nur nachzudenken. Birger hatte auf seinem Kreuzzug ebenso viel Ehre wie Gold gewonnen, denn jetzt sprach man von der Rache an Ösel als Kreuzzug, insbesondere in Svealand. Dorther kamen die meisten der Befreiten.

Kein Wegelagerer, von denen es in den friedlichen Zeiten nur noch wenige gab, dachte im Traum daran, eine Braut zu rauben, die sich auf dem Weg zu einer Folkungerhochzeit befand. Jedes Abholen einer Braut wurde von Folkungerreitern in funkelnden Rüstungen und mit grimmigen Mienen überwacht. Birger hatte den strengen Befehl erteilt, dass keine Folkungerbraut von weniger als zwei Schwadronen begleitet werden solle. In diesen friedlichen Jahren fanden, wie es das Folkungeroberhaupt befohlen hatte, viele Hochzeiten zwischen Folkungern und Erikern statt.

In dieser heiteren Zeit fand Birger auch endlich mehr Zeit dazu, Signy zu besuchen. Sie besaß einen hübschen, neu erbauten Hof am Ufer des Sees Unden, an der Mündung eines breiten Baches. Um den Hof herum war der Wald für den Ackerbau gerodet. Am Seeufer lagen saftige Weiden. Über den Reichtum des Hofes war nicht zu klagen, doch war er abgelegen und von Wäldern umgeben. Von Älgarås und weiter zum Westufer des Vättern gab es eine neue Straße, und etwa jeden zweiten Tag kamen Reisende vorbei. Signy hatte nicht viele Männer zu ihrem Schutz, aber die Fahne mit dem Folkungerwappen wehte als weithin sichtbare Warnung über dem Hof. Dieses

Wappen stelle eine größere Sicherheit dar als ein beschwerliches und bierdurstiges Gefolge, hatte Birger gesagt.

Zu Signy ritt Birger nicht gern in Gesellschaft, sondern am liebsten allein, da er fand, sein Leben mit ihr ginge niemanden etwas an. Bei ihr war er so bescheiden wie jeder andere Mann mit Frau und Kind, da er dort im Wald nicht ständig daran zu denken brauchte, dass er Folkungerjarl war. Deswegen überkam ihn immer ein wunderbarer Frieden, wenn er sie besuchte und bei ihr schlief.

Es fiel ihm stets schwer, sich von ihr zu trennen, und er brach immer später auf, als er es sich vorgenommen hatte. Dann musste er lange bei Mondschein reiten oder im Wald übernachten. Aber die Dunkelheit fürchtete er nicht, da niemand so verrückt war, den Träger eines Folkungerwappens anzugreifen. Birger hatte dafür gesorgt, dass alle wussten, was dem widerfuhr, der sein Schwert gegen einen Folkunger erhob. Den Mächten der Finsternis, die es im dunkelsten Wald wirklich geben mochte, war er bislang nur in kläglicher Verkleidung begegnet, und sämtliche Geräusche des Waldes waren ihm sehr vertraut. Der Schrei der Eule war nur der Schrei einer Eule, und das Röhren des Hirsches in der Septembernacht hatten keine andere Ursache.

Nur ein einziges Mal sollte sich der Rückweg von Signy anders gestalten als sonst. Birger war wie üblich verspätet aufgebrochen und hatte im Wald übernachten müssen. Er lag am verglimmenden Feuer, zufrieden mit seiner Einsamkeit, und versuchte, die Erinnerung an Signys Hände, ihr Gesicht und ihren geschmeidigen Körper zu bewahren. Er hatte ihr versprochen, als besonderes Zeichen ein oder mehrere rote Herzen neben den Folkungerlöwen zu malen. Das sollte Signys und sein Geheimnis sein, ihr Zeichen. Sie würde nie seine Frau werden können, nicht nur, weil Ingrid Ylva das vehement ablehnte, sondern auch, weil er jedem Folkungerjüngling befohlen hatte, zur Sicherung der Macht und nicht aus Liebe zu heiraten. Macht und Liebe beschritten nur selten dieselben Wege. Vielleicht hatte die liebreizende Signy das verstanden, aber vielleicht hoffte sie auch auf ein Wunder.

Ehe er einschlief dachte er eine Weile an seinen Sohn Gregers, der jetzt schon drei Jahre in Forsvik weilte und gelernt hatte, was man in dieser Zeit lernen konnte. Gregers traf er nur zu den großen Weihnachtsfeierlichkeiten in Bjälbo, bei denen auch Signy anwesend war, und beim düsteren Osterfest, zu dem alle Arbeit in Forsvik zum Erliegen kam. Forsvik besuchte er nie. Die Ritter Sigurd und Oddvar traf er zwar bei jeder Versammlung der Folkunger, da sie die Oberhäupter von Lena und Forsvik waren, aber sie begegneten ihm immer kühl, und er verhielt sich genauso. Alde hatte er schon seit vielen Jahren nicht mehr gesehen. Er wusste, dass sie zwei Töchter geboren hatte, doch ihre Namen hatte er vergessen.

Er rollte sich in sein Bärenfell und in seinen dicken Umhang ein und träumte in der Wärme bald von Dingen, die nichts mit Reitern und mit der Macht zu tun hatten.

In den frühen Morgenstunden, als er sich im Tiefschlaf befand, überfielen ihn sechs Männer. In der ersten Frostnacht des Herbstes war er so in sein Fell eingerollt gewesen, dass er sich nicht hatte wehren können. Ehe er richtig zu sich kam, hatten sie ihn schon an den Stamm einer Kiefer gefesselt, das Feuer wieder angefacht und betrachteten ihn genauer. Da sie ihn nicht sofort erschlagen hatten, vermutete Birger, dass sie jemand beauftragt hatte, ihn lebend zu fangen. Daher fand er es auch nicht der Mühe wert, mit ihnen zu streiten. Er war erstaunt, dass sie so zufrieden waren, als sie sein Gepäck öffneten und viel Kostbares entdeckten. Sie bekamen jedoch rasch Bedenken, als sie sein Schild vor das Feuer hielten und das Folkungerwappen sahen. Dem hitzigen Streit der Wegelagerer, denn um solche handelte es sich, entnahm Birger, dass sie es nicht auf ihn, sondern nur auf Beute abgesehen hatten. Der goldene Löwe hatte sie jedoch vor eine schwere Entscheidung gestellt: sich entweder rasch zu ergeben und um Gnade zu bitten oder den Folkunger zu erschlagen und sorgfältig zu begraben oder im nächsten Waldsee zu versenken. Zwei der sechs Männer schienen das Sagen zu haben. Die anderen zogen wie Leibeigene die Köpfe ein, wenn sie angesprochen wurden.

Birger empfand keine Angst um sein Leben, da ihm der Vorfall viel zu absurd und mehr zum Lachen als furchteinflößend erschien. Von allen Männern im Reiche, die Räuber im Wald antreffen konnten, waren diese unglücklichen Toren dem Ungeeignetsten begegnet. Obwohl Birger gefesselt und etwas durchgeprügelt war, fand er seine Lage plötzlich so aberwitzig, dass er lachen musste. Da hörte der Streit unter den sechs Wegelagerern sofort auf. Sie starrten ihn schweigend an, und das Weiß ihrer Augen leuchtete entsetzt in der grauen Morgendämmerung.

»Was kann ein Gefesselter, der nur eine Schwertlänge vom Tode entfernt ist, so lustig finden?«, fragte einer der Männer, trat auf Birger zu, beugte sich vor und sah ihm streng in die Augen, als wolle er erkunden, ob er es mit einem Verrückten zu tun habe.

»In diesem Falle sind wir sieben Männer, die dem Tode nahe sind«, erwiderte Birger langsam. »Deswegen sollten wir jetzt bei unserer Verhandlung mit den Worten sorgsam umgehen und nichts übereilen.«

»Gegen ein Lösegeld deiner Familie schonen wir vielleicht dein Leben, deswegen haben wir dich nicht sofort erschlagen«, antwortete der andere hitzig, während sich seine Kumpanen um ihn versammelten, um besser hören zu können.

»Wir Folkunger zahlen nie Lösegeld für einen der Unseren, aber wir töten jeden, der die Hand gegen einen Folkunger erhebt. Daher hast du dich jetzt in eine ziemliche Verlegenheit gebracht, Wegelagerer. Denn wie du begreifst, stehst du ziemlich allein mit der Verantwortung da, einen Folkunger gefangen genommen und gefesselt zu haben«, erwiderte Birger freundlich, als würde er einem Kind etwas erklären.

»Was habt Ihr uns denn für Euer Leben anzubieten?«, fragte der Wegelagerer.

»Das Einzige, was ich dir im Augenblick versprechen kann, ist ein schneller und schmerzfreier Tod«, antwortete Birger lächelnd, fuhr dann aber rasch fort, als er die erschrockenen und zornigen Mienen der anderen sah. »Ich verstehe, dass ihr ein solches Angebot möglicherweise engherzig findet, wir sollten uns vielleicht etwas Besseres ausdenken. Sag mir deinen Namen und warum du deinen Hof verlassen hast, um in den Wald zu flüchten, denn du sprichst wie ein Mann, der frei und nicht als Leibeigener geboren ist.«

»Sagt mir erst Euren Namen, Folkunger!«, befahl der Anführer der Wegelagerer hitzig.

»Ich bin Birger Magnusson zu Bjälbo, der Jarl der Folkunger. Nimm mir jetzt sofort diese Fesseln ab, damit wir unsere Verhandlung besser fortsetzen können«, entgegnete Birger lächelnd, da er wusste, wie sein Name auf die unglücklichen Wegelagerer wirken würde.

Diese bekreuzigten sich, schauten in den grauen Himmel und berieten nicht lange, bevor sie die Riemen durchschnitten, mit denen Birger gefesselt war. Dieser erhob sich langsam und rieb sich die Handgelenke. Dann nahm er einem der ungläubig vor sich hin starrenden Männer sein eigenes Schwert wieder ab und bedeutete dann allen, sich ans Feuer zu setzen. Er wartete damit, etwas zu sagen, bis sie Brennholz geholt und das Feuer wieder richtig angefacht hatten.

»Wie gesagt sollten wir jetzt mit Worten und Gedanken vorsichtig sein«, begann Birger, als sie sich um das prasselnde Feuer setzten. »Ich verstehe sehr gut, dass ihr euch nicht an einem Folkunger vergreifen wolltet, noch viel weniger am Oberhaupt der Folkunger. Diesen Fehler kann ich euch verzeihen und euch einen schonenden Tod zusichern. Aber lasst uns sehen, ob es nicht eine andere Art gibt, wie ihr diese Schuld mir gegenüber vergelten könnt. Erst einmal möchte ich wissen, wie ihr heißt, woher ihr kommt und warum ihr in den Wald geflüchtet seid.«

Die beiden Anführer waren die Brüder Torgeir und Aunund. Sie hatten als freie Bauern friedlich und wohlhabend auf dem eigenen Grund gelebt. Ihr Hof hieß Bäckafallen und lag neben dem Jävsta Gård. Ein böser Mann namens Svante habe erst die jüngste Tochter des Jävsta Gård geraubt, sie mit Gewalt zu seiner Braut gemacht, sei dann mit bewaffneten Männern zurückgekehrt und habe den ganzen Jävsta Gård in seinen Besitz gebracht. Die Eltern der Braut seien in eine Waldhütte geflüchtet. Anschließend war sein Appetit jedoch noch größer geworden. Er habe durch Drohungen und rohe Gewalt alle Höfe in der Gegend von Jävsta an sich gebracht. Schließlich seien die beiden Brüder und ihr Vater an der Reihe gewesen. Junker Svante sei ein Mann mit einem Wappen und einem sächsischen Schwert. Gegen ihn hätten sich die Bauern nicht verteidigen können. Er habe ihren Vater erschlagen. Erst habe er ihn vor Zeugen auf seinem eigenen Hof beleidigt, so dass ihrem Vater nichts anderes übriggeblieben sei, als sein Schwert zu ziehen, um seine Ehre zu verteidigen. Svante habe anschließend den ganzen Hof als Entschädigung verlangt. Er habe behauptet, eine Verletzung, einen winzigen Schnitt am Arm davongetragen zu haben, als er ihren Vater tötete. Dann habe er die Brüder unter schändlichen Reden von dem Hof geprügelt, den sie hätten erben sollen. Sie hätten vier Leibeigene mitgenommen, die jetzt freie Männer seien. Diese Freiheit sei für einen Friedlosen jedoch sehr zweifelhaft. Im Wald hätten sie Reisende gefangen genommen und gegen Lösegeld wieder freigelassen. So lebten sie, aber es sei ein elendes Leben.

Birger hatte ihnen mit zunehmendem Interesse gelauscht, da er meinte, den Namen des Hofes, Jävsta, zu kennen. Auch der Name Svante kam ihm bekannt vor. Er schwieg eine Weile und dachte nach, bis er glaubte, sich richtig erinnern zu können.

»Erzählt mir noch mehr von diesem Svante«, sagte er nachdenklich. »Wie sieht sein Wappen aus? Erschien er einmal wegen eines Gottesurteils vor dem Thing, bei dem es darum ging, ob er oder eine Leibeigene drei Goldmünzen gestohlen hatte?«

»So war es!«, bezeugte Torgeir erstaunt. »Das war, bevor er den ganzen Hof an sich brachte. Er war als Gast dort, hatte gestohlen und gab dann einer Leibeigenen namens Yrsa die Schuld. Diese musste die Feuerprobe bestehen, bevor sie aufgehängt wurde. Gott sei ihrer Seele gnädig!«

»Ja, Gott sei ihrer Seele gnädig«, pflichtete ihm Birger bei. »Ich kenne die Geschichte, denn ich war selbst beim

Thing von Askeberga, als sie sich vor vielen Jahren ereignete. Seither habe ich den Dieb Svante nicht vergessen. Deswegen können wir uns jetzt auf ein Geschäft einigen, bei dem wir alle, ihr und ich, unser Gesicht wahren. In drei Tagen trefft ihr mich bei der Fähre am Vättern, wo dieser Weg endet. Von dort aus reiten wir dann nach Jävsta und bringen die Dinge wieder in Ordnung.«

Nach diesen Worten erhob sich Birger, nahm seinen Sattel und ging auf seinen Hengst zu. Als er zum Lagerfeuer zurückkehrte, um sein Schlaffell und seinen Schild zu holen, stritten die sechs Männer. Das konnte Birger nicht verstehen, denn er hatte ihnen gerade ein Angebot gemacht, das sie schwerlich ausschlagen konnten.

»Wie sollen wir wissen, dass Ihr uns nicht betrügt?«, rief der Bruder, der Aunund hieß. »Woher wissen wir, dass Ihr das nicht nur sagt, um Euer Leben zu erkaufen. In drei Tagen kehrt Ihr mit vielen Männern zurück, um uns zu erschlagen!«

»Du weißt das, weil du lebst und noch eine Zunge besitzt, die sich sehr rasch bewegen kann«, antwortete Birger. »In dem Augenblick, in dem ihr mir mein Schwert zurückgegeben habt, hättet ihr alle, wenn ich das gewollt hätte, tot sein können. Aber wir haben einen besseren Weg gefunden.«

»Aber wir sind doch zu sechst!«, wandte Aunund hitzig ein.

»Das ist wahr«, erwiderte Birger, zog langsam sein Schwert und richtete es auf Aunund. »Ihr seid sechs Wegelagerer, aber ich bin ein Folkunger. Wenn du meine Worte wirklich auf die Probe stellen willst, dann tue das jetzt. Aber bedenke, dass ich erst einen schnellen Tod anzubieten hatte, dass wir aber dann auf eine auch für mich viel bessere Lösung gekommen sind.«

Bruder Torgeir erhob sich und baute sich mit ausgebreiteten Armen vor dem erregten Aunund auf. Er sagte, für ihn sei das Wort eines Folkungerjarls ebenso sicher wie das Aufgehen der Sonne. Sie alle würden wie vereinbart in drei Tagen erscheinen.

So geschah es. Birger kam mit zwei Schwadronen aus Bjälbo und etlichen Pferden, so dass Torgeir, Aunund und ihre vier Freigelassenen sich der mächtigen Reiterschar in Blau und Silber anschließen konnten, die wenig später mit donnernden Hufen auf den Hofplatz von Jävsta Gård sprengte.

Einen solchen Besuch hatte Herr Svante nicht erwartet. Er kam auf den Hof gelaufen und glaubte zuerst, der Krieg sei ausgebrochen, und man wolle alle Männer der Höfe Jävstas holen, die Lanze oder Bogen tragen konnten.

Stattdessen saß er bald keinem Geringeren als dem Folkungerjarl gegenüber, um ein Geschäft zu besprechen, das keinesfalls zu seinem Vorteil war. Als Erstes musste er den Hof Bäckafallen den beiden bettelarmen Brüdern Torgeir und Aunund überschreiben. Anschließend wurde ihm ein Gebot für Jävsta Gård unterbreitet, das lächerlich gering war, zu dem er jedoch nicht Nein sagen konnte, da es auf seinem Hofplatz von Reitern in Rüstung wimmelte. Schreibzeug und Siegel führte der Folkungerjarl mit, schreiben konnte er selbst, und alles verlief, einmal abgesehen von dem miserablen Kaufpreis, richtig und nach dem Gesetz.

Nachdem Siegel und Tinte getrocknet waren, führte der Folkungerjarl Herrn Svante auf den Hof, der eben noch ihm gehört hatte, reichte ihm sein Schwert und begann vor allen mit lauter Stimme davon zu erzählen, dass ein Lump mit Namen Svante, den sie einmal Herrn genannt hätten, ein gemeiner Dieb sei, der vor Jahren drei Goldmünzen auf Jävsta Gård gestohlen habe. Den Folgen dieses Verbrechens hätte er sich wie eine Schlange dadurch entzogen, dass er eine wehrlose Leibeigene namens Yrsa beschuldigt habe. Diese sei gehängt worden. Ein feigerer Mann als dieser Svante sei nicht zu finden, und in Schimpf und Schande solle er jetzt seinen Grund und seinen Hof verlassen.

Je länger der Jarl gesprochen hatte, desto lauter waren die Freude und das Gelächter des Gesindes und der Leibeigenen geworden. Am größten war jedoch das Glück der Brüder Torgeir und Aunund. Schließlich verlor Svante die Selbstbeherrschung. Vor seinen Augen wurde es schwarz. Er zog sein Schwert und ging wütend auf den Mann los, der ihn innerhalb weniger Minuten mehr gedemütigt hatte, als er in einem ganzen Leben gedemütigt worden war.

Als Svantes Leiche weggetragen wurde, ging Birger auf Torgeir und Aunund zu, während er das Blut von seinem Schwert wischte. Er sagte, jetzt herrsche Frieden zwischen ihnen. Alles sei verziehen. Sie müssten jedoch alles zurückzahlen, was sie schuldig seien, und sich mit allen aussöhnen, die sie bestohlen hätten. Falls jemand mit einem Prozess und dem Thing drohe, sollten sie sagen, sie stünden unter dem Schutz der Folkunger. Falls sie Silber brauchten, um ihre Schulden zu begleichen, sollten sie nach Bjälbo kommen.

Aber an etwas sollten sie sich von diesem Tag an stets erinnern. Güte habe ihren Preis. Sie stünden jetzt in seiner Schuld, und es könne passieren, dass er sie um einen Gegendienst bitten würde, vielleicht um einen kleinen, vielleicht aber auch um einen großen. Die Brüder schworen hoch und heilig, alles zu tun, was Herr Birger von ihnen begehrte.

Da Torgeir der Ältere der beiden war, wurde er Herr zu Bäckafall, obwohl die Brüder den Hof gemeinsam besaßen. Auf seinem eigenen neuen Hof Jävsta setzte Birger Aunund als Verwalter ein.

Aunund, der Hitzigere der beiden, war somit derjenige, der stärkeren Schutz vor seinen Gläubigern genoss, denn über Jävsta Gård wehte bald das Folkungerwappen.

Die Zeit der Niedertracht

I

BIRGER WAR KEIN MANN, der bereitwillig eine Niederlage oder ein Versagen eingestand. Aber es wäre schwierig gewesen, den unsinnigen Bürgerkrieg zwischen den Erikern als etwas anderes zu deuten als ein Versagen der Folkunger. Der Kinderkönig Erik Erikson der Hinkende war aus dem Reich vertrieben worden. Knut Holmgeirsson hatte sich zum König ausrufen lassen und Ulf Fasi das Jarlsschwert umgegürtet.

Es hatte den Folkungerthing gelähmt, dass Folkunger in beiden Lagern der verfeindeten Eriker kämpften. Folke Jarl hatte verlangt, dass die Folkunger dem jungen gekrönten und rechtmäßigen König zur Hilfe eilten. Ulf Fasi hatte das Gegenteil verlangt. Man solle Knut Holmgeirsson in seinem gerechtfertigten Aufstand gegen einen König, der das Reich entehre, unterstützen.

Jeder Beschluss, eine der Seiten mit Waffen zu unterstützen, führte unweigerlich dazu, dass sich Folkunger auf dem Schlachtfeld bekämpften.

Birger hielt es für einen geschickten Schachzug, auf diesen unmöglichen Umstand hingewiesen zu haben. Er hatte dazu aufgefordert, jegliche bewaffnete Unterstützung zu verweigern, und damit gerechnet, dass die Sache somit verebben würde. Er hatte sich geirrt.

Denn gegen jede Vernunft begab sich Folke Jarl mit einer bewaffneten Truppe, die man kaum als Heer bezeichnen konnte, nach Sörmland – begleitet von einer einzigen Schwadron dänischer Reiter sowie dem Kinderkönig und seinem Lehrer –, um Knut Holmgeirsson und seinen Freund Knut Kristinsson, der ebenfalls den Königlichen Rat verlassen hatte, in ihre Schranken zu weisen. Der Zusammenstoß von ein paar Reitern und einem rasch zusammengetrommelten Bauernheer endete mit einem Sieg Knuts. Dieser nahm dem Kinderkönig Erik Eriksson und seinem Pflegevater Erengisle Vig den Eid ab, um den Preis ihres Lebens unverzüglich das Land zu verlassen und nach Dänemark zurückzukehren. Anschließend rief sich Knut zum König aus und nahm den Namen Knut der Lange an. Jetzt wollte er sich in Strängnäs krönen lassen.

Birger saß hoch oben in dem Turm von Ymseborg und wartete. Er beratschlagte sich mit Ritter Bengt Elinsson, dem einzigen Folkunger, dem er seine Schwäche und Zweifel zu offenbaren wagte. Es war ein Frühsommerabend, und die Landschaft war von dem Gesang der Amseln erfüllt. In der Ferne bellte ein Fuchs. Sie tranken nichts, da sie sich insgeheim einig waren, dass sich schwierige Dinge in nüchternem Zustand besser besprechen ließen.

Weit unter ihnen in den Hofhäusern, die bald verlorengehen würden, falls die Ymseborg belagert wurde, übten neue Jünglinge mit Ritter Bengts Forsvikerlehrern. Es war ein friedlicher Anblick. Ab und zu lächelten sich Birger und sein älterer Verwandter vielsagend an, wenn einer der Jungen einen Fehler machte und Prügel bezog. Das hatten sie beide selbst erlebt, darüber wussten sie alles.

Sie hätten Partei ergreifen können, hatten aber darauf verzichtet, was ein Problem darstellte. Es war absehbar gewesen, dass Knut Holmgeirsson bald einen Grund finden würde, im Königlichen Rat einen Streit vom Zaun zu brechen, um ihn dann unter lautem Getöse zu verlassen. Trotzdem hatte niemand geglaubt, dass er deswegen gleich einen Krieg anzetteln würde, falls man die Vorfälle im Kirchspiel Sundby in Sörmland überhaupt als Krieg bezeichnen konnte. Nun aber war Knut Holmgeirsson ein Kronprätendent, der nach einem Vorwand suchte, um einen viel schlimmeren Krieg mit Norwegen beginnen zu können. Eine Stellungnahme der Folkunger war angezeigt, und Birger und Ritter Bengt waren sich einig, dass man einen Krieg mit den Norwegern unbedingt vermeiden müsse. Sollten sie ins Land einfallen, konnte man sie mühelos mit der eigenen Reiterei schlagen. Ihnen jedoch ein Heer zu schicken, um sie über ihre hohen Berge und an ihren breiten Fjorden zu jagen, war ein unmögliches Unterfangen, doch genau das hatte sich Knut Holmgeirsson in den Kopf gesetzt.

Gründe für einen Krieg mit den Norwegern existierten durchaus. Wie immer herrschte in Norwegen Aufruhr, und der neueste Verschwörer Sigurd Ribbung war nach Värmland geflüchtet, als er in Bedrängnis geraten war. Zu guter Letzt hatte der norwegische König Håkon die Geduld verloren, im vergangenen Winter eine große Strafexpedition mit Reitern und Schlitten nach Värmland geschickt und dort Verheerungen angerichtet. Was keine gute Idee war, denn der norwegische König besaß kein Recht, in einem Land, das den Götaländern und Svealändern gehörte, Höfe niederzubrennen und ihre Bewohner zu erschlagen. Es war jedoch ratsam, in Verhandlungen zu treten und zu versuchen, diesen Streit mit Schadensersatzzahlungen aus der Welt zu schaffen. Den Krieg stattdessen nach Norwegen zu verlagern und ihn dort an den Fjorden auszukämpfen, schien eine Torheit zu sein.

Ritter Bengt war der Meinung, dass diese Fragen für Knut Holmgeirsson ohnehin keine Rolle gespielt hätten. Knut sei es nur um die Krone gegangen, und die habe er nun errungen. Zwei Fragen seien jedoch offen, über die es sich nachzudenken lohne, eine kleine und eine große.

Die kleine Frage war, ob man Knut Holmgeirssons Krönung in diesem Sommer dadurch aufwerten solle, dass die Folkunger vollzählig erschienen, oder ob man nur eine kleine Abordnung schickte. Ihm selbst sei es lieber, vollzählig zu erscheinen, denn die Folkunger hätten den Krieg schließlich mit der Begründung abgelehnt, sich nicht in die internen Streitigkeiten der Eriker einmischen zu wollen. Deshalb könne man jetzt auch dem Sieger nicht das Recht verweigern, sich als König feiern zu lassen. Das sei die Folge eines unklugen Beschlusses, nachträglich aber nicht mehr zu ändern.

Die große Frage war jedoch, wie die Unordnung und Gefährdung von Leib und Leben, die im Reiche um sich gegriffen habe, zu handhaben sei. Knut Holmgeirsson und sein Freund Knut Kristinsson zögen in Nordanskog von Ort zu Ort, offenbar hauptsächlich in Sörmland, plünderten einen Hof nach dem anderen und täten, was rohen Männern oder solchen, die man nur als Untiere bezeichnen könne, eben einfiele. Unter der Herrschaft Knuts des Langen ritt keine Braut mehr sicher zu ihrer Hochzeit, und kein Mann konnte sich mehr auf seinem Hof sicher fühlen.

Dies stelle eine große Bedrohung dar. Diese Unordnung durfte nicht auf Västra und Östra Götaland übergreifen. Denn welche Maßnahmen sollte man ergreifen, falls königliche Krieger die Höfe von Verwandten plünderten?

Man müsse sie wie alle anderen töten, erwiderte Birger verbissen. Es gebe keine andere Antwort. In Västra und Östra Götaland herrsche der Folkungerfrieden, was Frieden für die allermeisten Menschen bedeute. Niemand wage auch nur im Traum, einen Hochzeitszug der Folkunger anzugreifen oder einen Folkungerhof heimzusuchen und zu plündern. Gebe man diese Ordnung auf, sei alles verloren.

Nach langem, nachdenklichem Schweigen stimmte Ritter Bengt zu. Auch dies spräche also für eine große Anzahl Folkunger bei der Krönung Knuts des Langen. Bei diesem Gastmahl würde Birger sicher nahe dem Ohr des neuen Königs sitzen. Bei dieser Gelegenheit könne er mit Nachdruck seine Befürchtungen darüber zum Ausdruck bringen, was es für Konsequenzen haben würde, wenn Knuts Männer, ihre Gefolgsleute oder Verwandten auf den unglücklichen Gedanken kämen, in den Folkungerländern zu plündern und zu brandschatzen.

* * *

Zur Krönung im Sommer erschienen die Folkunger ebenso zahlreich wie farbenprächtig. In Strängnäs, einer kleinen Stadt, in der dennoch ein Dom gebaut wurde, leuchtete es überall blau und silbern.

Birger gelang es des Öfteren – gelegentlich durch Andeutungen, gelegentlich aber auch ganz offen –, seinem ehemaligen Freund Knut Holmgeirsson während der Krönungstage seine Warnungen darzulegen, denn Knut war so klug gewesen, dem Folkungerjarl einen der Ehrenplätze in seiner Nähe und der von Olof Basatömer sowie dem neuen Jarl Ulf Fasi anzuweisen.

Und doch beschlich Birger während dieser Krönungstage ein Gefühl des Versagens. Denn als Knut seinen Königlichen Rat zusammenstellte, wurde sehr deutlich, dass er die Folkungermacht so weit wie irgend möglich zu vermindern suchte. Dass die Jarlswürde wie früher ein Folkunger innehaben solle, betonte er immer wieder, wenn die Rede auf den neuen Rat kam. Aber dieser Jarl war Ulf Fasi, der sowohl seinen väterlichen Hof Bjälbo als auch den Königlichen Rat in Zorn und Hass verlassen hatte. Dass der Jarl des Reiches Ulf und der Folkungerjarl Birger Feinde waren, gereichte nur der Person zum Vorteil, die sie entzweien wollte, und das war König Knut. Noch deutlicher wurden seine Absichten, als es sich zeigte, dass sowohl Birgers Bruder, der Lagmann Eskil aus Västra Götaland, als auch Ulvhildes Sohn Ritter Emund Jonsson den Rat verlassen mussten, um zwei Lagmännern aus Uppland Platz zu machen, Laurentius aus Tiundaland und Germund aus Attundaland.

Leider konnte Knut recht gute Gründe dafür anführen, warum Eskil Lagmann seinen Platz im Königlichen Rat räumen sollte. Denn Eskil hatte im Auftrag des vorhergehenden Rates die Verhandlungen mit dem norwegischen König Håkon geführt, und zwar außerordentlich ungeschickt. Statt zu versuchen, einen Frieden und einen Vergleich herbeizuführen, hatte er sich in die internen Streitigkeiten Norwegens eingemischt, indem er seinen Pflegesohn Knut zum Heer des Verschwörers Siggurd Ribbungs geschickt hatte, was die Feindschaft zu Norwegen noch gesteigert hatte. Birger konnte nur betrübt einräumen, dass diese Art, einen Frieden herbeiführen zu wollen, wirklich sehr unbedacht gewesen sei.

Birger hatte mehrere Gründe, den Platz im Königlichen Rat, den ihm Knut schließlich anbot, auszuschlagen. Zum einen kam das Angebot spät, alle wichtigen Plätze waren bereits besetzt, zum anderen wollte er nicht als Geisel der Folkunger im Königlichen Rat sitzen, in dem sein Feind Ulf Fasi Jarl war und neben dem König am meisten zu sagen hatte. Drittens fand er, dass Knut Holmgeirsson jetzt eine Spaltung des Reiches herbeigeführt hatte, eine Spaltung von Svealändern und Götaländern. Es war also wichtig, dafür zu sorgen, dass die Eintracht der Folkunger in Västra und Östra Götaland erhalten blieb.

Dass Birger Recht behielt, was seine ungünstige Prognose anging, war ein schwacher Trost. Seine Niederlage erschien umso größer, desto unausweichlicher die Geschehnisse zu sein schienen.

Schon bald breitete sich in Svealand ein unermessliches Grauen aus. Selbst Kirchen wurden ihrer heiligsten Gegenstände beraubt, da diese aus Gold und Silber waren. Man sagte, uppländische Jünglinge trügen hierfür die Verantwortung. Schon ihre Vorväter hätten sich in den Ländern im Osten durch Plünderungen bereichert, ehe diese zu stark oder von Dänen oder Schwertbrüdern besetzt worden seien. Die Leute am Mälaren waren vom Regen in die Traufe gekommen. Sie hatten es jetzt nicht mehr mit estnischen Räuberschiffen zu tun, dafür aber mit uppländischen Übeltätern, die sich der Unterstützung des Königs erfreuten. Oft wurde das Plündern als Steuererhebung ausgegeben.

Aber von den größten Unruhen in Nordanskog, dort zog König Knut mit seinem raubgierigen und durstigen Gefolge von Hof zu Hof, merkte man in Västra und Östra Götaland nicht viel. Einige flüchteten nach Süden und erzählten, sie hätten alles verloren und müssten jetzt Hilfe bei ihren Verwandten suchen. Immer seltener heirateten Folkungerbräute in den Norden.

Eine Ausnahme wurde gemacht, als Magnhild, die jüngste Tochter Bengt Elinssons, Herve Stigsson von den Ulvsleuten heiraten sollte. Für diese Hochzeit gebe es gute Gründe, meinte Ritter Bengt, und Birger hatte keine Einwände. Es war fast ebenso wichtig, mit den Ulvsleuten Bande zu knüpfen, wie mit den Erikern, da beide Familien sich sehr nahestanden. Außerdem waren sich Jungfer Magnhild und Junker Herve auf dem Krongut bei Linköping begegnet, hatten Gefallen aneinander gefunden, miteinander geschlafen und anschließend ihre Väter gebeten, sich verloben zu dürfen.

Ob seine Tochter bereits schwanger war, wusste Ritter Bengt nicht und wollte es auch lieber nicht wissen. Er veranstaltete jedoch rasch ein großes Verlobungsfest auf Ymseborg. Als es wenig später an der Zeit war, Magnhild zu Junker Herves Hof bei Nyköping zu begleiten, erschien Ritter Bengt bei Birger und bat um eine Eskorte aus Bjälbo. Birger war sofort einverstanden und erklärte, er werde persönlich mindestens eine Schwadron zum Schutz der Braut anführen, denn nichts Böses dürfe Magnhild widerfahren, da dies nicht nur Ritter Bengt, sondern das ganze Reich ins Unglück stürzen würde.

Wenn eine solche Jungfer und Braut, die Tochter eines Folkungerritters und Oberhauptes der Folkunger, geraubt oder geschändet wurde, würde die Rache zwangsläufig so hart ausfallen, dass sich König Knut vor die unmögliche Entscheidung gestellt sähe, zwischen zwei Übeln auswählen zu müssen. Entweder musste er, um seine Anhänger zu unterstützen, mit seinen Truppen nach Süden ziehen, um die Folkunger zu bestrafen, oder er konnte so tun, als sei nichts geschehen, und damit eine Spaltung derer verursachen, die seine Macht garantierten. Das Beste war also, ihn gar nicht erst vor diese Wahl zu stellen.

Nicht weit von Nyköping entfernt erwartete Junker Herve den Brautzug mit Ritter Bengt Elinsson und dem Folkungerjarl Birger Magnusson an der Spitze. Zwischen ihnen ritt seine Braut Magnhild. Das Gefolge von Herve bestand aus zwölf Mann, und Birger war der Meinung, dass für die letzte Etappe durch ein kleines Wäldchen kein so großes Gefolge wie das der Braut notwendig sei. Er befahl daher den Folkungerschwadronen, nach Bjälbo zurückzukehren, was so nahe am Ziel der Reise etwas seltsam wirkte, aber Birger war der Meinung, dass es selbst einem großen und reichen Hof schwerfallen würde, eine so große Schar drei Tage lang zu verköstigen. Diejenigen, die zurückkehren mussten, waren enttäuscht, da sie bereits den Geschmack des Hochzeitsbiers im Mund verspürt hatten. Sie gehorchten jedoch wie alle Folkungerreiter ohne mit der Wimper zu zucken.

Die Uppländer hatten in den vergangenen Wochen unweit von Nyköping gewütet. Der Brautzug war aber immer noch so stark, dass ein paar simple Räuber sich kaum erdreisten würden, ihn zu überfallen.

Als die Dämmerung hereinbrach und sie das letzte Stück durch den Wald ritten, während sie sich munter unterhielten, kamen plötzlich seltsame Geräusche von einer kleinen Lichtung. Ein grässlicher Troll, breitbeinig wie ein Tier, stürzte mit baumelnden Armen auf sie zu.

Birger befahl, sofort zurückzuweichen, als wäre man verängstigt, was nicht weiter schwerfiel, da die Pferde tatsächlich unruhig mit den Hufen scharrten. Die Trolle schienen von dieser Reaktion nur ermuntert zu werden. Sie kamen näher, und ihr schauerliches Kreischen wurde lauter.

»Jetzt, mein zukünftiger Verwandter, erwartet uns ein lustiger Tanz«, flüsterte Birger, der langsam an die Seite von Herve geritten war. »Ihr könnt mir glauben, dass ich das schon einmal gesehen habe. Ich verspreche Euch, dass diese Köpfe dort vorne so leicht rollen wie Menschenköpfe.«

Junker Herve zögerte zunächst, aber als er Birgers breites Lächeln bemerkte, nahm er all seinen Mut zusammen, gab seinem Pferd die Sporen und ging beherzt zum Angriff über. Birger und acht Forsviker schlossen sich ihm an, während der Rest der Truppe Magnhild umringte, um sie zu verteidigen.

Es zeigte sich bald, dass Birger Recht gehabt hatte. Die Köpfe der Trolle fielen ebenso leicht wie die von Menschen. Sofort begann die Jagd auf die übrigen Räuber, die in den Wald flohen, und schon bald hatten die meisten von ihnen einen besseren und rascheren Tod gefunden, als sie es verdient hatten. Schonungslos wurden sie von den Forsviker Reitern mit Lanze und Schwert verfolgt. Die Leichen blieben bis zum nächsten Tag im Wald liegen, denn dann ließ sich besser ergründen, wer diese Schelme gewesen waren.

Das Einvernehmen zwischen Ulvsleuten und Folkungern war bereits am ersten Abend dieser Hochzeit groß. Birger ließ ein Wappenschild mit einem roten Troll mit abgeschlagenem Kopf malen und meinte, das eigne sich doch vorzüglich als Herves neues Wappen: Er solle fortan Junker Trolle heißen.

Glücklich über seine Heldentat und ausgelassen nach dem vielen Bier erklärte Bräutigam Herve, er fände Birger Magnussons Vorschlag vorzüglich. Seine und Magnhilds Nachkommen sollten für alle Zeiten Trolle heißen.

* * *

Selbst in diesen von der Niedertracht dominierten, unruhigen Zeiten zog Birger es vor, allein zu reiten, wenn er Signy besuchte, denn er war der Meinung, dass ihre Liebe niemanden etwas anging. Bei Signy und ihrem zweiten

Kind, der Tochter Sigrid, konnte er ein anderer sein als unter den Folkungern. Auf Signys Hof trug er Bauernkleidung und ging, die kleine Sigrid auf einem Arm und den anderen um Signys schmale Schultern gelegt, am See spazieren.

Es war beruhigend, nur über die bevorstehende Futterernte oder den armen Ibrahim zu reden, der an einer Darmverschlingung gestorben war. Der junge Hengst Marwan gedieh allerdings recht gut. Eine Krankheit hatte den Hopfen befallen, und das Bier verdarb. Sie erörterten die Frage, ob die kleine Sigrid im Kloster erzogen werden solle. Während er sich über derart einfache Dinge unterhielt, blieb ihm das Gefühl des Versagens und der Unzulänglichkeit, das ihn in letzter Zeit des Öfteren beschlich, erspart. Wenn ihm Signy widersprach, was recht häufig vorkam, musste er sich nicht wie sonst immer darum bemühen, seinen Willen durchzusetzen. Bei Signy brauchte er kein Folkungerjarl zu sein. In letzter Zeit hatte ihn immer häufiger die Angst befallen, nicht das Zeug dazu zu haben. Diese neue und ungewohnte Beeinträchtigung seines Selbstbewusstseins machte ihn jedoch gelegentlich schweigsam und schwermütig. Signy wusste, dass es keinen Sinn hatte, ihn trösten zu wollen, sondern ließ ihn einfach in Ruhe, wenn sie merkte, dass er plötzlich verstummte und sein Blick in die Ferne schweifte.

Er überlegte, welche Absicht Gott wohl mit seinem Leben verfolgte. Es hatte zwar den Anschein gehabt, als sei er zum Folkungerjarl geboren. Als sei er derjenige, der die Folkunger ohne unnötiges Blutvergießen an die Macht bringen würde. Daher hatte er sich auch stets ablehnend verhalten, wenn Signy verstohlen ihr gemeinsames Leben zur Sprache bringen wollte. Sie hatten zwei Kinder und lebten als Mann und Frau, und da für ihn keine Hochzeit geplant war, konnte Gott doch wohl nur der Auffassung sein, dass sie beide zusammengehörten?

Obwohl Birger solche Überlegungen immer energisch von sich gewiesen hatte, war er in den letzten Jahren unsicher geworden. Denn er liebte Signy; ihr heimliches Zeichen, die roten Herzen im Folkungerwappen, trug er schon lange. Und gab es überhaupt noch eine Erikerfrau, die er hätte heiraten können? Falls eine der Schwestern Knut Holmgeirssons Witwe wurde, musste er dann diese Witwe heiraten?

Solche Fragen stellte er Gott, aber Gott antwortete ihm nie, und vielleicht hatte er auch keine Antwort verdient. Denn er konnte nicht ehrlich von sich behaupten, ein guter Christ zu sein. Er betete nur einige wenige Male in der Woche und hatte schon seit Jahren nicht mehr gebeichtet.

Er versuchte dies damit zu rechtfertigen, dass er vielleicht ein falsches Bild vom christlichen Glauben gewonnen hatte. Schließlich hatte er selbst erlebt, dass die höchsten Kirchenämter von Männern bekleidet wurden, die keine Achtung verdienten. Der letzte Erzbischof war ein ränkeschmiedender Verräter und Giftmörder gewesen, der geglaubt hatte, Gott würde ihn für die Zwangstaufe eines bereits Getauften in Estland belohnen. Der neue Erzbischof Olof war ein Mann, der ganz eindeutig sein Mäntelchen nach dem Wind hängte, da er nicht gezögert hatte, erst Erik Eriksson und anschließend Knut Holmgeirsson zu krönen. Bischof Bengt aus Skara, dem es gelungen war, das Amt des Kanzlers auch im neuen Königlichen Rat zu behalten, war einer der beiden reichsten Männer in Västra Götaland. Wenn der Fettberg Bengt zu Besuch kam, dann zitterte jeder Bauer, weil seine Vorratshäuser anschließend leer waren. Warum Bischof Bengt

dreißig Gefolgsleute hatte und wofür er den ganzen weltlichen Reichtum benötigte, war unbegreiflich. Was wollte
ein Bischof mit so vielen Waffen und Schilden, den Wand-
teppichen und dem Gold- und Silberschmuck, den er so
emsig sammelte?

Birgers Bruder Karl war zwar gläubig und reinen Herzens gewesen und hatte sicher ehrlich daran geglaubt, er-
löst zu werden, als ihn die Plünderer auf Ösel erschlagen
hatten. Für diese Überzeugung musste man ihn eher ver-
ehren als verspotten. Aber eine solche Glaubensgewissheit
konnte Birger nie erlangen, da er sich mehr auf den Verstand, den Ehrgeiz und die Angst der Menschen verließ
als auf ihre Gebete und die Beichte.

Hinsichtlich der Liebe und der eigenen Lust war vielleicht sein Bruder Bengt, der inzwischen in Östra Götaland Lagmann und Herr zu Ulvåsa geworden war, der
klügste der Brüder gewesen. Er hatte seiner Mutter Ingrid
Ylva und seinem Bruder, dem Folkungerjarl, offen ge-
trotzt und eine Frau aus Liebe geheiratet, ohne auf die
Familie Rücksicht zu nehmen.

Sie hieß Sigrid die Anmutige, und diesen Beinamen
trug sie zu Recht. Sie war von geringer adeliger Herkunft
aus der Familie der Sparre. Bengt hatte sich allein mit
ihrem Vater Sigsten auf die Verlobung, Mitgift und Morgengabe geeinigt und Mutter und Brüdern erst anschließend davon berichtet.

Der wütende Birger hatte daraufhin zur Warnung einen
Umhang nach Ulvåsa geschickt, der zur einen Hälfte aus
dem schimmernden blauen Stoff der teuersten Folkun-
gerumhänge bestand, zur anderen aus einem grauen Wollstoff. Weniger als eine Woche später hatte Bengt den
Umhang noch Bjälbo zurückgeschickt, jedoch mit so viel
Goldfäden und Edelsteinen in den grauen Wollstoff ge-

stickt, dass diese Hälfte nun wesentlich kostbarer war als die blaue.

Birger, dem der Abschied von Signy diesmal noch schwerer gefallen war als sonst, war nicht in Stimmung gewesen, diesen Scherz einfach so hinzunehmen. Wütend hatte er erneut sein Pferd gesattelt und war nach Ulvåsa geritten.

Es war ein heißer, trockener Sommertag und die Staubwolke, die sein galoppierendes Pferd aufwirbelte, weithin zu sehen, als er sich Ulvåsa näherte. Es bestand kein Zweifel daran, wer da kam, denn nur Forsviker ritten so schnell und nur einer von ihnen war dafür bekannt, allein zu reiten.

Bengt Lagmann versteckte sich daraufhin im Wald, denn dieser befürchtete, sein Bruder, der Folkungerjarl, könne sie beide unglücklich machen. Sigrid die Anmutige beeilte sich hingegen, ihre schönsten Kleider anzulegen, und empfing Birger höfisch lächelnd im großen Saal auf Ulvåsa. Es war ihre erste Begegnung, und als Birger sie sah, schwand sein Zorn im Nu dahin. Er nahm ihre Hände und sagte, er könne jetzt, da er seine zukünftige Verwandte sehe, seinen Bruder gut verstehen. Nur bedauere er, dass er Sigrid nicht als Erster entdeckt habe, denn dann hätte er vielleicht genauso gehandelt wie sein Bruder.

Anschließend ließ er seinen entlaufenen Bruder Bengt suchen, der wenig später zögernd und mit besorgten Blicken den Saal betrat. Sie versöhnten sich, und als Birger am folgenden Tag nach Bjälbo zurückkehrte, hatte er Bengt seinen Segen gegeben, um Sigrid die Anmutige zu seiner Frau zu machen. Birger versprach ihm sogar, einen großzügigen Beitrag zur Morgengabe zu leisten.

Als er diese Geschichte Signy erzählte, sah er zu spät ein, dass er lieber seinen Mund gehalten hätte. Denn obwohl er seine überschwänglichen Worte an Sigrid die Anmutige für sich behielt, so erfreute seine Geschichte Signy keineswegs, sondern trieb ihr die Tränen in die Augen. Ihre vorwurfsvolle Frage war unschwer vorherzusehen. Wenn Birger es seinem Bruder gestatten könne, aus Liebe und Lust statt aus Berechnung zu heiraten, warum könne er es dann nicht genauso machen?

Diese Frage konnte er nicht so leicht beantworten, nicht einmal sich selbst gegenüber.

*　*　*

Birger versuchte seine Schwermut mit harter Arbeit für die Zukunft zu bekämpfen. Dunkle Wolken brauten sich am nördlichen Himmel zusammen, und Birger ahnte, dass sich die Räuberherrschaft, die Svealand mit jedem Jahr mehr plagte, auch nach Süden ausdehnen würde. Früher oder später würden die Dämme brechen, und eine Flut aus Totschlag und Brandstiftung würde sich ins Kernland der Folkunger ergießen. Da galt es dann, keine anderen Feinde zu haben als Knut den Langen und seinen Anhang.

Am wichtigsten war der Friede mit Norwegen und Dänemark. Daher sandte Birger Bengt mit Gold und schriftlichen Ehrenbezeugungen zu den Dänen nach Reval, um die acht Forsviker auszulösen, die dort gefangen gehalten wurden, seit sie vor der Erstürmung der Burg Leal Hilfe gesucht hatten. Birger selbst zog mit großem Gefolge zu König Håkon nach Oslo, um den Ärger aus der Welt zu schaffen, den sein Bruder Eskil Lagmann verursacht hatte.

Mit König Håkon war anfangs nicht gut Kirschen essen gewesen, da er der Meinung gewesen war, der königliche Ratsherr, den man ihm zur Verhandlung geschickt hatte, spräche mit der gespaltenen Zunge einer Schlange. Statt zu versprechen, dass die norwegischen Aufständischen keinen Schutz in Götaland oder Svealand finden würden, hatte dieser Lagmann aus Västra Götaland seinen Pflegesohn Knut, den Sohn des seligen norwegischen Jarls Håkon Galin, aufgefordert, sich dem Aufrührer Sigurd Ribbung anzuschließen. Jetzt hatte König Håkon zwar gesiegt, aber über das Lavieren von Eskil Magnusson war er trotzdem nicht froh.

Mit größter Mühe war es Birger gelungen, einen Kompromiss zu erwirken. Seine Vorschläge hatten zunächst den Eindruck erweckt, als wolle er die norwegische Seite zu Zugeständnissen bewegen. Birger meinte, dass sich der König und Eskils Pflegesohn Knut Håkansson erst versöhnen müssten. Anschließend würde man Folkunger und Norweger durch Eheschließungen so aneinanderbinden, dass kein neuer Verrat möglich wäre. Wenn König Håkon für eine Hochzeit des jungen und unsteten Knut und der ebenfalls jungen Ingrid, der Schwester seiner Königin Margareta, sorgen würde, dann wäre damit nicht nur die Versöhnung besiegelt, der norwegische König hätte sich so auch die Folkunger zu Freunden gemacht. Die Folkunger seien die größte Macht Svea- und Götalands und müssten bald mit Räuberkönig Knut dem Langen abrechnen.

Anfangs hatte König Håkon diesen Vorschlag ebenso frech wie unmöglich gefunden. Aber je länger er dem wortgewandten Fürsten aus Östra Götaland zuhörte, desto mehr konnte er diesem Vorschlag abgewinnen. Als sie sich als Freunde voneinander verabschiedeten, waren sie beide davon überzeugt, einen Weg gefunden zu haben, der viele Jahre der Zwietracht zwischen Norwegern und Folkungern beenden würde.

Obwohl es Birger erst einmal schwergefallen war, König Håkon in Oslo zu überzeugen, so war das nichts im Vergleich zu der Mühe, die er mit seinem Bruder Eskil Lagmann bei Skara hatte.

Breitbeinig und Reden schwingend schritt Eskil im großen Saal, der bis in den letzten Winkel mit Pergamenten und Gesetzestexten angefüllt war, auf und ab. Er hatte sich von seinem Bruder Birger sagen lassen müssen, wie einfältig er gewesen sei. Er solle es gefälligst unterlassen, mit fremden Mächten zu verhandeln, da er von solchen Dingen keine Ahnung habe. Voller Wut drohte Eskil Birger daraufhin, ihn eigenhändig auf den Hof zu werfen und so zu verprügeln wie früher, als sie noch klein gewesen seien. Über diese Drohung lachte Birger nur lange und laut, und Eskils Zorn verpuffte.

Außerdem mischte sich seine Frau Kristin ein und schlug sich auf Birgers Seite, als sie hörte, dass König Håkon wie durch ein Wunder erlaubt hatte, dass ihr Sohn Ingrid, die Schwester der Königin, heirate. Es hatte sich ja bereits gezeigt, welch unsicheren Weg zur Macht Knut gewählt hatte, als er sich am Aufstand Sigurd Ribbungs beteiligt hatte. Wenn Knut jedoch stattdessen eine so gute Partie machen konnte, war der Weg zur Macht dadurch geebnet.

Der etwas verängstigte und geduckte Knut wurde in den Saal gerufen und teilte bald ebenfalls die Auffassung seiner Mutter und Birgers. Da half es nichts, dass Eskil mit sehr tiefer Stimme sprach und breitbeinig auf und ab ging. Er sah sich bald gezwungen nachzugeben.

Das stellte für Birger eine große Erleichterung dar, denn es war ihm schwergefallen, die einfältigen Fehler seines Bruders immer wieder auszubügeln. Zum ersten Mal seit langem hatte er wieder das Gefühl, in einer wichtigen Sache einen Erfolg errungen zu haben.

Anschließend erkundigte er sich bei seinem Bruder, dem Lagmann, über die Gesetze, die dieser gerade zusammenstellte. Er hatte Eskil aus reiner Höflichkeit die Gelegenheit geben wollen, eine Weile über die Dinge zu sprechen, mit denen er sich wirklich auskannte. Manchmal ging er auf und ab, sprach flüsternd, gelegentlich aber auch brüllend, über schwierige Dinge, als seien sie allen verständlich. Sobald Eskil jedoch derart anhob, flüchteten seine Gemahlin Kristin und sein Sohn Knut, die Augen verdrehend, aus dem Saal, als hätten sie das alles schon tausendmal gehört.

Eskil erzählte eifrig, suchte in seinen Pergamentstößen und trug immer wieder neue Texte herbei, um diese zu erläutern, war aber an Birgers Meinung nur mäßig interessiert. Er beschäftigte sich damit, alle Gesetze in Västra Götaland zusammenzutragen, um sie niederzuschreiben. Diese Gesetzessammlung sollte wie ein Felsen für alle Ewigkeit währen und sich nicht dadurch ändern lassen, dass sich irgendein Lagmann vielleicht falsch erinnerte. Er sprach mit solcher Überzeugungskraft und Begeisterung, dass ebenso plötzlich wie unerwartet Birgers Interesse erwachte. Eskils Haare standen in alle Richtungen ab, da er die schlechte Angewohnheit besaß, sich die Haare zu raufen, wenn etwas schwer zu erklären war.

Sie ließen Bier bringen, und es sah nach einer langen Nacht aus. Trotzdem wurde Birger immer neugieriger. Er selbst hielt genauso wenig von Gesetzen wie von Klerikern. Für ihn war Gesetz, was allgemein bekannt war und richtig erschien. Außerdem war es die Macht, die von Lanze und Schwert ausging. Aber für Eskil war das Gesetz das Fundament, auf dem jedes christliche Reich bauen musste, ein Garant für Frieden und Eigentum. Immerfort erklärte er, ein Land müsse anhand von Gesetzen aufgebaut werden. Diese Worte würden die Gesetzessammlung einleiten, die er jetzt niederschreiben wolle.

Birger, der seinen Bruder Eskil stets für redlicher gehalten hatte als ihren jüngeren Bruder, den seligen Karl, entdeckte jetzt doch gewisse Ähnlichkeiten zwischen den beiden. Der Glaube an das Gesetz war ebenso kindisch wie der Glaube an den stets gütigen Gott.

»Du bist Lagmann, lieber Bruder, es ist also wenig verwunderlich, dass du an die Segnungen des Gesetzes glaubst«, wandte Birger vorsichtig ein, als er fast schon den Eindruck gewann, Eskil stelle das Gesetz als ein Geschenk Gottes an die Menschen dar. »Aber woher kommt das Gesetz? Du meinst doch nicht etwa, dass es vom Herrgott selbst kommt?«

Birger fand, dass er diese Frage sowohl vorsichtig als auch mit Mäßigung gestellt hatte und sie daher keine Provokation darstellen konnte.

»Dir behagt es, mich zu verspotten, Brüderchen!«, erwiderte Eskil jedoch mit donnernder Stimme und redete wie eine Eule, die sich aufplusterte.

»Ganz und gar nicht. Ich befrage nur meinen Bruder, der sich in Dingen auskennt, deren ich nicht kundig bin«, erwiderte Birger erstaunt. »Das Gesetz kann schließlich Unrecht sein, denn das Recht lässt sich beugen. Ein Gesetz kann dem Stärksten dienen, schlimmstenfalls auch denen, die nur das Böse wollen. Wenn du mir also sagst, dass wir unser Land für immer und ewig auf dieses Gesetz gründen sollen, dann muss ich diese Frage schließlich stellen.«

»Sag mir *ein* ungerechtes Gesetz!«, forderte Eskil ihn auf und bedachte seinen Bruder mit einem derart strengen Blick, als spräche er mit dem Gesinde.

»Das Gottesurteil«, antwortete Birger, ohne die Stimme zu heben. »Welche Heuchler können nicht von sich behaupten, Gottes Gesetz auf ihrer Seite zu haben, wenn sie ihre Gegner ein glühendes Eisen tragen lassen?«

»Du hast Recht«, antwortete Eskil verblüfft und setzte sich. »Du hast deine Lanzenspitze gerade auf eine empfindliche Wunde gesetzt, lieber Bruder. Die Feuerprobe gehörte nicht zu den Gesetzen unserer Vorväter, sie kam mit den unverständigen Klerikern. Aber dieses Gesetz soll verschwinden!«

»Dann komme ich auf meine Frage zurück«, wandte Birger friedlich ein. »Wer gibt uns das Gesetz? Wenn du als Gesetzgeber sagst, dieses Gesetz müsse verschwinden, genügt das dann? Und wenn die Kirche dagegen ist? Wenn das Volk, das sich am Schauspiel der Feuerprobe ergötzt, dagegen ist? Bist du es selbst, der die Gesetze erlässt?«

»Nein, der König und der Königliche Rat«, antwortete Eskil, erhob sich und begann erneut, ungeduldig auf und ab zu gehen.

»Dann müssen wir uns also zuerst Einfluss beim König und beim Königlichen Rat verschaffen«, meinte Birger lächelnd. »Und dafür brauchen wir eher Reiter und Lanzen als deine Schriften. Darauf will ich ja gerade hinaus. Das, was du Gesetz nennst, befindet sich am Ende meiner Lanze.«

»Dann braucht es einen Bruder, der sich auf Gesetze versteht und der dir raten kann«, erwiderte Eskil spöttisch. »Hast du selbst die Gesetze gebeugt?«

»Sicherlich«, antwortete Birger. »Ich habe große Höfe und Ländereien von Feinden zu vorteilhaften Preisen gekauft und damit unser Geschlecht und mich selbst bereichert. Ich habe von Männern gekauft, die wirklich nicht verkaufen wollten. Und wir haben es gemacht, wie es das Gesetz fordert, mit Siegeln und allem.«

»Wie kauft man von einem, der nicht verkaufen will?«, fragte Eskil neugierig.

»Das ist einfach«, antwortete Birger. »Ich reite mit zwei Forsviker Schwadronen auf den Hof, den ich kaufen möchte, was eine wunderbare Wirkung zeitigt. Die Leute sind dann sehr beflissen. Anschließend gebe ich freundlich mein Gebot ab und bekomme nie ein Nein zur Antwort.«

»Da beugst du wahrhaftig das Gesetz«, pflichtete Eskil ihm düster bei. »Dieser Sitte müssen wir also Einhalt gebieten. Wie nach dem alten Gesetz müssen alle großen Geschäfte beim Thing abgeschlossen werden.«

»Dann komme ich eben mit meinen Reitern zum Thing«, spottete Birger weiter. »Und wenn mir dort jemand widerspricht, gehe ich auf ihn zu, lasse meine Hand auf dem Griff meines Schwertes ruhen und lächle. Das müsste genügen. Wenn nicht, dann frage ich ihn, ob er nicht mehr Mut in seiner Brust habe als eine junge Hündin, und füge weitere Schmähungen hinzu. Im nächsten Moment liegt der widerspenstige Grundbesitzer tot auf dem Boden, weil er sein Schwert gezogen hat. All das gestattet unser Gesetz.«

»Auch diese Unsitte muss verschwinden«, entgegnete Eskil. »Sag mir nun, statt mich zu verspotten, wie wir dieses Gesetz verbessern könnten, wenn wir hier und jetzt darüber zu entscheiden hätten.«

»Da hätten wir alle Hände voll zu tun«, erwiderte Birger. »Falls wir das Gesetz überhaupt ändern wollten, meine ich, denn im Augenblick profitieren wir doch vor allem, weil wir die meisten Waffen besitzen.«

»Lass uns annehmen, dass dem nicht so wäre!«, fiel ihm Eskil ungeduldig ins Wort. »Weder die Folkunger noch andere haben also ein überlegenes Heer. Wir wollen, dass in unserem Land Frieden herrscht, und wir glauben, dass wir das nur erreichen können, wenn das Gesetz allen gleichermaßen dient. Also, was schlägst du vor?«

»Hiermit erlasse ich folgende Gesetze«, verkündete Birger lachend. »Blutrache ist nicht mehr zulässig, alle

Morde müssen vor dem Thing verhandelt werden. Beim Thing darf niemand erschlagen werden, und niemand darf Waffen tragen. Dort herrscht der Frieden des Königs. Keine Frau darf geraubt oder geschändet werden, so nimmt üblicherweise jede Blutrache ihren Anfang. Niemand darf aus dem Hinterhalt auf dem Weg zur oder von der Kirche überfallen werden, wie es die Niederträchtigen gerne tun. Reicht das, oder wünschst du noch weitere Gesetze, lieber Bruder?«

»Nenn weitere, wenn dir noch weitere einfallen«, antwortete Eskil leise und sehr ernst.

»Nun gut. Niemand darf in seinem Heim gekränkt oder überfallen werden. Ein solches Gesetz würde meinen Geschäften schaden, da ich Güter und Höfe kaufe, indem ich Hausfriedensbruch begehe, aber das soll jetzt keine Rolle spielen. Mit solchen Gesetzen würde sich der Frieden in unserem Land ausbreiten. Ich meine, wenn Gott uns diese Gesetze gäbe. Aber Gott scheint das nicht zu wollen.«

»Lästere nicht! Spotte nicht über die ernsten Dinge, über die wir gerade sprechen. Verstehst du nicht, wie klug du gerade gesprochen hast? Woher hast du diese Einsicht in das Wesen der Gesetze? Du bist doch sonst nur für dein Geschick bekannt, auf dem Folkungerthing das Wort zu führen, ein Krieger zu sein und einiges an Bier zu vertragen!«

»Auf diese Worte trinke ich dir gerne zu«, entgegnete Birger. »Du verträgst selbst einiges an Bier, und außerdem haben wir keines mehr im Krug und sollten nachschenken, da diese Unterhaltung uns beiden Spaß macht. Jetzt will ich dir sagen, woher diese Gedanken kommen. Aus Sörmland. Ich war dort, und was ich dort fand, würde dir keine Freude bereiten. Die Niederträchtigen reiten kreuz und quer durchs Land. Über ihr Gesetz habe ich gesprochen. Das Gesetz der Lanze. Schlimmstenfalls haben wir diese Niederträchtigen bald auch in unseren Ländern. Einstweilen wagt es König Knut nicht, seine Hunde bei uns loszulassen, aber ich fürchte, dass der Zeitpunkt dafür näherrückt. Der Appetit von Plünderern nimmt stetig zu, und bald gibt es in Sörmland nichts mehr zu plündern, da man dort alles, was nicht gestohlen ist, inzwischen vergraben hat. Und wenn diese Niederträchtigen zu deinem Haus kommen, lieber Bruder, was tust du dann?«

»Erst bringe ich meine Texte in Sicherheit, damit das Feuer sie nicht verzehrt, dann rufe ich vermutlich meinen Bruder mit seinen Schwadronen zu Hilfe«, erwiderte Eskil lachend und verließ den Saal, um nach mehr Bier zu verlangen.

»Aber dann«, sagte Eskil eifrig, nachdem er zurückgekehrt war und wieder Platz genommen hatte, »wenn wir gesiegt haben, denn etwas anderes ist doch wohl nicht vorstellbar, was tun wir dann?«

»Wir wählen uns einen gefügigen König, der die Verlierer mit größerer Milde behandelt, als sie verdient haben«, antwortete Birger rasch, als sei es etwas, was er sich bereits überlegt hatte.

In dieser Nacht schien sich eine neue Freundschaft zwischen den Brüdern anzubahnen. Sie sprachen nicht von kommenden Kriegen, ein Thema, das Birger fachkundig hätte erörtern können. Sie unterhielten sich nur darüber, wie man am besten mit einem Sieg umgehen und mit dem Gesetz eine Neuordnung schaffen könne. Als Eskil wortreich darüber sprach, dass diese Friedensgesetze der Anfang einer neuen Zeit werden könnten, wandte Birger ein, er verstehe nicht, wie man von einem Tag auf den nächsten Menschen dazu bewegen können sollte, Gesetze zu befolgen, die so viel veränderten.

Eskil brauchte über seine Antwort nicht lange nachzudenken. Diese Verstöße gegen den Frieden könnten nicht durch eine Geldstrafe, sondern nur dem König selbst gegenüber gesühnt werden. Erst dann würden die Niederträchtigen begreifen, dass sie nirgends Schutz finden könnten, egal wie mächtig ihre Verwandten seien.

Birger wandte daraufhin erneut ein, man brauchte einen willfährigen König, um solche Gesetze zu stiften. Jetzt bestünde keine Möglichkeit, einen solchen König zu finden. Dieser liebliche Frieden, von dem sie sprächen, könne nur mit sehr viel Gewalt geschaffen werden und würde viel Blut kosten. Ob das nicht ein zu hoher Preis sei?

Nein. Denn das kurze Leiden einiger weniger Niederträchtiger sei nichts im Vergleich zum Frieden zukünftiger Generationen, meinte Eskil. Da wurde Birger zum ersten Mal nachdenklich und unsicher.

Erst spät in der Nacht, als sie sich ein wenig schwankend, aber sehr beschwingt von der Erkenntnis, einen klugen Bruder zu haben, zu Bett begaben, kam es zu einem kurzen Streit.

Birger fiel auf, dass die Fahne, die er selbst in jungen Jahren als Arn Magnussons Confanonier in Gestilren getragen hatte, verschwunden war. Birger hatte diese Fahne einmal seinem Bruder geschenkt, und dieser hatte sie ganz oben an der großen Längswand des Saals aufgehängt.

Beschämt gab Eskil zu, die Fahne verschenkt zu haben, was Birger sehr erstaunte. Das Zeichen des Sieges in der Schlacht von Gestilren! Welchem Mann oder welcher Frau hatte er so etwas Unersetzliches schenken können?

Einem isländischen Skalden namens Snorre, zeigte es sich. Einige Winter zuvor hatte dieser Snorre den Lagmannshof besucht, um einige Fragen über die Vergangenheit zu stellen, weil er diese niederschreiben wollte. Sein Aufenthalt war angenehm gewesen, und eines Morgens war er mit einem Lied über die Schlaflosigkeit zu Eskils Gemahlin Kristin gekommen. Sie hatte sich so sehr über seine schönen Worte gefreut, die die Schlaflosigkeit mit ihrer Schönheit erklärten, dass sie die Fahne von der Wand genommen und dem Skalden geschenkt habe.

Diese Dummheit ließe sich nicht rückgängig machen, ein Geschenk könne nicht in Ehren zurückgenommen werden, meinte Birger. Aber es betrübe ihn, dass die Folkungerfahne von Gestilren, ein Sieg, der in der Erinnerung ewig weiterleben würde, einem Snorre geschenkt worden sei, an den sich niemand je würde erinnern können.

*   *   *

In dieser Nacht, die er nie vergessen würde, schien Gregers Birgersson eine Vorahnung zu haben, denn er konnte unmöglich einschlafen. Es hatte eine Zeit gegeben, da hatte er sich in Forsvik in den Schlaf geweint, weil ihn alle seine Glieder schmerzten. Die ersten Jahre waren hart und einsam gewesen.

Aber jetzt war er vierzehn Jahre alt, fast ein Mann, und in zwei Jahren würde er von Ritter Sigurd oder seinem Bruder Oddvar zum Forsviker geschlagen werden, weil seine zehnjährige Lehrzeit vorüber war. Was er dann tun wollte, hatte er noch nicht entschieden. Entweder würde er als Lehrer für die Kleinsten in Forsvik bleiben oder einen Dienst bei seinem Vater in Bjälbo anstreben.

Es war eine stille Herbstnacht, und bei Einbruch der Dunkelheit nach der Vesper war der erste Schnee gefallen. Einzig die knarrenden Geräusche anderer junger Forsviker, die sich im Saal im Schlaf bewegten, oder das gelegentliche Weinen eines der Allerjüngsten waren zu vernehmen.

Anfangs war die Zeit auf Forsvik fast nur schlimm gewesen. Die anderen Jünglinge waren ihm mit Härte begegnet. Weil er unehelich war, hatte es ihm keine Vorteile eingebracht, dass sein Urgroßvater der heilige Arn gewesen und sein Vater der Folkungerjarl war. Die Einzige, die ihn in den ersten Jahren getröstet und ihm geholfen hatte, war die alte Frau Cecilia gewesen, die trotz ihres mittlerweile krummen Rückens und ihrer schlechten Augen immer noch täglich ihre Schreibstube aufsuchte.

Aber wie die blauen Flecken früher oder später verschwinden, so waren auch die Mühen auf Forsvik mit jedem Jahr geringer geworden, und jetzt waren die meisten Jünglinge im Saal jünger als er. Nur die Älteren konnten ihn noch mit dem Schwert oder im Turnier schlagen. Mit der kleinen Forsviker Armbrust, die man vom Pferderücken aus abfeuern konnte, war er unschlagbar. Eine solche Waffe hing inzwischen neben jedem Bett im Saal der Jünglinge. In Nordanskog waren die Zeiten unruhig, und obwohl die älteren Folkunger nicht glaubten, dass die Niederträchtigen auf den abwegigen Gedanken kämen, Forsvik anzugreifen, so hatten sie für den Fall der Fälle doch Vorkehrungen getroffen. Man hatte begonnen, Fluchttunnel unter den größeren Häusern zu graben, so dass niemand vor die Wahl gestellt wurde, entweder zu verbrennen oder, schon selbst in Flammen stehend, den Niederträchtigen in die Arme zu laufen. Die Tore der großen Häuser ließen sich von innen mit schweren, eisenbeschlagenen Eichenbalken verriegeln. Waffen lagen in jedem Haus bereit.

Aber in dieser Nacht sollte sich erweisen, dass die Vorbereitungen unzureichend gewesen waren. Denn als sich das Undenkbare ereignete, schlug es mit voller Kraft und wie ein Blitz aus heiterem Himmel ein.

Gregers hatte die Arme hinter dem Kopf verschränkt und starrte in die Dunkelheit. Erst glaubte er, sich etwas einzubilden oder zu träumen, als sein Bett wie von Pferdehufen in der Ferne erzitterte. So kehrte kein Forsviker ins Dorf zurück, am allerwenigsten mitten in der Nacht. Eine ganze Schwadron der ältesten Jünglinge war zur Burg Lena geritten, um einen Bischof auf Visitation zu eskortieren. Daher war der Saal nur zur Hälfte mit schlafenden Knaben und Jünglingen gefüllt.

Als er einsah, dass kein Zweifel mehr daran bestehen konnte, was er hörte, lag er noch einen Augenblick wie gelähmt da. Jetzt war der Alptraum, an den niemand so recht geglaubt hatte, Wirklichkeit geworden.

Er warf sich aus dem Bett, rannte zur Tür, verriegelte sie und rief den anderen zu, sie sollten aufwachen. Einige murmelten ungehalten, das sei sicher nur eine Übung, doch als sie schwere Axthiebe von der Tür hörten und ihnen der Brandgeruch in die Nase stieg, verstanden alle, dass es sich um tödlichen Ernst handelte.

Nils Sigstensson zu Tofta war mit seinen siebzehn Jahren der Älteste unter den fünfundzwanzig Jünglingen im Saal. Er übernahm den Befehl über die Gruppe, die die Pferde aus dem brennenden Stall retten und sich dann möglichst selbst in den Sattel schwingen sollte. Gregers kommandierte die Jüngeren, die ihre Panzerhemden anlegten. Einige weinten, andere fluchten. Aufgrund des schlechten Lichts spannten sie ihre Armbrüste mit etwas Mühe und öffneten vorsichtig die Schießscharten in der Längswand, die auf den Hofplatz und die Dorfstraße hinausging. Sie sahen Flammen, die lange Schatten warfen, der Brandgeruch wurde stechender. Raue Männerstimmen waren zu hören. Die Männer sprachen nicht den Dialekt Västra Götalands.

Gregers wartete ab, bis die vier an den anderen Schieß-scharten riefen, sie hätten ein Ziel im Visier, dann gab er den Befehl zum Feuern. Sofort knieten sich die Schützen hin und zogen die Bogensehne ihrer Armbrüste wieder auf, während sich ein Kamerad mit gespannter Waffe an die Schießscharte stellte. Nils Sigstensson hatte das Haus durch den Fluchttunnel verlassen, und sie waren jetzt nur noch zu neunt in dem brennenden Haus.

Gregers und den Allerjüngsten gelang es, zweimal zu schießen, bevor ihre Belagerer der Gefahr gewahr wur-den, aber da lagen bereits über ein Dutzend Männer jam-mernd und sterbend am Boden. Die Niederträchtigen zogen sich fluchend und schreiend aus der Reichweite der Schießscharten zurück und warteten darauf, dass das Feuer seine Arbeit erledigen würde. Da hörte Gregers das Geräusch aufeinandertreffender Schwertklingen. Vermut-lich waren Ritter Oddvar und die fünf älteren Forsviker, die im Rittersaal schliefen, zum Angriff übergegangen. Aber nach den Geräuschen zu schließen, waren die An-greifer den Verteidigern um ein Vielfaches überlegen. Gregers entschied, noch etwas länger in dem brennenden Haus zu bleiben und weiter zu feuern, um die Aufmerk-samkeit von ihren Kameraden, die sich auf dem Weg zu den Ställen befanden, abzulenken. Die Belagerer sollten glauben, dass alle Jünglinge wie Ratten in dem Gebäude gefangen waren. Der Rauch brannte ihm in den Augen. Einer der Jüngsten begann zu weinen und warf seine Waffe weg, aber Gregers gab ihm sofort eine Ohrfeige und befahl ihm, wie ein Forsviker zu kämpfen. Jetzt ging es für sie alle um Leben und Tod, Jammern half nichts. Sie mussten noch eine Weile in dem brennenden Haus bleiben, bevor sie es durch den Fluchttunnel verlassen würden. Die älteren Kameraden mussten ihnen zu Pferde zu Hilfe eilen, sonst wäre alles verloren.

Nils Sigstensson und die Jünglinge, die mit ihm aus dem Haus entkommen waren, verschwanden in die Dunkelheit und begaben sich zu den Ställen, die man noch nicht in Brand gesetzt hatte, an deren beiden Toren jedoch lachende und lärmende Wachen standen. Im Schutze der Dunkelheit näherten sie sich und hoben dann ihre Armbrüste. Aus dem Abstand von einer Lanzenlänge tötete jeder seinen Mann. Anschließend warfen sie sich in die Ställe und sattelten so schnell wie möglich die Pferde. Sie öffneten alle Tore, griffen sich auf dem Weg nach draußen Lanzen und Schilde von den Halterungen an den Wänden. Nachdem die ersten acht aus dem Stall ritten, bildeten sie eine gerade Angriffslinie, senkten ihre Lanzen und ritten im Galopp durch die Dorfstraße. Alle Männer, die ihnen zu Pferde begegneten, schlugen sie aus dem Sattel, und alle, die sich nicht schnell genug zur Seite warfen, ritten sie nieder. Bei der Brücke zu den Mühlen und Werkstätten, wo noch nichts brannte, wendeten sie und griffen erneut an. Gleichzeitig hatten ihre acht Kameraden, die sich noch oben bei den Ställen befanden, ihre Pferde aufgestellt und griffen aus der Gegenrichtung an.

Als Gregers den Donner der Forsviker Reiterei vor dem Haus hörte, lief er mit den Jüngsten in den Fluchttunnel. Er achtete darauf, dass alle ihre Pfeilköcher dabeihatten und niemand seine Waffe so hielt, dass er versehentlich seinen Vordermann hätte treffen können. Wenig später befanden sie sich hustend und mit brennenden Augen an der frischen Luft.

Die Feinde hatten alle Hände voll zu tun, sich gegen die Schwadron Jünglinge zu wehren, die sie auf ihren schnellen Hengsten vor sich her jagten. Diejenigen, die zwischen die brennenden Häuser flüchteten, stießen dort auf Kinder, von denen sie nichts zu befürchten zu haben glaubten. Es zeigte sich jedoch, dass diese tödliche Waffen in den Händen hielten und mit jedem Schuss trafen.

Der Kampf konnte jetzt nur auf eine Art enden, aber als die Niederträchtigen endlich die Flucht ergriffen, stand halb Forsvik in Brand, und zwischen den Sterbenden und Verletzten irrten Menschen umher, die nach Kindern und Verwandten suchten. Aus einigen der in Brand stehenden und verriegelten Häuser waren fürchterliche Schreie von Männern und Frauen zu hören, die dort verbrannten. Die Unordnung und das Entsetzen hatten zur Folge, dass man nicht so rasch, wie es nötig gewesen wäre, mit dem Löschen begann.

*   *   *

Der Geruch von Feuer und verbrannten Leichen lastete wie die Trauer schwer auf Forsvik. Als Birger zwei Tage später bei den Landungsbrücken an Land ging, traten ihm unausweichlich Tränen in die Augen. Ein trostloserer Anblick hatte sich ihm in seinem ganzen Leben noch nicht geboten.

Die vier größten Häuser in Forsvik waren vollkommen niedergebrannt, das Haus der Ritter, das Haus der Jünglinge, die Stallung und das Heilige Land. Die Hälfte der kleineren Häuser an der Dorfstraße waren ebenfalls rauchende Ruinen. Die Niederträchtigen hatten ebenfalls die kleine Stabkirche niedergebrannt und die beiden Mönche aus Varnhem erschlagen, die in Forsvik ihr Amt versehen hatten.

Unter den Toten waren Ritter Oddvar, Matteus Marcusian, Iben Ardous und drei andere Männer, die im Rittersaal gewohnt, trotzig ihr Schwert gezogen und sich der großen Übermacht entgegengestellt hatten. Sie und vier Jünglinge waren im Kampf gefallen. Alle anderen Toten waren niedergemetzelt und ermordet worden oder in ihren Häusern verbrannt.

Forsvik hatte sechsundzwanzig Tote zu beklagen. Am größten war die Trauer über die alte Frau Cecilia Rosa. Man hatte sie vor ihrer Schreibstube gefunden, einen Armvoll Pergamentrollen an die Brust gedrückt. Sie war von ihrem Haus zur Schreibstube gelaufen, um zumindest das Wichtigste zu retten. Die Schreibstube hatten die Niederträchtigen jedoch nicht niedergebrannt. Dort hatten sie herumgewühlt, um das Gold und das Silber aus den Truhen zu stehlen. Sie mussten geglaubt haben, dass sich alle, über Jahre angesammelten Reichtümer Forsviks einfach stehlen ließen, so wenig verstanden sie von Geschäften. Für das Gold hätten sie schon die Burg Arnäs stürmen müssen. Die Habgierigsten waren umgekommen, weil sie so lange und blind nach dem Gold gesucht hatten, dass sie nicht gemerkt hatten, dass das Kriegsglück nicht mehr auf ihrer Seite gewesen war. Gregers und seine Schützen hatten sie gefunden und alle getötet.

Was die Anzahl der Toten betraf, so hatten die Forsviker gesiegt, denn bei den oberen Landungsbrücken lagen über fünfzig tote Niederträchtige, die von vereinzelten Herbstfliegen umschwirrt wurden.

Man hatte Cecilia Rosa unter einen Tempelritterumhang auf die geweihte, jedoch verbrannte Erde neben der Kirche gelegt. Birger ging zu ihr, kniete nieder und zog den Umhang vorsichtig beiseite. Sie hatte einen Schwerthieb auf den Hinterkopf bekommen und war sofort gestorben. Da sie der Hieb schräg von der Seite getroffen hatte, musste der Niederträchtige hinter ihr hergeritten sein und sie vom Pferd aus erschlagen haben. Birger saß lange da und betrachtete sie schweigend. Er versuchte zu beten, aber es fiel ihm nichts ein, worum er hätte beten sollen. Dass ihre Seele die Seligkeit gefunden hatte, meinte er in ihren friedlichen Zügen lesen zu können. Vorsichtig breitete er Arn Magnussons weißen Umhang wieder über ihr aus, überlegte es sich dann anders, zog ihn erneut beiseite und küsste sie.

In Forsvik wurde nur mit leisen Stimmen gesprochen, alle flüsterten und weinten. Viele gingen mit leerem Blick an Birger vorbei, andere wühlten auf der Suche nach Toten im Schutt der niedergebrannten Häuser und versuchten zu enträtseln, wen sie gefunden hatten.

Johannes Jacobian hatte geweint, wirkte jedoch gefasst, als Birger ihn bei den Schmieden und Mühlen traf. Dieser Teil Forsviks war unversehrt, da der Angriff auf der anderen Seite begonnen hatte und die Niederträchtigen keine Zeit gehabt hatten, das ganze Dorf in Brand zu stecken, bevor ihnen die Verteidiger Forsviks in die Quere gekommen waren.

Dass alle Glas-, Eisen-, Kupfer- und Töpferwerkstätten sowie die Webstuben, die Ziegelei, Getreide- und Sägemühlen unbeschädigt geblieben waren, tröstete Johannes, der von seinem Vater die Verantwortung für alle Manufakturen in Forsvik übernommen hatte. Aber dieser Trost wog im Augenblick weniger als eine Silbermünze aus Västra Götaland. Sein Onkel Marcus war verbrannt sowie alle Männer, die im Heiligen Land geschlafen hatten. Matteus, der Sohn seines Onkels, war auf dem Hofplatz durch viele Schwerthiebe niedergestreckt worden. Birger sagte ihm, es habe wenig Sinn, Trost zu suchen, da kein Trost der Welt groß genug sein könne. Jetzt müsse man sich sammeln und den Wiederaufbau in Angriff nehmen, den er leiten solle. Der Winter stehe bevor, die Hälfte der Überlebenden auf Forsvik habe kein Dach mehr über dem Kopf, und die Pferde hätten weder Ställe noch Futter. Die Flusskähne könnten jedoch noch eine Weile an den Brücken anlegen, und dort sei Ordnung vonnöten.

Johannes schüttelte die lähmende Trauer ab und begab sich in den niedergebrannten Teil des Ortes, um mit der Arbeit zu beginnen, wie Birger es befohlen hatte.

Zwei Stunden später trafen Ritter Sigurd und Alde an der Spitze zweier schwer bewaffneter Schwadronen, von denen Sigurd eine aus Forsvik ausgeliehen hatte, bei ihnen ein.

Als Alde Birger sah, ritt sie ohne zu zögern auf ihn zu, sprang geschmeidig vom Pferd und umarmte ihn. Sie hatten sich seit vielen Jahren nicht gesehen, und beiden fehlten die Worte. Vorsichtig machte er sich frei, nahm sie bei der Hand und führte sie zur Kirchenruine. Er musste nichts erklären, denn als Alde sah, dass eine Leiche unter dem Tempelritterumhang lag, verstand sie. Sie beteten beide bei Cecilia Rosa. Dann legte Birger Alde seinen Arm um die Schultern und führte sie durchs Dorf. Sie hatten noch immer kein Wort gesprochen, aber Worte wären ihnen in diesem Augenblick auch nicht von Nutzen gewesen. Die Trauer erstickte alle Worte, aber auch die alte Zwietracht.

Als Ritter Sigurd die übel zugerichtete Leiche seines Bruders Oddvar neben der Ruine des Rittersaals erblickte, brüllte er seine wütende Trauer in die Welt. Er hob die Arme zum Himmel und wollte gleich wieder mit seinen beiden Schwadronen davonpreschen, um die Verfolgung der Niederträchtigen aufzunehmen. Ihre Spuren waren im Schnee mühelos auszumachen, und diejenigen, die zu Fuß geflüchtet waren, ließen sich bestimmt noch am selben Tage einholen. Der anderen könne man auch innerhalb von drei Tagen habhaft werden, rief er immer wieder mit sich überschlagender Stimme. Alle Männer, die ihn begleitet hatten, schwangen sich sogleich wieder in ihre Sättel.

Birger musste sich den Reitern in den Weg stellen, seinen Umhang ausbreiten, um die ersten Pferde zum Stillstand zu bringen, und laut brüllen, dass er im Namen der Folkunger jeden Mann darum bitte, sich zu besinnen, wieder abzusitzen und erst einmal zu beratschlagen. Man solle nicht losstürzen und eine schlecht durchdachte Rache üben.

Mürrisch versammelten sich alle bei Birger neben dem niedergebrannten Rittersaal, dessen eine steinerne Schmalseite unversehrt, wenn auch rußig und gespenstisch in die Höhe ragte.

Birger erklärte, nun sei nicht Rache angezeigt, sondern Trauer. Nun müsse begonnen werden, die Toten zu begraben und Forsvik vor Einbruch des Winters wieder aufzubauen. Cecilia Rosas Leiche werde er selbst zusammen mit Alde über den Vättern auf ihrer letzten Reise nach Varnhem begleiten. In ein paar Tagen werde er mit ein paar Mönchen zurückkehren, die sich um ein christliches Begräbnis für die anderen kümmern würden. Die Sarazenen, die in Forsvik lebten, konnten nicht so lange warten, aber diese benötigten auch keine Mönche, um sich von ihren Toten zu verabschieden.

Als Erstes sollten die beiden Forsviker Schwadronen umherreiten und so viele entlaufene Pferde wie möglich wieder zusammentreiben, denn die Pferde, die auf den Koppeln gestanden hatten, waren vom Feuer verängstigt ausgebrochen und in alle Richtungen davongaloppiert. Die Männer und Frauen mit den schwersten Verletzungen würden sie ebenfalls mit dem Schiff über den Vättern nach Süden mitnehmen, damit sie so schnell wie möglich in die Pflege der Mönche kamen. Dies und nichts anderes sei jetzt zu unternehmen.

Ritter Sigurd wandte sowohl zornig als auch höhnisch ein, dass es in dieser Stunde zwar viele Dinge für Weiber zu tun gäbe, aber dass Männer lieber das tun sollten, was von Männern erwartet werde.

Birger erfüllte es mit großem Zorn, als er sah, dass viele der bewaffneten Forsviker Sigurd folgen wollten, um sofort Rache zu nehmen. Er sah jedoch ein, dass dies nicht der richtige Augenblick war, um unter Trauernden zu streiten. Trotzdem verlor er die Beherrschung und kränkte Sigurd mehr als beabsichtigt, indem er sagte, richtige Männer hätten Forsvik gar nicht erst in den Händen der Allerjüngsten zurückgelassen, die den Ort nur im Nachthemd gerettet hätten. Erst dann sagte er, was er sofort hätte sagen sollen.

Die Schuldigen würden nicht mit einer geringen Rache davonkommen. Jetzt sei Krieg. Mehr als tausend Niederträchtige und ihre Verwandten sollten diesen Frevel mit ihrem Leben büßen, und da könne man nicht unvorbereitet mit nur zwei Schwadronen losreiten.

Boten, schnelle Reiter, sollten noch am selben Tag zu allen Folkungerhöfen in Västra Götaland aufbrechen. In einer Woche würde der Folkungerthing in Bjälbo zusammenkommen. Dort würden sie sich einigen, wann und wo der Krieg zu beginnen habe.

Die Forsviker gehorchten ihm, und diejenigen, die sich bereits auf ihre Pferde geschwungen hatten, saßen beschämt ab. Ritter Sigurd konnte Birger jedoch nicht mehr

besänftigen. Er stand mit tränenden Augen und hasser-
fülltem Blick da, da ihn Birger beschuldigt hatte, den Tod
seines Bruders und der geliebten Cecilia Rosa verschuldet
zu haben. Birger bereute seine voreiligen, dem Zorn ent-
sprungenen Worte zutiefst, fand aber nicht, dass es die
richtige Gelegenheit war, die Wellen zu glätten oder sich
zu versöhnen. Jetzt galt es, an den Krieg zu denken, denn
es war unvermeidlich, dass er selbst die Folkunger nach
Norden führen würde.

Er zog sich zurück, ging zu den oberen Brücken und
betrachtete die langen Reihen getöteter Feinde. Langsam
schritt er sie ab und sah einem nach dem anderen ins Gesicht, um herauszufinden, ob ihm irgendeine Person oder
Rüstung oder irgendein Wappen bekannt vorkamen. Da
er nur das Wappen mit den beiden goldenen Böcken wie-
dererkannte, ging er davon aus, dass es sich bei den Niederträchtigen um Uppländer handelte.

Einige waren mit Hacken oder großen Hämmern erschlagen worden. Anderen hatte man mit dem Messer die
Kehle durchgeschnitten. Das war schade, denn es wäre
besser gewesen, einige lebendig zu fangen. Dann hätten
sie gewusst, wer die Angreifer gewesen waren und vor
allem, wer sie geschickt hatte. Birger konnte den verzweifelten Forsvikern, die ihre verwundeten Feinde erschlagen
hatten, jedoch keinen Vorwurf machen. Sie würden die
Wappen abmalen müssen, bevor sie ihre toten Feinde verbrannten.

Obwohl er tief in Gedanken versunken war, hatte er
plötzlich das Gefühl, beobachtet zu werden. Als er sich
umdrehte, stand Gregers vor ihm, rußig, mit Tränen in
den Augen und mit blutigen Kleidern über seinem Kettenpanzer. Der Anblick rührte ihn und er breitete die Arme
aus. Mit drei raschen Schritten war sein Sohn bei ihm.

»Gregers, Gregers, mein Sohn«, murmelte er, und von neuem kamen ihm die Tränen, als er begriff, dass er sich bisher nicht gefragt hatte, was eigentlich aus seinem Sohn geworden war. Er hielt ihn eine Weile an sich gedrückt, während er nach Worten suchte.

»Du lebst, und du warst einer von denen, die uns vor einem noch größeren Unglück bewahrt haben«, sagte er, während er den Jungen ein Stück von sich wegschob und an den Schultern festhielt. Er sah ihm in die Augen, ohne auch nur den Versuch zu machen, seine Tränen zu verbergen.

»Ich habe … acht Männer mit … mit meiner Armbrust getötet«, antwortete Gregers leise und abgehackt, als könne er nur mit größter Mühe sein Schluchzen unterdrücken.

Birger setzte sich auf einen der massiven Poller auf der Landungsbrücke und gab seinem Sohn ein Zeichen, ihm gegenüber Platz zu nehmen.

»Erzähl, was passiert ist. Erzähle mir alles, was vor zwei Nächten geschehen ist«, ermahnte er ihn so freundlich und väterlich nachsichtig wie möglich. »Acht Mann, das war wirklich nicht schlecht.«

Gregers erzählte, nach Worten suchend, wie er davon erwacht sei, dass sein Bett gezittert habe, und wie die wenigen Jünglinge im Saal nach bestem Wissen gehandelt hätten.

Als Birger diese Geschichte hörte, meinte er, alles vor sich sehen zu können. Er steckte in den Kleidern seines Sohnes Gregers. So wie sein Sohn es ihm erzählte, musste es zugegangen sein, und selbst in der tiefsten Trauer, in der er sich befand, empfand er so etwas wie Stolz darüber, dass Knaben, die noch keine Männer, aber doch Forsviker waren, hundert Niederträchtige vertrieben und die Hälfte von ihnen getötet hatten.

»Du bist wahrhaftig mein Sohn, Gregers«, sagte er leise, als er ihn bis zum Schluss angehört hatte. »Dich habe ich vernachlässigt, dich habe ich viel zu lange allein und ohne die Liebe und Hilfe eines Vaters gelassen. Dafür bitte ich dich um Verzeihung.«

»Soll ich Euch verzeihen, Vater?«, fragte Gregers zweifelnd und schüttelte langsam den Kopf. »Euch habe ich nichts zu verzeihen, schließlich habt Ihr mich zu einem Forsviker gemacht.«

»Noch nicht!«, erwiderte Birger bleich und zog sein Schwert. »Tritt einen Schritt vor und beuge dein Knie!«

Der Knabe tat, was er ihm befohlen hatte, und Birger erklärte daraufhin, im Kampf würden andere Regeln gelten als im Frieden, und daher könne es jetzt geschehen. Dann berührte er mit seinem Schwert zuerst Gregers linke, dann seine rechte Schulter. Birger erklärte, indem er sich wieder erhebe, sei Gregers ein Forsviker mit dem Recht, das blaue Band um seine Schwertscheide zu tragen.

Aber jetzt würden sie sich für lange Zeit nicht mehr trennen. Erst würden sie zusammen mit Alde nach Varnhem fahren, um die liebe Cecilia Rosa neben ihrem geliebten Arn Magnusson zu begraben, danach ritten sie gemeinsam nach Bjälbo. Und in dem Krieg, der nun begann, würde Gregers mit der Folkungerfahne neben dem Jarl reiten.

Erneut traten Gregers Tränen in die Augen, als er sich erhob, denn die große, schwarze Trauer in ihm mischte sich unerträglich mit Stolz und Liebe zu einem Vater, der für ihn bislang mehr Sehnsucht und Träume dargestellt hatte als Wirklichkeit.

II

Ingrid Ylva war sich bewusst, dass es für eine Witwe, die gerade ihre ersten grauen Haare bekommen hatte, unmöglich war, in Fragen des Krieges mitzureden. Zum lautstarken Folkungerthing war sie nicht einmal zugelassen. Eine Frau würde Männer, die außer sich vor Rachsucht waren, auch nie zur Vernunft bringen können.

Ihr war nie richtig klar gewesen, wie heilig Forsvik für die Folkunger war. Für sie war Forsvik immer nur einer der weitläufigsten Höfe gewesen, der durch die wunderbaren Dinge, die dort hergestellt wurden, zudem großen Reichtum einbrachte. Aber die Werkstätten waren schließlich gerettet worden, und niedergebrannte Häuser ließen sich aufbauen.

Sie trauerte sehr viel mehr um Cecilia Rosa als um einen niedergebrannten Hof. Das tat auch ihre liebe Freundin Ulvhilde, die nach Bjälbo kam, damit sie ein Glas Wein zum Andenken an Cecilia Rosa trinken konnten, wie sie es schon vor ein paar Jahren für Cecilia Blanka getan hatten. Jetzt waren von den vier Witwen, die einmal im Reich geherrscht hatten, nur noch sie beide am Leben.

Ulvhilde berichtete, dass auch ihr Sohn Emund von Rachegelüsten durchdrungen sei. Den Männern ging es jetzt nur noch darum, Kräfte zu sammeln und dann Knut Holmgeirsson anzugreifen, um ihn und alle seine Mannen zu töten. Ulvhilde hatte den Eindruck, dass ihnen das durchaus gelingen konnte. Emund und die anderen Männer wollten nicht nur einen niedergebrannten Hof rächen, sondern einen Hof, der ihr Jerusalem gewesen war. Es gab inzwischen Hunderte von Folkungern, die ihre Jugendjahre in Forsvik verbracht hätten. Sie besäßen ein eigenes Wappen und einen besonderen Gruß, so dass ein Forsviker einen anderen auch bei großem Altersunterschied erkennen konnte. Das habe nicht nur etwas mit Freundschaft zu tun, sondern auch mit der schwer begreiflichen Regel, dass ein Forsviker nie die Waffe gegen einen anderen Forsviker erheben dürfe. Wie auch immer, so seien sie jetzt vollkommen außer sich, und es würde nicht leicht werden, sie dazu zu bewegen, vernünftig und überlegt zu agieren.

Alle Befürchtungen Ingrid Ylvas, dass ein törichter Krieg bevorstehe, bewahrheiteten sich, als sie Birger von seinen Plänen erzählen hörte. Trotzdem wartete sie zwei Tage lang ab, nachdem er mit dem jungen Gregers aus Varnhem zurückgekehrt war. Sie konnte es vor Ungeduld fast nicht aushalten. Sie wollte Birger zur Vernunft bringen, ehe alle Männer nach Bjälbo stürmten und jegliche Vernunft in Bierfässern und feierlichen Versicherungen heiliger Rache ertränkten. Sie zwang sich, über andere Dinge zu sprechen als den Krieg, und ermunterte Gregers, der sich nicht hatte vorstellen können, dass es im Norden ein so großes Gotteshaus gab, von seinem ersten Besuch in Varnhem zu erzählen. Birger verleitete sie, damit anzugeben, wie er den alten Pater Guillaume de Bourges schließlich zum Einlenken bewegt habe. Ob dies darauf zurückzuführen sei, dass Birger ein so verschlagener und großartiger Unterhändler sei, fragte Ingrid Ylva unschuldig. Birger erläuterte daraufhin, wie sehr Pater Guillaume anfangs auf seinem Standpunkt beharrt habe,

Frauen niederer Geburt dürften nicht in der geweihten Kirche begraben werden. Doch Birger habe ihn daran erinnert, dass es sich um die Frau handele, die der von Varnhem hochverehrte Arn Magnusson derart geliebt habe, dass er als Tempelritter zwanzig Jahre Krieg im Heiligen Land überlebt habe. Wie zu erwarten habe Pater Guillaume eingelenkt, als er den Namen Arn Magnussons hörte, was vielleicht nicht nur an der bekannten Gottesfürchtigkeit des lieben Paters gelegen habe, sondern an dem vielen Gold, das Varnhem aufgrund dieser Gottesfürchtigkeit zuteilgeworden sei. Schließlich war die Sache durch Birgers geschickte Verhandlung dann doch gut ausgegangen. Jetzt ruhe Cecilia Rosa bis zur Ewigkeit zusammen mit ihrem geliebten Arn unter dem Steinfußboden Varnhems.

Die Totenmesse sei sehr schön gewesen, aber unendlich lang. Gregers war der gleichen Meinung.

Behutsam arbeitete sich Ingrid Ylva an das Thema heran, das ihr ganz besonders am Herzen lag. Denn für sie bedeutete der leicht vorherzusehende Sieg nichts. Für sie war viel wichtiger, in wessen Namen der Sieg errungen wurde. Allein im Namen der Rache, der heiligen nordischen Rache, zu siegen, sei verwerflich. In Gottes Namen zu siegen, sei hingegen vortrefflich. Aber das seien ja alles nur Worte. Jetzt blieb ihr nur wenig Zeit, Birger zu beeinflussen, ehe die aus allen Richtungen herbeistürmenden Folkunger Bjälbo in ein Irrenhaus verwandelten.

»Dass du, mein geliebter Sohn, siegen wirst, weiß ich«, sagte sie ruhig und mit gespielter Zerstreutheit eines späten Abends, als sie allein waren und in Bjälbo immer noch Frieden herrschte. »Ich habe immer gewusst«, fuhr sie im selben Ton fort und tat so, als habe sie Mühe mit ihrer Spindel, »dass du derjenige sein wirst, der Knut Holmgeirsson erschlägt. Daher hat es mich auch nicht sonderlich begeistert, als du so viel mit ihm geübt hast, weil du es dir damit nur schwerer machst.«

Wie beabsichtigt brachte sie Birger mit diesen Worten zum Verstummen. Er starrte sie an, als gingen ihm tausend Gedanken zugleich durch den Kopf.

Es hatte ihm die Sprache verschlagen, und sein erster Gedanke war, dass seine Mutter vermutlich die Einzige im Reich war, die ihn zum Verstummen bringen konnte. Nicht einmal Ritter Bengt besaß noch diese Fähigkeit. Sie ist eine sehr schöne Frau, dachte er dann verwirrt. Es hieß, sie habe tausend Freier abgewiesen. Das war allerdings sicher nur Gerede, ebenso wie die Gerüchte über ihre Hexenkünste. Was hingegen ihre Fähigkeit, in die Zukunft zu schauen, anging, war er sich nicht so sicher, denn die hatte sie schon oft bewiesen. Jetzt saß sie ganz in Rot gekleidet – der Farbe, die sie so sehr und fast trotzig liebte – auf dem Stammsitz der Folkunger und schien sich lieber mit ihrer Spindel zu befassen als vom Krieg zu reden. Der Schein trügt, dachte Birger schließlich. Sie will vom Krieg sprechen, und das sei ihr zugebilligt.

»Vermutlich werde ich Knut erschlagen«, meinte er schließlich. »Einer von uns wird es tun, denn wie Ihr gesagt habt, werden wir den Krieg gewinnen. Und wie wir beide glauben, wird dieser Krieg mit Knuts Tod enden, für den mich seine Verwandten verantwortlich machen werden. Also, meine geliebte, durchtriebene Mutter, worüber wolltet Ihr jetzt mit mir sprechen?«

»Als Erstes darüber, in wessen Namen du siegen willst«, sagte sie sanft, den Blick immer noch auf die Wolle gerichtet, die sie spann.

»Ich werde im Namen der Folkunger und im Namen Forsviks siegen«, entgegnete Birger knapp.

»Das genügt nicht«, erwiderte Ingrid Ylva seufzend, legte ihre Handarbeit beiseite und schaute Birger tief in die Augen. »Das reicht nicht, mein Sohn, denk dir etwas Besseres aus.«

»In Gottes Namen?«, schlug Birger spöttisch vor. »Darauf berufen sich schließlich alle. Wir werden mindestens zwei Kleriker auf unserer Seite haben und Knut wahrscheinlich einen feigen Erzbischof auf seiner. Und?«

»Im Namen der Folkunger und im Namen Gottes, das versteht sich«, sagte Ingrid Ylva. »Aber das ist trotzdem nicht gut genug.«

»Dann weiß ich nicht, was Ihr meint, liebe Mutter. Aber ich höre Euch gerne zu. Sagt mir etwas Besseres als Gott und die Folkunger, wenn Ihr das könnt!«

»Gott, König Erik Eriksson *und* die Folkunger!«, antwortete Ingrid Ylva sofort.

»Erik Eriksson, der lahme Kinderkönig?«, rief Birger verblüfft. »Meint Ihr, ich solle diese Missgeburt aus Dänemark herbeischleppen und ihm die Krone aufsetzen, wenn Knuts Kopf auf der Erde liegt?«

»Genau das meine ich«, antwortete Ingrid Ylva leise und mit unbewegter Miene. »Und jetzt bitte ich dich, mich anzuhören, ohne mich zu unterbrechen.«

»Ich höre«, stimmte Birger mit einer kurzen Verneigung zu. »Aber Ihr, liebe Mutter, müsst Eure Worte wie ein Birger Brosa wählen, um mich zu überzeugen.«

»Das werde ich«, entgegnete Ingrid Ylva mit kaum merkbarem Lächeln. »Falls du mich nicht fortwährend unterbrichst, Bier holen gehst oder Grimassen schneidest.«

»Bei ernsten Gesprächen unter vier Augen braucht man nichts zu trinken. Dieser Meinung bin ich. Aber sprecht jetzt endlich und sagt mir, wie Ihr denkt!«

»Nun gut. Viele Menschen sind vor den Unruhen in Sörmland geflohen und hier in Bjälbo vorbeigekommen. In Sörmland wüten Knuts Männer. Die Sörmländer müssen sie hassen. Die Leute am Mälaren lieben dich jedoch dafür, dass du so viele Menschen auf Ösel befreit hast. Das stimmt doch?«

»All das ist wahr, liebe Mutter. Aber was hat das mit unserem Sieg zu tun? Und was hat das vor allem mit dem Krüppel Erik Eriksson zu tun?«

»Du sollst mich nicht unterbrechen!«

»Nein, ich bitte Euch um Verzeihung. Aber sagt mir doch, was das mit Erik Eriksson zu tun hat.«

»Alles!«, antwortete Ingrid Ylva triumphierend. »Hör mir jetzt zu, ohne mich zu unterbrechen. Du ziehst mit deinem Heer nach Sörmland. Du befreist ganz Sörmland von Knuts Männern, behandelst die Sörmländer selbst jedoch mit Milde, denn du kommst an die Südufer des Mälaren nicht als Plünderer an der Spitze eines feindlichen Heeres, sondern als Befreier. Bald wird es sowohl in Sörmland als auch in Närke keine Männer Knuts mehr geben. Alle Närker und Sörmländer werden dem Befreier Birger Magnusson zu Bjälbo und seinen Folkungern zujubeln. Verstehst du jetzt, worauf ich hinauswill?«

»Euer Gedanke ist gut, und so wollte ich es ebenfalls von Anfang an machen. Aber jetzt zurück zu Erik Eriksson!«

»Die Kriegsflagge, die das Heer aus dem Süden führen soll, ist dieselbe Flagge wie bei Gestilren, eine Hälfte die Kronen der Eriker, die andere der Folkungerlöwe. Das bedeutet, dass ihr nicht rächende Folkunger seid und dass es nicht nur um euer geliebtes Forsvik geht. Es geht um das Reich. Und wenn ihr schließlich in Uppland oder wo auch immer Knut Holmgeirsson fangt und tötet, dann ist damit jedweder Bürgerkrieg beendet. Ihr kommt im Namen des Reiches und im Namen des gekrönten Königs Erik. Er war ein milder Herrscher und kein Anführer der Niederträchtigen wie der Aufrührer Knut. Jetzt verstehst du es doch wohl?«

Birger saß lange Zeit schweigend da und dachte nach. Ingrid Ylva betrachtete ihn eingehend. Sie sah, dass ihn ihre Worte überzeugt hatten. Sie musste sich anstrengen, nicht siegessicher oder stolz zu lächeln.

»Ah!«, sagte Birger schließlich. »Was Ihr sagt, ist gar nicht dumm, liebe Mutter. Aber das ist schließlich nur eine von vielen Möglichkeiten, über die ich vor dem morgendlichen Thing nachdenke. Und jetzt sollte ich schlafen!«

Birger küsste seine Mutter auf die Stirn und verschwand dann mit energischen Schritten durch den halbdunklen Saal.

Ingrid Ylva zog die Wachskerze näher an sich heran, griff wieder zu ihrer Spindel und begann, die Wolle zu Garn zu spinnen. Sie lächelte. Bald, dachte sie, wird Birger die Schwester des Königs heiraten.

* * *

Der Folkungerthing, der am nächsten Tag auf Bjälbo zusammentrat, schäumte vor Zorn und Rachsucht. Es war jedoch bereits November und somit kein geeigneter Zeitpunkt für einen Krieg. Aber mit dem Frost im Dezember würde die Erde frieren, und dann konnte man an Västra Aros und Enköping vorbei zu den beiden Burgen Knuts reiten, nach Vik und Sko südlich von Östra Aros. Sie würden die Burgen einnehmen und niederbrennen, ohne Gnade alle töten und sämtliche Höfe innerhalb eines Tagesritts niederbrennen.

So hatten es sich die Folkunger ausgedacht, und mit diesem Vorschlag begannen die Verhandlungen. Sie konnten sich mit keiner geringeren Rache für denjenigen begnügen, der die Schuld daran trug, dass Forsvik entweiht worden war. Jeder Forsviker, ob jung oder alt, würde mit seinen Hofleuten teilnehmen. Sie würden auch ihre Bauern von den entlegenen Höfen holen und so über zweitausend Bogenschützen verfügen.

Eskil Lagmann war zum ersten Mal bei einem Folkungerthing. Er verharrte beim Sprechen jedoch nicht wie die anderen an seinem Platz, sondern schritt breitbeinig und männlich wie in seinem eigenen Saal auf und ab und erklärte, wie ein Krieg am besten zu führen sei. Er wollte neue Waffen verwenden, besonders beim Stürmen der Burg Vik, die stärker befestigt war als Sko. Er sprach von *Trébuchet*, als wüssten alle, was das war, und darüber, dass man eine *Balista* bauen müsse, um auf Abstand Feuer in die Burg zu tragen und mit geschleuderten Steinblöcken die Mauern einzureißen.

Obwohl nicht alle verstanden, was Eskil Lagmann meinte, waren sich alle einig, dass dies der größte Rachefeldzug seit Menschengedenken werden würde. Bald warteten alle nur noch ungeduldig darauf, beim ersten Frost aufbrechen zu dürfen, da erst dann die Wagen mit den schweren Waffen und dem Proviant die Wege passieren konnten.

Birger wusste, dass er alle diese Pläne zunichtemachen musste, hegte aber keinerlei Befürchtungen, dass ihm dies misslingen würde. Sein altes Selbstbewusstsein war zurückgekehrt, und die schweren Auseinandersetzungen, die ihm auf diesem Thing bevorstanden, schienen ihm das reinste Vergnügen zu sein. Er wartete trotzdem das Ende des ersten Thingtages ab, bevor sich erhob, um zu sprechen. Bald würde man erst zum Gebet in die Kirche von

Bjälbo und anschließend zum Abendessen in den großen Saal gehen. Birger hatte sich den Zeitpunkt genau ausgesucht. Er wollte nicht, dass es beim Thing zum Streit kam, sondern dass alle in der Nacht etwas hatten, worüber sie nachdenken und sich mit anderen auseinandersetzen konnten.

Da es auf Bjälbo von jeher Sitte war, den Vertretern während der Sitzungen kein Bier zu servieren, würde der allgemeine und sehr männliche Durst Birger begünstigen. Niemand würde die Verhandlungen mit ermüdenden nächtlichen Gesprächen auf nüchternen Magen unnötig in die Länge ziehen wollen.

Nachdem alle, die sich hatten äußern wollen, das Wort ergriffen hatten und sich darin einig waren, dass der Krieg bereits im nächsten Monat beginnen solle und die Burg Vik das wichtigste Ziel sei, richteten sich sämtliche Blicke erwartungsvoll auf Birger. Dieser hätte sich nur erheben und wortlos sein Schwert auf den Tisch schlagen müssen, um die Sache zu besiegeln. Langsam und mit nachdenklicher Miene, die zu verstehen gab, dass jetzt etwas anderes kam als das, was seine Verwandten erwarteten, erhob er sich. Im Saal war es so still, dass er mit leiser Stimme sprechen konnte und sich weniger aufplustern musste, als es die meisten anderen an diesem Tag getan hatten.

»Unsere Trauer ist ebenso groß wie unser Zorn. Die Verwandten, die mit der Waffe in der Hand gefallen sind, und die, die hinterrücks erschlagen oder verbrannt wurden, sollen hundertfach gerächt werden«, begann er. »Wir werden erst ruhen, wenn Knut Holmgeirsson und seine Mannen tot sind. Darin sind wir uns alle einig. Das werden wir mit Gottes Hilfe erreichen. Aber wir werden nicht jetzt im Dezember in den Krieg ziehen, sondern erst im Mai nächsten Jahres.«

Er hielt inne, als sich erstauntes und wütendes Gemurmel im Saal erhob. Er wusste, dass er die anderen jetzt überzeugen musste, sonst war auch seine Stellung als Folkungerjarl gefährdet. Nun musste er schneller und kraftvoller sprechen. Er hob die Hand, um sich erneut Ruhe zu verschaffen.

»Wir werden nicht nächsten Monat schon in den Krieg ziehen, weil wir nicht nur einen kleinen Sieg erringen wollen«, fuhr er fort. »Und es wäre nur ein kleiner Sieg, wenn wir die Burg Vik und das feste Haus Sko einnähmen, was im kalten Winter schon mühsam genug wäre. Wir wollen uns jedoch aufmachen, den größten Folkungersieg aller Zeiten zu erringen. Wir streben nach Größerem als nur unserer gerechten Rache. Denn wenn wir die Burg Vik schon zu Neujahr einnähmen, wofür sich viele von euch männlich und kühn ausgesprochen haben, was hätten wir dann erreicht? Rache, gewiss, aber was mehr? Wer ist dann der König des Reiches, wo befindet sich dann der Reichsrat, wenn Knut starr daliegt? Ist unser Reich umherstreifenden Wegelagerern und Plünderern ausgeliefert? Sollen wir dann einfach wieder nach Hause ziehen, um mit einem großen Gastmahl unseren Sieg zu feiern und auf die Rache der Uppländer zu warten? Nein, damit hätten wir nicht viel gewonnen. Dann hätten wir bald wieder einen Grund, uns auf einen neuen Feldzug zu begeben, um uns noch fürchterlicher zu rächen, so wie die Blutrache früher ganze Landstriche veröden konnte.«

Birger legte eine Pause ein und sah einem Vertreter der großen Folkungerhöfe nach dem anderen ins Gesicht. Sie saßen mit gerunzelter Stirn, aber schweigend da, und das war ein gutes Zeichen, denn jetzt hatte er das Schwierigste gesagt.

»Jetzt werde ich euch sagen, was wir unternehmen werden«, fuhr er ermuntert von der gespannten Aufmerksamkeit im Saale fort. »Erst werden wir unseren gekrönten König Erik Eriksson holen, weil wir für alle sichtbar zwei Fahnen führen wollen. Zum einen die Forsviker Fahne, zum anderen diejenige, mit der wir in Gestilren gesiegt haben und die je zur Hälfte aus dem Wappen der Folkunger und der Eriker besteht, denn das ist das Reichswappen. Es wird sich also nicht um blutrünstige und rachedürstende Folkunger handeln, die nach Norden reiten, sondern um das königliche Heer des Reiches, das kommt, um die Aufrührer zu bestrafen. Das ist ein sehr großer Unterschied, der unseren Sieg umso mächtiger werden lässt. Kaltblütig und durchdacht werden wir im Mai zwei Heere nach Norden entsenden, das eine nach Nyköping, das andere nach Örebro. Denn der Schlüssel zum Sieg liegt in Sörmland und Närke, dort werden uns die Menschen als Befreier begrüßen und nicht als blindwütiges Heer aus dem Süden. Unverdrossen werden wir alle Plünderer und Vögte im Dienste Knut Holmgeirssons in Sörmland und Närke verfolgen. Den ganzen Sommer werden wir darauf verwenden, diese beiden Länder der Umklammerung Knuts zu entreißen, wodurch wir ihn nach Uppland zurückdrängen. Wir ziehen dann um den Mälaren herum und zielen genau auf sein Herz, auf die Burg Vik und das feste Haus Sko. Dort muss er sich uns mit seinem Heer stellen oder fliehen. Anschließend können wir, wenn wir wollen, Vik einnehmen und niederbrennen. Die Uppländer können jetzt, selbst wenn sie noch irgendwelche Anführer haben, nicht mehr nach Süden ziehen, um sich an uns Folkungern zu rächen. Sie können nur einen Aufruhr gegen König Erik beginnen, womit sie nicht nur uns, sondern auch die Sörmländer und Närker gegen sich aufbringen, die wir im Sommer zuvor für unsere Sache gewonnen haben. Auf diese Weise werden wir einen viel größeren Sieg erringen, als es durch einen grässlichen Rachefeldzug möglich wäre. Unser Sieg wird gewiss unsterblich sein, aber unseren Rachegefühlen wird dennoch Genüge getan. Als ich nach Forsvik kam und dort die bittere Trauer und Zerstörung sah, gelobte ich hundertfache Rache. Dieses Gelöbnis wiederhole ich jetzt: So wird es kommen, wenn wir tun, was ich sage.«

Das Schweigen, das im Saal anhielt, nachdem er sich gesetzt hatte, überzeugte Birger ebenso wie die nachdenklichen Mienen seiner Verwandten. Er würde seinen Willen durchsetzen.

Es dauerte eine Weile, bis jemand wieder das Wort ergriff. Einige lahme Einwände wurden vorgebracht. Jemand meinte, es sei doch überflüssig, den Kinderkönig der Eriker zu holen, da man ebenso gut einen eigenen König wählen könne. Ein anderer wandte dagegen milde ein, diese Frage sei schon früher nicht gelöst worden. Es gebe keinen Kronprätendenten der Folkunger, auf den sich alle einigen könnten. Sehr viel mehr wurde nicht gesagt.

Birger musste sich nicht mehr äußern, bald war es an der Zeit, sich zum Gebet und zum Abendessen zu begeben. Sogar sein Bruder, der Lagmann Eskil, nickte ihm nachdenklich und zustimmend zu.

Damit ist bereits der halbe Sieg errungen, dachte Birger und begann darüber nachzudenken, wann und wie er nach Dänemark reisen sollte, um Erik den Lahmen aufzusuchen und ihn oder schlimmstenfalls seine einfältigen Berater zu überreden, in das Reich zurückzukehren, das ihn zum König gekrönt hatte, aus dem ihn dann aber die eigenen Verwandten schmählich verjagt hatten. War es klug, ihm mitzuteilen, dass diese Verwandten zum Tode verurteilt waren, oder sollte er sich damit begnügen, ihm einen sicheren Sieg zu versprechen?

Wie auch immer, der Krieg war jetzt beschlossene Sache. Es war eine Erleichterung, in aller Ruhe Vorkehrungen zu treffen, statt loszustürmen und zu plündern, eine Vorgehensweise, die nur unnötig viele Menschenleben kosten würde. Für einen wirklichen Sieg starben die eigenen Verwandten oder Feinde nicht umsonst.

* * *

Nachdem das Eis im nächsten Frühjahr aufgegangen war, kam König Erik Eriksson über den Vänern zur Burg Arnäs, wo Herr Torgils Eskilsson seine Sicherheit gewährleisten sollte, bis der Krieg gewonnen war. Arnäs war viel stärker befestigt als Näs auf Visingsö und konnte auch nicht mit den neuen Belagerungswaffen eingenommen werden, für die sich Eskil Lagmann so nachhaltig eingesetzt hatte. Arnäs bildete wie Ymseborg, Forsvik und Bjälbo einen Teil des Walls, der Västra und Östra Götaland vor feindlichen Angriffen schützte. Von diesen Burgen ritten Folkungerschwadronen jeden Tag los, um Feinde aus Nordanskog aufzuspüren.

Ritter Bengt und Birger, die über einen Monat in Bjälbo zusammengesessen hatten, um den Krieg vorzubereiten, hatten sich bald darauf geeinigt, dass man die Heimat in diesen unruhigen Zeiten nicht ohne Verteidigung zurücklassen könne. Die Uppländer ließen sich auch mit der halben Folkunger Reiterarmee besiegen. Da man nicht beabsichtigte, als plünderndes Heer in Sörmland und Närke einzufallen, ging Birger davon aus, dass sich die dortige Bevölkerung der königlichen Fahne anschließen würde, denn mittlerweile waren Sörmländer wie Närker die Vögte und Niederträchtigen Knut Holmgeirssons sicherlich gründlich leid.

Die Milde den Leuten aus Nordanskog gegenüber kannte jedoch ihre Grenzen. Es waren in Forsvik nicht nur neue Wappen für das Heer gemalt und genäht worden, auf zwei Pergamente hatte man auch alle Wappen jener Niederträchtigen gemalt, die bei ihrem Überfall auf Forsvik erschlagen worden waren. Jeder Mann, der mit diesen Wappen angetroffen wurde, sollte auf der Stelle sein Leben verlieren.

Es waren zwei Pergamente mit den feindlichen Wappen nötig, denn die Folkunger wollten mit zwei kleineren Heeren nach Norden ziehen, statt mit einem großen. Bengt Elinsson stand dem einen Heer vor. Ritter Sigurd war sein Stellvertreter. Er sammelte in Ymseborg seine Mannen um sich. Dann zogen sie durch den Tiveden nach Örebro, anschließend nördlich des Hjälmaren nach Arboga und schließlich nach Strängnäs.

Das Heer, das Birger mit Emund Jonsson als Stellvertreter anführte, machte zuerst in Nyköping Halt, dann ging es weiter nach Södertälje und von dort gen Westen ebenfalls nach Strängnäs. Zu Laurentius, Anfang August, wollten sich die beiden Truppen in Strängnäs vereinen. Erst dann war es an der Zeit, Fußvolk und Bogenschützen anzuwerben, die sich während des Sommers vorwiegend damit beschäftigt haben würden, sehr weit zu marschieren, um sich zu scharen.

Nachdem die beiden Truppen auf diese Weise ganz Närke und Sörmland durchstreift hatten, müssten diese beiden Länder von allen Vögten und Niederträchtigen unter dem Befehl Knut Holmgeirssons befreit worden sein. Jetzt nahte der große Krieg.

Das Vorgehen der Folkunger wirkte zunächst nicht sehr kriegerisch. Durch lichte Sommerlandschaften, erfüllt von Vogelgezwitscher und friedlicher Feldarbeit, bewegten sich die zwei Heere gemächlich über das Land.

Der junge Gregers, der unendlich stolz und mit pochendem Herzen an der Spitze der Forsviker Schwadronen neben dem Folkungerjarl einhergeritten war, wurde zusehends gelassener. Auf dem langen Weg von Linköping nach Nyköping begegneten sie keinem einzigen Feind, und bevor das Heer in Nyköping einzog, machte es auf dem Hof von Herve Trolle zwei Tage lang Rast. Karren wurden repariert und Waffen poliert. Auf Gregers wirkte dieser Krieg wie eine lange Sommerreise, die bald eintönig wurde.

Birger hatte gute Gründe besessen, bei Herve Trolle zu verweilen. Dieser gehörte einem Geschlecht mit großem Einfluss in Sörmland an, außerdem war er seit der Heirat von Bengt Elinssons Tochter Magnhild mit den Folkungern verschwägert. Was sein Vater und dieser Herve Trolle zu besprechen hatten, verstand Gregers erst, als sich dieser dem Heer mit zehn Reitern anschloss, nachdem er zuvor einen großzügigen Beitrag an geräuchertem und gepökeltem Fleisch geleistet hatte. Sein Fahnenträger ritt ebenfalls an der Spitze. Das Wappen war neu und bestand aus drei Bildern, dem roten Wolf, dem alten Wappen der Ulvsleute, einem Troll mit abgeschlagenem Kopf und dem goldenen Folkungerlöwen.

Erst als eine kleinere Reiterabordnung des Heeres mit den Fahnenträgern in Nyköping einritt, begriff Gregers, wie sein Vater diesen Feldzug angelegt hatte. Als sie die Bürger der Stadt zur Verhandlung trafen, entrollte Jarl Birger eine Bulle mit dem königlichen Siegel. Der Stadt Nyköping würden zwei Jahre Steuerfreiheit gewährt, wenn ihre Bürger sich zu Untertanen von König Erik Eriksson erklärten. Die Bürger Nyköpings, die von den Vögten Knut des Langen ausgeplündert worden waren, konnten dieses Angebot kaum ausschlagen. Von dem Augenblick an, in dem sie ihre Siegel feierlich an der königlichen Bulle festmachten, besaßen sie das Recht, alle Männer, die Steuern für Knut den Langen eintreiben wollten, aus der Stadt zu werfen oder sie zu töten.

Nach einem zweitägigen angenehmen Gastmahl in Nyköping und Erneuerung der Vorräte ging es weiter in Richtung Södertälje. Birger erklärte seinem ungeduldigen Sohn, wie dieser Krieg geführt wurde. Es würde durchaus zum Kampf kommen, aber dann mit einem Feind, der in die Enge getrieben und ganz allein dastehe. Denn jede Stadt, die sich Erik Eriksson anschloss, war für Knut Holmgeirsson verloren. Sie fänden vielleicht alle, dass das als Krieg nicht viel tauge, aber zum Schluss würde gerade das für Knut den Langen verheerend sein.

Weit vor dem Heer ritt immer eine schwer bewaffnete Schwadron Forsviker. Friedlichen Reisenden teilten sie mit, dass sie von dem königlichen Heer, dem sie bald begegnen würden, nichts zu befürchten hätten. Auch auf den Höfen taten sie dies kund. Gleichzeitig fragten sie nach, wo mit Männern Knuts des Langen oder Wegelagerern zu rechnen sei. Bauern und Reisende gaben gern darüber Auskunft. Auf diese Art wurde der Krieg vor dem Heer hergetragen, aber in kleinen Schritten und ohne viel Aufhebens.

Auf den Straßen stieß der Vortrupp der Folkunger auch auf nichtsahnende königliche Vögte oder auf Plünderer aus Uppland, mit denen nicht lange verhandelt wurde. Man klappte das Visier herunter und griff sofort an. Eine Schwadron Forsviker war viel stärker als doppelt so viele

Feinde zu Pferde, und nicht einmal die unwillkommenen Vögte Knuts des Langen ritten in größeren Gruppen.

Kurz vor Södertälje sah Gregers die ersten Spuren dieses stummen Krieges, der der Hauptarmee vorauseilte. In einem Eichenwäldchen baumelten fünfzehn Männer im Wind. Sie hingen jedoch so steif und mit verdrehten Gliedern, dass sie offenbar erst erschlagen und dann zur Warnung aufgeknüpft worden waren. An ihren Kleidern war zu sehen, dass sie Knut dem Langen gedient hatten oder Familien aus Uppland oder Västmanland entstammten.

In Södertälje wiederholte sich dieselbe Verhandlung wie in Nyköping. Damit war eine zweite, jedoch bedeutend kleinere Stadt König Erik Eriksson ohne Blutvergießen in die Hände gefallen.

Jetzt wandte sich das Heer in Richtung Westen und zog langsam durch Sörmland. Auf jedem Hof wurde haltgemacht, jedoch nicht geplündert, und alle, die zum Heer beitragen konnten, erhielten zwei Jahre Steuerfreiheit. Das Gerücht von König Erik Erikssons großmütiger Wiederkehr zur Königskrone des Reiches ging dem gemächlich vorrückenden Heer bald voraus. Ab und zu kamen Reiter und berichteten von Vögten und Plünderern, und sofort schickte Birger eine oder zwei Schwadronen los, um alle auffindbaren Männer zu töten. Langsam, aber sicher wurde ganz Sörmland von den Männern König Knuts befreit.

Auf dieselbe gemächliche und fast friedliche Weise waren Bengt Elinsson und Ritter Sigurd durch Närke gezogen und hatten mühelos die Stadt Örebro dazu veranlasst, sich König Erik Eriksson anzuschließen. Die Habgier Knuts des Langen und seiner Vögte rächte sich jetzt böse.

Zum vereinbarten Zeitpunkt, kurz vor Laurentius, trafen sich die zwei Heere vor Strängnäs. Hier lag eine Burg der Vögte, die Bengts Truppe schon seit einigen Tagen belagerte. Für die Verteidiger in der Burg war es ein niederschmetternder Anblick, dass sich die Truppe der Feinde jetzt verdoppelt hatte und Fahnen sämtlicher Städte und aller großen Geschlechter in Sörmland und Närke führte. Das Einzige, was man dem Griff Knuts des Langen noch nicht hatte entreißen können, war diese Burg, deren Verteidiger mit jeder Stunde mutloser wurden.

Birger und Bengt Elinsson hatten es nicht eilig, sondern schlugen in einigem Abstand von der Burg, der letzten Station vor Strängnäs, ihre Zelte auf. Sie hatten viel darüber zu erzählen, wie die Sommermonate verlaufen waren. Ihre Erfahrungen waren sehr ähnlich. Sie amüsierten sich über den einen oder anderen lustigen Zwischenfall. Eine Gruppe Vögte war direkt in eine Gruppe mit sehr jungen Forsvikern hineingeritten und hatte den Ernst der Lage erst erfasst, als alle sterbend auf der Erde gelegen hatten. Ganz außer Atem seien in der Nacht Bauern herbeigelaufen und hätten erzählt, der Teufel sei los, die Plünderer seien auf dem Weg zu ihrem Hof. Durch jeden derartigen kleinen Einsatz hatten sie hundert weitere Anhänger gewonnen. Von solcher Kriegsführung hatte noch nie jemand gehört. Dieser Krieg stellte ein Wunder dar, da die Heere unablässig stärker wurden und die Besiegten sich mit größtem Vergnügen den Eroberern unterwarfen. Da weder Vögte noch Plünderer ihre kurzen und überraschenden Begegnungen mit den Folkungerreitern überlebten, so ließen sich nur Vermutungen darüber anstellen, ob Knut Holmgeirsson erfahren hatte, dass sich eine tödliche Gefahr näherte. Die Männer, die dem Feind begegnet waren oder ihn auch nur auf Abstand gesehen hatten, konnten ihm nichts erzählt haben, da die Forsviker fliehende Reiter stets einholten und das auch tun sollten. Erst jetzt nach drei Monaten stieß das Heer auf eine größere Aufgabe. Bislang hatten die zwei Truppen nur wenige Männer verloren, jedoch nicht im Kampf, sondern bei Zwischenfällen, wie sie immer eintrafen, wenn viele bewaffnete Männer durchs Land zogen. Eine Armbrust war versehentlich abgefeuert worden, ein Pferd war durchgegangen und sein Reiter im Steigbügel hängen geblieben, Betrunkene hatten eine Prügelei begonnen und ähnliche Bagatellen.

Es stellte sich die Frage, ob man die Burg stürmen oder durch Verhandlung einnehmen sollte. Für Letzteres sprachen zwei Dinge. Wenn man die Burg nicht niederbrannte, gefährdete man auch nicht die Schatztruhe, die sich vermutlich darin befand. Gewährten sie Knuts Männern freies Geleit, dann würden sie zu Knut eilen und ihm berichten, was in ganz Sörmland und Närke geschehen war. Mit etwas Glück würde ihn das derart erzürnen, dass er seinen Männern befahl, ihre Rüstungen anzulegen, und sich freiwillig in den Tod stürzte.

Es sprach jedoch auch einiges dafür, die Burg zu stürmen und niemandem freies Geleit zu gewähren. Bislang waren weder Birger noch Ritter Bengt Männern mit Wappen begegnet, wie sie die Niederträchtigen getragen hatten. Birger hatte beim Folkungerthing Rache geschworen.

Wenn man den Leuten in der Burg freies Geleit zubilligte, müssten sie vielleicht mit ansehen, wie Männer mit dem Wappen der Niederträchtigen in die Freiheit entschwanden. Das würde die Folkunger wütend machen, die dann zurecht behaupten könnten, Birger habe nicht zu seinem Wort gestanden.

Verrat sei eine Möglichkeit, meinte Bengt Elinsson achselzuckend. Wenn die Männer die Burg verließen, könne man diejenigen mit den richtigen Wappen durchlassen und ihnen mitteilen, für Niederträchtige und ihre Verwandten gebe es kein freies Geleit, sondern nur Blutrache.

Eine schlechtere Möglichkeit sei es, einen derartigen Verrat zu umgehen, indem man diese Ausnahmen von vornherein erwähne und die Auslieferung ganz bestimmter Niederträchtiger, falls sich solche in der Burg aufhielten, fordere, ehe man die Verhandlungen fortsetze.

Sie waren sich rasch einig, dass dies keine gute Lösung war. Denn wenn die Verteidiger der Burg erführen, wer aufgrund seines Wappens zum Tode verurteilt war, dann würden diese Unglücklichen schleunigst ihre Wappen verbrennen.

Ritter Bengt schlug schließlich vor, eine Weile abzuwarten, da bislang alles unerwartet schnell und einfach verlaufen sei. Bis zur entscheidenden Schlacht gegen Knut Holmgeirsson würden noch mehrere Monate vergehen. Diese Burg sei einer längeren Belagerung nicht gewachsen, sondern wirke mehr wie ein Schutz für Schatztruhen. Es ließe sich nur schwer beurteilen, wie groß die Vorräte auf der Burg seien, aber diese schrumpfen zu lassen, während die Angst der Belagerten wachse, könne den Folkungern nur dienlich sein. Verließe die Belagerten der Mut, würden sie vielleicht selbst Verhandlungen um freies Geleit anstreben. Während sie in der Burg schwitzten, könne Birger nach Strängnäs reiten und dort die Verhandlungen um die letzte sörmländische Stadt führen, die sich noch nicht dem königlichen Heer angeschlossen habe.

Als Birger zwei Tage später vor den vielen Fahnenträgern, die nunmehr zu seinem Heer gehörten, in Strängnäs einritt, wurde er von einem prächtigen, unerwarteten Schauspiel empfangen. Die Hauptstraße vom Hafen bis zum Dom wurde von den Bürgern der Stadt gesäumt, die blaue und silberne Wimpeln in den Händen hielten. Sie priesen Gott und segneten den in die Stadt einziehenden Eroberer, was so übertrieben wirkte, dass er eine listige Falle vermutete. Erst als er mit den Stadtältesten und einem furchtsamen Bischof zu Tisch saß, wurde ihm einiges klar. Mehr als dreißig Bürger der Stadt waren auf Ösel gefangen gewesen. Als sie gehört hatten, Birger Magnusson sei im Anmarsch, hatten sie alle Bewohner davon überzeugt, dass es nicht darum ging, sich gegen einen Feind zu verteidigen, sondern einen Freund zu begrüßen, in dessen Schuld man stehe. Eine einfachere Verhandlung über zwei Jahre Steuerfreiheit gegen Treue zu König Erik Eriksson hatte Birger auf seiner ganzen Reise noch nicht erlebt. Ein Jahr oder auch ein halbes Jahr Steuerfreiheit hätten es vermutlich auch getan. Diese späte Erkenntnis bereitete ihm jedoch eher Vergnügen, als dass ihn das verlorene Geld gegrämt hätte. Denn es war trotzdem kein schlechtes Geschäft. Mit Strängnäs hatte sich jetzt ganz Sörmland und Närke König Erik Eriksson angeschlossen.

Zwei Wochen lang bauten die Belagerer Schleudern und sammelten Teer und anderen Brennstoff, um sodann die Burg der Vögte zu stürmen. Während dieser Zeit versuchten die Verteidiger kein einziges Mal auszubrechen. Wenn ein Reiter sich allzu frech den Wällen näherte, wurden halbherzig ein paar Pfeile abgefeuert.

Nach einer Woche unter sengender Sonne entschied Birger, mit einem Angriff zu beginnen, um sich zumindest ein Urteil über die Verteidigungsfähigkeit des Gegners bilden zu können. Die Augustnächte waren dunkel geworden, und da die Männer in der Burg inzwischen offenbar den Eindruck gewonnen hatten, der Feind wolle sie aushungern, wurden sie von dem Angriff vollkommen überrumpelt.

Eine Stunde vor Anbruch der Morgendämmerung wurde der Himmel von einem Feuerball taghell erleuchtet, und brennende Pfeile regneten auf die Burg nieder. Es begann an mehreren Stellen zu brennen, ehe die Verteidiger erwacht waren und mit dem Löschen beginnen konnten.

Tausend Mann standen mit Sturmleitern bereit und warteten auf den Befehl zum Angriff. Aber Birger hielt sie zurück. Zusammen mit den Rittern Bengt und Emund sowie dem säuerlichen und mürrischen Sigurd stand er auf einer Anhöhe. Sie kamen alle zum selben Schluss. Wenn man jetzt stürmte, würde es sicher das Leben von hundert eigenen Männern kosten. Der Kampf würde die Löscharbeiten behindern, die Burg vollkommen niederbrennen, und alle Verteidiger würden entweder im brennenden Inferno den Tod finden oder den wartenden Reitern wehrlos in die Arme laufen. Alles Gold und Silber, das sie von den Sörmländern und Närkern geraubt hatten, wäre ebenfalls ein Raub der Flammen. Wenn man sie jedoch ungestört löschen ließ, sorgten ihre Befehlshaber bestimmt dafür, dass die Schatztruhen bis zuletzt geschützt wurden.

»Da sieht man, wie fahrlässig es ist, eine Burg für die Vögte aus Holz zu errichten«, sagte Birger. »Vielleicht erledigt das Feuer unsere Arbeit, vielleicht sollten wir genau dann neue Feuergeschosse abschießen, wenn die Leute in der Burg glauben, den Flammen Herr geworden zu sein. Dann können wir siegen, ohne ein einziges Leben auf unserer Seite zu verlieren. Was meint Ihr?«

»Wenn wir jetzt die Sturmleitern einsetzen, dann ist bis Mittag alles vorbei, und wir müssen keine Zeit mehr vergeuden«, entgegnete Ritter Sigurd mit abgewandtem Gesicht, als wolle er Birger nicht in die Augen sehen, wenn er mit ihm sprach.

»Es besteht keine Veranlassung, diese Qual in die Länge zu ziehen«, pflichtete Ritter Emund bei.

»Und Ihr, Bengt, was meint Ihr?«, fragte Birger, ohne seine eigene Meinung preiszugeben.

»Meiner Meinung nach wäre es vorzuziehen, wenn sich die Leute in der Burg ergäben und ihr Gold und Silber in der Annahme retteten, sich ihr Leben damit erkaufen zu können«, antwortete Ritter Bengt.

»Klug«, stimmte ihm Birger zu und tat, als würde er eine Weile nachdenken, ehe er befahl, die Sturmleitern zurückzuziehen und einen zweiten Feuersturm vorzubereiten.

Als sie eine Stunde später zum zweiten Mal mit Feuer angriffen, brannte es immer noch an vielen Stellen, obwohl die Verteidiger sich alle Mühe gegeben hatten, die Brände zu löschen. Jetzt flammte alles erneut und noch heftiger auf, da man dieses Mal Fässer mit Kiefernöl in die Schleudern gelegt hatte. Sobald ein solches Fass über die Palisaden geschleudert wurde, war wenig später ein weißer Lichtblitz zu sehen.

Inzwischen war es ganz hell geworden. Die Sonne war eine Stunde zuvor aufgegangen, und es versprach ein warmer, schöner Tag ohne einen einzigen Regentropfen zu werden.

Vor dem Tor der Holzburg warteten zwei Reiterschwadronen und fünfhundert Fußsoldaten mit Lanzen und Äxten. Der Hauptteil des Heeres frühstückte jedoch gerade in aller Ruhe. Die Männer hatten sich vor der brennenden Burg niedergelassen und aßen und tranken, während das Feuer unerbittlich wie die Sünde wirkte, obwohl sich die Belagerten sicherlich alle Mühe gaben, es mit Wasser und nassen Kuhhäuten und was sonst noch zur Verfügung stand zu löschen. An einer Stelle hatten die Palisaden auch auf der Außenseite zu brennen begonnen und ließen sich von innen nicht löschen. Dort entstand langsam, aber sicher eine große Lücke, durch die man bald in Zweierreihen würde hindurchreiten können.

Birger und Bengt Elinsson saßen in sicherem Abstand unter einer aufgespannten Zeltplane und betrachteten das Schauspiel, während sie ihr Frühstücksbier tranken und geräucherten Schinken aßen, die übliche Kost im Feld. Dazu gab es das Brot, das die von Steuern entbundenen Höfe, an denen das Heer vorbeigekommen war, geliefert hatten.

»Da drinnen muss es wie in der Hölle sein«, murmelte Birger nachdenklich. »So erging es also meinem Bruder Karl und unserem Verwandten Karl dem Tauben, als sie starben. Wie gesagt, wir werden nie wieder Holzburgen in unserem Reich errichten.«

»Wenn wir dort drinnen den Befehl hätten, was würden wir jetzt wohl tun?«, fragte Bengt Elinsson, ohne erkennen zu lassen, dass ihm die Gedanken an die toten Verwandten nahegegangen wären.

»Ich würde dir sagen, dass die Lage hoffnungslos ist und wir unbedingt verhandeln müssen«, antwortete Birger. »Wenn uns der Feind mit zwei solchen Feuerstürmen überziehen kann, dann kann er uns auch weitere schicken. Er wartet nur, bis wir verbrennen oder verhandeln. Dann ist es genauso gut, zu verhandeln, denn die Burg halten können wir nicht. Wir sitzen in einer tödlichen Falle. Jetzt ist es noch schlimmer, als hätten wir gleich zu Anfang versucht auszubrechen.«

Nach dem Morgenmahl begab sich Birger einige Stunden zur Ruhe. Er erwachte davon, dass ihn jemand vorsichtig am Arm zog, und er glaubte zu wissen, was ihn nun erwartete.

Alle Brände auf der Burg waren gelöscht, aber es schwelte und rauchte immer noch an vielen Stellen. In den Palisaden gab es viele große Lücken, und zum Stürmen waren jetzt keine Leitern mehr nötig. Einer der Kommandanten der Burg war herausgekommen und hatte freies Geleit zum Jarl der Feinde gefordert. Birger ließ durch einen Boten mitteilen, er empfange den Unterhändler unverzüglich und sichere ihm auf seine Folkungerehre freies Geleit zu.

Wenig später erschien ein rußverschmierter Mann mit angesengtem, blauem Hemd, auf dem noch die drei Erikerkronen zu erkennen waren. Birger befahl, dem Mann einen Hocker und einen Krug Bier zu bringen. Er solle sich erst erfrischen, ehe er seine Botschaft vorbringe. Mit einem nachdenklichen Lächeln sah er zu, wie der Besiegte den Krug an den Mund setzte und so begierig trank, dass ihm einiges über Hals und Brust lief. Schließlich setzte er mit lautem Stöhnen den leeren Krug ab. Birger vermutete, dass es auf der Burg keinen Tropfen Wasser mehr gab.

»Ich bin Birger Magnusson, der Jarl der Folkunger und der Marschall König Erik Erikssons. Ich grüße Euch und sichere Euch freies Geleit zu, Vogt. Sagt mir Euren Namen!«, begann Birger barsch.

»Ich bin Sture Svantesson von den Bockleuten, der Vogt König Knuts in Sörmland und Närke«, erwiderte der andere mit lauter Stimme, als wolle er trotz seiner hoffnungslosen Lage seinen Stolz beweisen.

»Knut Holmgeirsson hat keine Vögte mehr in den von Euch genannten Ländern. Wer seid Ihr dann?«, fragte Birger und sah den Geschlagenen durchdringend an.

Der andere senkte zur Antwort nur den Kopf.

»Es gibt zwei Möglichkeiten«, fuhr Birger fort. »In einer halben Stunde verlasst Ihr mit Euren Männern die Burg. Ohne Waffen. Viele von Euch, aber nicht alle, werden ihr Leben behalten. Die andere Möglichkeit ist, dass Ihr in der Burg bleibt und Euch verteidigt. Ich gebe Euch mein Wort, dass niemand von Euch das überleben wird. Etwas anderes, worüber zu verhandeln wäre, gibt es nicht. Bringt nun als Ehrenmann Euren Leuten diesen Bescheid!«

Birger erhob sich daraufhin, um zu zeigen, dass die Unterredung beendet war. Er forderte den feindlichen Unterhändler mit einer Hand zum Gehen auf, drehte sich um und schritt von dannen.

Weniger als eine halbe Stunde später wurden die verzogenen und rußgeschwärzten Tore der Burg geöffnet. Eine rußige Schar von Belagerten erschien mit gesenkten Köpfen und ohne Waffen. Es handelte sich um etwa hundertfünfzig Mann.

Einige von ihnen hatten einen tödlichen Fehler begangen. Männer höherer Abstammung und Männer mit Wappen erwarteten von den Siegern eine Vorzugsbehandlung und vielleicht bereits am selben Abend ein Festmahl. Daher trugen sie ein sichtbares Wappen und ein Schild am Arm. Sie wurden beiseitegeführt und wirkten kindisch erleichtert, da sie immer noch nicht begriffen hatten, worum es ging.

Die meisten Männer, die Forsvik überfallen und fast ganz niedergebrannt hatten, waren von dieser Burg gekommen. Daher waren Bengt und Birger auf keinen dieser herbeigesehnten Männer gestoßen, als sie durch das Land Richtung Norden gezogen waren. Fast ein Drittel der rußgeschwärzten Verteidiger trug eines der Wappen, die auf den beiden Pergamentrollen abgebildet waren, die Glasbläser und Weber während langer, kalter Winterabende im halbzerstörten Forsvik kunstvoll und mit Genauigkeit angefertigt hatten.

Birger befahl, die Gefangenen in zwei Gruppen einzuteilen: Jene mit den gesuchten Wappen wurden abgesondert und gefesselt. Anschließend begaben sich Birger und seine drei Kommandanten in Begleitung von einem Dutzend Forsvikern mit gezogenen Schwertern noch einmal in die Burg.

Wie in der Vorhölle, dachte Birger, als er die Zerstörung sah und ihm in der Hitze der Geruch verbrannter Leichen in die Nase stieg. Überall auf dem Burghof lagen Tote, und in den verkohlten, eingestürzten Häusern waren viele verkrümmte und verkohlte Leichen, winzig wie Kinder, zu sehen. Den Überlebenden musste der Scharfrichter wie ein Befreier erscheinen.

Der Feind hatte immerhin so viel Verstand besessen, alle Waffen auf einem Haufen auf dem Burghof niederzulegen. Vogt Sture führte die Sieger kleinlaut zu einer Kammer, die mit nassen Tierhäuten und durchnässten, dampfenden Stoffen vor dem Feuer geschützt worden war. Dort fanden sich die Rechnungsbücher, aber auch vier Truhen mit Silbermünzen und etwa hundert Pfund Gold. Betrachtete man diese als Kriegsbeute, so hatte sich dieser Feldzug mehr als bezahlt gemacht.

Von den Vorräten der Burg ließ sich kaum noch etwas retten, alles war entweder angekohlt oder von Wasser getränkt. Die beiden Brunnen auf dem Burghof waren vollkommen geleert. Auf dem lehmigen Grund lag Tuch, das man mit den letzten Tropfen Wasser hatte anfeuchten wollen.

Birger befahl, den Fund aus der Rechenstube sorgfältig zu verpacken und samt dem Silber und Gold zur Königsburg Näs zu schicken, wo er in der Schatzkammer im östlichen Turm verwahrt werden sollte. Irgendwann würde das, was in Sörmland und Närke unberechtigt an Steuern erhoben oder geplündert worden war, zurückgezahlt werden. Den Rest würde König Erik erhalten, kein schlechter Ersatz für die Steuern, auf die er zwei Jahre lang hatte verzichten müssen.

Als alles von Wert aus der Burg geschafft worden war und man sie endlich ganz niederbrennen konnte, begann der Teil des Siegeszugs, von dem viele Folkunger schon lange gesprochen und geträumt hatten. Bei vielen Lagerfeuern und während der langen, eintönigen Tage auf dem Rücken der Pferde hatten sie sich diese Rache in den lebhaftesten Farben ausgemalt.

Hauklotz und Axt wurden herbeigetragen, und Birger forderte Vogt Sture auf, die Axt zu schwingen und damit sein eigenes Leben zu retten. Würde er sich weigern, dann musste er sich zu der Gruppe zum Tode Verurteilter gesellen, und sein Stellvertreter würde die Arbeit ausführen. Fast vierzig Männer sollten ihren Kopf verlieren, es war also eine anstrengende Arbeit, bei der man sich ab und zu eine Pause mit einem Bier verdiente.

Der Vogt Sture erblasste unter seiner Rußschicht, als er den Vorschlag hörte. Er bekreuzigte sich, sank auf die Knie und betete eine Weile. Anschließend begab er sich mit gesenktem Kopf zu der Gruppe derer, die geköpft werden sollten, und ließ sich die Hände auf den Rücken fesseln. Dafür zollten ihm Sieger und Besiegte großen Respekt.

Birger übertrug die Aufgabe daraufhin dem Stellvertreter des Vogts, der ebenfalls das Eriker-Wappen trug. Dieser Mann begnügte sich damit, sich zu bekreuzigen und anschließend in die Hände zu spucken. Dann packte er die Axt mit beiden Händen. Birger befahl ihm, als Letzter Vogt Sture zu köpfen.

Einer nach dem anderen wurden die gefesselten Niederträchtigen zu dem Henker geführt, der einer der Ihren war. Ihre Köpfe rollten in eine Blutlache, die immer größer wurde, und über dem Richtplatz schwebte das Lachen und Lärmen der Sieger, während die gefangenen Geschlagenen ihre Blicke abwandten.

Als nur noch Vogt Sture übrig war und zum Richtblock geführt wurde, rutschte er in dem geronnenen Blut beinahe aus. Der Henker war von dem vielen Bier bereits ziemlich betrunken und außerdem sehr erschöpft. Birger hob seine Hand und begnadigte Sture. Er sei frei. Sein Stellvertreter, der Henker, und die anderen Gefangenen ebenfalls. Birger fügte noch zwei Dinge hinzu. Zum einen, dass seine Botschaft an Knut den Langen nun auch ohne viele Worte verständlich sei, zum anderen, dass der Henker unter seinem besonderen Schutz stehe, solange er sich in Sörmland aufhalte.

Einem reiseunwilligeren Vogt als Sture war man in Sörmland wahrhaftig nie begegnet. Darüber wurde viel gelacht und viel gescherzt.

Ehe die Besiegten von dannen ziehen durften, wurde ihnen noch eine letzte Qual auferlegt. Man befahl ihnen, ihren geköpften Bundesgenossen die Kettenpanzer auszuziehen und diese in einem Bach zu reinigen. Anschließend sollten sie die Leichen in der Burg auf einem Scheiterhaufen aufschichten und dort verbrennen. Erst dann durften sie sich mit einem Geleitbrief auf den Weg machen, mit dem sie durch Sörmland nach Västmanland und Uppland reisen konnten. Im Herbst würde auch er selbst diesen Weg nehmen, ließ sie Birger zum Abschied wissen.

Somit war der leichte und angenehme Teil des Feldzugs abgeschlossen. Die Sieger feierten drei Tage lang in ihrem Zeltlager. Manche, denen das lieber war, auch in Strängnäs. Dort wie in den meisten Städten am Mälaren konnte sich, wer die Folkungerfarben trug, ungestraft betrinken. Man musste nur lallen, man sei einer der Mannen Birger Magnussons, und schon begegneten einem alle mit Achtung und Wohlwollen.

Der nun bevorstehende Krieg würde sich anders gestalten als der bisherige Weg durch Sörmland und Närke, der eher der Rundreise eines Königs durch sein Land geglichen hatte. Als sich das Heer zum Abmarsch bereitmachte, hielt Birger eine strenge Ansprache und rief allen ins Gedächtnis, dass die angenehmen Tage jetzt vorüber seien. In Västmanland und Uppland würde sich der Krieg so gestalten, wie ihn sich die meisten vorgestellt hätten, als sie an dem milden Maiabend losgezogen seien. Jetzt zögen sie auf das Herz des Feindes zu, und an Ausruhen sei nicht mehr zu denken, bis der Kopf Knuts des Langen gefallen sei.

* * *

Mitte November schlug das Folkungerheer auf der Ebene vor Enköping sein Lager auf. Hinter ihnen lag ein Wald, und zur Stadt hin bot sich ihnen freie Sicht. In der Abenddämmerung hatten sie das Heer Knuts des Langen aus der Stadt kommen sehen. Sie hatten ihr Lager so nahe aufgeschlagen, dass die Lagerfeuer deutlich zu sehen waren. Gelegentlich waren in der windstillen Nacht Lachen und Stimmen zu hören. Es war die letzte Nacht vor der Entscheidung. Fast auf den Tag genau war nun ein Jahr verstrichen, seit Forsvik geschändet worden war.

Gregers Birgersson konnte nicht einschlafen. Während des vergangenen Jahres, seit sein Vater ihn mit dem Recht des Folkungerjarls zum Forsviker geschlagen hatte, hatte er den Krieg in unerwartet vielfältiger und bis dahin unvorstellbarer Gestalt kennengelernt. Sörmland und Närke waren mit einem sehr geringen Einsatz erobert worden. Nur dreihundert Feinde und zehn eigene Männer waren gefallen. Aber jetzt näherte sich die Dämmerung unbarmherzig, jetzt würde die große Schlacht stattfinden, und noch vor der Abenddämmerung würden mehrere Tausend Männer auf der Ebene vor Enköping ihr Leben lassen.

Das war ein unwirklicher Gedanke, als träume man davon zu träumen. Obwohl sein Vater und die Ritter in seinem Rat siegessicher auftraten, so standen sie jetzt doch der gesammelten Armee Knuts des Langen gegenüber, deren Rachsucht und Todesbereitschaft sicherlich groß war. Auch wirkten sie nicht weniger siegessicher als die Folkunger. Das hier war etwas anderes, als eine kleine Vögteburg niederzubrennen.

Er schwitzte unter seinem Fell und wand sich wie eine Schlange, ohne eine Stellung zu finden, in der er hätte einschlafen können. Schließlich stand er auf und verließ das Zeltlager. Die Luft war feucht und kalt, nur wenige Feuer glühten noch. Auf Abstand sah er, dass im Zelt des Jarls noch Licht brannte, und obwohl ein junger Fahnenträger beim Jarl eigentlich keinen Zutritt hatte, nahm er seinen Mut zusammen, zog das Zelttuch beiseite und trat ein.

Sein Vater saß an einem Tisch, auf dem eine Sandkiste mit Tannenzapfen und Stöcken stand. Ritter Bengt deutete mit der Hand und gab Erklärungen ab, während der

Jarl nachdenklich nickte und zustimmend brummte. Überrascht blickten beide auf, als Gregers eintrat. Sie betrachteten kurz sein bleiches Gesicht und lächelten dann freundlich.

»Mein lieber Sohn Gregers, es erstaunt mich nicht, dass du heute Nacht nicht schlafen kannst«, begrüßte ihn der Jarl, stand auf, umarmte den Knaben und schob ihn dann auf einen Stuhl neben der Sandkiste. Schüchtern begrüßte Gregers Ritter Bengt. Dann wanderte sein Blick zwischen den beiden gutmütigen Männern hin und her. Es kam ihm unbegreiflich vor, dass sie so ruhig und zuversichtlich dasitzen konnten, obwohl die Lagerfeuer des Feindes ganz in der Nähe brannten.

»Du sollst wissen, junger Verwandter«, sagte Ritter Bengt, »dass ich zwar etwas älter war, als ich an meiner ersten großen Schlacht teilnahm, aber ebenfalls nicht schlafen konnte. Vermutlich ergeht es jedem anfangs so. Falls es für die wenigen verbleibenden Stunden zum Schlaf verhilft, so sollst du wissen, dass wir bereits gesiegt haben.«

»Wie können wir gesiegt haben, obwohl noch kein einziger Pfeil abgefeuert wurde? Und sind die Männer Knuts des Langen nicht derselben Überzeugung?«, fragte Gregers unsicher.

»Sieh hier!«, sagte sein Vater und deutete auf den glatten Sand zwischen den Tannenzapfen und Stöcken. »Hier vor Enköping steht das Heer Knuts. Er verfügt über fünfzig Reiter und vielleicht dreitausend Fußsoldaten. Wir haben den Wald im Rücken. Vor unseren Bogenschützen stellen wir nur zwei Reiterschwadronen auf, und mehr wird Knut in der Morgendämmerung nicht sehen, wenn er seine Kundschafter losschickt. Die Bestätigung, dass wir nur zweiunddreißig Reiter haben, wird ihn beglücken. Dieser Annahme war er bereits zuvor, sonst hätte er sich uns nicht gestellt. Aber in den Wald hinter uns kann er nicht hineinschauen. Dort stehen, wenn es hell wird, zehn Schwadronen. Sie stoßen heute Nacht zu uns, und zwar zu Fuß. Jeder führt sein Pferd durch die Dunkelheit. Knut wird zwölf Schwadronen angreifen, die er für zwei hält. Du bist selbst Reiter und in Forsvik in die Lehre gegangen, du weißt, was das bedeutet. Schwierig ist nicht das halbe Tagewerk, das uns morgen bevorsteht. Schwierig war es, hierherzukommen.«

»Deswegen also hatte das große Reiterheer so an Tempo verloren, als wir in Örebro einzogen«, entgegnete Gregers mit einer scharfsinnigen Miene, die seinen Vater und Ritter Bengt schmunzeln ließ.

»Du bist so verschlagen wie dein Vater, Gregers!«, scherzte Bengt, jedoch ohne Spott. »Deswegen ließen wir auch viele der berittenen Späher Knuts entkommen, damit sie ihm erzählen konnten, dass die Götaländer dieses Mal ebenso schwach sind wie letzthin. Hätten sie die zehn Schwadronen gesehen, die sie morgen erwarten, dann wäre Knut wie ein Fuchs in seinem Bau verschwunden, und wir hätten durch halb Uppland eilen müssen, um auch nur seinen Schwanz zu erhaschen.«

»Knut ist sich also sicher, dass er siegen wird, da er freiwillig zu uns kommt«, fuhr Birger etwas ungeduldig fort. »Er weiß nicht, dass es die letzte Nacht seines Lebens ist. Geh jetzt, denn ich brauche morgen einen wachen und aufgeweckten Fahnenträger an meiner Seite!«

Gregers verbeugte sich vor den beiden mächtigen Männern und kehrte zu seinem Zelt zurück, in dem auch die anderen Fahnenträger schliefen. Er versuchte, leise ins Zelt zu treten, um niemanden zu wecken, aber alle waren wach. Vielleicht hatten auch sie alle einen sehr leichten Schlaf, denn er wurde von halblauten Flüchen empfangen und entschuldigte sich damit, er sei nur eben pinkeln gewesen. Im Zelt stank es nach kaltem Schweiß und Angst.

Die Morgendämmerung war neblig und mild. Dieses Wetter war für die Folkunger wesentlich günstiger als für Knut den Langen. Starker Wind hätte den Bogenschützen der Folkunger Ärger bereiten können. Außerdem hätte bei Wind klare Sicht geherrscht, die es den Feinden ermöglicht hätte zu erkennen, was sie im Wald hinter dem Jarl und seinem Fahnenträger, die bereits beide zu Pferde saßen, erwartete.

Als Knut Holmgeirsson und seine Mannen heranritten, um das Schlachtfeld in Augenschein zu nehmen, bot sich ihnen der erwartete Anblick. Vor dem Fußvolk der Folkunger standen 32 Reiter, etwas mehr als die Hälfte der Streitmacht, über die sie auf ihrer Seite verfügten. Außerdem besaßen die Folkunger weniger Fußsoldaten, die zudem verängstigt direkt am Waldrand zu verharren schienen, als warteten sie nur darauf, in den Wald fliehen zu können. Ganz hinten und gut bewacht wartete Birger Magnusson, der an diesem Tag also offenbar nicht sonderlich viel Mut beweisen wollte. Er war zu weit entfernt, um bei dem leichten Nebel irgendwelche Fahnen erkennen zu können, aber es hieß, er führe sowohl die Wappen der Eriker als auch die der Folkunger, was Knut als unglaubliche Frechheit auffasste. Bald würden diese Kriegsfahnen die Wand seines Rittersaals schmücken.

Gregers fror, obwohl er warm gekleidet war. So fest hielt er die Fahnenstange umklammert, dass seine Rechte ganz taub wurde und er ab und zu loslassen musste, um sich die Hände zu reiben, während er sich die Fahnenstange unter die Armbeuge klemmte. Ab und zu schielte er unruhig zu seinem Vater hinüber, um zu sehen, ob dieser besorgt wirkte oder ob irgendwelche Zweifel in seinem Antlitz zu erkennen seien, was darauf hätte schließen lassen, dass die zuversichtlichen nächtlichen Worte im Zelt nur die Angst eines jungen und unerfahrenen Sohnes hatten vertreiben sollen. Aber sein Vater saß gelassen da und hielt locker die Zügel in der Hand, während ein unerbittliches Lächeln, das alles andere als Unsicherheit ausstrahlte, seine Lippen umspielte.

Der Waldrand, an dem sie zu Pferde warteten, lag im Verhältnis zum Schlachtfeld etwas erhöht. Bis zu den hintersten Reihen der Feinde, die im Nebel verschwanden, bot sich ihnen eine gute Sicht. Hinter sich im Wald hörten sie schnaubende Pferde und das Klirren von Steigbügeln. Hundertsechzig Reiter konnten unmöglich vollkommen still sein. Aber diese Geräusche waren zu leise, als dass sie die Feinde hätten hören können, und der Nebel war so dicht, dass niemand in den Wald hineinschauen konnte.

Langsam begannen die Reiter Knuts des Langen vorzurücken. Es ertönte ein ohrenbetäubendes Klappern, als Tausende Fußsoldaten hinter ihnen zu ihren Waffen griffen und den Reitern folgten.

Gregers sah, dass sich sein Vater bekreuzigte, den Kopf senkte und ein kurzes Gebet sprach, und tat es ihm nach. Fast unverzüglich musste er seine Augen wieder öffnen, denn sein Vater flüsterte ihm lächelnd zu: »Noch ein bisschen … sie müssen noch etwas weiter vor.« Birger richtete seinen Blick abwechselnd auf den gemächlich vorrückenden Feind und auf Gregers.

Plötzlich hob er seinen linken Arm, den Arm mit dem Schild. Weiter unten, inmitten des Heeres, in dem sich Ritter Emund befand, wurde diese Bewegung wiederholt. Es rasselte, als tausend Bogenschützen hinter der eigenen Reiterlinie ihre Pfeile auf die Bogensehne legten.

»Noch ein bisschen!«, flüsterte Birger erneut und verbissen, als wolle er seinen Feind bewegen, sich dem Tode noch weiter zu nähern. Die Reiter Knuts des Langen rückten immer noch im Schritt vor, und hinter ihnen war ein Gewimmel aus Lanzen zu sehen.

»Die Lanzenträger nehmen wir uns zuerst vor«, sagte Birger zu Gregers und hob und senkte seinen Schild erneut. Sofort tat es ihm Ritter Emund auf seinem unruhig tänzelnden Schimmel gleich. Jetzt wurden die Bogen gespannt und schräg in den Himmel gerichtet.

Dieser Augenblick war so spannend, dass Gregers glaubte, sein pochendes Herz würde ihm aus der Brust springen. Diesen Anblick hatte er noch nie erlebt, sondern kannte ihn nur aus unzähligen Geschichten, die er gehört hatte.

Endlich vollführte sein Vater das rasche Zeichen mit dem Schild noch einmal, und Ritter Emund wiederholte es. Da zeigte es sich, dass alles, was über diesen Augenblick gesagt worden war, der Wahrheit entsprach.

Der Himmel verdunkelte sich, ein Sausen lag in der Luft, als kämen tausend Kraniche zum Tanz. Anschließend sah es so aus, als sei eine göttliche Panzerfaust durch das Feindesheer gefahren. Ein einziger Schmerzensschrei stieg auf, Pferde wieherten entsetzt, Waffen klapperten, und schon war die zweite Wolke unterwegs.

Nachdem auch die dritte Salve Pfeile abgeschossen worden war, ergriffen alle Bogenschützen der Folkunger ihre Waffen und liefen mit raschen Schritten in den Wald. Ihr Weg kreuzte sich mit dem Ritter Bengts, der sich mit seinen Forsviker Fahnenträgern im Trab den beiden Schwadronen anschloss, die als Lockvögel für den Feind gedient und diesen zum Angriff bewegt hatten. Sie formierten sich zu zwei Angriffslinien, um die feindlichen

Reiter zu vernichten, die noch im Sattel saßen, und anschließend das Fußvolk niederzureiten, das sich außerhalb des Pfeilregens befunden hatte.

Gleichzeitig ritt Ritter Sigurd mit seinen fünf Schwadronen, auch er unter dem Wappen der Forsviker, um das ganze Schlachtfeld herum, um dem Feind den Fluchtweg abzuschneiden.

Ritter Bengts Schwadronen stürmten direkt auf das Feindesheer zu und schlugen alles nieder, was sich ihnen in den Weg stellte. Dann gruppierten sie sich zu Vierergruppen, um die flüchtenden Fußsoldaten einzuholen.

Was nun folgte, kam eher einem Gemetzel als einer Schlacht gleich. Selbst ein Rückzug hätte Knuts Männer keine Rettung gebracht, denn von dort näherte sich langsam eine Angriffslinie, die aus achtzig Forsvikern mit gesenkten Lanzen bestand.

Der Plan war einfach. Das Heer Knuts sollte aus allen Richtungen zusammengedrängt werden, bis schließlich nur noch die Fahnenträger, Knut selbst und seine Vertrauten wie Knut Kristinsson, sein Jarl Ulf Fasi, der Erzbischof und andere einflussreiche Männer übrig waren. Was Birger in der Nacht zuvor gehofft hatte, trat ein. Knuts Trupp floh, umgeben von einigen Gefolgsleuten, auf eine kleine Anhöhe, wo sie bald umringt waren und hilflos zuschauen mussten, wie die Folkungerreiter kreuz und quer über das Schlachtfeld donnerten und auch noch die letzten Überlebenden niedermetzelten.

Dies nahm einige Zeit in Anspruch, dann ritt Birger mit seinem Fahnenträger im Trab über die blutgetränkte Wiese auf den eingekreisten Feind zu. Er hielt im Abstand eines Pfeilschusses inne und betrachtete eine Weile das Bild, das sich ihm bot. Dann rief er eine Schwadron

Forsviker heran und befahl ihnen, sich in zwei Reihen zu acht Reitern aufzustellen. Auf dem Schlachtfeld verklang der Lärm, nur noch die Klagen der Sterbenden waren zu hören.

Als er meinte, lange genug gewartet zu haben, damit die Männer auf der Anhöhe den Schrecken als eine lähmende Kälte in all ihren Gliedern empfinden konnten, zog er langsam sein Schwert, warf seine Lanze zu Boden und befahl den Reitern in seiner Nähe, es ihm gleichzutun. Dann hob er seinen Arm zum Angriff und ritt wenige Augenblicke später in die verbleibende Gruppe der Feinde hinein.

Birger hatte Knut entdeckt, was nicht weiter schwer war, da er eine Goldkrone auf seinem Helm trug.

Knut wusste, wer auf ihn zukam, und glaubte zuerst, Birgers Schwert geschickt ausgewichen zu sein, da sie sich auf einmal nebeneinander befanden, was für Birger einen Nachteil darstellte. Im nächsten Augenblick stürzte sein Pferd jedoch wie nach dem Hieb eines Schlachterbeils zu Boden, da Birger dessen Rückgrat durchtrennt hatte. Im Sturz bemerkte Knut nicht, wie der nächste Hieb auf seinen eigenen Hals zusauste.

Die Männer bei Knut waren so damit beschäftigt gewesen, sich gegen die anderen Forsviker zu verteidigen, dass sie ihrem König nicht zu Hilfe hatten eilen können. Die meisten von ihnen lagen bereits am Boden, als Birger brüllte, der Kampf sei zu Ende.

Auf der niedrigen Anhöhe hatten nur zehn Feinde überlebt, darunter zwei Bischöfe, die von den Folkungern verschont worden waren. Knut Kristinsson war verletzt, Lagmann Laurentius aus Tiundaland lebte ebenso wie der Mann, der bis zu diesem Augenblick der Jarl Knuts des Langen gewesen war, der Folkunger Ulf Fasi zu Bjälbo.

Sieger und Besiegte saßen unbeweglich auf ihren Pferden und betrachteten einander. Die Sonne war ein Stück weit aufgegangen und hatte zusammen mit einer schwachen Brise den meisten Nebel vertrieben. Aus der Ferne war zu hören, wie Folkungerreiter die wenigen Feinde verfolgten, die mit Glück oder Gottes Hilfe aus der Umzingelung ausgebrochen waren und nun um ihr Leben ritten oder liefen.

Das, genau das, ist der Augenblick des Sieges, dachte Birger. Was jetzt kommt, ist Arbeit und wird viel länger dauern.

Er stellte vier Schwadronen im Viereck um die Schar der Besiegten auf, rief Gregers zu sich und ritt mit der Reichsflagge zweimal um die ihn düster anstarrenden Feinde herum. Dann hielt er neben der Leiche Knut Holmgeirssons inne und deutete mit seinem noch blutigen Schwert auf Ulf Fasi. Dieser war aschfahl und blutete an einem Arm. Er richtete gebieterisch sein Schwert auf Knuts Fahne mit den drei Kronen, die ein verletzter Fahnenträger immer noch unter großen Anstrengungen neben seinem Jarl in die Höhe hielt.

Es geschah, was geschehen musste. Ulf Fasi gab seinem Confanonier ein Zeichen, Birger die Fahne Knuts des Langen zu übergeben. Dieser nahm sie mit einer Hand entgegen und reichte sie an Gregers weiter, der sie mit etwas Mühe neben seiner eigenen Fahne in einem seiner Steigbügel verkeilte.

Anschließend beugte sich Birger vom Pferd herab und nahm Knut Holmgeirsson mit dem Schwert die Krone vom Kopf. Mit unbeweglicher Miene betrachtete er kurz, wie sie in der Sonne funkelte. Langsam ritt er auf Ulf Fasi zu und ließ die Königskrone rasselnd auf dessen Panzerhandschuh herabfallen. Dann richtete er das Schwert erneut wortlos auf Ulf Fasi. Dieser nahm seine Jarlskrone vom Kopf und ließ sie auf Birgers Nicken hin mittels seiner Schwertklinge auf die blutige Königskrone hinabgleiten, die jetzt wieder Erik Eriksson gehörte.

Die Gefangenen wurden nach Enköping gebracht, woraufhin sich die Stadtältesten unverzüglich der Gnade des Siegers Birger Magnusson auslieferten, der die Stadt nicht plündern ließ.

Das Siegesfest dauerte drei Tage und dezimierte die Vorräte Enköpings beträchtlich. Als Gegenleistung erhielten die Bewohner der Stadt die gnädige Erlaubnis, das Schlachtfeld zu plündern.

Beim Siegesfest saßen Ulf Fasi, Knut Kristinsson und ihre Bischöfe bei Birger Magnusson und seinen Rittern auf den Ehrenplätzen. Man einigte sich darauf, die Leiche Knut Holmgeirssons an seine Verwandten auszuliefern. Ulf Fasi versprach, nie mehr gegen seine Verwandten, die Folkunger, ins Feld zu ziehen.

König Erik Eriksson der Lahme war jetzt wieder unbestrittener König Västra und Östra Götalands sowie Svealands. Denn die Niederlage bei Enköping war Uppländern und Vestmanländern teuer zu stehen gekommen. Es würde lange dauern, bis sie auf den Gedanken kamen, wieder gegen die Folkungerreiter in den Kampf zu ziehen.

Ein langer Friede erwartete das ganze Reich.

DIE ZEIT DES JARLS

I

IN DER UNHEILSCHWANGEREN, schwarzen Dezembernacht Anno Domini 1246 peitschte der Regen so hart durch die Gassen Visbys, dass sich nicht einmal die fetten, schwarzen Hafenratten zeigten. Es war eine schwere Zeit für Visby, dessen Wohlstand auf Handel beruhte, denn der neue dänische König Erik Pflugpfennig belagerte Lübeck, so dass kein Schiff diese Stadt erreichen oder verlassen konnte. Der unterbundene Handel mit Lübeck zeitigte fatale Folgen für fast alle Menschen in Visby.

Ein einsamer Wanderer in grauem Ledermantel mit Kapuze und wegen des Windes und Regens gesenktem Kopf ging langsam und unsicher, wie auf der Suche, durch eine der Gassen, die vom Stora Torget Richtung Norden führte. Das konnte in einer dunklen Nacht unvorsichtig wirken, da es keine Zeugen gegeben hätte, falls ihm etwas Böses widerfahren wäre. Denn ebenso wenig wie Visby seine Ratten loswurde, wurde die Stadt den menschlichen Abschaum los, den Hafenstädte stets anzuziehen scheinen. Vergessene Seeleute und entsprungene Missetäter von nah und fern gehörten unglücklicherweise ebenso zu einer dunklen Nacht wie die schwarzen Ratten.

Drei solche Männer standen in einem Torbogen und betrachteten begierig den gemächlichen Wanderer, der im Regen näher kam. Er war eine mächtige Gestalt, aber das konnte auch an dem weiten Regenumhang liegen. Als er vor einem Fenster aufschaute, fiel das Licht auf nasses, graues Haar, das verriet, dass er kein junger Mann mehr war. Die drei Räuber nickten sich aufmunternd zu. Unter diesem Regenumhang fand sich vermutlich eine Geldbörse mit schwerem Silber oder anderem Wertvollen. In diesem fürchterlichen Unwetter würde es keine Augenzeugen geben, und wenn man die Leiche starr und kalt am nächsten Morgen auffand, würden sie selbst schon lange satt und zufrieden im Bett liegen.

Einer der drei Männer schlitterte über die glatten Pflastersteine auf den Fremden zu und wurde mit einem Tritt in die Brust empfangen. Dem Zweiten hieb der Fremde mit einem funkelnden Schwert den Arm ab, und der Dritte floh in wildem Entsetzen, überzeugt davon, dem Teufel begegnet zu sein.

Als sich der zu Boden Getretene wieder aufrappelte, sah er sich einem Schwert gegenüber, das auf seinen Hals gerichtet war. Er bekreuzigte sich und bereitete sich aufs Sterben vor.

»Ich suche den Weg zu Mutter Emmas Schenke. Du sollst ihn mir zeigen«, sagte der Fremde in Lübecker Mundart, als hätte er an einem ganz normalen Tag unter vielen Leuten nach dem Weg gefragt.

Der glücklose Räuber Angus versuchte stammelnd, etwas zu entgegnen, aber sein Kamerad, der seinen Arm verloren hatte und zunächst nur still seinen blutenden Stumpf umfasste, stieß plötzlich einen gellenden Schrei aus. Sofort drehte sich der Fremde um und hieb mit seinem Schwert zu. Das Geräusch der Klinge war zu hören, dann wurde es unvermittelt still. Nur noch der Regen war zu hören, und der Räuber Angus sah erneut die Spitze des blutigen Schwertes auf sich gerichtet.

»Nun, willst du mir den Weg zeigen oder nicht?«, fragte der Fremde mit derselben seltsam ruhigen Stimme wie zuvor. Er hätte genauso gut über das Wetter sprechen können.

Wenig später ging ein recht ungleiches Paar durch die Gasse. Der eine war nass wie ein Hund und winselte kriecherisch um sein Leben. Ihm folgte mit schweren Schritten ein Mann in einem schweren Regenumhang aus Leder. Sein Schwert hatte er in den strömenden Regen gehalten und ein paarmal umgedreht, um es zu säubern. Anschließend hatte er es an Angus abgetrocknet und wieder in der Schwertscheide unter dem Regenumhang verschwinden lassen. Angus trug zwar ein Messer am Gürtel, hatte jedoch nicht die geringste Absicht, es zu benutzen, obwohl man ein Messer rascher ziehen konnte als ein Schwert. Denn wie sein geflohener Komplize glaubte auch Angus, es mit dem Teufel zu tun zu haben.

Wenig später hämmerte es an der verriegelten Tür eines verrufenen Lokals, das der Besitzer Mutter Emmas Schenke nannte, das aber im Volksmund nur das Hurenhaus in der Norra Gränd hieß. Wer zahlungswillig war, konnte dort Braten erhalten, am meisten wurde jedoch nach Bier aus Lübeck verlangt und nach Frauenzimmern natürlich, die nach einem ordentlichen Quantum starken Bieres besonders begehrt waren.

Unwillig murrend kam der Wirt Dieter Strandfänger an die Tür, da späte Gäste meist ebenso betrunken wie mittellos waren und daher für wenig Freude und Einnahmen sorgten.

»Guten Abend«, grüßte der regennasse Fremde in Lübecker Mundart. »Ich suche den Handelsmann, Herrn Elof.«

»Hier sucht niemand, der nicht zuerst seinen Namen nennt«, erwiderte Dieter Strandfänger unwirsch, »und hier kommt auch niemand rein, der nicht zahlen kann.«

»Ich bin der Marschall des Königs und komme in königlichem Auftrag. Das sollte dir größeres Kopfzerbrechen bereiten als die Bezahlung«, entgegnete der Fremde, ohne seine Stimme zu heben, während er an dem Wirt vorbeiging, als nähme er ihn kaum wahr.

Etwa zehn Personen saßen in dem dunklen Raum, der nur von einem verglimmenden Kaminfeuer und ein paar wenigen Teerlichtern erhellt wurde. In einer Ecke saßen fünf Gäste, die weder betrunken noch ausreichend geil waren, und würfelten zusammen mit zwei Huren, die kreischend lachten und sie anfeuerten. Ein paar Leute waren auf der Tischplatte eingeschlafen, einige stritten über Nichtigkeiten. Ein Mann saß allein mit gesenktem Kopf vor seinem Bierglas, er war besser gekleidet als die anderen. Der Fremde ging auf ihn zu, nahm seinen nassen Regenumhang ab und schüttelte ihn aus, so dass die Wassertropfen sowohl auf den Einsamen als auch auf die Umsitzenden spritzten.

Normalerweise hätte man einen Fremden mit derartigem Benehmen verprügelt und auf die Straße geworfen, aber diejenigen, die nass geworden waren und eigentlich sofort über den unverschämten Gast hatten herfallen wollen, überlegten es sich anders. Der Fremde trug einen Kettenpanzer. In seinem Wappen glänzten die drei Kronen des Königs und der goldene Löwe. Allein das große Schwert an seiner Seite hätte auf jeden Säufer, der auf eine Rauferei aus war, eine beruhigende Wirkung ausgeübt.

Am meisten staunte jedoch der in Grübeleien versunkene Handelsmann Elof, als er von seinem Glas Bier aufschaute und sich seinem Bruder Birger gegenübersah.

»Jesus, Maria und alle Heiligen, bist du also doch noch gekommen!«, rief er, sprang auf und schloss den mächtigen Mann vom Festland sogleich in die Arme.

»Also doch noch?«, wiederholte Birger lachend und klopfte seinem Bruder auf die Schulter. »Es ist schließlich erst zehn Tage her, dass die Bewohner Visbys den König untertänigst um Hilfe gebeten haben. Hast du etwa erwartet, ich könnte bei diesem Wetter wie eine Taube herbeifliegen?«

»Natürlich nicht, Birger«, erwiderte Elof mit belegter Stimme. »Ich dachte nur daran, dass wir uns vor zehn Jahren zuletzt gesehen haben.«

Sie hielten sich an den Schultern und sahen sich einen Augenblick lang schweigend in die Augen. Dann machte sich Elof los und warf eine Silbermünze neben sein halbleeres Bierglas mit den Rankenornamenten.

»Ich denke, dass wir uns lieber in meinem Hause unterhalten sollten«, sagte Elof und griff nach seinem feuchten Filzhut und Umhang.

Der Regen peitschte immer noch durch die Gasse, als sie ins Freie traten, und da Elof für dieses Wetter schlechter gekleidet war als Birger, eilten sie auf den glatten Pflastersteinen mit eingezogenen Köpfen durch die Stadt, bis sie schließlich in das warme Innere des Handelshauses traten. Elof entschuldigte sich, er müsse sich umziehen, weckte aber unterdessen das Gesinde, damit sie seinen Bruder in der Wartezeit bewirteten.

Mägde eilten mit Kerzen herbei, fachten das Feuer im Kamin an und stellten zwei große Kannen dunklen Bieres auf den Tisch und dazu Lübecker Gläser. Dann entfernten sie sich rasch unter Verbeugungen.

Birger betrachtete das Zimmer. Eine plötzliche Trauer überkam ihn. Dieses Gemach kannte er gut, hier hatte er als junger Mann mit Feder im Hut gesessen, den Handelsmann Herrn Eskil bewundert und zu wissen geglaubt, wie sich sein weiteres Leben gestalten würde. Er hätte dieses Handelshaus übernehmen und Kaufmann werden sollen, statt Soldat des Königs. Denn wenn er ehrlich war, wie es jeder Mann sich selbst gegenüber sein sollte, so musste er zugeben, dass er es nicht zu mehr als einem einfachen Soldaten gebracht hatte. Jetzt genoss Herr Eskil die ewige Ruhe und seine Witwe Bengta ebenfalls. Es grenzte an ein Wunder, dass es Elof gelungen war, das Handelshaus zu halten, denn das Erbe Herrn Eskils und Frau Bengtas zu übernehmen, musste sehr viel Silber und Gold gekostet haben. In diesem Kabinett duftete es nicht mehr nach Reichtum, obwohl schwer zu sagen war, was sich eigentlich verändert hatte. Die Stühle, der Tisch und die Wandteppiche waren, soweit er sich erinnern konnte, dieselben wie früher. Das galt auch für Kissen, Decken, das schöne Lübecker Glas und das gehorsame Gesinde. Und doch war zu spüren, dass Reichtum und Glück dieses Haus zusammen mit Herrn Eskil und Frau Bengta verlassen hatten.

Vielleicht lag es aber auch nur an Elofs Antlitz. Er war ziemlich fett geworden, und seine Nase leuchtete bläulich rot wie Rote Bete in seinem Gesicht. Die kleinen Augen blinzelten wie die eines Schweins über seinen runden Backen. So sahen Männer aus, die ihr Glück im Glas und nicht in christlicher Arbeit suchten.

Zu viel Wein und Bier konnte den stärksten Mann zerstören. Und Elof gehörte nicht einmal zu den stärksten. Birgers Enttäuschung war nicht gering gewesen, als er nach einer alptraumhaften Überfahrt von Söderköping an Land gewankt war und in Elofs Haus erfahren hatte, der Hausherr sei im verrufensten Lokal der Stadt zu finden.

Elofs Verfall und die lichten Erinnerungen an das Kabinett stimmten Birger traurig. Er dachte, dass das Leben so viel besser hätte werden können, wenn er damals vor vielen Jahren in Visby geblieben wäre, als ihn Herr Eskil dazu hatte überreden wollen. Dank all der Kriege, an denen er seither teilgenommen hatte, war er zwar reich geworden, indem er mit dem Recht des Siegers große Ländereien an sich gebracht hatte. Aber an seinem Gold klebte viel Blut, und das Leben eines Kaufmannes wäre sicher sehr viel freundlicher und christlicher verlaufen.

Seine Vernunft sagte ihm, dass er sich wie immer zu leicht dem Selbstmitleid hingab und mehr Grund zur Freude als zum Kummer bestand. Er hatte auf Bjälbo eine königliche Ehefrau und mit ihr drei Söhne sowie eine Tochter, die prächtig gediehen. König Erik hatte ihm nach dem Sieg vor Enköping seine Schwester Ingeborg zur Belohnung geschenkt, und eine solche Ehre schlug kein vernünftiger Mann aus.

Der König hatte jedoch auch verfügt, dass Ulf Fasi die Jarlskrone des Reiches behalten sollte, obwohl die Verdienste Birgers größer gewesen waren und die Folkunger ihn vorgezogen hätten. Stattdessen hatte er sich damit begnügen müssen Marschall des Reiches zu werden, da Ulf Fasi, der von dem unverbesserlichen Karl dem Tauben erzogen worden war, von Kriegsführung nichts verstand. Birger hatte sich mit einem kleinen Krieg nach dem anderen abgeben müssen, um die Streitigkeiten, für die Kleriker und bösartige Lehnsherren gesorgt hatten, beilegen zu können. An der unmittelbaren Macht hatte er jedoch keinen Anteil, da Jarl Ulf sein Todfeind war. Somit war nichts aus den Plänen seines Bruders Eskil Lagmann und seiner selbst geworden, ein neues Reich auf der Grundlage von Gesetzen zu errichten. Der Jarl hatte sich allem widersetzt, was Birger und Eskil hatten verändern wollen. Das Einzige, wobei sie König Erik selbst unterstützt hatte, war ein Verbot des Gottesurteils gewesen, was immerhin einen kleinen Fortschritt darstellte.

Von der Tür hörte er Lachen und Getuschel und entdeckte zwei Kinder im Nachthemd, die ihn neugierig betrachteten. Er versuchte, sie zu sich zu rufen, doch beide schüttelten nur schüchtern die Köpfe. Sie schienen sechs und sieben Jahre alt zu sein, da eines eine Zahnlücke hatte und das andere schon neue Schneidezähne. Es handelte sich um ein Mädchen und einen Knaben.

Birgers Gemüt hellte sich sofort auf. Er suchte nach zwei Silbermünzen und hielt sie, den Kindern zublinzelnd, in die Luft. Da kamen die Kinder angelaufen, und er setzte sie lachend jedes auf ein Knie und reichte ihnen die Münzen.

»Was seid ihr für kleine nächtliche Geister, die zu dieser späten Stunde nicht schlafen?«, fragte er freundlich in der Sprache des Volkes, aber sie blickten ihn nur ratlos an. Da fragte er dasselbe in der Lübecker Mundart, und sofort hagelte es eine Menge eifriger Gegenfragen. Sie wollten wissen, ob er ein Krieger des Königs sei, ob er gekommen sei, um Lübeck zu befreien, und ob sie sein großes Schwert anschauen durften. Birger war sofort dazu bereit, zog es vorsichtig aus der Scheide und legte es zwischen die Bierkannen auf den Tisch. Er ermahnte sie, sich nicht an der Klinge zu schneiden. Da sah er, dass noch etwas frisches Blut an der Klinge haftete, und wischte es mit einer Hand ab. Er nahm eine Kinderhand und führte den Daumennagel vorsichtig über die Schneide, worauf er absplitterte. Sofort wollte das kleine Mädchen dasselbe tun wie ihr Bruder.

Elof trat mit trockenen Kleidern ein, und es erzürnte und erstaunte ihn, als er die Kinder auf Birgers Knien sitzen und jedes wie auf einem Pferd reiten sah. Das glückliche Lächeln im harten, vernarbten Gesicht seines Bruders stimmte ihn aber unverzüglich milder. Er brauchte auch nicht mit Strenge einzugreifen, denn als ihn die Kinder entdeckten, sprangen sie rasch von Birgers Knien und wieselten kichernd davon. Ihre nackten Füße waren auf dem Kalksteinfußboden zu hören.

»Ich glaube, mir sind eben die ersten in Visby geborenen Folkunger begegnet«, meinte Birger nachdenklich. »Wie heißen die Kleinen?«

»Gerhard und Hilda«, antwortete Elof, und sein sonst so düsteres Antlitz hellte sich auf. »Sie sind mir, seit sie auf der Welt sind, eine große Freude. Kinder bereiteten aber, bis sie einmal auf der Welt sind, auch recht viel Sorge.«

Was Elof damit meinte, war nicht recht zu verstehen, abgesehen davon, dass jetzt von den kleinen Dingen die Rede sein sollte, bis man auf die großen zu sprechen kam. Während Elof Bier aus den Kannen in die Gläser goss, erwog Birger, den Faden Elofs nicht weiterzuspinnen und stattdessen sofort auf die wichtige Angelegenheit zu sprechen zu kommen, die ihn nach Visby geführt hatte. Er beschloss jedoch, damit noch eine halbe Stunde zu warten, da die bittere Feststellung Elofs, sie hätten sich seit zehn Jahren nicht mehr gesehen, der Wahrheit entsprach.

»Wie können unschuldige Wesen noch vor ihrer Geburt Kummer bereiten?«, fragte Birger, als er sein Bierglas entgegennahm.

»Der Grund dafür ist ihre Mutter«, murmelte Elof und prostete Birger zu. Sie tranken schweigend. Birger fragte nicht weiter, sondern wartete darauf, dass Elof fortfuhr.

»Gerhards und Hildas Mutter ist meine rechtmäßige Frau, Hannelore Kopf, die Tochter eines der reichsten Kaufleute Visbys«, erzählte Elof. »Ihr Vater ist zornig und fühlt sich betrogen, weil er nicht nur geglaubt hat, dass er seine Tochter mit den mächtigen Folkungern vom Festland verheiratet hat, sondern auch mit einem großen Vermögen. Dieser Eindruck konnte entstehen, solange Herr Eskil und seine Frau Bengta dieses Haus besaßen. Aber fast alles Silber und alle Schiffe sind an ihre Erben gegangen.«

»Kaufmann Kopf ist also verärgert«, sagte Birger. »Er durfte seine Tochter mit den Folkungern verheiraten. Das könnte in Zukunft entscheidend sein, aber der erhoffte Reichtum blieb aus?«

»Genau«, bestätigte Elof. »Hannelore ist aber in vielerlei Hinsicht eine liebliche Frau und eine gute und liebevolle Mutter. An ihrer Haushaltsführung lässt sich nichts aussetzen, aber schreiben kann sie nicht, und für Geschäfte hat sie keine Veranlagung.«

»Meine Frau kann auch nicht in den Krieg ziehen«, erwiderte Birger unwillig. »Na und? Das ist doch eher deine Angelegenheit, was soll sich deine Frau um Männerarbeit kümmern? Denn schließlich kannst du nicht alle Zeit in den Schenken mit dem Abschaum zubringen?«

»Nein, nein, so meinte ich das nicht«, erwiderte Elof erschrocken. »Hör mich zu Ende an, dann verstehst du es besser. Vor einigen Jahren hatte ich die einzige Tochter eines anderen Kaufmanns aus Visby in meinen Diensten, der ins Unglück geraten war. Er verlor all seinen Besitz bei zwei Schiffbrüchen, und seine Gläubiger jagten ihn aus dem Haus. Er bat mich, mich seiner Tochter Helga zu erbarmen, die er wie einen Sohn erzogen hatte und von der er sagte, dass sie sehr geschickt im Schreiben und in der Buchführung sei. Ich nahm sie in meine Dienste, und seine großen Reden erwiesen sich als wahr. Mit Helga kam die Sonne in meine Schreibstube, und alles, was nicht in Ordnung gewesen war, hatte sie bald aufgeräumt. Sie war ein Segen für dieses Haus.«

»Und?«, wollte Birger wissen, da Elof zögerte fortzufahren. »Wenn das Wichtigste eines Handelshauses, die Schreibstube, derart gesegnet ist, was gibt es dann zu klagen?«

»Dass sie mir viel zu lieb ist und dass sie mein Kind erwartet«, antwortete Elof mit abgewandtem Blick und trank dann so gierig, dass ihm das Bier über sein bereits fleckiges Wams lief.

»Da sind wir also doch recht gleich, du und ich«, entgegnete Birger leise und freundlich, als Elof mit fragendem Blick sein Glas abstellte. »Ich habe eine Frau namens Signy, die mir sehr lieb ist. Sie war die erste Frau in meinem Leben. Mit ihr habe ich einen Sohn, der Gregers heißt, und die beiden Töchter Sigrid und Ylva. Also eine Geliebte und Kinder zur linken Hand. Auf Bjälbo habe ich meine angetraute Frau Ingeborg, die Schwester König Eriks. Mit ihr habe ich drei kleine Söhne, Valdemar, Magnus und Erik, sowie die Tochter Rikissa. Das führt natürlich zu Zerwürfnissen und Streit. Das ist zwar nicht erfreulich, aber damit lässt sich leben. Und du musst das auch. Du und ich, wir sind weder die ersten noch die letzten Männer mit solchem Kummer.«

»Kummer? Bezeichnest du dieses Unglück als Kummer, als ließe sich ihm leicht abhelfen? Verstehst du nicht, in welcher Gefahr ich schwebe?«, rief Elof verzweifelt.

»Nein«, erwiderte Birger kalt. »Erzähl mir von der Gefahr, damit wir sie beseitigen können.«

»Kaufmann Kopf kann mich vor den Stadtthing schleifen, Schadensersatz verlangen und die Ehe für ungültig erklären lassen. Er kann seine Mitgift zurückverlangen und außerdem eine Strafe wegen Hurerei fordern, und die ist nicht milde. Helgas Vater kann mich ebenfalls vor den Thing zerren und den Rest meines Vermögens verlangen, und da seine Lage so verzweifelt ist, wird er nicht zögern, das auch zu tun. Dagegen wiegen alle lichten Augenblicke mit unschuldigen Kindern leicht und die kurzen Augenblicke der Freude mit Helga auch! Das ist meine Sorge, das ist das große Unglück meines Lebens, das sich wie ein schwerer Sturm über dem Meer zusammenbraut.«

»Dir fehlt also nur Geld?«, erwiderte Birger trocken. »Gesetze, die Hurerei betreffend, gelten für reiche Leute nicht, nur für arme. Dergleichen trifft auf Schadensersatzforderungen wütender Väter zu, die bekümmern nur die Armen. Du hast jetzt alles zu gewinnen und nichts zu verlieren, so gesehen sitzen wir im selben Boot. Zumindest was die Frage vermehrten Reichtums angeht.«

»Von dem, was du jetzt sagst, verstehe ich kein Wort, lieber Bruder«, flüsterte Elof resigniert und mit Tränen in den Augen. »Der Handel mit Lübeck ist blockiert, jeden Tag verliere ich Silber. Bald fressen die Ratten das letzte in meinem Haus, und du sagst, dass mir nur Geld fehlt? Und was meinst du mit demselben Boot? Du bist ein reicher Mann mit Grundbesitz, wenn ich das richtig verstehe. Was kümmert dich, wie es mir ergeht? Du bist nicht einmal zu meiner Hochzeit gekommen und hast mich bei Kaufmann Kopf und allen seinen Verwandten, die sich schon auf einen königlichen Marschall in der Hochzeitsprozession gefreut hatten, als großmäuligen Dummkopf erscheinen lassen, und jetzt redest du frech von meinem kleinen Kummer.«

»Reg dich nicht auf und verlass dich auf mich«, entgegnete Birger milde und schenkte ihnen nach, um etwas Ruhe zum Nachdenken zu gewinnen, bevor er mit der Erklärung anhob.

»Ich wollte mit großem Gefolge bei deiner Hochzeit erscheinen«, sagte er. »Ich bin nicht so dumm, dass ich nicht gewusst hätte, welchen Dienst ich dir damit erwiesen hätte, mein Bruder. Was hätte wichtiger sein können? Leider nur eines. Vor zehn Jahren gab es in Tavastland mit Unterstützung von Nowgorod einen Aufstand. Ich war über zwei Jahre lang dort, um die Oberhoheit des Reiches und die Ordnung wiederherzustellen und landlose Svealänder dort anzusiedeln. Gegen eine Teilnahme an deiner Hochzeit sprach, dass ich mein Amt als Marschall des Reiches verloren hätte. Außerdem hätten wir unser neues Land auf der anderen Seite der Ostsee verloren. Deswegen habe ich dich in diese peinliche Lage gebracht, obwohl es mir nicht recht war.«

»Du bist Soldat, daher kann ich dich gut verstehen. Ich wollte dich nicht tadeln und bitte dich, mir meine verzweifelten Worte zu verzeihen«, erwiderte Elof düster. »Aber ich bitte dich auch, meine Verzweiflung zu verstehen. Mein Leben ist im Augenblick nicht viel wert.«

»Und das werden wir ändern«, entgegnete Birger aufmunternd, lächelte Elof zu und hob sein Bierglas. »Denn jetzt werden wir Lübeck aus den Klauen König Erik Pflugpfennigs befreien, und wenn uns das gelingt, dann soll das unser beider Schaden nicht sein.«

»Hast du ein Heer dabei?«, rief Elof verblüfft.

»Nein, das habe ich nicht. Ich habe zehn seekranke Schmiede aus Forsvik dabei und einiges an Eisen, dazu noch Gold, das ist alles«, antwortete Birger geheimnisvoll.

»Dann wird die Enttäuschung ja groß sein, wenn du morgen den Stadtrat triffst«, meinte Elof seufzend. »Wir hatten auf die uneingeschränkte Unterstützung König Eriks gehofft. Wir hatten gehofft, dass ihr im Königlichen

Rat verstehen würdet, was es für Folgen haben wird, wenn Lübeck in die Hände der Dänen gerät. Und jetzt kommst du allein!«

»Der Hilferuf aus Visby traf vor weniger als zehn Tagen bei König Erik ein«, erwiderte Birger langsam und atmete tief durch, als müsse er jetzt auch noch die einfachsten Dinge erklären. »Ihr wollt, dass wir Lübeck, das seit zwei Monaten belagert wird, beistehen, nicht wahr?«

»Ja, das war unsere untertänige Hoffnung, mit der wir beim König vorstellig geworden sind«, pflichtete Elof bei.

»Jetzt ist Ende September«, fuhr Birger fort. »Eine Kriegsflotte könnten wir erst im Frühling nach Lübeck entsenden, und dann wäre es zu spät. In Tavastland nahmen wir einmal gegen Weihnachten eine kleine Burg ein. Wir belagerten sie und hungerten sie aus. Wir wollten kein Feuer verwenden, weil dann vor dem Winter sehr viel vom Dach verlorengegangen wäre. Außerdem lag die Burg recht unzugänglich auf einer Anhöhe, und es hätte viele Menschenleben gekostet, sie zu stürmen, also hungerten wir die Verteidiger zwei Monate lang aus.«

»Und was hat das mit Lübeck zu tun?«, fiel ihm Elof zweifelnd ins Wort.

»Recht viel«, erwiderte Birger. »Als wir die Burg einnahmen, gab es dort keine Katze und keinen einzigen lebenden Hund mehr. Aus den mageren Leichen, die wir fanden, waren Teile herausgeschnitten. Die Überlebenden waren so geschwächt und verwirrt, dass es kaum noch Sinn hatte, ihnen freies Geleit zu gewähren. So schlimm ist es vielleicht jetzt schon in Lübeck oder wird es bald werden. Wenn wir ihnen nicht innerhalb der nächsten zwei Wochen beistehen, gehen sie zugrunde.«

»Und wie soll uns das ohne ein Heer gelingen?«, wollte Elof wissen.

»Geld. Das ist das Wichtigste«, antwortete Birger und schwieg dann unerträglich lange, ehe er seinen Plan erläuterte. »Lübecks Mauern sind den Dänen zu massiv, daher ist diese Belagerung nötig. Sie haben die Einfahrt in den Hafen mit einer Kette durch die Trave versperrt. So sieht es aus. Könnten wir mit einer Flotte mit Lebensmitteln diese Kette durchbrechen, dann haben die Belagerer verloren, denn den Winter über werden sie kaum ausharren können. Verstehst du jetzt?«

»Ich ahne etwas, aber ich glaube kaum, dass sonderlich viele Kaufleute aus Visby ihre Schiffe dem dänischen Heer ohne Soldaten entgegenschicken wollen«, murmelte Elof verlegen.

»Das glaube ich auch nicht«, erwiderte Birger. »Deswegen brauche ich auch deine Hilfe. Du musst so viele Schiffe wie möglich kaufen und mit Pökelfleisch, Dörrfisch und Getreide beladen. Gold habe ich genug dabei, sowohl das Gold des Königs als auch mein eigenes, und dir leihe ich gerne die Hälfte meines Goldes.«

»Somit würden wir riskieren, alles zu verlieren«, wandte Elof entsetzt ein.

»Ganz richtig«, bestätigte Birger. »So ist das nun einmal im Krieg. Man riskiert immer, sein Leben und seinen Besitz zu verlieren, aber wer nicht wagt, gewinnt auch nicht. Stell dir einmal das Gegenteil vor! Wir helfen Lübeck mit zehn Koggen mit Lebensmitteln. Ich glaube, du bekommst in Lübeck einen guten Preis für deine Waren, da die letzten Katzen und Hunde dort bereits jetzt recht teuer werden.«

»Wir könnten unser Geld verzehnfachen«, sagte Elof mit einem plötzlichen Hoffnungsschimmer in den Augen. »Aber wozu brauchst du deine Schmiede?«

»Die sollen den Vordersteven der Schiffe mit Eisen beschlagen«, meinte Birger lächelnd. »Wir werden die Ketten mit dem Gewicht der Schiffe sprengen. Das bedeutet, dass unsere Aussichten zu siegen zunehmen, je mehr Schiffe wir kaufen und schwer beladen. Es ist also gefährlicher, zu wenig zu riskieren als zu viel.«

»Du schlägst da wirklich ein ungewöhnliches Geschäft vor, mein Bruder«, meinte Elof nachdenklich. »Hier geht es um alles oder nichts. Tod oder Reichtum ohne weiteren *Kummer*, wie du meine düstere Lage nennst.«

»Ja, hier geht es für uns beide um alles oder nichts«, pflichtete ihm Birger bei. »Auf dem Festland sitzt der Jarl Ulf und betet zu Gott und allen Heiligen, dass ich Pech haben werde. Er würde mich am liebsten in dänischer Gefangenschaft verschmachten sehen. Aber wenn uns diese Sache glückt, dann gewinnen wir mehr als nur unseren eigenen Reichtum. Denn Lübeck wird sich nicht undankbar erweisen. Denk nur, was eine zehnjährige Zollfreiheit zwischen Lübeck, Visby und Söderköping für unseren Handel bedeuten würde. Von einem Zollprivileg für dich ganz zu schweigen ...«

* * *

Als der Bodenfrost im folgenden Frühling ungewöhnlich spät gewichen war, konnte Ingrid Ylva endlich die kräuterkundige und weise Jorda in Bjälbo in geweihter Erde begraben lassen, was sie eher erleichterte als traurig stimmte. Seit dem Abend, an dem Jorda und Vattna zu ihr nach Ulvåsa gekommen waren, war sie ihre Beschützerin gewesen, und alle drei hatten dafür ein gewisses Maß an Getuschel und Tratsch in Kauf nehmen müssen.

Es hätte viel schlimmer enden können, da das Wissen der Frauen über Gottes Natur nur bei einem schweren Kindbett oder hohem Fieber willkommen war. Die Dankbarkeit dauerte aber nie lange an. Wurden Kühe krank und mussten notgeschlachtet werden, dann wurde von Hexen und Zauberei gemunkelt. Starb jemand an schweren Magenschmerzen, gegen die weder Jorda noch Vattna ein Mittel besaßen, dann hieß es, sie hätten mit ihren Kräutern getötet, statt zu heilen. Hätten sie eine weniger mächtige Beschützerin als die Mutter des Folkungerjarls auf Bjälbo gehabt, hätten Vattna und Jorda vermutlich von Ort zu Ort fliehen müssen, um nicht als Hexen getötet zu werden. In Bjälbo hatten sie ihre letzten zwanzig Jahre in Sicherheit gelebt und ruhten jetzt Seite an Seite in geweihter Erde. Nichts konnte sie mehr bedrohen.

Sie hatten all ihr Wissen und eine stattliche Anzahl versiegelter, heil- oder todbringender Forsviker Gläser an Ingrid Ylva vererbt. Diese standen auf langen Wandborden in der Turmkammer der Kirche.

In Bjälbo taten die Kleriker, wie ihnen Ingrid Ylva befohlen hatte. Die Totenmesse zog sich in die Länge, und unzählige Fürbitten wurden für Vattna und Jorda gebetet.

In der Nacht nach der Totenmesse erschien Ingrid Ylva die Jungfrau Maria in ihrer Schlafkammer in einem roten Umhang und mit einer Krone auf dem Kopf. Sie blieb am Fußende ihres Bettes stehen, lächelte sanft und formte ihre kleinen, weißen Hände zu einer Schale. Aus ihren Händen drang ein starker, erst blendend weißer, dann goldener Lichtschein, der den ganzen Raum erleuchtete. Der immer intensivere Goldglanz formte sich zu einer Königskrone, die die Heilige Jungfrau Ingrid Ylva zunächst entgegenstreckte und dann in die Luft hielt. Im nächsten Moment ließ sie die Krone los, worauf sie über dem Bett schwebte.

Die Heilige Jungfrau strich ihren roten Umhang beiseite, und plötzlich standen Ingrid Ylvas Enkel, der blonde Valdemar und der schwarzhaarige Magnus, in der Kammer. Die Hände auf den Köpfen der beiden Knaben, stieg die Heilige Jungfrau zur Decke auf und verschwand.

Die goldene Königskrone schwebte noch einen Augenblick über Ingrid Ylvas Bett und erleuchtete die Kammer. Es wurde hell wie an einem Sommertag, dann war es plötzlich finster.

Ingrid Ylva saß kerzengerade und hellwach in der Dunkelheit. Da hörte sie die sanfte Stimme der Heiligen Jungfrau zugleich in der ganzen Kammer, über sich und in sich:

»Ehe ich dich zu mir rufe, Ingrid Ylva, sollst du an etwas denken. Solange du deinen Kopf aufrecht hältst, wird den Folkungern nichts Böses widerfahren.«

In dieser Nacht fand Ingrid Ylva nicht mehr viel Schlaf. Was ihr die Heilige Jungfrau gesagt und gezeigt hatte, war teils leicht zu verstehen, teils aber auch schwer begreiflich. Dass die Königskrone nach Erik Eriksson einmal an Valdemar fallen würde, meinte Ingrid Ylva bereits zu wissen, und mit dem hohen Schutz, den sowohl Valdemar als auch sein kleiner Bruder Magnus jetzt genossen – denn das hatte die Heilige Jungfrau deutlich gezeigt –, konnte es nicht anders ausgehen.

Das Geschlecht der Eriker existierte nicht mehr. Es war durch viele Heiraten in dem der Folkunger aufgegangen, wie es Birger vor über zwanzig Jahren vorhergesagt hatte. Nach König Erik gab es keinen Kronprätendenten seiner Familie mehr, der nicht zugleich auch Folkunger gewesen wäre, und so stellte sich die Frage, welcher seiner Neffen der Erste unter den Folkungern war. Birgers Söhne Valdemar und Magnus genossen nicht nur den Vorzug, dass seine Mutter eine Schwester des Königs war, auch ihre Großmutter Ingrid Ylva stammte aus einer Königsfamilie.

Dass Erik Eriksson der Lahme selbst einen Sohn zeugen würde, glaubte Ingrid Ylva mittlerweile ebenso wenig wie sonst jemand im Reiche. Vier Jahre zuvor hatten seine Berater die richtige Braut für ihn gefunden, wenn man nur den Stammbaum in Betracht zog, wie es auf Forsvik bei Hengsten und Stuten der Fall war. König Erik hatte Katarina Sunesdotter heiraten müssen, was keine schlechte Idee gewesen war.

Durch ihren Vater, Ritter Sune zu Älgarås, stammte Katarina aus einer der vornehmsten Folkungerfamilien. Sie war die Tochter eines Helden von Gestilren. Aber nach dem Sieg von Gestilren war Ritter Sune, einer der kühnsten jungen Folkunger, der Arn Magnusson sehr nahegestanden hatte, unverzüglich zum Kloster Vreta geritten, obwohl er aus mehreren Wunden vom Schlachtfeld geblutet hatte.

Im Kloster Vreta lebte seine geliebte Helena, Tochter des Königs Sverker, der soeben auf dem Schlachtfeld erschlagen worden war. Er hatte sie befreit, genau genommen war sie ihm entgegengelaufen, obwohl böse Zungen behaupteten, es habe sich um Entführung und Klosterraub gehandelt. Anschließend waren sie nach Älgarås geritten und hatten dort als Mann und Frau gelebt, und Frau Helena hatte vier Töchter zur Welt gebracht.

Das war ein schönes Märchen von der Liebe, zudem noch einer passenden Liebe, da es für einen Folkunger nie unklug war, eine Königstochter zu heiraten. Aber was dieses Märchen nicht erzählte – und Ingrid Ylva hatte aus Zartgefühl auch nie gefragt, wenn sie Sune Folkesson oder Helena Sverkersdotter bei einem Festmahl des Königs oder bei den Weihnachtsfeiern in Bjälbo getroffen hatte –, war, ob sie wusste, dass ihr Mann zusammen mit

Arn Magnusson ihren Vater König Sverker in Gestilren erschlagen hatte.

Wie auch immer, einen Sohn schien Helenas und Sunes Tochter Katarina von Gottes Gnaden jedenfalls nicht zur Welt bringen zu können. Wahrscheinlich war sie zu lange im Kloster gefangen gehalten worden, noch dazu in Vreta, wo ihre Mutter Helena sich vor Liebessehnsucht verzehrt hatte, bevor sie eines Tages geholt und zum Königshof am Fyrisvallen gebracht worden war, um die Hochzeitsnacht mit dem König zu verbringen.

Das Kloster konnte einer Jungfer ebenso schaden wie nützen. Je mehr Ingrid Ylva darüber nachdachte, desto sicherer war sie, dass Jungfer Katarina das Kloster nicht bekommen war.

Schließlich konnte ihre Mutter sie kaum dazu gezwungen haben, nach Vreta zu gehen, wo sie jung und sich nach Liebe sehnend gefangen gehalten worden war. Es gab nur eine Erklärung. Katarina gehörte zu denen, die bereits in jungen Jahren aus Gottesfurcht verrückt geworden waren. Sie sprachen unablässig Gebete, geißelten sich, trugen Büßerhemden und behaupteten von sich, ständig nächtliche Besuche des himmlischen Bräutigams zu empfangen. Solche Jungfern konnten es sich leicht in den Kopf setzen, dass sie untreu waren, wenn sie nackt mit ihrem vor Gott angetrauten Mann in einem Bett schliefen, weil sie nur Christus gehörten. Solche Torheit junger Frauen war betrüblich, aber leider alles andere als ungewöhnlich.

Hätte Katarina einen Sohn zur Welt gebracht, wäre dieser der nächste König des Reiches geworden, denn dann wäre er väterlicherseits Eriker und mütterlicherseits sowohl Sverker als auch Folkunger gewesen. Einen des Thrones würdigeren Mann hätte es kaum geben können.

Aber so würde es nicht kommen. Vier Jahre ohne ein königliches Kindbett hatten gezeigt, was die Zukunft barg. König Erik würde ohne einen Sohn sterben, und der Knabe Valdemar würde die Krone erben.

Was die Heilige Jungfrau verheißen hatte, war Ingrid Ylva also nicht neu. Nebulös blieb jedoch die Offenbarung: »Solange du deinen Kopf aufrecht hältst, wird den Folkungern nichts Böses widerfahren«.

Den Kopf hocherhoben zu tragen war eine Sache. Das tat Ingrid Ylva, ohne sich schämen zu müssen, und konnte sich rühmen, dies schon immer getan zu haben. Aber »aufrecht«?

Vermutlich hatte sie die Heilige Jungfrau daran erinnern wollen, dass ihr eigenes Leben noch nicht zu Ende war, dass sie noch eine Weile weiterleben musste und den Kopf nicht endgültig auf die Brust sinken lassen durfte.

So war es! Wer konnte besser als die Gottesmutter in die innersten Räume eines Menschen sehen und dort die heimlichsten Gedanken lesen? Sie hatte ihre demütige Untertanin durchschaut. Sie wusste alles.

Denn in der Tat hatte Ingrid Ylva seit einiger Zeit gedacht, ihr eigenes Leben sei vorüber, sie habe während ihrer irdischen Wanderung nicht mehr viel auszurichten, und die Befreiung ihrer Seele sei bereits überfällig.

Von den Witwen, die einmal das Reich regiert hatten, war sie als Einzige übrig geblieben. Ihr Haar war weiß geworden, während Birgers ergraut war. Der Kampf um die Macht im Reiche war nach Ingrid Ylvas Einschätzung vorüber, und ihre Enkel würden einmal die Früchte ihrer Bemühungen ernten.

Ihre Augen hatten sich getrübt, und die Spinnarbeiten während ihrer einsamen Stunden fielen ihr zunehmend schwer. Ihre Haltung war gebeugt, ihre Hände versagten ihr manchmal den Dienst. Wofür sie gelebt hatte, war vollbracht. Somit gab es auf Erden nichts mehr für sie zu tun. So war es ihr zumindest vorgekommen.

Aber die Heilige Jungfrau hatte ihr nun ganz deutlich neue Gedanken anbefohlen. Sie musste ihren Kopf noch eine Zeit lang aufrecht halten.

* * *

Als Birger auf einem der ersten Flusskähne dieses Frühlings aus Söderköping eintraf, stieg er in Ulvåsa mit drei schweren Truhen an Land, die jeweils von vier Männern getragen werden mussten. Er verbrachte nur einen einzigen vergnügten Abend bei seinem Bruder Bengt Lagmann und seiner Frau Sigrid der Anmutigen, die ihrem Beinamen, obwohl sie etwas in die Breite gegangen war, immer noch alle Ehre machte.

Bengt und Sigrid waren also die ersten Verwandten im Reiche, die die wundersame Geschichte darüber, wie Birger mit ein paar Schmieden und zwei Truhen Gold in den Krieg gezogen war, um Dänemark zu besiegen und Lübeck zu befreien, und wie er als Sieger nicht nur mit zwei, sondern mit drei Truhen voller Gold zurückgekehrt war, zu hören bekamen. Jetzt hatte er es eilig, zur Königsburg Näs weiterzureisen. Reiter wurden nach Bjälbo geschickt, um einen Wagen für das Gold und Folkungerreiter als Eskorte zu holen.

Birgers Reiseroute verlief über Bjälbo, aber er verweilte dort nur einen Tag, um mit seinen Söhnen zu spielen, mit seiner Ehefrau Ingeborg zu schlafen und seine Mutter Ingrid Ylva zu treffen. Diese war zu seinem Erstaunen in die einsame Turmkammer der alten Kirche umgezogen. Zwar war die Kammer, in der zur Zeit Birger Brosas Folkungerthing getagt hatte, weiß verputzt und gründlich gereinigt worden, stellte aber nach Birgers Auffassung trotzdem eine seltsame Wohnstätte dar.

Ihre Erklärung, sie müsse noch ein paar Jahre leben und schliefe am besten nahe der heiligen Kraft der Kirche, konnte er kaum ernst nehmen. Über ihre weitere Begründung, dass sie ihren Kopf um der Folkunger willen aufrecht halten müsse, das habe ihr die Heilige Jungfrau offenbart, lachte er nur und meinte, er könne sie ja stehend begraben lassen.

Dies verärgerte sie, und sie beschimpfte ihn auf eine Weise, wie nur sie es sich unter allen Menschen dieser Erde erlauben durfte. Sofort nahm Birger sie in den Arm und entschuldigte sich. Er versprach ihr ein großes Fest, sobald er von der Königsburg Näs zurück sei. Er habe ihr viel von der Befreiung Lübecks zu erzählen.

Von dem Sieg und von Lübeck wollte Ingrid Ylva nichts hören, wie eifrig er auch zu erzählen versuchte. Sie sagte, sie habe die ganze Zeit gewusst, dass er siegen würde, da dem immer so sei und er dieses Mal auch noch das heilige Schwert Arn Magnussons als Talisman mitgenommen habe. Birger hielt sie eine Weile schweigend in den Armen. Obwohl eine Frau aus Stahl, kam ihm seine Mutter leicht wie eine Feder vor.

Ingrid Ylva hatte zwar nicht die Geduld besessen, sich anzuhören, wie man in Lübeck ohne einen einzigen Reiter oder Bogenschützen so wunderbar gesiegt hatte, die Männer des Königs im großen Ratssaal im östlichen Turm auf Näs hingegen lauschten Birgers Erzählung umso andächtiger.

Es kam ihnen wie ein Wunder vor, dass er die zwei Truhen mit Gold wieder in den Saal tragen lassen konnte, die ihm der König für seinen verzweifelten und fast unmögli chen Versuch zu Verfügung gestellt hatte, der belagerten Stadt zu helfen. Acht Männer schleppten die Goldtruhen herbei und wuchteten sie mit großer Mühe auf den massiven Eichentisch in der Mitte des Saales. Birger trat an den Tisch, klappte die Deckel auf, verbeugte sich vor König Erik und teilte seiner Majestät mit, dass er den gesamten Einsatz zurückerhalte. Außerdem hatte er ein Handelsabkommen im Gepäck, über das er den ganzen Winter hindurch in Lübeck verhandelt hatte. Keiner der wichtigen Häfen würde während der nächsten zehn Jahre für den Handel von Lübeck mit Zöllen belegt. Wer rechnen könne, fügte Birger hinzu, erkenne, dass dieses Abkommen bedeutend mehr einbringe als all das Gold, dass sie vor sich auf dem Tisch sähen.

Der König stellte als Erster die Frage, auf deren Antwort die Ratsmitglieder voller Ungeduld harrten. Wie dieser Sieg, der wie ein göttliches Wunder wirke, eigentlich vonstattengegangen sei.

Lächelnd kehrte Birger zum Platz des Marschalls zurück, der sich neben dem erhöhten Stuhl des Jarls befand. Er war nur zu gern bereit, von der Befreiung Lübecks zu erzählen.

Mit fünfzig Schiffen und ohne einen einzigen Soldaten waren sie aus Visby gekommen. Die Vordersteven der schweren Schiffe waren jedoch mit Eisenbeschlägen, der einzigen nötigen Waffe, versehen worden. Die Lübeck belagernden Dänen hatten die Flotte aus Gotland auf dem Meer entdeckt, aber nichts unternehmen können, als Gott um südlichen Wind zu bitten. Doch es war Oktober gewesen, der Monat der nördlichen Stürme. Bald hätten sie einen günstigen Wind gehabt und seien auf die Ketten zugesteuert, die die Hafenzufahrt der belagerten Stadt versperrten. Die Ketten seien wie dünne Fäden zerrissen.

Vor den Stadtmauern hätten die Dänen im Herbstmatsch gesessen, während ihre Vorräte zur Neige gegangen seien. Der kalte, nasse Winter sei im Anzug gewesen, und sie hätten die Essensdüfte der Lübecker einatmen müssen, die sich jeden Abend den Bauch vollschlugen. Die Belagerer hätten im Schlamm gelegen und gefroren, während es bei den Belagerten warm und trocken gewesen sei. Man habe leicht verstehen können, dass die Dänen die Belagerung rasch aufgegeben hätten und nach Dänemark zurückgekehrt seien.

Birger erzählte nicht von seinen guten Geschäften, die er in einer reichen, aber hungernden Stadt mit Dörrfisch und Pökelfleisch gemacht hatte, und niemand fragte ihn danach. Und welchen Nutzen Birgers Bruder Elof, der inzwischen der reichste Mann Visbys war, aus dieser Reise gezogen habe, wollte ebenfalls niemand wissen. Denn einem Mann, der die gesamte Kriegskasse des Königs und noch dazu ein gesegnetes Handelsabkommen heimgebracht hatte, indiskrete Fragen zu stellen, wäre selbst für einen verdrossenen und misstrauischen Mann wie Ulf Fasi undenkbar gewesen. Der Jarl musste sich damit begnügen, während Birgers Bericht über seinen wunderbaren Sieg, den er vor allem mit Hilfe von Lebensmitteln errungen hatte, zu husten und mit seinem Stuhl zu knarren.

Aber aufgrund der unüblich raschen Einberufung besuchte nur die Hälfte der Mitglieder die Sitzung des Königlichen Rates. Sie hielt auch eine unangenehme Überraschung für Birger bereit. Als sich die Freude über seine Worte gelegt hatte, forderte König Erik stotternd und unsicher dazu auf, zur Tagesordnung zurückzukehren, und teilte mit, nach all dem Erfreulichen, das man vernommen habe, sei es jetzt leider an der Zeit für die schlechten Nachrichten. Damit deutete er auf seinen Jarl Ulf

Fasi, der sich hustend und grau im Gesicht erhob und mit schwermütiger Stimme anhob.

Die rebellischen Uppländer hätten die Bevölkerung von Dalarna und Västmanland zum Aufruhr angestachelt. Ihr Anführer sei, das müsse er mit großem Kummer bekunden, Holmgeir Knutsson, der Sohn des von Birger Magnusson so schmählich hingerichteten Knut Holmgeirsson.

Junker Holmgeir stehe ihm selbst nahe, räumte er ein, obwohl dieser Umstand allen im Ratssaal hinlänglich bekannt war. Daher bereite es ihm großen Kummer, dafür plädieren zu müssen, den Aufstand in Nordanskog mit größter Härte und Unerbittlichkeit niederzuschlagen. Einen anderen Ausweg sehe er nicht. Er habe mit Beklemmung vernommen, dass Junker Holmgeir gedroht habe, nicht eher zu ruhen, bis er sich die Krone seines Vaters zurückgeholt und den Krüppel Erik Eriksson aus dem Reich vertrieben habe.

Während der kränkliche Jarl wortreich, doch von gelegentlichem Husten unterbrochen, dasselbe noch einmal erzählte und sich in seinen Gedanken verhedderte, breitete sich eine Eiseskälte im Ratssaal aus. Als habe sich der verheißungsvolle Sommerwind, der eben noch zu spüren gewesen war, in winterlichen Frost verwandelt. Die düsteren Blicke des Jarls auf Birger ließen keinen Zweifel daran, dass er ihm die Schuld an dem Aufstand gab.

Birger empfand im ersten Moment Verzweiflung darüber, sich sofort in einen blutigen Krieg stürzen zu müssen, nachdem er gerade aus einem unblutigen heimgekehrt war. Als sich seine erste Enttäuschung gelegt hatte und er schon längst nicht mehr den Worten des hustenden und hasserfüllten Jarls lauschte, da das Wesentliche gesagt war, spürte er jedoch, wie sich seine Stimmung langsam wieder hob.

Es hatte über zehn Jahre gedauert, bis die Uppländer die Lehren aus ihrer letzten Schlacht bei Enköping vergessen hatten, in der sie mit Ausnahme einiger weniger Adeliger und mit Glück gesegneter Fahnenflüchtiger bis zum letzten Mann gefallen waren. In den ersten Jahren nach Enköping war Uppland ein Land mit vielen Witwen und wenig Kampfgeist gewesen. Jetzt waren diejenigen, die zu jung gewesen waren, um Knut Holmgeirsson auf den Totenacker vor Enköping zu folgen, erwachsen und erzählten sich immer unwahrscheinlichere Geschichten von Tapferkeit und Ehre. Und nun war es also wieder so weit.

Das war die Kehrseite der Medaille.

Erfreulich war jedoch der Umstand, dass mittlerweile fast fünfzig Folkungerschwadronen im Reich existierten, also achthundert Reiter. Die Hälfte einer solchen Armee hätte mit Leichtigkeit jedes beliebige Heer im ganzen Norden schlagen können. Sogar die Schwertbrüder würden es sich gut überlegen, ehe sie einen solchen Gegner angriffen. Davon wusste der junge Holmgeir jedoch nichts, genauso wenig wie der einfältige Ulf Fasi.

Es würde zwei oder drei Monate dauern, Holmgeir und seine Leute zusammenzutreiben, anschließend würden sein Kopf und die Köpfe seiner Männer mühelos fallen. Das bedeutete zwar wieder einmal blutiges Kriegshandwerk, gerade als sich Birger mit dem Gedanken getragen hatte, sein in den letzten Jahren ziemlich vernachlässigtes, friedliches Wirken als Folkungerjarl wieder aufzunehmen. Bei näherem Nachdenken überwogen jedoch die erfreulichen Aspekte. Es gab jetzt fast nur noch Folkunger als Kronprätendenten, da schadete es nicht, ein für alle Mal unter dem Rest aufzuräumen. Man würde diesen Aufruhr unerbittlich und ohne große Mühe niederschlagen. Dann würde endlich Frieden herrschen.

Als Ulf Fasi seinen unzusammenhängenden, hustenden Vortrag beendet und zum dritten Mal gesagt hatte, man habe es mit einem Aufruhr zu tun, der niedergeschlagen werden müsse, nahm er Platz und starrte Birger feindselig an, als wolle er ihn durch die Kraft seiner Gedanken aus dem Gleichgewicht bringen.

Es folgte ein langes und quälendes Schweigen. Nur die leiernden lateinischen Gebete des Erzbischof Jalerus waren zu hören.

Der König sah sich unsicher um, bis er einsah, dass niemand vor ihm das Wort ergreifen würde.

»Wir haben ... erst ... die ... g-g-g-guten Neuigkeiten von unserem M-M-M-Marschall gehört«, stotterte er mit unstetem Blick. »Wir haben d-d-d-dann die sch-sch-sch-schlechten Nachrichten vernommen. Was sagt unser M-M-M-Marschall d-d-d-dazu?«

»Wir sehen uns mit einem Aufruhr konfrontiert«, sagte Birger, der dem König ruhig zugehört hatte. »Ich pflichte unserem Jarl bei. Es gibt nur eines, was wir tun können. Wenn es Eurer Majestät beliebt, mir die Verantwortung zu übertragen, so ist dieser Aufstand bis zu Beginn des Herbstes niedergeschlagen. Ich glaube nicht, dass dieses Reich danach noch einen weiteren Aufstand unter Eurer gottgefälligen Regierungszeit erleben wird.«

»Ist der Jarl auch d-d-d-dieser Meinung?«, fragte der König rasch.

»Nein, das bin ich nicht, Eure Majestät!«, antwortete Ulf Fasi, bleich vor Zorn oder vor Anstrengung, seinen Husten zu unterdrücken. »Wahr und recht ist es, dass wir diesen Aufruhr unverständiger Jünglinge und unwissender Bauern eindämmen müssen. Aber wir sollten den Törichten gegenüber Milde walten lassen, Eure Majestät. Unser Reich war zu lange ein Reich der Blutrache, und

Rache erzeugt nur neue Rache. Daher ist es meine Meinung als Jarl, dass die Bestrafung dieser Aufsässigen in Nordanskog nicht von unserem Marschall Birger Magnusson geleitet werden soll. Gegen Fremde lasse ich gerne und vorzugsweise Birger vorgehen, aber nicht gegen unsere eigenen Leute. Sendet, wen Ihr wollt, nur nicht den Marschall nach Uppland, das ist mein letztes Wort in dieser Sache!«

Im Saal war es vollkommen still geworden, mehrere Ratsherren blickten in die Luft oder auf ihre Hände. Birger war erstaunt, dass er so gelassen blieb. Früher wäre er wütend geworden und hätte sich über Ulf Fasis niederträchtige Bemerkung, er habe Knut Holmgeirsson heimtückisch hingerichtet, obwohl er ihn in Wahrheit im Zweikampf getötet hatte, ereifert. Dabei wäre es nicht geblieben, die Auseinandersetzung wäre immer weiter eskaliert und ein klarer Beschluss nicht mehr möglich gewesen. Vielleicht wurde er ja langsam alt, wenn sich sein Herz angesichts von Ulf Fasis Beleidigungen nicht einmal beschleunigte. Auch wusste er durch viele Verhandlungen mit Freund und Feind, dass der direkteste Weg zum Sieg darin bestand, alle großen und zornigen Worte zurückzuhalten. Der König konnte ja doch keinen anderen Beschluss fassen, als den Aufstand in Nordanskog niederschlagen zu lassen, was Ulf Fasi über seinen Schützling Junker Holmgeir auch immer sagen mochte.

»D-d-d-da wir jetzt t-t-t-trotzdem einen B-B-B-Beschluss fassen müssen, wende ich mich an meinen M-M-M-Marschall«, sagte der König, dem seine Anstrengung, den Satz über die Lippen zu bringen, deutlich anzusehen war.

»Wir sind uns einig, dass dieser Aufstand auf die in solchen Fällen übliche Weise gehandhabt wird«, antwortete

Birger leise. »Das bereitet uns nicht sonderlich viel Mühe, und die Angelegenheit wäre bis Herbstbeginn erledigt, denn die Aufrührer sind jung und unverständig. Sie hetzen sich gegenseitig mit törichten Reden auf und begreifen nicht, welcher Übermacht sie gegenüberstehen werden. Viele in unserem Land könnten daher unser Reiterheer befehligen, und wenn eine solche Bagatelle unseren Jarl erfreut, so widme ich mich gern anderen Dingen, von denen ich das halbe Jahr lang abgehalten wurde, als mich das Eis in Lübeck festhielt. Ich übertrage also den Befehl Nils Stigstensson zu Tofta und Gregers Birgersson. Beide sind Forsviker und besitzen große Kenntnisse in Kriegsdingen. Außerdem sind sie Freunde und werden die Arbeit ohne Streit unter sich aufteilen.«

Der König antwortete nicht, vielleicht wollte er es vermeiden zu sprechen, aber er nickte zustimmend, und allen im Saale war klar, welcher Auffassung er war.

Ulf Jarl konnte nichts einwenden, da Birger bereitwillig auf den Oberbefehl verzichtet hatte, und Birger verspürte nicht die geringste Lust, die Debatte fortzusetzen. Denn ein länger andauernder Streit hätte Ulf Jarl die Gelegenheit gegeben, Forderungen nach Zurückhaltung zu stellen, und bald wäre man genötigt, die Aufrührer zu einem Versöhnungsmahl einzuladen, statt sie zu bestrafen.

Der König sprach daraufhin in knappen Worten seinen Befehl und höchsten Willen aus, der Aufruhr möge mit größter Milde niedergeschlagen und der Anführer Holmgeir lebend und als Gefangener in die Burg Nyköping gebracht werden.

Damit war die Ratsversammlung beendet. Als sie den Turmsaal verließen, trat Birger an seinen Bruder Eskil Lagmann heran, stieß ihm spöttisch einen Ellbogen in die Seite und wollte wissen, wieso sein sonst so redseliger

Bruder plötzlich so maulfaul sei. Eskil murmelte, es gebe viele Dinge, die er wichtiger fände, als Aufrührer zu bestrafen. Er würde sich gerne einige Tage lang darüber mit Birger unterhalten. Sie beschlossen, nach Beendigung des Gastmahls des Königlichen Rates auf Näs zu Eskils Hof zu reiten.

* * *

Nachdem er auf seinen Lagmannshof zurückgekehrt war, zeigte sich Eskil wieder von seiner gesprächigen Seite. Er schien jedoch plötzlich älter und schwächer geworden zu sein und hustete, als er eifrig gestikulierend im Saal auf und ab schritt. Hin und wieder holte er ein Pergament hervor, um es Birger zu zeigen. Er erzählte, er habe inzwischen mehr als nur den Anfang der Gesetzesordnung, über die sie so lange nachgedacht hatten, zusammengestellt und von seinem norwegischen Schreiber zu Pergament bringen lassen. Da er beim Hin- und Herschreiten nicht vorlesen konnte, trat er ans Fenster und rollte dort das Pergament auseinander. Er blinzelte Birger zufrieden zu, der zurückgelehnt, amüsiert und mit einem freundschaftlichen Lächeln auf den Lippen auf der Bank an der Wand saß.

»Höre nun das neue Gesetz, das das Fundament unseres Reiches bilden soll!«, begann Eskil voller Eifer. »Dies ist königliches Gesetz und das Gesetz, auf das der König vereidigt wird. Wer jemanden in seinem eigenen Zuhause erschlägt oder verletzt, eine Frau mit Gewalt entführt oder sie sich mit Gewalt zu eigen macht, wer jemanden beim Thing oder beim Kirchgang erschlägt oder verletzt, wer Rache nach einem Vergleich fordert oder sich an einem der Verwandten rächt, die an der Sache nicht beteiligt waren ...«

»Ich höre, dass du es mit deinen Gesetzen auf deinen eigenen Bruder abgesehen hast!«, fiel ihm Birger lachend ins Wort. »Aber meinetwegen! Dies ist, worüber wir jahrelang gestritten und worauf wir uns schließlich geeinigt haben. Was tun wir also mit mir oder mit einem anderen Übeltäter, der sich eines dieser Verbrechen hat zuschulden kommen lassen?«

»Dieser Mann hat alles, was er besitzt, verwirkt«, fuhr Eskil ungerührt fort. »Sein Besitz wird in drei Teile geteilt, einen für den König, einen für das Kirchspiel, einen für den Kläger. Bis dahin ist der Täter vogelfrei, es sei denn, der Kläger verzeiht ihm, und er zahlt vierzig Pfund Silber an den König. Also, mein lieber Bruder, was hältst du davon?«

»Wenn sich alle freien Männer an diese Gesetze hielten, dann gehörte die Blutrache der Vergangenheit an, und in unserem Reich würde endlich eine christliche Ordnung herrschen«, erwiderte Birger nachdenklich. »So weit ist alles klar und einleuchtend. Klug ist auch, dass der hohe Schadensersatz zwischen Kirchspiel, König und dem Geschädigten aufgeteilt werden soll. Viele werden also diese neuen Gesetze befürworten, zumindest bis sie selber von ihnen betroffen sind. Aber jetzt zur großen und entscheidenden Frage. Wer soll dieses Gesetz erlassen?«

»Der König, bei der nächsten Krönung«, erwiderte Eskil knapp. »Das Gesetz wird damit in Gottes Namen und unter königlichem Eid erlassen. Das ist die einzige Möglichkeit.«

»Dann brauchen wir einen uns gefügigen König«, murmelte Birger mit gerunzelter Stirn. »Erik Eriksson hört mehr auf Ulf Fasi als auf uns. Er ist auch erst knapp über dreißig und kann mühelos uns beide überleben.«

»Das ist natürlich wahr«, gab Eskil zu und ließ sich schwer neben Birger auf die Bank fallen. Alle Begeisterung schien ihn von einem Augenblick auf den nächsten verlassen zu haben. »Wenn dies alles vollzogen werden soll, ruhen wir beide, oder jedenfalls ich, unter einem Stein. Aber ich finde, du solltest deine Söhne Valdemar und Magnus zu mir in den Unterricht schicken, wenn sie etwas verständiger geworden sind. Dann wird einer von ihnen sich bei seiner Krönung auf diese Gesetze vereidigen lassen können.«

»Du bist wie unsere Mutter«, murmelte Birger. »Ihr scheint davon auszugehen, dass Erik Eriksson keinen Erben haben und Valdemar die Krone erben wird. Die Erfahrung müsste uns doch eigentlich lehren, nichts für gegeben zu erachten. Außerdem haben wir im Augenblick noch den Aufstand eines neuen, kleinen Kronprätendenten in Uppland am Hals.«

»Das stimmt. Aber wenn ich dich recht verstanden habe, ist diese Angelegenheit bald aus der Welt«, wandte Eskil ein.

»Durchaus«, gab Birger zu. »Ich habe übrigens nach Gregers und Nils Stigstensson schicken lassen, als wir in Näs waren. Sie sind auf dem Weg hierher, um meine Befehle entgegenzunehmen. Ich hoffe, dir ist das recht. Dadurch gewinne ich etwas Zeit.«

»Das ist mir sehr recht. Vielleicht habe ich ja auch noch den einen oder anderen Vorschlag, wie wir vorgehen sollten. Du weißt doch, es gibt neue Pferdepanzer, die Brust, Kopf und Rücken an jener Stelle schützen, wo du damals Knut Holmgeirssons Pferd erwischt hast, so dass es gestürzt ist.«

»Ja, zufälligerweise habe ich davon gehört«, erwiderte Birger grinsend. »Ich danke dir für deine freundlichen

Auskünfte, aber will doch, selbstverständlich in allergrößter Demut, vorschlagen, dass du dich an deine Gesetze hältst, lieber Bruder, dann kümmere ich mich um den Krieg. Ich glaube, das funktioniert besser als umgekehrt!«

Eskil lachte ob dieser Zurechtweisung, zuckte mit den Achseln und entschuldigte sich damit, dass er nun mal ein Mann sei, der sich seit seiner Geburt für alles zwischen Himmel und Erden interessiert habe.

Birger widersprach nicht und ergriff nun die Gelegenheit, das Thema zu wechseln, um etwas anzusprechen, was seiner Meinung nach in den Bereich der guten Gesetze fiel, obwohl es anfangs etwas weit hergeholt wirken konnte.

Man müsste sich den baldigen Scharmützeln gegen die Verschwörer in Uppland zuwenden, um das zu verstehen. Im Mai würden sich die Folkungerreiter versammeln, denn dieses Mal wolle man den Feind rasch mit Hilfe der Reiterei niedermachen, ohne den aufwendigen Einsatz von Fußsoldaten. Der Sieg solle auf königlichen Befehl möglichst wenige Tote kosten. Deswegen solle sich das Heer rasch von Platz zu Platz bewegen, um dem Feind möglichst viele kleine Niederlagen beizubringen und seine Kampflust erlahmen zu lassen.

Das Reiterheer solle unaufhaltsam an Örebro vorbei nach Västra Aros reiten und dann bei Enköping nach Uppland hinein. Ein Reiterheer könne sich nämlich frei im ganzen Reich bewegen, aber das gelte leider auch für Feinde aus der Fremde und die eigenen Rebellen.

Dieser Schwäche im Reich müsse ein Ende bereitet werden, und daher solle der König mehr Gold und Arbeit darauf verwenden, die Burgen zu befestigen. Örebro dürfe keine Stadt sein, an der Heere von nah und fern einfach nach Belieben vorbeiziehen könnten. Das gelte auch für

Nyköping. An der Küste sei es ebenso. Kalmar und die neue Stadt an der Mündung des Mälaren in die Ostsee müssten stark befestigte königliche Burgen erhalten. Der Grund sei einfach. Hinter den königlichen Gesetzen müsse die Macht des Königs stehen, sonst seien die Gesetze nichts als leere Worte, und die Lanze des Stärkeren besäße immer noch die Macht.

Eskil war mit auf dem Rücken verschränkten Händen auf und ab gegangen und hatte ausnahmsweise aufmerksam zugehört. Es bestehe ein deutlicher Zusammenhang, so räumte er ein, als er wieder neben Birger Platz nahm, zwischen der königlichen Macht und dem Gesetz. Deswegen sei es umso wichtiger, dass die Folkunger bald die gesamte Macht im Reiche übernähmen. Sie müssten also die Königskrone erobern.

Erst dann könne das Reich wie andere neue Länder in der Welt eine königliche Ordnung mit königlichem Gesetz erhalten, ob nun mit oder ohne Gottes Segen. Obwohl man es immer folgendermaßen formulieren müsse: Die Macht des Königs komme von Gott und damit auch das Gesetz. Nur so lasse sich das neue Reich schaffen.

II

I̲n Lödöse wurde Birger von einem ungewöhnlich starken Anfall von Selbstmitleid und Schwermut heimgesucht. Nach zwei Wochen der Untätigkeit glaubte er, vor
Langweile sterben zu müssen. Nur das Geräusch eines
schweren, quälenden Hustens munterte ihn auf.

König Erik Eriksson war mit Jarl und Marschall und
einem großen Gefolge nach Lödöse gereist, um den norwegischen König Håkon zu treffen. Håkon hatte das Treffen anberaumt und versichert, noch vor Mittsommer ein-
zutreffen. Jetzt waren zehn Tage seit dem vereinbarten
Termin verstrichen, zehn ungewöhnlich kalte Tage, an
denen es unablässig geregnet hatte, aber kein norwegisches
Schiff war auf dem Fluss gesichtet worden.

Wenn es nach dem Willen von Jarl Ulf gegangen wäre,
so hätte Birger an dieser Zusammenkunft gar nicht teilgenommen, aber König Håkon hatte ausdrücklich darum
gebeten, da er Birger kenne und sie einander vertrauten, schließlich hätten sie schon früher miteinander verhandelt. Diese scheinbar unschuldigen und freundlichen
Worte in König Håkons Brief hatten Ulf Jarl dazu veranlasst, einen großen Wirbel zu veranstalten und von Birger
zu verlangen, sich vor ihm und dem König gegen die
Anklage des Hochverrats zu verteidigen, was Birger nicht
schwergefallen war.

Die Verhandlungen, die er bislang mit dem norwegischen
König geführt habe, habe er als Folkungerjarl geführt, als

es gegolten habe, die etwas unbedachten Taten seines Bruders, Eskil Lagmann, auszubügeln. Eskil habe den norwegischen Rebellen Ribbung gegen König Håkon unterstützt und den Aufständischen sogar seinen Pflegesohn Knut geschickt. Dies sei dem Frieden und einer Schlichtung nach König Håkons Verheerungen in Värmland nicht zuträglich gewesen. Birger und König Håkon hätten jedoch die Heirat Knuts mit der Schwester der norwegischen Königin veranlasst, und damit sei alles gleich viel einfacher geworden. Denn jetzt sei der erfolglose Rebell Knut der Jarl König Håkons geworden und Birger und den Folkungern verpflichtet. Knut Jarl an der Seite König Håkons sei also ihr Freund, was ein bedeutender Vorteil war.

Es sei also nicht so merkwürdig, dass König Håkon auch jetzt wieder auf Birgers Beteiligung an den Verhandlungen bestehe.

König Erik Eriksson und sein Kanzler Bischof Kol hatten diese Erklärung sofort akzeptiert, und Ulf Fasi war auch mit weiteren listigen und hinterhältigen Fragen an Birger nicht weitergekommen. Daher saßen sie nun alle drei mit zu großem Gefolge und zu wenig Proviant im Regen bei Lödöse und warteten auf einen norwegischen König, der nicht kam.

Birger hielt sich meist allein in seinem Zelt auf. Zu Beginn ihrer Wartezeit hatte er sich nie ungestört mit seinem König unterhalten können, da Ulf Jarl diesen stets umkreist hatte wie ein brünstiger Hirsch eine Rehkuh. Als Ulf Jarl schließlich hustend in seinem Zelt lag, hatte Birger den König nicht mehr aufsuchen wollen, weil sonst der Eindruck entstanden wäre, er wolle die Krankheit des Jarls ausnutzen, um sich einzuschmeicheln.

Aber das Husten aus dem Zelt des Jarls bereitete ihm immer bessere Laune. Er dachte, der Tod ist ein Blinder,

der Gute wie Schlechte holt und seine Sense schon einmal gerecht gegen jemanden, der es verdient hatte, schwang.

Dass sein Bruder Eskil beim letzten Weihnachtsfest tot umgefallen und mit dem Kopf geradewegs ins Schweinefett gestürzt war, fand Birger ungerecht. Eskils Gedanken über ein besseres Reich auf Grundlage von Gesetzen hatten den frühen Tod nicht verdient. Das Gute an diesem Tod war allerdings gewesen, dass er ihn wie so viele seiner Vorväter beim Weihnachtsschmaus und somit ohne Schmerzen und Schrecken ereilt hatte.

An der Bahre von Eskils Leiche hatte Birger geschworen, dass er dessen Gesetzesarbeit weiterführen und kein Tag verstreichen würde, ohne dass er eine Weile darüber nachgedacht hätte. Er hatte nicht vor, dieses Gelöbnis zu brechen, und bislang war ihm dies gelungen.

Nun näherte sich der Tod jedoch dem richtigen Mann. Im Freien hatte Birger Ulf Jarl oft husten hören. Das pfeifende, langgezogene Husten, das nie aufzuhören schien, konnte nur durch Wärme und trockenes Wetter gelindert werden. Jetzt regnete und stürmte es jedoch bereits seit zwei Wochen, und Ulf Jarl hätte einsehen müssen, dass es an der Zeit war, aufzubrechen und sich eiligst unter ein Dach und in die Wärme zu begeben. Stattdessen klammerte er sich an seinem Feldbett fest, um den König nicht mit Birger allein zu lassen oder, was er noch schlimmer gefunden hätte, sowohl mit dem norwegischen König als auch mit Birger. Auf diese Weise grämte sich Ulf Jarl voller Misstrauen allmählich zu Tode, und dieser Gedanke bereitete Birger überaus gute Laune.

König Håkon kam nicht. Als das Wetter in Lödöse endlich umschlug und der unterbrochene Sommer mit aller Kraft wiederkehrte, war im Lager der Proviant aufgebraucht, und Ulf Jarl befand sich in so schlechter Verfassung, dass man aufbrechen und nach Norden reisen musste.

Vor Skara, auf halbem Wege zu seinem Grab, hustete Ulf Jarl zum letzten Mal. Reiter wurden in alle Richtungen entsandt, damit sich die Folkunger in Bjälbo zu seinem Begräbnis versammeln konnten. Die meisten Gäste trafen dort vor dem Leichenzug und dem König ein.

Als Ulf Karlsson Fasi Jarl neben den Knochen seines Vaters Karl dem Tauben beigesetzt wurde, hielt Birger die Grabrede, und kein Folkungerauge mit Ausnahme seines eigenen blieb trocken.

Der Leichenschmaus im großen Saal auf Bjälbo währte drei Tage. Auf den Ehrenplätzen saß Birgers Gattin Ingeborg Eriksdotter neben Bischof Kol. Birger hatte ein Stück von ihr entfernt neben König Erik Eriksson Platz genommen. Er besaß gute Gründe, sich auf diese Weise für drei Tage das Ohr des Königs zu sichern. Unter den zweihundert Folkungern, die in der Familie seine Anordnungen befolgten, war Birgers Position so stark, dass er seine Macht in keinerlei Weise demonstrieren musste. Indem er den Milden und Trauernden spielte und die Machtverteilung im Reiche mit keinem Worte berührte, würde er den König über kurz oder lang schon dazu bringen, das dringliche Thema von sich aus anzuschneiden, und hielt es somit für das Klügste, mit Engelsgeduld abzuwarten.

Die wichtigste Frage war, welcher Folkunger Ulf Fasi als Jarl nachfolgen würde. Nur zwei Folkunger kamen infrage: Birger, den sich alle Älteren wünschten, sowie Junker Karl, Ulf Fasis Sohn, den viele Jüngere vorzogen, zumindest diejenigen, die keine Forsviker waren.

Der König saß also drei Leichenschmausabende lang als einziger Eriker zwischen seiner Schwester und dem stets höfischen und milde zuvorkommenden Folkungerjarl in dessen eigenem Hauptquartier, umgeben von einem Meer aus Blau und Silber.

Bis zuletzt hatte er gehofft und geglaubt, Birger würde das Thema selbst aufgreifen. Aber Birger machte dahingehend keinerlei Anstalten. Stattdessen erzählte er von der missglückten Reise nach Lödöse und dem siegreichen Feldzug der Folkunger gegen die rebellischen Uppländer, die bei Sparrsätra vernichtend geschlagen worden waren; von seiner Mutter Ingrid Ylva, die in eine Kammer im Kirchturm gezogen war, um zum Ende ihres Lebens hin Gott näher zu sein; über seine Kinder, die noch zu jung waren, um an einem Leichenschmaus teilzunehmen; von der Falkenjagd, an der er bei Lübeck teilgenommen hatte, von dem Handelsabkommen mit Lübeck, das erneuert werden müsse; von den Schwertbrüdern und dem dänischen König, der von Lästerern den Namen Pflugpfennig erhalten hatte, weil er auf den abwegigen Gedanken gekommen war, die Pflüge der Bauern zu besteuern. Über all das, große wie kleine Dinge, sprach Birger, aber über die Jarlswürde verlor er kein Wort.

Schließlich, in der zweiten Hälfte des letzten Leichenschmausabends, riss König Erik der Geduldsfaden. Er fragte Birger unversehens und rundheraus, was geschähe, falls er die Jarlswürde Ulf Fasis Sohn, Junker Karl, verliehe.

»Das weiß vermutlich nur Gott der Herr selbst«, antwortete Birger, ohne die Miene zu verziehen. »Viele meiner Freunde wären erstaunt und ganz sicher etwas enttäuscht, wenn Eure Majestät diesen Grünschnabel meiner Wenigkeit vorziehen würden. Junker Karl ist allerdings ein gewitzter und höfischer junger Mann, der sicher lernen kann, ein guter Jarl zu werden. Wenn er so lange lebt.«

»Und w-w-w-wenn ich ihn zu meinem J-J-J-Jarl er-
nenne, bleibe i-i-i-ich dann am Leben?«, fragte der König,
dessen Augen wütend aufblitzten, nachdem er lange nachdenklich dagesessen und versucht hatte, eine Drohung aus
Birgers Miene herauszulesen.

»Das hoffe ich von ganzem Herzen. Schließlich bin
ich der Schwager Eurer Majestät«, antwortete Birger mit
einer angedeuteten Verbeugung und einem Lächeln, das
dem König übertrieben breit vorkam.

»Und wenn ich Euch zu meinem Jarl mache, Birger, ist
mein Leben dann sicherer?«, fragte der König hart und
ohne im Geringsten zu stottern.

»Ja, ganz bestimmt«, erwiderte Birger ungerührt. »Wenn
Eure Majestät mich zu Eurem Jarl ernennen, werde ich
Euch sofort den Treueeid schwören, und ich habe acht-
hundert Reiter unter meinem Befehl.«

»Ich v-v-v-verstehe«, sagte der König. »S-s-s-so sei
es. Aber m-m-m-morgen will ich, dass I-I-I-Ihr mit mir
für eine l-l-l-lange Unterredung nach N-N-N-Näs reitet.«

»Wohin Eure Majestät mich rufen, komme ich als Euer
vereidigter Jarl«, entgegnete Birger mit einer weiteren Verbeugung.

Anschließend beugte sich König Erik zu Bischof Kol
hinüber, der neben seiner Schwester saß, und flüsterte
ihm umständlich etwas zu. Der Bischof nickte, ging nach
draußen und kam nach einer Weile mit der Jarlskrone und
dem Schwert zurück, die Ulf Fasi gehört hatten.

Als man im Saal bemerkte, was geschehen sollte, trat
rasch Stille ein. Denn niemand wusste sicher, wen der
König zu seinem Jarl machen wollte.

Bischof Kol segnete Schwert und Jarlskrone und legte
sie dann vorsichtig vor den König hin, der sich erhob und

seine rechte Hand hob, um Stille zu fordern. Seine Rede war sehr kurz.

»Wir K-K-K-König Erik Eriksson ernennen hiermit Birger M-M-M-Magnusson zu u-u-u-unserem Jarl!«, rief er mit größter Anstrengung. Anschließend nahm er das Jarlsschwert und umgürtete Birger ohne weitere Umstände damit. Dann nahm er die Krone, hielt sie in alle vier Himmelsrichtungen und setzte sie Birger auf.

Die allermeisten im Saal applaudierten heftig, aber aus der hintersten Reihe, in der die Jünglinge saßen, ertönte nur unzufriedenes Gemurmel.

Auf diese jungen Männer fiel Birgers erster Blick, als er seinen Kopf mit der Jarlskrone hob. Er prägte sich ihre Gesichter ein. Dann schwor er den Treueeid.

* * *

Der Weg von Bjälbo zur Königsburg Näs war kurz, und es wurde auf dem Ritt nicht viel gesagt. Bereits am ersten Abend rief der König seinen neuen Jarl zu sich in seine eigenen Gemächer im westlichen Turm. Voller böser Ahnungen begab sich Birger dorthin.

Dass ihn König Erik zum Jarl hatte ernennen müssen, obwohl ihm der jüngere Junker Karl lieber gewesen wäre, war Grund genug für Bitterkeit und Zwietracht. Aber selbst der einfältigste König musste einsehen, dass er den Schutz seines eigenen Lebens kaum ausschlagen konnte. Daraufhin hatte Birger vor den Folkungern seinen Jarlseid geleistet, und seinen Eid nahm er nicht auf die leichte Schulter.

Aber über König Erik, von dem er im Grunde genommen nicht sonderlich viel hielt, wusste er viel zu wenig, um dessen Pläne vorhersehen zu können. Und wenn der König jetzt so einfältig war, den Jarl erschlagen zu lassen, den er hatte wählen müssen, und anschließend Junker Karl zu seinem Jarl ernannte und die Folkunger dadurch entzweite, ohne zu begreifen, was er damit anrichtete?

Es hatte keinen Wert, sich jetzt schon über ein solches Unglück zu grämen. Er hatte sich diese Suppe selbst eingebrockt, und zwar guten Gewissens, da er dem Reich so unendlich viel besser dienen konnte als der Grünschnabel Junker Karl.

Er bekreuzigte sich, bevor er den Saal des Königs betrat. Dann beugte er rasch das linke Knie.

»Ich sehe, dass Ihr als Jarl noch nicht viel Übung habt, Birger«, schmunzelte der König. »Setzt Euch zu mir und denkt in Zukunft daran, dass der Jarl und der Erzbischof die Einzigen im Reiche sind, die keinen Kniefall vor dem König machen müssen.«

»Sieh einer an. Jeden Tag kann der Wissensdurstige also auch noch etwas über die kleinen Dinge lernen«, erwiderte Birger und ließ sich auf den Platz mit ausländischen Kissen nieder. Vor ihm, auf einem niedrigen Tisch, standen eine Kanne Wein und rheinische Gläser. Zu seinem Erstaunen wurde Rotwein gereicht.

»Ihr seid mein Jarl und habt mir Euren Eid geschworen. Ich kenne Euch nicht so gut, wie ich Euch kennen sollte, und Ihr kennt mich nicht. Ich habe allerdings den Verdacht, dass Ihr keine sonderliche Hochachtung für mich hegt. Ich habe mir sagen lassen, dass Ihr und Knut Holmgeirsson einmal eine lange Nacht mit meinem Vater in diesem Saal verbracht habt. Lasst uns das jetzt ebenfalls tun. Ich bitte Euch, mir einleitend von dieser Nacht zu erzählen«, sagte der König, ohne ein einziges Mal zu stottern.

»Es … es war eine lange Nacht«, begann Birger ein wenig unbeholfen, da ihn die schöne und fehlerfreie Rede des Königs verwirrt hatte.

»Das verstehe ich, deswegen habe ich Euch auch gefragt, denn Ihr seid der einzige noch lebende Zeuge«, erwiderte der König lachend, hinkte auf den Tisch zu und goss erst sich und dann Birger ein Glas Rotwein ein. »Wir wollen jedoch zunächst eine Kleinigkeit klären. Ihr wundert Euch über meine Rede?«

»Die Wahrheit ist … dass ich das tue, Eure Majestät«, antwortete Birger.

»Ich bin nicht wie Ihr, mein Jarl. Ich hinke mit steifem Rücken durch die Welt und kann an keinem Turnier teilnehmen, also das tun, was Ihr Folkunger so hoch in Ehren haltet. Und was meine Rede angeht, so rede ich ohne Stottern, wenn ich um mein Leben fürchte, sehr zornig bin oder ganz zufrieden. Was glaubt Ihr, ist jetzt der Fall?«

»Eure Majestät würden mir keinen Wein vorsetzen, vergifteten einmal ausgenommen, wenn Ihr sehr zornig wärt oder um Euer Leben fürchten müsstet«, erwiderte Birger mit einer angedeuteten Verbeugung, nahm sein Glas und prostete dem König trotzig zu.

»Euer Mut ist groß, Birger, genau wie man es von Euch sagt, und mit Euch trinke ich gerne«, sagte der König lächelnd, hob sein Glas und führte es zum Mund. Birger tat es ihm gleich, ohne erkennen zu lassen, wie sehr er zögerte. Der Wein schmeckte sauer, aber gleichzeitig auch nach Honig und exotischen Gewürzen.

»Dann will ich endlich von der Nacht hören, die mein Vater, Knut Holmgeirsson und Ihr miteinander verbracht habt«, sagte der König, nachdem er sein Glas wieder abgestellt hatte.

Birger versuchte, so wahrheitsgetreu wie möglich davon zu erzählen, ohne seine eigene waffenmäßige Überlegenheit über die Eriker-Verwandten des Königs allzu sehr zu betonen. Rasch leitete er zu König Erik Knutssons Grundgedanken über, dass der Frieden zwischen Erikern und Folkungern immer aufrechterhalten werden müsse und dem Land größte Gefahr gedroht hätte, wären die Junker Birger und Knut zu Feinden geworden, denn dann, so seine Befürchtung, hätte dies eines Tages unweigerlich auf dem Schlachtfeld geendet. Birger räumte ein, dass König Erik Knutsson durchaus richtig gehandelt habe, als er durch königliche Weisung die beiden jungen Männer dazu gezwungen habe, Freunde zu werden. Wenn zwei Jünglinge so lange trainierten, so musste sie das einfach vereinen. Und sie seien auch ganz richtig Freunde geworden. Gott habe sie trotzdem durch seinen unergründlichen Willen gezwungen, auf dem Schlachtfeld aufeinanderzutreffen.

»Mein Vater war ein guter und kluger Mann«, sagte der König nachdenklich, nachdem Birger seine Geschichte beendet hatte. »Wäre er am Leben geblieben, so hätte er Euch vermutlich recht bald zu seinem Jarl gemacht. Ihr wollt vielleicht wissen, warum ich damit so lange gewartet habe. Was glaubt Ihr selbst?«

»Ich bin mir sicher, dass Eure Majestät sehr gute Gründe dafür hattet«, antwortete Birger gewohnheitsmäßig, wie es sich einem König gegenüber geziemte.

»Bedenkt, dass Ihr jetzt mein Jarl seid!«, erwiderte der König wütend. »Bedenkt, dass Ihr mir nicht nur fortitudo, sondern auch sapientia geschworen habt. Bedenkt, dass uns hier niemand hört und dass Ihr mir immer die Wahrheit sagen müsst! Ich war noch ein Kind, als ich in dieses Reich kam. Das stimmt. Ich hatte Lehrer, die mehr von der Philosophie und der Kirchensprache verstanden als vom Krieg, von der Blutrache und den Folkungern. Aber ich war fleißig. Ich habe gelernt, und ich bin nicht der Dummkopf, für den man mich hält. Viele Jahre werden wir beide zusammen wirken, denn ich bin noch jung. Daher stelle ich Euch die Frage noch einmal. Warum, glaubt Ihr, habe ich Ulf Fasi zu meinem Jarl gemacht und nicht den Sieger von Enköping, der meine Krone gerettet, Knut Holmgeirsson erschlagen und jeden Aufstand erstickt hatte? Warum?«

»Weil Eure Majestät der Meinung waren, die Eintracht des Reiches sei wichtiger als mich nach meinen Verdiensten zu belohnen. Weil Ulf Fasi mit einigen Folkungerjunkern sanfter umging, als ich es getan hätte, und weil Eure Majestät einen neuen Bürgerkrieg im Lande vermeiden wollten«, antwortete Birger grimmig.

»Wohl gesprochen, Jarl«, sagte der König. »Und was ist jetzt mit diesen Junkern? Sind sie nach Holmgeirs Niederlage und Gefangennahme friedlich und fügsam?«

»Einige dieser Jünglinge knirschen mit den Zähnen. Aus Unverstand ballen sie die Fäuste hinter unserem Rücken. Aber so uneinsichtig, dass sie sich zur Niederlage von Sparrsätra zurücksehnen würden, sind sie nicht. Eine Rebellion brauchen Eure Majestät in den nächsten Jahren nicht zu fürchten«, antwortete Birger langsam und mit harter Stimme.

»Hättet Ihr, Birger, rebelliert, wenn ich Junker Karl zu meinem Jarl gemacht hätte?«, fragte der König mit milder Stimme trotz der unverblümten Frage.

»Nein, Eure Majestät«, antwortete Birger ohne zu zögern. »Vielleicht hätte es anders ausgesehen, wenn Karl und seine Junkerfreunde Euch ermordet hätten und er sich selbst zum König ausgerufen hätte.«

»Was wäre dann passiert?«

»Junker Karl hätte eine schwierige Entscheidung treffen müssen. Er hätte mich zu seinem Jarl ernennen können, dagegen hätten Holmgeirs Bruder Filip und seine Folkungerfreunde protestiert, oder er hätte Filip oder Holmgeir zu seinem Jarl machen können. Dagegen hätten die Folkunger unter meinem Befehl aufbegehrt.«

»Da seht Ihr«, lächelte der König zufrieden. »Ein König kann in der Wahl seines Jarls nicht vorsichtig genug sein. Und für die Kränkung Euch gegenüber, als ich Ulf Fasi ernannte, hatte ich gute Gründe. Aber ich entnehme Eurer Rede, dass Ihr einigen der Junkern des Reiches misstraut?«

»Das stimmt, Eure Majestät.«

»Und das liegt nicht daran, dass Ihr sie um ihr jugendliches Ungestüm und um ihre frohe, sorglose Einfalt beneidet?«

»Nein, Eure Majestät, denn so war ich auch einmal. Zwei Jahre meiner Jugend ritten Knut Holmgeirsson und ich von einem Gastmahl zum nächsten, ein schales Leben ohne Inhalt. Glaubt mir, Eure Majestät, diese jungen Tagediebe streben nur nach der Macht um der Macht willen und haben keine vernünftigen Pläne. Versuchen sie, uns um die Macht zu bringen, so wird das viel Ärger verursachen. Falls sie wirklich siegen, wird das für das Reich nichts Gutes bedeuten.«

Der König schwieg und betrachtete Birger nachdenklich und prüfend. Birger hatte bereits eingesehen, dass er den Mann, der ihm gegenübersaß, unterschätzt hatte. Das gereichte ihm nicht gerade zur Ehre, da er zu rasch und aus Eitelkeit den falschen Dingen zu viel Gewicht beigemessen hatte. Er war Forsviker bis ins Mark, von Ritter Arn zum Kampf und von den Klerikern zum Wissen erzogen worden. Ersteres stellte er zu Pferde und mit der Lanze unter Beweis, Letzteres als Redner. Deswegen hatte er den Gebrechen des Königs, die ihm sogar einen Beinamen eingebracht hatten, zu viel Bedeutung beigemessen und außer Acht gelassen, dass Erik Eriksson seiner Krone durchaus würdig sein könnte. Jetzt wusste er, dass er sich geirrt hatte, und das aus einem Unverstand heraus, der mehr zu einem jungen Mann als zu einem ergrauten Krieger und Jarl gepasst hätte. Hier gab es wirklich sehr viel wiedergutzumachen.

»Wir nähern uns jetzt einer schwierigen Frage«, sagte der König nach langem Nachdenken. »Wollt Ihr uns nicht noch einmal nachschenken. Ich sehe, dass das Gift noch nicht gewirkt hat.«

Sofort erhob sich Birger lächelnd, schüttelte über den groben Scherz den Kopf und tat, wie ihm geheißen. Anschließend hob der König sein Glas, und sie tranken schweigend.

»Die schwierige Frage lautet ohne weitere Umschweife, wie Ihr gegen diejenigen im Reiche vorgehen wollt, die einen Umsturz planen«, sagte der König mit Nachdruck.

»Wer sich an Stelle des Gekrönten zum König ausruft, hat sein Leben verwirkt. Kein Junker soll leichtfertig einen Aufruhr anzetteln oder glauben dürfen, dass ihn sein blauer Umhang vor Strafe schützt, auch wenn er mit drei Kronen oder einem Löwen geschmückt ist«, antwortete Birger rasch und fest entschlossen, ebenso aufrichtig zu sein wie der König.

»Unser Gefangener in Nyköping, Knuts Sohn Holmgeir«, meinte der König seufzend. »Er ist also nach römischem Recht ein Verräter. Das ist doch ein Recht, das Ihr kennt?«

»Ja, Eure Majestät, mein seliger Bruder Eskil war hinsichtlich der Gesetze und ihres Ursprungs sehr gelehrt. Einen Teil seines Wissens hat er an mich weitergegeben.«

»Dieser Gedanke ist mir auch schon gekommen, als ich Eskil Lagmann und Euch mit Ulf Jarl darüber habe streiten hören, welche Gesetze wir verändern sollten«, sagte der König, und ein unerwartet frohes Lächeln huschte über sein gespanntes und nachdenkliches Gesicht. »Aber jetzt wieder zu dem gefangenen Rebellen. Ulf Jarl hat ihn beschützt, vermutlich weil er seinem Freund Knut Holmgeirsson geschworen hatte, über seinen Sohn zu wachen. Ihr habt Knut auf dem Schlachtfeld erschlagen, und mit seinem Sohn hättet Ihr es in Sparrsätra doch genauso gemacht, wenn Ihr dort gewesen wärt?«

»Ja, Eure Majestät.«

»Auch wenn Ihr ihn erst lebend gefangen genommen hättet?«

»Auch dann, Eure Majestät.«

»Dessen muss sich Ulf Jarl auch bewusst gewesen sein. Deswegen war es ihm so wichtig, dass nicht Ihr den Aufruhr in Uppland niederschlagt. Ich war damals im Zweifel, müsst Ihr wissen, da ich fand, der Sieg sei wichtiger als die Sorge um die Köpfe der Rebellen. Aber als Ihr damals in der Versammlung erklärtet, der Sieg sei leicht zu erringen, und Ihr könntet das Oberkommando ebenso gut Eurem Sohn Gregers und Nils Stigstensson überlassen, war ich sehr erleichtert. Aber jetzt sehen wir uns wieder mit derselben Frage konfrontiert wie damals bei der Ratsversammlung. Was habt Ihr mit dem Gefangenen Holmgeir vor?«

»Er soll unverzüglich seinen Kopf verlieren, Eure Majestät.«

»Damit träfe Euch die Blutschuld, denn es läge auf der Hand, Holmgeirs Tod auf den neuen Jarl im Reich zurückzuführen.«

»Vollkommen richtig, Eure Majestät. Das ist meine deutliche Botschaft an alle Rebellen. An diejenigen, die bereits Lieder über Holmgeir singen und sich damit brüsten, ihn befreien zu wollen. Wir müssen ihnen sofort zeigen, welche Ordnung jetzt im Reiche herrscht.«

»Nicht wir, mein Jarl, sondern Ihr«, lächelte der König. »Ich bin der zaudernde König Erik der Lahme, der nicht deutlich sprechen kann. Mich trifft keine Schuld daran, sondern ganz allein Euch.«

»Ich verstehe«, sagte Birger. »Eure Majestät sind sehr klug.«

»Also sprechen wir nicht weiter über Holmgeir. Teilt mir einfach mit, wenn er tot ist«, sagte der König betrübt. »Nun wollen wir in die Zukunft schauen. Ihr habt gewisse Junker beschuldigt, ohne vernünftige Absichten nach der Macht zu streben?«

»Ja, Eure Majestät, und das war meine aufrichtige Meinung.«

»Nun sind wir bei einem Thema, das mich brennender interessiert als irgendwelche Rebellen«, fuhr der König mit freundlicher und eifrigerer Stimme fort, leerte sein Weinglas und schenkte sich nach. »Im Alter von sechs Jahren bin ich in ein fremdes Land geholt worden. Dort sagte man mir, ich sei der König, aber andere fassten sämtliche Beschlüsse in meinem Namen. Und ehe ich Zeit hatte, ein wenig älter und vernünftiger zu werden, sorgten unkluge Berater dafür, dass ich auf dem Schlachtfeld besiegt und aus meinem Königreich vertrieben wurde. Einige Jahre später kamt Ihr und botet mir erneut die Krone an. Ihr verspracht mir einen sicheren Sieg. Daran erinnert Ihr Euch doch?«

»Ja, Eure Majestät. Es ging nicht nur um den Sieg, denn der war uns wahrhaftig sicher. Es ging darum, in wessen Namen der Sieg errungen werden sollte, um dem Bruderkrieg endlich ein Ende zu bereiten. Daher fuhr ich nach Dänemark, um unseren gekrönten König ins Reich zurückzuholen.«

»Ich erinnere mich, dass Ihr unentwegt über meinen Kopf hinweg redetet, als besäße ich nicht genug Verstand, selbstständig zu denken oder zu antworten. Ihr habt meine einfältigen Lehrer überredet, aber mich habt Ihr damals immer noch als ein Kind betrachtet, nicht wahr?«

»Eure Majestät waren damals noch sehr jung«, entschuldigte sich Birger beschämt, da er mühelos nachvollziehen konnte, wie diese Verhandlung auf den König gewirkt haben musste.

»Das ist wahr, ich war sehr jung«, pflichtete ihm der König bei. »Aber das liegt nun lange zurück, und seither ist kein Tag vergangen, an dem ich nicht versucht hätte, etwas Neues über die Pflichten eines Königs zu lernen. Warum hat mir Gott diesen Platz auf Erden zugewiesen? Warum hat er einen Knaben als König zu einem blutdürstenden nordischen Kriegervolk geschickt, das ihm recht bald einen kränkenden Beinamen gab? Was hat meine Macht für einen Sinn? Das glaube ich zwar zu wissen, aber bevor ich Euch meine Meinung sage, will ich die Eure hören. Wenn einige dieser Grünschnäbel die Macht um ihrer selbst willen anstreben, wie Ihr sagtet, was beabsichtigt dann *Ihr* mit der Macht?«

»Ich will den königlichen Frieden im Reiche stärken«, antwortete Birger. »In unserem Reich soll jeder Herr in seinem eigenen Hause sein, er soll zur Kirche reiten können, ohne einen Hinterhalt befürchten zu müssen, oder ein Anliegen beim Thing vortragen können, ohne Angst haben zu müssen, von einem gedungenen Schwertkämpfer oder einem stärkeren Gegner in Stücke gehauen zu werden. Wer sich eine Frau mit Gewalt nimmt oder raubt, soll in den Augen aller ein Niederträchtiger sein. Erst mit solchen Gesetzen werden wir stark wie die Länder im Süden. Und da die Macht des Königs gottgegeben ist, sollten diese neuen Gesetze auch vom König erlassen werden. Wir wollen die Zukunft unseres Landes auf diese Gesetze, auf den Handel mit dem Ausland und auf die Arbeit in Wald und Flur gründen. Dafür ist ein starker königlicher Frieden nötig. Und …«

»Wartet! Ich komme nicht mit!«, lachte der König. »Über diese Fragen werden wir uns noch jahrelang den Kopf zerbrechen können. Lasst mich nur sagen, dass ich Eurer Meinung bin. Aber ich habe noch eine andere Frage. Was haltet Ihr von der Macht der Kirche? Wem gebührt schließlich und endlich die Macht, der Kirche oder dem König?«

»Vorzugsweise beiden«, erwiderte Birger etwas verärgert darüber, dass seinem Eifer, von seinen großen Träumen und denen des seligen Eskil zu erzählen, Einhalt geboten worden war. »Aber das ist eine schwierige Frage. Wenn wir wie jetzt danach streben, die Macht mit der Kirche zu teilen, führt dies in der Regel zu Unordnung. Wir können versuchen, neue Bischöfe zu ernennen, von denen wir annehmen, dass sie uns zum Dank für Bischofsring und -stab die Treue bezeugen, was sie aber nie tun, weil sie bald unter den Einfluss eines Erzbischofs geraten, den nicht wir ernennen können. Im Rat sitzen daher einige Bischöfe und mischen sich in Dinge ein, von denen sie nichts verstehen. Sie treffen sich heimlich und einigen sich darauf, wie sie uns beeinflussen wollen. Die Erzbischöfe waren in den letzten Jahren außerdem nie Ehrenmänner, man konnte sich nie auf sie verlassen. Valerius war zudem ein Giftmörder. Ich bin davon überzeugt, dass er den Vater Eurer Majestät ermordete. Olof Basatömer hängte sein Mäntelchen nach dem Wind. Er krönte erst Euch und dann, ohne mit der Wimper zu zucken, Knut Holmgeirsson. Anschließend hat er ohne die geringste Scham versucht, sich bei der Ratsversammlung hier auf Näs wieder bei Euch einzuschmeicheln. Jarlerus, den wir jetzt haben, trifft sich heimlich mit bestimmten Junkern und würde nach ihrem Sieg bereitwillig jedem von ihnen die Krone aufsetzen. Dass dies für das Reich nicht von Nutzen ist, wird jeder einsehen.«

»Ja, das wird jeder einsehen«, erwiderte der König bleich und mit so trockenem Mund, dass er rasch einen Schluck Wein trinken musste. »Ich wusste nicht, dass mein Vater ermordet wurde, und schon gar nicht, dass der Täter der Erzbischof war. Seid Ihr Euch wirklich sicher, was diese furchtbare Anklage betrifft?«

»Ja, Eure Majestät.«

»Darüber will ich bei anderer Gelegenheit noch mehr hören. Aber ich habe Gründe, zu der großen Frage zurückzukehren. Was sollen wir mit der Kirche anfangen?«

»Wenn wir selber entscheiden dürften, dann würden wir Schwert und Kreuz trennen«, erwiderte Birger nachdenklich. »Der Erzbischof nähme dann nur noch am Königlichen Rat teil, um sich mit Fragen zu befassen, die unmittelbar die Kirche betreffen. Zu Themen wie Krieg, Aufruhr, Handel oder Steuern dürfte er sich nicht äußern. Wir weltlichen Männer kümmern uns um die weltliche Macht. Aber damit die Kleriker sich darauf einlassen, müssen wir ihnen etwas anbieten können. Wir bieten ihnen an, dass sich die Kirche um alle ihre eigenen Angelegenheiten einschließlich der Ernennung von Bischöfen selbst kümmert.«

»Wisst Ihr, ob der Heilige Stuhl Eure Auffassung in diesen Fragen teilt?«, wollte der König verblüfft wissen.

»Vielleicht in der Hinsicht, dass Rom immer über die Freiheit der Kirche gesprochen hat, obwohl daraus in unserem Land nie sonderlich viel geworden ist«, murmelte Birger.

»Jetzt steht Ihr vielleicht doch einer großen Veränderung näher, als Ihr es selbst glaubt«, sagte der König geheimnisvoll. »Ein Kardinal des Heiligen Vaters hält sich als Gast in unserem Land auf. Er wird gegen Ende des Winters oder im Frühjahr alle Kirchenleute entweder in Linköping oder in Skänninge zusammenrufen. Er heißt Vilhelm von Sabina und kommt in der Hierarchie direkt nach dem Heiligen Vater. Er hat uns geschrieben, und wenn wir ihn recht verstehen, dann will er in unserem kirchlichen Leben aufräumen. Aber das wusstet Ihr also nicht?«

»Nein, Eure Majestät, davon wusste ich überhaupt nichts«, gab Birger nachdenklich zu. »Werden Eure Majestät also Verhandlungen direkt mit Rom führen?«

»Wieder einmal nicht ich, sondern Ihr!«, antwortete der König schroff. »Aber man hat mir gesagt, dass Ihr die Kirchensprache wie ein Kleriker beherrscht. Stimmt das?«

»Besser als die meisten Kleriker, die mir begegnet sind, Eure Majestät.«

»Da fällt mir ein Stein vom Herzen. Ich hatte nämlich keine sonderliche Lust, Klerikern von nah und fern stotternd gegenüberzusitzen und noch viel weniger Lust auf Latein. Gott hat diese Bürde also von meinen Schultern genommen, und dafür bin ich ihm unendlich dankbar. Ihr, Birger, werdet mein Vertreter bei diesem hohen Kardinal aus Rom sein. Ihr habt meine uneingeschränkte Vollmacht, Ihr entscheidet nach Eurem Verstand, und von diesem habe ich inzwischen eine viel höhere Meinung als zu der Zeit, als ich ihn nur durch Ulf Fasis Versicherungen Eurer üblen Absichten kannte.«

»So haben wir also beide allen Grund, unsere Ansicht zu ändern«, antwortete Birger mit einer leichten Verbeugung.

»Und dafür sollten wir Gott dankbar sein, der Euch offenbar genau im richtigen Augenblick zu mir geführt hat«, sagte der König, dem die große Erleichterung in sein sonst immer sehr starres Gesicht geschrieben stand.

»Ich werde Gott gerne danken«, erwiderte Birger, »aber ich erlaube mir auch, an die Worte Eurer Majestät zu erinnern, dass ein König in der Wahl seines Jarls nicht vorsichtig genug sein kann. Das Umgekehrte trifft auch zu. Ein Folkungerjarl kann in der Wahl seines Königs nicht vorsichtig genug sein.«

»Ich glaube, auch für uns beide wird es hier im Turm eine lange Nacht«, lachte der König. »Wir lassen mehr Rotwein bringen. Hat er Euch geschmeckt?«

»Ich trinke, was mein König mit Vorliebe trinkt«, antwortete Birger ausweichend.

»Dieser Wein müsste eigentlich fast jedem schmecken«, meinte der König, als habe er Birgers Zögern nicht bemerkt. »Es handelt sich um einen Abendmahlswein aus Burgund, den ich aus Varnhem habe liefern lassen. Aber Ihr seid mit dem Abendmahl vielleicht nicht vertraut?«

*   *   *

Diesen Sommer und Herbst war Birger besserer Laune, als ihn seine Ehefrau Ingeborg je zuvor erlebt hatte. Anfangs freute sie am meisten, mit welcher Hochachtung er von ihrem Bruder, dem König, sprach, denn das hatte er bislang nie getan. Sie selbst kannte ihren Bruder Erik als einen klugen und guten Menschen. Dass er in Gegenwart vieler Menschen immer stotterte und außerdem hinkte, führte dazu, dass nur diejenigen, die ihm sehr nahekamen, verstanden, welch großes Herz sich in dem schwachen Körper verbarg. In den vergangenen Jahren hatten sie die groben Scherze über ihren Bruder bei den Gastmahlen auf Bjälbo verletzt. Sie hatte sich dafür geschämt, dass sie nie den Mut aufgebracht hatte zu widersprechen. Seit Birger Jarl geworden und seinen König kennengelernt hatte, waren alle derartigen Scherze unter Androhung strenger Strafe auf Bjälbo verboten worden. Es war ebenfalls verboten, die Norweger als Weichlinge aus dem Norden zu bezeichnen.

Auch sein Verhalten ihr gegenüber hatte sich nach all den Jahren, in denen sie ihm drei Söhne und eine Tochter geboren hatte, so vollständig verändert, als hätte ihr gemeinsames Leben erst jetzt richtig begonnen. Er reiste wie immer durchs ganze Reich, doch jedes Mal, wenn er zurückkehrte, suchte er sie sogleich auf, nahm sie in die Arme und ließ sie wissen, wie er sich den Abend und die Nacht wünschte, ehe er zur Burg und den Wartenden eilte, die dem Folkungerjarl irgendwelche Streitigkeiten vortragen wollten. Früher war es immer umgekehrt gewesen. Er hatte sich sofort nach der Rückkehr in seine Arbeit gestürzt und seine Ehefrau und seine Söhne erst beim Abendessen und Abendgebet gesehen.

Es war, als ließe sich die Luft jetzt leichter atmen und das Leben auf Bjälbo unbeschwerter führen. Ingeborg lachte inzwischen laut, was früher nie vorgekommen war. Am Ende des Arbeitstages saßen sie und der Jarl nicht mehr schweigend Seite an Seite auf den Ehrenplätzen, sondern scherzten munter miteinander, was sowohl ihre Verwandten als auch das Gesinde erstaunte und freute.

Die Sonntage verbrachte Birger nicht mehr mit Verhandlungen mit fremden Reitern wie in den Jahren zuvor, sondern er ritt mit seinen Söhnen aus oder lehrte sie an den Teichen die Entenjagd. Gelegentlich ließ er auch einen Wagen anspannen und nahm Ingeborg und alle Kinder zu einem Picknick mit Wein mit. Von seiner Geliebten und seinen Kindern linker Hand sprach er auch nicht mehr so laut und trotzig.

Seine Verwandlung war so groß, dass er geradezu glücklich wirkte, ein Umstand, den sich Ingeborg niemals hätte träumen lassen. Seine harten Züge mit dem kantigen Kinn und den schwarzen, durchdringenden Augen legten allerdings immer noch Zeugnis von dem Mann ab, der er früher gewesen war. Wie seltsam es doch war, dieses Gesicht mit denselben Kriegsnarben und demselben kantigen Kinn demütig lächeln und dieselben schwarzen Augen vor Wärme strahlen zu sehen.

Die Furcht, mit der Ingeborg dem Tag entgegengesehen hatte, an dem ihr Mann Reichsjarl werden würde, war mit dem Sommerwind verflogen.

Für Birger stellten dieser kurze Sommer und der Herbst die glücklichste Zeit dar, an die er sich seit seiner Kindheit auf Forsvik erinnern konnte. Er hatte viele Pflichten, die einen großen Teil seiner Zeit in Anspruch nahmen, natürlich. Manchmal waren diese vollkommen unsinniger Art, wie zum Beispiel, als König Erik und er ein weiteres Mal vergeblich auf König Håkon in Lödöse warteten. Beim dritten Mal hatten sie jedoch mehr Glück, und Birger konnte die langwierige Värmlandsache hinter sich lassen. Er einigte sich mit Håkon darauf, dass sich ihre Kinder verloben würden. Håkon der Junge, der bereits zum nächsten König von Norwegen gewählt worden war, und Birgers Tochter Rikissa sollten heiraten, aber da Birger fand, dass Rikissa noch zu jung sei, wollten sie mit der Hochzeit noch etwas warten.

Sie hatten sich darauf geeinigt, einem Feinde des anderen niemals beizustehen oder ihm Asyl zu gewähren. Ohne größere Mühe hatte sich diese hinausgezögerte Geschichte schließlich beenden lassen und Birger von neuem in dem Gefühl bestärkt, dass ihm nichts misslingen könne.

Während er sich in dieser guten Verfassung befand, hatte er auch einige Dinge mit seiner Geliebten Signy und seinen Kindern linker Hand geklärt. Seine Töchter erhielten eine große Mitgift statt eines Erbes, auf das sie kein Anrecht gehabt hätten, und sein Sohn Gregers bekam von Birgers neuen Besitzungen zwei große Höfe in Sörmland. Mit Signy hatte er sich insoweit versöhnt, dass sie ihm zumindest seine während langer Jahre gebrochenen Versprechen verzieh. Seltsamerweise schienen Birgers wohlwollende Worte über den König und über das Glück, Jarl eines solchen Königs sein zu dürfen, dieselbe Wirkung auf Signy zu haben wie auf Ingeborg. Birger konnte sich das nicht recht erklären, aber vermutete, dass Signy endlich eingesehen hatte, dass es ihm auch aus ehrenwerten Gründen um die Macht zu tun gewesen war, und es nicht mehr so wirkte, als habe er die Macht immer der Liebe vorgezogen.

So oft ihm seine Verrichtungen beim König oder auf Bjälbo Zeit ließen, ritt er nach Sörmland, besuchte Städte und Höfe, auf denen jene Menschen lebten, die er in dem Krieg befreit hatte, der im Volksmund »Birgers Kreuzzug nach Ösel« hieß. Da er in Sörmland immer mehr Freunde gewann, war er bald überall willkommen, auch bei den Adligen in Uppland und Västmanland, und nicht mehr nur der geachtete und gefürchtete Jarl. Für diese Reisen, die man als bequeme Fahrten von einem Gastmahl zum nächsten hätte betrachten können, hatte er gute Gründe. Er glaubte, dass der Schlüssel zum zukünftigen Frieden im Reiche in Nordanskog lag. Eine Rebellion sollte nicht mit gepanzerten Reitern niedergeschlagen werden, sondern vorzugsweise durch neue Freundschaften.

Derjenige, der ihm von allen diesen neuen Freunden am nächsten stand, war ein sturer, uppländischer Großbauer mit einer Burg im Mälaren, Ivar Blå zu Gröneborg.

* * *

Am dritten Tag des Konzils behagte es Kardinal Vilhelm von Sabina, die Entsandten der weltlichen Macht in Skänninge zu sich zu rufen. Birger fand sich mit dieser Demütigung ohne Schwierigkeiten ab. Er war es gewohnt, dass sich Kleriker auf diese Weise wichtigtaten, um zu demonstrieren, wie weit sie über der weltlichen Macht des Königs standen. Es erstaunte ihn auch nicht weiter, als er den Kapitelsaal des Dominikanerklosters betrat, dass der Kardinal so tat, als sei er in ein Gespräch mit Erzbischof Jarlerus und einem seiner Kanoniker vertieft, so dass er den neuen Besucher gar nicht zu bemerken schien. Während er wartete, ermahnte sich Birger streng, sich durch diese Behandlung nicht aus der Fassung bringen und zu unüberlegten Worten hinreißen zu lassen. Es fiel ihm jedoch schwerer, geduldig zu bleiben, als der Kardinal plötzlich aufschaute, ihn müde von Kopf bis Fuß musterte, ohne ihn zu begrüßen, und zum Erzbischof sagte, er solle dafür sorgen, dass der Frevel des Besuchs sofort aus diesem geweihten Raume geschafft werde. Der Erzbischof verbeugte sich schmeichlerisch und gab den Befehl sofort an den ihm Untergebenen weiter, der daraufhin erschreckt und ratlos zwischen dem Kardinal und Birger hin und her schaute, als traute er seinen Ohren nicht.

Wahrscheinlich, vermutete Birger, glaubte dieser Einfaltspinsel, dass sich »Frevel« auf seine Person bezog. Dass der Dummkopf zögerte, den Reichsjarl aus dem Saal zu werfen, war leicht zu verstehen. Birger musste sich anstrengen, um nicht laut loszulachen.

Als der Kardinal und sein scharwenzelnder Befehlsempfänger das Missverständnis geklärt hatten – sie bezeichneten Birger unablässig als *er*, so als stünde er nicht neben ihnen –, musste Birger den plötzlichen Impuls unterdrücken, kommentarlos den Saal zu verlassen. Er zwang sich, seinen Zorn zu bezwingen, und als der furchtsame Kanoniker auf ihn zugeschlichen kam, um sich mit dem Frevel zu befassen, die Hände nach Birgers Schwert ausstreckte und ihn bat, es ihm auszuhändigen, verscheuchte ihn Birger wie eine Fliege, ohne ihn eines Blickes zu würdigen.

»Versteht er nicht, dass Waffen einen Frevel darstellen und in geweihten Mauern nicht getragen werden dürfen?«, fragte der Kardinal erstaunt, immer noch ohne Birger direkt anzusprechen.

»Eure Eminenz mögen Ihnen Ihr Zögern verzeihen«, sagte Birger daraufhin mit sanfter Stimme in der Kirchensprache. »In unserem Land ist es nicht Sitte, dass sich Kirchenleute an dem Schwert eines Herzogs vergreifen. Ich möchte Eure Eminenz außerdem untertänigst bitten, meinen Respekt vor der Kirche durch die Annahme, ich könnte diesen Raum entweihen, nicht zu gering einzuschätzen. Lasst Euch gesagt sein, dass dieses Schwert, das ich an meiner Seite trage, für kirchliche Räume geweiht ist, denn es ist das Schwert eines Tempelritters.«

Die Verblüffung stand dem Kardinal ins Gesicht geschrieben und hielt lange an. Er sann eingehend darüber nach, wie er mit der peinlichen Lage, in die er sich begeben hatte, umgehen sollte. Schließlich kam er zu dem Schluss, dass es besser sei, die Angelegenheit auf die leichte Schulter zu nehmen, statt mit übertriebenem Zorn oder übertriebenen Entschuldigungen zu reagieren.

»Seid gegrüßt mit Gottes Frieden, Herzog Birgerus. Wie Ihr bereits verstanden haben werdet, vergaß der Diener der Kirche hier an meiner Seite zu erwähnen, dass Ihr unsere Sprache so gut beherrscht. Bei näherem Nachdenken kommt es mir fast amüsant vor, dass einer der Herren an meiner Seite als Dolmetscher hätte fungieren sollen. Wenn Euer Schwert also ein Tempelritterschwert ist, dann ist es, wie Ihr gesagt habt, geweiht. Ihr seid also König Ericus Vertreter und besitzt sämtliche Vollmachten?«

»So ist es, Eure Eminenz«, antwortete Birger und warf den Klerikern zu beiden Seiten des Kardinals, die den Kopf einzogen, einen finsteren Blick zu. Sie würden ihrem Dienstherren einiges zu erklären haben, wenn er gegangen war.

»Ich bin in allem, was ihn und das Reich betrifft, Bevollmächtigter des Königs«, fuhr er fort. »Ihre Majestät lassen Euch ausrichten, dass er aus verschiedenen Gründen persönlich nicht anwesend sein kann. Er wünscht Euch von Herzen Glück und hofft, dass die Männer der Kirche bei diesem Konzil große Fortschritte machen werden. Wenn die weltliche Macht dabei einer guten Sache dienen kann, so wollen wir unser Äußerstes tun, um Euch beim Anstreben dieses hohen Zieles zu unterstützen.«

»Von Seiten des Heiligen Stuhles kann nur erwidert werden, dass wir diese starke und willkommene Unterstützung unserer Wünsche mit äußerster Zufriedenheit zur Kenntnis nehmen«, entgegnete der Kardinal, wobei es ihm schwerfiel, eine ernste Miene zu bewahren, so dass er sich etwas vorbeugen musste, um sein Gesicht hinter der einen Hand zu verbergen.

Birger verstand nicht, worüber sich der Kardinal so amüsierte, entschloss sich aber, diese Begegnung möglichst rasch zu beenden, damit man sie sofort vergessen und beim nächsten Mal harmonischer beginnen konnte.

»Wichtige Angelegenheiten des Reiches rufen mich jetzt«, sagte er daher fast ungeduldig. »Eure Eminenz sind morgen zur selben Zeit in der königlichen Vertretung willkommen, um über die Sache an sich zu verhandeln. Lasst mich Euch nur demütig daran erinnern, dass diese Einladung Euch persönlich gilt und es nicht nötig ist, dass sich irgendeiner meiner Landsleute mit mehr oder weniger geglückten Übersetzungsversuchen abmüht.«

Der Kardinal erhob sich sogleich, segnete Birger und verließ kopfschüttelnd den Saal. Er bemühte sich vergeblich, sein Lachen zu unterdrücken, bis er außer Hörweite war. Birger zog bekümmert und gekränkt von dannen.

Wenn ihm diese erste Begegnung mit dem Mann des Papstes so gründlich missglückt war, dass dieser ihn ausgelacht hatte, so stellte dies keinen vielversprechenden Beginn der Verhandlungen dar, wie die Macht zwischen Schwert und Kreuz aufzuteilen sei. Was den hohen Kleriker so amüsiert hatte, war allerdings unklar, daher war es auch noch zu früh, sich wegen eigener Unzulänglichkeiten selbst zu bemitleiden.

Birger hatte eine schlaflose Nacht. Er grübelte über den Abgesandten des Heiligen Stuhls. Der Kardinal war schlicht in Schwarz gekleidet gewesen und hatte eine kleine rote Mütze auf dem Kopf sowie seitlich eine breite rote Seidenschärpe getragen. Birger vermutete, dass Letztere ebenso wie der saure Abendmahlswein Blut oder Ähnliches symbolisierte. Im Unterschied zu gewöhnlichen Bischöfen trug der Kardinal weder Gold noch Silber und auch keine glänzenden, mit Edelsteinen besetzten Stoffe. Trotzdem strahlte er eine Würde aus, wie es Birger bei einem Mann der Kirche bislang noch nicht erlebt hatte. Oder beruhte dieser Eindruck darauf, dass sein Latein wie Samt dahingeflossen war und wirklich wie eine göttliche Sprache geklungen hatte, noch schöner und deutlicher als die, die Pater Guillaume in Varnhem gesprochen hatte? Bei all dieser kirchlichen Erhabenheit war er doch ein Mann, der offenbar viel Humor besaß. Birger konnte sich keinen Reim darauf machen.

Außerdem sah er aus wie ein kleiner Hirsch, vielleicht sogar mehr wie eine Frau als ein Mann. Er war schlank und trug einen seltsamen Bart auf der Oberlippe sowie einen unterhalb des Mundes, der einer Schwertspitze glich. In den nordischen Ländern war er wahrhaftig ein fremder Vogel.

Birger brauchte jedoch nicht mehr lange über das Lachen des Kardinals zu grübeln, denn als dieser am nächsten Tag in das Handelshaus trat, das Birger in Skänninge gemietet hatte – und dessen Besitzer samt Familie auf Kosten des Königs gut in Linköping untergebracht war –, sah er womöglich noch munterer aus als am Tag zuvor und schien Birger fast um den Hals fallen zu wollen.

»Bei Gott, geschätzter Herzog«, begann der Kardinal mit einem breiten Lächeln, als sie in Birgers größtem Gemach Platz genommen und sich Wein hatten servieren lassen, »man hatte mir gesagt, Ihr wäret ein einfacher

Krieger, der nicht viel von Politik und klerikalen Fragen versteht. Und so habe ich Euch gestern leider auch behandelt. Mein hoher Auftrag schließt, wie Ihr sicher versteht, nicht die Verpflichtung mit ein, sich wie ein Esel zu benehmen. Ich hoffe, dass Ihr wie ich diese Sache mit einem Lächeln betrachten könnt, denn ich glaube, dass ich deswegen noch lange über mich lachen werde.«

»Mit Sicherheit«, erwiderte Birger mit so steinerner Miene, dass es seinen Gast erst ein wenig entsetzte. Dann lächelte er. »Ich bin der Mann des Königs und spreche in seinem Namen. Ihr, Eure Eminenz, seid der Mann des Heiligen Vaters und sprecht in seinem Namen. Die Formen unserer ersten Begegnung sind also kaum von Bedeutung, da wir wichtige Fragen zu besprechen haben und uns vorzugsweise einig werden sollten.«

»Es ist ungewöhnlich, einem Mann wie Euch im äußersten Norden zu begegnen«, erwiderte der Kardinal erleichtert darüber, dass sie die Missstimmung so glimpflich hinter sich gelassen hatten. »Ich war ein Jahr lang im Auftrag des Heiligen Vaters in Norwegen. Ich kann nicht behaupten, dass das leicht war. Das kirchliche Leben hier im Norden ist in vielerlei Hinsicht der Kirche fremd. Jetzt gilt mein hoher Auftrag Eurem Land, und hier begegne ich also einem weltlichen Oberhaupt, mit dem ich mich so mühelos austauschen kann, als befände ich mich noch in Rom. Wo habt Ihr Latein gelernt, Herzog?«

»Mein seliger Großvater war Tempelritter. Er hieß Arn de Gothia. In seinem Schatten bin ich aufgewachsen«, erwiderte Birger. »Er war der größte Krieger, den die Welt je gekannt hat, aber, wie ich glaube, auch ein Heiliger. Er gründete eine Kriegsschule, in der ich und viele meiner jungen Verwandten erzogen wurden, die aber nicht nur eine Ausbildungsstätte für den Krieg, sondern auch der

Gelehrsamkeit und für das Leben darstellte. Daraus folgt, Eure Eminenz, dass Ihr in unserem Land mehr Kriegern mit Narben im Gesicht begegnet, die die Kirchensprache wie ich beherrschen, als Bischöfen mit dieser Fertigkeit. Ihr werdet hier auf Bischöfe stoßen, die nicht einmal die Volkssprache lesen und schreiben können.«

»Diese Absurdität ist mir bereits aufgefallen«, entgegnete der Kardinal und zog belustigt die Brauen hoch. »Also, hochgeehrter Herzog, sagt mir nun, was der König oder meinetwegen Ihr von dem ersten Konzil in Eurem Lande erwartet!«

»Ich unterstütze das Dogma von der Freiheit der Kirche«, entgegnete Birger, »was unter Berücksichtigung meiner egoistischen Interessen, die Eure Eminenz ohnehin früher oder später durchschauen werdet, bedeuten würde, alle Bischöfe von den weltlichen Entscheidungen des Königlichen Rates auszuschließen. Ihr müsst meine Direktheit entschuldigen. Natürlich ist Ihrer Majestät bewusst, dass unser Wunsch einen Preis hat. Dieser Preis ist, dass die Kirche ihre eigenen Bischöfe und Priester ernennt und Rom statt dem König zu gehorchen hat. Unser Preis ist hingegen, dass der König Rom nur noch in kirchlichen Fragen unterstellt ist.«

»Ihr seid ein kühner und belesener Mann, Herzog Birgerus«, erwiderte der Kardinal nachdenklich. »Für die Gedanken, die Ihr mir gerade vorgetragen habt, würdet Ihr in den Ländern, aus denen ich komme, auf dem Scheiterhaufen landen. Für anderes wiederum würde Euch auch die weltliche Macht des Lebens berauben. Trotzdem sage ich Euch jetzt allen Ernstes, dass ich Eure Ideen teile. Eine Frage muss ich Euch jedoch noch stellen. Ihr wollt der Kirche doch wohl nicht das Recht absprechen, Könige zu ächten?«

»Nein«, erwiderte Birger rasch. »Wenn Könige ihre Macht von Gott erhalten, dann müssen sie auch von Gott zurechtgewiesen werden können. Sonst hätten wir wohl recht rasch die Hölle auf Erden.«

»Lasst uns jetzt zusammen für den Erfolg unserer gemeinsamen Sache beten, Herzog Birgerus, und lasst uns auch Gott dafür danken, dass er uns beide zusammengeführt hat. Denn wir werden mit unseren Verhandlungen nicht viel Mühe haben«, sagte der Kardinal, ließ sich auf die Knie sinken und forderte Birger mit der Hand auf, es ihm gleichzutun.

Birger gehorchte nach kurzem Zögern, obwohl er lieber das Gespräch fortgesetzt hätte, als Gott um etwas zu bitten, was in seinen eigenen Verantwortungsbereich fiel. Mit diesem Kardinal würde er sich leicht verständigen können, solange ihnen nur die Anwesenheit einfältiger Kleriker erspart blieb. Wenn die Männer der Kirche doch nur alle so scharfsinnig wären wie Vilhelmus Sabinensis, dann sähe die Welt ganz anders aus, dachte Birger, ehe er etwas heuchlerisch die Hände faltete und die Augen schloss.

* * *

Birgers positive Erwartungen, die Verhandlungen mit dem Kardinal betreffend, wurden bereits in der ersten Woche voll und ganz erfüllt. Was genau der Kardinal zu den Vertretern des Klerus während der langen Sitzungen in der Klosterkirche sagte, konnte er nur ahnen, doch ganz sicher bediente er sich einer ganz anderen Sprache als jener, die er Birger gegenüber benutzt hatte.

Sie trafen sich täglich für ein *summarum* der Angelegenheiten des Tages, und zwar abwechselnd im Kapitelsaal des Klosters, in dem sie vorsichtig nur feierliche Phrasen austauschten, und in Birgers Handelshaus am anderen Ende der Stadt, in dem sie sich unumwunden auf eine Art unterhielten, die Birger bei einem Mann der Kirche nie für möglich gehalten hätte.

Kardinal Vilhelm besaß eine Liste der Dinge, die er durchzusetzen gedachte, und war mit wenigen und geringfügigen Ausnahmen bei den Gottesmännern des Landes auf harten Widerstand gestoßen. Der Kardinal wollte das Zölibat einführen, Kinderscharen auf jedem Pfarrhof sollte es nicht mehr geben. Bischöfe sollten nur noch von der Kirche ernannt werden dürfen. Dafür musste jedoch in jedem Stift ein Domkapitel eingerichtet werden. Der Besitz der Geistlichen sollte nach ihrem Tod der Kirche und nicht ihren Erben zufallen. Jedes Bischofsstift sollte sich innerhalb eines Jahres die Dekretalien zulegen, die Gesetzessammlung der Kirche.

Allein der letzte Punkt stieß auf Zustimmung, in allen anderen Fragen begegnete ihm sturer und hartnäckiger Widerstand. In Augenblicken der Resignation verspürte er den Drang, die gesamte verlorene schwedische Kirche zu exkommunizieren, das Land zu verlassen und nie mehr dorthin zurückzukehren.

Er fand es nachvollziehbar, dass die Priester die Neuordnung des Zölibats ablehnten, da sie sich dann von ihren Familien trennen müssten, was für viele ein großes Opfer bedeutet hätte. Aber dass sie ebenso stur den Vorschlag ablehnten, dass die Bischöfe von der Kirche und nicht wie bislang vom König ernannt werden sollten, fand er vollkommen unbegreiflich. Dafür hatte Birger jedoch eine einfache Erklärung. Er bat den Kardinal übertrieben freundlich, fast spöttisch darum, sich in Erinnerung zu rufen, dass alle ehrwürdigen Bischöfe, denen er bislang zu seinem vielleicht nicht ganz ungetrübten Vergnügen begegnet war, vom König ernannt worden seien. Es sei doch wohl naheliegend, dass sie dieses System für das Beste hielten? Insbesondere, da vielen von ihnen diese Würde nie zuteilgeworden wäre, wenn das Gesetz der Kirche gegolten hätte.

So einfach war das also. Sie hatten bloß ihre eigenen Interessen im Blick, und das stimmte nur zu gut mit Birgers düsterer Sicht der Kleriker überein, die Kardinal Vilhelm vollkommen fremd war.

Für Vilhelm von Sabina stellte sich die Frage, in welchem Ausmaß er seine Macht geltend machen sollte. Ein Zuviel würde zu einem Aufstand führen, und Rom würde die gesamte schwedische Kirche verlieren. Ein Zuwenig würde das Fortbestehen der nordischen Barbarei ermöglichen. Inwiefern konnte die weltliche Macht dazu beitragen, die Kirche aus dieser Zwickmühle zu befreien?

Dies war eine Aufgabe ganz nach Birgers Geschmack. Erst bat er den Kardinal, ihm die *Conditio sine qua non* zu nennen, die grundlegende Bedingung, an der festgehalten werden müsse, selbst wenn alles andere misslänge.

Diese bestehe, erfuhr er, im Zölibat, was Birger enttäuschte, denn er hatte gehofft, dass dem Kardinal das alleinige Recht der Kirche, Bischöfe zu ernennen, wichtiger sei. Er räumte zwar ein, die Argumentation zu verstehen, dass derjenige, der dem Altar angetraut würde, nicht auch noch mit einer Frau verheiratet sein könne, konnte aber nicht recht begreifen, warum es so ungeheuer wichtig sein sollte, dies im hohen Norden durchzusetzen.

Der Kardinal erklärte daraufhin aufrichtig, es handele sich hier nicht nur um eine dogmatische Frage, sondern es gehe auch um den Besitz der Kirche. Wenn Priester Erben hätten, dann würde sich der Besitz der Kirche langsam, aber stetig verkleinern. Bestimmte Bischöfe besäßen ja die Fähigkeit, erstaunliche Besitztümer anzuhäufen.

Birger lenkte ein, schlug aber vor, dass der Kardinal nicht nur die Peitsche, sondern auch das Zuckerbrot verwenden solle. Schließlich wäre es für viele Männer der Kirche schmerzvoll, sich von ihren Lieben trennen zu müssen. Man müsse ihnen dafür etwas geben.

Birger unterbreitete ihm einen listigen Vorschlag. Für ihr Opfer solle man die Kirche belohnen, indem man ein Gesetz zum Schutz der Kleriker vor Gewalt und ungebetenen Besuchen erließ. Diese Veränderung würde die Kirche mit Freude begrüßen. Der König und sein Rat würden dieses Gesetz sofort verabschieden und einen allgemeinen Kirchenfrieden ausrufen. So würden sowohl Kreuz als auch Schwert ihren Willen durchsetzen, noch dazu mit vereinten Kräften.

Was die Frage der Ernennung von Bischöfen angehe, könne man mit einer ähnlichen List vorgehen, meinte Birger. Denn wenn Kardinal Vilhelm trotz Zuckerbrot und Peitsche Mühe haben würde, das Zölibat durchzusetzen, dann wäre es vielleicht unklug, die widerspenstigen Kleriker bei derselben Versammlung zu weiteren Zugeständnissen zu zwingen.

Aber diesem Dilemma ließe sich abhelfen, versicherte er munter. Sein Vorschlag sei einfach. Kardinal Vilhelm von Sabina solle das Konzil in Skänninge verlassen, ohne dass ein Beschluss über die Einrichtung von Domkapiteln und des souveränen Rechtes der Domkapitel, Bischöfe zu ernennen, gefasst worden sei.

Nach seiner Rückkehr nach Rom solle er diese Sache jedoch Seiner Heiligkeit Innozenz IV. vorlegen und vorschlagen, Bullen an den schwedischen Erzbischof und den schwedischen König zu senden. Wenn der Heilige Stuhl dann eine Neuordnung mit Domkapiteln und dem Recht dieser Domkapitel, Bischöfe zu ernennen, vorschreibe, sei die Sache rasch und ohne viel Gejammer vom Tisch. Der Königliche Rat würde sich mit dieser Veränderung nämlich sofort einverstanden erklären und sie zum weltlichen Gesetz machen.

Anschließend würde es ihm ein Vergnügen sein, den Königlichen Rat von den Bischöfen zu befreien, die nur dort säßen, weil sie von der weltlichen Macht ernannt worden seien. Auf diese Weise würden sie bei ihrem gemeinsamen Unterfangen, Kreuz und Schwert zu trennen, ohne Verzögerung und Klagen ein gutes Stück weiterkommen.

Ein paar Wochen lang feilten Kardinal und Jarl an diesem Plan und hatten beide den Eindruck, dass sie ihre Rollen gut hätten tauschen können. Beide erkannten, dass sie, obwohl sie sich wahrscheinlich später nie wieder begegnen würden, trotzdem einen Freund fürs Leben im anderen Lager gefunden hatten.

Da immer noch Fastenzeit war, aßen sie ein einfaches Abschiedsmahl im Kaufmannshaus, ohne dass weitere Vertreter der kirchlichen oder weltlichen Macht anwesend gewesen wären. Sie hatten das Gefühl, nur dann frei sprechen zu können, wenn sie unter sich waren. Weltliche Männer hätte es sicher entsetzt, wie Birger diesem hohen Kleriker schmeichelte, und Kirchenmänner hätte das Grauen gepackt, wenn sie gehört hätten, wie unverblümt ein Kardinal mit einem einfachen Soldaten über die Macht sprach.

Obwohl sie gesiegt hatten – denn sie hatten beide das Gefühl, dass alles nach Plan verlaufen würde –, waren sie bei dieser letzten Begegnung etwas schwermütig. Ihre Pläne hatten sie bis ins kleinste Detail durchgesprochen.

Die Unterhaltung geriet allmählich ins Stocken, da beide mit ihren Gedanken woanders waren. Plötzlich strahlte der Kardinal jedoch, als sei ihm eine Idee gekommen.

»Wenn ich recht verstanden habe, was Ihr vor ein paar Tagen gesagt habt, Herzog Birgerus, dann haltet Ihr von den Männern der Kirche im Allgemeinen nicht sonderlich viel. Deswegen habt Ihr doch wohl auch seit vielen Jahren nicht mehr gebeichtet?«

»Das ist wahr«, gab Birger zu. »Mit Ausnahme einzelner Zisterziensermönche und meines Bruders, dem seligen Bischof Karl von Linköping, habe ich Männern der Kirche bisher stets misstraut und bin davon ausgegangen, dass kein Bischof für sich behalten würde, was ich ihm unter dem Beichtgeheimnis anvertraue. Ich versichere Euch, Eure Eminenz, dass ich gute Gründe für diesen Verdacht hatte.«

»Aber mir misstraut Ihr doch wohl nicht, Herzog Birgerus?«, fragte der Kardinal unschuldig.

»Nein, wahrhaftig nicht! Euch misstraue ich nicht, denn ich habe nie einen Kirchenmann getroffen, dessen Glauben und hohe Berufung ich so ernst genommen hätte!«, antwortete Birger und erkannte zu spät, dass er in die Falle getappt war.

»Nun denn!«, sagte der Kardinal lächelnd und zog ein Seidenband hervor, küsste es und hängte es sich über die Schultern. Dann segnete er Birger und die Beichte.

»Mein Sohn, ich bin bereit, Euch die Beichte abzunehmen«, sagte er und breitete die Arme aus.

»Das ist jetzt wirklich viele Jahre her ...«, murmelte Birger unwillig.

»Umso größer die Veranlassung«, erwiderte der Kardinal sanft. »Schaden kann es Euch doch nicht, mein Sohn.«

»Nein, das wohl nicht«, seufzte Birger und rückte unmutig auf seinem Stuhl hin und her. »Nun gut. Vater, verzeiht mir, denn ich habe gesündigt!«

»Dann bin ich bereit, mir Eure Litanei anzuhören, mein Sohn.«

»Um die Wahrheit zu sagen, habe ich schon seit einigen Jahrzehnten nicht mehr gebeichtet. Womit soll ich also beginnen? Dass ich als eine meiner ersten Amtshandlungen, nachdem mir die Jarlswürde verliehen worden war, einen jungen Mann hinrichten ließ? Mein Vorgänger im Amt hatte das Leben dieses Jünglings verschont, ich tat es jedoch nicht.«

»Geschah es aus Hass oder aus Neid diesem Mann gegenüber?«, fragte der Kardinal mit gerunzelter Stirn.

»Ich kannte ihn nicht. Ich war ihm nie begegnet. Er war ein Aufrührer gegen den König. Er hatte sich selbst zum König ausrufen lassen, und das kostete vielen Menschen das Leben.«

»Ich verstehe«, erwiderte der Kardinal erleichtert. »Aber ein Hochverräter wird doch ohnehin nach dem Gesetz zum Tode verurteilt?«

»Nach dem Römischen Recht ganz sicher, aber nicht nach unserem. Ich befürchte auch, dass ich einen solchen Beschluss nicht zum letzten Mal gefasst habe. Jeden Aufruhr gedenke ich mit Härte niederzuschlagen. Mehrere junge Männer in unserem Reich sehen sich dazu berufen, den Fehdehandschuh des Getöteten aufzunehmen, und wenn es nach meinem Willen geht, werden auch sie sterben. Wenn das also eine schwere Sünde ist, was soll ich dann nach Meinung der Kirche tun?«

»Strebt Ihr um Euer selbst willen die Macht an, mein Sohn?«

»Nein. Mein König ist ein guter Mann. Viele unterschätzen ihn, weil er kein guter Redner ist. Zu dem Treueeid, den ich ihm geschworen habe, stehe ich. Er will unser Land zu einem besseren und glücklicheren Reich machen. Wie ich will auch er das Römische Recht einführen. Dazu soll die mir verliehene Macht verwendet werden.«

»Nur dazu? Nicht um Euch selbst zu bereichern?«

»Doch, gewiss auch das. Ich habe es bereits getan, und falls das eine schwere Sünde ist, dann bekenne ich sie. Es fällt mir jedoch schwer, sie zu bereuen. Ich will meinen Nachkommen ein Leben in Wohlergehen und ohne Furcht garantieren.«

»Habt Ihr an einem Kreuzzug nach Osten teilgenommen, wie ihn der Heilige Stuhl wiederholte Male von dem König in diesem Land gefordert hat?«

»Gewiss. Dreimal habe ich an einer solchen kriegerischen Unternehmung teilgenommen.«

»Aber dann sind Euch ja die meisten Sünden Eures Lebens vergeben, mein Sohn.«

»Das glaube ich nicht. Ich habe Dinge gesehen, die mich davon überzeugt haben, dass das, was wir den Heiligen Krieg nennen, keine Sünden ausgleicht.«

»Ihr sündigt, wenn Ihr die Versicherungen des Heiligen Vaters bestreitet, mein Sohn. Aber sagt mir trotzdem, was Euch diesen Irrglauben eingegeben hat.«

»Ich habe mit angesehen, wie ein Erzbischof einen Mann, der bereits Christ war, zwangsweise getauft hat und anschließend köpfen ließ, weil er während der Taufe zu viel Lärm gemacht hatte. Anschließend fiel besagter Erzbischof auf die Knie und dankte Gott, dass er ihm damit den Giftmord an unserem König verziehen habe. Nach dieser Missetat fuhr der Erzbischof sofort nach Hause und starb mit einem glücklichen Lächeln auf den Lippen in der Gewissheit, dass ihn das Paradies erwarte.«

»Was Ihr mir unter dem Beichtgeheimnis anvertraut, muss wahr sein, denn Gott ist unser Zeuge«, sagte der Kardinal mit besorgten Falten auf der Stirn.

»Ich weiß. Diese Worte sind so wahr, als hätte ich es auf meinem Totenbett vor der Gottesmutter geschworen.«

»In diesem Fall erwartet den Erzbischof die Hölle«, stellte der Kardinal trocken fest.

»Wie könnt Ihr sagen, was ich nicht sagen konnte, Pater? Der Heilige Vater hatte doch allen die Sündenvergebung versprochen, die das Kreuz nahmen?«

»Weil der Erzbischof sich eingebildet hat, Gott betrügen zu können. Als könnte Gott nicht direkt in unsere schwarzen Herzen sehen, auch wenn der Erzbischof den Segen eines Kreuzzuges dafür missbraucht, das schlimmste aller Verbrechen zu bemänteln. Aber sagt mir, was Ihr selbst unternehmt, um für Eure Sünden zu büßen?«

»Nur das, was meine Macht mir ermöglicht. Ich habe viel Gold dafür ausgegeben, ein niedergebranntes Kloster aufbauen zu lassen. Zwei Kirchen, die von schlechten Menschen in Sörmland in Brand gesetzt worden waren, habe ich ebenfalls wieder aufbauen lassen. Die Hilfe, die ich Euch dabei geleistet habe, verirrte Schäfchen hier in Skänninge wieder zurück zur Herde zu bringen, ist möglicherweise ebenfalls Gott wohlgefällig. Aber diese Hilfe dient natürlich auch meinen eigenen Interessen sowie denen des Königs.«

»Und welche weiteren Sünden belasten Euer Gewissen, mein Sohn?«

»Kleinigkeiten, mit denen ich Eure Zeit nicht vergeuden möchte, beispielsweise dass ich am Ruhetag des Herrn mit meinen Söhnen gefischt und Enten gejagt habe. Schlimmer ist es sicher, dass ich drei Kinder linker Hand und eine Geliebte habe, für die ich gesorgt habe, als seien sie meine von Gott gesegnete Familie. Das bereue ich nicht.«

»Dass Ihr dies nicht bereut, ist die größere Sünde.«

»Ich weiß, Pater. Trotzdem kann ich es nicht bereuen.«

»Dann kann ich Euch auch nicht vergeben, mein Sohn.«

»Das weiß ich auch. Aber was hätte es für einen Sinn, wahrheitswidrig zu behaupten, ich bereute es? Mit einem solchen Lippenbekenntnis könnte ich doch unserem Herrn nichts vormachen?«

»Nein, wahrhaftig nicht«, lächelte der Kardinal. »Ich wünschte mir, mehr Menschen wären so einsichtig. Ihr bereut also nichts und zögert auch nicht, in Zukunft weitere Aufrührer töten zu lassen?«

»Nein, jedenfalls nicht, wenn ich es im Interesse des Reiches für nötig halte. Das Glück des Reiches ist wichtiger als mein Seelenfrieden.«

»Dann seid Ihr also entweder sehr edel oder sehr eingebildet.«

»Ich bin kein edler Mann, Pater. Ich will Frieden und Glück schaffen, aber auch nur, weil ich ein praktischer Mensch bin. Und hinter diesem Eigennutz kann ich mich vor Euch nicht verbergen und vor Gott noch viel weniger.«

»Euer Gemüt ist ebenso hart wie Eure Ehrlichkeit groß, Birgerus. Vergeben kann ich Euch nicht, da Ihr einige Eurer Sünden nicht bereut. Aber ich kann Euch eine Buße auferlegen.«

»Hundert Jahre Wasser und Brot? Was hätte das für einen Sinn?«

»Keinen, das gebe ich zu«, lachte der Kardinal. »Und für einen Mann wie Euch wäre, um mich Eurer Ausdrucksweise zu bedienen, eine solche Buße außerordentlich unpraktisch, und vermutlich würdet sie Ihr auch ignorieren, da Ihr ihren Nutzen anzweifelt. Es gibt jedoch etwas Wichtigeres, das besser zu Euch passt. Ihr könnt Gott mit etwas dienen, das Eure größte Stärke ist.«

»Ein weiterer Kreuzzug?«

»Ganz richtig. Von Nowgorod dringen die Heiden nach Westen vor und bedrohen die Christen in Fennien, einer Provinz Eures Königs. Wenn Sie nicht rasch und energisch zurückgeschlagen werden, droht hier im Norden das Chaos.«

»Das ist wahr. Das würde auch unserem Handel sehr schaden. Es gibt also Gründe für einen Krieg. Aber das sind meine Gründe und nicht Eure, Pater. Wenn es nicht einmal einem Erzbischof gelang, Gott zu betrügen, wie sollte es dann mir gelingen?«

»Richtig. Aber Gott sieht und hört uns jetzt. Er ist bei uns, wenn ich Euch sage, dass ich Euch unter einer Bedingung alle Eure Sünden vergebe, Birgerus de Gothia.«

»Unter der Bedingung eines Kreuzzuges, den ich nicht um meines Glaubens willen durchführen würde, sondern um den Handel mit den fennischen Provinzen zu sichern? Ihr deutet erneut an, Pater, dass Gott sich betrügen lässt, obwohl er direkt in unsere Herzen schaut.«

»Das sage ich durchaus nicht, mein Sohn. Niemand kann Gott betrügen. Aber wenn er in Euer Herz sieht, dann sieht er auch, wie Ihr, dass diese Medaille zwei Seiten besitzt. Was Ihr nicht begreift, ist die Gnade. Befreit uns von den Heiden in Tavastland, und Ihr erhaltet durch Gottes Gnade Vergebung für alle Eure Sünden.«

III

Im zweiten Jahre des Kreuzzugs gelang es Birger mit knapper Not, dem großen Schneefall zu entgehen und sich von der im Bau befindlichen Burg im Herzen von Tavastland bis in die Bischofsstadt Åbo an der Küste zu begeben. Es erstaunte ihn nicht weiter, dass ihn die Bischofsschar sofort aufsuchte und sich mit frecheren Worten als sonst über seine Kriegsführung beklagte.

Die Klagen galten vor allem der geringen Zahl getaufter Heiden, aber blutdürstig waren die Bischöfe auch und forderten in Zukunft eine größere Anzahl an Heidenleichen. Sie verstanden nichts von diesem Krieg, aber von solchen Männern war das auch nicht zu erwarten. Was sie als Verdienst rechneten, so wie Kaufleute das Silber in ihren Truhen zählten, war allein die Anzahl Erschlagener oder Zwangsgetaufter.

Sie beklagten sich sogar über das viele Gesindel und die zahlreichen Übeltäter, Freigegebenen und Armen, Vogelfreien und von Haus und Hof Vertriebenen, die Birger aus dem von einem törichten Aufruhr schwer in Mitleidenschaft gezogenen Svealand mitgebracht hatte.

Dort hatte Birger seinen Kreuzzug begonnen. Seine Boten und er selbst waren von Stadt zu Stadt und von einem Landende zum anderen geritten und hatten überall verkündet, dass sich alle, die sich diesem neuen Kreuzzuge anschlössen, ihr Seelenheil erlangen würden. Das hatte zuerst verkündet werden müssen, obwohl es alle bereits früher gehört hatten.

Besser gewirkt hatte das Versprechen, dass jeder, gleichgültig wie arm, einen eigenen Hof in dem neuen Reich auf der anderen Seite des Meeres erhalten würde, wenn er nur für König und Jarl kämpfte. Außer Haus und Hof wurden ihm eine größere Summe Silber und eine Kuh versprochen. Nach dem Krieg, den die Svealänder nach dem letzten Aufruhr verloren hatten, lebten viele im Elend, auf den Wegen trieben Bettler und Landstreicher ihr Unwesen, verbreiteten Unsicherheit und säten Zwietracht. Sie waren jeder unchristlichen Tat fähig, nur um gelegentlich einmal satt einschlafen zu können, wenn der Abend kam. Das Versprechen tausendfacher Belohnung für eine christliche Tat erschien ihnen wie ein Wunder.

Während der ersten beiden Kriegssommer waren mehr als viertausend Mann dem Aufruf zu einem neuen Leben in einem Land, das ihr eigenes war, gefolgt. Im Hafen von Åbo drängten sich die Schiffe von Svealands Küsten. Die meisten Männer und Frauen waren als Soldaten ungeeignet. Diese ließ Birger unverzüglich und so schnell wie möglich mit dem Roden beginnen und einen Hof bauen, damit sie dem Heer nicht zur Last fielen. Von Åbo aus sollten sie die Küste nach Norden und Süden besiedeln. So würde Tavastland von Siedlern umschlossen und allmählich ein fester Teil des Reiches werden.

Den Krieg gegen die Tavastländer führte Birger nur als Verteidigungskrieg und fast ausschließlich mit der Reiterei. Große Schlachten vermied er. Die Hälfte der Folkungerreiterei stand unter seinem Befehl. Jeden Monat kehrten einige Schwadronen in die Heimat zurück und wurden durch ebenso viele neue ersetzt. Die Aufgabe der Reiterei war es, ständige Präsenz zu zeigen, durch alle Gebiete zu patrouillieren, in denen die Siedler ihre Höfe bauten, und alle bewaffneten Feinde zu übermannen. Den Reitern war es jedoch strengstens untersagt, Unbewaffnete anzugreifen. Sie durften auch niemanden einfangen, um ihn der Zwangstaufe zuzuführen. Die Heiden sollten eine deutliche Botschaft empfangen: Wer eine Waffe gegen die Männer König Eriks erhob, der war des Todes.

Einen Umstand, der Ursache des letzten Aufstands gewesen war, hatte Birger beseitigt, sobald er an Land gestiegen war und sich darüber kundig gemacht hatte. Die Kirchenmänner hatten den Heiden aus unerfindlichen Gründen verboten, mit Fellen, Butter und Eisen zu handeln. Die Christen durften ihre Waren nicht kaufen und diese vor allem nicht über die Meere transportieren, um mit ihnen Handel zu treiben. Sobald die Not im waldreichen Land der Tavastländer groß genug geworden war, hatte es notgedrungen einen Aufstand gegeben.

Dieses Handelsverbot war einer der Gründe, warum es den Tavastländern beinahe gelungen wäre, die christlichen Untertanen König Eriks aus dem Land zu werfen. Der andere war die unvorstellbare Grausamkeit einiger Kleriker. Ein Bischof namens Thomas aus Åbo musste Birgers Meinung nach vollkommen verrückt gewesen sein, als er, einem demütigen Diener Christi unziemlich, die Heiden so lange auspeitschen ließ, bis die weißen Knochen des Rückgrats deutlich zum Vorschein kamen und der Tod eine Befreiung war. Eine seltsamere Art, das Evangelium zu verbreiten, hatte Birger nie erlebt.

Beim Königlichen Rat in Näs hatten die Klagen der Bischöfe anderes vermuten lassen. Sie hatten Zeugnis von der Grausamkeit der Heiden abgelegt und eine umso härtere Bestrafung in Gottes Namen gefordert. Die Heiden hätten den Christen die Augen ausgestochen, Priester eingefangen, diese geteert und gefedert und anschließend in

Brand gesteckt. Sie hätten ihnen die Hände und Füße abgehackt und sie dann laufenlassen. Sie hätten alle Kinder getötet, indem sie ihnen die Eingeweide aus dem Leib gerissen hätten, oder die Christen gezwungen, um einen Baum zu rennen, bis sie tot umgefallen seien.

Die letzte Behauptung hatte Birger am besten gefallen. Die grausamen Heiden hätten sehr viel Geduld aufbringen müssen, um ihre Feinde auf diese Art und Weise umzubringen. Es war auch schwer vorstellbar, dass jemand wirklich daran starb und nicht nur erschöpft zusammenbrach.

Noch schlimmer, aber nicht ganz so lustig war die Lüge, man habe den Opfern Hände und Füße abgehackt, um sie dann laufenzulassen. Sehr weit konnten sie unter diesen Umständen nicht gekommen sein.

König Erik und Birger hatten sich diesen Unsinn geduldig angehört. Sie waren sich einig gewesen, den Bischöfen zu widersprechen, wie aberwitzig ihre Kriegsgründe auch immer klingen mochten. Denn beide waren sie sich einig gewesen, dass es sinnvoll sei, Tavastland ein für alle Mal dem Reiche einzugliedern. Wenn das gesamte Ostufer der großen Bucht an Nowgorod fiele, würde der Handel in Richtung Osten für das Reich König Eriks nicht mehr so lohnend sein. Wenn es jedoch gelänge, sich das Nordufer der Bucht zu sichern, wäre diese Gefahr gebannt. Das war der Anlass dieses Krieges.

Es gab jedoch gute Gründe, im Einvernehmen mit den Bischöfen in diesen Krieg zu ziehen. Die salbungsvoll versprochene Seligkeit für alle, die an diesem Heiligen Krieg teilnahmen, fiel beim Volk auf fruchtbaren Boden, da alle Sünder waren und viel zu viele den Klerikern blinden Glauben schenkten. Ohne diese fanatischen, segnenden und Weihwasser verspritzenden Kleriker wären Birger niemals Tausende von Freiwilligen auf seiner Eroberung des neuen Landes gefolgt.

Deswegen nahm ihre Ungeduld mit jedem Monat, der in dem neuen Lande verstrich, ohne dass sie geschundene und gefesselte Heiden mit Wasser begossen hätten, zu. Birger hatte die Zwangstaufe verboten.

In Åbo war es klirrend kalt geworden, und der Schnee knarrte unter Birgers mit Filz gefütterten Forsvikstiefeln, als er schweren Schrittes auf die Bischofsburg zustapfte. Der Atem stand ihm wie Rauch vor dem Mund. Er ging allein, obwohl ihm viele davon mit der Begründung abgeraten hatten, dass jeder Heide, und von diesen gab es viele in der Stadt, den Jarl mit Freude erschlagen würde. Birger hatte übellaunig erklärt, dass es sich umgekehrt verhielte. Welcher Heide würde sich nicht darüber freuen, dass er den lebenden Beweis für seine Behauptung darstelle, dass Åbo für Tavastländer und Neuankömmlinge sicher sei? Jedes Mal, wenn er eine so einsame Wanderung unternahm und sich alle auf der Straße nur höflich vor ihm verbeugten, zeigte ihm dies, wie Recht er hatte.

Jetzt galt es jedoch, die blutdürstenden Kleriker zur Vernunft zu bringen. Das Stift Åbo hatte einen neuen Bischof bekommen, da der verrückte Quäler Thomas verwirrt nach Visby gefahren und dort im Hurenhaus gestorben war. Außerdem hielt sich Bischof Sigmund aus Sigtuna gerade in der Stadt auf, und um diese zwei scharte sich eine Schwadron Gottesmänner, deren dringliches Anliegen es war, Gottes heiligem Werk zu dienen.

Als er die Bischofsburg betreten wollte, erkannte der einfältige Wächter Birger unter seinen dicken Kleidern nicht und versuchte ihm den Zutritt zu verwehren. Da Birger bereits schlechter Laune war, hätte er den Mann beinahe an den Pranger stellen lassen, was diesen in der Winterkälte sein Leben gekostet hätte.

Im Kapitelsaal der Bischofsburg erwartete ihn die ganze Meute. Er trat grußlos ein und ließ sich schwer auf den Stuhl in der Mitte der Längswand fallen, über dem ein königliches Wappen hing. Daraufhin nahmen alle anderen lärmend Platz, und er gab ein Zeichen, dass sie mit ihren Klagen beginnen könnten.

Erst sprachen die beiden Bischöfe, woraufhin sich Birger zu keiner Antwort herabließ. Dann erläuterten ein paar Priester mit gelehrten Worten ihre Ansichten über Gottes Willen, wobei sich dies auch mit weniger Worten hätte ausdrücken lassen. Sie bemängelten, dieser Kreuzzug sei kein richtiger Kreuzzug, denn sonst hätten sie mehr Zwangstaufen durchführen dürfen, und mehr Heiden hätten wegen Widerspenstigkeit ihren Kopf verloren. Denn so gehe es, ob mit oder ohne gelehrte Worte, auf einem richtigen Kreuzzug zu.

Das war die ganze Aussage, obwohl es zwei Stunden in Anspruch genommen hatte, diese darzulegen.

Als Birger schließlich das Wort ergreifen musste, weil sonst alle geschwiegen hätten, hatte er im Stillen schon längst beschlossen, sich einem langen Streit mit Hilfe von etwas Härte und Lüge zu entziehen. Das konnte schließlich nicht schaden, solange es diese Verrückten nur zur Ruhe brachte.

»Ich habe Eure Klagen vernommen«, begann er leise, damit es im Saale vollkommen still wurde, »und zwar nicht zum ersten Mal. Ich will Euch jedoch bitten, einige Dinge zu bedenken, die Ihr vergessen zu haben scheint. Keine Kleriker, sondern ich führe bei diesem Kreuzzug den Befehl, und dafür gibt es gute Gründe. Denn ohne einen Sieg wird aus Eurer unermüdlichen Bekehrungsarbeit kein Pilgergesang der Seelen. Ohne Sieg gibt es nur Weinen und Zähneknirschen und vergebliche Gebete zum Herrn, Kasteiungen und die Frage an Gott, warum er uns scheitern ließ, obwohl unsere Absichten so gut waren. Ihr müsst ebenfalls bedenken, dass sich nicht zum ersten Mal Männer aus unserem Reiche dieser hehren Aufgabe stellen. Vor hundert Jahren war der Heilige Erik an meiner Stelle, vor fünfzehn Jahren und ein weiteres Mal vor zwölf Jahren war ich hier. Andere aus unserem Land waren in derselben Absicht vor uns da, und weil der Aufruhr wieder begonnen hat, war alles, was vor uns erreicht wurde, vergebens. Damit soll es jetzt ein Ende haben. Das ist unsere letzte Reise. Jetzt soll Tavastland unserem Reich für alle Ewigkeit einverleibt werden. Deswegen bevölkere ich dieses Land mit unseren eigenen Leuten, deswegen führe ich diesen Krieg mit großer Milde, deswegen bauen wir eine mächtige Burg im Herzen dieses Landes, deswegen habe ich den Tavastländern erlaubt, ihren Handel wieder aufzunehmen. Ich gebe Euch in diesen zwei Jahren nicht tausend tretende, zappelnde, unwillige Heiden zur Taufe. Ich gebe Euch Tavastland für alle Ewigkeit. Das bedeutet zehntausend neue Christen, wenn Ihr nur etwas Geduld aufbringen und Euren kindischen Blutdurst zurückhalten könnt. Fragt Euer Gewissen, was bereitet im Himmel die größere Freude, ein bekehrter Heide oder ein toter?«

Er hatte langsam und mit Nachdruck gesprochen. Das dumpfe Schweigen im Saal überzeugte ihn davon, dass seine Worte die beabsichtigte Wirkung gezeitigt hatten, was natürlich nicht genügte, denn kurz nach seinem Verlassen der Bischofsburg würden diese unverbesserlichen Männer vermutlich erneut zu streiten beginnen. Jetzt musste eine Lüge herhalten, um ihnen endgültig das Maul zu stopfen.

Birger erhob sich, als wolle er gehen, während es immer noch vollkommen still war. Dann tat er so, als würde er sich an eine Kleinigkeit erinnern, und richtete seinen Blick erneut auf die Versammlung.

»Zwei weitere Dinge solltet Ihr noch bedenken, Ehrwürdige und weniger Ehrwürdige«, sagte er mit viel lauterer Stimme als zuvor. »Für die Art meiner Kriegsführung habe ich die Segnung Vilhelm von Sabinas empfangen. Wer mich erzürnt, erzürnt auch den Kardinal und den Heiligen Stuhl. Das bedeutet, dass ich einen Aufruhr unter den Männern der Kirche wie einen Aufruhr unter Soldaten betrachte. Aufrührer verlieren den Kopf.«

Dann verließ er langsam und mit strenger Miene den schweigenden Saal, wobei es ihm jedoch schwerfiel, ernst zu bleiben, bis er außer Blickweite war.

Verzeiht mir diese kleine Verbesserung der Wahrheit, Eure Eminenz, aber meine Absichten sind gut, lachte er innerlich und machte ein scheinheiliges Gesicht, während er seinen pelzgefütterten Winterumhang enger um sich zog.

Zufrieden trat er in die eisige Kälte vor den Toren der Burg. Die Straßen waren menschenleer, und nicht einmal eine Katze oder ein Hund waren zu sehen. Auf dem Weg fiel ihm ein, dass er seit Wochen schon nicht mehr vernünftig gegessen hatte. Dem wollte er abhelfen und dann satt und mit einem Rausch einschlafen.

Endlich hatte er die Bischöfe zum Schweigen gebracht. Der Sieg im Krieg war ihm gewiss, da bereits mit dem Aufbau des Landes mehr zu tun war als mit dem Kampf. Bald würden auch die beiden Burgen Tavastehus und Åbohus fertiggestellt sein. Von den Burgen aus konnten kleine Reitertrupps die Umgebung beherrschen. Dieser Sieg überstrahlte alles, und dieses Sieges wegen würde es ihm auch verziehen werden, dass er im Namen eines Kardinals gelogen hatte. Alles natürlich im Interesse des Christentums.

* * *

Als der Frühling nach Åbo kam und das Eis auf dem Meer aufging, wurde das Warten auf die ersten Segel, die am Horizont auftauchen würden, fast unerträglich. Wie immer stellte dies ein großes Ereignis dar, und viele Leute kamen im Hafen zusammen, um die neuen Soldaten und Kolonisten zu empfangen und sich die Neuigkeiten aus der Heimat anzuhören. Das pflegte immer ein froher Tag zu sein.

Das erste Schiff, das in den Hafen einlief, kam jedoch mit Nachrichten, die Birger anfangs das Blut in den Adern erstarren ließ und ihn dann zu der Vermutung veranlasste, er träume.

Das Schiff hatte die königliche Flagge mit schwarzen Bändern geführt, was niemandem aufgefallen war, bis ein Herold mit zwei Trommlern an Land stieg, alle zum Schweigen brachte und mit durchdringender Stimme die Botschaft aus der Heimat verlas.

Der geliebte König Götalands und Svealands, Erik Eriksson, war zu Lichtmess in diesem Jahr der Gnade, 1250, zu seinem Gott gerufen worden, und zehn Tage darauf war beim Thing in Östra Aros Valdemar Birgersson zum neuen König gewählt und bei Mora Stenar vor der Stadt vereidigt worden.

Seine Majestät, der König Svea- und Götalands, Valdemar Birgersson, befehle dem Jarl des Reiches, eiligst in die Heimat zurückzukehren. Der Stadt Åbo sei jetzt wie allen Soldaten und Klerikern im Dienste des Reiches einen Monat lang Königstrauer auferlegt.

Birger stand da wie versteinert. Die beiden Botschaften hatten ihn wie Blitze aus verschiedenen Richtungen getroffen. Der Gedanke, dass der gute König Erik, den man mit dem Beinamen der Lispler und Lahme verspottet hatte, in einem Alter von knapp über dreißig gestorben war, trieb ihm Tränen in die Augen. Denn als Jarl König Eriks hatte er viel Gutes bewirken können, und Erik selbst hätte das Reich mit Klugheit und Gewissenhaftigkeit in eine glückliche Zukunft führen können. Was für eine Ungerechtigkeit, dass er zu früh hatte sterben müssen!

Dass sein zwölfjähriger Sohn Valdemar zum König gewählt worden war, erfüllte ihn mit so gemischten Gefühlen, dass er glaubte, ein Sturm wüte in seinem Kopf.

Jetzt nahte wieder ein Bruderkrieg, die Junker würden versuchen, seinen Sohn zu töten. Aber wenn sein eigener Sohn Kinderkönig geworden war, dann gehörte die ganze Macht dem Vater, war sein nächster Gedanke. Doch zu weiterem Nachdenken kam er nicht mehr, da ihm auffiel, dass ihn alle verängstigt anstarrten. Er sammelte sich und befahl mit fester Stimme, allen Schmuck für das Frühlingsfest in der Stadt zu beseitigen und den Leichenschmaus in Würde und Besonnenheit zu begehen. Drakonische Strafen würden gegen alle verhängt, die gegen die Trauerregeln verstießen.

Anschließend ging er mit großen Schritten zurück zu seinem Pferd, ritt zur Burg und schloss sich in seine Schreibkammer ein, um in Ruhe nachdenken zu können.

Das war nicht leicht, da ihn der Gedankensturm mit unaufhaltbarer Kraft heimsuchte. Wie hatte ein so junger König wie Erik Eriksson nur sterben können, und sollte seine Mutter Ingrid Ylva etwas damit zu tun haben? Wo auch immer im Reiche sich sein Sohn Valdemar aufhalten mochte, so schwebte er in Lebensgefahr, da es mehr als einen Junker gab, der glaubte, ein größeres Anrecht auf die Krone zu besitzen als der junge Valdemar. Es war vor vielen Jahren sein genau durchdachter Plan gewesen, für so viele Folkunger königlichen Geblüts zu sorgen, dass die Macht wie eine reife Frucht in die Hände seines Geschlechts fallen würde. Doch es war eine Drachensaat gewesen, denn jetzt sammelten diese Junker irgendwo im Reich ihre Truppen, um den neuen König umzubringen, solange er noch schwach und ohne seinen Jarl war.

Es war ihm unmöglich, seine Gedanken zu ordnen. Zu viele Fragen stürzten gleichzeitig auf ihn ein, die ihm keiner der eben in Åbo Eingetroffenen würde beantworten können. Wie würde die Krönung vonstattengehen? Wo im Reich befand sich der Erzbischof? Welche Reitertruppen würde er zurück in die Heimat mitnehmen? Oder sollte er darauf keine Zeit verschwenden, da Schnelligkeit vermutlich wichtiger war als Stärke? War das eine Strafe Gottes oder eine Belohnung? Die Antwort auf diese Frage hing davon ab, ob der Junge am Leben blieb.

Nach drei Tagen unerträglichen Wartens auf guten Wind, einen für diese Jahreszeit gesegnet kurzen Zeitverlust, befand sich Birger Jarl im selben Schiff, das als Erstes mit der Frühlingsflotte in Åbo eingetroffen war, auf dem Weg in die Heimat. Ihnen kamen viele Schiffe mit gewöhnlichen Menschen als auch mit Soldaten entgegen. Zu spät, als sie sich schon weit auf dem Meer befanden, sah Birger ein, dass er eine Schwadron Forsviker hätte mitnehmen sollen, denn wenn die Schiffsbesatzung der Fraktion der Junker angehörte, so war sein Leben bald nicht mehr viel wert, und er würde an seiner eigenen Einfalt zugrunde gehen.

Diese Bedenken erwiesen sich jedoch bald als unbegründet, obwohl fast alle Männer an Bord Svealänder waren, denn alle besaßen Verwandte, die ein neues Leben in dem neuen Land begonnen hatten, und viele hatten dasselbe vor. Es war, als würde eine höhere Macht Birger beschützen, denn dass er sich seines Leibes und Lebens gerade unter Svealändern sicher sein würde, war erstaunlich, da niemand Svealand so wie er mit Feuer überzogen und so viele weinende Witwen zu verantworten hatte. Kurz beschlichen ihn Zweifel, als hätte er wie durch eine Eingebung verstanden, dass ihm Gott auf diese Weise zeigen wollte, dass die gute Tat, für die Ausbreitung der christlichen Lehre in Tavastland zu sorgen, wirklich eine Belohnung verdient hatte. Wenn dies stimmte, dann war es ebenso wahr, dass er jetzt, wie der Kardinal versprochen hatte, ein Mann frei von Sünden war.

Zunächst sprach Birger am Bug des Schiffes auf den Knien ein Dankgebet, wobei er den Seeleuten aus Svealand furchtlos den Rücken zukehrte. Aber wenig später kam es ihm doch abwegig vor, dass er ein Mann bar jeder Sünde sein sollte, denn in diesem Fall hätte er in sich irgendeine Veränderung spüren müssen. Zweifellos war er derselbe wie zuvor, denn er dachte bereits darüber nach, wie er die Junker, die ihm am gefährlichsten erschienen, einfangen, hinrichten oder in die Verbannung schicken konnte. So dachte kein Mann, der ohne Sünde war.

* * *

Seit sein Vater Ulf Fasi an dem schweren Husten gestorben und der Feind seines Vaters, Birger Magnusson, Jarl geworden war, hatte Junker Karl in ständiger Angst gelebt. Da nun König Erik Eriksson hastig und überraschend, als sei er vergiftet worden, das Zeitliche gesegnet und ein weiterer Kinderkönig den Thron bestiegen hatte, lag alle Macht in Händen Birger Jarls.

Junker Karl wusste, dass er sofort aus dem Land fliehen musste. Ob er sich Knut Magnusson, Knut Folkesson, Filip Knutsson und den anderen Junkern, die von einem Aufruhr sprachen, anschließen sollte, wusste er jedoch noch nicht. Er hatte vermutlich nicht mehr lange zu leben, wenn Birger Jarl seiner habhaft wurde. Trotzdem war er so unverständig gewesen, Bjälbo zu besuchen, um von seiner alten Mutter Abschied zu nehmen. Am zweiten Tag eilten seine Freunde herbei und warnten ihn, ein Reiter in den Folkungerfarben nähere sich im Galopp aus der Richtung von Ulvåsa. Das konnte der Jarl persönlich sein, der in diesem Fall über das Meer nach Söderköping gefahren war und von dort aus einen der Flusskähne nach Ulvåsa genommen hatte.

Unverzüglich ergriff er die Flucht. Doch bald entdeckte er, dass ihn sechzehn Forsviker verfolgten und mit jedem Augenblick näher kamen. Er wusste sehr gut, dass ein gewöhnlicher Mann wie er diesen Forsvikern nicht davonreiten konnte und dass jemand, der sich von solchen Reitern verfolgt sah, bereits verloren war.

Er hielt an, sprach seine Gebete und achtete darauf, in seine letzten Worte auf Erden keine Bitterkeit der Gottesmutter gegenüber zu legen. Er betete um Versöhnung und Vergebung seiner Sünden und entschuldigte sich dafür, als ein Sünder, der lange nicht gebeichtet habe, sterben zu müssen. Anschließend zog er sein Schwert, um wie ein Mann zu sterben, nicht wie Vieh.

Nachdem sich die Folkungerschwadron genähert hatte, umzingelte sie ihn im Abstand eines Pfeilschusses. Keiner der Reiter zog sein Schwert. Derjenige, der das blaue Band des Befehlshabers am Arm trug, ritt langsam auf ihn zu und erklärte in sehr höfischer Rede, dass sie ihm nicht nach dem Leben trachteten, sondern der Jarl eine ernste Frage mit ihm erörtern wolle. Sie hätten strenge Anweisung erhalten, ihn lebend und gesund nach Bjälbo zurückzubringen.

Erst zweifelte Junker Karl und hegte den Verdacht, der Jarl wolle selbst das Vergnügen haben, seinen Kopf fallen zu sehen. Aber als er sich in seiner Verzweiflung erdreistete, diesen bösen Verdacht zu äußern, lachten die Folkungerreiter nur und meinten, wenn der Jarl diese Absicht gehabt hätte, dann wäre er schon selbst gekommen. Außerdem ließe der Jarl ausrichten, dass er ihm sein Wort gebe. Niemand im Reiche könne etwas anderes behaupten, als dass der Jarl immer Wort gehalten hätte, allerdings sowohl im Guten als auch im Bösen.

Das stimmte, wie Junker Karl einsah. Viel Unvorteilhaftes ließ sich über Birger Magnusson sagen, doch nicht, dass er wortbrüchig wurde.

Eine Stunde später stand er als freier Mann mit dem Schwert an seiner Seite vor dem Jarl.

»Wir dürfen keine Zeit vergeuden, mein junger Verwandter«, begrüßte ihn Birger. »Ich muss sofort nach Näs, wo sich mein Sohn, der König, aufhalten soll. Ich freue mich jedoch, Euch hier anzutreffen, denn das ist meine Verspätung wohl wert. Warum seid Ihr geflohen, als ich kam?«

»Weil ich das Gefühl hatte, dass mein Kopf ebenso in Gefahr ist wie seinerzeit der von Holmgeir Knutsson, als Ihr Jarl wurdet«, erwiderte Junker Karl trotzig.

»Das ist er nicht, da ich Euch rechtzeitig gefunden habe. Ich habe einen Vorschlag, den ich Euch lieber jetzt unterbreite als später, wenn Ihr mit den Besiegten gefesselt vor mir steht. Mit Gottes Hilfe habe ich Euch vor einem großen Unglück bewahrt.«

»Wenn Gott mir beigestanden und mein Vater noch zwei weitere Jahre gelebt hätte, dann wäre jetzt ich und nicht Euer Sohn Valdemar König geworden«, erwiderte Junker Karl hoch erhobenen Hauptes.

»Ihr irrt«, entgegnete Birger mit leiser Stimme. »Wie Gott dies alles gefügt hat, werden wir nie erfahren. Entscheidend war jedoch nicht, dass Euer Vater als alter Mann, wenn auch ein oder ein paar Jahre zu früh starb, sondern dass König Erik jung und ohne Sohn sein Ende fand. Ihr hättet Eurem Vater nie als Jarl nachfolgen können, wenn König Erik und ich noch weitere zwanzig Jahre Seite an Seite gewirkt und unsere Pläne verwirklicht hätten. Ihr hättet Euch immer weiter von der Krone entfernt, sowohl tot als auch lebendig. Also jammert jetzt nicht, sondern hört endlich meinen Vorschlag an, denn wie gesagt, ich habe nur wenig Zeit.«

»Wie lautet Euer Vorschlag, Birger?«

»Versöhnt Euch mit mir hier und jetzt. Ich biete Euch einen Platz im Königlichen Rat an. Macht nicht mit den Junkern gemeinsame Sache, Ihr wisst, von welchen ich spreche, denn alle Aufrührer werden früher oder später den Kopf verlieren, und bereits jetzt benehmen sie sich recht kopflos, indem sie Ränke schmieden und einen Aufruhr planen. Ihr und ich, wir stammen beide von Bjälbo. Euch will ich an meiner Seite haben.«

»Mein Vater und Ihr wart bis zum letzten Augenblick verfeindet«, wandte Junker Karl skeptisch ein.

»Das ist wahr«, gab der Jarl zu. »Meint Ihr, diese Zwietracht geerbt zu haben? Oder seid Ihr ein Mann mit eigenem Willen und eigenem Verstand?«

»Wie soll ich wissen, dass Ihr es ehrlich meint und nicht nur Zeit gewinnen wollt, um mich später, wenn es Euch gefällt, einen Kopf kürzer zu machen?«, fragte Junker Karl bitter.

»Eure Ehrlichkeit ist groß, Karl«, antwortete der Jarl freundlich und nickte nachdenklich. »Bedenkt, dass Ihr noch am Leben seid. Ich ließ Euch mitteilen, ich wolle Euch ein Angebot unterbreiten. Dieses Angebot wird Euch zeigen, dass ich Euch vertraue und dass ich mir Euch an meiner Seite wünsche, und das übertrifft sogar einen Platz im Rat des Königs.«

»Bietet Ihr mir Gold und Wälder, so könnt Ihr sie nach meinem Tod wieder zurücknehmen«, wandte Junker Karl erneut ein.

»Sehr wahr«, nickte Birger. »Aber hört jetzt genau zu. Bald wird meine Tochter Rikissa nach Norwegen reisen, um dort König Håkon zu heiraten. Sehr bald hoffe ich, denn diese Hochzeit ist in vielerlei Hinsicht entscheidend. Ich habe jedoch anderes und Dringlicheres zu tun und kann sie nicht begleiten. Daher bitte ich Euch demütig, meine Tochter sicher zum norwegischen König zu führen.«

Wie trotzig und stolz Junker Karl sich auch immer diesem Mann gegenüber hatte verhalten wollen, der jetzt die gesamte Macht des Reiches in seinen Händen hielt, verschlug es ihm ob dieses vollkommen unglaublichen Vorschlages die Sprache. Der Jarl legte das Leben seiner Tochter in seine Hände. Einen größeren Vertrauensbeweis hätte er nicht erbringen können.

Er verbeugte sich zum Zeichen, dass er diesen ehrenvollen Auftrag annahm. Daraufhin erhob sich der Jarl, eilte zu seinem wartenden Pferd und rief noch auf dem Weg zur Tür, Karl solle sich um seine Mutter kümmern und in Bjälbo seine Rückkehr abwarten. Dann war er fort, und auf dem Hof war nur noch zu hören, wie er seinem Pferd die Sporen gab und davongaloppierte.

* * *

Auf Näs traf Birger seinen Sohn Valdemar, seine übrigen Söhne, seine Tochter Rikissa und seine Ehefrau Ingeborg wohlbehalten an. Sie wurden von drei Folkungerschwadronen und der königlichen Wachmannschaft der Burg beschützt. Birger war sehr erleichtert. Die Freude über das Wiedersehen war groß, denn allen war klar, in welch großer Gefahr sie geschwebt hatten.

Auf Näs befand sich auch der Großbauer Ivar Blå zu Gröneborg aus Uppland, dem es zu danken war, dass Valdemar überhaupt zum König hatte gewählt werden können. Es war ihm geglückt, Valdemar schnell nach Mora Stenar und von dort fortbringen zu können, und zwar ehe einer der Junker auf die Idee hatte kommen können, den neu gewählten König zu erschlagen.

Birger staunte über diesen Mann, der zwar zu seinen Freunden zählte, deswegen aber trotzdem Uppländer blieb und aus einer Familie stammte, von der man noch nie gehört hatte. Weshalb also diese gute Tat? Dass ihn eine königliche Belohnung erwartete, hatte sich zwar absehen lassen, aber trotzdem.

Ivar Blå sagte dazu nicht viel. Die Kronprätendenten der Folkunger interessierten ihn nicht, und es war ihm einzig darum gegangen, den Schaden für das Reich einzugrenzen. Gegen jeden Junker und Knaben mit einer Mutter aus dem Königsgeschlecht der Eriker und einem Vater von den Folkungern würde es einen Aufstand geben, denn von diesen gab es eine ganze Menge. Es galt, den zu nehmen, dessen Wahl den kürzesten Krieg und das geringste Elend mit sich führte.

Diese Entscheidung sei einfach gewesen, meinte Ivar Blå. Der Reichsjarl befehlige sowohl das gesamte Reiterheer als auch das Heer jenseits des Meeres. Wäre er als Rächer von dort zurückgekehrt, hätte das ganze Reich bald in Flammen gestanden. Als Verteidiger des Königstitels seines Sohnes würde er viel weniger Unheil anrichten.

Birger erstaunte es, dass dieser uppländische Adlige eine so schwierige Angelegenheit mit so einfachen Worten erklären konnte. Bislang hatte er immer angenommen, er besäße als Einziger im Reiche diese Gabe.

Die Wahl Valdemars in Mora Stenar war der erste und wichtigste Schritt auf dem Weg zur Macht gewesen. Der nächste bestand in der Krönung und gleichzeitigen Segnung des neuen Königs durch die Kirche, wonach es den Aufrührern schwerer fallen würde, Anhänger zu werben. Birger veranlasste die unverzügliche Krönung Valdemars im Dom von Linköping. Es war von Vorteil, dass der Dom des Erzbischofs in Uppsala gerade abgebrannt war, denn so blieb es ihnen erspart, den langen, gefährlichen Weg nach Nordanskog zurückzulegen.

Die Krönung des zwölfjährigen Valdemar gestaltete sich bescheiden, da es wichtiger war, dass sie überhaupt stattfand, als dass sie besonders prächtig ausfiel. Erzbischof Jarlerus war erwartungsgemäß nicht aufzufinden gewesen, wahrscheinlich hatte er sich den Aufrührern angeschlossen. Es war also ein verängstigter Bischof aus Växjö, der nicht einmal lesen konnte, der Valdemar krönte.

Der Aufruhr in Nordanskog kam daraufhin rasch zum Erliegen. Wären die Junker von Anfang an etwas energischer gewesen, dann hätten sie vielleicht mit List und Mut

Valdemar bereits auf seinem Weg zum Thing in Östra Aros einfangen können oder zumindest später bei seiner Wahl in Mora Stenar. Doch Ivar Blå und die älteren Folkunger waren ihnen immer eine Nasenlänge voraus gewesen und hatten außerdem mit dem Zeitpunkt von König Eriks unerwartetem Tod Glück gehabt, da die Todesnachricht zu Lichtmess und damit zehn Tage vor dem Thing in Östra Aros eingetroffen war. Das war einer der größten und bestbesuchten Markttage in Uppland, und die Wahl des Königs war nur ein zusätzliches Vergnügen für die bereits versammelte Bauernschaft und ihre Herren gewesen. Hätten Ivar Blå und die älteren Folkunger, die ihm geholfen hatten, extra eine Versammlung für die Krönung einberufen müssen, dann wären ihre Feinde vollzählig erschienen. Jetzt waren sämtliche Kronprätendenten von den Umständen überrascht worden.

Obwohl die Gefahr fürs Erste gebannt schien, behielt Birger die Entwicklung im Norden im Auge. Alle Neuigkeiten, die von seinen Kundschaftern in Näs eintrafen, lauteten gleich. Wie sehr sich manche der nun hinlänglich bekannten Junker bemühten, davon zu überzeugen, dass Gott einen Aufruhr wünsche, nur damit einer von ihnen statt Valdemar König werden könne, so fanden ihre Worte keinen Anklang. Die armen Svealänder zogen lieber mit Billigung des Jarls nach Osten, als einen Krieg gegen ihn anzustreben. Alle Herren waren der Meinung, dass ein Aufstand gegen Birger Jarl und seine Reiterei nur damit enden könne, dass ganz Uppland bald erneut in Flammen stehe.

Außerdem gelang es den Soldaten des Königs, Filip Larsson, einen der eifrigsten Rebellen, einzufangen, als er nach Nyköping kam, um Anhänger zu werben. Filip Larsson war mit dem geköpften Holmgeir Knutsson gut befreundet gewesen und beschrieb ihn allerorten als Märtyrer und Heiligen.

Als Filip Larsson in Ketten nach Näs gebracht wurde, war Birgers erster Impuls, ihn sofort dem Henker zu übergeben. Aber seine Frau Ingeborg überredete ihn, Milde zu zeigen, und deshalb begnügte er sich damit, ihn im Namen des Königs dazu zu verurteilen, das Reich binnen zweier Wochen für immer zu verlassen. Falls man ihn nach dieser Frist oder auch Jahre später wieder im Reiche anträfe, so habe er damit sein Leben verwirkt.

Eine verräterische Ruhe senkte sich über das Land, und die Arbeit am Königshof verlief in großen wie in kleinen Dingen wieder in ihren gewohnten Bahnen. Zu den kleinen Dingen gehörte, dass der junge Valdemar eine neue Krone brauchte. Bei der Krönung in Linköping war König Eriks viel zu große Krone verwendet worden und Valdemar vor die Augen gerutscht, als er den Königseid hatte schwören wollen.

Zu den großen Dingen gehörte die Beantwortung der Bullen des Heiligen Vaters. Die wichtigste war die von Birger ersehnte Vorschrift, dass Domkapitel in jedem Bischofsstift eingerichtet werden sollten. Diese Domkapitel sollten in Zukunft alle Männer im Dienste der Kirche vom Priester bis hin zum Bischof ernennen. Mit großer Freude ließ Birger seinen neuen und jungen Kanzler, Bischof Kol von Strängnäs, eine Antwort an den Heiligen Stuhl verfassen, dass sich König Valdemar von Svea- und Götaland dem Willen Roms in dieser Frage unterwerfe und dass die weltliche Macht im Reiche in Zukunft keinen Bischof mehr ernennen würde.

Anschließend warf Birger die beiden Bischöfe, die weder lesen noch schreiben konnten, unverzüglich aus dem Königlichen Rat und ersetzte sie durch zwei Adlige, deren einer Junker Karl war. Er gab zu verstehen, dass die Männer der Kirche in Zukunft nichts mehr im Königlichen Rat zu sagen hätten, da dort überwiegend weltliche Fragen verhandelt würden.

Das war die Peitsche für die Bischöfe im Rat.

Als Zuckerbrot bot er ihnen das Gesetz, mit dem die Kirchen unter den Schutz des Königs gestellt wurden. Dieses wurde in jedem Stift, in jeder Stadt und schließlich in jeder Kirche verkündet. Die Bischöfe unterstützten Birger in dieser Sache.

Damit, fand Birger, hatte er endlich mit dem Fundament eines Reichsrechts begonnen, das die Unantastbarkeit der Kirchen, Wohnstätten und Frauen gewährleisten sollte.

Da die Priester nun nicht mehr in ihren Häusern behelligt werden durften, bestand der nächste Schritt darin, allen Männern im Reiche das gleiche Recht zu garantieren. Es war gut, dass gemeinhin geklagt worden war, dass es nun nicht mehr erlaubt sein solle, bei den Klerikern einzufallen. Die Bauernschaft würde leicht zu überzeugen sein, wenn es darum ging, den Hausfrieden auf die weltliche Allgemeinheit auszudehnen.

Schwerer war es, die eigene adlige Verwandtschaft sowie andere Adlige von den Vorzügen dieser Anordnung zu überzeugen. Die Aufrührer sahen bereits die Stellung besserer Kreise bedroht und bezeichneten den Jarl als eine Memme, die sich von den Klerikern herumkommandieren ließ. Solche Reden ließen Birger behutsamer vorgehen, denn obwohl die Bauernschaft den Hausfrieden zu schätzen wusste, sah es für die Herren anders aus, da sie durch ein solches Gesetz das Recht verloren, sich, wo es ihnen beliebt, bewirten zu lassen. Sollte es zum Aufruhr kommen, so war es besser, die Ritter auf seiner Seite zu haben als die Bauern, obwohl diese es leid waren, jederzeit damit rechnen zu müssen, dass eine große, lärmende Gesellschaft bei ihnen einfiel und sämtlichen Nahrungsvorräten den Garaus machte. Birger sah ein, dass er sich mit dem Hausfriedensgesetz noch gedulden musste, bis die Gefahr eines Aufruhrs gebannt war.

Die schwedische Besiedlung und der Krieg in Tavastland schritten ruhig und ohne sonderliche Schwierigkeiten voran. Die Tavastländer hatten mit Hilfe von Nowgorod einen letzten größeren Versuch eines Gegenangriffs unternommen, aber die Folkungerreiterei hatte das eindringende Feindesheer bereits angegriffen, als es sich noch formierte, es innerhalb einer Woche zerrieben und somit ohne eine große Entscheidungsschlacht den Sieg errungen.

In dieser Zeit verräterischer Ruhe reiste Birger nach Forsvik, um den Versuch zu unternehmen, sich mit Aldes Mann, Ritter Sigurd, zu versöhnen. Ritter Sigurd war nach Junker Karl der letzte Feind im Lande, den Birger lieber zu seinem Freund machen als hinrichten lassen wollte. Birger war enttäuscht, als er beim Eintreffen an den unteren Brücken von Forsvik erfuhr, Ritter Sigurd sei überraschend zu seiner Burg Lena aufgebrochen. Er war jedoch weise genug, seinen ersten wütenden Impuls, sogleich kehrtzumachen, zu zügeln und zwei Tage zu bleiben. In dieser Zeit bemühte er sich darum, die Freundschaft mit Alde Arnsdotter wiederherzustellen.

Diese leitete Forsvik mit demselben Geschick wie einst ihre Mutter Cecilia Rosa. Außerdem hatte sie ihre Tochter Cecilia dazu erzogen, einmal in ihre Fußstapfen und die ihrer Großmutter zu treten. In dieser Sache vertraute Alde Birger einen gewissen Kummer an, als sie am zweiten Abend im großen Saal des neuen Langhauses beisammensaßen.

Aldes Besorgnis überraschte Birger, da er viele schöne Erinnerungen an seine Kindheit in Forsvik besaß und sich darüber freute, dass alles wieder ebenso gut geordnet zu sein schien wie vor dem Überfall und der Schändung durch die Niederträchtigen aus Uppland.

Es ging um Aldes Erbe. Sie war inzwischen ebenso grauhaarig wie Birger, und in ihrem Alter, wenn nicht schon früher, dachte man leicht einmal an den Tod und daran, was aus den Nachfahren werden würde. Ritter Sigurd und sie hatten zwei Töchter. Die ältere war Cecilia Aldesdotter, die in von Gott gesegneter Ehe mit Ardus Ibensson zusammenlebte. Sie kümmerte sich um die Buchführung, und er war erster Schmiedemeister in Forsvik. Diese hatten einen Sohn namens Arif und eine Tochter namens Måna, die beide wichtige Aufgaben auf Forsvik innehatten.

Ihre zweite Tochter Ulrika war die Ehefrau Erlend Bengtssons vom Geschlecht derer von Sparre in Sörmland und hatte somit einen guten Platz im Leben gefunden.

Aldes und Sigurds einziger Sohn Roland hatte von seinem fünften bis zu seinem siebzehnten Lebensjahr die gesamte harte Kriegsschule auf Forsvik durchlaufen und befand sich jetzt meist auf der Burg Lena und wünschte sich, wie zu erwarten, nichts sehnlicher, als wie sein Vater Ritter zu werden.

Birger hatte sich geduldig angehört, wie gut alles auf Forsvik verlaufen zu sein schien, und es nahm ihn wunder, wie seine liebe Freundin aus Kindertagen auf ihren Kummer überleiten wollte.

Aber als sie schließlich die Sprache darauf brachte, leuchtete ihm dieser so sehr ein, dass er sich schämte, nicht selbst darauf gekommen zu sein. Nach dem Gesetz stand Roland Aldesson, dem Sohn Aldes und Sigurds, der sich am allerwenigsten darauf verstand und zudem gar keine Lust dazu verspürte, es anzunehmen, das Erbe Forsviks zu. Gab es einen Sohn, so erbte die Tochter nichts. Cecilia Aldesdotter, ihr Mann und ihre Kinder waren diejenigen, die Forsvik weiterleben lassen würden. Der junge Roland würde sich möglicherweise um die Kriegsschule kümmern, doch sonst um nichts.

Birger kam ins Grübeln, als er dies hörte, und erzählte etwas geistesabwesend, einst geschworen zu haben, keinen Tag verstreichen zu lassen, ohne das Anliegen seines seligen Bruders Eskil Lagmann zu verfolgen, ein besseres, glücklicheres Reich anhand neuer, stärkerer, königlicher Gesetze zu schaffen. Diesen Eid hatte er gehalten. Trotzdem war ihm der Fehler in dem Gesetz, von dem ihm Alde gerade so ruhig berichtete, nie aufgefallen. Aber das Gesetz war unzweideutig, das ließ sich nicht leugnen.

Birger vermutete, ein solches Gesetz habe früher seine Berechtigung gehabt, als das Erbe nur aus Grundbesitz und Waffen des Vaters bestanden hatte. Der Boden sollte vom Sohn bestellt werden, genauso wie der Sohn Schwert und Helm übernahm. Aber jetzt waren andere Zeiten angebrochen. Forsvik stellte mehr dar als nur einen kleinen Eisenhelm und einen Ackerflecken.

Dieses veraltete Erbrecht musste unbedingt geändert werden. Es ärgerte ihn, dass weder Eskil noch ihm, nachdem sie so viele Nächte über die Natur und den Ursprung der Gesetze nachgedacht hatten, das fehlerhafte Erbrecht aufgefallen war. Ein solches Gesetz ließ sich aber nicht im Handumdrehen verändern, wie ungerecht und veraltet es auch sein mochte. Die Thingversammlungen im Lande bestanden nur aus Männern, und es war naheliegend, dass diese es für richtig und klug erachteten, dass der Bruder alles, die Schwester jedoch nichts erbte.

Was Forsvik betraf, ließ sich dieses Gesetz jedoch umgehen. Denn im Turm der Burg Arnäs wurden die Überschüsse, die während der vielen guten Jahre in Forsvik mit Handel erwirtschaftet worden waren, in Form eines Goldvorrats aufbewahrt. Somit konnte Roland Aldesson mit einem zufriedenstellenden Erbteil abgefunden werden. Alde konnte testamentarisch verfügen, dass Forsvik an Cecilia und ihren Mann Ardus Ibensson fiel. Nur so konnte sichergestellt werden, dass Forsvik zum Wohle des Geschlechts weiterleben würde.

Alde brachte ein paar halbherzige Einwände vor. Sie glaube nicht, dass dies möglich sei, da mit dieser List ja nur die Gesetze umgangen würden, aber diese Besorgnis wischte Birger mit der Bemerkung beiseite, ihm seien durchaus gröbere Fälle von Rechtsbeugung bekannt. Seit langem war es möglich, Kirchen und Klöstern einen Teil des eigenen Besitzes testamentarisch zu übertragen. Das müsse also auch innerhalb der eigenen Familie möglich sein. Sobald er wieder in Näs sei, wolle er seinen Kanzler bitten, ein solches Testament aufzusetzen und es dann Alde zukommen lassen, damit sie es mit ihrem Siegel versehen könne. Damit sei die Sache dann geregelt.

Sie fühlten sich einander von neuem nahe und bedauerten, diesen Zustand nicht schon früher angestrebt zu haben. Als sie ihre Versöhnung dann noch mit Wein und Tränen besiegelten, beklagte sich Birger über den hartherzigen Sigurd, der Forsvik verlassen habe, weil Birger zu Besuch gekommen sei. Sei ihre Feindschaft wirklich so groß, fragte er betrübt. Unvernünftige Worte seien vor vielen Jahren in Trunkenheit geäußert worden, aber inzwischen sei doch viel Wasser den Fluss hinabgeflossen.

Birger versicherte mit Tränen in den Augen, er wolle Sigurd zum Reichsmarschall ernennen, da Sigurd der letzte große Krieger aus der Zeit Arn Magnussons sei. Ob diese Ehre den sturen Sigurd nicht erweichen könne?

Alde war sich nicht sicher. Sigurd sei ein stolzer Mann und könne nicht verwinden, nur der Sohn eines freigelassenen Leibeigenen zu sein, da seit seiner Kindheit alle auf Forsvik immer mit ihrer adeligen Abstammung angegeben hätten. Er habe auch nur schlecht verschmerzen können, dass alle seine Kinder einen von der Mutter abgeleiteten Namen gewählt hatten. In einem Anfall von Zorn habe er bekannt, dass es ihn schmerze, dass sein Sohn weder Arn – dem hatte Cecilia sich widersetzt – noch Sigurdsson heiße.

Eben jene schmerzende Wunde, die ihre Feindschaft in ihrer Jugend begründete, hatte Birger aufgerissen.

Grübelnd kehrte Birger nach Bjälbo zurück. Zwei in Sold genommene Forsviker, die ab jetzt die Ehre haben würden, den jungen König in den Dingen zu unterrichten, die man nur auf Forsvik lernen konnte, begleiteten ihn, denn es war ausgeschlossen, den König des Reiches die zehnjährige, harte Schule auf Forsvik durchlaufen zu lassen. Möglicherweise eignete sich Birgers Sohn Magnus, der seinem Vater in Naturell und Haarfarbe eher glich, für eine so harte Schulung, aber keinesfalls Valdemar, der nach seiner Mutter schlug und der König des Reiches war.

Als er Forsvik nach dem angenehmen Beisammensein mit Alde verließ, wollte er sich anfangs auf den Weg nach Lena machen, um sich mit Ritter Sigurd zu versöhnen. Vielleicht würde er dort auch ein paar Worte mit dessen Sohn Roland wechseln können, um ihn davon zu überzeugen, dass es ehrenvoller war, Sigurdsson nach einem der größten Krieger des Reiches zu heißen als Aldesson nach der Mutter.

Dann aber schob er diesen schwierigen Besuch in Lena auf, um sich, wie er fand, dringlicheren Dingen des Reiches zu widmen.

Das sollte er noch bitter bereuen.

* * *

Im folgenden Jahr erkannte Birger langsam, aber sicher, dass er sowohl den Hass der Junker als auch ihr Streben nach der Königswürde unterschätzt hatte. Schließlich hatte anfangs nichts darauf schließen lassen, dass es ihnen gelingen könnte, die Leute in Nordanskog zu einem Aufruhr aufzuwiegeln. Von seinem Freund König Håkon in Norwegen hatte er erfahren, dass ein Rebell nach dem anderen vergeblich dort Beistand gesucht habe, allen voran der des Landes verwiesene Filip Knutsson. Denn König Håkon hielt sich an die Abmachung, den Feinden des anderen keine Hilfe zu leisten. Er fand jedoch, dass es höchste Zeit dafür sei, ihre Freundschaft durch die Hochzeit von Birgers Tochter Rikissa und seinem Sohn Håkon dem Jungen zu besiegeln.

Rikissa war erst vierzehn Jahre alt, was Birger für eine Hochzeit noch fast zu jung erschien. Aber jetzt musste er an die Verteidigung des Landes denken und die Sorge um eine zu junge Braut in der Hochzeitsnacht hintanstellen.

Außerdem wurde die Zeit knapp, denn von König Håkon und seinen eigenen Kundschaftern wusste er inzwischen nicht nur, wer die Rebellen waren, nämlich Folkunger entweder väterlicher- oder mütterlicherseits, sondern hatte auch erfahren, dass einer, mit dem er selbst eng verwandt war, Knut Magnusson, sich mittlerweile König Knut nannte.

Allein das bereitete ihm genug Kopfzerbrechen. Noch schlimmer wurde es, als er erfuhr, wie die Aufrührer zu siegen gedachten. Wie eine Räuberbande waren sie durch große Teile von Nordanskog geritten und hatten aus jeder Kirche auf ihrem Weg alles Gold und Silber geplündert. Man konnte sich leicht vorstellen, was sie mit diesem Reichtum beabsichtigten, und ein Bote König Håkons bestätigte dies.

Da die Aufrührer kein starkes Heer innerhalb der eigenen Grenzen aufbringen konnten, wo sie nicht genug Anhänger besaßen, begaben sie sich nach Schlesien südlich von Dänemark, um mit dem gestohlenen Gold und Silber und was sie sonst an Reichtümern angesammelt hatten, ein Reiterheer anzuwerben.

Birger sah ein, dass ein Krieg unumgänglich war, und als Reichsjarl würde er nun bald ein Heer aus Fußsoldaten und Bogenschützen aufstellen und zur alten hölzernen Burg Kvinnestad im Süden Västra Götalands schicken. Noch blieb ihm Zeit, Vorräte anzulegen. All das stimmte ihn optimistisch, denn an einem Sieg über die ausländischen Söldner zweifelte er nicht. Obwohl sich die Hälfte der eigenen Schwadronen immer noch auf der anderen Seite der Ostsee befanden, so war die andere Hälfte der Folkungerreiterei mehr als ausreichend.

Es schien ihm wichtiger, den Rebellen Späher hinterherzuschicken, um ihre Pläne auszukundschaften, als eine wendige Reiterei zusammenzuziehen, was viel einfacher gewesen wäre.

Die Söldner würden aus dem dänischen Jütland kommen und nach Halland übersetzen, soviel war rasch klar. Deswegen hatte Birger sein Heer auch nach Süden geschickt, da er den Feind rasch schlagen wollte, ehe dieser zu viel niederbrennen und zu große Verheerungen anrichten konnte.

Als letzte Vorbereitung in diesem Sommer schickte er wie versprochen Junker Karl an der Spitze von Rikissas Hochzeitsgefolge zu König Håkon. In diesem Gefolge befanden sich auch die Bischöfe Lars von Skara und Magnus von Västra Aros. Da Birger aufgrund des bevorstehenden Krieges nicht selbst nach Oslo reisen konnte, ließ er Rikissa stattdessen von zahlreichen Reitern von Folkungerhöfen in Östra Götaland und aus Bjälbo ehrenvoll eskortieren.

Anschließend galt es nur noch, die Reiterei in Västra Götaland zusammenzuziehen und nach Süden zu reiten, um dort die entscheidende Schlacht abzuwarten. Nun musste er also doch nach Lena reiten, um sich mit Ritter Sigurd, dem höchsten Befehlshaber der gesamten Reiterei in Västra Götaland, zu versöhnen.

Diese Begegnung erwies sich als die größte Enttäuschung seines Lebens. Ritter Sigurd meinte, dass es sich bei den Feinden dieses Mal um Folkunger handele, und zwar nicht um irgendwelche, sondern auch um etliche Forsviker. Jeder Forsviker habe jedoch einen Eid geschworen, niemals das Schwert gegen einen anderen zu erheben. Das bedeute, dass Birger in diesem Bruderkrieg unter Verwandten und Forsvikern keine Reiter aus Västra Götaland beistehen könnten.

So sehr Birger ihn auch zu überzeugen suchte, dass es sich nicht um einen Bruderkrieg handele, da die Feinde überwiegend ausländische Söldner seien, stieß er bei Sigurd auf taube Ohren.

Birger war so verzweifelt, dass ihm die Tränen in die Augen traten. Er versuchte, Ritter Sigurd versöhnlicher zu stimmen, sah aber rasch ein, dass er damit früher hätte beginnen müssen, da seine Worte nach all den Jahren des Zwistes nun gänzlich hohl klangen. In Ritter Sigurds Augen meinte Birger lesen zu können, dass sich seine Ablehnung eines Kampfes unter Forsvikern nicht nur auf den alten Treueeid gründete, sondern mindestens ebenso sehr auf ihre unnötige und kindische Feindschaft, die nie beigelegt worden war.

Da er nur wenig Zeit hatte, musste er bald aufgeben, um sich seinem Heer in Kvinnestad anzuschließen. Es wurde eine niederdrückende Reise. Er hatte oft gesiegt und manchmal auch mit Waffen, mit denen niemand gerechnet hatte. Einmal, als er Lübeck befreit hatte, waren Lebensmittel seine einzigen Waffen gewesen. In Tavastland waren Scharen armer Siedler und Milde seine wichtigsten Waffen gewesen. Da er es gewohnt war, mit der Reiterei zu siegen, hatte ihn nicht einmal der Gedanke gestreift, dass er einmal gezwungen sein könnte, einem Reiterheer nur mit Fußsoldaten entgegenzutreten, denn dies wirkte wie ein unmögliches Unterfangen.

Während des zweitägigen, einsamen Ritts nach Süden hatte er immer wieder das Gefühl, alles, worum er in seinem Leben gekämpft hatte, entgleite ihm. Endlich herrschte Frieden im Reich, endlich war ein Folkunger König, endlich konnte die Arbeit mit den großen Gesetzen, die den Frieden sichern sollten, beginnen. Und nun würde all dies verloren sein.

Wahrscheinlich war auch keine Milde von den Siegern zu erwarten. Er fürchtete den Tod nicht, aber der Gedanke, was die Sieger mit seinen Söhnen anstellen würden, wenn sie im Siegesrausch mit dem auf eine Lanze gespießten Kopf des Jarls durchs Land zogen, stimmte ihn traurig.

Er überlegte, dass die Rebellen die Ordnung im Reich vermutlich nicht nur aus Machtbestrebungen heraus umstürzen wollten, sondern auch, weil sie die neuen Gesetze ablehnten. Denn diese Gesetze untersagten es den Junkern, straffrei als Plünderer durchs Land zu ziehen wie bisher. Vielleicht beruhte ihre Wut ja mehr auf diesen Faktoren als auf dem Umstand, dass ihre Verwandten in einigen Schlachten gegen ihn verloren hatten.

In einem Augenblick der Verzweiflung, der ihn in einen schwarzen Abgrund stürzte, hielt er an und stieg von seinem Pferd. Er stand allein in einem Eichenwäldchen in der Ebene südlich von Skara. Kein Mensch war in der Nähe. Niemand sah seine Verzweiflung, seine Angst oder seine Zweifel an allem, wofür er bis zu diesem letzten Ritt in den Tod gelebt hatte.

»Was würdest du mir jetzt raten, du, der du eine Antwort auf alles hast, mein hoher Freund, Kardinal Vilhelmus?«, murmelte er.

Um ihn herum war es vollkommen still, nur der Wind in den Wipfeln der Eichen raschelte leise.

Plötzlich schwoll die Kraft mit einem Tosen in ihm an, als brächen Schleusen im Frühling auf. Ob es jetzt Gottes Stimme war, die zu ihm gesprochen hatte, die des Heiligen Arn oder die des Kardinals, wusste er nicht. Jedenfalls wurde er von neuer Kraft und Entschlossenheit erfüllt.

Er bekreuzigte sich und fiel auf die Knie. Das kurze Gebet, das er sprach, erfüllte ihn mit noch stärkerer Gewissheit, dass seine guten Absichten über die selbstsüchtigen des Feindes triumphieren würden. Als er sich erneut bekreuzigte, hörte er die Botschaft wie eine starke Stimme in sich und in Gottes Sprache: *In hoc signo vinces!*

Das waren die Worte des Heiligen Arn, das wusste er sehr gut. In der Volkssprache bedeuteten sie: In diesem Zeichen, im Zeichen des Kreuzes, wirst du siegen.

Er stieg auf seinen schwarzen, ungeduldigen Hengst und ritt rasch Richtung Süden.

Das Ende vom Anfang

In DUNKELSTER NACHT ging Birger Jarl mit Bischof Kol an seiner Seite zu den eben eingetroffenen Folkungerreitern und begrüßte einen nach dem anderen. Diejenigen, die er am besten kannte, umarmte er, wobei er seine Tränen nicht verbergen konnte.

Im Heerlager wurde im Schein von Teerlichtern immer noch hart gearbeitet. Die letzten Kuhhäute wurden abgezogen und auf die Dächer der Verschanzungen getragen. Karren und Wagen mit Fleischvorräten wurden weiter ins Land transportiert. Wenn der Morgen anbrach, würden über tausend Mann das Heerlager verlassen haben, wie beispielsweise die Zimmerleute, Steinmetze und Schlachter, deren Arbeit für den Krieg beendet war und die bei der eigentlichen Schlacht nur im Wege gewesen wären. Minuziös wurde der Plan befolgt, den Birger entworfen hatte, als der Sieg noch unsicher gewesen war.

Nachdem Birger alle Reiter begrüßt und Bischof Kol sie gesegnet hatte, was einige Zeit dauerte, da es sich um zweihundert Mann handelte, nahm Birger Ritter Sigurd und seine drei höchsten Befehlshaber mit auf die Schanze am Fluss. Dort hatte er Teerlichter anzünden lassen. Er schob alles in der Sandkiste beiseite und stellte dann sämtliche Tannenzapfen und Stöcke erneut auf. Mit dem Zeigefinger zeichnete er Linien und erklärte dabei, wie der Kampf am nächsten Tag verlaufen sollte. Die Reiterei sollte in einem weiten Bogen um den Feind herumreiten und ihn auf Birgers Signal hin von hinten angreifen. Das Zeichen war ein Pfeil mit blauem Feuer, der in den Himmel steigen würde.

Es ließ sich nicht vorhersagen, wann dieses blaue Signal erfolgen würde, denn wenn alles so verlief, wie Birger es plante und erhoffte, dann würde der Feind durch seinen Angriff über den Fluss und den darauffolgenden Rückzug bereits herbe Verluste erlitten haben und nach kurzem Kampf geschlagen werden können. Die Söldner waren dafür bekannt, sofort aufzugeben, wenn sie der Ansicht waren, dass ein Kampf nicht zu gewinnen war, da sie nur ungern ihr Leben riskierten. Und wenn die ausländischen Söldner aufgaben, dann würde den Folkungerrebellen auch nichts anderes übrigbleiben, als sich sofort in Gefangenschaft zu begeben.

Die Reiterei würde sich dann in zwei Gruppen aufteilen. Der größeren würde die schwerere Aufgabe zukommen, die ausländischen Reiter zu besiegen, die kleinere würde das gegnerische Lager umzingeln, so dass niemand von dort entkommen konnte. Birger befahl, dass Sigurds Sohn Roland Aldesson den Befehl über die größere Reitertruppe führen sollte. Ritter Sigurd würde die kleinere Gruppe anführen und das Feindeslager einnehmen. Weder Ritter Sigurd noch sein Sohn widersetzten sich diesem Befehl, obwohl sie einen fragenden Blick austauschten.

Es wurden einige Fragen gestellt, und sie gingen den ganzen Plan ein weiteres Mal durch. Dann befahl Birger Junker Roland und den beiden anderen Befehlshabern, ihr Nachtlager aufzusuchen und Ritter Sigurd und ihn allein zu lassen.

»Ich wollte vor den Jünglingen nichts sagen, aber jetzt muss ich dich doch fragen, warum du meinem Sohn die schwerste und gefährlichste Aufgabe übertragen hast«, sagte Ritter Sigurd mit eher verwunderter als zorniger Stimme, nachdem die anderen außer Hörweite waren.

»Willst du lieber selbst an der Spitze reiten?«, fragte Birger, und seine Augen funkelten spöttisch. »Bedenke, dass wir beide langsam alt werden und nicht mehr ganz so agil sind. Ich habe diesen Befehl stellvertretend für dich gegeben, Sigurd, und meine Absicht war, dir damit einen Dienst zu erweisen.«

»Dieser Dienst wird teuer, falls Roland zu den Gefallenen gehört, wenn wir morgen Mittag das Schlachtfeld säubern«, murmelte Sigurd.

»Das war nicht meine Absicht, sondern ich wollte Roland morgen an der Ehre für den Sieg teilhaben lassen«, antwortete Birger. »Ich bin guten Mutes. Nach deiner Ankunft rechne ich ganz sicher mit dem Sieg. Und dir bleibt die Entscheidung erspart, ob du deinem Sohn die harmlose Aufgabe des Fahnenträgers oder eine ihm liebere, aber schwerere Aufgabe übertragen sollst. Das habe ich dir abgenommen.«

»Du hast Recht und ich danke dir«, pflichtete ihm Ritter Sigurd nachdenklich bei. »Wie du sagst, hätte ich Roland vielleicht einen ungefährlichen Platz in den hinteren Reserven oder als mein Fahnenträger zugewiesen. Diesen Befehl hätte er befolgen müssen, aber mir anschließend bittere Vorwürfe gemacht. Meine Aufgabe ist es also, die Folkunger gefangen zu nehmen, nachdem wir ihr Lager eingenommen haben?«

»Ja, denn du bist ein Ehrenmann und alle kennen dich«, bestätigte Birger. »Es geht ruhiger und geordneter vonstatten, wenn du dich darum kümmerst und nicht ich.«

»Und dann soll ich dir alle Gefangenen übergeben?«

»Ja, denn alle sind Gefangene des Königs, und ich bin sein Befehlshaber«, erwiderte Birger kurz und unwillig.

Ritter Sigurd betrachtete ihn lange und nachdenklich, doch ohne Hass im Blick.

»Ich sehe, dass dich etwas bedrückt, Sigurd«, sagte Birger, als ihm die Stille unbehaglich wurde. »Sag es mir lieber jetzt als später!«

»Ich fürchte die Härte, die du den Gefangenen gegenüber, von denen etliche unsere Verwandten sind, walten lassen wirst. Ich bitte dich, an Arn Magnussons oft zitierte Worte von der Milde zu denken, die Worte, die er uns eingeschärft hat«, erwiderte Sigurd langsam und mit gerunzelter Stirn.

»Ich verstehe sehr wohl, an welche Worte du denkst«, seufzte Birger müde. »Wenn du dein Schwert ziehst, denke nicht daran, wen du töten, sondern wen du schonen kannst. Sind dies die Worte, an die du dachtest?«

»Ja«, antwortete Sigurd. »An diese Worte will ich dich erinnern.«

»Ich bin kein Heiliger wie er, das habe ich nicht geerbt«, sagte Birger achselzuckend. »Außerdem irrte Arn Magnusson in einer wichtigen Frage, denn nicht einmal er war unfehlbar. Du erinnerst dich doch sicher an seine Feststellung, die Macht stehe auf drei gleich starken Beinen?«

»Ja, auf dem Gold, dem Schwert und dem Kreuz«, antwortete Sigurd. »Würden wir Folkunger erst einmal alle drei Dinge beherrschen, so würde der Frieden ewig währen und das Land würde blühen. Jetzt behauptest du also, dass du nicht mehr an diese Weisheit glaubst?«

»Doch, schon, aber nur noch teilweise«, antwortete Birger. »Denn bald werden wir uns von der Kirche trennen und die Macht des Kreuzes den Kirchenmännern überlassen. Wir werden uns nicht mehr in ihre Angelegenheiten einmischen, und sie sollen sich aus Fragen der weltlichen Macht heraushalten. Dann stehen wir nur mehr auf zwei Beinen, dem Gold und dem Schwert. Aber es gibt ein drittes Standbein, das mindestens ebenso wichtig ist, das Gesetz. Arn Magnusson maß dem Gesetz keine Bedeutung bei, weil er als guter und christlicher Mann annahm, dass die Gesetze der Kirche und des Gewissens uns allen genügen. Darin irrte er jedoch, vielleicht weil er ein so viel besserer Mann war als du und ich. Nach dem Sieg, den wir morgen erringen wollen, wird ein königliches Gesetz im ganzen Reich erlassen werden, das den Hausfrieden schützt. Jeder Mann soll Herr in seinem eigenen Haus sein, niemand wie du oder ich kann sich dann mehr in das Haus eines anderen Mannes drängen, seine Frau schänden und seine Vorräte aufbrauchen. Daran wird man sich in Zukunft erinnern, wenn die morgige Schlacht zur Sprache kommt.«

Sigurd hatte schweigend und nachdenklich zugehört und gelegentlich genickt, als sei auch er der Auffassung, die Scheunen der Bauern zu verschließen. Aber ganz einverstanden war er doch nicht.

»Ich fürchte, dass man sich an den morgigen Sieg aus einem ganz anderen Grund erinnern wird«, sagte er schließlich. »Und ich glaube, du weißt, was ich meine.«

»Nein, das weiß ich nicht«, log Birger und breitete in einer Geste der Verständnislosigkeit die Arme aus.

»Man wird sich daran erinnern, wie du die Gefangenen behandelt hast«, antwortete Sigurd. »Ich kenne dich, Birger, du wirst die Besiegten nicht mit Milde behandeln.«

»Ich könnte dich jetzt anlügen, Sigurd, aus Angst, du könntest es dir anders überlegen, mit deinen Reitern abziehen und mich hier im Wespennest im Stich lassen. In dieser Angelegenheit zu lügen würde nach dem Dankgebet, das ich gesprochen habe, als du mir zur Rettung kamst, eine Kränkung sowohl für dich als auch mich darstellen. Ja, deine Befürchtungen werden sich bewahrheiten, und ich werde dir auch sagen, warum. Das hat nichts mit Hass, Missgunst oder Zorn zu tun, denn so ein schlichtes Gemüt bin ich nicht. Aber das hier soll der letzte Aufruhr gewesen sein. Lasse ich die Rebellen jedoch nach einer Unmenge von Beteuerungen und falscher Versprechungen, dass sie sich den Rest ihres Lebens fügen werden, laufen, dann wird es nicht lange dauern, und wir sitzen wieder hier und haben den nächsten Aufstand am Hals. Wenn ich ihre Köpfe rollen lasse, dann ist endlich Frieden im Reich.«

»Ich kann deinen Gedanken nachvollziehen, aber ich fürchte trotzdem, dass du dich irrst«, antwortete Ritter Sigurd. »Du nimmst ihre Köpfe und bringst sie so zum Schweigen. Aber ihre Söhne und Verwandten werden dich bis in alle Ewigkeit hassen, und aus diesem Hass wird bald ein neuer Aufruhr entstehen. Es ist also eine Drachensaat, die du da säst, Birger, obwohl ich verstehe, dass du die besten Absichten hegst.«

»In gewisser Weise hast du Recht«, gab Birger zu. »Der Hass und die Klagen werden groß sein. Aber das bedeutet auch einen Aufschub von mindestens zehn Jahren. In diesen Jahren wollen wir fleißig sein und die Königsburgen fertigstellen, Kalmar, Stockholm, Örebro, Nyköping und andere. Von den Burgen aus werden wir das Land beherrschen. In dieser Zeit werden die Gesetze zum Schutz der Frau, des Hauses und der Kirche unser Reich verwandeln. Die Zeit der Blutrache ist vorüber. Dann ist auch die Zeit des Aufruhrs vorbei.«

»Und du bist dazu bereit, all den Hass auf dich zu laden, den die Unerbittlichkeit, die du morgen an den Tag legen wirst, erzeugen wird?«, fragte Sigurd, ohne erkennen zu lassen, ob Birger ihn überzeugt hatte.

»Ja, das bin ich«, antwortete Birger. »Du findest vielleicht, dass jeden Ehrenmann beschäftigen muss, was die Nachwelt von ihm denken wird. Aber das hieße, sich von der eigenen Eitelkeit betrügen zu lassen. Denn wichtiger als das Andenken eines Mannes sind seine Taten und was er mit ihnen bezweckte. Nach dem Sieg werden wir unser Reich Schweden nennen, nach dem lateinischen Suecia, ein Wort, das sowohl Götaland als auch Svealand umfassen wird. Wir wollen das Reich in Eintracht und Stärke zusammenschmieden und nicht länger danach fragen, wer aus Svealand oder aus einem der beiden Götaländer stammt. Das soll mein Werk sein, und es wird vielleicht viel größer und schöner als mein Nachruhm.«

»Ich glaube dir, Birger«, sagte Ritter Sigurd nachdenklich und strich sich das lange, graue Haar zur Seite. »Ich glaube, dein Werk wird viel größer und besser als dein Nachruhm. Ich will dich aber trotzdem um eine Gunst bitten.«

»Du weißt, dass ich dir in diesem Augenblick nichts abschlagen kann«, erwiderte Birger rasch. »Worum auch immer du mich bitten wirst, will ich versuchen, dir den Wunsch zu erfüllen.«

»Dann bitte ich dich, morgen nach dem Sieg mit meinen Reitern von hier wegreiten zu dürfen, denn ich will nicht mit ansehen, was du auszuführen gedenkst, selbst wenn du mit allem, was du sagst, Recht haben solltest.«

»Glaubst du, dass ich Recht habe?«

»Ja, obwohl mir dieses Eingeständnis schwerfällt, Birger. Ich glaube, dass du Recht hast, und trotzdem möchte ich meine Verwandten morgen lieber nicht sterben sehen.«

* * *

Eine Stunde vor der Morgendämmerung wurde das Lager von den Knappen geweckt, die die Stundengläser beaufsichtigten. Sie schlugen auf Triangeln aus Eisen. Fackeln und Kienspäne wurden entzündet, und das Lager glich zunehmend einem riesigen Ameisenhaufen.

Der Jarl stand auf der hinteren Anhöhe bei den Wurfmaschinen, die den Feind mit einem Flammenmeer überziehen würden, falls alles planmäßig verlief. Außer den Männern, die die Maschinen bedienten, standen auf der Anhöhe Bischof Kol mit einer Garde von zehn Armbrustschützen, zwei Bogenschützen mit Feuerpfeilen sowie Schalen mit Schwefel und Kupferspänen. Die Arbeit im Lager schritt gelassen voran. Ein paar Karren mit Arbeitern, die keine Waffen trugen, verschwanden in der Nacht, und bald senkte sich eine kalte Stille über die viertausend Mann, die entweder siegen oder sterben würden.

Nacheinander erloschen die Sterne am Himmel. Jetzt konnte man nur noch warten und beten.

Die Forsvikerschwadronen waren zwei Stunden vor der Dämmerung in der Dunkelheit verschwunden, da sie anfangs, um hinter die Linien des Feindes zu gelangen, zu Fuß gehen mussten. Ihre Abwesenheit verstärkte die unheimliche Stille noch, da auf ihrer Seite keine schnaubenden Pferde mehr zu hören waren, dafür umso mehr auf der anderen Seite des Flusses, auf der sich der Feind zum Angriff aufstellte.

Bischof Kol zitterte. Ihm brach der kalte Schweiß aus. Er hatte noch nie einer großen Schlacht aus der Nähe beigewohnt und bereute es nun, den Vorschlag des Jarls, mit einem der letzten Karren abzuziehen, nicht angenommen zu haben. Jetzt war es zu spät, und obwohl er nicht um sein Leben fürchtete, beunruhigten ihn doch die grausamen Bilder, die ihn erwarteten, denn inzwischen war ihm klargeworden, dass der Jarl dem Feind eine furchtbare Falle gestellt hatte.

Als es zum Schießen hell genug war, ertönte plötzlich auf der anderen Seite des Säveån ein schrilles Hornsignal, worauf sich eine feurige Schlange am Ufer entlangzuwinden schien. Im Schein der Flammen sah man, wie eine Unzahl Pfeile entzündet und in die Luft gerichtet wurden. Auf das nächste Hornsignal hin verwandelte sich der Himmel in ein Flammenmeer, als die erste Woge von Feuerpfeilen über die vorderen Befestigungen am Flussufer hinwegfegten. Bischof Kol spürte sein Herz wie einen Kupferhammer in der Brust. Sein Blut pochte in den Schläfen. Die Spannung war so groß, dass er fast das Bewusstsein verloren hätte. Einen Blick auf den Jarl beruhigte ihn jedoch, denn dieser lächelte spöttisch und zufrieden.

Alles verlief einstweilen so, wie der Jarl es beschrieben hatte. Eine Woge Feuerpfeile ging über die vorderen Linien des Lagers nieder, aber nirgends begann es zu brennen. Die meisten Pfeile trafen auf nasse Kuhhäute und erloschen zischend. Einige schlugen auch weiter hinten ein, aber die Flammen wurden von flinken Burschen mit Wassereimern gelöscht oder mit Tannenzweigen erstickt. Nirgendwo fraß sich das Feuer fest.

Nachdem er eine halbe Stunde lang vergeblich versucht hatte, das Lager in Brand zu setzen, ging der Feind zum nächsten Schritt seines Angriffsplans über. Großer Lärm entstand, als sich Reiterei und Fußsoldaten aufstellten und die Bogenschützen ihnen Platz machten. Auf ein Hornsignal hin hörte man ein mächtiges Brausen, auf das sich Bischof Kol zunächst keinen Reim machen konnte. Er beugte sich zu dem immer noch zufrieden lächelnden Jarl hinüber und erhielt zur Antwort, dieses Geräusch erzeugten tausend oder mehr Männer, die gleichzeitig durch den

Fluss wateten, um die Befestigungen auf der anderen Seite zu stürmen.

Erst jetzt begannen die eigenen Bogen- und Armbrustschützen, das Feuer zu erwidern. Aus dem Schreien und Wehklagen schloss Bischof Kol, dass viele Feinde bereits auf dem Weg durch den Fluss fielen. Aber neue Fußsoldaten drängten unablässig von hinten heran, und für die Unglücklichen gab es nur eine Richtung, nach vorn auf die Palisaden und Schanzen des Gegners zu.

Birger befahl jetzt, die Wurfmaschinen zu spannen und mit den ersten Tonnen eines Inhaltes zu laden, den er griechisches Feuer nannte. Von unten erscholl ein gewaltiger Lärm. Die Mauerbrecher des Feindes schlugen gegen die Palisaden. Birger bat daraufhin einen Bogenschützen, einen Schwefelpfeil durch das Lager auf die Innenseite der Palisade abzufeuern. Das helle Licht war das Zeichen für die Verteidiger, sich von der Palisade, die gerade durchschlagen wurde, zurückzuziehen. Keiner der eigenen Leute sollte dort stehen, wo der Feind bald das Lager stürmen würde.

Der Lärm der Mauerbrecher und das krachende Geräusch berstender Holzstämme steigerte sich, und bald stürzte ein Teil der Palisade nach hinten um und dann noch einer, der fast dreißig Schritte breit war. Triumphgeheul ertönte aus den feindlichen Reihen, die jetzt ins Lager strömten, und nach zwei schrillen Hornsignalen von der anderen Seite ertönte das Dröhnen von Pferdehufen. Wasser rauschte, als Hunderte von Reitern den Fluss durchquerten.

Der Jarl befahl seinen Männern, die Lunten des griechischen Feuers anzuzünden, und Bischof Kol fürchtete schon, eine der Tonnen könne explodieren, bevor sie in die Luft geschleudert wurde. Aber der Jarl wartete eiskalt ab, bis sich die ersten feindlichen Soldaten bis auf Schussweite seiner eigenen Garde genähert hatten, ehe er den Befehl gab, die drei Wurfmaschinen abzufeuern. Dann wurden sie eilig erneut geladen, und schon segelten die nächsten Tonnen fast harmlos langsam durch die Luft. Sobald sie jedoch auf der Erde aufprallten, schleuderten sie Feuer in alle Richtungen und bis in Höhe der Baumwipfel empor. Als Bischof Kol eine Hitzewelle entgegenschlug, hielt er sich schützend die Hände vors Gesicht.

Ihm bot sich ein grauenvoller Anblick. Hunderte, vielleicht sogar Tausende von Männern brüllten besinnungslos vor Schmerzen und Entsetzen. Wie brennende Fackeln stoben sie in alle Richtungen auseinander, brachen zusammen und wurden von den Flammen überrollt. Da segelten bereits die nächsten drei Feuertonnen durch die Luft, und zwar weiter weg, so dass sie den heranstürmenden Reitern den Weg abschnitten. So muss man sich die Hölle vorstellen, dachte der Bischof, und beim Anblick dieses unaussprechlichen Leidens traten ihm Tränen in die Augen. Männer und Pferde lagen schreiend und angstvoll wiehernd in den Flammen.

Jetzt befahl der Jarl, einen weiteren schwefelgelben Pfeil in den Himmel zu senden, in Richtung der eigenen Bogenschützen. Kaum war der Pfeil mit seiner klaren Flamme auf dem Boden aufgetroffen, als rasselnd tausend Bogen gespannt wurden. Im nächsten Moment senkte sich eine dunkle Wolke auf die schreiende Menge fliehender Feinde herab, die sich am Flussufer zusammendrängten.

Nach der nächsten Pfeilwolke war kaum noch ein Feind zu sehen, der in der Lage gewesen wäre, die gegenüberliegende Uferböschung hinaufzufliehen. Immer noch waren die schrecklichen Schreie derer zu hören, die verbrannten, aber noch nicht vom Tode befreit worden waren.

Der Jarl befahl den beiden Bogenschützen ruhig, die mit Teer bestrichenen Spitzen ihrer Pfeile in Kupferspänen zu drehen, anzuzünden und hoch in den Himmel zu schießen.

Eine zischende und blitzende blaue Flamme schoss in den Himmel, verharrte sternengleich für einen Augenblick und stürzte dann wieder herab.

Die Schreie der Brennenden und Sterbenden waren verstummt. Nur wenige Nachzügler unter den Feinden wurden noch von den Bogenschützen zu Fuß verfolgt oder vom Wehr an der Uferböschung aus mit der Armbrust beschossen. Einzelne herrenlose Pferde mit brennendem Schwanz und brennender Mähne galoppierten mit vor Entsetzen verdrehten Augen hin und her. Das riesige Feuer, das mitten im Lager hinter den eingerissenen Palisaden entstanden war, brannte langsam nieder. Beim Verlöschen der Flammen kam ein dicker Teppich verkohlter Leichen zum Vorschein. Einige wanden und bewegten sich noch.

Da ertönte ein ferner Donner. Bischof Kol glaubte zuerst an ein Gewitter. Aber als das Geräusch auf der anderen Seite des Flusses immer lauter wurde, verstand er, dass es sich um die Folkungerreiterei handelte, die den bereits arg geschundenen Feind angriff.

Der Jarl sah ihn in diesem Moment lächelnd an, nickte und deutete auf die andere Seite.

»Das«, sagte er, »ist Musik in meinen Ohren. Das sind die Unseren, das sind meine Brüder und Verwandten. Das ist die Folkungerreiterei. Jetzt, mein Bischof, könnt Ihr, wenn Ihr wollt, Gott für den Sieg danken, denn jetzt ist alles vorüber.«

*   *   *

Erst gegen Mittag ritten der Jarl und sein Fahnenträger über den Säveån zum Heerlager der Feinde, wo die Aufräumarbeiten bereits weit fortgeschritten waren und fetter, schwarzer Rauch von den Feuern aufstieg, auf denen die Leichen verbrannt wurden.

Der Sieg wurde dann aber doch nicht so mühelos errungen, wie man hätte annehmen können, als die Reitertruppen der Forsviker herbeistürmten. Sie trafen auf wesentlich härteren Widerstand, als sie erwartet hatten. Teils hatten etliche der berittenen, ausländischen Söldner noch vor dem Flammenmeer kehrtgemacht, teils war der Feind zahlenmäßig doppelt so stark, wie Birger erwartet hatte.

Im Nachhinein bedauerte ihr Befehlshaber, dass er den Kampf unnötig in die Länge gezogen hatte, erklärte dies aber damit, dass er die blau gekleideten Reiter ganz einfach unterschätzt hätte, da die Aufrührer so zahlreich gewesen waren, dass sie mit Leichtigkeit hätten siegen müssen.

Birger hatte sich auch einer Fehlkalkulaton schuldig gemacht. Er hatte keine zuverlässigen Zahlen erhalten, wie viele Reiter die andere Seite wirklich besaß. Er hatte sich von derselben List täuschen lassen, die er selbst schon mehrfach angewandt hatte. Der kleinere Teil der Reiterei war sichtbar, doch der größere verborgen gewesen.

So gesehen hatte er den jungen Roland Aldesson also nicht zu einem mühelosen Sieg geschickt, wie es seine Absicht gewesen war. Roland war in eine große Übermacht schlesischer Ritter geraten, die von ihren modernen deutschen Rüstungen sehr gut geschützt wurden.

Roland und seine Forsviker Befehlshaber waren jedoch mit diesen Problemen rasch fertiggeworden. Sie hatten die Söldner aufs freie Feld gelockt, indem sie eine Flucht vortäuschten, und hatten sie dann besiegt, da sie die Taktik zwischen Angriff und Rückzug schneller ändern und sich rascher hatten umgruppieren können.

Birger war etwas beschämt, als er im Lager, in dem die rebellischen Folkunger gefangen gehalten wurden, auf Sigurd stieß und erfuhr, was vorgefallen war. Sigurd wollte aber keine Entschuldigungen hören. Er meinte, sein Sohn Roland habe zu guter Letzt mit Gottes Hilfe mehr als jeder andere Forsviker den Ihren zum Sieg verholfen. Dass er sich ein paar Blessuren und Verletzungen zugezogen habe, sei für eine solche Ehre ein geringer Preis.

Nun näherte sich jedoch allmählich der Augenblick der Trennung, meinte Sigurd. In einem der großen Lagerzelte saßen die gefesselten Gefangenen und forderten Verhandlungen mit den Siegern. Sie verstanden offenbar nicht, was sie erwartete, und waren sehr gekränkt, dass man sie wie normale Gefangene gefesselt hatte. Am lautesten beklagte sich Knut Magnusson, der sich als König bezeichnete, sowie Knut Folkesson, den er als seinen Jarl ausgab. Die anderen, Filip Larsson und vier weitere rebellische Junker, schienen kleinlauter und nachdenklicher zu sein.

Die Söldner warteten alle auf einer der großen Koppeln. Viele unterhielten sich unbekümmert und lachten. Insgesamt handelte es sich etwa um achthundert Überlebende oder Leichtverletzte.

Birger hatte Ritter Sigurd nicht gesagt, was für Pläne er mit den gefangenen Söldnern hatte, und diese schienen davon auszugehen, dass sie sich auf die Seite des Siegers schlagen oder auch, wie es üblich war, die Hälfte ihres Soldes abgeben würden, um anschließend nach Hause zu reiten. So wurden Männer behandelt, deren Lebensunterhalt der Krieg war, da sie nie mit jemandem persönlich im Streit lagen und daher auch nicht wirkliche Feinde ihrer Sieger sein konnten.

Jeder Zehnte unter ihnen solle sein Leben behalten, verfügte Birger. Die Botschaft, welche die klägliche Schar

Überlebender in ihre Heimat tragen würde, war somit leicht verständlich. Hier im Norden könnten Söldner nicht mit Gnade rechnen. Keinem Rebellen sollte es ohne weiteres möglich sein, im Süden ein neues Heer anzuwerben, falls es ihm nicht gelang, im eigenen Land eines aufzustellen.

Keiner der Rebellen sollte am Leben bleiben. Ein Richtblock wurde vor dem Zelt der gefangenen Folkunger aufgestellt.

Als Sigurd das sah, hatte er es noch eiliger, mit seinen Forsvikern davonzureiten, wogegen Birger nichts einzuwenden hatte. Er bat Sigurd jedoch darum, vorher noch alle Schwadronen auf der Ebene, auf der vor allem Roland den Sieg errungen hatte, aufzustellen.

Dort befahl Birger Roland, vom Pferd zu steigen und vor seinem Jarl das Knie zu beugen. Dann zog er Arn Magnussons Tempelritterschwert aus der Scheide und hob es hoch in die Sonne, so dass das goldene Ritterkreuz und die Geheimschrift funkelten und glänzten.

»Roland, mein lieber und tapferer Verwandter«, rief er. »Den heutigen Sieg haben wir Euch mehr als jedem anderen zu verdanken. Ihr habt Eurer Familie und Euren Forsviker Verwandten alle Ehre gemacht. Ich schlage Euch hiermit zum allerersten Ritter von Schweden, wie unser Land von diesem Tag und diesem Sieg an heißen soll. Und Euer Name, Ritter Roland, soll Roland Sigurdsson lauten und nicht anders!«

Dann berührte er leicht Rolands Schultern mit seinem Schwert, befahl ihm, sich wieder zu erheben, und umarmte ihn.

Daraufhin zogen alle Forsviker gleichzeitig ihre Schwerter, hoben sie in den Himmel und ließen den Kriegsruf erschallen, den sie bei großen Angriffen verwendeten.

Ritter Sigurd standen die Tränen in den Augen, als er auf Birger zutrat und ihn umarmte. Er versicherte, ihre alte Feindschaft gehöre ein für alle Mal der Vergangenheit an. Birger besäße in seinem Sohn und ihm Freunde fürs Leben.

Trotzdem wolle er nicht bleiben, um dem beizuwohnen, was sich nun ereignen würde, obwohl er Birgers Versicherungen glaube, dass diese letzte Unerbittlichkeit notwendig sei, um den Frieden in dem neugeborenen Königreich Schweden endgültig zu sichern.

Epilog

BIRGER JARLS HÄRTE den besiegten Folkungerrebellen gegenüber erzürnte seine Zeitgenossen so sehr, dass der Grimm über hundert Jahre lang anhielt. Noch in der Erikschronik aus dem 14. Jahrhundert wird er deswegen schonungsloser Kritik ausgesetzt. Diese hätte eine große politische Belastung für ihn darstellen und seine Pläne, neue Gesetze zu erlassen, die die Grundlage des Staates Schweden bilden sollten, erschweren können.

Er erhielt jedoch die denkbar beste Hilfe, sich aus dieser Zwickmühle zu befreien. In einer päpstlichen Bulle vom 23. Oktober 1252 heißt es:

»Da wir Eure Sehnsucht vernommen haben, in der Reinheit des Herzens Eure Tage zu verbringen, so gewähren wir Euch hiermit den Ablass und die Vergebung aller Sünden, die Ihr mit reuevollem Herzen bekannt habt oder in den nächsten drei Monaten nach Empfang dieses Briefes bekennen werdet.«

Kraftvoller hätte der Papst seine Unterstützung für Birger Jarl nicht kundtun können. Und den Papst auf seiner Seite zu wissen, war für Birger Jarl wichtiger als alles andere. Auf Kardinal Vilhelm von Sabina, dem er beim Konzil von Skänninge im Jahre 1248 begegnet war, hatte der nordische Jarl offenbar großen Eindruck gemacht.

ANHANG

Über *Der Kreuzritter – Erbe*

von Jan Guillou

Als ich die Trilogie über Arn Magnusson beendete und seinen Enkel Birger an seinem Grabe vorstellte, dachte ich, dass nur ein einziger Satz nötig sei, um die Fortsetzung zusammenzufassen: »Die Geschichte kennt ihn unter dem Namen Birger Jarl.«

Punkt. All the rest is history. Von diesem Moment an, als der Reichsgründer Birger Jarl persönlich in der Geschichte auftaucht, ist die Fortsetzung schließlich allen bekannt. Oder?

Mehr aus Neugier als mit dem Vorsatz, eine Fortsetzung zu schreiben, überprüfte ich in der Königlichen Bibliothek in Stockholm, wie viele Doktorarbeiten über Birger Jarl existierten. Die Antwort: keine einzige.

Die gesamte Jugend Birger Jarls ist nämlich unbekannt. Er tritt erst in reifem Alter als Gesandter von König Erik Eriksson (»dem Lispler und Lahmen«) beim Konzil in Skänninge 1248 in Erscheinung. Auf den Abgesandten des Papstes, Kardinal Vilhelm von Sabina, machte Birger nachweislich einen großes Eindruck, und so empfahl der Kardinal Rom, diesen einzigen vernünftigen Mann im Norden zu unterstützen.

Birger Jarl konnte also nicht nur lesen, was unter nordischen Potentaten damals noch recht ungewöhnlich war, er sprach außerdem auch lateinisch. Wie war das möglich?

Unsere Historiker können diese interessante Frage nicht beantworten. Ein Romanautor schon.

Einen interessanten Ausgangspunkt bietet der Umstand, dass Birgers Mutter, Ingrid Ylva aus der Familie der Sverker, nicht wieder heiratete, nachdem sie durch die Schlacht von Gestilren Witwe geworden war. Das ist recht sonderbar. Von ihr heißt es, sie sei eine Schönheit gewesen und hätte außerdem magische Kräfte besessen. Sie war reich, stammte aus einer Königsfamilie und dürfte eine wunderbare Partie gewesen sein. Fest steht jedoch, dass sie nicht wieder heiratete.

Fest steht auch, dass ihr die Erziehung ihrer Kinder, mit der sie großen Erfolg hatte, sehr am Herzen lag. Von ihren Kindern wurden zwei zu Bischöfen, einer wurde Staatsoberhaupt (Birger), ein weiterer Lagmann und eine Tochter Königin. Ingrid Ylva war eine der energischsten und einfallsreichsten alleinerziehenden Mütter der schwedischen Geschichte.

Das fordert die Fantasie heraus und stellt außerdem einen guten Ausgangspunkt für einen Roman dar, der die gesamte Jugend und Erziehung Birgers zum zukünftigen Reichsgründer schildern soll. War es Birger Jarl, der Schweden schuf, so war es Ingrid Ylva, die Birger schuf. Daraus konnte eine wahnsinnig aufregende Geschichte entstehen!

Wenn man mit Hilfe der wenigen gesicherten Fakten erst den Jarl Birger beschreibt, dann führt die Geschichte weiter in den eigentlichen Kern von Schwedens Entstehung.

Zunächst stellt sich die Frage, wo man die Grenze zwischen Staat und Mafiagesellschaft ziehen soll, um zu sagen, hier, genau hier, entsteht Schweden. Es gibt Historiker, die meinen, dass man bis Gustav Vasa warten muss, um diese Grenze zu finden.

Birger wuchs jedoch in einer ganz anderen Gesellschaft auf als der, die er schuf. Die Welt seiner Jugend war die Welt der Adligen, eine Welt der Mafiabosse, die selbst ihre Gesetze schufen und taten, was sie wollten. Keiner, der ihnen nicht an Stärke überlegen war und sich der Hilfe einer größeren Anzahl bewaffneter Banditen erfreuen konnte, herrschte über sie. Wo der Staat schwach und nicht präsent ist, übernimmt die Mafia die Macht. In moderner Zeit ist das auf Sizilien der Fall, in Birgers Zeit war es in Östra Götaland so.

Doch von dem Augenblick an, in dem jemand aufsteht und sagt, ab jetzt gibt es Gesetze, denen alle unterworfen sind, Gesetze, die sich nicht bei einem Thing ändern lassen, tritt eine Veränderung der Gesellschaft ein. Es ist der Beginn eines Staates, vorausgesetzt dieser Staat besitzt das Gewaltmonopol, um den Respekt vor den staatlichen Gesetzen aufrechtzuerhalten und um die Schutzversprechungen der Mafiabosse bedeutungslos erscheinen zu lassen.

Birger Jarls »Friedensgesetze« sind immer missverstanden worden, obwohl jedes Schulkind sie hat lernen müssen. »Schutz der Frau« wirkt wie ein netter feministischer Vorschlag, »Schutz der Kirche« wie ein (vollkommen unnötiger) Erlass, sich nicht in der Kirche zu prügeln, und das Verbot der unwillkommenen Besuche bei Bauern wirkt auch eher wie eine hübsche Idee. Dem war jedoch ganz und gar nicht so. Der Erlass des Staates sah vor, dass alle, die gegen die Gesetze verstießen, für vogelfrei erklärt wurden.

Es ist also nicht weiter verwunderlich, dass sich manche Folkunger, unter anderem auch Verwandte von Birger, dagegen auflehnten. Ihre Mafiaprivilegien standen auf dem Spiel. Sie wünschten keinen Staat. Es ist auch nicht weiter verwunderlich, dass Birger, nachdem er den Aufruhr niedergeschlagen hatte, die Rebellen hinrichten ließ, ob sie nun Verwandte waren oder nicht. Für seine Zeitgenossen war das ein ungeheuerlicher Vorgang. Für uns heute scheint das fast eine Selbstverständlichkeit zu sein: Aufruhr und Landesverrat? Die strengste Strafe, die das Gesetz vorsieht, natürlich.

Birger führte also das Römische Recht ein, und das ist die entscheidende Veränderung. Anschließend sind sich alle seine Nachfolger einig, wie der Staat organisiert werden soll. Dass sie sich darüber streiten, wer an der Spitze dieses Staates steht, hat keine prinzipielle Bedeutung.

Es war also dieser von Birger Jarl gegründete Staat, den Gustav Vasa viel später erbte und durch wirtschaftliche und juristische Veränderungen modernisierte.

Das könnte auch ein spannender und lesenswerter Roman werden.

Die Schauplätze des Buchs

Diese im Buch vorkommenden Orte erfreuen sich bei Schweden-reisenden immer größerer Beliebtheit.

ALVASTRA

Das Kloster wurde 1143 von Zisterziensermönchen aus Frankreich gegründet und war bald das bedeutendste im Lande. Unter Gustav Vasa fiel das Kloster an die Krone. Unmengen von Steinen wurden fortgeschafft und für andere Bauten verwendet, unter anderem für Visingsborg und Vadstena Slott. Vor dem Hochaltar sind die Sverker-könige begraben, in einer Grabkapelle an der Nordseite des Langhauses wurde der Mann der heiligen Birgitta, Ulf Gudmarsson, beigesetzt.

LINKÖPING

Bereits Mitte des 12. Jahrhunderts wurde der Dom fertig-gestellt. Obwohl der Ort damals nicht sonderlich groß war, kam ihm eine große Bedeutung zu. Im 13. Jahrhundert wurden hier sowohl Johan Sverkersson als auch Birger Jarls Sohn Valdemar gekrönt. Unter Gustav Vasa wurde das Schloss neben der Kirche Königsschloss. Als Jahr der Stadtgründung gilt 1287.

VÄSTRA AROS

Heute Västerås. Der Ortsname enthält das altnordische Wort »aros«, Flussmündung. Gemeint ist die Mündung des Svartån in den Mälaren. Die erste Namenshälfte gibt die Lage des Ortes im Verhältnis zu Östra (Ost) Aros an, dem heutigen Uppsala.

ÖSTRA AROS

Heute Uppsala. Die ältesten Grundmauern stammen aus dem späten 12. Jahrhundert. Anfang des 13. Jahrhunderts entstand dort an der Mündung des Fyrisån eine stadtähnliche Siedlung, die zuerst Östra Aros genannt wurde.

Johann Seeger

»Ein historischer Abenteuer-Roman mit allem, was dazu gehört:
Kampf, Liebe, Verrat, Freundschaft, ein uraltes Geheimnis – und ganz
nebenbei auch noch ein spannendes Rhetorik-Seminar. Klasse!«
Oliver Pötzsch

978-3-453-43962-7

HEYNE ‹

Simon Scarrow

Die große Rom-Reihe von Simon Scarrow

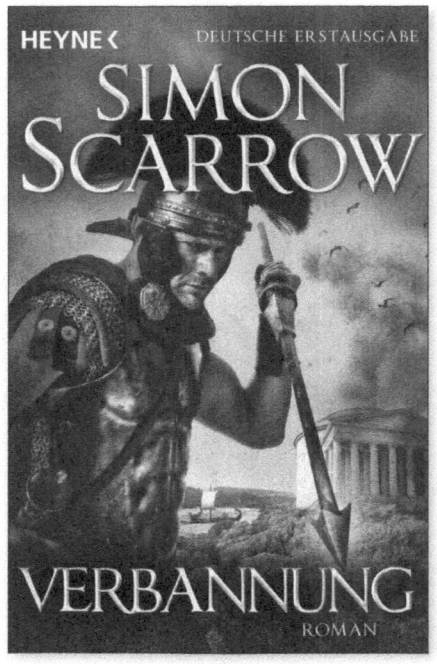

978-3-453-44148-4

Alle Titel unter **heyne.de/scarrow**